Ettie Bierman

Keur 7

Koue water en kaviaar
Marietjie, Maraia, Maryne
Onrus op Rustfontein

Jasmyn

EERSTE UITGAWE VAN:

Koue water en kaviaar: Perskor, 1989
Marietjie, Maraia, Maryne: J.P. van der Walt, 1996
Onrus op Rustfontein: J.P. van der Walt, 1987

Jasmyn
'n druknaam van NB-Uitgewers
Heerengracht 40, Kaapstad 8001
© Ettie Bierman 2011
Alle regte voorbehou
Omslagfoto deur Gallo Images
Geset in 11 op 14 pt Sabon
Gedruk en gebind deur Interpak Books,
Pietermaritzburg

Eerste uitgawe 2011

ISBN 978-0-624-05395-8
Epub: 978-0-624-05396-5

Koue water en kaviaar

Carina is jonk en mooi en gelukkig getroud met die man van haar drome. Tinus is manlik, sterk, aantreklik en doelgerig. Al wat ver te kort skiet, is sy prokureursklerk-salaris. Carina hou die woonstel aan die kant, sy kook die kos en sy was die wasgoed. Maar die kos moet afgemeet word en die wasmasjien lol. Sy het talent en sy het 'n goeie verstand.

Waarom dan nie uitspring en werk soek nie? Carina kry werk as tikster by Fokus Uitgewers. Maar Tinus deel nie in haar vreugde nie. Hy beskou dit as 'n mosie van wantroue in sy bevoegdheid as broodwinner. En hy laat nie 'n geleentheid verbygaan om sy misnoeë te kenne te gee nie.

Toe Rasmus du Toit, die sjarmante hoofbestuurder van Fokus, op die toneel verskyn met sy blou oë en duur Duitse motor, word Carina se lewe 'n warrelwind van opwinding en romanse.

Maar is dit werklik so? Wat dan van Tinus? En wie is Annerie?

Marietjie, Maraia, Maryne

Maryne Landman, 'n lugwaardig by Jakaranda-lugdiens, is van die begin af haaks met kaptein Wessel Raubenheimer, bevelvoerder tydens haar eerste buitelandse vlug – na Zimbabwe. Sy beland telkens in die pekel by hom en hy is veral ergerlik oor haar losbol-kêrel, Dries Basson, wat blomme agter haar aanstuur en haar bel. Hy weet nie dat sy Dries eintlik afgesê het die dag toe hulle uit Suid-Afrika vertrek het nie.

Dan tref nog 'n ramp haar. Tydens 'n Jakaranda-toer raak een van die reisigers besope en verwurg haar byna in 'n poging om sy liefkosings aan haar op te dwing. Daarna vrees sy dat sy deur kaptein Raubenheimer afgedank gaan word, want hy vertrek onverwags na Jakaranda se takkantoor in Harare.

En nog is het einde niet, want by die Victoria-waterval wag daar 'n verrassing op haar, 'n besoeker wat sy in haar wildste drome nie daar verwag het nie. Dit is hy wat haar help om die regte keuse te maak by die kruispad van haar hart.

Onrus op Rustfontein

Wat gebeur wanneer drie pragtige niggies saamgegooi word op hul ouma se ewe lieflike Laeveldplaas, met 'n uiters aantreklike boer op die buurplaas? Dit voorspel mos moeilikheid!

Martie Terblanche is die oudste van die niggies, beeldskoon met haar lang goue hare, haar heuningkleurige oë en hees stem. Dit verbaas niemand dat sy 'n baie gewilde Europese mannekyn geword het nie . . .

Die tweede niggie is Tia du Plessis, 'n skaam en teruggetrokke meisie wat op háár besonderse manier baie mooi is. Sy verbeel haar egter dat haar vlasblonde hare en grys oë haar vaal laat lyk . . . Sy voel altyd dom en lomp, tog is sy fyn en vroulik.

Ina is die jongste van die drie en 'n onderwyseres op Sabie. Sy lyk baie na Tia, en miskien is daar 'n Anton in haar toekoms . . .

Mynhard is die aantreklike boer met die donkerbruin hare en turkooisblou oë en dis wanneer al hierdie mense mekaar op Rustfontein ontmoet met oupa Jan se begrafnis, dat die poppe begin dans en onrus in hulle lewens kom saai . . . Gelukkig is Thys, die lang, donker, aantreklike prokureur, ook byderhand.

Inhoud

Koue water en kaviaar

1

Carina pak die ertjies terug in die koelkas. Maalvleis en ertappels is genoeg en as Tinus honger is, sal sy brood sny. Dan dink sy: Hoekom nie die rieme effens dikker sny nie? Spaar is nie meer so belangrik nie, want van môre af het sy ook 'n inkomste. Carina voel skielik vrolik, optimisties en lus om haar man te bederf. Hy werk hard; hy verdien meer as ekonomiese brousels en 'n vrou wat rondloop in verlede jaar se verslete modes.

Tinus sit aan handelsreg en werk: bankwissels, verhandelbare dokumente, maatskappyreg en aksepkoerse. Hy is bly toe Carina hom vir ete roep en verras om by 'n gedekte tafel met kerse aan te sit, pleks van sommer met 'n skinkbord op sy skoot voor die televisiestel plaas te moet neem.

"Het die kos verbrand?" terg hy. "Kamoefleer jy, of vier ons iets?"

Carina soen die moeë lyne langs sy mond en vee die donker hare weg wat soos 'n skoolseun s'n teen sy voorkop krul. "Ons vier dat ek jou liefhet en dat jy in die toekoms nie meer alleen met die woonstelhuur en rekeninge hoef te sukkel nie."

Tinus vergeet van kos wat koud word en kerse wat uitbrand. Hy neem Carina in sy arms.

"Ek het jou ook lief, Carrie, liewer as enigiets anders op aarde. Ek wil vir jou 'n dubbelverdieping-grasdakhuis koop met 'n swembad waar jy heeldag in 'n bikini in die son kan lê en braai. Ek wil nie hê jy moet gaan werk nie; dit voel asof ek nie vir my vrou kan sorg nie."

"Jy sorg uitstekend vir my, beter as wat ek verdien. Beter

as wat ander mans wat ons ken vir hul vrouens sorg," troos Carina. "Maar jy is outyds. Wie ken ons waar die vrou nie werk nie? Wie kan paleise op net een salaris bekostig?"

"Ses maande, liefste," belowe hy. "Dan het ek my graad en is ek nie meer net 'n ingeskrewe klerk nie, maar 'n volwaardige prokureur en junior vennoot. Dan kan ons 'n huis koop en met 'n gesin begin."

"Ons is albei nog jonk, Tinus, daar's nog baie tyd. Ek kla nie oor kantoorwerk nie. Selfs nie vir 'n jaar of drie nie. Dis opbouend en sal verhoed dat ek 'n koolkop word."

"Koolkop? Nie jy nie. Jy moes ook na matriek verder gestudeer het. Jy is slimmer as ek."

"Wie sê so?"

"Ek was nie hoofprefek met vier onderskeidings nie."

"Blote geluk. Jammer een was nie in huishoudkunde nie," spot Carina. "Dan het ek geweet hoe om beskuit te bak, huis te hou en kos warm te hou terwyl my man amoreus is en strykwerk wag . . ."

Dis laat voor hulle eindelik eet. Daarna ruim Carina in die kombuis op en pars haar baadjiepak.

"Iets met moue en 'n romp wat onder die knie hang," het haar ma raad gegee. "Nie 'n sonrok nie, dan sal jou baas deur sy nuwe tikster beïndruk word."

Die volgende oggend tooi Carina haar lang, blonde hare op haar kop en gebruik meer grimeersel as gewoonlik om sodoende ouer en meer professioneel te lyk. Om die hol gevoel op haar maag te besweer, eet sy graanvlokkies saam met Tinus.

"Hoe lyk ek?" wil sy senuweeagtig weet.

Tinus soen die kuiltjies weerskante op haar wange en dan die een onder haar keel.

"Te formeel . . . asof jy die baas is, pleks van Du Toit."

"Meneer Du Toit," korrigeer sy. "Hy is hoofbestuurder. Dis 'n hoë pos."

"As jy kans het, bel my kantoor toe, sodat ek weet hoe dit gaan en of jy regkom," sê Tinus.

"Ek sal probeer. 'n Mens wil nie die eerste dag al die telefoon met private oproepe beset nie. Ek sal om vyfuur by die huis wees, dan kan ons gesels."

"Ek gaan nie vanaand studeer nie," belowe Tinus. "Môre en Vrydag ook nie. Die naweek is joune, as jy wil uitpak en kla of bedank."

"Ek sal nie kla nie."

Hy laai haar by die bushalte af, wuif oplaas en hou sy gebalde vuis met die duim na bo as 'n laat-dit-goed-gaan-teken toe hy wegtrek.

Dis wonderlik dat Tinus Rheede in haar lewe gekom het, dink Carina weer eens. Hy is 'n man so na 'n vrou se hart: maat, minnaar, broodwinner. Hy is ambisieus en verantwoordelik – soms miskien moeilik en kortgebonde, stroomop en besitlik, maar dis mos nes mans is. Hy is manlik en pragtig met sy breë skouers en die liggaamsbou van 'n rugbyspeler, dink Carina. Soms wens sy net hy was minder konserwatief. In die twintigste eeu sê almal basta met chauvinisme!

Albei geslagte, mans en vroue, is deesdae beroepsmense. Die tydperk van die swakker geslag, wat sonder stemreg en met besems en vadoeke tevrede moes wees, is saam met ossewaens en blouseep agter die rug.

Hy behoort dankbaar te wees dat sy bereid is om te gaan werk; bly te wees oor die ekstra inkomste terwyl hy nog met sy klerkskap sukkel. Hoekom neem hy haar kwalik? Sy wil nie onafhanklik wees nie, sy wil ook net geld bydra en help om hul begroting te laat klop.

Die gebou wat aan Fokus Uitgewers behoort, is groter as wat Carina dit onthou. Dit lyk selfs nog indrukwekkender as tydens die onderhoud vir die pos aan die begin van die maand.

11

By die ingang deursoek 'n veiligheidsbeampte haar handsak. Carina voel skaam oor die penne en potlode, die kam en gehawende borsel, sneesdoekies, lipstiffies en kleingeld wat sommer los lê.

"Ek begin by Fokus op die derde verdieping werk," verduidelik sy.

Die man stel nie belang nie. Hy beduie na die hyser.

Soos Carina verstaan het, bestaan die algemene uitgewery uit drie onderafdelings: vrouepublikasies, jeugliteratuur en letterkunde. Dit word deur Tertia Smuts, Liaan Botha en Henk Rautenbach behartig, saam met 'n aantal persklaarmakers, proeflesers en vertalers. En 'n tikster-sekretaresse . . .

Liaan Botha kyk haar vyandig aan, terwyl die ander twee uitgewers nie eers opkyk toe sy huiwerig binnestap nie.

"Goeiemôre," groet Carina. "Ek is mevrou Rheede."

Sy ontvang 'n knopknik as groet. Verder word sy geïgnoreer en alleen gelaat om haar lessenaar te vind en tuis te raak.

"Die vorige meisies het net aan kêrels en trou gedink," merk Tertia op. "Die liassering is chaoties . . . 'n gemors."

Twee pluspunte, dink Carina. Sy was voor haar troue liasseerklerk by 'n bank.

Liaan Botha kyk op van die manuskrip wat sy besig is om te keur. "Kan u tik, mevrou?"

Carina wens sy het gesê sy is Carina Rheede.

"Dis waarvoor ek aangestel is, juffrou."

"Is dit? Reken jy so?" Liaan klink skepties. Sy kyk Carina 'n slag op en af, maar verduidelik nie wat sy bedoel nie.

Carina vra ook nie. Daar is nie tyd nie. Sy word toegegooi met stapels agterstallige briewe wat met die hand in onduidelike skrif afgerammel is. Al een waarvan die skrif leesbaar is, is dié van Tertia.

By die bank het Carina met 'n woordverwerker geskryf;

hier moet sy 'n tikmasjien gebruik. Gelukkig is dit 'n elektriese, luukse model. Aangesien dit 'n uitgewery is, let Carina veral op taal, spelling, sinskonstruksie en punktuasie. Sy glo nie 'n skrywer sal sy volgende manuskrip aan dieselfde uitgewers stuur wat ontvangs vir sy manuskrip in swak taal erken nie. En manuskripte is Fokus se brood en botter.

Niemand bedank haar vir haar moeite met die briewe nie; niemand rep 'n woord oor die liassering waarmee sy tussen die berge lêers orde uit die chaos probeer skep nie. Meneer Du Toit was tydens haar onderhoud baie tegemoetkomend en vriendelik. Carina wonder waar hul hoofbestuurder is.

"Ek verkies *agtelosig*, nie *agterlosig* nie," merk Tertia op.

"Dis 'n wisselvorm," maak Carina verskoning. "Jammer, mevrou Smuts, ek het nie geweet watter een u verkies nie. Ek sal die keurverslag oortik."

"Moenie moeite doen nie, korrigeer dit sommer met 'n pen."

Meteens lui die telefoon en almal kyk na haar.

"Fokus Algemeen, goeiemôre," antwoord Carina.

Dis 'n skrywer, kwaad omdat sy tantième-tjek foutief is. Die vorige voorraadopname, verkope en afrekening klop nie met dié van ses maande later nie en hy is ergerlik omdat Rasmus du Toit nie daar is om die probleem op te los nie.

"Ek skakel en skakel . . . Waar loop hy gedurig rond?"

"Net 'n oomblik, meneer," versoek Carina. Sy druk die mondstuk toe. "Meneer Rautenbach, weet u moontlik waar meneer Du Toit is?" vra sy vir Henk, wie se lessenaar naaste aan die telefoon is.

"Wat?" Hy soek na sy pyp. "Uit."

"Hy speel seker weer gholf," sê Liaan stug. "Of iets erger . . ."

"Ongelukkig is meneer Du Toit nie op die oomblik beskikbaar nie, meneer Van Breda," sê Carina maar hoflik. "Kan ek 'n boodskap neem en hom vra om u terug te skakel?"

"Nie vra nie, sê hy móét my bel."

Pieter van Breda, wat *Tolgras* geskryf en met *Kaleidoskoop* die Perskorprys vir poësie gewen het, onthou Carina. Dis iets om vanaand vir Tinus te vertel – dat sy persoonlik met Pieter van Breda gepraat het en weet hoe sy knorrige stem klink.

"Releveer?" Henk Rautenbach druk sy wysvinger op 'n vel papier voor hom. "Hier staan: *'Releveer of remitteer,'* verklaar Adionisieus."

"Slaan dood," sê Liaan.

"Ek kan nie, dis poësie. Die rym en ritme sal uit wees."

"Kyk in die *HAT.*"

"Ek het. 'Releveer' is nie hier nie. Nel Rell, Remcke, Roets, Rozenkowitz . . . Waarom die *HAT* so duur is, weet nugter. Ek nie."

"Dis 'n telefoonboek wat jy daar beet het, oupa Hendrik," lag Tertia. "Gebruik 'n woordeboek."

Liaan vind dit nie grappig nie, gee net vir hom 'n lywige *Handwoordeboek van die Afrikaanse Taal* aan en gaan voort met haar eie werk.

"'Handwoordeboek'?" brom Henk. "Hy's so swaar ek kan hom skaars optel. 'Lyfwoordeboek' sou toepasliker gewees het."

Die telefoon lui onophoudelik; mense van wie Carina nog nooit gehoor het nie en oor wie sy nie ingelig word nie, kla in haar oor. Tussendeur tik sy briewe, koeverte en kontrakte. Sy kyk op haar horlosie. Dis 'n lang dag. Langer as waaraan sy die afgelope ses maande, sedert haar troue, gewoond was. Vermoeiender as wasgoed was, afstof, matte skoonmaak en koskook.

"Ek releveer verhogings," merk Henk op.

"Beteken dit ons gaan kry?"

"Nee. Net dat ek dit voorstel, noem, beklemtoon of dan releveer."

"Dit beteken min."

"Dit beteken dat julle 'n nuwe woord geleer het."

"En remitteer?"

"Dit beteken kwytskeld."

Net voor een stap die hoofbestuurder binne. Hy lyk sjarmant en aantreklik in 'n donker pak met 'n blou hemp wat by sy oë pas. Hy stap dadelik na Carina toe en steek sy hand uit.

"Dagsê. Welkom by ons, mevrou Rheede. Ek is bly jy het opgedaag. Jammer ek was nie hier om jou te ontvang nie."

Die eerste vriendelike gesig in vyf uur, en dan nog 'n aantreklike een daarby.

Carina glimlag skaam. "Alles in die haak, meneer Du Toit."

"Kom jy reg, mevroutjie?"

"Ja, meneer. Daar was 'n aantal oproepe vir u. Twee mense het gevra dat u so gou moontlik terugbel."

"Geen rus vir die sondaars nie!" grinnik hy. "Het jy boodskappe geneem?"

"Ja, meneer, asook hul telefoonnommers."

"Jy kry volpunte! Hoe lyk dit met 'n bietjie koffie? Maak sommer vir almal."

"Seker."

Carina voel flink en positief, maar sy het nie die vaagste benul waar die kombuis is nie. Teetyd het 'n bode vir hulle koeldranke gaan koop.

Tertia kom tot haar redding. "In die gang af, tweede deur regs. Die ketel lol, pasop dat jy nie geskok word nie."

Carina spoor geen enkele koppie, piering of teelepel op nie. Elke kas waarin sy soek, is vol koerantknipsels, resensies, stofomslae en proewe.

Sy moes daaraan gedink het dat haar baas moeg en dors sou wees nadat hy gholf gespeel het; onthou het die kantoor sluit om halfvyf, nie om middernag nie; geweet het as sy lank wegbly, sal iemand kom kyk wat aangaan. Carina het verwag dit sou Tertia wees, die hardwerkende en gaafste van die drie. Of Henk, wat ook nie te sleg lyk nie. Sy staan op haar knieë en grawe in die laaste deurmekaar kas, toe 'n stem agter haar praat: "Ek glo nie. Nie in Johanna nie." Dis haar baas. Geamuseerd, groter, langer en selfs aantrekliker as netnou.

"Ekskuus?"

"Sy is van geelhout en 'n erfstuk van die direksie," praat hy van die kas asof dit 'n vrou is. "Ek dink Johanna is vir belangrike kontrakte bedoel, nie plebejiese breekware nie."

Carina se wange is bloedrooi en sy skarrel haastig orent. Wat 'n situasie! Wat 'n posisie om in betrap te word. Vuil hande, hare vol spinnerakke en sitvlak doer in die lug, prominent reg onder sy neus ingedruk.

"Jou kous het geleer," merk hy op.

Carina wens die aarde sluk haar in; wens hy was honderd jaar oud en skreeulelik.

"Ja. Ek . . . ek kon nie die koppies kry nie," stamel sy.

"So sien ek, ja."

Sy wens hy was bysiende ook. Bokant die geleerde kous sit 'n vetkol op haar romp. Sy probeer dit ongemerk afvryf.

"Carina, Rina . . . Dit is die kluis, nooi," verduidelik hy. "Die inflasiekoers styg en Fokus trek noustrop. Maar selfs 'n malkop soos Charmaine sou nie die koffie agter slot en grendel gebêre het nie."

"Ek is jammer . . ."

"Nee." Rasmus skud sy kop. Skielik is die lagliggies weg en sy blou oë is ernstig. "Nee, óns moet om verskoning vra. Het niemand jou deur die gebou geneem en touwys gemaak nie?"

Carina wil nie stories aandra nie. "Almal was besig. Ek

het nie gevra nie en hulle het seker ook nie daaraan gedink nie."

"Kom!" Rasmus trek haar aan die arm. Hy marsjeer met Carina die gang op en maak die eerste deur oop. "Subkantoor. Persklaarmakers en proeflesers. Minder formidabel as wat hulle lyk. Jan Goosen, daar by die venster, is ook vertaler, indien jy hom nodig kry."

Hoër af in die gang is die drukkery. Rasmus du Toit maak die dubbele deur oop en weer toe. "Net om te kyk en te weet, nie om te luister nie. Jou oortrommels sal bars. Hermie Herman is bestuurder van die drukkery. Hy het 'n swak vir skaam blondines en sal jou nie 'n skewe antwoord gee as jy vir hom sê dat 'n skrywer wil weet in watter stadium van produksie sy boek is nie."

Volgende is die afdeling wat skoolboeke en vakliteratuur hanteer, dan die rekenmeesterskantoor, toonbankverkope, kleedkamer en kombuis. Daarna die laaste deur in die gang, met 'n koper-naamplaat op.

"My kantoor. Ek is nie altyd hier nie, soos vanoggend, toe ek 'n boekbekendstelling moes bywoon. Maar ek is ook beskikbaar, mevrou, indien jy probleme ondervind. Moenie huiwer nie, kom gesels gerus."

Carina kry die gevoel dat hy van die atmosfeer en onderstrominge in die algemene afdeling weet. Rasmus du Toit aarsel. Hy is 'n oomblik lank stil; dan trek hy sy skouers op en glimlag. "Of kom kla, as jy klagtes het."

"Dankie, meneer."

"Voel jy nou meer tuis? Sal jy nóú regkom?"

"Ja, dankie, meneer Du Toit. Dankie vir die besigtigingstoer."

"Plesier. Ek was ook eens op 'n tyd nuut ..." Hy knik en verdwyn in sy kantoor, waar die telefoon begin lui.

Op in die gang is regs, af is links, probeer Carina onthou. Sy let op hoeveel melk en suiker haar hoof in sy koffie drink en probeer dié ook vir die toekoms in haar geheue bêre. Sy maak 'n aantekening van 'agtelosig', 'releveer' en 'remitteer', van 'weer eens' wat twee en 'nogmaals' wat een woord is. 'Kopie' is die manuskrip en die 'intro' is die eerste paragraaf, net na die skutbladsye en titelblad, wat deur die tipograaf ontwerp word. Skrywers kry 15% tantième en PG Botes is professor Cloete se skuilnaam. Hy woon in Kaapstad, skakelkode 021 en poskode 8000. Sal sy ooit alles onthou?

Vroeër was sy moeg en tot eenuur het die tyd verbygesleep, maar na wat soos 'n uur voel, is Carina verbaas om skielik te merk dat dit vyf en twintig voor vyf is – nie in syfers geskryf nie; in woorde, sonder koppeltekens. Haar eerste dag is verby. Vyf minute gelede al.

Almal pak op. Huistoegaantyd, besef sy. Sy sluit haar tikmasjien en liasseerkabinette, maak vensters toe en skakel die lugversorger af. Om netnou vir Tinus mooi te lyk, kam sy haar hare, poeier haar stowwerige neus en wend lipstiffie aan.

Rasmus werk gewoonlik laat en sien haar toe sy in die gang verbystap hyser toe.

"Mevrou Rheede!" roep hy.

Nog tikwerk? wonder Carina. Nog briewe? Sy voel suf. Haar oë brand van konsentrasie en haar vingers gaan môre styf wees. Maar hy is haar baas en hy is gaaf . . . Sy draai om na sy kantoordeur.

"Ja, meneer?"

"Sunnyside?" vra hy. "Wesstraat? Dis waar julle woon, nie waar nie?"

"Ja, meneer."

"Jy klink soos 'n standerdses-meisietjie die eerste dag op hoërskool. Ek ry deur Sunnyside; dis op my pad huis toe. Ek voltooi net gou 'n bemarkingsverslag. As jy vyf minute wag en nie ander afsprake het nie, kan jy saamry."

Haar adres staan op haar aansoekvorm, maar Carina wonder hoe hy weet sy het die bus gehaal.

"Dit sal gaaf wees. Dankie, meneer."

"Moeg?" vra hy simpatiek.

Sê sy ja, klink dit of sy kla oor te veel werk en sê sy nee, laai hy haar dalk nie op nie en word sy weer in die stamperige bus rondgeskud. Vyf blokke is ver om te loop en dan kom sy boonop later by die huis. " 'n Bietjie," erken sy.

Rasmus se vyf minute is drie, daarna tel hy 'n kontrak op wat Carina getik het. "Jou werk is puik. Ek waardeer die moeite wat jy met die tabellering gedoen het."

"Dankie, meneer."

"Los die 'meneer'." Hy staan op, trek sy baadjie aan en neem sy motorsleutels. By die hyser draai hy met 'n glimlag na haar. "Ek sou oor jou spelling en taalaanvoeling ook wou uitwei en dankie sê, maar die gedagte is om jou vroeër tuis en by jou man te kry, nie láter as met die bus nie."

Sy Mercedes-Benz is ook blou. Metaalkleurig, eintlik silwerblou, met outomatiese ratwisseling en brandstofinspuiting. Carina probeer om nie aan hul Noagse bruin Volksie met knersende ratte te dink nie.

Asof hy haar gedagtes kan lees, vra Rasmus: "Watse werk doen jou man?"

"Hy is 'n klerk." Carina was dislojaal teenoor hul getroue ou kewertjie, sy wil dit nie teenoor Tinus ook wees nie. "Ingeskrewe prokureursklerk," voeg sy by.

Sy het verwag haar skatryk baas sal nie in arm Klase belangstel nie, maar hy lyk beïndruk. "Besig om te article en binnekort volwaardige prokureur? Fokus sal hom dan dubbel moet betaal vir die dienste van sy bekwame vrou."

Carina lag. Haar baas is gaaf en onweerstaanbaar aantreklik, maar sy is lankal nie meer 'n tiener nie. Hy vlei haar maar net omdat hy kan sien sy voel nog vreemd en ongemaklik en wil haar op haar gemak stel.

Sy probeer ontspan. "Tinus druip dalk sy laaste hoofvak, dan moet ek nog 'n jaar lank help om die pot aan die kook te hou."

"Fokus sal daarby baat vind. Ek ook."

Carina kyk anderpad, skielik weer gespanne en ontuis in Rasmus du Toit se geselskap. "Volgende straat regs," beduie sy.

Die Vollie sou op sulke kort kennisgewing op sy dak beland het, maar die Mercedes het 'n kragstuur. Al wat gebeur, is dat die bestuurder van die motor agter hulle toeter blaas.

"Jammer, ek moes eerder gepraat het. Jammer, meneer," maak Carina verleë verskoning.

Rasmus hou voor Parkhof stil. "Jou ge-meneer laat my soos 'n argaïese laerskoolhoof voel."

"Jammer, menee . . . e . . .?" Sy lag effens senuagtig. Hou skielik op. Dit het dalk voorbarig geklink. Sy byt haar onderlip vas. "Ek is jammer, maar ek weet nie wat om u te noem nie."

Sy het verwag hy sou "meneer Du Toit" voorstel, maar hy is opeens nie die grootbaas van Fokus se personeel van oor die tagtig werknemers nie.

"Erasmus is 'n té groot mondvol en ek vertrou in elk geval nie mense wat 'n van as 'n naam het nie. Tweede beste is Rasmus. Ook heel formidabel. Wat van doodgewoon net Ras? Ek sal dit verkies."

Ras? Sy glo nie in honderd jaar sal sy hom so kan noem nie. Carina knik. "Goed. Dankie, m . . . e . . . Dankie."

Hy help haar toe sy halsoorkop na die deurhandvatsel soek en sukkel om dit oop te kry. "Regs . . . druk hom af. Of moet ek sê op? Is jy een van daardie agterstevoor mense wat sê: 'Ek gaan op Kaap toe met vakansie'? Of 'af Windhoek toe'?"

Hy is te na aan die kol. Carina hoop nie hy weet dat sy rigtingloos is en na twee en twintig jaar in Pretoria nog steeds in haar geboortestad verdwaal nie. "Ek hét uiteindelik die kombuis pleks van die kluis opgespoor," verweer sy haar.

"Met my hulp," terg Rasmus. "Anders was jy nou nog daar tussen die spinnekoppe en brommers begrawe."

Carina onderdruk haar lag, want sy weet dit sal weer soos 'n standerdsessie s'n klink. Sy klim uit. "Dankie dat u my opgelaai het. Ek waardeer dit."

"U is welkom," antwoord Rasmus net so plegtig en formeel. Hy wuif oplaas. Die volgende oomblik verdwyn die agterliggies van die silwerblou Mercedes om die hoek.

Carina haas haar na die woonstelgebou se trap. Dit voel of sy haar dag in gange deurgebring het. Op met die gang, af om die draai, sesde deur regs . . .

By die afgeskilferde sesde deur is alles donker. Die vensters is dig toe en nêrens is 'n teken van lewe nie. Niemand maak oop toe sy klop nie.

Carina klop weer, twee keer, harder.

"Tinus! Is jy hier?"

Sy draai die handvatsel, voel aan die vensters en hamer met haar vuiste teen die deur. "Tinus? Waar's jy? Maak oop!"

Hul buurvrou skree bo die lawaai van die TV en haar tiener se popmusiek uit: "Hy's nie hier nie!"

Carina klop langsaan. "Tant Susie, dis ek, Carina. Ek kan nie inkom nie. Waar's Tinus?"

Tant Susie lyk soos 'n ystervark met al die krulpenne in haar hare. "Nee, hoe sal ek nou weet, hartjie? Het jy nie gefoun om te sê jy sal laat wees nie?"

"Ek is vroeg. Ek het gesê ek sal om vyfuur by die huis wees en dis nou 'n minuut voor. Het tant Susie hom nie gewaar nie?"

"Nee, hartjie. Hy was nie naby die flêt nie, die hele middag nie. Anderster sal ek hom gehoor het."

Carina se bekommernis slaan oor na onrus, dan na ontsteltenis. Sy hardloop na die parkeerterrein, maar die

Volksie is nêrens in sig nie. 'n Motorongeluk, dink sy. 'n Hartaanval of slegte nuus op kantoor van sy ouers . . . Hy is altyd baie stiptelik. Vandat sy hom ken, was Tinus nog nooit laat sonder dat hy laat weet het nie. Iets moes gebeur het.

Maar Fokus se telefoon was byna heeldag lank beset – hy sou nie maklik kon deurkom nie, besef sy. As hy siek geword het of slegte tyding gekry het, sou Tinus haar nie kon laat weet nie. Sy was besig en onder druk, maar daar was wel soms tussenin 'n paar oop minute. Pleks dat sy hóm gebel het; minder aan haar werk en haar baas en meer aan haar man gedink het . . . As Tinus iets oorgekom het, sal sy haarself nooit vergewe nie.

Carina bly staan op die koue, donker stoep. Nie haar werk nie, nie komplimente of geld is belangrik nie. Sy het haar man lief en hy is al wat in haar lewe saak maak.

Waar is hy?

2

Carina draf met die trap op na die woonstel van die gebou se superintendent op die volgende verdieping.

Voor sy mevrou Ehlers kan vra om Tinus se kantoor en die polisie en hospitaal te bel, skree tant Susie: "Stop! Karrietjies, waar's jy? Hier's hy! Hy's hier!"

Carina haas haar terug na hul woonstel toe.

Tinus leun teen die bruin deur, sy arms voor sy bors oormekaar gevou. Een kyk na sy gesig laat haar wens hy het liewer nog 'n rukkie weggebly.

"Hallo, lief. Is iets . . . Wat skeel?" hakkel sy.

Hy groet nie. "Alles."

"Het jy 'n ongeluk gehad?"

"Ja."

Carina merk nou eers dat sy hande vol ghries en olie is, maar daar is gelukkig nie bloed of gebreekte bene nie.

"Het jy seergekry, Tinus?"

"Binnekant."

"Inwendig? Was jy by 'n dokter?"

"Ek glo nie 'n dokter het daarvoor raad nie; dalk 'n sielkundige."

Carina frons. "Ekskuus?"

Tinus vee met 'n moeë hand oor sy gesig. Hy sug en soek in sy sak na die voordeursleutel. "Kom ons praat binne, voor die hele wêreld hoor wat ons sê."

"Is nie, ek luister nie af nie," stry 'n verontwaardigde tant Susie. "Ek probeer net hoor wat gebeur het. Watse ongeluk was jy in, Tienie?"

"Per ongeluk," antwoord Tinus.

"Watse ding is dit?"

"Toeval."

"Ook maar ongeskik, vandag se jong kêrels," mompel tant Susie toe hy nie verder antwoord nie en die deur agter hom en Carina toemaak.

Carina bly in die eetkamer staan. "Wat het gebeur, Tinus?"

Hy stap deur sitkamer toe.

"Hoekom is jy laat?" vra sy weer.

"Die Volkswagen wou nie vat nie. Ek moes eers die battery se pole skoonmaak."

"Was dit die toeval waarvan jy gepraat het?"

"Nee."

"Wat dan?"

Tinus gaan sit op 'n stoel so ver moontlik van haar af. "Ek het gedink jy sal moeg wees, daarom wou ek jou by die bushalte gaan haal."

"Dankie. Dit was bedagsaam van jou."

"Bedágsaam?" herhaal hy sarkasties. "Eerder ongeleë."

Carina begryp nie waarop hy sinspeel nie. "Hoekom?"

"Terwyl ek bedagsaam gewag het, het jy en 'n blink Stefaans in 'n lang, slap motor daar verbygewoerts. Jolig en gesellig, te besig om links of regs te kyk. Te behep met mekaar om my raak te sien, al het ek gewuif en geroep en in die proses byna onder 'n vragmotor beland."

Daar is 'n hol gevoel op Carina se maag. Sy sluk. "Ek het jou nie gesien nie . . ."

"Nee, natuurlik nie, want jy het net vir daardie vent oë gehad."

"Is nie!"

"Per ongeluk het ek op die regte tyd opgekyk. Of moet ek sê verkeerde tyd? Toevallig het ek gesien hoe hy na jou oorleun en iets sê. Hoe jy lag en na hom kyk . . . Of die vragmotor my raakgery het of nie, kon jou min skeel. Hy was baie belangriker as ek. Wie is die skepsel?"

"Meneer Du Toit." Voor hy kan antwoord, gaan Carina voort: "Hy het niks daarby bedoel nie. Hy woon in Lynnwood of . . ."

"O, het julle adresse uitgeruil?" val hy haar in die rede.

"Nee. Ek het gesê óf . . . of Menlopark of Waterkloof. Iewers in die oostelike voorstede. Vir al wat ek weet, Siberië of Timboektoe. Sunnyside was op sy pad, daarom het hy aangebied om my op te laai."

"Hoe het hy geweet ons woon in Sunnyside as jy hom nie vertel het nie?"

"Dit staan op my aansoekvorm."

"Daar werk seker 'n honderd meisies by die plek. Laai Du Toit almal op wat op sy pad is?"

"Ek weet nie."

"Hoeveel ander meisies was in die Mercedes-Benz?"

"Jy's onredelik, Tinus."

"En jy? Wat is jy? 'n Vrou wat vergeet dat sy getroud is?"

"Liewe land, ons het skaars twee woorde met mekaar gepraat!"

"Dit het nie so gelyk nie."

"Jy moet 'n bril kry."

"En jy het 'n gehoorapparaat nodig. Terwyl ek julle dopgehou het, het blink Stefaans twee dosyn woorde te sê gehad. Jy ook."

Carina gaan sit oorkant Tinus. "Ons is albei oorspanne, ek omdat ek moeg is na 'n lang dag en jy omdat jy met 'n saak besig is wat nie vlot nie, 'n eksamen op hande het en die motor lol. Moenie dat ons oorreageer en mekaar onnodig seermaak nie. Ek is jammer dat jy verniet bushalte toe gery het. Al wat gebeur het, is dat meneer Du Toit smiddae in dié rigting ry en aangebied het om my op te laai. As ons gesels, was dit oor die pad, boeke en liassering. Niks om jou oor te ontstel nie, engel."

"Gaan dit nou 'n gereelde affêre wees – dié oplaaiery?"

"Nee. Die uitgewers by die algemene kantoor was nie juis vriendelik met my nie en meneer Du Toit het dit blykbaar agtergekom. Al wat hy wou doen, was om daarvoor te vergoed en my die busgeld te spaar."

Tinus het nog nie afgekoel nie. "Ek vra nie aalmoese nie. Ek kan my vrou se busgeld self betaal."

"Ek sal ons hoofbestuurder so inlig. Geen aalmoese, geen liefdadigheid nie. Ek op die Noordpool, hy op die Suidpool. Ek sal skriftelike memorandums stuur en nie weer my mond op kantoor oopmaak nie. Nie eens teenoor Henk Rautenbach nie. Goed so? Sal dit jou tevrede stel?"

Carina het verwag hy sal vra wie Henk Rautenbach is. Sy het altyd gekla hy is konserwatief, maar Tinus verras haar. Hy vra niks. Praat nie. Maak nie verder rusie nie. Trek haar op sy skoot en hou haar styf teen hom vas.

"Engel, bokkie, liefste . . . Ek is laag en gemeen. Al verskoning wat ek kan aanbied, is dat ek jou liefhet, dat ek my tekortkominge besef en bang is om jou te verloor. Ek is jammer . . ."

Carina klem hom om die nek vas. "Jy is al een wat ek het. Ek wil vir jóú lief wees, nie ander mans nie. Ons was nie jolig en gesellig nie. Ek het die hele ent pad in my hoekie van die motor gesit, te bang om boe of ba te sê, en aan jou gedink. Aan ons woonstel; wat ek vanaand gaan kook en wat ons gaan . . ."

Tinus maak haar stil met 'n soen.

" . . . eet?" voltooi hy Carina se sin. "Nie weer maalvleis of hoender nie. Biefstuk met sampioene, gebakte ertappels en suurroom."

Luukshede wat buite hul bereik is.

"Ons het nie sulke goed nie. Net ertappels . . ."

"Restaurante het sulke goed."

"Uiteet?" Carina wil huil. Hulle kan dit nie bekostig nie en dis nie nodig dat Tinus met Ras du Toit probeer kompeteer of byhou nie. Sy het hóm lief soos hy is, al is hy moeilik, onredelik jaloers en besitlik. Hy bly die man met wie sy bereid was om die res van haar lewe deur te bring, al was haar ouers daarteen gekant omdat hulle nog jonk is. Hulle het voorgestel dat hulle solank verloof kan raak, maar 'n paar jaar moet wag en eers geld bymekaarmaak voor hulle trou.

"Ek verlang nie na my dae van uiteet en partytjies nie," sê Carina. "Ek gee nie om om te kook en by die huis te sit terwyl jy studeer nie. Brei en lees en televisie kyk is net so lekker, solank jy net naby is. Dis genoeg."

"Dit is nie. Jy is verveeld en gefrustreerd. Jy kom te min uit."

Terwyl hy met die battery gesukkel het, het Tinus oor hul huwelik gedink. Hy het besef hy skeep sy vrou af. Hy het nie vir Carina gegee wat hy haar aangebied het nie; wat hy haar pa en ma belowe het nie.

"Wat het jy van jou jong lewe gehad, Carrie? Te min. Ek kon jou nooit uitneem na die plekke wat ek wou nie. Hoeveel Saterdagaande moes jy droëmond by die huis sit, terwyl jy beter verdien het, terwyl jou broer en jou vriendinne pret gehad het?"

"Dit maak nie saak nie."

"Dit maak. Gaan trek vir jou 'n mooi rok aan."

"Ons hoef nie uit te eet nie."

"Ons hoef."

"Nee . . ."

"Ja!"

Tinus is 'n goeie gasheer. Carina kan kies hoe laat en na watter restaurant sy wil gaan, waar sy wil sit en wat sy wil bestel.

Met enorme biefstukke en sampioensous voor hulle, wil hy weet: "Hoekom sê jy die uitgewers was nie juis vriendelik nie?"

"Miskien was ek te sensitief en is dit maar net 'n kwessie van onbekend maak onbemind. Dalk omdat die vorige tikster nie haar werk gedoen het nie, nou dink hulle ek gaan dieselfde wees."

"Was dit Henk Rautenbach wat onvriendelik was? Omdat jy nie voor sy sjarme geswig het nie?"

Carina lag. "Henk is te verstrooid om op te let ek is 'n vroumens." Sy vertel hom van die telefoongids, arme Henk se onpaar skoene en hoe hy sy pyp sommer op die vloer of langs die asbakkie uitklop. "Tertia is baie puntenerig, maar nie vyandig nie. Sy's net . . ."

"Hoekom?"

"Sy het blykbaar die een of ander kompleks. Hoekom weet ek nie, want sy is mooi. Sy lyk soos 'n model. Lank en skraal, met blonde hare wat amper tot by haar middel hang."

"Was dit teenoor jou dat sy komplekse het?"

"Nee. Almal het deurgeloop, selfs die proeflesers en posbode. Meneer Du Toit ook. Erger as ek. Sy het hom skaars gegroet, verder geïgnoreer en nie eers opgekyk wanneer hy met haar praat nie. Dit het amper gelyk asof sy haar rug na hom draai elke keer wanneer hy naby haar kom. Liaan is neuroties . . ."

Tinus is 'n regstudent. Dié professie het hom geleer om logies te dink, die oorsaak en gevolg te soek en by die kern van die saak uit te kom. Hoewel hy raai, vermoed hy wat die oorsprong is.

"Is sy getroud?" vra hy.

"Nee. Tertia is, en ek lei af dat sy twee kinders het. Van Henk weet ek nie. Dit lyk nie so nie. Geen vrou sal met hom kan huishou nie."

"En Du Toit?"

"Getroud? Ek weet nie."

"Liaan Botha sal weet."

Carina snap nie wat hy bedoel nie. Biefstuk en uiteet is egter spesiaal en sy wil nie die aand bederf deur oor haar kollegas te praat nie. Dis vir Tinus seker vervelig, want hy ken die mense nie en is duidelik nie dol oor haar hoof nie.

Later bestel hulle koffie, en sy vra: "Het jy regtig amper onder 'n vragmotor beland, of het jy 'n bietjie oordryf sodat ek jou moes jammer kry?"

Tinus voel skaam oor sy optrede. "Soos 'n visterman oordryf. Die voorwiele het my met 'n meter gemis, nie 'n sentimeter soos ek voorgegee het nie."

Hoewel hy ligweg praat, is Carina ontsteld. " 'n Meter? 'n Armlengte? Dis naby. Jy kon dóód gewees het."

Hy grinnik. "Dis presies wat die vragmotorbestuurder gesê het nadat hy my 'n idioot genoem het."

Dis ernstiger as wat Carina gereken het. "Het hy stilgehou? Was daar onaangenaamheid?"

"Toe maar, daar het genoeg nuuskieriges saamgedrom; hulle sou gekeer het as hy my 'n opstopper wou gee," stel Tinus haar gerus.

Haar man amper doodgery, in 'n onaangename struweling betrokke en byna aangerand, dink Carina. En sy woerts belangeloos verby, saam met haar gesellige baas in sy lang, slap motor. En toe Tinus agterna wou ry, wou die Volksie nie vat nie. Geen wonder hy was omgekrap nie. Sy sou heftiger gereageer het.

"As ek gesien het wat gebeur, sou ek uitgespring het om jou te gaan help. Meneer Du Toit ook."

As 'n man so omgekrap soos hy was, neem dit lank om af te koel. "Ek het nie hulp nodig nie. Ek kan vir myself sorg."

Carina weet die misverstand was haar skuld. Sy probeer sê wat sy dink Tinus wil hoor.

"Ek onthou . . . op hoërskool was jy 'n bokskampioen."

"Ek boks sommer weer."

As hy grappe maak, voel hy beter en het die onweer verbygetrek. Carina ontspan en drink haar koffie.

Donderdag is Liaan nie op kantoor nie – glo tandarts of dokter toe – en haar twee kollegas is baie toegankliker en selfs gemoedelik. Veral Henk Rautenbach.

"Mevrou Van der Reeder, is jy 'n kameel?" verneem hy.

Carina tik 'n kontrak met ingewikkelde tabellering. Na gister se komplimente wil sy nie 'n gemors aanvang en meneer Du Toit teleurstel nie. Sy probeer konsentreer.

"Ek dink vriend Henk praat met jou, Carina," sê Tertia droogweg.

Carina voltooi die laaste sin. "Ekskuus, meneer Rautenbach?"

"Is jy 'n kameel, mevrou Van der Reeder?"

"Nee, meneer Poggenpoel, ek is 'n dame."

"Kan jy 'n el gare deur die oog van 'n naald na die beloofde land laat gaan?"

Carina lei af dat hy kerk toe gaan en Bybelse vergelykings ken, hoewel hy dit verkeerd inspan.

"Dis die kameel self wat nie as ryk man deur die naald se

oog kan gaan nie. Wat kan ek vir jou doen, Henk? Knoop aanwerk?"

Hy glimlag breed. "Eintlik so sewe of agt . . ."

"Sal dít die beloofde land wees?"

"Enige plek sonder haakspelde en pakgoed is die paradys. Tertia het in die begin gehelp, nou verseg sy en sê ek moet nuwe klere koop. Maar dis my vriende. Hoe kan 'n man sy vriende weggooi?"

Die naald wat hy van die huis af saamgebring het, is 'n els en die gare 'n skel posbusrooi.

"Ek het tuis 'n laai vol bruin en grys gare," sê Carina. "Gee my die broeke en hemde, dan werk ek vanaand al die knope aan en bring dit môre terug."

Henk sê nie dankie nie. Hy verdwyn op 'n drafstap by die deur uit en waag dit nie om elfuur weer vir haar koeldrank te koop nie.

Rasmus du Toit het 'n snyerspak aan, sonder haakspelde of Bostik. Dieselfde tyd as gister stap hy by die algemene kantoor in met 'n dringende jeugmanuskrip wat besliste voorskryfmoontlikhede het.

"Tertia . . ." flikflooi hy.

"Jammer, Rasmus, ek sit vas met blommerangskikkings en koekversierings," maak Tertia verskoning.

"Dis 'n wenner. Lees, kyk net daarna . . ."

"Ek ken nie fiksie nie, Ras. Jeugverhale is Liaan se baba."

"Liaan sal eers Maandag terug wees en dié boek moet dringend gekeur word."

"My mening is . . . Ek kan nie jeugverhale beoordeel nie."

Rasmus draai na Henk wat pas terug is en op die punt van sy stoel sit. "Ou vriend, dis doodsake. Besef jy hoeveel geld Fokus uit 'n boek kan maak wat voorgeskryf word?"

Henk beduie na sy lessenaarblad, waar manuskripte opgestapel is. "Sit neer. Sit maar neer, Rassie, ek sal mettertyd na dié pleging kyk."

"Henk, ek en Jan het dit gelees. Dis 'n goeie manuskrip. Al wat ons vra, is 'n derde mening ter wille van sekerheid en rompslomp se dokumentasie."

Rasmus wend hom tot Carina. "Dagsê. Bly jy is steeds hier, mevroutjie. Wil jy kyk? Lees en 'n mening uitspreek?"

"Ja, graag. Maar wat weet ek, meneer?" vra sy verleë. Sy weet net van skottelgoed was en tik en liassering. Hoe kan sy 'n jeugverhaal evalueer?

Rasmus knik soos Henk Rautenbach: "Was jy ooit elf of twaalf, Carina?"

"Ja, ek was."

"Jy lyk steeds twaalf. Ideaal. Lees!"

"Ek het nie kinders nie, meneer," sê Carina.

"Wat het dit met die prys van vleis te doen? Dat 'n skrywer moet kinders hê om oor kinders te kan skryf, is 'n mite. Dieselfde geld vir lesers en keurders. Beter en meer outentiek, is eie ervaring. As jy 'n taalaanvoeling het, as jy 'n boek ken, as jy self eens op 'n tyd 'n tiener was, kan jy jou in 'n twaalfjarige se denkprosesse indink. Jy kan sê dis gemors of briljant. Ek hoor dié een is laasgenoemde. Lees en rapporteer sodra jy klaar is."

"Ek weet nie of ek kan nie," hou Carina vol. Maar die manuskrip lê reeds op haar lessenaar en die grootbaas het gepraat. Sy het geen keuse nie.

"Rasmus het nie gekom waar hy is sonder aanvoeling, 'n sesde sintuig en 'n vlymskerp brein nie," sê Tertia. "Al noem ons hom op sy voornaam en al is ons vriende, bly hy die man wat oor ons wel en wee beskik. Los die telefoon en Charmaine se gemors. Jy is jonk en intelligent. Lees die verhaal en sê wat jy dink."

Carina volg Tertia se raad. Sy lees. Twee ure gaan verby. Pos- en koffietyd ook. Sy ignoreer skrillende telefone en vorder driekwart deur die manuskrip. Dan kyk sy op.

"Wat van die keurverslag en briewe wat vieruur in die possak moes wees?"

31

"Afgehandel en in. Geen koerantman is haar sout werd as sy nie kan tik nie."

"Koerantman is háár . . .? Nie koerantvrou of -meisie nie?"

"Koerantman," herhaal Tertia. "Die woord 'koerantvrou' het soos 'redaktrise', 'uitgeefster' en 'joernaliste' uit woordeboeke verdwyn. Dis terminologie wat in die eeu van die geëmansipeerde vrou in onbruik geraak het. Wat dink jy van die manuskrip?"

"Ek is amper klaar . . ." Carina verdiep haar in die laaste gedeelte van die manuskrip.

Henk kom tel die naald en gare om kwart oor vier van haar lessenaar op. Hy gee haastig pad voor Carina kan reageer of vrae stel.

"Wat makeer hom?" wil sy by Tertia weet.

Tertia haal haar skouers argeloos op. "Dis volmaan . . . of hy het pampoene geplant wat nie groei nie. Is jy klaar?"

"Ja. Dis 'n baie goeie boek."

"Manuskrip. Gaan sê dit vir Ras, dit sal sy dag maak; Fokus se jáár maak, as jy die anglisisme sal verskoon."

Carina wens sy kon haar belofte aan Tinus nakom en 'n memorandum op Rasmus se lessenaar gaan neersit, wens sy kon draaie om Ras du Toit loop, soos sy haar voorgeneem het en soos Henk om die een of ander rede vandag met haar gemaak het.

Carina stel dit so lank moontlik uit; tot op die laaste minuut; tot dit amper huistoegaantyd is. Soos gister, aarsel sy in hul hoofbestuurder se kantoordeur.

"Meneer Du Toit, ek reken die verhaal is skitterend, as my mening enigsins van belang is; die agtergrond en emosies goed geteken en die gebeure oortuigend."

"Sit," beveel Rasmus. "Vertel my hoekom jy so reken."

"Kinders hou van 'n bekende milieu, karakters waarmee hulle hulle kan vereenselwig en van spanning, pleks van lang verduidelikings, wat hulle in elk geval oorslaan."

32

"Het jy?"

"Bedoel u in die boe . . . manuskrip?"

"Stukke oorgeslaan toe jy 'n kind was?"

"Lang stukke waar die verteller aan die woord is?" Carina is skaam. "Op twaalf het ek meer in handeling en aksie belang gestel as oninteressante verduidelikings."

"En nou?"

"Nou . . . Nóú lees 'n mens 'n bietjie dieper. Jy let op die uitbouing van karakters, hul emosies, beweegredes en . . . maar die aksie is steeds belangrik."

"Dis nie 'n sonde nie. 'n Sterk verhaallyn is die kern van enige suksesvolle boek. In watter standerd was jy toe jy twaalf was?"

"Standerd vyf."

"Sou jy dié . . . e . . . boek deurgelees het as jy dit kon lees toe jy in standerd vyf was?"

"Gewis. Ek sou hom nie kon neersit nie."

"Sou jy gedeeltes oorgeslaan het?"

Carina huiwer. Wie is sy, wat nog nooit een enkele skeppende woord op papier vasgelê het nie, om 'n bekende skrywer se werk te kritiseer?

"Ek het gevra jy moet eerlik wees," versoek Rasmus.

"Daar is te veel . . ." Carina weet nie wat die regte woord is om te gebruik nie. "Ek dink daar's te veel . . . e . . . prekerigheid?"

"Moralisering?"

"Ja. Dit word met 'n . . ." Carina wens sy kon haar gedagtes beter in woorde uitdruk, haar argumente beter formuleer. "Hy gee dit met 'n lepel in; druk dit in die kind se keel af. Die storie is so goed . . . ek dink die uitgerekte . . . moralisering is onnodig en aan die hare bygesleep. Die verhaal self leer die seun 'n les van oos, wes, tuis bes. As hy van die huis af wegloop en een ramp na die ander tref hom, is die boodskap tog glashelder. Dit hoef nie deur die verteller beklemtoon te word nie."

Carina het gedink sy praat te veel, dat Rasmus hom gaan vererg, die manuskrip vir Henk gaan gee of wag tot Liaan terug is. Maar hy knik. "Korrek. Nie 'n slegte opsomming nie. Reg so. Slaan dood."

Liaan het ook daardie uitdrukking gebruik. Carina is nie heeltemal seker wat 'doodslaan' beteken nie.

"Haal uit. Verwyder. Deurstreep," verduidelik Rasmus toe hy sien sy begryp nie.

"Die moralisering?" vra Carina.

"Die preke wat in die kind se keel afgedruk word. Die manuskrip is in elk geval te lank. Sny sowat elf bladsye. Méér, as jy dink die tempo en spanningslyn sal daarby baat vind."

"Ek . . .?" vra Carina.

"Wie onderskat jy? Jouself of vir my en my vermoë om mense op te som?"

Carina weet nie wat om te antwoord nie.

" 'n Mens leer vinniger swem wanneer die water diep is. Dis swem of verdrink, suster! Jy's nie net mooi nie, jy's talentvol ook. Beskou dié manuskrip as 'n vingeroefening. Van jou, Carina Rheede, gaan ek nog 'n uitgewer maak – een van die bestes. Kan ek jou huis toe neem?"

Hoewel die aanbod op kort kennisgewing geskied, is Carina beter voorbereid. "Baie dankie, meneer, maar . . . e . . ."

"Ras," korrigeer hy.

"Baie dankie . . ." begin Carina weer.

"Maar . . .?" vra hy en glimlag sy effense glimlag.

"Maar ek wil vinnig inkopies gaan doen."

Rasmus dring nie aan nie. "In die haak. Wikkel, anders is jy laat. Gee, ek sal die manuskrip in die kluis gaan wegsluit."

"In Johanna?" vra sy.

Rasmus glimlag. "Jy leer gou. Sal jy met die bus oor die weg kom?"

"Ja, dankie."

Toe Carina uitstap, sien sy hom nêrens nie. Reeds weg huis toe, na sy vrou en kinders toe, besluit sy. Dis beter so. 'n Mens kan nie anders as om van hom te hou nie. As sy nie 'n moeilike man gehad het nie, sou sy maklik met Ras goeie vriende kon word. Selfs meer. Maar sy is getroud en hy waarskynlik ook. Dis beter om 'n professionele afstand te behou. Nie sy op die een pool en hy op die ander nie, maar gewis ook nie te familiêr nie.

Tinus en haar huwelik is belangriker as 'n nuwe werk en 'n nuwe vriendskap. As sy vriende soek, het sy haar skoolmaats. Of Tertia. En Jan en Henk. Selfs Liaan, wat 'n uitdaging bied en by wie sy baie ten opsigte van jeugverhale kan leer.

Dis beter so. En veiliger so, besef sy. Sy groet die deurwag en loop bushalte toe.

3

Aangesien dit spitstyd is, staan die mense tou by die bushaltes en is die busse vol. As die eerste bus nie verbygery het nie, sou Carina nie meer by die halte gestaan het toe Rasmus verbykom nie. Sy sien dat hy verbaas na haar kyk. Hy skakel die rigtingwyser aan en swaai oor na die linkerbaan, dan kyk hy opeens voor hom en ry verder.

Carina beweeg saam met die massa vorentoe en soek 'n staanplek in die volgende bus. Sy voel skielik alleen en ellendig. Is hy kwaad omdat sy 'n leuen oor die inkopies vertel het, of was hy taktvol deur voor te gee dat hy haar nie gesien het nie? Is hy vies omdat sy die manuskrip gekritiseer het, of was daar nie stilhouplek nie? Daar is ook 'n derde en vierde moontlikheid. Hy is haastig om by die huis te kom, of hy is nie lus vir haar naïewe geselskap nie.

Om weer soos 'n argaïese skoolhoof behandel te word nie.

Wat maak dit saak? dink sy. Solank sy aan die einde van die maand haar salaristjek ontvang en Tinus kan bystaan met die betaling van die woonstelhuur, water- en elektrisiteitsrekening en aankoop van kruideniersware, maak dit nie saak wat die hoofbestuurder van 'n obskure tikstertjie dink nie.

Die Volkswagen wag nie by die bushalte toe sy afklim nie. Die leuen was dus onnodig . . . Hy kón haar maar opgelaai het, sonder dat Tinus daarvan sou weet, sonder dat hy weer 'n kabaal sou opskop.

Nee, besef sy halfpad deur die derde straatblok op pad woonstel toe. Dan moes sy vir Tinus jok. 'n Huwelik is 'n vennootskap wat op vertroue gebaseer word, op elke vennoot se eerbaarheid. As die een begin toesmeer en noodleuens uitdink – glo dat die doel die middele heilig – is jy oneerlik teenoor jou maat wat beter verdien. Wat sou gebeur as sy een middag onverwags by Tinus se kantoor opdaag en hoor hy is saam met sy sekretaresse huis toe? Of as sy hom in 'n restaurant saam met 'n ander meisie sou sien? Hoe sou sy voel?

Carina is boetvaardig toe sy uitasem by die woonstel aankom. Selfs met die deurdringende reuk van gebrande kool toe sy die voordeur oopmaak, bly sy vrolik en waarderend.

"Hallo, engel. Maak my barmhartige Samaritaan kos?"

"Ek wou . . ." Hy het nie nodig om verder te verduidelik nie. Die vloer en wasbak spreek boekdele van wat hy wou, maar nie kon doen nie.

Sy het vanoggend na ontbyt opgewas en die woonstel silwerskoon agtergelaat. Nou lyk die kombuis soos die eerste dag van 'n uitverkoping. Oral staan vuil kastrolle met gebrande inhoud, 'n smerige stoof, spatsels en vuil skottelgoed net waar sy kyk. Tinus se hare is deurmekaar en hy laat die laaste opskepbak uit die kas aan skerwe val.

Carina is moedeloos. "Ons moet eerder vanáánd gaan uiteet het . . ."

"Ons kan steeds, as jy wil."

"En veroorsaak dat die telefoon- sowel as die elektrisi-teitsdienste beëindig word? Wees realisties, Tinus. Ons kan dit nie bekostig nie."

"Dis die einde van die maand se bekommernis. Los dié gemors. Kom ons gaan eet iewers iets, al is dit net 'n ham-burger."

Los die gemors . . . En wie moet dit skoonmaak? Die fee-tjies? Die kastrol waarin die kool was, is oor die muur. Nie krag en skuur nie, nie seepsoda nie, niks sal die bodem ooit weer kookbaar kry nie. Die opskepbak was 'n trougeskenk . . . En hy het die kosbare skaapribbetjie wat sy vir Sondag gebêre het ook tot houtskool verbrand, sien Carina.

Sy kritiseer nie, bind net 'n voorskoot om en begin op-ruim.

"Daar skeel iets met die stoof. Hy verbrand alles."

"Daar skeel iets met die operateur. Hy vergeet om die plate se temperatuur laer te stel." Tinus lyk moeg en vaal. Carina wil nie met hom rusie maak nie. "Vorder jou hof-saak?" vra sy.

"Nee."

"Hoekom nie?"

"Ek het die verkeerde kliënt."

"Die posman?"

"Ja. Ek sou liewer die ander party se saak wou neem – die poedel."

Sy gooi koeksoda en bleikmiddel in die bakskottel en laat dit stadig kook om die aanbrandsel los te maak. 'n Tweede keer uiteet? Tinus is onverantwoordelik en span-dabelrig. Wie sukkel die meeste sonder water en elektrisi-teit? Die huisvrou. As hy geld wil uitgee, moet hy dit liewer bestee om nuwe kombuisgoed te koop.

Carina besluit om aan ander goed te dink, oor iets anders te praat.

"Meneer Du Toit reken ek het potensiaal," vertel sy.

Tinus verstyf. "Ag so? En wat het hom dié interessante afleiding laat maak?"

Carina is besig om die glasskerwe op te ruim. Sy besef nie dat Tinus haar opmerking verkeerd vertolk het nie; sien nie die uitdrukking op sy gesig nie. "As gevolg van my moontlikhede."

"Wanneer het hy jou móóntlikhede ontdek?"

"Vandag."

"Weer in sy motor? Of waar het hy jou dié keer beetgekry?"

Carina frons. Dan, op haar knieë, besig om met 'n handbesem die laaste splinters op te vee, snap sy meteens wat hy bedoel. Sy gooi die besem en skropborsel neer. Wie het die plek per slot van rekening so bemors? Sy of hy? Hy behoort skoon te maak.

"Jy het 'n vorige keer my integriteit in twyfel getrek en my beledig deur te suggereer dat ek vergeet het dat ek getroud is. Doen jy dit nou weer?"

"Nee." Tinus is skielik nie meer so aggressief nie en probeer witvoetjie soek. "Wat is potensiaal? Moontlikheid, talent?"

"Nie net in een rigting, soos jou brein blykbaar net een deuntjie ken nie. Moontlikhede in 'n ander rigting. Nie die soort talente wat jy in gedagte het nie. Potensiaal as uitgewer."

"Ek dag jy is as tikster aangestel."

"Tiksters het ook ambisie."

"Waarvoor?"

Carina vererg haar. Dink hy 'n vrou is slegs vir 'n man se gerief gemaak, om hom te bedien en sy slaaf te wees? Het hy nog nooit van emansipasie van die vrou en gelyke regte gehoor nie?

38

"Om uit die modder te kom," antwoord sy kil. "Om van voorskote en vadoeke en die sleurbestaan van huisvrou-wees te ontsnap."

"Jy is die taalkenner, nie ek nie. Wat ek bedoel het, is: ambisie waarvoor? Vir watter beroep?"

"Uitgewer, soos ek nou al drie keer gesê het."

"Wat gaan jy uitgee?"

"Boeke," antwoord sy kortaf. "Wat anders gee 'n uitgewer uit?"

"Sal jy kán?" vra Tinus.

"Ons hoofbestuurder reken so. Jeugboeke."

"Ja, kinderboeke is seker die maklikste."

Tinus het belangstellend en gerusstellend probeer wees, wou haar selfvertroue gee, maar vanaand kan hy niks reg doen nie.

"As jy geluister het wat ek na my werkonderhoud gesê het, sou jy gehoor het Fokus publiseer nie kinderboeke nie. Daar is 'n verskil tussen jeug- en kinderliteratuur. Die een is vir kleuters bedoel, die ander jong mense."

"Jammer. Maar dan is selfs jeugliteratuur makliker en eenvoudiger as dié vir grootmense?"

"Wie onderskat jy?" het Rasmus gevra. Dis wat Tinus nou doen.

Hy het gesê sy is talentvol en mooi. Haar man dink sy is 'n pampoen en 'n vloerlap.

Carina maak die koelkas se deur wrewelrig oop. "Sal dit jou pas as ek ophou drome droom en pampoen en patats gaarmaak?"

"Enigiets behalwe kool."

Gister sou Carina gelag het. Ook oor die saak van die ou tannie se hond wat die posman gebyt het en dat Tinus vir die poedel kant kies, want die posman het die ding begin deur na die hond te skop. Maar sy voel nie opgeruimd nie.

Dink hy sy is 'n los meisie sonder integriteit? Dink hy Ras du Toit is 'n wolf, 'n goedkoop kansvatter?

39

Of dink hy sy is 'n koolkop wat aangebrand het, wat vir niks beters bestem is nie as tik en huis aan die kant maak en kinders grootmaak? Dink hy sy waardeer nie komplimente nie, het hulle nie nodig nie? Sy is sonder ambisie?

"Taalaanvoeling," het Ras gesê en haar genooi om te kom sit, omdat hy belanggestel het in wat sy dink, omdat hy vertroue in haar en haar oordeel het. Hy het ook gevra sy moet eerlik wees. As sy eerlik is, sien sy kans om die manuskrip te evalueer? Ja, dink Carina. Op skool was sy 'n fanatiese boekwurm, van graad een tot matriek. Vóór en ná haar twaalfde verjaardag. Selfs nou, tien jaar later, voel sy 'n gemis as sy nie besig is om 'n boek te lees nie. Boeke is haar lewe. En kinders ook, jong mense.

Maar is dit genoeg aanleg? Om boeke en kinders te ken en bedrewe te wees in tale? Wat gebeur as sy nie kan oordeel nie; nie kan swem nie en aan die diep kant verdrink? Sy is bang Ras oorskat haar vermoëns.

"Kan ek help afdroog?" bied Tinus aan.

En weer die helfte van die glase breek en haar vadoeke bemors?

"Toe maar, dankie, ek kom reg."

"Gee, laat ek jou help."

Carina is moeg en geïrriteerd. "Néé dánkie."

Plaas van afdroog, pak hy weg. Hy hanteer elke bord en bak en skottel versigtig en bêre dit op die regte plek. Daarna maak hy vir hulle koffie.

Keramiekbeker in die hand, kom sit hy met gekruisde bene langs Carina op die wasbak.

"Jy lyk mooi vandag."

Sy weet hy sal nie kan sê watter kleur haar rok is of hoe haar hare lyk as sy hom sou vra nie. Hy sal nie kan sê of sy skoene aanhet en of haar gesig gegrimeer is nie.

"Dankie."

"Ek praat aldag oor poedels en bankwissels en aksepkoerse. Dit verveel jou seker. Vertel my meer van jóú dag."

Haar pa het gesê 'n huwelik bestaan uit gee en neem. Meer gee as neem. Carina gee vir haar man die beskuitblik aan. Dis makliker as vergiffenis en liefkosings.

"Ek het alles vertel wat daar te vertel is."

"Jy het gisteraand van Pieter van Breda begin vertel toe ek jou in die rede geval het. Was hy by Fokus?"

"Gebel. Dit was wonderlik om te dink ek praat met hom. Ek het 'n eerste uitgawe van *Tolgras*. As hy kantoor toe kom om weer oor tantième te kla, gaan ek meneer Du Toit vra om hom te vra om die boek vir my te teken."

"Het jy Du Toit se toestemming daarvoor nodig?"

"Nee, seker nie. Ek bedoel: ek gaan Pieter van Breda vra om die boek vir my te teken."

"Hy sal dit as 'n kompliment beskou en dan is die uitgawe meer werd."

"Ja."

"Met of sonder Du Toit se toestemming."

"Ja."

"Het hy al ooit 'n boek geskryf?"

"Ek weet nie. Moontlik. Hy lyk skeppend."

"Hoe oud is die vent?"

Carina wens hy wil ophou om na Ras du Toit as "die vent" te verwys. "Dertig, vyf en dertig . . . maak dit saak?"

"Hy het 'n vet pos en verdien seker 'n vet salaris."

"Ek weet nie."

Die beskuitblik is vergete. Tinus is lank stil. Hy sit ingedagte en afgetrokke met sy hande om die koffiebeker gevou.

"Geld is nie belangrik nie. Dalk was dit 'n fout dat jy gaan werk het, Carrie," sê hy eindelik. "Dit was dalk glad nie wys nie. Jy werk bedags onder druk, daar is menseverhoudings wat probleme skep en wat jy moet verwerk. Dit maak jou saans moeg en kortgebonde."

"Miskien."

"Ons kan op my salaris en met die hulp van ons spaargeld kop bo water hou. Dit is nie nodig dat jy werk en boonop nog die huishouding behartig nie. Ek kan vir jou sorg en die einde van die jaar is my kop deur. Dan het ons ook nie meer die las van bykomende studiegeld nie."

Carina se hande verstil. Sy kyk na Tinus. "Wat sal gebeur as ek besluit ek wil ook verder studeer?"

"Wil jy?"

"Dalk moes ek, lankal."

"Jy hoef nie. Jy het nie nodig om uitgewer te word nie. Ek kan vir jou sorg."

Hoeveel keer gaan hy dit nóg sê? Dink hy die alfa en omega van 'n vrou se bestaan is om mevrou so en so te wees, aan haar man se sy, sy eggo en getroue skaduwee, sonder 'n eie persoonlikheid en identiteit?

"Of dalk moes jy by ons kantoor kom werk het, waar ek naby is om jou te help."

"Of dop te hou?"

"Help," herhaal Tinus.

Help die afgrond in, ja. Carina lewer nie kommentaar nie. Sy is dankbaar toe hulle uiteindelik kan eet, sy die soveelste keer opwas en daarna gaan slaap. Môre is gelukkig Vrydag. En dan, dankie tog, naweek!

By Fokus heers daar ook 'n naweek-atmosfeer. Tertia se seun is aangewys as prefek en die algemene uitgewery brei uit. Jan Goosen het bevordering gekry. Hy bly steeds vertaler, maar is van die volgende week af uitgewer ook; skoolboeke. Jan koop koek en southappies en Tertia drinkgoed, om die goeie nuus te vier.

Net Henk bly afsydig en ontwykend. Hy maak 'n toespraak om hul nuwe kollega welkom te heet, maar loop wye, Kaapse draaie om hul tikster.

"Word uitgewers toegelaat om manuskripte huis toe te neem?" vra Carina.

"Fotokopieë. Vra Hermie om vir jou te maak."

"Bêre die oorspronklike in Johanna, in die kluis," gee Jan raad.

Rasmus het 'n promosievergadering gehad en daag eers teen die einde by die partytjie op.

"Hoekom wil jy fotostate huis toe neem?" wil hy weet. Sy mansjetknope en das hang los. Net so moeg en oorwerk soos Tinus, dink Carina. Die verskil is net dat hy sy spanning kan hanteer en dit nie op potte en panne en ander mense uithaal nie.

"*Noordvlug* is belangrik. Die telefoon lui kort-kort en daar is te veel onderbrekings, meneer Du Toit, dat ek behoorlik op die manuskrip kan konsentreer, soos ek graag sou wou."

"En te veel notules en liassering om op datum te kry?" las hy by. "Ek sal met ons volgende uitbreiding vir jou 'n assistent moet kry."

Assistent-sekretaresse? Of 'n meisie wat met haar tikwerk help? Sy vra nie uit nie. "Ek gee nie om om my werk huis toe te neem nie, meneer." Carina glimlag. "Dit sal my uit die kwaad hou terwyl my man heel naweek by sy boeke sit."

"B.A. Regte?"

"B.Prok."

" 'n Man se kwalifikasies is ook belangrik. Jy moet seker met sy take en werkstukke help. Jy hoef nie die manuskrip oor te tik nie. Verander en sny sommer met 'n pen. Die subs sal weet wat jy bedoel."

" 'n Pen, of 'n potlood?" waag Carina dit.

Hy lag. "Sy eerste dag op skool, toe my seun se onderwyseres vra watse werk sy pa doen, kon hy nog nie die klanke onderskei nie. Hy sê toe sy pa is 'n uitveër, pleks van uitgewer. Nee, Carina, ek gaan nie agterna jou voorstelle en doodslaan uitvee nie. Gebruik 'n pen."

Nou weet sy . . . dink Carina. Hy is getroud. Hy het 'n seuntjie, moontlik ander kinders ook. Sy voel skielik teleurgesteld, asof sy iets verloor het wat vir haar kosbaar was. Maar hoe kan 'n mens iets verloor wat jy nooit besit het nie?

Rasmus vertolk die uitdrukking op haar gesig verkeerd.

"Maandag, wanneer Jan by ons aansluit en Liaan terug is, sal dinge rustiger wees," troos hy.

'n Ruk lank het Carina gedink hy is aantreklik, sjarmant, volwasse . . . alles wat 'n meisie in 'n man verlang. 'n Ruk lank het sy die skanse laat sak. Nou, opeens, wetend hy behoort aan iemand anders, is sy opnuut formeel en korrek. "Alles reg, meneer."

"Ek weet, mevrou," glimlag hy skeefweg. "Dankie vir jou moeite. Sê jou man moet die rekening vir my stuur."

Carina skud haar kop. "Enige werknemer by 'n nuwe maatskappy moet bereid wees om van sy vrye tyd in te boet om die werk onder die knie te kry."

"Om die werksaangeleenthede van die maatskappy en die onbekende faktor van 'n nuwe werkgewer te bemeester," stem Rasmus saam.

Hy klink oordrewe hoogdrawend en vroom. Rasmus weet wat sy dink, hoekom sy in haar dop kruip, en hy lag vir haar, besef Carina. 'n Vinnige kyk na sy gesig help nie. Dis niksseggend.

"Korrek, meneer," antwoord sy.

Die blou oë met die omkrulwimpers glinster. "Korrek, juffrou," koggel hy.

"Mevrou."

"Mévrou," boots hy haar sedige stemtoon na.

Jan Goosen maak haar touwys ten opsigte van die basiese persklaarmaaktekens. Dis nie soos op skool met 'n opstel nie. Pleks van die verskillende, netjiese kappie-teken as 'n mens iets wil invoeg, maak jy 'n duidelike, opsigtelike hoofletter-"S" wat soos 'n kleinletter-"f" sonder 'n dwarsstreep lyk. Wat behoue bly, word met 'n stippellyn onderstreep en "stet" genoem. Sny is "delete". Aanloop na die volgende reël "overrun". 'n Kleinletter wat 'n hoofletter moet wees, word dubbel onderstreep en omgekeerd word die hoofletter met 'n enkelstreep deurgehaal. Punktuasie wat onduidelik is, word omkring.

"Verwarrend en 'n mondvol, ja," stem Rasmus met Tertia saam. "Sal sy alles onthou?"

"Ek glo nie."

"Ek reken so," jok Carina dapper.

"Dis baie en ons was haastig . . ." tree Jan vir haar in die bresse.

Rasmus knik instemmend. "My telefoonnommer is in die gids. Die adres is Eikerylaan 10. As jy vasbrand, Carina . . . dis waarvoor ek daar is – om raad te gee. Ek sal die naweek tuis en tot jou beskikking wees."

Met sy seuntjie op die grasperk krieket speel, vleis braai, swem en buite in die tuin wees en saans 'n drankie op die stoep saam met sy vrou drink . . . dink Carina.

"Dankie, meneer Du Toit."

Carina het verwag hy gaan haar weer spottenderwys "mevrou Rheede" noem. Maar sy oë is skielik weerloos. "Bel gerus as jy my hulp die naweek nodig kry, Carina," herhaal hy. Onderlangs, sodat Jan en die ander in die kantoor nie hoor nie, voeg hy gedemp by: "As jy my ooit sou nodig kry, Carina . . ."

Pieter van Breda het hóm op die verkeerde oomblik nodig. Of, soos Tinus sou sê, op die regte tydstip. Een oomblik staan sy en Rasmus nog eenkant langs haar lessenaar en kyk hy na haar asof hy haar die eerste keer behoorlik raaksien; lyk dit asof hy meer wil sê en sy hand na haar wil uitsteek. Die volgende oomblik klink die skril geluid van die telefoon op en is die oomblik verlore.

"Fokus Algemeen, goeiemiddag," antwoord Carina.

"Hallo, dametjie. Is jou baas dié keer beskikbaar?" vra Pieter. "Of loop hy soos gewoonlik weer die hele wêreld vol rond?"

Carina probeer saaklik klink. "Net 'n oomblik, meneer Van Breda, ek vind vir u uit . . ." Sy druk die gehoorbuis toe. "Dis meneer Van Breda. Wil u die oproep hier of in u kantoor neem, meneer Du Toit?"

"My kantoor. Skakel hom deur en bring my sy lêer, asseblief, Rina," versoek Rasmus.

"Tantièmetjeks pleks van . . . wat?" wonder Carina, haar keel droog en haar hande onseker toe sy die lêer uithaal en die kabinet toestoot.

Wat wou hy sê? Wou hy haar hand in syne neem, al was dit net in 'n onpersoonlike handdruk, net om haar te bemoedig of te bedank vir die ekstra werk wat sy bereid is om die naweek te doen? Of raai hy Tinus is moeilik, daarom dat sy gesê het die manuskrip sal haar uit die kwaad hou? En gister se leuen oor die inkopies na werk? Is dit daarom dat Rasmus verwag 'n tyd mag aanbreek wanneer sy hom nodig sal kry?

Sy ly aan 'n oorvrugbare verbeelding, soos Tinus, maak Carina haarself wys. Sy moet TV- of verhoogdramas keur, pleks van jeugmanuskripte. Sy is 'n dom huisvrou, 'n dom tikster sonder ambisie, herhaal sy haar man se argumente van gisteraand terwyl sy die Van Breda-lêer die gang af na hul hoofbestuurder neem.

"Dankie." Van agter die lessenaar glimlag hy tergend. "Ons vriend Piet wil weet of die dametjie lyk soos sy klink." Rasmus praat in die spreekbuis: "Nee, ou Pieta. Sy is pure turksvy. Maar glo dit as jy wil, die groenoog-blondinetjie is nóg mooier."

In drie dae het sy drie jaar ouer geword . . . Carina gee pad, soos Henk, tot halfpad in die gang. "Sal dit al wees, meneer?"

"Om jou gunsteling-uitdrukking te gebruik: Ek weet nie . . ."

Sy bly staan. Sy weet nie of dit uit beleefdheid is of omdat hy haar werkgewer is nie.

Rasmus knip sy gesprek kort met beloftes van 'n hoër oplae en verhoogde vergoeding wat die direksie 'n oorval sal laat kry.

Toe hy die handstuk op die mikkie plaas, kyk hy na Carina. Meteens is hy ernstig. "Kan ek jou vanmiddag oplaai?"

"Ek moet na werk eers by die winkel melk en brood koop," antwoord Carina, net so duidelik.

"Wat lank sal neem?"

"Ongelukkig, ja."

"Sien jou dus Maandag . . ."

"Ja."

Op die kop halfvyf, huistoegaantyd, daag Henk by Carina op, versigtig om 'n veilige afstand van drie armlengtes plus haar lessenaar tussen hom en haar te behou.

Hy gluur haar aan. "Wat reken jy moet ek aantrek terwyl jy die knope aanwerk?" bars hy verontwaardig los.

Carina is sprakeloos en kan 'n borrelende giggellag nie verhoed nie.

"Moet ek 'n koerant om my draai of soos 'n baba doek dra?" wil hy verontreg weet.

Carina dwing 'n ernstige gesig na vore. "Henk, was dit twee dae lank die probleem – dat jy bang was ek vat jou broek?"

"My broek se knope is ook af."

Sy besef met 'n man soos Henk Rautenbach moet 'n mens jou langsaam haas.

"Dra jy 'n frokkie, Henk?"

Hy hou alle nate en openinge styf toe. "Hoekom?"

"Omdat ek solank die hemde sal neem om die knope die naweek aan te werk, wetende met 'n frokkie aan is jy darem nie kaal in die bus nie."

"Gmf!"

Carina weet nie of dit ja of nee beteken nie.

"Trek Maandag een van jou geknoopte broeke aan, dan gee jy my die res in 'n pakkie om te gaan versorg."

Hy bly steeds agterdogtig. "En dié een wat ek aanhet?"

"Gee hom Dinsdag. Of Woensdag."

Hy hou aan brom en mompel, los die stapel hemde op haar lessenaar en verkas.

Is sy en Henk eenders? wonder Carina. Nie een weet hoe om terg of spot te hanteer nie.

4

Die armvol hemde en broeke kort meer as net knope. Die hele Saterdagoggend sit Carina voor die masjien om nate toe te stik, sakke heel te maak en voerings vas te werk.

"Gelukkig dat jy soveel potensiaal het," merk Tinus op. "Dat naaldwerk ook een van jou talente is."

As dit veronderstel was om 'n grap te wees, vind Carina dit nie snaaks nie. Sy wens hy wil gaan draf, of werk of studeer. Sy rustelose op en af gedrentel maak haar senuweeagtig. Die stapel hemde sak nie en sy is haastig om met die manuskrip aan te gaan. Die knope wat sy het, gaan in elk geval nie genoeg wees nie, besef sy. En daar is ook nie tyd om winkels toe te gaan nie. Henk sal maar tot Dinsdag moet wag. Hy het jare lank met af knope geloop. Nog 'n dag sal nie saak maak nie. Sy vou die laaste drie hemde op en pak hulle weg.

Tinus kom langs haar staan. "Nou sien jy skielik weer kans vir die sleurbestaan van huisvrou wees."

Carina kyk op. "Ekskuus?"

Hy wys na die berg hemde wat klaar is en die drie wat eenkant lê.

"Vir ander mense is jy bereid om tyd op te offer, maar nie vir jou man nie?"

"Ek het die eiers gebak, jou bord en jou asbakkie gewas, jou kant van die bed opgemaak en die bad gewas nadat jy gebad het. Is dit nie genoeg nie?"

"Dis nie waarvan ek praat nie."

Carina is nie lus om te vra wat hy bedoel nie. Gisteraand het hy 'n kliënt gaan sien en vanoggend het hulle nie veel vir mekaar te sê gehad nie. Tinus is koel en afsydig en sy enigste bydrae tot 'n gesprek is sarkastiese aanmerkings wat haar irriteer.

Hy wys na die drie laaste hemde. "Hoekom is hulle eenkant gegooi?"

"Ek het nie genoeg knope nie."

"Hoekom het die ander voorkeur gekry?"

Carina frons. Tinus het baie foute, maar om kleinlik oor die een of ander nietigheid aan te hou torring, is nie een van hulle nie. Skielik, toe sy na die stapel kyk, lyk die boonste hemp vir haar bekend. Wit, met 'n effense streperigheid in. Groter as die res en netjieser gestryk.

"Dié drie is joune," sug sy.

"Jy kla altyd ek sê jy lyk mooi as jy 'n stokou rok aanhet en ek let nie op as jy 'n nuwe een dra nie. Maar jý ken ook nie mý klere nie."

"Ek het nie onmiddellik opgelet nie. Ek was en stryk hulle immers elke week – natuurlik ken ek elke enkele hemp van jou."

"Is dit hoekom jy myne eenkant gegooi het?"

"Ek het hulle netjies weggepak, nie eenkant gegooi nie."

"Maar Henk Rautenbach s'n heelgemaak?"

"Ek het nie geweet wie se hemde is wie s'n nie, net van bo af begin tot die knope opgeraak het. Dis jou skuld dat joune agterweë gebly het. Hoekom het jy hulle onder die stapel ingedruk?"

"Jy het sy spul bo-op myne gesit."

"Is nie. Ek het nie met opset jou hemde gelos nie. Dis jy wat dit onder die ander weggesteek het."

"Dis nie belangrik nie." Tinus stap weg. "Vergeet dit."

"Wat het van jou hemde se knope geword? Het jy nie dié gehou wat afgebreek het nie?"

49

"Stukkend. Ek het dit weggegooi."

"Dis die wasmasjien. Hy breek die ritssluiters ook en hy was nie skoon nie. Kon jy nie net reguit sê daar is knope af nie?"

"Ek het. Weke gelede."

Carina onthou. "Jy oordryf. Dit was nie weke gelede nie. Gister of eergister. Hoekom het jy my nie herinner nie?"

"Jy was te moeg. Te besig."

Soos nou . . . Carina het nie die energie óf tyd vir 'n lang, uitputtende argument nie. En dit oor onbenullighede soos knope en wasmasjiene. Wat wil hy hê moet sy doen? Dié van Henk se hemde afknip en aan syne werk en nóg 'n uur van haar kosbare tyd mors?

"Te besig met ander mense . . ." voeg Tinus oor sy skouer by.

"Dis werk vir brood en botter."

"Ek het gesê ek kan vir jou sorg."

"Ja, tien keer, oor en oor. Maar hoe? Skaars brood, wat nog te sê botter."

Die oomblik toe die woorde uit is, besef Carina sy was gemeen om hom daarvoor te verwyt. Die dag toe sy met Tinus getroud is, het sy geweet 'n jaar of meer se swaarkry lê voor. Dit het erger gegaan as wat sy of haar ouers verwag het. Tinus het homself afgeskeep om die rekeninge te betaal. Om vir haar 'n botteltjie parfuum as verrassing te koop; 'n ruiker blomme met haar verjaarsdag, 'n paar sandale wat sy in 'n winkelvenster gesien en begeer het . . . Tinus het sy manlike trots, al het hy nie 'n behoorlike inkomste nie. Hy was bekommerd oor die lewenskoste, maar sy was die een wat wou trou. Die een wat volgehou het liefde en koue water is genoeg, beter as uitstel en kaviaar. Dis sy wat gesê het sy bly liewer saam met hom in 'n armoedige agter-kamertjie, as sonder hom in haar ouers se luukse huis.

"Tinus!" roep Carina agter hom aan. "Vergewe my. Ek het dit nie so bedoel nie."

"Ek het gesê vergeet dit." Hy is by die voordeur met die motorsleutels in sy hand. "Ek gaan kafee toe om sigarette te koop. Het jy iets nodig?"

Hy rook te veel, maar dis spanning.

"Nee." Carina byt haar onderlip vas. Toe hulle verloof was, sou haar ma gesê het dis voorbarig om haar aan 'n man op te dring. Maar nou is hulle getroud. Hy is nie meer haar kêrel nie. "Ek het niks nodig nie, net vir jóú."

Haar groen oë pleit en haar lang blonde hare, los oor haar skouers, is onweerstaanbaar. Verlede week sou Tinus haar teen hom vasgedruk het, sy vingers deur haar hare gevleg het en haar alles vergewe het, omdat Carrie hom liefhet. Maar Carrie het Carina geword. Hard geword, dinge gesê wat hy tyd nodig het om te verwerk. Hy het geglo sy is gelukkig, al wat sy verlang is om by hom te wees. Sáám . . . Al is dit saam swaarkry, saam opoffer. Nou verwyt sy en maak beskuldigings.

"Ek het bedoel: brood en melk of tamaties," antwoord hy stilweg.

"Nee, niks nie, dankie."

"Dan ry ek maar . . ."

"Ry versigtig en oppas vir lamppale," maan sy.

Maar hy is reeds weg en hoor nie.

Carina soek in haar masjienlaai of daar êrens 'n paar knope rondlê. Maar daar is niks. Om te vergoed, sit sy 'n paar mansjetknope by die hemp waarvan die mou se knoop weg is. Dan, haar plig gedoen en met een oog op die horlosie, gaan sit sy by die eetkamertafel met *Noordvlug*. Dit is 'n goeie verhaal. Die skrywer verdien beter as 'n keurder wat geïrriteerd is en met huweliksprobleme sukkel. Sy moet vergeet en konsentreer.

Sy sit so en werk dat sy heeltemal van die tyd vergeet. Drie uur sedert Tinus weg is. Net om sigarette te koop? Carina lees nog 'n paar bladsye, dan kyk sy by die voordeur uit of sy nie die Volkswagen sien nie.

51

"Hallo daar," groet tant Susie. "Vir wat lyk jy of jy 'n hamer wil vat, Karrietjies? Is jou man op die katerjag en die flerrie uit?"

Carina het nie besef sy lyk of sy op die oorlogspad is nie. Sy probeer doelbewus ontspan. Tinus is in 'n omgekrapte bui hier weg. As hy terugkom en sy maak weer rusie, loop hy dalk 'n tweede keer. "Nee, tant Susie weet hy is nie só nie. Hy sal seker nou-nou kom."

"Waar is Tienie?"

"Kafee toe."

"Ja, so sê almal, tot hulle die dag uitgevang word. Julle jonges het ook maar 'n swaar tyd. Tjops en kleingeld tot hulle die regte een kry."

Om met tant Susie te gesels, laat die tyd verbygaan en as sy in die deur staan wanneer Tinus kom, sien hy darem dat sy bekommerd was.

"Of hoe sê die Ingelse? Chop en change," vertaal haar buurvrou. "Trou en skei, tot jy jou deel kry."

"Tinus is my deel in die lewe."

"Vir wat het hy dan met die strykyster hier weggevlieg of hy 'n Boeing is?"

"Die battery is pap, hy wou hom seker laai."

"As mans wil afwys en vrouens begin toesmeer, is daar rondflerrie-moeilikheid, sê ek altyd. Wil jy inkom, Karrietjies? Kom tee drink?"

Carina wil nie. "Ek het te veel werk, tant Susie."

"Pasop dat jy nie altyd te moeg is en te veel werk het nie, hartjie. Mans wil hê hulle vrouens moet altyd vir hulle reg wees. Dit was mos my moeilikheid – hoekom my Bernie begin rondloop het en ek hom gelos het. Ek sal nie weer trou nie, sê ek jou nou. Ek het te swaar dae gehad, met die drank en die perde en die flerries . . ."

Carina gaan liewer in en maak die deur toe. Arme tant Susie bedoel dit goed, maar selfs vir háár word hul inmengerige buurvrou soms te veel.

Carina probeer nog 'n hoofstuk deurwerk. Sy weet sy oorreageer. Sy is waarskynlik neuroties, soos haar ma. Maar haar broer het met sy motorfiets verongeluk toe sy in matriek was en sy kan die trauma steeds nie vergeet nie. Die dae by die hospitaal, terwyl Wynand in 'n koma was . . . Hy kón nie herstel nie. En as 'n wonderwerk sou geskied en hy dalk wel eendag bykom, sou hy verstandelik gestrem wees. Die slag waarmee hy die lamppaal op die sypaadjie getref het, het sy nek gebreek . . .

Soos verlede keer, dink Carina weer eerste aan 'n motorongeluk met die Volkswagen – veral nadat tant Susie gesê het Tinus het soos 'n laag vlieënde Boeing weggetrek. Sy oorweeg dit om kafee toe te loop, maar daar is 'n keuse van dosyne en sy weet nie waarheen hy gegaan het nie. Sy dwaal van venster tot venster, hardloop deur toe met elke motor wat verbyry. Sy gooi Tinus se koue koffie uit en maak varses. Wat doen sy as Tinus ook verongeluk? Hy is die enigste kind en sy ouers is nie meer jonk nie. Hoe bring sy die tyding aan sy pa en ma? Hoe troos sy hulle?

Wie troos háár?

Teen die tyd dat Tinus uiteindelik die voordeur oopmaak, het Carina haarself in 'n toestand opgewerk en al aan boedels en testamente begin dink. Haar naels is stomp afgekou. Sy huil histeries en sy kan nie normaal dink nie.

"Waar was jy?!" roep sy uit.

Tinus is gedaan. Die verkeer was druk, hy kon nie parkeerplek kry nie en die battery het weer gepla. Al wat hy wil doen, is afskakel en ontspan.

"Hallo, lief." Hy steek sy arms uit en wil Carina met 'n soen groet, maar sy ruk weg.

"Waar wás jy?" herhaal sy skril. "Ek is al byna rasend. Tant Susie ook. Waar het jy die hele dag rondgeflerrie?"

"Gewát?"

Carina weet sy is onredelik en dis nie woorde om ligtelik te gebruik nie. Maar sy huil so, sy kan nie helder dink nie.

Sy is oorspanne en tant Susie het te veel idees in haar kop ingeprent.

"Rondgeflerrie. Dink jy net aan jouself? Nie aan Wynand en my en my ouers, of aan jou eie pa en ma nie?"

Tinus het Wynand geken. Hoewel haar broer 'n jaar ouer was, was hulle op skool vriende. Dit was Wynand wat hom aan sy kleinsus voorgestel het, wat albei goed genoeg geken en geweet het dit sal liefde met die eerste aanblik wees. As hy geleef het, sou Wynand seremoniemeester op hul troue gewees het, peetpa van hul eerste baba . . . Sy dood was vir Tinus net so 'n skok as vir haar. Hy het begrip vir Carina se nagmerries en haar vrees vir motors en motorfietse.

Tinus sit sy hande op haar skouers. "Bedaar, Carrie. Ek is terug. Ek is veilig," sê hy rustig, in 'n poging om haar te kalmeer.

Sy stoot hom weg. "Drie uur laat! Ek dag jy lê ook iewers op 'n sypaadjie."

"Ek is veilig, my lief."

"Waar was jy? Tant Susie sê dis hoe mans maak – rondloop, vir tjops en kleingeld."

"Vir wát?"

"Vir kleingeld en kwaadgeld. Vir skei en ander vroumense soek."

Tinus is nie van nature 'n geduldige man nie en hulle moenie met hom sukkel as hy moeg en warm en vuil is nie. Hy laat sy arms sak en raak nie weer aan haar nie.

"Jy is net so neuroties soos jou ma, Carina," sê hy ergerlik.

Sý mag haar ma kritiseer, maar nie ander mense nie. Dan is Carina lojaal en op die verdediging. "Los my ma uit. My ma makeer niks nie. Sy is net so normaal soos ek en jy."

"Solank die pille hou, ja."

"Slaappille en kalmeerpille. Almal gebruik dit. Is dit 'n sonde?"

54

"Almal? Jy ook?"

"Nee. Nog nie. Maar jy sal my na pille dryf. Jy self sal nooit 'n senuweeaanval kry nie, net veroorsaak dat ánder mense ineenstortings kry."

Tinus stap kamer toe, pluk sy hemp uit en trek 'n kortbroek aan.

Carina loop agterna. "Hoekom het jy my nie laat weet jy is veilig nie?"

"Daar was nie 'n telefoon nie en ek het nie gedink ek sal so lank weg wees nie."

"Ek het probeer werk."

"Ek is jammer. Jy kan nou jou tyd inhaal, want ek het ook 'n nuwe studiestuk om mee te begin." Tinus haal sy boeke uit en pak hulle op die eetkamertafel. "Wat eet ons? Weer verbrande kool?" vra hy in 'n poging om vrede te maak.

"Dis nie nodig om sarkasties te wees nie. Dis Saterdagaand. Sop en toebroodjies."

Carina is reg vir hom as hy kla omdat hulle verlede Saterdag dieselfde gehad het, en die vorige Saterdag en die vorige week . . .

Maar hy stel blykbaar nie genoeg belang nie of wil nog 'n argument vermy.

"Dit sal lekker smaak."

Carina is nie honger nie. Nadat sy Tinus se kos vir hom geneem het, gaan sit sy in die sitkamer met die manuskrip op haar skoot. Twee by een tafel werk nie. Hulle sal mekaar steur en sukkel om te konsentreer.

Op skool was Carina se beste bloktyd vroeg in die oggend. Tinus, het sy agtergekom, klim soggens met die verkeerde voet uit die bed. Hy verkies om tot laat snags te werk. Sy het nie die vorige aand nag gesê nie, net stil opgestaan en gaan slaap, om hom nie te steur terwyl hy besig is nie.

Die volgende oggend is sy klaar met nog twee hoofstukke toe hy vaak en half deur die slaap by die eetkamer instap.

Carina blaai terug waar Gerrie besluit om 'n treinkaartjie Harare toe te koop. "Het jy ooit duimgegooi?" vra sy.

"Nee."

"Of 'n spaarbussie gehad?"

Tinus is nog nie mooi wakker nie. "Gaan dit oor die brandstof wat ek gemors het om na Annerie toe te ry? Dit was skaars 'n halfliter. Ons kan dit seker in 'n krisis bekostig."

"Nee, dit gaan oor die seun in die storie." Carina sit botstil. "Na wié?" Selfs in haar eie ore klink haar stem hoog en onnatuurlik. "Na wie toe het jy gery?"

"Annerie. Annerie van Wyk. Jy weet van haar. Sy doen saam met my haar klerkskap by dieselfde firma."

"Ek dag sy is getroud."

"Sy is."

"Ek dag sy is ouerig."

"Sy is jonger as Du Toit."

Carina haal 'n slag diep asem. Sy staan op, loop kombuis toe en skakel die ketel aan. Dit gee haar tyd om nie oorhaastig te antwoord nie.

"Dit was op 'n ingewing dat ek besluit het om gou tot by haar te ry."

Carina haal melk en suiker uit. "Wat het jy by Annerie gaan maak?"

"Gaan vra of sy my taak sal tik."

"Hoekom?"

Carina besef dit was 'n dom vraag en Tinus benut die kans wat sy hom gebied het. "Omdat my eie vrou te besig is met ander mense om haar verpligtinge na te kom."

"Die taak moet eers volgende week in wees."

"Hierdie week."

"Vrydag?"

"Maandag. Môre."

"Ek onthou nou. Handelsreg." Carina voel skuldig. "Ek sou dit vandag vir jou getik het."

"Strafprosesreg. Jy sou nie. Vandat jy by Fokus begin het, onthou jy niks nie."

Sy beskuldigings is te na aan die kol. "Verpligtinge?" herhaal Carina. "Is ek verplig om jou take te tik? Ek dag dis 'n guns wat ek jou bewys?"

"Los die koffie," sê Tinus kortaf. "Ek is nie dors nie. Gaan voort met jou ander verpligtinge."

"Ek gee nie om om vir jou koffie te maak nie."

"Ek sal dit self maak, dankie." Hy gaan was, skeer en trek aan. Dan begin hy werk.

Die res van die dag is hulle albei besig en afgetrokke – Tinus by die eetkamertafel en sy in die sitkamer.

Carina se trane lê steeds vlak. Vyf dae, dink sy. Wat gaan met haar en Tinus aan? In vyf dae het hulle vreemdelinge vir mekaar geword. In die verlede het hy haar geterg dat sy net skoor soek, ter wille van die opmaak daarna. Nou is dit rusies en verwyte en beskuldigings. Veel erger as skoor soek. Maar hulle maak nie na die tyd vrede nie. Hulle ignoreer mekaar en gaan aan – elkeen met sy of haar belange asof hulle nie van mekaar bewus is nie. Tot die volgende rusie . . .

Tinus is onder druk omdat hy bedags 'n veeleisende beroep volhou, snags studeer en 'n eksamen in die vooruitsig het. Omdat hy oor hul finansies bekommerd is. Sy moet toegewings maak, besef Carina. Al is sy ook onder druk met 'n nuwe werk waar sy graag 'n goeie indruk wil maak en bevorder wil word.

"Jy kan nie van koffie en beskuit leef nie," sê sy dus. "Sal ek vir ons macaroni maak?"

"Dankie. Ek waardeer die aanbod, veral omdat jy soveel pligte het en jou tyd kosbaar is."

Nie sarkasties bedoel nie, dink Carina. Sy raak te gou op haar perdjie en is onnodig op die verdediging. "Die manuskrip kan eers Dinsdag ingaan, dit maak nie saak nie."

"Dit maak. Jy wil jou eerste opdrag betyds ingee. Ek het Annerie vertel jy tik, liasseer, keur, redigeer en antwoord nog die telefoon ook. Twintig voltydse take. Sy was simpatiek genoeg om jou tyd te bespaar. Sy het aangebied dat as ek vanaand die taak kom haal, kan ek sommer 'n stukkie daar eet, dan hoef jy nie met kosmaak te sukkel nie."

"Iets beter as macaroni?"

Tinus pak 'n stapel boeke op sy arm. "Ek weet nie. En of ek miskien eers haar tikwerk sal moet nasien voor ek die taak inhandig nie. Dalk kom ek eers laat terug. As jy vaak is, moenie vir my wakker bly nie."

Sy weet hy het Annerie voorheen geken. En hulle werk al twee jaar saam en hulle het dieselfde belangstellings.

Carina bêre die macaroni en maak die kas toe. Sy kla nie, loop net saam deur toe.

"Ek is lief vir jou, my man." Gewoonlik noem sy hom liefste. Wou sy haar kleim afpen? wonder Carina. Haar besitreg uitoefen of hom subtiel daaraan herinner dat hy 'n getroude man is? Carina wil nie haar onstuimige gemoed ontleed nie. Sy sit haar arms om Tinus se nek en lê haar kop teen sy bors.

Hy soen haar op die wang. "Sien jou môre . . ."

5

Eers Woensdag het Carina die redigeerwerk aan *Noord-vlug* voltooi. Sy voel tevrede. Die gedeeltes wat sy baie moes verander, het sy netjies oorgetik en van al die pers-klaarmaaktekens voorsien.

"Sit neer," sê Liaan. "Ek sal daarna kyk wanneer ek tyd het."

"Ek wil graag die veranderings wat ek aangebring het

met jou bespreek, juffrou Botha," sê Carina skoorvoetend. Liaan stel meer belang of 'n ongeskonde afskrif van die oorspronklike manuskrip bewaar gebly het as in 'n onopgeleide tikstertjie se mening. "Ek het gesê sit neer, ek sal volgende week daarna kyk," herhaal sy koel.

"Ek het gedink . . ." Carina aarsel. "Die manuskrip is dringend . . ."

"Wás dringend," korrigeer Liaan kil. "Ons program vir die jaar is vol. Nadat jy so lank op dié paar bladsye sit en broei en 'n gemors daarvan gemaak het, weet ek nie waar ons 'n nuwe publikasie sal inpas nie."

Hoe weet sy dis 'n gemors as sy nog nie daarna gekyk het nie? wonder Carina.

Tertia knipoog en Henk haal sy skouers op. Carina begryp nie wat hulle probeer beduie nie. Sy bespreek die manuskrip nie verder met Liaan nie, sit net haar aantekeninge en aanwysings daarby neer en gaan voort met die notule van Dinsdag se bestuursvergadering.

Rasmus is die hele week in en uit – meer uit as in, daarvan getuig die stapel pos en die lys telefoonboodskappe wat Carina geneem het.

"Lekker om aan die krip te sit," merk Liaan op. "Heerlik om die baas te wees en te kom en gaan soos jy wil."

"As jy nie gedurig siekverlof neem nie, kon jy ook nou al 'n direkteur gewees het," antwoord Henk. "Ras mors nie die firma se geld nie." Hy wys na 'n stapel blaaie voor hom. "Literêre opstelle oor die werk van Brink. As Rassie nie die medewerkers gepiep en gepaai het nie, sou Fokus nie die manuskrip gekry het nie."

Liaan is nie beïndruk nie. " 'n Goeie skakelbeampte sou dieselfde reggekry het."

"Doktors en professors wil met die base onderhandel, nie met juniors nie."

"Onderhandel? Is dít wat gholf speel en uiteet deesdae genoem word?"

"Liaan, ek probeer die aanwysings vir 'n resepteboek metriseer. Dis ingewikkeld . . ." Tertia klink geïrriteerd.

Liaan gooi haar pen neer en haal haar gramskap op Carina uit: " 'n Mens kan nie oor die tee by dié plek kla nie, want ons kry nie tee nie."

Carina skakel haar tikmasjien af en staan op. "Ek sal gaan maak."

"Nee. Sit," keer Henk. "Gaan aan, Rheedetjie, dis nog ver van elfuur af."

Carina gaan sit senuagtig op die punt van die stoel. Sy wil nie hê Henk moet dit op sy beurt ontgeld omdat hy vir haar in die bresse getree het nie.

"Toe Charmaine nog hier gewerk het, het ons darem agtuur soggens koffie gekry." Liaan loop kleedkamer toe en klap die deur agter haar toe.

Koffiepoeier, ekstra melk en suiker, maak Carina 'n aantekening in haar notaboek. As dit nodig is, sal sy die voorrade uit haar eie sak aankoop as dit Liaan tevrede sal stel.

Carina wil aangaan, maar kan nie op haar werk konsentreer nie. Sy skakel die tikmasjien weer af en byt op haar onderlip. "Sy hou nie van my nie," sê sy.

Henk en Tertia kyk na mekaar, maar nie een sê 'n woord nie.

"Hoekom nie?" dring Carina op 'n verduideliking aan. "Voel Liaan ek oortree op haar terrein? Ek het nie aangebied om die jeugmanuskrip te lees nie – meneer Du Toit het my gevra of ek daarvoor kans sien. Liaan behoort bly te wees omdat daar nou minder werk vir haar is."

Jan Goosen is nog 'n nuutjie in dié kantoor. Hy wou eers swyg en onbetrokke bly, maar hy kan sien Carina voel ongelukkig . . . én hy hou nie juis van Liaan Botha nie.

"Jy is van die verkeerde geslag, juffie."

"Ek verneem hulle sê deesdae uitgewer en redakteur en bestuurder. Maar ek het nog nooit van 'n tikker gehoor nie."

"Die feit dat jy kan tik, is 'n bonus," spot Jan.

Carina begryp glad nie waarvan hy praat nie.

"Jy is nie mooi nie." Jan beskou haar deeglik. "Jy is mooier as mooi. Mooier en jonger as sy. Daarby is jy boonop 'n blondine . . ." Hy laat die laaste woord in die lug hang, toe Tertia vir hom beduie om stil te bly. Hy buig sy kop en gee voor dat hy verdiep raak in die flapteks wat hy geskryf het.

Carina voel weer die atmosfeer en onderstrominge waarmee sy die eerste dag kennis gemaak het . . .

Die telefoon lui, die notule wag, die ketel kook en Rasmus du Toit het pas binnegekom. Carina het nie tyd om Jan uit te vra nie. Sy maak tee vir almal in die kantoor.

Gewoonlik drink Rasmus sy tee alleen in sy kantoor, maar vandag besluit hy om saam met hulle te drink.

"Ras, hoeveel dekselse kiloliter is in 'n pond?" kla Tertia. "Die ou dae se resepte van 'n koppie dit en 'n eetlepel dat was minder ingewikkeld."

"My ouma het 'n kookboek wat lui: 'n Handvol meel, 'n knypie kerrie, 'n knippie sout, 'n skudseltjie peper, twee vingers borrie. Wees bly ons moet dít nie herdruk nie." Rasmus frons. "Hoe kan jy liter en gram wil vergelyk? Een is inhoud, die ander massa."

"Ek weet, dis waarom ek 'n wrak is," antwoord Tertia.

"Het ons lesers nog nooit van Wimpy's en take-aways gehoor nie?"

Rasmus haal sy sakrekenaar – of soos hy dit noem, sy enjin – uit. Hy en Tertia sit koppe bymekaar met die berekeninge en gaan haar metrisering na. Albei brom oor Daan Desimaal wat Piet Pond moes gebly het, maar sommer ook Gert Gram geword het.

Dit duur lank voor hulle tevrede is en Rasmus opkyk. "Een is klaar, tien om te gaan. Vólgende . . .!"

Dis Henk. Hy weet wat releveer en remitteer beteken. Sy hemde kan toeknoop en sy geld verloor nie meer deur die stukkende sakke nie. Hy besit drie broeke, almal gepars en in werkende toestand. Op die oomblik het hy nie probleme nie. "Alles in die haak, Rassie," rapporteer hy.

"En die literêre opstelle?"

"Dooddollies, Ras."

Rasmus het ook gesien sy letterkundige uitgewer se klerasie het 'n metamorfose ondergaan, te danke aan sy goeie oordeel ten opsigte van 'n nuwe, talentvolle aanstelling met potensiaal.

"Nie slegs mooi nie," terg hy, "hardwerkend ook?"

Henk het as kind nie 'n ma geken nie. Ook nie susters, tantes of selfs 'n ouma nie. Tertia is altyd te besig en Liaan op die oorlogspad. Charmaine Knox was 'n leë blik en haar voorganger net daarop uit om man te soek – waarvoor hy nie 'n kandidaat was nie. Carina Rheede is die eerste vroumens wat vir hom omgee, wat wou help, wat nie lag as hy verstrooid is en 'n gek van homself maak nie. Sonder dat sy dit weet, het sy in Henk Rautenbach 'n kampvegter – lewenslank.

Henk antwoord stram: "Nee."

"Hoekom?"

"Sy is nog baie jonk . . . en getroud. Nee, ek glo nie. Nie dié keer weer nie, Erasmus."

Van Rassie na Ras na Erasmus . . . tel Rasmus die volgorde uit. Hy hou hom dom. "Wat skort? Wil jy Brink ook metriseer?"

"Nee."

Rasmus blaai deur die literêre verhandelings van die medewerkers. Almal letterkundiges en professore aan Afrikaanse departemente by verskillende universiteite. Hy knik goedkeurend, maak hier en daar 'n aanbeveling en prys Henk vir sy goeie werk wat moontlik êrens 'n voorskryf inhou. Dan lê hy sy hand op Henk se skouer. "Ou vriend, moenie te gou oordeel en veroordeel nie. Dié keer is dit anders. Ernstig, belangriker."

Henk kyk na Liaan, dan na Carina.

"Ernstiger as ernstig," verseker Rasmus hom.

"Jy . . ." dreig Henk. "Sy verdien beter."

"Ek weet." Rasmus beëindig die gesprek en draai na Jan. "Hoe gaan dit?"

"Ek het 'n probleem." Jan wys na 'n manuskrip op sy tafel. "Goed gedoen, maar dit bly verwerkte en gepleegde plagiaat. Kopie gesteel van 'n Skandinawiese skrywer, hopend dat Afrikaanssprekendes nie Noorweegs kan lees nie en dat die resensente nooit uitvind nie."

"Van wie gesteel?"

"Njensk. Ek het toevallig 'n paar jaar gelede van sy werk gelees." Jan is bekommerd. "Ons kan dit nie uitgee nie, Ras, tensy ons hofsake en regsgedinge en eise en skadevergoeding wil betaal. Wat doen ons in sulke gevalle?"

"Jy skryf 'n brief aan die pleger van die plagiaat."

"Wat sê ek?"

"Maklik." Rasmus is min gepla. "Jy laat weet die skrywer die manuskrip is beide goed en oorspronklik."

"Ek kan nie, dan moet ons uitgee."

"Nee. Jy voeg 'n naskrif by: Ongelukkig is die dele wat goed is, nie oorspronklik nie. En die dele wat oorspronklik is, is nie goed nie."

Jan lag. "Uitstekend. Briljant! Meer as net goed en oorspronklik."

"Volgende . . .!" sê Rasmus.

Liaan druk haar neus in haar koppie en draai haar rug op Rasmus.

"Enigiets waarmee ek kan help, Liaan?" vra hy.

"Niks nie, dankie," antwoord sy kortaf.

"Het jy die goeie resensies gesien wat *Ouboet kom huis toe* gekry het?"

"Ek kan lees en ek koop koerante. Ek het 'n afskrif daarvan aan *Ouboet* se pa gestuur."

"En 'n afskrif vir jou plakboek gehou?" terg Rasmus.

"Ek is nie meer tien nie. Die glans van bylines en resensies het lankal verdof."

"Moenie," sê Rasmus. "Jy is 'n gebore boekmens. Moenie oor 'n treffer en wat jy persoonlik bereik blasé raak nie, Liaan."

"Ek het lankal nie meer sterre in my oë nie. Neem jy my kwalik?"

"Jou hele lewe lê nog voor. Jy is te jonk om nou al moeg te wees vir die lewe, Liaan."

"Sterre of depressie? Het ek 'n keuse?" vra Liaan. Sy wag, haar gesig afgewend en haar oë op haar hande gerig, asof sy meer in haar vingernaels as in hom belangstel. Die sekondes word minute. Toe hy stilbly, gryp Liaan blindweg na die eerste die beste ding waarop sy haar hand kan lê: 'n stofomslag. Dit dien as 'n verskoning om die onderwerp te verander en haar trots te behou. "Daar skeel iets met die kleurskeidings. Ek moet by Hermie gaan uitvind wat aan die gang is."

Rasmus knik. "Laat die tipograwe die letterwerk ook dokter. Vir my lyk dit oorweldigend in soveel kleure."

"Wat wil jy hê? Swart en wit?"

"Jy is die uitgewer. Gebruik jou goeie oordeel." Rasmus bly langs Liaan se lessenaar staan terwyl hy die boekomslag optel en beskou.

"Hét ek 'n goeie oordeel?" vra sy.

"Daaroor het daar nog nooit enige twyfel bestaan nie. Gaan gesels met Hermie, as dit jou beter sal laat voel."

"Beter?"

"Goed dan . . . tevrede sal stel."

'n Ongemaklike stilte volg na Liaan se vertrek. Tertia sit en somme maak, Jan hou hom besig en Henk is op die verdediging. Volgende aan die beurt is Carina . . .

"*Noordvlug*," sê Rasmus. "Is Gerrie en Joe nog by die Suidpool?"

"Nee, in Harare," antwoord Carina. Sy is nie seker of

hy kritiseer omdat sy te lank daaraan gewerk het en of hy 'n grap maak nie. "Ek het dit klaar geredigeer, meneer Du Toit. Liaan het belowe dat sy my aanbevelings later sal nagaan."

"Wanneer?"

"Volgende week . . . wanneer sy tyd het." Carina het slegs feite herhaal, maar skielik klink haar antwoord vir haar net so sarkasties soos Liaan s'n. "Sy is besig en ek het te lank op die manuskrip gebroei . . ."

"Jy kon nie honderd en veertig bladsye in 'n naweek afhandel nie. Waar is die manuskrip?"

"Ek het dit vir haar gegee."

Hul jeuguitgewer is 'n mens wat van orde hou. Die dag se werk is in 'n presiese stapel op haar lessenaar neergesit. Rasmus vind *Noordvlug*, tel dit op, lees hier en daar en kyk na die veranderings wat Carina aangebring het. Carina wag gespanne dat Rasmus sy mening lug.

Hy blaai heen en weer. Lees en lees weer, sommige dele 'n derde en vierde keer. Carina wens sy kan ook kleedkamer toe vlug, wens die telefoon lui of hy wil nog tee hê, sodat sy kan ontsnap.

Rasmus trek 'n stoel tot langs haar lessenaar. Hy bring wysigings aan en haal hier en daar iets in potlood deur. Hy verander leestekens en punktuasie, dié keer met 'n pen.

"Nie sleg nie, Rina. Baie goed vir 'n beginner," lewer hy kommentaar. "Die snywerk is reg, subwerk swak. Goeie dialoog . . . maar jy het persklaarmaaktekens nog nie onder die knie nie. Jan of Liaan sal die manuskrip weer moet nagaan."

"Ek is jammer."

"Om vir Fokus te werk, is om nooit te sê jy is jammer nie."

Wat beteken só 'n antwoord? wonder Carina.

Rasmus verduidelik nie.

"Gaaf, lyk my Fokus se vlagskip seil nog," spot hy en

65

stap in die rigting van die tipograwe se ateljee, wat langs die drukkery is.

Rasmus is 'n ruk lank in sy kantoor besig met sy eie werk. Een van Henk se samestellers daag op vir samesprekings en daarna die aankoper van 'n reeks boekwinkels, vir nóg samesprekings. Vieruur flits die liggie van die binnetelefoon in die algemene afdeling. "Mevrou Rheede, kan jy asseblief na my kantoor kom?" versoek hul hoofbestuurder.

Carina vee haar hare plat, gryp die notule en haas haar na sy kantoor.

Hy staan hoflik op toe sy binnekom. "Hallo, Rina. Dankie. Sit . . ."

Sy gaan sit ongemaklik, voete teenmekaar en haar hande op haar skoot inmekaar gevleg.

Rasmus kyk na die notule, dan na Carina. "Ek is bang my kritiek netnou was dalk te kras."

"Kritiek op die regte tyd is beter as komplimente op die verkeerde tyd."

Pleks van te spot, maak sy gebruik van clichés, dink Rasmus.

"Elf uit tien. My geld was op die regte perd. Jy gaan 'n topgewer word. Al wat kortkom, is leiding en ervaring."

Baie van albei, besef Carina. Sy lug nie haar vrees hardop nie, bang dit klink suggestief en hy dink sy gee hom aanleiding.

Rasmus sit 'n vel papier uit die woordverwerker voor haar neer. "Geen haas nie. Vanaand, môreaand of die naweek . . . Wanneer daar geleentheid is, moet jy dié stuk persklaar maak. Daarna gesels ons weer."

Carina kyk na die getikte letters. Sinne, paragrawe en dialoog. Op die oog af lyk dit maklik. Of sy is te voortvarend, dié dat sy Liaan omkrap en arme Henk oor haar bekommerd is?

"Ek sal probeer, meneer."

"Met 'n pen."

Carina lag verleë. "Eers met 'n potlood, tot ek seker van my saak is."

Rasmus lyk nie op sy gemak nie. "Gebruik die Rheeders baie brood en melk?" vra hy ineens.

Carina weet waarop hy sinspeel. Sy hou haar stem lig. "Dis noodsaaklikhede wat 'n mens van dag tot dag nodig het."

"Van die winkels af? Smiddae na werk?"

Carina knik.

"Op kantoor is jy die bekwaamste sekretaresse met wie ek nog te doen gekry het. Voor ek die notule vra, het jy dit gereed. As ek van 'n afspraak vergeet, onthou jy. Jy dink vooruit en beplan goed."

Carina bloos. Hy oordryf en vlei haar onverdiend; nie sonder rede nie . . .

"Ek kan sien jy het ook al 'n stel met manlief afgetrap. Daarom dat jy skepties is en wonder waarheen al die vlei-taal lei . . ." Rasmus grinnik. "Rina-nooi, jy is reg. Ek ver-moed jy het môre se kos al gister gekoop. Jy is nie die soort huisvrou wat elke dag winkels toe hardloop nie."

Hy som haar te goed op. Of is sý vrou soos die prentjie wat Ras geskilder het: kort-kort is die sout op, die eiers gedaan, die meel op? Dalk onprakties . . . maar mooi, raai Carina. Waarskynlik 'n model, beeldskoon en baie vrou-lik. Anders sou Rasmus du Toit nie met haar getrou het nie. In die tydperk sedert sy hom ontmoet het, het Carina ook haar aantreklike baas leer ken en hom opgesom. Mooi mans het outomaties 'n oog vir mooi vroumense.

"Dus het jy nie vanmiddag nodig om eers weer inkopies te gaan doen nie." Dis eerder 'n stelling as 'n vraag.

Carina dink aan die twee liter melk in die yskas, die brood in die blik en aan Tinus. Die volgorde is verkeerd, besef sy. Tinus is die belangrikste en moes haar eerste oor-weging gewees het.

Vanaand sal sy hom met biefstuk verras, neem Carina haar voor. Later met kakao, voor hulle gaan slaap . . . Sy sal liefdevol wees, belangstellend na sy hofwerk uitvra en stiptelik onthou wanneer sy volgende werkopdrag afgehandel, getik en ingehandig moet wees.

"Ek ry elke middag in daardie rigting," sê Rasmus. "Ek het die klomp mense by die haltes en die vol busse gesien. My motor is leeg en ek weet jy is moeg na 'n dag se werk. Dis nie moeite om jou na werk op te laai nie."

En Sondag sal sy aan Tinus voorstel dat hulle 'n mandjie pak en iewers gaan vleis braai, besluit Carina. Net om uit te kom, saam te wees, te gesels en te kuier en in 'n ontspanne atmosfeer te probeer terugvind wat die afgelope ruk tussen hulle verlore geraak het . . .

"Dan is jy smiddae vroeër by die huis, Carina," gaan Rasmus voort.

Dit gee die deurslag. Die feit dat hy haar Carina genoem het en Tinus netnou manlief. Hy het nie bybedoelings nie; hy weet sy is getroud en lief vir haar man.

"Dankie," antwoord sy. Om sy aanbod op die regte grondslag te hou, herhaal Carina: "Dankie, meneer Du Toit, ek waardeer u moeite en bedagsaamheid."

"En ek joue, saam met al die ekstra ure se harde werk wat jy ingepas gekry het, by al jou huishoudelike pligte." Rasmus staan op, neem sy baadjie en kyk op sy horlosie. "Dis halfvyf. Almal is weg en jy is van diens af, mevrou Rheede. Is jy oorwerk en suf, of vergeet jy my naam is Ras?"

"Nee. Ek is nie oorwerk nie," skerm Carina. "Ek geniet die uitdaging van 'n nuwe werk."

Ras wag tot hulle in die motor is en uit die ergste verkeer, dan sê hy: "As jy uitgewer word, kom jou salaris op die volgende kerf met 'n bonus, 'n dertiende tjek in Desember en 'n verhoging na 'n jaar."

Sake verloop vinnig. Carina is nie seker sy hoor reg nie. "Jy het gesê ek het punktuasie nog nie onder die knie nie en Liaan reken ek het 'n gemors van *Noordvlug* gemaak. Ek is onervare, ek het nie kwalifikasies nie en moet nog baie leer."

"Dis waarom ek jou daardie bladsy gegee het om persklaar te maak. Dis die standaardtoets wat alle voornemende uitgewers aflê wanneer hulle om 'n pos aansoek doen."

"Ek doen nie aansoek nie. Ek wil nie Liaan se werk oorneem nie."

"Liaan was 'n joernalis by 'n koerant. Ek het groot waardering vir haar ervaring en bekwaamheid. Ek dink steeds as sy volhou, kan sy bo uitkom. Maar sy het belangstelling verloor."

Carina is nie blind nie en het 'n aanvoeling wat menslike verhoudings betref. Dié tussen Liaan en Ras is nie natuurlik nie, dit kan enigiemand sien. Sy het nie 'n goeie woord vir Ras nie en wil geen hulp van hom aanvaar nie. Hoeveel van Liaan Botha se komplekse en neuroses is te wyte aan haar baas? wonder Carina. Tertia was ontwykend en Henk wou nie skinder nie. Maar Jan Goosen was redelik uitgesproke.

Liaan lyk in haar twintigs, dus is sy jonger as hul jeuguitgewer. Maar mooier? Nee. Carina het nie illusies oor haarself nie. Op skool het sy ook komplekse gehad. Haar neus wip, haar oë is te groot en haar vel te lig. Wanneer ander meisies bruin brand, brand sy rooi, of sproete. Oor haar neus sit 'n hele ry wat nooit sal weggaan nie. Tinus reken hulle gee karakter aan haar gesig, maar sy weet hy sê net so om haar te troos. Watter meisie wil 'n gespikkelde wipneus hê?

Ras gesels nog oor *Noordvlug*, haal 'n eksemplaar van *Ouboet kom huis toe* uit die paneelkissie en oorhandig dit aan haar.

"Lees die boek, ook soveel ander jeugverhale as wat jy kan, om 'n oordeel op te bou," gee hy raad.

Carina hoop sy klink intellektueel en nie so dom soos

sy voel nie. Die helfte van haar verstand is in die motor, by Ras en sy gesprek. Die ander helfte by Liaan Botha. Is Liaan jaloers op haar, dié dat sy so katterig en foutvinderig is? Dis onnodig. Liaan is verder geleerd as sy; slimmer, kunstiger, met 'n sterker persoonlikheid en mooier klere. In geen opsig is sy vir Liaan kompetisie nie. Veral nie wat jeugpublikasies betref nie.

Rasmus hou voor hul woonstelgebou stil. "As jou man ontevrede is omdat ek jou huis toe gebring het, bel my."

Carina soek in haar handsak na haar voordeursleutel. Dit was 'n vreemde opmerking. Soos toe hy gesê het: "Bel as jy my nodig het. As jy my ooit sou nodig kry . . ."

"Ek sal met hom praat, verduidelik ons is vriende en waarom ek jou huis toe gebring het. As hy nie daarmee tevrede is nie, moet hy met my rusie maak, nie met jou nie," voeg Rasmus by.

"Dankie, dis nie nodig nie. Tinus is nooit onredelik nie," antwoord Carina lojaal. "Hy maak nooit met my rusie nie."

"Hoe laat kom hy smiddae tuis?"

Carina weet nie. Die afgelope tyd was dit laataand. Tinus het nie 'n rede verskaf nie en sy het ook nie gevra nie. Kommunikasie tussen haar en haar man bestaan deesdae amper nie meer nie. Elkeen is besig, hy met sy studie en kliënte en sy met haar werk en manuskripte.

Die woonstel se vensters is toe en die Volkswagen is nie in die parkeerterrein nie. Carina onderdruk gedagtes aan Annerie van Wyk. Hulle is eenders en deel dieselfde belange. Sy kan begryp dat hulle tot mekaar aangetrokke voel. Maar Tinus sien haar elke dag op kantoor. Is dit nodig dat hy na werk en saans ook vir haar gaan kuier? Kan hy haar nie in die loop van die dag vra of sy vir hom 'n werkopdrag sal tik nie? Sy glo egter dit gaan lankal nie meer om werkopdragte nie. As hulle saam is, gesels hulle nie oor werkstukke nie . . .

Carina onthou Rasmus het 'n vraag gevra. "Hy is lankal tuis," jok sy. "Seker al besig om aandete voor te berei."

Rasmus het opgemerk in watter rigting Carina kyk. Die woonstel op die punt, links onder. Hy het ook die verlate vensters gesien waar nêrens 'n lig brand nie. "Carina . . . Ek kan jou nie hier aflaai, sommer op die sypaadjie, en wegry nie. Sal jou man na jou omsien?"

Tinus sien deesdae niks anders as sy boeke nie. En natuurlik Annerie van Wyk . . . Kan 'n verhouding tussen twee mense wat oor jare opgebou is, binne weke verbrokkel? Binne dae? Wat het geword van die feit waarmee sy altyd gespog het, waarmee sy haar ouers getroos het – dat sy en Tinus geesgenote is, dat hulle mekaar begryp en met mekaar kan praat? Hulle praat nie meer nie. Deel nie, kommunikeer nie.

"Ja. Ja, natuurlik sal hy," antwoord Carina, met meer oortuiging as wat sy bedoel. "Dankie dat jy my opgelaai het. Ek waardeer dit." Sy het al soveel keer dieselfde woorde teenoor Rasmus gebruik, dat dit soos 'n refrein klink. 'n Leë rympie. "Dankie, Ras," sê Carina gedemp. "Ek waardeer jou besorgdheid. Maar jy hoef jou nie oor my te bekommer nie."

"Is jy nie bang so alleen in die woonstel nie?"

Carina klim uit. "Nee. Tinus sal nou-nou kom . . ."

Sy lyk weerloos. Te jonk om die verpligtinge van 'n beroep, 'n huwelik en 'n veeleisende man te hê. Fyn en broos, so asof sy nog op die skoolbanke hoort. So totaal anders as sy vrou . . . Rasmus weet hy moet ongeërg groet en ry. Maar hy soek verskonings om so lank moontlik by haar en van sy huis af weg te bly.

Carina wil hom innooi en self vir hom koffie maak. Al is dit net om dankie te sê dat hy haar aangestel het, dankie dat hy vertroue in haar het. Dankie dat hy haar sy vriendskap aangebied het.

Sy skud haar kop. "Ek sal regkom, moet jou nie oor my

bekommer nie," antwoord sy met meer optimisme as wat sy voel. Die versoeking is groot om haar hart uit te praat. Tant Susie sal verkeerde raad gee, soos haar ma. Haar pa sal help, maar hy het reeds genoeg hartseer gehad. Haar vriendinne is almal te besig, te gelukkig getroud om haar probleme te begryp. Miskien Rasmus? Hy is simpatiek en hy lyk nie haastig nie . . .

Carina vryf met haar hand oor haar oë. "Tinus werk lang ure en kom dalk eers baie laat. Wil jy nie inkom nie?" bied sy aan.

Rasmus is ouer, minder impulsief. Hy wil nie dieselfde foute as voorheen maak nie, nie weer sy kop teen dieselfde klip stamp nie. Carina Rheede is baie spesiaal en hy wil niks doen wat skade veroorsaak nie, niks wat hul verhouding skipbreuk sal laat ly nie.

"Daar is niks wat ek liewer sou wou doen nie. Maar ek dink in dié stadium sal dit probleme meebring," antwoord hy. "En probleme is die allerminste wat ek jou wil veroorsaak, Rina-nooi."

Carina is skielik verleë. Sy was voorbarig. Tinus dink sy gee Rasmus du Toit aanleiding, nou dink Rasmus seker ook so.

Sy probeer verduidelik: "Ek het gedink as jy lus is vir koffie – 'n sitkamer is beter as 'n padkafee. Hier is nie een naby nie en dis moeite om in die druk verkeer 'n ver ent te ry om 'n padkafee te soek."

"En dalk is daar nie koelte nie, die bediening swak en die koppies vuil."

Sy kyk vlugtig na hom. Dis bewolk en skemerdonker. Deur die venster kan sy nie sien watter soort uitdrukking op sy gesig is nie. Terg hy net of spot hy met haar?

Rasmus steek sy hand na haar uit. "Ek wil lánk saam met jou koffie drink, gesels, uitpraat, jou beter leer ken. Maar nie 'n ander man se sitkamer nie, nie as hy enige oomblik kan opdaag en vra wat soek ek daar, my kan wegjaag en dit later op jou uithaal nie. So 'n situasie sal meer skade as goed doen."

Soos gewoonlik, is Rasmus du Toit reg. Asof die man in die motor agter hom saamstem, druk hy sy toeter en wys Rasmus moet ry. 'n Verkeersbaan is nie 'n parkeerplek nie. Tinus sou hom gewip het, maar Rasmus beduie verskonend dat hy ry.

Tussendeur die volgende sarsie op die tocter, druk Rasmus haar hand en wuif 'n soentjie. "Dankie vir die koffieaanbod. Sien jou môre."

Carina sien nie die kyk wat die bestuurder in die agterste motor haar gee nie; hoe die man se gesigsuitdrukking verander toe hy sien dis 'n mooi blondine wat die oponthoud veroorsaak het. Al wat sy sien, is Rasmus wat wegry, wat oplaas waai, dan wegkyk en in die verkeerstroom verdwyn.

Tinus, vra sy, jy is my man, maar waar is jy? By 'n ander vrou? Terwyl 'n ander man my huis toe gebring het . . . Terwyl ek hom ingenooi het, tot hom aangetrokke gevoel het en hóm ook beter wou leer ken. Besef jy nie wat besig is om met ons te gebeur nie? Weet jy nie dat ek jou nodig het nie, nou, op hierdie oomblik, meer as ooit tevore?

6

Carina werk aan die proefbladsye wat Rasmus haar gegee het om persklaar te maak. *Ses ton vragmotor*, lees sy. Dit is klaarblyklik nie korrek nie. Seston-vragmotor? Ses-ton-vragmotor? Sy slaan na, maar kan die korrekte vorm in geen woordeboek vind nie. Sy besluit om haar eie oordeel te gebruik. Dit is een begrip. Sy skryf: "Sestonvragmotor; een woord, geen koppelteken nie."

Tinus kom tuis; dit lyk of Carina hom skaars raaksien. "Moet ek 'n afspraak maak om jou te mag groet?"

"Haai! Hallo! Nog net een reëltjie, dan's ek klaar."

Carina lig haar gesig om te groet.

"Dag." Tinus loop verby.

Die laaste reël is maklik: *"Jou bloedsirkulasie sal vir honderd jaar hou,"* sê die spesialiteit. Sy verander dit na *bloedsomloop* en *spesialis,* haal die *vir* uit, skryf *lank* na die *jaar* en plaas die werkblad aan die einde van die sin.

"Tinus!" roep sy. "Ek is klaar! Waar is jy?"

Hy is nie in die slaapkamer, besig om te verklee nie. Ook nie in die eetkamer by sy boeke nie. Sy tref hom buite op die balkon aan, waar hy teen die reling leun en voor hom uitstaar. Carina gaan staan styf langs hom.

"Hallo," sê sy sag. "Ek is jammer ek kon jou nie behoorlik groet nie." Sy haak by hom in, rek om by te kom en lê haar wang teen syne. Sy baard skuur haar vel. Heerlik manlik. Aantreklik en pure Tinus . . .

"Ek het jou lief," fluister sy.

'n Oomblik lank voel Carina sy hande teen haar rug opskuif om haar vas te hou, dan stoot Tinus haar weg.

"Die mense kyk vir ons."

"Laat hulle kyk." Carina nestel teen sy bors. Deur die dun materiaal van sy hemp kan sy die hitte van sy lyf voel deurslaan; sy hart voel klop – vinnig en onstuimig. Dis gerusstellend. Al is Tinus vir haar kwaad, al vermy hy haar, is hy nie so lou soos hy wil voorgee nie . . . Sy hou hom stywer vas, sodat hy haar nie weer kan wegstoot nie. "Ons is getroud. Is dit onwettig om vir die wêreld te wys 'n mens is lief vir jou man?"

"Hallo, daar!" klink tant Susie se stem van die balkon langsaan af op. Sy loer oor die afskorting. "Is die duifies besig om op te maak?"

Tinus brom 'n woord wat Carina nie ken nie. Die volgende oomblik staan sy alleen op die balkon.

"Ook g'n respekte vir die skarniere nie," veroordeel tant Susie haar jong buurman. " 'n Mens sal nie sê hy huur nie.

Soos hy die deure toeklap, klink dit hy dink hy is prins Charles wat die hele Sunnyside gekoop het."

Sy moes nie op die balkon gepraat het nie, besef Carina. Sy moes tot later gewag het en hom nie buite ten aanskoue van almal in die verleentheid gestel het nie.

"Hoe gaan dit, tant Susie?" vra sy hoflik.

"Klein Johnnie het weer kroep. Ek sit die ganske nag nie 'n ooglid opmekaar nie. Dis sy bors, jy weet. Hy hyg en hoes sonder ophou."

Carina wil na Tinus toe gaan, maar uit buurskap luister sy na Johnnie se kwale. Asma en kroep en kinkhoes . . .

"You name it . . . Johnnie het als al gehad, sê ek jou," borduur tant Susie lustig voort. "Jy weet nie hoeke dae ek met die kind gehad het nie."

"Ek weet, tant Susie."

"Hoe sal jy weet? Deur die muur gehoor hoe die kind kef? Foei, julle kon ook seker nie rus kry nie. Een ding van die flêts, jy hoor als wat langsaan aangaan. Maar jy sal nie regtig weet nie, Karrietjies, voor jy nie self 'n kind moes grootmaak nie." Tant Susie knipoog. "Maar soos ek jou nou-nou uitgekyk het, lykit of dit ook nie meer lank gaan wees nie, dan begin jy self brei en hekel . . ."

Pleks dat Tinus vroeër gekeer het . . . Carina se gesig is rooi. Sy maak verskoning en vlug na binne.

Tinus het alles gehoor. Sy gesig lyk na donderweer. Met reg . . .

Carina besluit om versoening met 'n mompel te bewerkstellig. "Hoe gaan dit by die werk? Hoe vorder die poedel en die posman?"

"Die saak is uitgegooi."

"En jou werkopdragte?"

Tinus wys na die stapel boeke langs hom. "Soos jy kan sien . . ."

"Is daar tikwerk wat ek vir jou kan doen?"

"Dankie. Annerie het gehelp met die dringende goed."

"Tik sy goed?"

"Sy kla die 'o' op haar tikmasjien is onderstebo. As jy op die skouer geklop wil word: ja, jy is beter." Dan bederf hy die kompliment deur by te voeg: "Maar dis tog waarvoor jy opgelei is. En jy sit heeldag voor 'n tikmasjien."

Dink hy sy sit heeldag net en tik?

Carina vra nie hoe oud Annerie is en hoe sy lyk nie. Sy waag dit nie. As sy vrede wil maak, moet sy onderwerpe soos Annerie van Wyk en Ras du Toit vermy.

"Ons werk albei hard, Tinus, en ons het in 'n groef beland. Ons moet meer dikwels uitgaan. Het jy nie lus om Sondag by die Fonteine te gaan vleis braai nie?" pleit sy.

"Wanneer ons eendag ons eie huis besit, sal ek elke naweek by die swembad braai om al die verlore vleisbraaie in te haal. Intussen moet ek studeer. Ek het nie tyd nie."

"Eendag . . ." eggo Carina. "Ons leef by mekaar verby, Tinus. Ons kan nie jare lank wag voor ons eendag tyd het om gesellig te verkeer en saam gelukkig te wees nie."

"Toe ons getroud is, het jy geweet ek is nog besig met my klerkskap. My salaris is klein. Ek kan nie vir jou weelderige goed koop nie."

Carina trek 'n stoel langs hom nader. "Wie praat van weelde? Ek is doodgelukkig met dít wat ons besit."

"Jy is nie, anders was ek goed genoeg en sou jy nie jou eie geld wou verdien nie."

"Nie myne nie. Ons s'n."

"Goed, koop dan vir ons 'n nuwe rok en 'n nuwe hoed sodat ons mooi kan lyk vir die nuwe baas."

"Ek wil nie! Ek wil nie nuwe klere hê nie. Dis materiële dinge waarsonder ons kan klaarkom."

"Hoekom het jy dan gaan werk?"

Hy dink al weer aan Ras, besef Carina. En oor die werkopdrag waarvan sy vergeet het; en die kool en die vragmotor en die hemde en tant Susie se taktloosheid. Maar veral oor Ras.

Omdat sy skuldig voel, bly Carina kalm. "Ek dink steeds ons moet die naweek 'n bietjie ontspan, Tinus."

"Daar sal nie parkeerplek wees nie, nêrens koelte nie. Net radio's en sokkerballe en lawaai en bierblikke die hele wêreld vol. Dink jy só 'n dag, ten koste van nuttiger tydsbesteding, sal ons goed doen?"

Carina gee Tinus gelyk. Die prentjie wat hy skilder, klink vir haar ook nie aanloklik nie. Sy wonder of hulle nie 'n gasbraaier moet koop om op die balkon te gebruik nie. Dit is darem beter as niks. Mevrou Ehlers sal weet of braaiers by die woonstelgebou toegelaat word. Daar mag dalk rook en reuke wees wat die ander huurders pla.

Carina gooi sout en peper oor twee biefstukke en laat hulle ontdooi. Vanaand se ete is duur, maar nodig. Dis 'n cliché wat Liaan, en Tertia miskien ook, sal laat lag, maar Henk sal saamstem: die pad na 'n man se hart loop deur sy maag.

"Jy kan gerus wees," paai sy uit die kombuis. "Ras du Toit is getroud. Al lank. Minstens agt jaar."

Ras . . .? Van voorname gevorder na 'n bespreking van hul onderskeie huwelike, dink Tinus. Volgende keer sal sy seker hoor dat Du Toit se vrou hom nie begryp nie. En sy sal sê sy begryp. Sy sal hom simpatiseer en byvoeg dat dit met haar en haar man dieselfde gesteld is. En reg in Du Toit se kraal, sal sy vertel dat haar man nie net selfsugtig is nie, maar armlastig ook. En die vent verdien natuurlik 'n fortuin waarmee hy sy tiksters kan beïndruk . . . seker onthaal ook, op die maatskappy se koste.

Carina weet nie wat deur sy gedagtes gaan nie. "Want hy het 'n seun wat al skoolgaan, wat seker al sewe of agt jaar is." Sy bedwing haarself om vrolik te klink. "Henk is in die wolke oor sy hemde en broeke. Hy loop nie meer Kaapse draaie om my nie en ek kry dalk bevordering."

"Geluk."

"Is dit ál wat jy kan sê? Nadat ek hoe lank my vrye tyd

opgeoffer het – vanaand ook – om werk huis toe te bring? Nadat ek dalk uitgewer gaan word . . . Net: geluk?"

Tinus blaai om en soek in 'n ander handboek na die verwysing van 'n belangrike saak ten opsigte van crimen injuria en lastereise. Hy verwag 'n vraag oor persoonlikheidskending in die eindeksamen.

"Bevordering beteken 'n hoër salaris, 'n bonus en 'n dertiende tjek. Maak dit nie vir jou saak nie?"

Al wat vir Tinus saak maak, is om sy kwalifikasies te verbeter en 'n vennoot in die prokureursfirma te word sodat hy vir Carina 'n volwaardige man kan wees en met Erasmus du Toit kan kompeteer. Die toneel van hulle twee saam, laggend, gesellig, so ingenome met mekaar dat albei se hoor en sien vergaan, bly in sy gedagtes vassteek.

Vanmiddag toe hy haar wou gaan haal, het 'n stroom busse die een na die ander gekom en gegaan sonder dat Carina uitgeklim het. Later het hy moed opgegee en gery – en niks gesê toe hy hier kom en vind sy is lankal tuis nie. Hoe gereeld laai die vent haar in sy lang, slap motor op? Elke dag? Elke oggend ook? Hy weet nie wat gebeur nadat hy haar afgelaai het nie. Die vent wag dalk vir haar om die hoek. Carina bespreek dit nie met hom nie en Tinus is te trots om haar daarna uit te vra.

"Plus 'n verhoging na 'n jaar," las Carina by.

"Het jy vir jou goeie vriend verduidelik jy bly net vir ses maande, net tot die einde van die jaar by die firma?"

"Aan," korrigeer Carina. "*Aan. Aan hom verduidelik. Vir* is 'n anglisisme wat 'n mens soveel moontlik moet vermy. Nie *vir ses maande* nie. *Ses maande lank* is beter."

Tinus vererg hom. "Ons is nie almal taalkenners nie. Wát jy sê is belangriker as hóé jy dit sê. Du Toit het seker ook 'n onderskeiding in Afrikaans gehad?"

"Ek weet nie."

"Vra hom, aangesien julle klaarblyklik op so 'n intieme voet verkeer. Terwyl hy dink 'n vet salaris en bonus wat hy soos 'n wortel voor jou neus hou, koop vir hom nie slegs 'n sekretaresse nie, maar ook haar gunste en gawes."

Carina verstyf. Wat dink Tinus van haar? Dat sy 'n los meisie is? Dat sy met Ras flankeer?

Sy probeer waardig bly. "Liewe land, is jy doof? Ek dag jy het gehoor hy is getroud."

"Jy ook. Besef hy dit?"

"Ons is bloot vriende."

"Ek is nie 'n moroon nie. Wat wou jy gehad het? Dat ek B.A. loop en ook uitgewer word? Ek reken daar is belangriker dinge as boeke, byvoorbeeld mense. Ek reken 'n ma wie se kind deur 'n dronk bestuurder noodlottig beseer is, weet nie van *vir* en *aan* nie. Nog minder 'n skielike pensioentrekker wie se spaargeld deur 'n skelm makelaar gesteel is."

"Is dit nuwe sake wat jy hanteer?"

"Probeer hanteer, mits my vrou sal ophou rondflerrie en my toelaat om op my werk te konsentreer."

Carina hoor ook hoe erg die woord klink. Geen wonder Tinus was so die josie in toe sy dit gesê het nie.

"Ek loop nie rond nie, Tinus. Daarvoor het ek jou te lief. Ras is my werkgewer en ek 'n junior werknemer. Die kere wat ons wel gesels, hakkel en stamel ek en noem hom meneer. As ons miskien vriende is, is dit oppervlakkig en platonies. Soos jy en Annerie van Wyk hopelik ook is. Hy ry smiddae dié kant toe met 'n leë motor – 'n motor pleks van 'n rammelende, skuddende bus waarin ek die hele pad moet staan en vasklou om nie uit te val nie. Ek is eerlik: hy het aangebied om my in die toekoms elke middag op te laai."

"En jy het oor jou voete geval om sy gáwe aanbod te aanvaar?"

"Jy behoort bly te wees. Dan is ek vroeër tuis om jou sokkies te was en stryk."

"Sokkies word nie gestryk nie. En daar is 'n wassery om die hoek. Jy hoef nie met die hand te was nie."

"'n Laundromat. Teen hoeveel rand 'n bondel? Geld wat ek waar moet kry?"

Tinus klap sy boeke toe. "Laat staan dit! Ek gaan slaap."

Carina besef sy moes stilgebly het, nie verwyt het nie. Maar vandat hy by die huis gekom het, het alles skeefgeloop.

"Wat van die biefstukke? Vleis wat ontdooi het, kan nie weer bevries word nie." Pleks van 'n vredesaanbod, klink dit beskuldigend.

"Ek is nie honger nie," antwoord Tinus kortaf.

"Ek wou vanaand 'n spesiale aand gemaak het."

Tinus pluk sy skoene uit. "Jy het. Uiters spesiaal. Met vertellinge van Du Toit en hoeveel jaar jy nog vir hom gaan werk. Of is dit *aan* hom werk? Hom bearbei?"

Carina is spyt sy het ooit die taalkwessie geopper. "Ek wou biefstuk en sampioene maak, met kerse op die tafel . . ."

"Ek kan vir elektrisiteit betaal."

"Die kerse was veronderstel om romanties te wees."

"Bêre die romantiese dinge maar vir die wonderlike Du Toit en tant Susie. Hulle waardeer dit meer as ek."

Carina bly verslae in die kombuis staan. Sy het gekla hulle leef by mekaar verby. Maar dis erger. Sy en Tinus begryp mekaar nie meer nie en maak mekaar seer, sonder dat hulle besef hoeveel skade aan hul verhouding berokken word.

Carina bêre die biefstukke. Gekoop ten koste van 'n hareborsel wat sy dringend nodig het. Liaan en Tertia lyk asof hulle uit die bladsye van 'n modeboek gestap het. En sy soos 'n voëlverskrikker. Sy kry skaam oor haar armoedige klere. Hoe kan sy skrywers besoek en voorskryfkomitees gaan spreek in verlede jaar se erfstukke van haar ma as sy uitgewer word? Dit maak 'n swak indruk.

Carina loop nie agter Tinus aan om te piep en paai nie, soos Henk dit genoem het. Sy kyk na die nuus op TV, sodat sy darem 'n bietjie algemene kennis opbou, lees 'n paar hoofstukke van *Ouboet* en gaan dan slaap.

Tinus reageer nie toe sy die kamer binnekom nie, hoewel sy aan sy asemhaling kan hoor hy is wakker. Sy trek uit en klim in die bed.

"Nag."

"Nag," antwoord hy ewe kil.

Aan ontbyttafel die volgende oggend probeer Tinus vrede maak.

"Wat het met ons gebeur, Carrie? Ons kan nie so aangaan nie – twee vreemdelinge onder een dak. Ons was lief vir mekaar. Ons is getroud . . ."

Ras het nie weggesteek dat hy getroud is nie. Maar onthou Annerie van Wyk dit ook? En Tinus?

Carina antwoord nugter en logies: "Dis maar soos die lewe is. Die eerste ses maande van enige huwelik is seker vol rose en maanskyn. Alles is in pienk sellofaan toegedraai en die lewe voel soos een, lang, idilliese wittebrood. Maar dit kan nie altyd so aanhou nie. Die een of ander tyd moet 'n mens uit jou drome wakker word. Ek dink dis wat met ons gebeur het. Die glans het verdwyn en ons het realisties geword."

"Wat is realisme? 'n Lewe vol irritasie en misverstande waarin elkeen in 'n geslote lugleegte leef sonder plek vir die ander? Dis nie die rede waarom ek getrou het nie. Ek wil nie 'n kok en 'n huishoudster en 'n sakevennoot hê wat meer geld as ek verdien nie. Eerder 'n maat, 'n kameraad, 'n geesgenoot. En veral 'n vrou wat ek kan liefhê."

"En ek wil nie 'n robot hê wat nooit hier is, wat te besig is met sy eie sake om my dag of nag te sê nie. 'n Robot wat my wantrou en ignoreer."

Tinus tel sy skoene op en gaan bêre dit saam met die koerant. "Wat probeer jy sê? Dat jy moeg is vir my? Dat jou ouers reg was en dat ons moes gewag het?"

"Nee, ek sal nooit oor die afgelope halfjaar spyt wees nie, al gebeur wat ook al. Ons het die regte besluit geneem. Ons moes nie gewag het nie en ons kan nóú ook nie wag nie. Dis kwart voor agt! Ek moet nog opruim en ons moet al ry!"

"Dié bespreking is belangriker as tydtafels en horlosies."

"Ek stem saam. Dis nodig. Dringend noodsaaklik dat ons die saak uitpraat. Maar daar is tyd en 'n plek vir alles."

Carina lyk skielik soos die skoolmeisie wat hy toentertyd leer ken het. Windverwaaid en nie so selfversekerd soos sy probeer voorgee nie . . .

"Soos gister buite op die balkon?" Tinus grinnik. "Die plek is nou beter, want tant Susie slaap. Hoe lyk dit met die tyd?"

Carina gooi haar hare oor haar skouer. "Opmaak neem langer as veertien minute. Bêre dit vir vanmiddag."

"Ek het net twee minute nodig."

"Hou op spog." Ondanks haar ergernis omdat Tinus so tydsaam is, kan Carina nie haar lag bedwing nie. Solank een van hulle twee 'n sin vir humor behou, kan daar nie veel skeel nie; niks wat nie reggestel kan word nie.

Sy kan nie onthou wanneer laas sy spontaan gelag het nie, besef net dat dit 'n terapeutiese uitwerking op 'n mens kan hê. Carina streel die deurmekaar hare van Tinus se voorkop weg en hou hom styf teen haar vas.

"Manliefste, alles sal regkom, nè? Dis sommer net 'n fase wat sal oorwaai. Ons sál weer vir mekaar lief wees, nè?"

"Nie wéér nie, stééds. Ons het nog nooit opgehou om mekaar lief te hê nie." Tinus se arm om haar is soos 'n tuiskoms. Soos die lugleegte waarvan hy gepraat het, behalwe dat hulle saam daarin is. Sonder misverstande.

"Kom ons begin van nuuts af aan," stel Carina voor.

"Voor jy vanoggend soos 'n stoomlokomotief uit die kamer gestorm het sonder respek vir die skarniere . . . Môre, my liefste man," groet sy.

Hy lyk skaam. "Ek het môre gesê, maar jy het nie gehoor nie."

"Omdat jy gebrom en onderlangs gemompel het. Diertjie, het jy lekker geslaap?"

Tinus speel saam. "Nie 'n ooglid opmekaar gesit nie, nie die ganske nag nie. En jy, skapie?"

"Nee. Ek kan nie slaap as ek weet jy is vir my kwaad nie."

"Ek is nie. Maar jy sál wees as ons laat is . . ." Hy help haar afdek en toesluit. Saam hardloop hulle die trap af na die parkeerterrein.

In die motor op pad bushalte toe, is hy weer die ou Tinus op wie sy met die eerste blik halsoorkop verlief geraak het toe Wynand hulle aan mekaar voorgestel het.

Hoewel die Volksie se verrinneweerde sitplekke dit nie eintlik toelaat nie, sit sy styf teen hom. Hy het sy arm om haar en Carina moet die ratte verander.

"Dis net iesegrimmigheid wat sal oorwaai," troos hy. "Jy was reg. Ons het 'n vakansie nodig om uit die groef weg te breek. 'n Naweek. Selfs net 'n dag . . . Ons kan Sondag na die Fonteine toe ry as jy wil."

"Nie ten koste van jou studie nie. Kom ons vier jou laaste vak wat geskryf is, met 'n vleisbraai tussen sokkerballe en radio's."

"Of tuis, met biefstuk en kerslig."

"Of net by mekaar . . ."

"Dis al wat saak maak. Ek en jy saam . . ."

Carina voel toe hy skielik regop sit. "Kyk die mense! Die toue!"

"Ja, want ek en jy was mos belangriker as busse en horlosies," herinner Carina hom laggend.

"Jy gaan laat wees!"

83

" 'n Paar minute maak nie saak nie."

"Dit gaan 'n paar uur wees!"

Carina sit ook orent. Die halte lyk soos die hoofingang by Loftus Versveld tydens 'n Curriebekerwedstryd wanneer Noord-Transvaal teen die WP speel. "Dis omdat ons later as gewoonlik is."

"Ek sal jou kantoor toe neem."

"Jou werk is belangriker as myne. Ek sal stap, as dit moet. Dis goeie oefening."

"Die hele ent stad toe? Jy kan nie."

"Ek gee nie om nie. Ek sal op kantoor verduidelik daar was 'n krisis en 'n verkeersknoop."

"Nee. Dan kom ék liewer laat en verduidelik . . ."

"Die hof begin vroeg. Ry, Tinus, ek sal 'n plan maak."

"Ek ry nie sonder jou nie."

Carina klim uit. "Ek het plathakskoene aan. Stap sal my nie kwaad doen nie. Ry, Tinus. Die belangrikste is dat jy betyds is."

"Nie sonder jou nie," hou hy vol.

Hulle sien gelyktydig die silwerblou Mercedes-Benz wat eenkant, uit die verkeer, op die sypaadjie getrek staan. Tinus is die eerste wat die motor herken.

"Geen wonder jy het aangedring ek moet ry nie." Netnou se warmte en gemoedelikheid het uit sy stem verdwyn. Dit is skielik kil en onpersoonlik. "Goed, ek sal ry. 'n Ekstra minuut sonder my is 'n ekstra minuut saam met hom. Geen wonder jy was so haastig om uit te klim nie."

"Ek was nie. Of, as ek was, wou ek jou tyd spaar."

Sy stem is nou ysig. "Wat ek nog altyd van jou bewonder het, wat my tot jou aangetrek het, Carina, was jou eerlikheid. Moenie nou jou goeie rekord bederf nie. Soos ek gesê het, ek is nie 'n moroon nie. Moenie my intelligensie onderskat deur my met leuens om die bos te probeer lei nie. Ek sal meer van jou dink as jy eerlik is, al maak dit seer om die waarheid te hoor."

"Tinus . . ." Carina bly verslae langs die motor staan. "Ek begryp nie. Waarvan praat jy?"

"Van jou en Du Toit se afsprake nie net smiddae nie, maar soggens ook. Daarom dat jy my so aangejaag het. Jy kon nie wag om by hom te kom nie, dié dat jy nie veel tyd gehad het vir my nie."

"Ek hét vir jou tyd gehad. Dit was ék wat eerste my arms om jóú gesit het."

" 'n Oomblik lank. Hoeveel uur kry hy?"

"Tinus, jy praat snert! Jy is doof. Ek het jou gesê daar is nie 'n verhouding tussen ons nie."

"En ek het gesê ek glo jou nie. As dit agtuur die oggend al so gaan, sidder ek om te dink hoe dit bedags op kantoor vorder. Nou begryp ek waarom jy saans so moeg is dat jy skaars kan kosmaak of twee woorde met my praat."

"Ek is moeg omdat ek hard op kantoor werk en dan nog boonop 'n huishouding moet behartig waarmee jy nie help nie."

"Vertel dit vir Du Toit! Hy sal jou waarskynlik glo. Ek nie."

"Ons het geen afsprake nie. Gister was die tweede keer dat hy my opgelaai het en vanoggend die eerste keer dat hy by die halte wag."

Carina kon net sowel nie praat nie.

"Wanneer jy by hom is, is jy natuurlik nooit moeg en oorwerk nie. Met hom praat jy seker nie oor wasmasjiene en gebrande kool nie. Geen wonder jy wil nuwe skoene en 'n nuwe haarkontrepsie hê nie."

"My skoene met die hoë hakke is gedaan, dié dat ek vanoggend plattes aanhet. En ek vra nie 'n duur kontrepsie vir my hare nie, net 'n doodgewone borsel."

"Vra vir Du Toit."

"Tinus, ek hoop jy besef jy is onbillik," sê Carina so bedaard moontlik.

"Al wat ek besef, is dat ek vanoggend 'n gek van myself gemaak het deur jou te vertrou en te wys ek gee om."

"Ek gee ook om."

"Vir wie? Watter een van ons?"

"Tinus . . ."

Die Volkswagen se enjin brul. "Geluk! Dis nie elke dag dat 'n meisie twee mans aan 'n lyntjie het nie."

"Is nie!" Carina loop om na die ander kant van die motor, waar hy sal hoor wat sy sê. "Nee, Tinus, is nie. Jy is verkeerd. Elke keer is dit 'n sameloop van omstandighede wat die misverstande veroorsaak. Henk se hemde, die knope, die balkon en tant Susie, die kerse, 'n dringende manuskrip en vergete werkopdragte . . ."

Tinus hoor net een woord. "Manuskripte. Aand na aand. Dag na dag . . . Gaaf, dan het jy iets oorspronkliker om met hom oor te gesels as wasserye en vuil sokkies. Geniet dit."

"Ek is sy tikster, dis ál. Sekretaresse of wat ook al, ek weet nie. Maar niks méér nie."

"As jy nie weet nie, hoe sal ék weet? Vra hom wat jy is. Hy sal nie twyfel nie." Tinus trap die koppelaar en verander ratte. "Tot siens. Geniet jou dag."

"Tinus! Wag!" roep Carina.

Maar die ruit aan sy kant is ook toegedraai en hy hoor nie. Of hy wíl nie hoor nie. Ongeag die druk verkeer, vleg hy tussen die stroom ander motors deur. Terwyl Carina nog probeer kyk, verdwyn die Volksie agter 'n bus en is hy buite sig.

7

Rasmus en almal by die bushalte kon sien dat die jong paartjie by die Volkswagen in 'n hewige argument gewikkel is. Te oordeel aan die manier waarop haar man wegtrek en sy verwese agterbly, is dit duidelik wie die rusie gewen het. Haar bleek gesig en trane wat heel duidelik baie vlak lê, bevestig sy vermoede. Rasmus sê niks toe Carina by hom in die motor klim nie, neem net haar hand bemoedigend in syne. Dan konsentreer hy op die verkeer terwyl hy haar 'n geleentheid bied om tot verhaal te kom.

Carina waardeer sy bedagsaamheid. Sy is bly Rasmus gesels nie en dankbaar hy vra nie vrae wat haar trane sal laat oorloop nie.

Wat is besig om met haar en Tinus te gebeur? Waardeer sy hom nie genoeg nie? Of verstaan hy haar nie?

Op 'n keer het haar ma gebel en het sy raad gevra. Wat maak 'n mens as 'n vriendin van jou man hom vir ete nooi, maar jóú uitsluit? As sy hom allerhande gunste bewys en dit lyk of sy jou plek wil inneem?

Pleks dat sy stilgebly het of met haar pa gepraat het, wat sou weet hoekom Tinus nie kon wag om eerder Annerie van Wyk se kos te gaan eet as hare nie. Haar pa sou rustig aan sy pyp gesuig en daarna by die kern van die saak uitgekom het: "Jóú werk was nie so dringend nie. Jou man was in daardie stadium belangriker. Jy moes liefdevoller opgetree het, 'n koningsmaal voorberei het. Dan sou Tinus gebly het. Jy moes veral van sy werkopdrag onthou het, sodat jy die ander vrou nie 'n geleentheid gebied het nie."

Maar toe praat sy met haar ma . . . "Ek het jou gewaarsku, gesê hy is nie die man vir jou nie. As Tinus nie vir jou goed is nie, los hom en kom huis toe, waar jy hoort. Waar jy in die eerste plek moes gebly het."

As haar ma weer bel, sal sy sê alles het reggekom. Hulle hou opnuut wittebrood en as sy huis toe kom, sal dit net wees om te kuier. En sy sal haar man saambring.

Wat sal haar ma sê as sy hoor Tinus was sedertdien weer twee keer by Annerie, maar beskuldig háár van ontrouheid?

Carina kom agter dat Rasmus reeds geparkeer het.

"Droog?" Hy vryf met sy vinger oor haar wang. "Of is daar steeds trane? Voel jy nou beter?"

"Ek weet nie . . ." Tinus reken sy is oneerlik, sy vertel leuens. Sy kan net sowel die aantygings verdien. "Geen trane nie. Ja, dankie, baie beter," jok Carina.

Rasmus hou haar arm 'n oomblik langer vas as wat nodig is terwyl hy haar uit die motor help. "Was dit my skuld?" vra hy op die man af.

Carina skud haar kop. "Jy het nie geweet Tinus is erger as 'n turksvy nie. Jy wou help en het niks om oor sleg te voel nie."

Rasmus bly lank stil. "Ek dink ek het geweet," sê hy uiteindelik. "Jy is lojaal en dapper en maak vir hom verskoning. Maar ek het geweet jou man is veeleisend en jy het dit tuis nie altyd maklik nie. Ek moes eers uitgevind het, gevra het, voor ek sommer eie reg gebruik het deur by die bushalte vir jou te gaan wag."

"Dit maak nie saak nie. Dit was nie jou skuld nie," hou Carina vol.

"Dit maak saak," stry hy. "Want jy maak vir my saak, Carina. Soveel saak, dat ek nie vir jou ekstra probleme wil veroorsaak nie. Ek moes voorsien het dat my teenwoordigheid vir jou nog probleme kan skep."

"As dit nie jy was nie, het hy 'n ander rede gesoek." Carina vee oor haar oë. "Dit was nie slegs die feit dat jy my soms oplaai nie."

Sy besef sy moes nie uitgepak het en soveel laat blyk het nie. Al noem sy hom jy en jou, bly Rasmus steeds haar werkgewer en dis onprofessioneel om haar en haar man se verhouding met hom te bespreek. Maar hy is begrypend en simpatiek. En hy het gesê sy maak vir hom saak . . . Hy het haar hand vasgehou en gesê hy wil nie vir haar probleme veroorsaak nie . . .

Carina voel skielik weer ongemaklik. "Ek is laat. Dis

twintig oor agt! Die telefoon lui seker al en Tertia wag op Elita Broodryk se lêer. Sy kom haar om nege-uur spreek oor die resepteboekreeks."

"Tertia is groot en oud genoeg om haar eie lêers uit die kas te haal."

As hy so sê . . . Hy is die baas. Carina bly langs hom in die parkeerterrein staan.

"Ek is jammer dat jy dit weens my moes ontgeld," sê Rasmus gedemp. "As ek kon, sou ek dit graag wou verhoed – ter wille van ons vriendskap. Ter wille van my gevoel vir jou. Ek het geen verweer nie, Rina. Behalwe dat ek ook tuis ongelukkig is, dat ek jou vanoggend wou sien en bly was oor 'n verskoning om so gou moontlik van die huis te kon wegkom."

Carina sluk, onseker wat om te antwoord.

"Glo jy my?" vra Rasmus.

"Dink jy nie ek moet ingaan nie?" ontwyk sy 'n antwoord.

"Ter wille van poeding en terte? Elita steur haar nie aan tyd nie. Sy sal eers teen tienuur hier ingestorm kom, die metrisering kritiseer, oor die stofomslae kla en op 'n hoër skrywersvergoeding aanspraak maak."

Carina wens 'n ander motor wil kom parkeer, sodat hulle die gesprek kan beëindig. Maar die kelderparkering word vir direksielede gereserveer. Niemand kom help nie en Rasmus kyk na haar, wag op haar antwoord.

"Weet jy dat ek vir jou omgee?"

"Moenie . . . Asseblief, Ras, moenie so sê nie."

"Hoekom nie?"

"Ons ken mekaar skaars vyf weke. Ek weet hoeveel hartseer deur oorhaastigheid veroorsaak kan word."

"Vyf minute is lank genoeg. Van die eerste oomblik dat ek jou tydens die onderhoud gesien het, het ek geweet dié blondinetjie gaan diep spore deur my lewe trap. Ek het daarteen gestry, want ek het besef dit mag nie gebeur nie;

ons is albei getroud. Maar ek kon nie van jou vergeet nie. Glo jy aan liefde met die eerste aanblik?"

"Ons is nie meer tieners nie," skerm Carina. "Net op sestien is 'n mens so impulsief."

"En ons is nie sestien nie. Ja, ek besef dit." Ras aarsel en opeens lyk hy nie so selfversekerd en bekwaam soos Carina hom leer ken het nie. "Jy is nader aan sestien as ek. Twee en twintig teenoor vier en dertig. Twaalf jaar verskil is baie. Vra my, ek weet. My vrou is nege jaar ouer as ek. 'n Kleiner verskil, maar 'n groter bron van onaanpasbaarheid. As ek lus kry om sommer skielik 'n naweek te gaan visvang of seil, kla Anta sy is moeg. Sy wil liewer tuis ontspan. Sy hou nie van swem of ry nie. Al wat vir haar belangrik is, is die kinders. Sy glo sy is middeljarig, driekwart van haar lewe is verby en nou is dit die kinders se beurt. As ons 'n naweek weggaan, wat van haar naaldwerk? Die nuwe rok wat sy vir Sulet maak. Tobie se kategese?"

Rasmus besef hy verveel Carina seker. Sy stel nie in sy vrou en kinders belang nie.

"Hoekom ek in 'n oomblik van swakheid soos 'n grammofoon vasgehaak het, was omdat ek wou hê jy moes weet my huwelik is ook op 'n sinkplaatpad. Ek is nie 'n wolf wat vir elke nuwe tikster ogies maak nie. Daarom het ek die agtergrond geskets – sodat jy die geskiedenis ken en weet ek is ernstig. Ek is nie net daarop uit om jou te verlei en 'n lekker tyd te hê nie."

"Ek het nie so gedink nie."

"Henk dink so. Tinus waarskynlik ook."

Carina onthou Henk se stramheid teenoor Ras, sy duistere opmerkings wat sy nie begryp het nie. Die onderstrominge in die kantoor . . . Was sy blind? Het hulle Ras se toegeneentheid raakgesien terwyl sy gedink het hy is bloot vriendelik? Is dit die rede waarom Liaan so onvriendelik is? Uit afguns omdat sy ook 'n gevoel vir hul hoofbestuurder het? Carina kan haar nie kwalik neem nie. Ras du Toit is ryk, sjarmant en aantreklik. Die antwoord op enige meisie se drome. Veral as Liaan vermoed het sy huwelik is nie wat dit moet wees nie. As sy gehoop het om Anta du Toit se plek in te neem, is dit te verwagte dat Liaan nie kompetisie sou verwelkom nie.

Ras sit sy hande op haar skouers en draai Carina na hom toe sodat hy haar gesig kan sien.

"Carina, wat almal ook al sê en skinder – dis nie die klassieke geval van 'n wolf in slaapklere nie. Jy is belangrik. Meer as belangrik. Meer as wat jy dink. Solank jy dit weet, is ek tevrede en sal ek nie oorhaastig wees nie." Sy greep op haar skouers gly af na haar arms, na haar hande wat hy in albei syne neem. "Ek was 'n grammofoon, ek wil nie 'n stoomroller ook wees nie. Gaan paai Piet van Breda en maak vir Elita tee. Los die poedings en soufflés, dan eet ons vanmiddag êrens. Al is dit net om mekaar te troos en dat ek jou kan bedank vir die moeite met Liaan."

Carina se eerste impuls is om nee te sê. Hulle kan nie. Saam gaan eet is stap twee. Daar moes nooit eens 'n stap een gewees het nie. Stap drie gaan handuit ruk. Sy mag dit nie toelaat nie.

Voorheen het Carina sy bedagsaamheid waardeer. Nou ook. Hy soen haar vlugtig op die voorkop. "Ek het gesê ek wil nie 'n stoomroller wees nie. Dink daaroor na, Rina-nooi."

Ras was reg. Die top-huishoudkundige daag eers na elf op. Sy is aggressief, dring aan op haar regte en kritiseer die lettertipe waarop Fokus besluit het. Terwyl Carina tee maak, is haar gedagtes 'n maalkolk van onsekerheid. Sy behoort gevlei te wees dat 'n man soos Ras in haar belangstel, maar sy is nie. Haar lewe is ingewikkeld genoeg, sy wil nie nog verdere verwikkelinge hê nie. Dan soek sy liewer ander werk. Al moet sy weer 'n paar maande opgehok in die

91

woonstel sit, is dit nie die ergste nie. Tinus is belangriker as 'n tjek die einde van die maand.

En Ras? Carina se gesig versomber. Hy het ook vir haar belangrik geword, besef sy. As vriend en as werkgewer. Indien hy werklik vir haar omgee, indien hy so ernstig oor haar voel soos hy voorgee, kan sy hom nie seermaak nie. Hy het haar aangestel, haar gehelp en haar 'n bevordering aangebied. Sy kan hom nie in die steek laat nie. Sy kan nie sommer net bedank nie en sal in elk geval eers 'n maand kennis moet gee. Maar waar sal sy weer so 'n salaris kry en met boeke werk, wat haar groot liefde in die lewe is?

Sy behoort weg te gaan, maar sy wil nie, kan nie. As die geleentheid opduik, wil sy uitgewer wees, al is dit net ses maande lank. Dit sal 'n herinnering wees wat sy die res van haar lewe sal vertroetel. Dan het sy ook 'n kwalifikasie as sy eendag om ander werk aansoek doen. Miskien by die koerante. Liaan was eers joernalis en toe uitgewer. Sy kan dit dalk andersom doen. Verslaggewer wees is interessanter as tikster of liasseerklerk.

Ras het gevra sy moet daaroor dink en Carina het. Miskien in 'n dieper sin as wat hy bedoel het. Maar skielik is dit asof 'n koue wind oor haar waai. Sy het 'n kwalifikasie en ervaring oorweeg, die koerante of selfs ander uitgewerye. Maar as Tinus 'n vennoot in die firma word, sal hy genoeg verdien sodat dit nooit weer vir haar nodig sal wees om te werk nie, veral nie as daar 'n gesin is wat sy moet versorg nie. Of weet sy diep in haar onderbewussyn dat hul huwelik nie slaag nie, dat daar nie kinders sal wees nie en dat die tyd gaan aanbreek wanneer sy vir haarself moet sorg?

Dis 'n gedagte wat haar bang maak. Haar ouers het haar beskermd grootgemaak, óórbeskermend opgetree na Wynand se dood. Sy weet nie wat opofferings beteken nie. Op die oomblik kry sy swaar sonder nuwe skoene en 'n haarborsel. Sy weet as sy net bel en vra, sal haar ma vir haar tien paar skoene en twintig borsels bring; haar met oop arms verwelkom as sy wil huis toe kom. Maar dit is nie reg nie. Wanneer 'n meisie die dag mondig is, moet sy leer om op haar eie bene te staan. Anders gaan sy 'n klim-opplant word, met Pa en Ma as steunpilare. Pa en Ma wat natgooi, voed en oplei. In die proses word hulle misbruik en sal sy haar selfrespek verloor. En sy sal haar inisiatief en die bietjie selfvertroue wat sy nog het, inboet.

Die telefoon lui gelukkig selde. Terwyl Tertia met Elita onderhandel, het Carina 'n verposing. Personeellede word toegelaat om private oproepe te doen, maar sy bel nie haar ma of pa nie. Soos Ras gesê het: sy is groot en oud genoeg om haar eie probleme op te los. Sy bel Tinus.

"Meneer Rheede? Ja, hy is op kantoor. Net 'n oomblik . . ." antwoord die firma Coetzer en Horak se telefoniste, Lisa of Lize, afgelei van Elisabeth. Carina kan nie onthou hoe Tinus gesê het nie.

Elisabeth is professioneel. "Wie is dit wat met meneer Rheede wil praat?"

"Sy vrou, Carina."

Stemme praat in die agtergrond. Dan hoor Carina weer Elisabeth se stem: "Dit spyt my, mevrou Rheede, meneer Rheede is pas uit."

Maar nou-nou was hy daar . . . Beskikbaar, tot hy ge-hoor het wie dit is? Wil hy nie met haar praat nie? Probeer Tinus haar vermy? Carina besef sy is dalk onredelik. Hulle het reeds te veel misverstande gehad sonder dat sy nog een skep wat moontlik nie bestaan nie.

"Is hy hof toe?" wil sy weet.

"Nee, die hof is reeds in sitting."

Carina weet ook die landdroshof begin vroeg, nie twaalf-uur die middag nie.

"Weet u hoe laat hy terug sal wees?"

"Ongelukkig nie. Kan ek 'n boodskap neem?"

Carina weet nie wat sy wou bereik deur te bel nie. Dalk

omdat sy bang was. Dalk omdat sy sommer net vir Tinus wou sê sy is lief vir hom, sy sal bedank en dinge gaan regkom. Hy het nie vir haar gesê hy sal vanmiddag uit wees nie. Sover sy weet, is dit die dronk motorbestuurder of die pensioentrekker waarvoor hulle vroegoggend hof toe sou gaan om uitstel te vra.

"Weet u dalk waarheen hy is?"

"Net 'n oomblik . . ." Carina hoor Elisabeth verneem, lag, dan 'n ander meisie wat giggel en onderlangs fluister.

Elisabeth bly lank weg en is skielik minder amptelik toe sy uiteindelik na Carina terugkom. "Hallo? Is jy nog daar? Kan ek jou na Annerie van Wyk deurskakel? Sy sal weet waar Tinus is."

Carina verstyf. Bedaar! maan sy haarself. Moenie op hol raak nie.

"Asseblief," vra sy beleef.

Dié keer is Lize of Lisa gou terug. "Jammer, Annerie is ongelukkig ook nie op kantoor nie."

Carina se keel is droog. Saam weg . . . Saam uit, die hele oggend en waarskynlik die middag ook. As sy nie gebel het nie, sou sy nie daarvan geweet het nie. Sou sy soos 'n groot gek vanaand weer vir Tinus biefstuk probeer gaarmaak het. Biefstuk is om mee fees te vier. Wat vier hulle? Die feit dat haar en Tinus se huwelik ook op 'n sinkplaatpad is? Die feit dat hy iemand anders gevind het wat beter aan sy behoeftes voldoen?

"Is daar 'n boodskap?" herhaal die meisie.

"Geen boodskap nie," antwoord Carina kortaf.

"Ek sal hom sê u het geskakel."

"Dis nie nodig nie."

Carina gaan maak vars tee, haal koekborde uit en sny die appeltert wat 'n bode by die tuisnywerheid om die hoek gaan koop het. Elita Broodryk sal seker vra waar die geklopte room is. Carina gee nie om nie. Die einde van volgende maand is sy waarskynlik weg. Nie eens meer in

Pretoria nie, maar op 'n ander dorp waar niemand haar ken nie, waar niemand weet sy was te sleg om haar man te behou nie.

"Haai," groet Rasmus.

Hy lyk net so omgekrap soos sy.

"Hallo," antwoord Carina. "Die ketel kook. Wil jy saam tee drink?"

"Saam met jou, ja, nie saam met die voortreflike Elita nie."

"Haar resepteboekreeks gaan vir Fokus baie geld beteken."

"Fokus . . . Soos ek voel, kan sy op die maan fokus. Ek sal selfs die teleskoop skenk."

"Jy klink net so befoeterd soos ek."

"Ek is. Net honderd persent meer so." Sy een mondhoek lig. "In watter bui is jy?"

"Lus vir arseen en strignien."

"Sal ons gaan kyk of die restaurant dit op die spyskaart het?"

Carina knik.

"Het jy nagedink?" verneem Rasmus.

"Ure lank."

"Wat was die resultaat?"

"As jou uitnodiging nog staan: baie dankie, Ras, ek sal graag saam met jou gaan eet."

Die seekosrestaurant in Schoemanstraat is nie 'n goeie keuse nie. Te naby die hof, en sy en Tinus het ook al per geleentheid daar geëet. Onwillekeurig kyk Carina rond of sy hom en Annerie dalk sien. Daar is een of twee mans met togas, maar niemand wat sy ken nie.

"Biefstuk?" stel Rasmus voor.

Sy skud haar kop. "Ek is nie Tinus nie. By 'n Sjinese, Indiese, Griekse, selfs Italiaanse restaurant eet hy biefstuk. Nee dankie, dis duur en ek is allergies daarvoor."

"Tipiese Suid-Afrikaner." Rasmus lag en bestel 'n garnaalvoorgereg en kreef as hoofdis. Dan vertel hy haar van die skrywer wat 'n afskrif van sy manuskrip aan 'n ander uitgewer gestuur het sonder om hom te raadpleeg. Fokus publiseer vinniger as hul opposisie en die boek het reeds verskyn. Nou wil die ander uitgewer Fokus dagvaar omdat hulle intussen ook setkoste aangegaan het.

"Hulle behoort die skrywer te dagvaar," sê sy.

"Nee, jong, die skrywers praat met mekaar. Maak 'n uitgewer 'n skrywer kwaad, kry die uitgewer nie weer 'n manuskrip van hom en twintig ander nie. Daardie proefbladsye wat jy persklaar gemaak het, is in die kol. Subwerk is egter net 'n bysaak. Jy sal leer 'n uitgewer se hooffunksie is om skrywers te werf en te bearbei."

Carina voel gevlei. "Is my subwerk nou meer akkuraat?"

"Perfek noudat Jan jou goed touwys gemaak het. Tertia sou nie 'n goeie onderwyser gewees het nie en Henk is te verstrooid."

En Liaan? wonder Carina. Of sou Liaan haar juis die verkeerde tekens geleer het?

"Genoeg oor die werk." Oor 'n glasie wyn kyk Ras na haar. "Ek het genoeg stoom afgeblaas. Jy het nou gehoor wie ek wou vermoor. En jy? Vir wie wou jy arseen en strignien koop?"

"Ek gesels graag oor die werk. Dis stimulerend en ek wil jou nie met my katastrofes verveel nie."

"Jy is pragtig en intelligent en talentvol. Maar vervelig?" Hy glimlag. "Nooit nie. Pak uit, as uitpak jou beter sal laat voel. Ek het vanoggend dieselfde teenoor jou gedoen."

Toe Carina haar kom kry, borrel alles oor. Sy vertel van haar ma wat nie begryp nie, wat net van egskeidings praat. Van Annerie van Wyk. Van Tinus en dat hy háár van ontrouheid beskuldig terwyl hy vier keer – vier keer waarvan sy weet – by 'n ander vrou gaan kuier het. Sy vertel dat hy nooit tuis is nie, en wanneer hy is, is hy erger as 'n ystervark. Sy sê dat Tinus haar veroordeel omdat sy werk, omdat sy nie by die huis wil sit en wasgoed was en kinders grootmaak nie.

Hy roep die wynkelner nader. "Nog 'n bottel, asseblief. Van dieselfde. Ons gaan lank kuier."

Carina neem 'n slukkie wyn. "Dink jy ek is ondankbaar en selfsugtig? Paranoïes en onnodig agterdogtig?"

"Nee. Wat ek dink, is dat jy 'n besonderse persoon met besondere lojaliteit is en dat Tinus jou nie waardeer nie. Hy besef nie hoe gelukkig hy is om jou as vrou te hê nie. Wat gaan soek hy by 'n ander vrou wat hy nie dubbel en dwars by jou kan kry nie?"

"Hy stel nie in my belang nie." Sy neem nog 'n slukkie wyn. Eers dan het sy genoeg moed om van die balkon te vertel, dat Tinus saans skaars nagsê en dan omdraai en slaap.

As Ras geamuseerd is, toon hy dit nie. Sy gesig is baie ernstig. "Ek kan 'n kuur aanbeveel, maar moontlik is dit in dié vroeë stadium ietwat drasties."

Carina kyk oor haar glas in sy blink, blou oë. Die boodskap wat sy daarin lees, laat haar bloos en oor Anta gesels. Oor sy kinders en hul skoolbedrywighede.

Rasmus onderdruk 'n grinnik. "Ons het dieselfde leesstof onder hande gehad. Ken jy ook die artikels waarin raad gegee word oor hoe om 'n amoreuse man te hanteer en af te skakel? Waarin aanbeveel word dat jy hom oor sy kinders uitvra? 'n Taktiek gewaarborg om alle tekens van toenadering in die kiem te smoor."

Carina ontken dit nie. Wanneer laas het sy parfuum en lipstiffie aangesit vir 'n afspraak met 'n man wat reken sy is mooi en interessant, met potensiaal? Die ete is heerlik, sy geniet sy geselskap . . . en dit maak haar bang. Die artikel het ook aanbeveel dat 'n mens 'n pak foto's van die afgelope vakansie byderhand moet hou, wat jy een na die ander uithaal en wys. Daar moet net nie een van jouself in 'n skrapse bikini wees nie. Dié sal sy Ras egter spaar. Hy verdien dit nie.

"Ek en Anta maak ook rusie," erken hy. "Bitterlik en sonder om agterna vrede te maak. Vier normale mense. Maar nie vir haar bedoel nie. Daarom sal ons al vier, teen ons sin, die slegste in mekaar wakker maak."

"Ek en Tinus was aanvanklik eenders, nou kom ek agter ons het uiteenlopende belangstellings. Ons verskil in geaardheid, gewoonlik, belangstellings, selfs persoonlikhede."

"Aanvanklik is die nuutjie van getroud wees 'n bindende faktor. Na 'n ruk irriteer selfs dít wat in die begin dierbaar was 'n mens."

Carina onthou haar nat sykouse en onderklere in die stort. Tinus het gesê dit lyk huislik. Nou reken hy seker sy is rojaal met die seeppoeier en 'n swak huisvrou. Dieselfde met sy skoene saans wat hy op die mat uitskop sodra hy by die huis kom. Hy herinner haar nie meer aan Wynand as jong seun nie. Nou sien sy net die slordige sitkamer, die opruim elke môre en nóg sokkies om te was.

"Wat is die oplossing?"

Ras huiwer. "As twee mense agterkom hulle is uiteenlopend van geaardheid en nie vir mekaar bedoel nie, is daar geen sin om met 'n huwelik voort te gaan en mekaar onnodig seer te maak nie. Hoekom jou maat aftakel, sy of haar persoonlikheid probeer verander om by joune te pas? Dan is dit nie meer dieselfde persoon op wie jy verlief geraak het nie."

Soos met sy raad aan Henk en Tertia, besef Carina opnuut hoe logies en nugter Ras is. Hy moes prokureur geword het en Tinus uitgewer.

"In die proses van verandering breek jy jou maat se selfvertroue af," vervolg hy. "Ook inisiatief en selfrespek. Uiteindelik, op die lange duur, doen jy meer as afbreek. Jy vernietig sy of haar kans op 'n tweede probeerslag. Daar is geen nut in vermorste jare nie, terwyl albei partye die tyd beter kon benut en intussen gelukkiger kon gewees het."

Die wyn help Carina om minder skuldig te voel, met minder inhibisies. "Sal Tinus gelukkiger saam met Annerie wees?"

"En Anta gelukkiger sonder my?" Rasmus haal sy skouers op. "Ek wens ek was agtien, wanneer 'n mens al die wysheid in pag het. Maar die vrae kom eers na dertig."

"Wat doen jy wanneer Anta haar onttrek, as sy nie jou belangstellings wil deel nie?" vra Carina.

"Ek bly tuis. Slaan 'n paar balle teen die muur of swem tien lengtes om van die frustrasie ontslae te raak."

Carina wens hulle het ook 'n swembad en tennisbaan as uitlaatklep gehad wanneer die druk te groot word.

"En daarna? Na die balle en die lengtes?"

"Daarna?" Oor die tafel reik Ras na haar hand. "Daarna dink ek aan jou. Dit help."

Hy het mooi hande. Skraal en sensitief. Kunstenaarshande. Carina skuif nie weg nie.

"Noudat ek jou gevind het, kan ek jou nie laat gaan nie. Ek sal nie eise aan jou stel nie, Carina. Ek sal jou tyd gee om deeglik te dink voor jy besluit. Al wat ek vra, is dat jy ons die kans gun om mekaar beter te leer ken – op kantoor en af en toe tydens ete. Is dit 'n onbillike versoek?"

"Nee." Sy neem nog 'n slukkie wyn. "Ek wens Tinus was so redelik."

"En Anta . . . Soos jy en Tinus, is daar 'n afgrond tussen ons. Soos met die kinders, is daar die generasiegaping. Of Pa twintig of vyftig is, wat jou kinders betref, is jy stokoud en outyds. Jou opvoeding is net daarop gemik om hulle in te perk of te straf. Al prys jy hulle of erken jy hou ook van popmusiek en fliek, bly jy steeds die gesagsfiguur waarteen hulle rebelleer. Om met Pa vriende te wees, is onaanvaarbaar in die jongmenskliek."

Carina onthou toe sy 'n tiener was, wou sy nie saam met

haar ouers gaan kuier nie. Dit was onaanvaarbaar, want almal sal dink jy het nie vriende en 'n kêrel nie.

"As hulle in tel wil wees, moet hulle uit beginsel in opstand kom," troos sy. "Dit gaan nie om jou as pa nie, maar om 'n eie identiteit. Hulle is nog soekend, met 'n vrees om 'anders' te wees, om nie deur die tienergemeenskap aanvaar te word nie."

"Ironies. Wanneer 'n mens ouer word, is jy bang om een van die massa te wees en in obskuriteit te verdwyn. Dan wil jy juis 'anders' wees, om te wys jy is nie 'n nonentiteit nie."

"Gee Tobie en Sulet kans," bemoedig Carina hom. "Hulle sal ook ouer word en ander waardes ontwikkel."

Rasmus lyk nie oortuig nie. "Hulle beskou my net as die broodwinner. As mens en as man gee my gesin nie 'n duit vir my om nie."

Carina kan nie glo dat iemand soos Ras nie waardeer word nie. As hy hare was, het sy hom bederf.

"Ek wens ek kan elke dag vir jou sjokoladekoek bring," terg sy ligweg.

"Jy bring jouself – dis meer werd. Net om jou soggens te sien, laat my heeldag beter voel." Rasmus se duim vryf oor haar arm, dan haar gewrig en handpalm. Sy vingers vou om hare. "Ek het gesê jy is belangrik. Spesiaal. Ek gee vir jou om. Maar het ek gesê dat ek jou liefhet?"

Carina was nog nooit 'n tranerige persoon nie, maar skielik sien sy hom deur 'n mistige waas. Sy kan nie verby die knop in haar keel praat nie.

"Jy hoef niks te sê nie, Rina-lief. Die feit dat jy hier saam met my is, is genoeg. Tot dusver was die kantoor en my werk 'n plaasvervanger waarin ek myself kon verdiep. Ek erken daar was vergoeding en 'n mate van bevrediging. Maar dit was 'n leë, doellose bestaan. Jy sal weet. Jy kan nie 'n manuskrip uitneem balkon toe nie en saans as jy eensaam is, is 'n boek nie genoeg kompensasie nie."

Haar oë kan nie behoorlik fokus nie, maar dis nie trane nie, besef Carina. Dis die wyn, waaraan sy nie gewoond is nie.

"Vandag is die eerste keer dat ek werklik gelukkig is," sê Rasmus. "Die paar kosbare ure saam met jou gee my moed om nie tou op te gooi nie, om iets van my lewe te maak en te besef ek het dalk 'n toekoms wat nie so donker soos die verlede is nie."

Hy praat nog, maar Carina neem nie veel in nie. Al wat sy wil doen, is huis toe gaan en in die bed klim. Sy skaam haar morsdood as Ras moet agterkom haar kop draai . . . Hy sal niks weer met haar te doen wil hê nie.

Carina kom vaagweg agter dat Rasmus die rekening vra en betaal, dat hy haar stoel uitgetrek het en sy arm om haar sit toe hulle uitstap. Maar dis al. Van die rit in die motor weet sy niks. Toe sy opkyk, sien sy nie die kantoorgebou nie, maar hul woonstel.

Rasmus help haar uitklim en druk die slanke, bewerige figuurtjie 'n oomblik teen hom vas. "Jy het twee weke dubbelskof en oortyd gewerk. Jy is op 'n vry middag geregtig."

"Hoe laat is dit?" vra Carina.

"Halfvier. Al wat jy vry kry, is 'n uur, as vergoeding vir jou harde werk en etenstyd af." Hy stap saam met haar die trap op. By hul voordeur soen hy haar op die voorkop. "Ek het jou lief. Al vergeet jy alles wat ons gepraat het, onthou dit."

"Ek onthou."

Rasmus sluit die deur vir haar oop, dan laat hy Carina gaan. "Volgende Vrydag, dieselfde tyd, dieselfde plek?"

Carina knik. As Tinus drie uit vier aande by Annerie kuier, wat is daarmee verkeerd as sy een maal per week saam met Rasmus gaan eet?

8

Carina slaap toe Tinus tuiskom. Veraf hoor sy 'n lawaai wat soos 'n gekap en getimmer klink. Dis in haar kop, dink sy. Dis die hamerslae teen haar slape wat haar hoofpyn vererger. Sy draai om en probeer slaap.

Die getimmer verminder nie; dring selfs deur die kussing wat sy oor haar ore gedruk het. Eers dink Carina sy droom, maar dan hoor sy dit weer – dié keer die geluid van glas wat breek. Sy sit regop. Inbrekers? Asseblief, bid sy, nie vandag nie, nie nou nie – nie terwyl sy so siek en naar voel nie.

Nog glas breek iewers in die woonstel. Dis nie 'n droom nie, besef Carina. Iemand probeer inkom. Skree sal nie help nie; buitendien is haar mond te droog om 'n geluid te maak. Die polisie? Sy kan nie die nommer onthou nie. Sy strompel in die gang af en gryp in die verbygaan 'n swaar geelkoper-kandelaar wat 'n trougeskenk was. Nie veel werd as 'n wapen nie, maar beter as niks.

By die voordeur lê die glassplinters oor die vloer gesaai en buitekant hoor sy stemme. Daar is meer as een . . .

"Wie's daar?" roep sy uit.

"Carina . . .?" Dis Tinus, besorg en ontsteld.

"Wie's dit? Is dit jy?"

Hy was buite weste omdat hy bang was sy het iets oorgekom. Toe Carina antwoord en hy besef sy is ongedeerd, is Tinus ergerlik. "Wat gaan aan? Hoekom maak jy nie oop nie?"

"Ek het nie geweet dis jy nie. Het jy jou sleutel vergeet?"

"Het jy die tyd vergeet? Die deur is gesluit en jou sleutel steek aan die binnekant in die slot. Ek kan nie inkom nie."

"Hoekom het jy nie geklop nie?"

Tinus brom iets wat sy gelukkig nie snap nie. "Ek het

byna my kneukels gebreek soos ek aan die deur gehamer het. Het jy nie gehoor nie?"

Carina vertel liewer nie van haar droom en dat sy 'n kussing oor haar kop gedruk het nie.

"As dit nie te veel moeite is nie," vra Tinus sarkasties, "kan jy nóú dalk oopmaak, of moet ek steeds soos 'n inbreker deur die venster klim?"

Sy sluit haastig oop.

Eerste wat instorm, is tant Susie, haar oë so groot soos twee eetserviesborde. "Ons dog jy's dood! Oor die kop geslaan of verwurg. Tienie was skoon mal van bekommernis. Hy't gesê vergeet die skade, ons moet oopkap en loop kyk. Wat het gebeur?"

"Niks nie." In die agtergrond sien sy mevrou Ehlers en van die ander bure staan. Carina voel verspot.

"So, jy was toe al die tyd net hier en springlewendig. Waarom wou jy nie oopmaak nie?"

Hoe erken sy die skande wat sy oorgekom het? Carina wens sy het iets groter as 'n kussing om onder weg te kruip.

"Ek het nie gehoor nie. Ek was ver . . . In die kamer."

Tinus kyk na haar wasbleek gesig. "Lyk my dit was alles 'n misverstand. Dankie, almal. Dankie, tant Susie, vir die ondersteuning en die leen van die skroewedraaier."

"Soos altyd, any time, Tienie, jy's welkom." Tant Susie wil die drama nog 'n rukkie uitrek. "Reken jy sy's orraait? Vir my lyk sy soos 'n spook wat wil omval. Sy's siek, sê ek jou."

"Ek sal, indien nodig, die dokter inroep. Dankie, tante. Tot siens."

Wanneer hy haar só noem, is hy nie Tienie nie. Dan is hy Marthinus M. Rheede, die fênsie prokureur doer bo op sy troon. Tant Susie blaas teësinnig die aftog.

Carina voel sy moet haar deel bydra. "Ons sal die ruit vervang, mevrou Ehlers."

Hul superintendent hou nie van huurders wat probleme skep nie. Gisternag het die mense in 501 luidrugtig party-tjie gehou. Vandag lol dit weer by 303.

"Ek sal die glaspaneel laat regmaak, mevrou Rhee-de, maar u sal vir die rekening verantwoordelik gehou word."

"Natuurlik. Dankie, mevrou Ehlers."

Die superintendent draai weg. Ordentlike mense, het sy die paartjie opgesom toe hulle die woonstel gehuur het. Nou lyk dit asof die man dwarstrekkerig is en met sy vrou skeel ook iets.

Tinus skop die glasstukke eenkant toe, pluk Carina se sleutel uit en sluit die slot met sy eie sleutel.

Carina bly handewringend in die sitkamer staan.

"Dis nie net die paneel nie. Eers het ek die slot probeer afskroef. Dalk nóg skade." Hy bekyk haar. "Voel jy nie gesond nie, Carina?"

Wanneer laas het hy haar Carrie genoem? Sy sal die skade aan die slot ook betaal indien nodig. Carina ant-woord net so formeel: "Ek voel heeltemal gesond, dankie, Tinus."

"Was hier iemand? Was jy bang om die deur oop te maak?"

Van haar naels is niks oor om te kou nie. Carina vleg haar hande inmekaar. "Nee."

Tinus lyk agterdogtig. "Was dit oor vanoggend? Het jy jou met opset doof gehou om my uit te sluit?"

"Nee. Ek het eerlik nie gehoor nie. Ek het 'n rukkie op die bed gelê en aan die slaap geraak," erken Carina.

Dit lyk asof Tinus se bui gaan sak. Hy frons meteens.

"Vyfuur die middag in die bed? So vas aan die slaap dat jy nie hoor as ek omtrent die deur afbreek nie? Wat skort?"

"Niks nie. Ek was 'n bietjie moeg, dis al. Ek wou net 'n rukkie rus en het nie bedoel om aan die slaap te raak nie."

Nou eers let Tinus die deurmekaar hare en die donker skaduwees onder die mooi groen oë op. Soos tant Susie volgehou het, Carina lyk nie gesond nie . . . Iets skort; iets wat sy nie wil erken nie.

Hy was 'n skurk, besef Tinus. 'n Gevoellose boef. Hy is te behep met homself en sy eie bedrywighede. Carina het probleme. Pleks dat hy help en sy verantwoordelikhede as man nakom, skree hy op sy vrou en verdink haar onnodig.

"Het jy 'n moeilike dag op kantoor gehad?" vra hy en klink gemoedeliker.

Sy het net tot eenuur gewerk, toe gaan kreef en garnale eet, terwyl sy nie eens aan arme Tinus se aandete gedink het nie . . . Carina voel erger as 'n skurk en 'n boef.

"Nee, dit was 'n maklike dag."

Tinus maak koffie en probeer om nie op die kas te mors sodat sy agterna weer moet skoonmaak nie.

"Hoe vorder *Noordvlug?*" vra hy.

Sy antwoord nie. Koffie? Vermoed hy iets, wonder Carina, dié dat hy reken sy het sterk, swart koffie nodig?

Die koffie is egter normaal, met melk in, maar sy voel nie gerus nie. Toe hy langs haar op die bank kom sit, verskuif sy na 'n stoel en draai haar kop weg sodat hy nie haar asem moet ruik nie.

"Is jou dialoog toe goedgekeur?" wil hy weet.

Carina knik.

"En die bladsye wat jy persklaar gemaak het?"

Sy knik weer.

Toe hy nie verder reaksie kry nie, probeer Tinus 'n ander aanknopingspunt. "Was die bus vanmiddag weer so vol?"

Carina besef sy kan nie heeltemal met 'n toe mond sit nie. Hy gaan agterdogtig word. Iewers in die een of ander laai het sy dalk 'n stukkie kougom . . . Sy mompel iets wat na 'n verskoning moet klink en vlug kamer toe, waar sy vinnig die deurmekaar bed opmaak, hare kam en tande borsel. Onder in haar handsak ontdek sy iets beter as kougom. 'n Suiglekker ... peperment. 'n Aandenking aan die aand toe Tinus so vrygewig was om met sy laaste geld vir haar ete te koop.

Haar verdoeseling en geïmproviseerde noodmaatreëls het blykbaar langer geduur as wat Carina gemeen het. Toe sy in die sitkamer terugkom, lyk dit soos 'n biblioteek van al Tinus se handboeke.

Sy het netnou nie in sy vredespogings belanggestel nie. Elke navraag het skaars 'n kopknik gekry. Tog probeer Tinus weer. "Hoe gaan dit met jou ma?"

"Goed, dankie."

"Jy moet haar bel. Plaaslike oproepe kos min en sy het jou aanmoediging nodig."

Carina weet Tinus probeer. Hy verkeer onder meer druk as sy, maar hy probeer darem kop bo water hou, terwyl sy saam met 'n ander man gaan eet en wyn drink het. Terwyl sy in alle eerlikheid teenoor haarself erken dat sy die ander man op die oomblik opwindend vind – 'n beter proposisie as haar eie man.

Sy is skaam en berouvol. Met Ras du Toit op die agtergrond gedwing en haar enigste gedagte om teenoor Tinus te vergoed, dink Carina nie verder nie. Sy gaan staan by hom en tel 'n lywige eksemplaar van *Boedelbereddering in Suid-Afrika* op. "Lywig en indrukwekkend. Sal jy ons bedoel eendag self kan beredder?"

Tinus is bereid om dit as 'n vredesoffer te beskou. Na vanoggend en vanmiddag se rusie is hy bereid om net so ligweg te skerts en nog koffie vir haar te gaan maak. Aandete ook, as sy te moeg is om kos te maak. Maar skielik ruik hy die skerp pepermentgeur op Carina se asem.

Hy sit sy pen langs sy aantekeninge neer. "Is jy seker jy voel gesond?"

"Piekfyn."

"Wat het jy so lank in die kamer gemaak?"

"Ek het die een en ander gedoen."

Hy kyk met verskerpte aandag na haar. "Waarom het jy vyfuur in die middag geslaap? So vas dat jy nie gehoor het hoeveel keer ek klop, nie gehoor het toe ek die ruit breek om in te kom nie?"

"Ek het gehoor. Ek het kom oopmaak, het ek nie?"

" 'n Uur na die tyd. Deurmekaar en deur die wind. Waar was jy vanmiddag, Carina?"

Skielik weet Tinus wat daardie vreemde reuk was wat hy netnou geruik het. Hy het vermoed dis omdat die woonstel die hele dag toe gestaan het, selfs dalk 'n nuwe haarsproei of parfuum wat sy gebruik. Nou besef hy dit was 'n ander reuk. Dis hoekom Carina pepermente suig.

"Waar was jy vandag?" dring hy aan.

Oplaas probeer sy uitkomkans soek. "Vra ek jou om van elke vyf minute van jou dag verslag te doen?"

Tinus is ontsteld. "Was jy by jou ma?"

"Hoekom vra jy?"

"Omdat ek wil weet. Is jy ook nou al . . ."

Sy of haar pa mag haar ma kritiseer, maar nie buitestanders nie. Dan is Carina op die verdediging. "My ma het aan depressie gely na Wynand se dood. Maar sy het behandeling ontvang en is nou beter. Sy makeer niks nie."

"Dit lyk nie so nie. Dit lyk eerder asof jy ook aangesteek het."

"Hoe sal jy voel as 'n kind van jou op so 'n gewelddadige wyse gesterf het?"

"Ek weet. Ek verstaan. Ek begryp. Ek veroordeel haar nie en was nog altyd simpatiek. Maar dit gaan nie om jou ma se aanpassings nie. Sy het dit oorkom. Dit gaan om jou, Carina. Jy het vanmiddag iets gedrink."

Hy ruk dinge uit verband; jaag spoke op wat nie bestaan nie. Haar ma het Valiums gedrink en slaappille.

" 'n Bietjie droë tafelwyn," erken sy. "Drie glasies . . . Is dit 'n misdaad? Almal doen dit. Dis sosiaal."

"Jy is nie almal nie. Of wil jy sê almal was by dié sosiale partytjie?"

Kan sy sê dit was 'n partytjie? Iemand by die kantoor se verjaardag? Dit sal so maklik wees. Maar nóg leuens en nóg oneerlikheid?

"Fokus wou vergoed omdat ek in my vrye tyd ekstra werk vir die firma gedoen het." Selfs dit klink nie reg nie, want sy het die feite verdraai om dit 'n beter kleur te gee.

Carina wou oor begin, haar woorde beter kies. Maar sy het vergeet Tinus Rheede studeer in die regte en weet hoe om deur die kamoeflering te sien; kortpad te neem om by die kern van die saak uit te kom.

"Fokus? Of Du Toit? Het hy jou vir ete uitgeneem?"

"Net om dankie te sê vir die jeugboek. Ek het selfs die proewe gelees en ons kunstenaar 'n idee vir die stofomslag gegee. Daardeur het ek Fokus geld bespaar. 'n Ete as vergoeding was min onkoste."

Tinus stel nie in besparings belang nie.

"Is dit waarom jy weggeskuif het toe ek langs jou op die bank kom sit het? Waarom jy weggedraai het toe ek wou uitvind of jy siek voel? Omdat jy die hele middag met die vent geflankeer het, niks met my te doen wou hê nie?"

"Ek het nie met hom geflankeer nie. Ek het hoofpyn gehad en ek was vaak. Ek het weggeskuif, nie omdat ek hom bo jou verkies nie, omdat ek bang was jy ruik ek het wyn gedrink en raak omgekrap, soos gewoonlik. Soos jy wél gedoen het."

"Een of twee glasies tafelwyn is niks. Dis die feit dat jy drie gehad het – saam met Du Toit – en dit vir my weggesteek het, wat my ontstel."

"Jy sê ek flankeer met ander mans. Vee eers voor jou eie deur. Waar was jy en Annerie vandag?"

"Op kantoor. Hoekom?"

"Omdat ek uitgevind het jy wás nie. Nie jy nie; ook nie sy nie."

"Het jy gebel? Liza het my nie die boodskap gegee nie."

"Ek het nie 'n boodskap gelaat nie, want ek wou jou nie in 'n verleentheid stel nie. Ek wou nie hê julle moet saam 'n plan prakseer om my te bedrieg nie. Sy mag dink dis pret om 'n man van sy vrou te probeer afrokkel. Ek vind dit pynlik en vernederend."

"Afrokkel? Waarvan praat jy?"

"Van elfuur vanoggend, toe jy uit was. Sy ook. Nie een van julle was die hele dag op kantoor nie."

"Ek was by die assuransiemaatskappy in verband met ou oom Truter se pensioengeld."

"Saam met Annerie?"

"Nee. Dit was 'n uur. As jy twaalfuur weer gebel het, was ek terug."

"Al dink jy jou werk is baie belangriker as myne, is ek ook bedags besig. Ek het nie tien keer 'n dag tyd vir private oproepe nie . . . of om te luister hoe Lise of Liza suggereer Annerie van Wyk sal weet waar jy is nie."

"Liza het geen reg gehad om enigiets te suggereer nie. Maar jy kan nie verwag dat 'n onervare meisietjie op die skakelbord almal se doen en late moet onthou nie. Die skakelbord lyk gewoonlik soos 'n kersboom, met al die liggies van inkomende oproepe. Daarom het ek gesê sy moet mense na Annerie verwys indien iemand my soek. Annerie is kalm en rustiger en kan selfs onder druk beter onthou."

Liza is onervare, maar vir Annerie tree hy in die bresse en sy is alles wat goed is . . .

"Behalwe as Annerie van Wyk nie daar is nie. As sy elke keer dieselfde tyd as jy uit is."

"Dit was toevallig. Ek weet nie waar sy elfuur was nie. Waarskynlik in die argief om 'n vorige saak na te slaan."

"Of besig om jou werkopdragte te tik."

Tinus skryf môre eksamen oor boedelbereddering en het nog twee handboeke om vannag deur te werk. Maar Carina se belange kom eerste. Hy probeer sê wat hy dink sy wil hoor.

"Karrietjies . . . Carrie, Rina . . . Jy is die beste kok en die beste tikster in die hele wêreld, beter as Annerie of wie ook al."

Tinus wou haar gerus stel. Maar sy woordkeuse was verkeerd.

"Moenie my Rina noem nie!" Sy bars in trane uit en hardloop kamer toe.

Tinus haak by bladsy een vas; oor en oor lees hy dieselfde paragraaf sonder dat hy inneem wat hy lees. As hy môre nie gaan skryf nie, beteken dit nog 'n jaar van studie en 'n klein salaris. Dit kan hy nie bekostig nie. Hy probeer op paragraaf twee konsentreer. Bladsy twee. Bladsy drie . . . Dan staan hy op en gaan soek sy vrou.

"As jy wil, kan ons êrens gaan eet."

"Ek is nie honger nie."

"Ek ook nie."

"Ek kan vir jou kerrie maak, as jy wil. Of spaghetti."

"Moenie moeite doen nie. Ek het beskuit geëet."

"Beskuit is nie voedsaam genoeg as jy môre moet konsentreer nie."

"Ek sal by die padkafee kos koop."

"Gaan jy uit?"

"Biblioteek toe."

Biblioteek . . . Is dit wat Tinus se naam daarvoor is? Hy trek die kombers oor haar. "Sien jou later."

Carina se hoofpyn is erger. Sy krul haar in 'n bondeltjie op – haar arms om haar gevou en die kussing teen haar slape gedruk.

Sy hoor nie toe hy middernag terugkom en eers teen dagbreek aan sy kant van die bed inskuif nie – versigtig om haar nie wakker te maak nie.

Die volgende oggend verslaap hulle albei. Daar is nie tyd om gisteraand se argumente uit te stryk nie. Daar is nie tyd vir gesels of die glasskerwe op te vee nie. Elkeen soek klere en jaag net om betyds op kantoor te wees.

Nadat Tinus haar inderhaas by die rooi verkeerslig afgelaai het, besef Carina sy het hom skaars gegroet en nie eens sterkte met die eksamens toegewens nie.

Die silwerblou Mercedes staan op dieselfde plek as gister. "Weer sulke tyd? Of erger?" vra Rasmus toe sy uitasem by hom kom.

"Ek is laat. Die wekker het nie gelui nie, of ons het hom nie gehoor nie. Dankie dat jy gewag het."

Rasmus hou van die deurmekaar meisie wat vergeet het om lipstiffie aan te wend. Warhoofdig, het 'n skrywer hulle eendag genoem. Hy onthou die held in die boek het ook manliker gevoel, omring deur warhoofdigdes, almal so mooi en begeerlik soos Carina Rheede.

By nog 'n rooi verkeerslig trek hy haar hand nader, onder syne wat op die stuurwiel rus. "Is ek veeleisend? Moes ek nie vir jou gewag het nie?"

"Jy moes. Dankie. Anders was ek laat. Gaan jy nie ook laat wees nie?"

" 'n Bietjie. Dit maak nie saak nie. Was daar weer oorlog?"

"Tinus was so haastig, ek glo nie hy het jou motor raakgesien nie. Hy het tot laat gestudeer en ek het die verskriklikste nagmerries gehad, daarom dat ons verslaap het." Sy lag verleë. "Volgende keer drink ek net koeldrank."

Rasmus is bly dat daar blykbaar wel 'n volgende keer gaan wees. "Ek voel ook nie te wel nie," bieg hy.

Carina se gedagtes is nog by Tinus. "Het jy gestudeer terwyl jy getroud was?" wil sy weet.

"Afrikaans 111 en Engels 111 was erg genoeg. Ek sou nie nog 'n vrou ook kon hanteer nie."

"Tinus neem drie hoofvakke en nog byvakke ook."

"Dis straf."

"Hy skryf vandag boedelberedding."

"Ek hoop hy vaar goed."

"Hy sal seker 'n onderskeiding kry. Ek hoop so, want hy verdien dit. Hy werk baie hard." Carina wag tot hy uit Andriesstraat afdraai en in die kelderverdieping parkeer. Dan vra sy: "Mag ek hom nou-nou bel – om sterkte te sê met die eksamen?"

"Jou pos laat teetyd toe, etenstye, asook vrye gebruik van die telefoon."

Verbeel sy haar of is Rasmus se stemtoon skielik kil? wonder Carina. Sy moes seker nie oor Tinus aanhou praat het nie. Hy ken hom nie en stel nie in hom belang nie.

"Ek maak selde private oproepe. Net as dit dringend is."

"Bel wie jy wil. Tinus in Timboektoe ook, as jy dink dis nodig."

Hy herinner haar aan Tinus toe hy die hyser se knoppie druk.

"Mans . . ." sê Carina. "Die wêreld sou eenvoudiger gewees het as daar net vroue op aarde was."

Pleks van verslaap, het Rasmus die nag slapeloos in die vrykamer deurgebring, vol vrese en vrae; vanoggend het hy net 'n asbak vol sigaretstompies gehad, maar geen oplossings nie.

"Maar vir wie sou ons nuwe rokke en lipstiffies gekoop het, as daar nie manne was om dit te waardeer nie?" skerts Carina.

"Jy het nie hulpmiddels nodig nie, jy is mooi soos jy is."

"Half deur die slaap?"

"Heeltemal deur die slaap is beter. In pajamas, sonder 'n klomp verf en nagrome."

Hy is self 'n getroude man, besef Carina. Nogtans draai sy verleë haar kop weg. Om te vergoed omdat sy te behep met Tinus was, probeer sy om ook in sy sake belang te stel.

112

"Gebruik Anta nagroom en grimering?"

"Net as sy uitgaan of gaste verwag."

"Is haar hare lank of kort?" waag sy dit.

"Kort. Te kort. Seker prakties, maar onvroulik."

"Is sy 'n boekemens?"

Ras druk weer die hyserknop. "Sy is 'n ma. Ma's het nie tyd vir boeke nie."

Die hyser daag uiteindelik op. Rasmus wag ongeduldig dat die mense uitklim. "Ons kon net sowel met die trap opgeklim het, dan was ons gouer bo. Om die vrae wat jy nie gevra het nie, te beantwoord: ja, jy is mooier as sy. My vrou beskou dit nie as belangrik om slegs ter wille van haar man tyd aan haar voorkoms te bestee nie. Nee, sy lees nie. Nie boeke nie. Nie tydskrifte nie. Nie eens koerante nie. Dis waar die onaanpasbaarheid tussen ons ontstaan het. Twee onversoenbare pole, sonder begrip. Al wat ons nog bymekaar gehou het, was die kinders. Nadat Sulet matriek geskryf het, gaan sy universiteit toe. Koshuis toe. Daarna sal sy volwasse genoeg wees om dit te hanteer as haar ouers skei."

Skei? Carina is bang om verder daaraan te dink.

"Tobie is 'n ander saak . . . Ek kan nie tien jaar wag, tot hy ook oud genoeg is nie. Op die oomblik is TV en videospeletjies in elk geval vir hom belangriker as sy pa."

" 'n Jong seun het 'n vaderfiguur nodig." Carina weet nie hoekom sy dit gesê het nie. Dalk omdat sy ook aan 'n skuldige gewete ly.

Carina onthou hy het gesê hy voel nie goed nie en hy lyk vir haar moeg en oorspanne. Erger as 'n man wat gister te veel wyn gedrink het.

"Nogmaals dankie vir gister se ete," sê sy sag. Sy wens sy kan hom teen haar vashou, die frons tussen sy wenkbroue en die moeë lyne om sy mond wegstreel. Hom probeer troos en beter laat voel . . .

Hy vee oor sy oë en gesig. "Daar is soveel ereskuld om te betaal, soveel verpligtinge om na te kom . . ."

"Jy skuld my niks nie."

"Ek bedoel nie jy nie. Jy is die een ligpuntjie in my bestaan." Sy blou oë is troebel en hy steek sy hand hulpsoekend na Carina uit. "Jy is 'n pragtige mens. Hoekom het ek jou nie eerste ontmoet, voor Anta en Tinus daar was nie?" Mense kom in die gang verby. Die hand waarmee Rasmus haar wou liefkoos, 'n verdwaalde krul uit haar nek wou vee, sak magteloos teen sy bobeen terug.

"Daar is soveel wat ek wil sê, wil doen, voor wil vergoed . . . Ek wil jou nie in die geheim besoek nie. Ek wil openlik optree, teenoor die hele wêreld erken dat ek jou liefhet en dat ons 'n verhouding het."

Rasmus wou uitpraat, uitpak oor verlede nag, toe sy vrou steeds nie begryp het nie, toe hy opgepak het en vrykamer toe getrek het, waar hy vieruur vanoggend na soveel skuldgevoelens uiteindelik 'n besluit geneem het. Hy wil aan Carina verduidelik. Maar hy kan nie en nou het hy ook nie die geleentheid nie. Voor sy kantoor, druk in gesprek, staan twee mense op hom en wag.

Rasmus kreun. "Te verwagte, maar dit ook nog . . .!"

Nuuskierig oor sy reaksie, kyk Carina waarheen hy beduie. Sy sien die vrou wat so byderwets aangetrek is dadelik. Die lig wat deur die venster val, laat 'n stralekrans om die kop met die kort, blonde hare vorm. Sy is tenger en selfs van ver af sien Carina die donker oë en dik, swart wimpers. Die rooi baadjiepak, ringe, pêrels en goue kettings om haar nek is duidelik baie duur. Dis hoe sy graag sal wil lyk, dink Carina. Goeie smaak en geld gekombineer. Dan seker nog 'n suksesvolle skrywer daarby . . . Marí du Preez. Of Josephine Ruller, raai sy, wat oor die filmregte van haar boek kom onderhandel. Sy sal hul beste teeservies uithaal, soos met Elita Broodryk.

Tertia is nie vanoggend so besig soos altyd nie en kyk op toe Carina die vroegoggendkoffie langs haar tikmasjien neersit.

"Werk uit hoeveel elkeen skuld. Jy hoef nie die ekstra voorraad uit jou eie sak te koop nie."

Ook Henk is ongewoon spraaksaam. "Boeretroos . . . Almal het dit nodig. Dit sal vorentoe smaak."

Selfs Liaan ontdooi effens. "Dankie."

Jan keer toe sy 'n skinkbord regsit vir hul hoofbestuurder.

"Ek dink Rasmus het klaar koffie gehad, meisie."

"Hy het nie."

"Rasmus is besig, moenie vir hom neem nie," beaam Liaan.

Carina begin 'n manuskrip oortik wat soveel persklaarmaakwerk nodig gehad het dat die setters nie al die veranderinge sal verstaan nie. Sy was die koppies, bêre Rasmus s'n, gee die potplante water en beantwoord tussenin die telefoon.

Toe daar 'n blaaskans kom, bel sy Tinus.

Liza herken nie haar stem nie. "Jammer, dame, meneer Rheede is ongelukkig nie op kantoor nie."

Hoe laat skryf hy? Sy kan nie onthou nie.

"Kan ek u na mevrou Van Wyk deurskakel?"

Hoekom nie? dink Carina in 'n oomblik van dapper voortvarendheid. Voorkoming is beter as genesing en jy moet jou vyand ken. Soos met Anta du Toit is sy nuuskierig. Sy wil hoor hoe die voortreflike Annerie se stem klink.

"Asseblief."

Carina hoor 'n klikgeluid, dan musiek wat veronderstel is om die persoon wat aanhou te vermaak.

"Jammer, mevrou Van Wyk is ongelukkig ook nie op kantoor nie," sê die telefoniste.

Carina plak die handstuk op die mikkie neer.

Liaan kyk op. "Het jy toebroodjies gebring?"

Wat het dit met haar te doen? Carina skud haar kop. "Ek was te haastig."

115

"As jy pizza eet, sal ek vir jou een gaan koop."

Carina kan dit nie glo nie. 'n Gletser wat 'n ysblokkie word wat begin smelt. Liaan Botha wat wil vriende maak. Of steek daar iets agter die aanbod?

"Dankie. Al wat ek in elk geval in die kas het, is grondboontjiebotter. 'n Pizza sal heerlike afwisseling wees."

"Eenuur?"

Carina knik. "Wanneer dit jou pas."

9

Die kelnerin by die kafee waar Liaan gereeld koop, weet al wat Liaan verkies. "Die een met mossels en oesters?"

"Asseblief." Liaan wend haar tot Carina. "Met al die uiteet smiddae het ek bederf geraak en verleer om toebroodjies te bring."

"Uiteet is vir my 'n weelde."

"Praat weer oor ses maande, dan is jy ook bederf. En na nóg ses maande is al wat oorbly jou smaak vir seekos."

Carina bestel 'n pizza met sampioene en kaas. Sy voel ongemaklik en moes nie ingestem het om saam met Liaan te kom nie. Twee onversoenbare pole, het Rasmus hom en sy vrou geskets. Sy en Liaan Botha is dieselfde. Dit was nie vriende maak nie. Liaan het 'n ander doel met dié ete.

"Miskien moet jy vissmeer op jou brood smeer," probeer sy skerts.

Liaan vind dit nie grappig nie. Haar ysblou oë is kil.

"Fokus het 'n rekening by die Neptunes in Schoemanstraat. Het Rasmus jou ook daarheen geneem? Die volle behandeling gegee: kreef, garnale, wyn en jy?"

'n Hol kol vorm op die krop van Carina se maag. Soos toe sy gedink het dit was inbrekers, stuur sy 'n gebedjie op. Asseblief nie vandag nie. Nie met haar kloppende hoofpyn waarvoor geen tablet of kalmeermiddel wil help nie. Nie terwyl sy haar oor Tinus bekommer en 'n verhouding tussen hom en Annerie van Wyk blykbaar 'n werklikheid is nie. Sy voel lusteloos en sonder reserwekrag.

Liaan weet nie van Carina se huweliksprobleme nie. Sy oordeel net volgens die neergeslane oë en die skielike blos op hul jong tikster se wange.

"Ek weet, want hy volg dieselfde tegniek met almal. Moenie sleg voel nie. Dit was nie net jy wat in die strik getrap het nie. Ek ook. Charmaine en Estelle en Ansie en ek weet nie hoeveel voriges nie. Ons kan 'n klub *stig. Klub van gebroke harte. Hoe* klink dit as titel vir 'n boek? Of het jy nie gereken jy het moontlikhede as skrywer nie? Was sy aanslag dat jy potensiaal as uitgewer het?"

Carina sluk droog. "Moontlik jeuguitgewer later," erken sy. "Maar ek wil nie op jou terrein oortree nie."

"Jy het reeds." Liaan glimlag sinies. "Of na watter terrein verwys jy?"

"Jeugboeke. Ek weet ek moet nog baie leer en sal as jou assistente die sleurwerk doen. Jy weet self daar is genoeg werk vir drie junior uitgewers. Ek wil nie jou werk oorneem nie."

"Jy kan gerus maar alles wat ek met liggies in my oë bereik het, oorneem. Noudat die halsbandjie weg is, begin ek agterkom ek verkies die aktualiteit van koerante bo fiksie. Jy kan *Noordvlug* en sy opvolgers met plesier erf – ek het nie griewe nie. Ek dink egter jy weet ons het nie gekom om oor die wérk se terrein te praat nie. Maar oor joune en myne. Oor die terrein van Charmaine en Estelle en Ansie. En Rasmus . . ."

Die pizzas word voor hulle neergesit, maar Carina het geen eetlus nie. Haar keel brand en haar stem het 'n hees klank.

"Wie is Estelle en Ansie?"

"Jou en my voorgangers."

117

"Hoe bedoel jy?" Maar sy begin vermoed waarop Liaan afstuur.

"Estelle was proefleser, Ansie jeuguitgewer voor my."

"Jy het van die eerste dag af nie van my gehou nie. Vandag se uitnodiging was nie om vriende te maak nie. Jy wil iets vir my sê, nè, Liaan. Reg?"

"Nie sleg nie! Darem intelligenter as Charmaine. Ons sou dalk in ander omstandighede vriende kon wees."

"Maar nou is dit nie ander omstandighede nie." Carina wag senuweeagtig.

Liaan frommel 'n broodrol in 'n hoop krummels op die tafeldoek. Sy kyk na Carina, kyk dan weer weg. "Het Rasmus jou vertel sy vrou verstaan hom nie, sy is vaal en vervelig? Dat sy net in die kinders belangstel, hoe sy en Sulet en Tobie hulle nie aan hom steur nie? Hom net as 'n maandelikse tjek beskou?"

"Broodwinner."

"Die terminologie wissel. Broodwinner, kommoditeit, paspoort na vermaak, voorsiener van klere, outydse vaderfiguur, pretbederwer. Die betitelings is legio. Jy ken hulle net so goed soos ek. Wat ek wil sê, is dat ons almal swape is en dat Rasmus ons misbruik."

Liaan keer toe Carina haar in die rede wil val. "Van Charmaine weet jy, want jy moet haar brouwerk regstel. Sy is, soos jy, aangestel op grond van voorkoms, nie bekwaamheid nie. Dit moes al vir jou 'n waarskuwing gewees het."

Carina se keel is rou. Sy probeer sluk. "Waarteen?"

"Nie waarteen nie, wié. Ek het ook eens op 'n tyd met sterre in my oë rondgeloop en geglo ek is die volgende mevrou Du Toit. Dit was heerlik. Opwindend. Fantasties. Ek was 'n junior verslaggewertjie wat skielik uitgewer geword het met die wortel voor my neus – die sjarmante, ryk, aantreklike Rasmus du Toit wat my uitgekies het. Wat reken ek is spesiaal en belangrik. Die wêreld het aan my voete

118

gelê. Maar dit was klatergoud. Ek was ouer as jy, maar steeds naïef en liggelowig.

"Ek het hard geval. Die ondervinding het my ontwrig en dit sal lank neem om weer my voete te vind of dalk eendag weer 'n opregte man in my lewe te vertrou. Ek het deur die maalstroom gegaan en net 'n halwe mens anderkant uitgekom. Ek weet wat dit beteken. Daarom dat ek jou wil waarsku."

Haar hande voel bewerig. Carina tel haar mes en vurk op, sny 'n stukkie pizza af en kou dit. Maar haar aksies is onbeholpe en sy proe niks nie.

"Jy is reg." Liaan knik. "Ek hou nie van jou nie. Die eerste dag wou ek jou oë uitkrap. Die skrif was lankal aan die muur, maar toe jy opdaag, het die muur omgeval. Bo-op my. Ek het geweet hy het dit nie ernstig bedoel nie, geweet ek was maar net 'n plaasvervanger vir Charmaine, wat padgegee het omdat sy ook besef het dis alles net mooi beloftes, die meneer gebruik haar net en hy sal nie met haar trou nie."

Liaan is heel duidelik verbitterd met 'n wrok teen Rasmus. Of is dit toneelspel? wonder Carina. Is sy steeds op hul hoofbestuurder verlief en is dit 'n set om haar kompetisie af te skrik?

"Hoekom het jy my van Estelle en Charmaine en Ansie vertel?" vra Carina op die man af.

Liaan antwoord sonder omhaal van woorde. "Omdat jy die eerste kandidaat is wat getroud is. Volgens die bietjie wat ek hier en daar van jou man gehoor het, klink hy 'n oulike ou. Ek glo nie die Erasmus du Toit's van dié lewe verdien dat huwelike ter wille van hul pret en plesier verbrokkel nie."

"Pret en plesier? Ek glo nie Rasmus het veel daarvan tuis nie. Sy huwelik klink vir my lankal op die rotse. Miskien daarom dat hy na ander vroue uitreik."

"Ja. Dis logies. Ek weet hy trek kort-kort, maande lank,

119

vrykamer toe. Rasmus is viriel en hy hou van vroumense en kan nie sonder hulle klaarkom nie. Ek veroordeel hom nie, ek dink net nugter. Die hoofoorsaak vir sy rondlopery is Anta. Dalk het sy ook 'n kêrel êrens, hoe sal ons weet? Maar sy bly nommer een, Carina. Ek en jy en die hele optog is vervangbaar. Sy is sy vrou en sal dit bly, wat ons ook al sê en doen."

"Aanvanklik, miskien, ter wille van die kinders." Carina is verward. "Maar hulle word groter en ouer . . ."

"Sulet sou in standers ses al koshuis toe gegaan het en Tobie met 'n nuwe videospeletjie gelukkig gewees het; nie eens agtergekom het daar was 'n egskeiding nie en sy pa die minste van alles gemis het."

Dié aanhalings, haar argumente, klink te bekend . . . Die hol kol op Carina se maag word 'n lugleegte. Maar sy weet as sy nog een mondvol eet, gaan sy naar word. Sy wil nie na die pizza of die mandjie broodrolle en slaai kyk nie.

"Het hy teenoor jou ook 'n koshuis genoem? Dat Sulet daardeur volwasse sal word?"

Liaan lag vreugdeloos. "Natuurlik. Dis 'n afgesaagde rympie: 'Die kinders is al wat ons tot nou by mekaar gehou het . . . Ek het 'n eerskuld en verpligtinge, maar hopelik vaar sy stiefpa beter as ek.' Klink dit bekend?"

Carina antwoord nie.

"Ek het sy kinders ontmoet. Sulet lyk soos haar ma. Sy is pragtig, met Rasmus se mond. Tobie is nie 'n probleemkind nie. Hy is soos enige ander normale tienjarige: lewendig, baie intelligent en 'n goeie atleet. Hy speel rugby, krieket en tennis. Ek weet nie waar hy vir vermaak tyd kry nie."

Liaan is verlief op hom, sy weet dit lankal, en dis alles leuens, probeer Carina haarself wysmaak. Liaan wil van haar ontslae raak, hê sy moet bedank sodat die veld vir haar oop is. Nie net ten opsigte van Rasmus nie, maar oor haar werk.

"Jy sê Rasmus is viriel . . . sensueel. Ek stem saam. Volgens wat ek gehoor het, is sy vrou nege jaar jonger as hy, sy dra nie grimering nie, probeer haar nie vir hom mooi maak nie. Sy is oud voor haar tyd en wil nie in sy lewe deel nie. Hoekom reken jy hy gee vir haar om en sal nooit van haar skei nie?" vra Carina.

"Waar kom jy aan nege jaar? Anta is Rasmus se ouderdom, dalk 'n jaar of wat ouer, maar nie 'n vaal robot nie. Moenie alles vir soetkoek opeet wat hy jou wysmaak nie."

Carina wens hulle kan teruggaan kantoor toe. "Jy ken haar beter as ek. Ek sou nie kon sê nie, ek het Anta du Toit nog nooit gesien nie."

Liaan betaal die rekening en staan op. "Maar jy hét."

Die vars lug buite is terapeuties. Carina adem diep teue in. Gelukkig het hulle gestap, sodat sy nie saam met Liaan in 'n motor vasgehok hoef te word nie.

"Hoe bedoel jy?"

"Jy het haar gesien, Carina. Vanoggend."

Sy frons. "Waar?"

"In die gang. Dis hoekom ek en Henk en Tertia jou wou keer om vir hom koffie te neem en dalk jou mond verby te praat. Ons wou jou beskerm."

Jan ook, onthou Carina. Sy onthou meer. Die modelfiguur. Die rooi baadjiepak, goue juwele, modieuse haarstyl en die treffende oë wat met die regte hulpmiddels dramaties gegrimeer was.

"Ek het gedink dis Josephine of Marí du Preez."

"Josephine Fuller woon in Amerika en Marí is 'n ou oumatjie."

Dis hoe sy graag wou lyk . . . En hoe sy, in haar agterkop en in haar onderbewussyn geweet het Anta du Toit sou lyk . . .

Asof van ver af hoor sy Liaan se stem. "Die fout wat hy gemaak het, was om te oortuigend te klink. En die fout

121

wat ons almal gemaak het, was om hom te glo. Ek het eise begin stel. Wanneer praat hy met Anta? Wanneer plaas hy die huis in die mark? Wanneer trek hy uit en kry 'n prokureur om met die skeisaak te begin? Dit het die klok laat lui. Einde van die laaste ronde."

Daar is honderde vrae wat Carina wil vra. Hoe lank ken Liaan vir Rasmus? Hoe lank was sy by Fokus en waar het sake skeefgeloop? Tussen hulle, tussen hom en Charmaine en Ansie en Estelle . . .

"Hoekom het sy kantoor toe gekom?"

"Anta?" vra Liaan. "Ek weet nie. Sy ken haar man teen dié tyd seker goed genoeg om te raai hy het weer 'n nuwe voëltjie op 'n takkie. Miskien wou sy jou kom opsom, dalk vir my wys sy is steeds 'n faktor om mee rekening te hou. Ek weet nie. Om eerlik te wees, ek gee ook nie meer veel om nie. Al wat ek wil doen, is wegkom en 'n nuwe begin maak – sonder hom.

"Hy sal nooit skei nie, Carina, want Rasmus kan nie klaarkom sonder die gerieflike bestaan wat sy vrou hom tuis bied nie. Al glo hy Sulet is selfstandig en Tobie het verkeerde waardes, is elke pa lief vir sy kinders. Hy sal hulle nie prysgee ter wille van 'n mooi gesiggie op kantoor nie. Begin die gesiggie te veel eise stel, los hy haar soos 'n warm patat en kyk uit vir die volgende moontlikheid as tydverdryf . . ."

Carina se hoofpyn het na haar hele lyf versprei. "Dieselfde tyd, dieselfde plek?" hoor sy die diep, warm stem vra, met sy arm om haar en sy mond vlugtig teen haar voorkop. Het hy dieselfde afgesaagde woorde teenoor Liaan gebruik? Omdat sy ouer en meer wêreldwys is, haar dalk omhels en gesoen terwyl hy hul volgende ontmoeting gereël het?

"Ras is 'n droomou," stem Liaan saam. "Alles waaroor mens van jou laerskooldae af droom. 'n Droomprins op 'n wit perd, beter as al die rolprenthelde, 'n Casanova en 'n

Don Juan. 'n Clark Gable . . . Maar dis strokiesverhale en Hollywood. In die werklikheid leef die Marilyn Monroes nie lank en gelukkig saam met hul droomhelde nie. Hulle verdwyn, soek ander werk en 'n nuwe woonstel waarvan hy nie 'n duplikaatsleutel het nie. Moenie in dieselfde lokval beland nie, Carina. Los hom en dink aan jou man.

"As jy eens op 'n tyd vir hom lief was, lief genoeg om met hom te trou, is 'n stukkie van die vonkel nog daar. Jy kan nog vuurhoutjies trek en weer die vuur aansteek. Doen dit, voor dit te laat is. Voor Rasmus du Toit koue water op julle omkeer – op jou en jou man en jou toekoms. Soos met my en 'n ou gebeur het vir wie ek nogal omgegee het . . . Abrie. Abrie Labuschagne. Maar hy het moeg geword om te wag, sat geword om van die wonderlike hoofbestuurder van Fokus Uitgewers te hoor en groener weiveld gaan soek."

Carina dink aan Tinus. Is hy ook moeg en sat? Daarom dat hy by Annerie interessanter geselskap gaan soek het?

"Waar is Abrie nou?"

"Getroud. Hulle het pas 'n baba gehad."

"Is hulle gelukkig?"

"Idillies."

By Fokus se kantoor pluk Liaan die swaaideur oop en mik na die hyser. Oor haar skouer vra sy: "Is jy en Tinus gelukkig?"

Liaan ken genoeg van haar private sake, dit help nie om 'n front voor te hou nie. "Ons het te jonk getrou, dinge werk nie uit nie."

"Ek het so vermoed, anders sou hy vir jou genoeg gewees het en jy nie voor Rasmus se sjarme geswig het nie."

"Ek het nie doelbewus 'n verhouding met 'n ander man gesoek nie. Toe ek hier kom werk het, was ons nog gelukkig."

"Ek weet jy het Rasmus nie aangemoedig nie," gee Liaan toe. "Hy het jóú uitgesoek, die eerste dag al toe jy vir die pos aansoek gedoen het. Daar was meer bekwame applikante as jy, met meer ervaring van selfs diktafoontikwerk. Maar hulle het nie in sy kraam gepas nie."

Carina vermy die beknopte hyser en loop na die trap. Drie verdiepings se trappe om op te klim, sal haar tyd gee om tot verhaal te kom.

Sy het nie geweet daar was ander aansoekers nie. Destyds by die bank was daar 'n kortlys en moes sy weer vir 'n onderhoud gaan.

Rasmus en Liaan het blykbaar elke dag saam geëet, nie net een maal 'n week nie. Of is dit soos dit begin – geleidelik? Sy het gister 'n deel van Tinus verloor. Nie as gevolg van die wyn nie, maar oor Rasmus. Sy sal Tinus heeltemal verloor as dit 'n daaglikse reëling word. Carina wonder of sy dalk optimisties is. Maak dit vir Tinus genoeg saak om 'n volgende keer weer te kla indien hy uitvind sy was saam met 'n ander man? Of sal hy net kortaf sê hy is nie honger nie, hy gaan uit – "biblioteek" toe?

Klatergoud, het Liaan die reeks romanses met hul hoofbestuurder genoem. Al troos is dat Charmaine blykbaar nie die vermoëns van 'n uitgewer gehad het nie. Waarskynlik ander deugde, wat vir Rasmus oorheersend was. Tog het almal net ses maande gehou, Liaan inkluis.

Dis nie gerusstellend nie. Sy ken Rasmus nou twee maande, vanaf haar onderhoud. Is daar nog vier maande se klatergoud oor? En dan? Niks nie . . . Geen sterre en liggies nie. Geen koshuis nie en die enigste egskeiding hare en Tinus s'n. Net 'n nuwe tikster wat opdaag of 'n nuwe jeuguitgewer wat ook op haar terrein oortree.

Sy was 'n gek, 'n liggelowige dwaas. In artikels en tydskrifte lees 'n mens van die senior meneer wat hom oor die junior meisie ontferm. Hy maak haar touwys en gee haar selfvertroue, wen haar vriendskap. Vra haar gunste wat net sy kan doen, want net sy het die talent . . . Om haar te beloon, nooi hy haar vir ete. Hy speel op haar gevoel, vertel haar hoe spesiaal sy is. Sy kry hom jammer, want hy lyk so weerloos wanneer hy vertroulik aan haar vertel hoe hy en sy vrou by mekaar verby leef, hoe sy tuis teem en torring en nie meer vir hom begeerlik is nie . . . Afgesaag. Sy het dit alles geglo. Sy was onervare en onnosel.

Op kantoor begin Carina weer aan die manuskrip tik. Dis 'n sterk verhaal wat haar boei en haar aandag aflei. En die toetse op die tikmasjien waarop sy kan hamer, is 'n uitlaatklep terwyl haar gedagtes rondmaal.

Rasmus gebruik die mense wat vir hom werk, eggo sy Liaan se argumente. Hy misbruik meisies wat hard werk vir 'n inkomste. Hy benut hulle vir sy plesier en vanaand gaan hy terug na sy vrou en kinders, aan wie hy meer geheg is as wat hy op kantoor ooit sal erken. Hy sal nooit van sy vrou skei en sy kinders prysgee nie en die meisie is dommer as 'n dwaas as sy bereid is om haar te laat inloop.

Sy het simpatie met Liaan, selfs begrip, want dit kon net sowel sy gewees het. Sy sou ook geswig en dan gewag het om te sien wanneer word sy beloftes uitgevoer. Later sou sy ook vrae begin vra het en voorwaardes begin stel het . . . En dan sou sy opsy geskuif word om plek te maak vir die volgende een in die optog.

Carina vind sy maak aanhoudend tikfoute, eers een of twee per bladsy, naderhand drie in dieselfde paragraaf. Dis haar hoofpyn en brandende keel, dink sy. Sy wou nie, want sy het aan haar ma gedink, maar sy moes vanoggend pynpille saamgebring het kantoor toe.

Anta du Toit was vanoggend ure lank by Rasmus, maar is blykbaar weg. Hy ook, want sy het hom die hele dag nie gesien nie en nou is sy kantoordeur toe. Dis beter dat hy haar vermy, want sy kan dit nie waag om ooit weer alleen saam met hom te wees nie.

Toe Carina die derde keer 'n nuwe vel papier in haar tikmasjien sit, raak Henk bekommerd. Gewoonlik gaan dit so blitsig, asof sy klavierspeel. Iets skort . . . Hy haal 'n hamburger, vanaand se ete, uit sy laai.

"Kos in die maag help vir alle kwale, Redetjie. Hier!" Gister sou Carina oor die gebaar gehuil het. Nou het sy geleer om nie eise aan vriendskappe te stel nie.

"Dankie, Henk. Ek het geëet – saam met Liaan."

Hy sit die vetterige papiersak op haar lessenaar neer en sê onderlangs: "Ek weet. Daarom het jy ekstra proteïene nodig – om jou weerstand te help opbou."

Eers om Henk se gevoelens nie seer te maak nie, later omdat elke sluk haar seer keel beter laat voel, eet Carina die koue hamburger.

Henk knik goedkeurend. "Jy lyk beter, weer so mooi soos altyd."

Mooi . . . Carina wens sy kan haar gedagtes keer. Liaan het gesuggereer sy is op voorkoms aangestel eerder as bekwaamheid. Die vernederend. Asof sy 'n los meisie is.

Of het Liaan oordryf, om haar te pas? Sy moes by die koerant bly werk het, want sy het te lank met fiksie gewerk, miskien daarom dat sy ook geleer het om stories uit te dink.

Maar dieselfde sinsnedes, dieselfde argumente wat Rasmus teenoor hulle albei gebruik het? En Anta?

Van háár skram Carina weg, want vir Anta du Toit het sy nie 'n geredelike verklaring nie en Rasmus se vrou is nie 'n produk van Liaan se verbeelding nie.

Anta is nie 'n middeljarige ma wat net op haar kinders ingestel is nie. Nie kleurloos en afgeleef nie. Haar hare is nie te kort nie, dis modieus en vroulik. Rasmus het haar met opset onder 'n vals indruk gebring.

Tertia is steeds besig om te metriseer en Jan ondervind om uitgewer te wees, is moeiliker as vertaler. Maar Liaan is simpatiek, amper soos tant Susie.

"Jy lyk soos 'n gees, Carina. Alle lêers, briewe en produksies is by. As jy sleg voel, gaan huis toe."

Carina se hoofpyn het na haar hele lyf versprei en sy het kouekoors. Maar sy vertrou Liaan nie. Dis dalk net 'n set om haar in die moeilikheid te bring. Sy hou aan tik en tikfoute maak.

Wat is erger as 'n dwaas? 'n Vrou wat 'n wonderlike man vir klatergoud opoffer. Nou, noudat dit te laat is, besef sy Tinus is meer werd as al die Rasmus du Toit's in die hele wêreld. Maar wat help dit? Sy het hom seergemaak en hy het salf en pleisters gaan soek. By 'n ander vrou. Haar huwelik is oor die muur en sy het nie meer 'n werk nie. Of net vier maande nog. Dis rampe wat sy op haar eie skouers neergebring het; haar eie skuld as sy werkloos en sonder 'n man sit.

Sy het voorheen oorweeg om by Fokus te bedank. Hoekom aarsel sy nou? vra Carina haarself af. Sy het goeie getuigskrifte en kan teruggaan bank toe. Of 'n kursus in rekenaars en woordverwerkers volg en by enige ander firma gaan werk. Al is haar pa 'n pensioentrekker, ken hy nog baie invloedryke mense en kan hy haar help werk vind. Sy hoef nie gestrand te sit en 'n las vir haar man te wees nie. Ook nie vir Rasmus nie. As hy tot siens wil sê, sal sy dit vir hom makliker maak.

Hy wil drie voëltjies op een tak gelukkig hou, want nadat sy vrou vanoggend hier was, is dit duidelik dat hy haar en Liaan vermy. Gister sou hy kom verneem het hoe almal vorder en raad aangebied het. Nou bly hy baie ver weg.

Carina rol 'n nuwe vel papier in haar tikmasjien. Dit lyk of hy 'n lafaard is en hy waag kanse. Dan was Liaan en Tinus reg en is sy niks aan Rasmus verskuldig nie. Sy kan haar goed vat en loop.

"Los die werk, anders sal jy dit in elk geval alles môre moet oordoen," gee Liaan raad.

"Jy lyk siek. As jy verkoue het, loop voor jy ons aansteek," moedig Tertia haar aan.

Carina kyk die soveelste keer op haar horlosie. 'n Half-uur voor sluitingstyd is nie loodswaai nie . . .

Sy weet nie hoe die Van Wyks se huis lyk nie, maar as sy vóór Tinus tuis is, kan sy gou aan die kant maak en iets lekkers op die stoof aan die kook kry, sodat sy as huisvrou 'n goeie indruk skep en geure uit die kombuis hom verwelkom wanneer hy instap . . .

Omdat dit lank voor spitstyd is, is die busse leër. Die sypaadjies is ook nie so bedrywig nie. By die laaste straatblok kyk Carina terloops deur die venster van die kafee op die hoek. Indien meer mense op die sypaadjie en in die kafee was, sou hulle beter versteek gewees het. Maar Carina is vroeg en daar is niks wat haar uitsig versper nie. Met die verbystap op die sypaadjie sien sy die twee mense by die hoektafeltjie sit. Tinus en 'n vrou, met lang, donker hare wat los en krullerig om haar gesig hang. Die vrou het 'n skraps pienk sonbloes aan.

Annerie? Sy staan botstil. Of nóg 'n voëltjie aan 'n lyntjie waarvan sy nie geweet het nie?

Terwyl sy vasgenael na die twee staar, beduie die donkerkop iets. Vertel blykbaar ook 'n storie. Tinus lag en skuif die glase en borde tussen hulle opsy. Dan strek hy oor die tafel en steek sy hand na die meisie uit.

Carina wil nie op hulle spioeneer nie. Sy moes nie eens gaan stilstaan het nie . . . Sy weet nie of Tinus die flerrie se hand wou vashou of haar wou soen of selfs meer wou doen nie. Sy wag nie om uit te vind nie. Sy vlug blindelings.

Hy wil haar nie hê nie, wou haar in die eerste plek nooit gehad het nie, besef Carina. Sy was die een wat wou trou . . . teen elke prys, teen haar ouers se sin. Tinus het saamgestem dat hulle moet wag. Sy onthou een aand buite op die tuinbank toe hy gevra het of sy seker is, toe hy voorgestel het hulle moet deeglik nadink. Dit was 'n Saterdagaand en volmaan, maar Tinus was die tipiese regsgeleerde.

"Dink mooi, Carrie," het hy nugter gesê. "Trou is nie net 'n wit kantrok en sluier en confetti nie. Dis nie net blommemeisies en hofknapies en sjampanje nie. Die huweliksformulier waarop jy ja antwoord, is 'n kontrak. Jy kan dit nie maklik verbreek nie."

Wie het nou kontrak gebreek? Nie sy nie, hy. Sy het 'n paar keer met Rasmus gesels, 'n keer saam met hom gaan eet. Dis al. En Tinus? Hy is skuldiger as sy. By hom is dit al 'n ou ding.

Annerie het gesê hy moet saam eet. Hy gaan biblioteek toe. Argief toe. Hy werk vanaand laat. Hy was net 'n uur uit, toevallig, toe sy gebel het . . .

Sy moes na haar ma se raad geluister het. Na haar pa se rustige raad. Na Tinus, wat ook gewaarsku het sy is impulsief en nog nie gereed om deur 'n huwelik gebind te wees nie. Tinus was reg, maar sy voornaamwoorde en tye was verkeerd. Sy was gereed, hy is nie. Sy het besef Rasmus is nie vir haar bedoel nie en gaan hul huwelik vernietig. Sy is bereid om by die kantoor te bedank. En Tinus? Hy sal nie. Hy sal vertel van sy ingeskrewe klerkskap wat nie onderbreek kan word nie, van sake wat halfpad is en kliënte wat nie in die steek gelaat kan word nie.

Wat van haar bevordering? Bonus, salarisverhoging en selfvertroue? Sy het nie kwalifikasies nie en by Fokus kan sy bevordering kry. Is Tinus bereid om dieselfde vir haar op te offer?

Nee. Sy studie en graad en vennootskap is te belangrik. En Annerie, natuurlik. Alles is belangriker as sy vrou. Veral die wonderlike Annerie in haar kaal bloes.

By die woonstel vergeet Carina van opruim en uie wat sy wou braai om 'n verwelkomende geur te gee ás haar man instap. Sy storm reguit kamer toe en haal 'n tas bo uit die kas.

Wat het sy nodig? Carina voel asof sy in 'n seestroom beland het sonder dat sy kan swem. Die stroom is te sterk en die gety is besig om op te kom. Haar verstand is net so koorsig soos haar wange en haar keel voel steeds soos 'n rasper. Slaapklere, tandeborsel, klere vir môre . . . 'n trui, 'n sambreel, ingeval dit koud is of reën. Handdoeke en lakens is nie nodig nie. Haar ma het daarvan in oorvloed. Geld . . . Sy en Tinus gooi hul kleingeld in 'n bakkie op die spieëlkas. Carina tel dit en neem die helfte. Die verskil van 'n sent laat sy vir Tinus.

Sy skryf ook vir hom 'n briefie, plaas dit op sy kopkussing. Sy verduidelik dat sy weggaan en hom sy vryheid gee.

Of is sy weer impulsief en oorhaastig? Carina voel te siek en het nie tyd om te wonder nie. Die halfuur wat sy vroeër weg is, is verstreke. Tinus kan enige oomblik kom en sy wil niks met hom te doen hê nie. Nie met hom of Rasmus of enige man ooit weer nie. As sy in honderd jaar nooit weer 'n vervlakste mansmens sien nie, sal dit honderd jaar te gou wees. Hulle is almal vals en selfsugtig. Die hele spul is oneerlik en agterbaks. Anta, Liaan, sy . . . Elke vrou is beter daaraan toe sonder hulle.

Haar ouers is nie meer jonk nie en haar ma is sieklik. Hulle het haar nodig. Sy sal die res van haar lewe daaraan wy om vir hulle 'n goeie dogter te wees, om te vergoed vir die seun wat hulle verloor het.

Carina drink 'n hoofpynpil en twee glase water. Dit help vir haar keel en die koorsigheid. Sy kyk nie terug na die woonstel waar sy aanvanklik net so idillies gelukkig soos Abrie Labuschagne en sy vrou en baba was nie. Sy gooi 'n laaste keer die potplante nat en bêre 'n koppie op die skottelgoedrak. Dan raak die versoeking te groot . . . Sy bly in die kombuisdeur staan en kyk na die sitkamer. Dit was háre. Sy kon die meubels rangskik soos sy wou en teen die mure hang wat sy wou . . . Tinus het gesê sy studeerkamer moet eendag lyk soos hy daarin tuis voel. Maar die sitkamer behoort aan die vrou. Die matte en gordyne moet aan haar smaak voldoen.

Mooi voornemens wat hy kon bekostig, dink Carina bitter, want hy was min daar en selde tuis.

Sy streel oor die koper-fonduestel wat 'n trougeskenk van haar oom Wynie-hulle was. Is dit hare of moet sy Tinus die helfte van die waarde uitbetaal as sy dit neem? Carina weet nie. Al wat sy neem, ter wille van sentiment, is een van haar plante. Die malvasteggie in die blou melkbeker, wat na weke se toewyding van dennenaalde en teeblare uiteindelik 'n nuwe blaar maak. Tinus sal nie eens oplet nie. Hy sal haar malva gif gee, hom versmoor of vir Annerie gee.

Dit help om kwaad en gegrief te voel – help, sodat daar nie trane is nie.

Carina vee met die agterkant van 'n bewende hand oor haar oë.

"Tot siens, Marthinus Rheede," sê sy hardop. "Dankie. Vir niks."

Dit help ook. Carina tel haar tas op en trek die voordeur agter haar toe.

10

Carina se ma huil, simpatiseer en vertroetel haar. In oormaat.

"My arme kind! Dis reg dat jy huis toe gekom het. Wat het Tinus aan jou gedoen? Jou soos 'n slaaf laat werk? Gedrink en jou mishandel?"

"Nee. Het Ma nie 'n hoofpyntablet nie? Ek voel ellendig."

Haar ma het talle soorte medisyne vir elke siekte. Dit hou haar besig – om die geskikte een vir Carina se hoofpyn te vind.

131

Carina neem 'n stomende bad met badsout en ontsmettingsmiddel in die water. Maar selfs die kookwater en 'n skropborsel kan nie die gevoel wegwas dat sy vuil is nie, dat sy gebruik en misbruik is nie. Rasmus, Tinus, Liaan . . . sy wil van almal vergeet. Sy wil haar op 'n eiland afsonder, 'n kluisenaar word.

"Dis nie griep nie, dis 'n senuwee-aandoening," hou haar ma vol. "Ons moet 'n dokter inroep."

"Al wat ek wil doen, is slaap. Ek wil niemand sien nie."

"Die dokter móét jou ondersoek. En jy moet met die predikant praat . . . en met 'n prokureur. Gelukkig het julle nie kinders nie, sodat jy nie skuldig hoef te voel as jy wil skei nie."

Skei! 'n Egskeiding! Dit gebeur mos net met ander mense. Jy dink nie dié soort trauma kan jou ook tref nie . . . Carina drink die glas warm melk en 'n tablet wat haar ma bring.

"Moet jy môre werk? Jy is nie in 'n toestand om kantoor toe te gaan nie. As ek my sin kry, sal dokter Vorster jou 'n slaappil en 'n kalmerende inspuiting kom gee."

"Dis nie nodig nie, Ma."

"Jy is op die rand van 'n senuwee-instorting."

"Dis net my kliere en keel. Môre voel ek beter."

"Skaars mondig . . . nog 'n kind. Ek het op nege en twintig getrou. Toe het ek lank genoeg my eie inkomste gehad, gekoop wat ek wou en die wêreld gesien. Sodra daar 'n gesin is, het jy nooit weer geld en tyd nie. Jy sloof jou af, was doeke en bly nagte lank wakker. En as jy weer sien, is jy oud. Daarom het ek gewaarsku jy moes wag. Dit hét jy nou daarvan . . ."

"Ma, dis griep."

"Hoe weet jy?"

"Ek weet."

"Het Tinus 'n nooi by wie hy rondloop? Hy is begaafd en slim, maar ek het lankal gesê 'n mooi man vertrou ek nie. Die ene skouers en spiere . . . Jy het daarvoor geswig en ander vrouens sal hom ook raaksien. Ek het altyd gesê sy kastige sjarme is aangeplak. Ek is bly jy het dit betyds besef."

Wat sal haar ma sê as sy van Rasmus moet weet? Steeds háár kant kies?

Die koel lakens om Carina is 'n lafenis. As sy haar oë toemaak en die komberse styf om haar trek, voel dit soos 'n kokon, waarin sy veilig en alleen is en die tyd stilstaan.

Terwyl haar ma kosmaak, kom loer haar pa in. "Wil jy gesels of wil jy liewer slaap, ounooi?" vra hy.

Carina gryp sy hand vas en skud haar kop.

"Wil jy daaroor praat?"

"Dit sal nie help nie! Ek wil nie Pappa-hulle met my probleme opsaal nie."

"Uitpraat is 'n uitlaatklep en raadgee is nie opsaal met probleme nie."

Carina skud weer haar kop, maar opeens breek die damwal. Alles wat sy opgekrop het, bars uit. Sy vertel van Tinus en Annerie, van die rusies en misverstande, van Rasmus. Liaan. Die skok en vernedering. Haar rou en deurmekaar gemoed . . .

"Al wat oorbly van ses maande se getroude lewe, is 'n siek plant wat dalk nog sal doodgaan."

Haar pa suig rustig aan sy pyp. "Jy kon Tinus se kredietkaart of sy tjekboek geneem het, dan het jy minder oorgehou. Die malva is gesond. Hy maak 'n blom."

"'n Blaar of 'n blom? Watter kleur?"

"'n Oulap se rooi, ounooi."

Eers toe verkrummel die skanse wat sy uit selfverdediging opgebou het. Carina laat sak haar kop in haar hande en huil asof sy nooit sal ophou nie. "Ek wou sterk wees, hardgebak en wêreldwys. Maar ek kán nie, ek is nie so nie. Ek gee te veel om . . ."

133

"Om te huil is nie 'n teken van swakheid nie. Trane is meer werd as pêrels."

Iewers lui die telefoon, maar nie een van hulle steur hulle daaraan nie. Haar ma sal wel antwoord.

Haar pa soek sy tabaksak en vuurhoutjies. "Jy sê jy gee om. Vir watter een?"

"Nie een nie. Hulle is eenders . . . en ek is anders . . ."

"Moet nooit 'n man op sy baadjie takseer of na skinderstories luister nie. As Erasmus du Toit dié keer dalk ernstig is, wat dan?"

"Dan kan hy in die see spring."

"En as Tinus dalk 'n verduideliking het?"

"Kan hy dit vir die man in die maan gaan vertel."

Om die pypsteel glimlag haar pa. "Ek is bly ek is nie twee en twintig nie. Die seerkry is te seer."

"Ek en Tinus het bitterlik rusie gemaak en agterna vrede gemaak en aangegaan, min of meer soos voorheen. Maar Paps is reg. Opmaak is nie alles nie. Die seer bly . . ."

"Stry is nodig. As getroudes nooit 'n lekker, gesonde rusie het om die lug te suiwer nie, beteken dit een van die twee gee sy of haar persoonlikheid prys om by die ander een aan te pas. Dis gevaarlik. Naderhand word een 'n marionet en dis erger as om af en toe 'n mening te lug."

Af en toe . . . Carina snap wat haar pa haar aan die verstand wil bring. Maar sy en Tinus het elke dag, elke oggend en elke aand baklei. Só maak twee mense wat mekaar liefhet mos nie.

Sy en Rasmus het nooit stry gekry nie. Het sy haar persoonlikheid prysgegee om by hom aan te pas? Of sou die rusies later gekom het?

Haar ma klop aan die kamerdeur. "Wil jy met hom praat?"

"Met wie?"

"Die groot meneer wat dink hy kan almal hiet en gebied."

Carina sit regop. "Ek het die telefoon hoor lui. Is dit Rasmus?"

"Wié?"

"Meneer Du Toit, van Fokus."

"Waaroor sal hy jou bel?" Haar ma kyk haar vreemd aan.

Sy wil hom nie sien nie, maar miskien wou sy 'n laaste keer met hom praat . . . al was dit net om hom te vertel wat sy van hom dink. Carina weet nie of sy verlig of spyt is nie. Waar sou Rasmus in elk geval dié nommer gekry het?

"Dis daardie man van jou. Hoog tyd dat hy van hom laat hoor, nadat hy jou soos 'n vloerlap weggesmyt het," verwyt haar ma. "Hy's ongeskik en nors soos altyd. Hy dink mos 'n prokureur is deftiger as gewone mense."

Ure na die tyd en daarby onbeleefd en kortaf. Dan was Tinus nie bekommerd of baie ontsteld dat sy weg is nie, dink Carina. Hy is seker eerder dankbaar, want nou kan hy maak soos hy wil sonder dat 'n vrou om sy ore neul.

Sy trek die laken en komberse om haar. "Ek het niks vir hom te sê nie."

"Dis reg, daarom het ek eie diskresie gebruik en hom laat verstaan hy hoef nooit weer van hom te hoor nie. Jy wil nie nou met hom praat nie en ook nie later nie. Ek het my sê goed ingekry voor ek die telefoon neergesit het. Of is dit 'n gehoorbuis of spreekbuis? Ek weet nooit nie."

Carina onthou toe sy alwetend oor taal was en Tinus geïrriteer het. En Tinus het Latyn en Afrikaans 111. Toe het sy gedink sy is deftiger as hy, maar dit het teruggekaats en haar teen die kop getref.

"Bly hy nog aan, Ma?"

"Nee, ek sê mos ek het die telefoon neergesit. Ek het hom goed sy fortuin vertel. Ek glo nie daardie man sal dit ooit weer waag om sy voete in dié huis te sit nie. Nie as hy weet wat goed is vir hom nie."

"Wat het hy geantwoord, Ma?"

"Niks. Ek het hom nie kans gegee nie. Ek het sop en bredie gemaak wat jy maklik kan sluk."

"Dankie, Ma."

Omdat haar ma moeite gedoen het, probeer Carina eet, hoewel elke mondvol seermaak.

Sy sal haar klere by die woonstel moet gaan haal. Sy sal soontoe moet gaan. En kantoor toe. Carina weet nie of sy vir enigeen van die twee kans sien nie. Dis makliker om heeldag in die bed te bly en haar in 'n kokon terug te trek. As sy geld en selfvertroue gehad het, het sy Durban of Kaapstad toe gegaan om daar 'n nuwe lewe te begin. Daar ken niemand haar nie.

Die bord sop is nog nie leeg nie en die bredie onaangeraak toe daar aan die voordeur gehamer word.

Dit sal Tinus wees, dink Carina. Sy hardloop badkamer toe om haar gesig te was. Sy weet nie of dit is om die tekens van haar trane weg te was, of om skoon te voel of beter te lyk nie. Sy hoor haar ma praat – skril en beskuldigend. Haar pa paai. Dan hoor sy Tinus se stem. Dit is gedemp en sy kan nie hoor wat hy sê nie. Dus is hy bedaard, lei sy af. Dit skeel hom dus nie juis dat sy vrou hom verlaat het nie. Hy kom seker net oor onderhoud en die verdeling van hul bates praat.

Carina wou haar bleek gesig eers 'n bietjie met poeier en haar oë met oogskaduwee ophelder, maar sy doen nie moeite nie. Dit voel soos mooimaak en sy gee nie 'n duit om of hy dink sy is 'n voëlverskrikker nie. Hy sal in elk geval nie kamer toe kom om met haar te praat nie. Die besoek was net om verder moeilikheid te veroorsaak, dié keer met haar pa en arme ma.

Sy klim terug in die bed en eet rustig verder aan haar sop.

Na ses maande ken sy haar man nie goed genoeg nie. Carina het skaars 'n mondvol geneem, toe Tinus haar kamerdeur oopstoot. Sy gedempte stemtoon het haar mislei.

Sy bruin oë skiet vuur, sy lippe is opmekaar gepers en hy lyk of hy wil moord pleeg.

Carina is skielik bang. Dalk was sy verkeerd en moes die saak eers met hom bespreek het voor sy haar goed gepak het. Sy trek die skinkbord nader en hou dit as beskerming tussen hulle.

"Naand," groet sy bewerig.

Hy groet nie terug nie. "Wat de duiwel gaan aan? Wat soek jy hier?"

Op skool het sy in skaak geleer aanval is die beste verweer. "Jy is nie nou by die huis nie. Klop jy nie voor jy inkom nie?" vra sy kil.

Dis brandstof op Tinus se vuur. "Klop? Sedert wanneer is 'n getroude man verplig om aan sy vrou se kamerdeur te klop?"

"Indien jy nie agtergekom het nie – ons is nie meer getroud nie."

"Snert."

"Enige vrou, selfs 'n getroude een, is op privaatheid geregtig."

"Privaatheid?" Tinus gebruik 'n woord wat dit duidelik stel wat hy van haar argument dink. "Sal jy ophou om my van stryk te probeer bring met snert? Jy is getroud en hoort by jou man. Wat soek jy hier?"

" 'n Tuiste, wat jy my nie kan bied nie."

"Jy het 'n woonstel en badkamer. Die huur is vooruit betaal."

"Ek het nie gesê 'n woonstel nie. Nie 'n huis nie. 'n Tuiste."

"Wat is die verskil?"

" 'n Woonstel is tydelik, 'n huis is 'n dak oor jou kop, 'n tuiste is waar jy welkom voel. In ons woonstel was ek 'n buitestaander. Ek moes met jou studie en jou nooiens kompeteer. Jy was met húlle getroud, nie met my nie."

"Bog! Jy is net so histeries soos jou ma."

"Is nie. Ek is heeltemal bedaard. En ek het voorheen gesê, laat my ma uit die gesprek."

"Ek wens ek kon. Wat noem sy my? Boereverneuker, wetsagent van die duiwel en ek weet nie wat nog nie. Sy is van haar wysie af en jy ook."

"As jy aanhou om my ma te beledig, dien dié gesprek geen doel nie en moet jy liewer gaan."

"Ek laat my nie voorskryf wanneer om te gaan nie. Ek is met jóú getroud, nie met jou ma nie. Wat beteken die simpel brief wat jy net so simpel op die vloer gegooi het? Ek het dit eers netnou gekry – onder die bed ingewaai – nadat ek die dekselse Fokus se vervlakste Du Toit gebel het om te vra wat van my vrou geword het."

"O, jy onthou darem jy het 'n vrou en jy is 'n getroude man? Ek het dit nie op die vloer gegooi nie. Ek het die brief op jou kussing neergesit."

"Ek gaan nie slaap die oomblik wanneer ek tuis kom nie. Indien jy ook nie agtergekom het nie, ek probeer studeer. Tot middernag, tot dagbreek toe. Sedert my vrou begin werk het en 'n nuwe held gevind het, klim ek selde in die bed en sien my kopkussing nóg minder."

Onder die bed ingewaai? Sy moes die venster toegemaak het of die brief op die tafel langs sy boeke gelaat het . . . waarvoor hy waarskynlik liewer is as selfs Annerie van Wyk.

"Het jy my kantoor geskakel? Ek glo nie 'n mens meng jou werk en huislike probleme met mekaar nie. Met wie het jy gepraat?"

"Eers Rautenbach, toe Du Toit self."

"Was hy daar?"

"Wat het jy verwag – dat hy in sy lang, slap kar sou spring en jou kom red? Jy lees te veel liefdesverhale. Jy is nie meer in standerd ses nie. Dit is Pretoria, nie die Sahara-woestyn nie. Het jy gehoop hy voer jou romanties op sy wit perd weg en maak jou syne? Ek het nuus vir jou: kom by. Jy sal deel van sy harem moet wees, jare lank, voor jy geisha nommer een word."

Hoewel Tinus oordryf, tref sy teiken die kol. Harem of optog . . . Dis basies dieselfde ding. Carina is verdedigend. "Nie almal se enigste belangstelling is strafproses en boedels nie. Jy het boeke nog altyd afgekraak, so ook ons hoofbestuurder."

"Met rede. Hy is 'n swendelaar."

"Wat beteken dit?"

"Miskien moet jy liewer nie 'n woordeboek in die hande kry nie."

Carina vra nie verder nie. Dus was Rasmus daar. As sy nie vroeër vertrek het nie, sou sy geweet het hy het teruggekom. En het sy nie ontydig by die kafee verbygestap nie . . .

"Pleks dat jy Annerie gebel het. Sy sou jou kon sê dat as 'n getroude man sy vrou helder oordag verkul, vra hy daarvoor."

Tinus kyk haar onbegrypend aan. "Wáárvoor?"

"Dat sy vrou sal ophou verdra en padgee."

"Wat verdra?"

"Sy rondlopery. Annerie . . ."

"Annerie?" Tinus lyk of hy nog nooit haar naam gehoor het nie. "Wat de joos het sy met die saak te doen?"

Indien hy toegeeflik was en na rede wou luister, sou Carina inskikliker gewees het. Maar sy is siek vir alles.

"Alles. Om jou alwetende regskennis aan te haal: sy is die oorsaak, die rede en die gevolg."

"Het jy iets by haar gehoor?"

"Ek het nie by haar van jul verhouding gehoor nie. Ek het dit met my eie oë gesien."

"Jy het 'n bril nodig."

"Ek sien genoeg, té goed . . . Gaan na haar toe, koop weer vir haar tee of koffie of wat ook al, en 'n nuwe pienk bloes, kaler as die een wat sy het. Alle sterkte. Ek hoop

139

julle is gelukkig. Ek hoop sy kla nie as jy nalaat om te klop nie. Maar sy sal nie . . . Jy ken haar seker beter as jou vrou."

Tinus se oë is op twee skrefies getrek. "Wat de duiwel suggereer jy, Carina?"

"Ek hou nie van die taal wat jy besig nie. As jy kamma so deftig is, moet jy weet hoe om jou teenoor dames te gedra."

"Jy is nie 'n dame nie."

"Dankie. Dis die mooiste kompliment wat ek nog ooit van jou gekry het."

"Ek bedoel, verdeksels, jy is my vrou!"

"Ek sou hoop dus ook 'n dame. Maar te oordeel aan jou smaak in dames, hou jy van flerries en goedkoop vroumense."

Tinus het 'n vinnig humeur en bedwing dit met moeite. Carina is bleek en op haar wange kan hy die tekens van onlangse trane sien.

"Is dit griep, mangels of jou ma?" vra hy ineens toegeefliker.

Carina ignoreer dit. So maklik gaan hy nie daarvan afkom nie.

"Moenie die fout by my soek nie. Ek is so gesond soos Liaan en Annerie en die res van julle spul opportunistiese verkleurmannetjies se harems en optogte."

Tinus frons onbegrypend. "Jy is van jou wysie af. Gaan jy opstaan of moet ek jou met geweld uit die bed lig?"

Carina lig die skinkbord op. "As jy aan my raak, roep ek my pa!"

Tinus het noupassende jeans aan, maar hy dwing sy hande in die sakke in, om te verhoed dat hy hom te buite gaan en iets doen waaroor hy later spyt sal wees, of waaroor haar ma weer te kere sal gaan.

"Kom jy huis toe of nie?"

"Nee."

"Wat wil jy hê?"

Carina klink moeg: " 'n Egskeiding."

Tinus se geduld is genoeg beproef. Na die moeilike vrae-stel vanoggend, haar ma se tirade en Du Toit se sarkasme, kan hy niks meer verdra nie. "Jy lag vir my regskennis, maar ek sê jou jy moet 'n goeie prokureur aanstel. Die beste . . . want ek is van plan om die egskeidingsaak te beveg."

"Hoe kan jy? Jy is skuldig."

"Is ek? Jy het die huis verlaat vir iemand anders. Ek hoop jou held is ryk, want ek gaan hom vir huisopbreking dagvaar – vir elke sent wat hy besit."

"Gaan gerus voort. Ek sal nie onderhoud van jou eis nie, want ek kan vir myself sorg. Ek het nie jou óf Ras du Toit nodig nie. Ek sal self regkom."

Maar sy praat met haarself. Tinus het uitgestap en die kamerdeur hard agter hom toegeklap. Soos tant Susie sou sê: sonder respekte vir die skarniere.

"Pa!" roep Carina.

Haar ma kom die vertrek binne. "Het hy jou weer ge-molesteer?"

"Nee, Ma! Nie nou nie en ook nie in die verlede nie. Waar is Pa?"

"Besig om die losbol af te sien. Vir wat hy so danig met hom is, weet nugter. Mens sou sê hy trek vir Tinus party."

"Wanneer Pa inkom, sê ek wil asseblief dringend met hom praat."

Haar pa laat haar lank wag. Toe hy uiteindelik opdaag om eenkant op haar bed te kom sit, het hy nie veel te sê nie.

"Wat kos 'n prokureur se dienste – die beste?" wil sy weet.

"Ons sal by Tinus moet uitvind."

"Hy sal Pa opsetlik van die verkeerde inligting voorsien. En dan sal hy nog 'n rekening ook stuur."

"Jy hét mos 'n prokureur, nooi. Hoekom wil jy nog een hê?"

"Tinus?" Carina klink verbitterd. "Hy was nooit myne nie. Ek moes hom van die begin af met sy harem deel. Ek wil 'n ander prokureur hê omdat ek Tinus vir egbreuk wil dagvaar."

"Eendag, toe jy as kind koek wou bak, het dit platgeval omdat jy die pan te gou uit die oond gehaal het. Ek dink jy doen nou dieselfde, ounooi. Jy haal te gou dinge uit die oond wat dalk nie daarin is nie."

"Dis nie my verbeelding nie. Ek het Tinus gekonfronteer. Ek het gesê hy en Annerie was saam in die kafee. Hy het dit nie ontken nie. Toe ek van sy rondlopery gepraat het, het hy onmiddellik geweet na wie ek verwys. Ek het genoeg bewyse. Nie net van ontrouheid nie, van laster ook. Pa, hy noem Ma histeries! Hy sê ek is ook."

Haar pa se gesig bly uitdrukkingloos. "My skoonseun is nogal oplettend."

Carina is verontwaardig. "Vir wie kies Pa kant?"

"Vir jou," verseker hy haar, sy stem gevul met erns. "Ek sal altyd vir my meisiekind kant kies."

"Waaroor het hy en Pa so lank daar buite geskinder?" vra Carina agterdogtig.

"Ons het nie agter jou rug geskinder nie. Tinus het my na Du Toit uitgevra en ek het eerlik geantwoord."

"Wat het Pa gesê?

Haar pa se das wurg hom. Hy maak dit eers los. "Dat jy van kleins af mooi was en gewoond aan komplimente. Op skool was jy hoofprefek en dirigent, daaraan gewoond om die middelpunt van die aandag te wees. Dat jou ma jou bederf het. Toe julle getroud is terwyl Tinus moes studeer, het jy die aandag gemis. Vanselfsprekend was dit 'n moeilike aanpassing, tesame met huishou, waaraan jy nie gewoond is nie."

"Pa!" roep sy uit. "Pa laat my soos 'n wanaangepaste

tiener klink. Ek is 'n volwasse vrou. Wat het Pa nog vir hom gesê?"

"Jou heldeverering vir Erasmus du Toit is van verbygaande aard. Ek het jou na Wynand se ongeluk verwaarloos en Du Toit was vir jou 'n vaderfiguur."

Carina is geskok. "Daar is niks met Pappa verkeerd nie en Pa het my nie verwaarloos nie. Ek het nie in Ras 'n pa gesoek nie. Pa laat hom soos Noag klink. Hy is vier en dertig. Hy het 'n kind op laerskool. Standerd twee. Is dit stokoud?"

"Nee. Maar op kantoor het hy jou geprys en belangrik laat voel, die aandag gegee wat jy gemis het."

"Dis nie heldeverering nie. Ek hou van Ras – baie. Miskien meer as wat almal glo. Pappa het nie die reg gehad om my met Tinus te bespreek nie. Hy glo reeds ek is onnosel, nou nog bedorwe daarby . . ."

"Ek is bly om te sien jy gee om wat hy van jou dink."

"Net omdat ek my trots het. Moenie 'n versoening tussen ons probeer bewerkstellig nie. Ek en Tinus is teenoorgestelde pole, terwyl ek en Ras albei van boeke, taal, kuns en dieselfde soort musiek hou. Ek weet Ma skram van die gedagte aan 'n egskeiding weg. Sy is onrealisties, want terselfdertyd doen sy haar bes om 'n verwydering tussen my en Tinus te veroorsaak. Wat sal haar houding wees as Ras sou skei en met my trou?"

Haar pa antwoord ontwykend. "Ons praat kopstukke, maar ek glo nie een van ons is gereed daarvoor nie. Nie jy, jou ma, ek of Tinus nie. Jy is koorsig, hy is op die oorlogspad en jou ma is 'n bietjie histeries."

"En Pa?"

"Ek weet nie." Hy aarsel. "Al klink ek vol wyshede wat ek volgens resep uitryg, voel ek afgestomp. Ek stel voor ons almal klim vroeg in die bed en kry 'n goeie nagrus. Môre is nog 'n dag."

Carina lê lank wakker. Haar bravade was sonder fondasie. Vanoggend, nadat sy vrou op kantoor opgedaag het, het Rasmus verdwyn. Wat sal sy reaksie wees as Tinus hom dagvaar? Dan neem hy seker 'n hele maand verlof.

Carina wens sy het Liaan meer uitgevra of kon met Rasmus gesels. Selfs met Tertia of Henk. Haar pa sou 'n goeie sielkundige gewees het. Is sy bederf? Gewoond aan aandag? Dié het Rasmus haar gegee. Maar Tinus ook, sover hy in die omstandighede kon. Miskien was sy te veeleisend en het 'n regskollega hom beter begryp as sy.

Sy slaap min en die volgende oggend voel sy éérs sleg. Haar kliere is seer en die hoofpyn erger. Die koors het verdwyn. Maar nou kry sy koud. Haar keel is rou, haar oë geswel en haar verhemelte brand. Sy wil niks eet of drink nie, net lê.

Haar ma dring daarop aan dat hulle dokter Vorster ontbied. Sy sal die kantoor laat weet Carina is siek.

Carina weet sy is 'n bietjie lafhartig, dat sy wegvlug. Maar dis soveel makliker om alles aan haar ma oor te laat. Dalk het sy dit nodig – om nuttig te voel en besig te wees. Haar ma moes tien kinders gehad het, dan het sy haar waarskynlik beter aangepas.

"Ontbyt . . . Eet soveel jy kan." Haar ma sit 'n skinkbord met tee, roereier en roosterbrood op haar skoot neer. "Ek het toe gebel. Die dokter is op pad en meneer Rautenbach sê dis reg; jy moet in die bed bly en nie kom werk nie. 'n Tikster is uit die rekeninge-afdeling oorgeplaas om jou plek in te neem . . ."

Carina hoor skaars die helfte. 'n Nuwe tikster? Sy was optimisties, dink sy. Sy het te veel verwag. Nie eens twee maande nie. Een ete, 'n paar keer opgelaai en toe . . . tot siens. Sy kan by Liaan-hulle gaan leer, want hulle het die volle tydperk gehou, terwyl sy te lig bevind is, baie gou eenkant toe gegooi en vervang is.

"Het Henk gesê die nuwe meisie het reeds begin?"

"Ja, vanoggend. Jy is bevorder."

"Uitgewer?"

"Liaan Botha wat daar was, is glo onverwags weg. Jy word uitgewer van jeugboeke. Geluk! Ek weet wat dit vir jou beteken om jou talente te benut en jouself te bewys."

"Dankie." Carina se stem het 'n hol klank. 'n Ideaal wat bewaarheid is. 'n Droom . . . wat 'n nagmerrie geword het. Gaan sy in 'n tweede Liaan ontwikkel – suur en verbitterd, reg om die nuwe tikstertjie se oë uit te krap? Sal sy ook later die nuwe meisie vertel hoe idillies gelukkig Tinus en sy tweede vrou met hul baba is?

Haar gedagtes maal. As Liaan bedank het, het sy haar nie probeer beïnvloed of afskrik omdat sy bang was hul werk oorvleuel nie. Liaan was eerlik toe sy gesê het sy verlang terug na die tempo en aktualiteit van die koerante. Haar raad en belangstelling was opreg bedoel. Erasmus du Toit is 'n fortuinsoeker wat sy vroulike personeel uitbuit.

Die deurklokkie lui. Carina hoor die dokter se stem in die gang.

"Mangelontsteking," diagnoseer dokter Vorster nadat hy haar ondersoek het. "Minstens 'n week plat op jou rug. Jou gestel is afgerem, outjie. Saam met die antibiotika gaan ek vir jou vitamien B gee om jou kragte op te bou."

"Ons het Wynand se mangels laat verwyder toe hy ses weke was. Ons moes dit met joune ook laat doen het, dan het dit nie nou jou gestel vergiftig en . . ." Die deurklokkie wat 'n tweede keer lui, onderbreek haar ma se rede. "As dit weer Tinus is, gaan ek hom meer as sy fortuin vertel. Dis sy skuld dat jy in dié toestand is. Vitamien B is vir senuwees. Dis jou senustelsel wat ingegee het en wie se skuld is dit anders as syne?"

'n Ruk later is sy terug, verdwerg deur 'n enorme ruiker rooi rose. "Dokter Vorster is weg en sal môre weer inloer. Dit was 'n bode van 'n bloemiste af."

Tussen die roosknoppe is 'n kaartjie. Carina laat dit aan haar ma oor om die koevert oop te skeur.

"Die blomme is vir jou."

"Van wie af?"

"Almal weet rooi rose beteken liefde en sal van 'n man kom. Maar hoekom sê hy nie wie hy is nie?"

Carina gee nie veel om nie. Sy sukkel orent en kyk ook na die kaartjie.

Word gou gesond. Van 'n bewonderaar.

Die handskrif en adres op die kaartjie is dié van die bloemiste – een in die middestad – sodat daar nie 'n leidraad is nie.

"Wie hy ook al is, verdien nie dat ons daaroor bly wonder nie. Sit die ruiker waar Ma plek vind."

"Op die klavier," stel haar pa voor.

"Tinus was gisteraand kwaad. Ek glo nie hy sou rose stuur nie. Jy het op skool ook altyd hordes kêrels gehad wat ons drumpel deurgetrap het. Wynand moes net altyd keer. Kom dit van jou hoofbestuurder af?"

"Vergeet van hom, Ma. Kom ons drink almal 'n handvol vitamien B-tablette en ontspan." Sy draai op haar sy en trek die komberse tot teen haar ken.

Die telefoon lui. Maar die inspuiting en die tablette maak Carina lomerig en ontspanne. Iemand sal wel antwoord en die regte dinge sê. Dankie vir die blomme, vir die belangstelling. Ja, sy voel al klaar beter. Nee, sy slaap op die oomblik en wil nie gesteur word nie. Sy sal oor 'n week ingaan kantoor toe of na die woonstel toe. Sy sal haar nuwe pos aanvaar of 'n prokureur gaan spreek . . .

Voor die lysie klaar is, val Carina se ooglede toe en raak sy aan die slaap.

146

11

Die volgende middag ontvang Carina besoek van Rasmus. Hoewel daar twee gemakstoele in haar kamer staan, kom hy op die kant van die bed sit en neem haar hand in syne.

"Hoe gaan dit?" vra hy teer.

"Beter, dankie." Carina se stem is nie oorvriendelik nie en sy probeer haar hand wegtrek.

"Het jy my boodskap gekry, Rina?"

Sy is nie seker waarna hy verwys nie. Die rose? As die ruiker nie van hom is nie, sal dit voorbarig wees om dankie te sê dat hy 'n bewonderaar van haar is.

"Ek het vanoggend gebel om jou beterskap toe te wens."

"My ma het my gesê. Dankie."

"En dat die pos van jeuguitgewer joune is wanneer jy gesond genoeg voel om terug te kom kantoor toe."

Carina knik.

"Julle sal 'n sterk span wees. Tertia, Henk en Jan. Dan beoog die direksie ook om later kinderlektuur uit te gee. Jy is bekwaam genoeg om die nuwe afdeling te hanteer, maar ek reken dit sal 'n sonde wees as ons jou besondere talent vir jeugdialoog nie benut nie."

"Liaan was ervare en met beter kwalifikasies as ek."

"Selfs 'n ou met 'n doktorsgraad sal 'n swak uitgewer wees as hy nie oor die nodige aanvoeling beskik nie."

"Ras, hoekom het Liaan bedank?" vra Carina op die man af.

Dit bring hom 'n oomblik van stryk. "Liaan? Sy verkies koerantwerk bo fiksie. Bylines en deadlines en die tempo en opwinding van groot stories."

"Sy het jóú ook verkies – bo Abrie Labuschagne."

Rasmus lyk ongemaklik. "Ek weet julle het saam gaan eet. Julle het blykbaar gesels ook."

"Meer gesels as geëet."

"By 'n vorige geleentheid het ek jou gevra om nie na

147

stories te luister nie. Wat ander mense ook al sê, vertrou my en glo dat ek jou liefhet."

"Jy het Liaan ook liefgehad. En Charmaine en Ansie en Estelle en ek weet nie hoeveel ander nie."

Rasmus lig haar hand tot teen sy mond en druk 'n soentjie in haar palm, dan op elke vinger.

"Daar is baie dinge waarvoor ek moet vergoed, Carina-Rina. Ek sal dit nie ontken nie. Dis algemene kennis by Fokus. Wat kan ek ter versagting aanvoer? Jy weet ek is ongelukkig by Anta. Ek vra meer in 'n vrou as 'n ysblok wat my net as 'n geldmasjien beskou. Liaan het tydelik daardie leemte gevul. Die ander miskien ook. Ek was soekend, dwalend . . . In elkeen het ek jou gesoek. 'n Vrou soos jy. Ek weet ek het 'n rekord, soos die Engelse sê . . . 'n verlede. Tertia kyk my skeef aan en Henk wil my arseen ingee. Ek verdien dit. Maar dié keer, Rina-lief, is ek ernstig. Ek kom na jou vol ootmoed en eerlikheid. Ek is jammer as Liaan se stories jou seergemaak het. Ek moes geraai het dit sal gebeur en ek wens uit my hart ek kon jou beskerm. Die ander meisies is nie belangrik nie, net jy. Ek het jou lief, van die eerste oomblik dat ek jou ontmoet het, het ek geweet ons is vir mekaar bedoel. Hulle maak nie saak nie – net jy."

"Jy het in 'n stadium vir húlle ook saak gemaak."

"Ons was goeie vriende." Ras lyk verleë. "Goed, 'n rukkie lank meer as net vriende. Maar ek het nie aan hulle beloftes gemaak nie. Hulle het geweet en ek het geweet dit was tydelik. Maar my gevoel vir jou is permanent. Ek het jou lief, Rina Rheede, ek wil met jou trou."

"Bigamie is 'n strafbare oortreding."

"Ek en Anta het vreeslike rusies gemaak. Dit sou dié tussen jou en Tinus soos vulletjies laat lyk het. Maar dit was 'n katalisator. Sy besef ook ons mors kosbare jare deur mekaar te probeer bind, kosbare jare waartydens ons albei 'n nuwe begin kon gemaak het."

Dit klink te maklik, te ligweg. Geoefen . . . soos 'n toneelspeler wat dié rol voorheen vertolk het. In drie dae het Carina ouer, meer volwasse, geword. Sy is nie meer die naïewe, liggelowige tikstertjie wat sy eergister was nie.

"Op drie en veertig 'n nuwe begin?"

Rasmus het genoeg eergevoel om skaam te wees. "Ek het bietjie aangedik. Sy is sewe en dertig."

"Sy lyk sewe en twintig."

"Anta verjaar in Mei. Dan sal sy sewe en dertig wees."

"Sy is nie vaal en onvroulik nie."

Rasmus haal sy skouers op en sy blou oë pleit by haar. "As 'n man nie meer op sy vrou verlief is nie, is hy subjektief. Jy het die duur klere, juwele en opgesmukte hare gesien. Ek ken die kilheid, die kritiek, die sneeuberg: kouer as die goue ketting om haar nek. Wat my betref, is sy oud soos daardie berg. Anta het die liefde wat ek eens op 'n tyd vir haar gevoel het, doodgemaak. Sy het daarop aangedring dat ek uit ons slaapkamer padgee. Eers omdat sy moeg is en ek te rusteloos is dat sy kan slaap. Ek wil saans lees en die lig pla haar. Sy hou nie daarvan dat ek in die slaapkamer rook nie. Later was verskonings nie meer nodig nie. Ons het albei geweet ek sal in die vrykamer bly. Ons huwelik is 'n klug."

"Tog het sy jou op kantoor kom besoek," hou Carina vol.

"Dit was 'n sakebesoek. Ek het mos gesê ek en Anta het lank nagedink. Ons het lank gesels, diep en nugter. Ons het saam besluit dis die einde van die pad. Al rede waarom sy kantoor toe gekom het, was om my in te lig dat sy reeds 'n skeisaak aanhangig gemaak het."

"Maar toe was jy die res van die dag afwesig?" Carina wou nie gehad het dit moet beskuldigend klink nie.

"Net tot vieruur. Ons het ooreengekom om dieselfde prokureur te gebruik om die saak te bespoedig en toutrekkery oor die kinders uit te skakel. Ek het Joe Malherbe gaan spreek om te hoor wanneer ons saak op die rol geplaas kan word. Dis skeihof is net op Woensdag in sitting. Hulle is vol, maar ons saak is op die rol geplaas. Oor vyf weke is ons egskeiding finaal."

"Vyf weke?"

"Ek is jammer. Ek sou wou hê dit moes vandag wees. Die meul van ons regstelsel maal langsaam. Intussen vra ek dat jy moet glo, dat jy geduldig moet wees, Rina. Ek het die middag betyds teruggekom om met jou te praat, maar jy was reeds huis toe."

"Ek het siek gevoel."

Hy soen haar gewrig, haar arm en haar skouer, dan leun hy vorentoe om met sy mond oor haar ken te streel. Maar daar is 'n vreemde kilheid in Carina. Nog 'n egskeiding ... Nog 'n gebroke huis. Wat van die kinders? Pa en Ma begin van nuuts af aan. Maar 'n tiener? 'n Seuntjie in standerd twee?

Vreemd genoeg, sy glo Rasmus oor die vervreemding en die prokureur, glo dat hy haar liefhet en van sy vrou gaan skei. Hy bedrieg haar nie. Daar was baie voorgangers, maar dié keer is hy ernstig.

"Ek dink nie so nie, Ras. My gestel is vol medisyne gepomp en ek is suf. Ek kan nie mooi dink nie. Maar ... ek dink jy moes gewag het. Ek en jy is eenders; ons tree op voor ons dink, haastig en ongeduldig."

"Ek is oor 'n maand vyf en dertig. Binne vyf jaar is ek veertig. Ek wil nie op vyftig met 'n nuwe gesin begin nie. Klink dit ongeduldig as 'n mens besef die helfte van jou lewe is verby en jy het nie meer veel tyd oor om gelukkig te probeer wees nie?"

"Sal jy sonder jou kinders gelukkig wees?"

"Ek sou graag wou hê dat óns kinders het."

"Ek praat van dié wat jy reeds het."

"Anta gaan my vrye toegang tot hulle gee. Een naweek per maand kan hulle na my kom en elke alternatiewe skoolvakansie. Ek sal hulle mis, maar 'n kind kan nie die plek van 'n vrou inneem nie. Die goeie Vader het geweet waarom hy vir Adam 'n maat geskape het. Sedert die Skepping was dit nie bedoel dat 'n man alleen moet leef nie."

"Het jy dit so aan Sulet en Tobie verduidelik?"

Rasmus kan haar nie in die oë kyk nie. "Ek het nog tyd tot die saak finaal afgehandel is. Intussen is jou en my verhouding belangriker."

"Ras . . ." Dié keer is dit Carina wat sy hand neem. "Jy gaan kwaad wees, my dalk verwyt en sê dat ek ondankbaar is en jou in 'n kritieke stadium in die steek laat, na alles wat jy vir my gedoen en beteken het. Maar . . . ek weet nie of ek volgende week teruggaan kantoor toe nie."

Hy begryp nie.

"Die week daarná is ook reg. Manuskripte het nie voete nie. Hulle sal nog daar wees, selfs die volgende maand as jy eers jou eie sake in orde wil kry en gesond word."

"Nee." Carina weet nie waar om te begin nie. Haar hoofpyn is terug en haar keel voel soos skuurpapier, maar sy is bang as sy pynstillers drink, raak sy nog suwwer. Rasmus is belangriker as hoofpyn en seerkeel. Sy moet dit maar verduur.

"Ek hoor daar is 'n nuwe tikster in die algemene kantoor, dus het julle my dienste nie dringend nodig nie."

"Ouma Els. Ek het haar daardie eerste dag aan jou voorgestel. Bolla, dikraambril, mond soos 'n slagyster. Sy lyk soos die duiwel se brekfis, maar sy tik soos 'n engel. Sy het voorheen kom uithelp en met jou bevordering is sy die aangewese persoon om jou plek in te neem."

Oumatjie Els met haar grys hare, knypbril, plat toerygskoene en dik kouse . . .

Rasmus raai wat sy dink. Hy grinnik. "Aangestel op grond van bekwaamheid, nie kurwes nie."

Carina voel beter, maar ook slegter. Sy probeer dit vir hom makliker maak. "Liasseerklerke wat lees, wat van boeke en kinders hou en luister hoe hulle praat, is volop.

As ek nie die pos aanvaar nie, sal jy maklik 'n plaasvervanger kan vind."

"Ek wil nie 'n plaasvervanger hê nie, ek wil jóú hê." Erasmus weet hy het 'n verlede om uit te wis, 'n reputasie om voor te vergoed, asook die volgende veertig jaar van sy lewe waarvoor 'n stewiger fondasie nodig is as met hom en Anta. Hy is 'n man en glo aan 'n meer direkte aanloop as Carina. As jy 'n vroumens liefhet, sê dit vir haar, wys dit en doen iets daaromtrent . . .

Hy neem Carina in sy arms; druk haar teen hom vas, terwyl sy mond na hare soek.

"Rina, ek het jou lief. Solank jy dit glo, is daar vir ons 'n nuwe begin . . ."

Soos met griep, is Carina se hele lyf seer. Haar ribbes en nek kry seer. Sy omhelsing versmoor haar en sy voel benoud. Dis seker vir hom lekker, maar al wat sy begeer, is dat hy haar alleen laat en eenkant op 'n stoel gaan sit. Ter wille van die feit dat hy gaan skei, dat hy bereid is om sy huis en sy kinders te verloor, verduur sy die benoudheid, die smorende greep, die arms wat haar knel en wil laat terugtrek en wegvlug.

Rasmus se oë is twee donker poele. Sy kop buig later en dan vind sy mond hare. Dwingend. Eisend. "Het ek al ooit vir jou gesê jy is begeerlik, verleidelik en onweerstaanbaar . . .?" fluister hy kortasem.

Sy beur weg, maar Rasmus hou haar gevange. Sy baard skuur teen haar wang en sy kan nie asem kry nie.

"Ras, nee . . . Asseblief, moenie!" keer sy.

Sy arms verslap. Hy hou haar liggies vas, sy hande liefkosend en sy arms beskermend om haar. Sy mond teen hare is teer, sag, minder eisend.

Maar steeds is daar geen romantiese gewaarwordinge in Carina nie. Al wat sy bly wens, is dat hy haar moet laat gaan. Sy hoop haar ma kom vra of hulle tee wil hê.

"Ek het jou lief . . ."

"Ras, asseblief, moenie . . ."

Rasmus hou haar 'n armlengte weg om ondersoekend in haar gesig af te kyk.

"Carina-Rina . . .?" sê-vra hy. "Wat skort?"

Sy sluk pynlik en voel soos 'n skurk. Ondankbaar en self-sugtig. "Ras, ek is jammer. Ek het probeer, maar . . . maar daar is niks. Nie vuurwerke nie, nie borrelende spuitfon-teine of 'n towerslag nie. Dis my skuld. Jy is aantreklik, manlik, sensueel – alles wat 'n man moet wees. Maar . . . iets ontbreek. In my. Aanklank? Volmaan? Ek weet nie wát nie . . ."

Rasmus soen haar weer, op die wang en op die mond, maar broederlik en sonder om verder aan haar te raak.

"Steeds nie? Nie kortsluitings en honderd volt wat deur jou are bruis nie?"

Sy weet nie of sy moet lag of huil nie. "Dis my skuld, nie joune nie."

Hy skuif na die verste punt van die bed. Sy asem is on-reëlmatig en toe hy 'n sigaret aansteek, merk Carina dat sy hande bewe. Hy trek die rook diep in, twee, drie teue. Dan loop hy na die venster om na buite te kyk, waar 'n tuinier besig is om die swembad skoon te maak. Toe hy praat, is sy stem skor. "Nee. Dis nie jy nie. Nie ek nie. Nie een van ons twee se skuld nie. Dis Tinus, nie waar nie? Jy het hom lief, liewer as wat jy gedink het. Daarom dat 'n ander man se omhelsing vir jou niks beteken nie en onwelkom is."

Carina antwoord nie. Sy hoef nie. Rasmus het reeds al-les gesê wat nodig is.

"Ek dink van die begin af het ek geweet dit sal op die uiteinde steeds hy wees. Hulle sê dis biologies, chemies, wetenskaplik. Daardie vonk. Daardie ekstra 'iets' wat lief-de genoem word. Jy kan dit nie bestel, aanvra of afdwing nie. Dis nie soos 'n baadjie of rok wat jy by die winkel kan gaan omruil as dit jou nie pas nie. Al wat jy kan doen, is dankie sê as jy dit iewers, êrens, in 'n leeftyd van tagtig jaar

153

die een of ander tyd ervaar. Ek het gehoop met ons twee kan dit werk, want wat my betref was die vonk daar. 'n Vuur. 'n Veldbrand wat my verteer het."

Die trane stroom oor Carina se wange sonder dat sy 'n poging aanwend om hulle af te vee.

"Jy moes Liaan nie toegelaat het om te bedank nie, moes Joe Malherbe nie gaan spreek het nie."

Rasmus bly lank stil. Dan sê hy nadenkend: "Liaan het ook die reg op 'n eie lewe. Al is daar vir my en Anta nie vooruitsigte nie, al het die einde vir ons aangebreek. Ons het die doodloopstraat lankal bereik sonder dat ons dit wou erken, miskien nie eens besef nie. Ek was miskien selfsugtig en het net aan myself gedink. Maar vir die kinders is dit beter om by net een ouer groot te word, sonder die wrywing en onstandvastigheid van 'n ouerhuis waar rusies en onenigheid aan die orde van die dag is. Anta sal gelukkiger wees as sy geskei is. Die kinders ook, as hul ma kalm en ontspanne is, meer in staat om na hul behoeftes om te sien. As hulle my gereeld naweke of vakansies sien, nadat ek ook bedaar het en vrede met myself gemaak het, sal dit ook beter gaan."

Rasmus vergeet van die sigaret wat reeds brand en steek 'n ander een aan.

"Moenie sleg voel nie, Rina. Al sien ek jou nooit weer nie, al moet ek jou aan Tinus afstaan, kon ek nie saam met Anta voortgaan nie en sal jy die volgende veertig jaar 'n kosbare herinnering bly."

"Wat gaan jy maak, Ras?"

Hy trek sy skouers op. "En jy?"

"Ek weet nie. Trek. Uruguay of Paraguay."

"Miskien sien ek jou daar. Mis ek jou in dié lewe, kry ek jou dalk in die volgende een."

Carina weet later hy het nog 'n uur gebly en haar ma het nie tee kom aanbied nie, maar waaroor hulle gepraat het, kon sy nie onthou nie, net sy afskeidswoorde by die deur, met sy donker oë troebel.

"Ek het jou 'n nuwe maan en 'n nuwe pos aangebied en jy het nee gesê. Dan bly daar nie veel oor om oor te praat nie, of hoe? Net te vra of ek ook vir jou rooi rose mag stuur, al is dit net om dankie te sê vir iets wat 'n rukkie lank 'n mooi droom was."

Sy wil hom terugroep, vir Rasmus sê hy sal ook 'n mooi herinnering bly – brandhout wees vir die eensame, koue winter wat voorlê. Maar sy is siek en voel ellendig en is bang sy sê te veel, of die verkeerde dinge.

Toe Carina voetstappe hoor terugkom, aanvaar sy sy moes hardop gedink het en na Rasmus geroep het. Dit was verkeerd . . . Sy moes hom nie vals hoop gegee het nie. Carina laat haar kop in haar hande sak en draai haar gesig weg.

"Ek is jammer." Haar stem is vol pyn en ingehoue trane. "Dis nie Liaan of Anta se skuld nie. Jy was reg. Dit is Tinus . . ."

Hy antwoord nie dadelik nie.

"Ekskuus? Met wie praat jy, Carina?"

Sy verstar. Sy kyk op, gryp na die laken en die komberse. Dis nie Ras nie. Sy was koorsig, sy is deurmekaar en het geen begrip van tyd nie. 'n Paar minute moes verbygegaan het . . . of dalk het sy ingesluimer sonder dat sy dit besef het.

12

"Wat soek jy hier?" vra sy skor.

"My vrou. Jy is al drie dae uithuisig. Dis hoog tyd dat jy terugkom."

"Hoekom? Het jy nie skoon messe en vurke nie?"

"Ek het alles gewas."

"Veels geluk! En kos? Het jy die kool laat verbrand?

155

Was die pampoen eetbaar? Dit help nogal as 'n mens die dop afskil. Of koop 'n pizza. Dis makliker en help om die verstand helder te kry."

"Ek het nie gekom om oor kos te praat nie."

"Waaroor? Jou vuil sokkies? Die wasmasjien is die vierkantige wit ding in die hoek van die badkamer. Die instruksies is in sy boekie."

"Aanwysings."

"Ek is nie meer uitgewer nie, ek kan praat soos ek wil."

Tinus se wenkbroue lig. "Wat is jy nou? 'n Stofie?"

Carina is kwaad. "Wat beteken dit?"

"Vra Du Toit. Hy sal weet."

"Ek sal hom nie weer sien nie."

Pleks dat die afgelope twee brokkies inligting hom gerusstel, bly Tinus net so ergerlik en kortgebonde.

"Ek het laas gevra of jy gaan opstaan en of ek jou uit die bed moet tel?"

Carina weet dit sal nie help om haar pa te roep nie. Toe hy gesê het hy kies háár kant, het hy bedoel hy glo dis vir haar beswil dat sy haar man 'n tweede kans gun.

Haar man, dink Carina. Die man vir wie sy Ras du Toit en alle ander mans in die wêreld sal prysgee. Die man wat sy bo almal en alles liefhet, met wie sy steeds getroud wil wees. Maar nie op die huidige voorwaardes nie.

"Wat soek jy? 'n Huishoudster, kok, tikster of skottelgoedwasser?"

" 'n Vrou."

"Wasvrou of houvrou? Dié is volop. Tien sent 'n bos. Twintig sent, met regskwalifikasies."

Tinus se bloeddruk styg. "Ek weet nie wat hamer jy so op Annerie nie. Al wat sy gedoen het, was om my werkopdrag te tik terwyl jy saam met Du Toit rondflankeer het."

"Ek het nie. Jy het. Helder oordag. As julle so in 'n openbare kafee aangaan, hoe gaan dit as julle alleen is?"

Tinus frons. Dit lyk of hy nie weet waarvan sy praat

nie. Hy is óf onskuldig óf 'n goeie toneelspeler . . . of hy ly gerieflikheidshalwe aan geheueverlies, besluit sy.

"Dinsdagmiddag, een en twintig minute oor vier, Mike's Café, op die hoek van Wes- en Jorissenstraat. Jy in jou bruin pak, sy in 'n uitrusting wat skaars op Durban se strand toegelaat sal word," lig Carina hom in. "Jy was vrolik. Is dit net by my wat jy altyd moeg en geïrriteerd is? Ek wou nie op julle spioeneer of jou betrap nie. Ek het toevallig verbygestap en gesien hoe jy haar hand vashou . . ."

Carina het verwag hy gaan ontplof en in die proses weer deure toeklap. Of dat hy die aantyging sou ontken of haar daarvan beskuldig dat sy erger met Ras aangegaan het. Maar 'n deel van sy aantrekkingskrag vir haar was nog altyd Tinus se onverwagte sin vir humor en sy onvoorspelbaarheid. Hy lag.

Carina wil ontplof. "Ek dink nie dis grappig om te sien jou man het 'n nooi met wie hy danig opgeklits is en jou mee verkul nie."

Dis vir Tinus ook nie meer snaaks nie. Carina het 'n vorige keer ook na die skraps pienk bloes verwys, maar nou begryp hy eers waarom.

"As 'n mens swot, dink jy nie aan klere nie. Annerie het tuis tot op die laaste tippie voor die eksamen nog geblok. Toe het sy gejaag en gaan eksamen skryf, sonder om vooraf eers te verklee. Sy en Gerrit is besig om 'n vertrek aan hul huis te bou, vandaar die verslete, verfbesmeerde bloes wat koel en gemaklik was. Dit was nie 'n poging om my of die eksaminator te verlei nie.

"As ek vrolik was, was dit omdat ek al die antwoorde in 'n moeilike vraestel geken het en die feit dat boedelbereddering afgehandel is. Nog 'n vak klaar geskryf en afgehandel. Ek het nog nooit haar hand vasgehou nie. Ek stel nie genoeg in haar belang om presies te onthou wat gebeur het nie. Moontlik het ek my hand uitgesteek om die aantekeninge te neem wat sy van haar eksamenantwoorde gemaak het, of wat sy van mevrou Ehlers se saak neergeskryf het, of om die koppies voor ons weg te skuif."

"Glase en borde."

"Wat maak 'n spul skottelgoed saak? Ek het die ellendige goed weggestoot om vir die aantekeninge plek op die tafel te maak, nie om Annerie se hand vas te hou nie. Aarde, Carrie, ek en Gerrit is soos broers. Sy is oud en getroud, met yslike kinders."

Sy argument herinner te veel aan Rasmus s'n.

"Hoe lyk haar hare? Onvroulik?"

"Wát? Hoe moet ek weet?"

"Pretoria is groot. Hoekom moes julle juis ons kafee kies, as dit nie was omdat jy gehoop het ek sou julle sien nie?"

Tinus raak ongeduldig. "Jou van is Rheede, maar jy luister na g'n rede nie. Mevrou Ehlers het ons firma om regsadvies genader, want sy wil 'n uitsettingsbevel aanvra teen die huurders in 501 omdat hulle die rus verstoor en private eiendom beskadig. Ek het opdrag gekry om die saak te hanteer omdat ek die agtergrond ken. Annerie moet my help omdat sy in huurkontrakte spesialiseer. Sy het, om inligting in te samel, die Venters in 501 gaan spreek. Ek wou nie kantoorsake woonstel toe bring nie. Die tweede beste plek om te koukus en oor die eksamen te praat, was in die naaste kafee. Ek het nie geweet jy is siek en kom vroeër huis toe nie. As ek geweet het, het ek vir Annerie gesê sy moet na goeddunke handel, ek gaan na my vrou toe."

"En saans wanneer jy so knaend biblioteek toe gegaan het? Was dit ook om met Annerie te koukus? Gerieflike woord . . ."

"As jy nie gedurig skoor gesoek het nie, sou ek tuis kon konsentreer. Die biblioteek was die enigste plek waar ek in rus en vrede kon werk."

"In die reël spreek 'n kliënt sy prokureur op kantoor. Hoekom was jy so dikwels uit? Jy en sy was gedurig dieselfde tyd uit."

"Ons neem dieselfde vakke. Albei is so junior in die firma dat ons moet uitgaan – hetsy om kliënte te spreek, navorsing te doen of ons studie by te bring."

"Jy neem haar oproepe, sy neem joune . . . Heel gesellig."

Tinus wens hy was soos sy skoonma. Dan het hy ook 'n handvol pille gesluk om sy bloeddruk te beheer.

"Kom werk by ons," nooi hy.

"Ek wil nooit weer werk nie."

Dis goeie nuus, maar nie die doel van sy besoek nie. "Kom, al is dit net 'n dag lank, sodat jy kan sien wat ingeskrewe prokureursklerke alles moet doen. Hulle het nie sekretaresses of tiksters nie, hoewel die base resultate en dividende verwag. Hulle is van Lisas en Lizzies afhanklik. Dis gewoonlik kliënte wat bel, almal belangrik. Die skakelbord is oorlaai en onbetroubaar. Daarom help die juniors mekaar. Dis 'n praktiese reëling, nie omdat ons mekaar se private sake ken nie. Dit gaan om werk, om akkurate boodskappe, nie liefdesaktiwiteite nie."

Alles pas logies inmekaar. Carina is spyt haar mangels is nie ook verwyder toe sy ses was nie. Dan sou sy nie kop verloor het, vreemde motiewe aan onskuldige optrede geheg het nie.

Liaan het gesê as die vonk eenmaal daar was, kan sy weer 'n vuurhoutjie trek om die vuur aan te steek. Sy wou dit met 'n gasbraaier op die balkon doen. Maar netnou het Annerie van Wyk nóg 'n saak om te behartig – dié van brandstigting. Indien sy nie werk nie, kan sy in elk geval nie 'n gasbraaier bekostig nie. Ook nie skoene en 'n haarborsel nie. Maar as sy tuisbly, is hoë hakke en 'n stywe, formele haarstyl nie nodig nie. Tinus hou van haar in tekkies en jeans, met haar hare wat los hang. Hy wil sy vingers daardeur vleg, oor sy knie met haar hare speel as sy voor hom op die mat sit en TV kyk.

Die opoffering is skielik nie meer 'n opoffering nie en

het 'n aanloklike vooruitsig geword. Saam in die woonstel, by die tafel, op die mat . . .

Carina sit regop. "Die malva blom."

Tinus dink aan die dekselse kafee. Hy was nie lus vir vrugtesap en toebroodjies nie. As hy die gevolge kon voorsien, het hy nie eens by die Venters ingegaan nie – nog minder by die vervlakste Mike's.

"Wat blom?" vra hy. Beslis nie Carina nie. Sy is bleek en siek, met rooi oë. Sy het blykbaar gehuil en dit gee hom hoop. Hy wil haar teen sy bors vashou en troos. Tensy die trane oor Du Toit was . . .

"Die malva. Ek het hom geneem toe ek weg is. Dit lyk soos 'n nuwe blaar, maar hy blom."

Dit duur 'n rukkie voor Tinus werklik begryp wat sy sê. Boedelbereddering is wel afgehandel, maar so maklik gee hy nie boedel oor nie.

"Sy. Dit moet 'n vroumens wees. Want die malva is net so eiewys soos jy."

"Ek het nie die fonduestel geneem nie," verdedig Carina haarself. "Ook nie die koperware of jou tjekboek nie."

"Ek weet, Carrie."

Carrie . . . Die feit dat hy haar Carrie genoem het, maak dat Carina bereid is om weer haar tas te pak. Na 'n ander bestemming. Vir haar wek 'n bynaam aangename gevoelens.

Tinus assosieer dit op sy beurt met onaangenaamhede, soos sy gesprek met Rasmus du Toit. "Wie is Rina?" wil hy weet.

Carina het al begin uitsien na vuil sokkies en hemde, wat eens 'n kruis was. Tinus se vraag laat haar hart twee slae mis.

"Oor die telefoon het hy jou Rina genoem en was baie onhulpvaardig. Hoekom vra ek hóm? Weet ek dan nie waar my eie vrou is nie? Hy dag ons is getroud, waarom verneem ek by buitestanders waar my vrou haar bevind?"

Carina antwoord versigtig: "Ras het ook probleme, erger as ons s'n," paai sy.

"Ras?"

"Rasmus."

Dis ook nie goed genoeg nie.

"Ek noem nie ons senior vennoot op sy voornaam nie."

"Meneer Du Toit," korrigeer Carina. "Huweliksprobleme. Dalk moet jy sy saak behartig."

Tinus is kil en saaklik. "Ek spesialiseer nie in egskeidings nie."

Sy luister nie na die stemtoon nie. "Ek spesialiseer nie in egskeidings nie." Ses woorde, dalk anglisisties, dalk benodig dit punktuasie. Maar vir Carina is dit die mooiste halfdosyn woorde wat sy nog ooit gehoor het.

Sy stel een laaste, netelige vraag: "Ek ken 'n stoof waarop 'n mens kos kook. Wat is 'n stofie?"

"Sommer 'n uitdrukking. Iets wat jou . . . e . . . warm maak." Tinus is ongemaklik en ontwykend. Hy praat oor iets anders: "Hoe voel jou keel?"

"Beter." Carina is bang sy klink steeds siek, sodat sy in die bed moet bly en eers oor 'n week kan huis toe gaan. "Weg. Piekfyn."

"En jou hoofpyn?"

"Weg. Honderd persent."

"Kan 'n mens blomme in 'n tas pak?"

Vir hom sal Carina olifante in 'n tas pak. Sy is nie seker of hy die malva of die ruiker bedoel nie.

"Miskien moet ons die rose apart neem."

Tinus is besig om haar sambreel en trui in te pak. "Los die spul hier."

Hy het die glase in die kafee en messe en vurke by die woonstel ook 'n spul genoem. Maar twee dosyn rooi rose wat 'n fortuin gekos het?

"Terloops: wie het dit vir jou gestuur?"

161

Carina is besig om die lakens en komberse op te vou. Sy vergeet van die bed wat sy wou opmaak om die kamer netjies agter te laat. As dit nie Ras was nie, blykbaar ook nie Tinus nie, wie is haar onbekende bewonderaar?

"Iemand wat aan my kant is," antwoord sy. "Iemand wat vir my omgee."

Haar ma klop aan die deur. "Ek het vir julle tee gebring."

Dié keer sou Carina verkies het dat hul gesprek nie onderbreek word nie. Maar Tinus neem die skinkbord by sy skoonma. "Silwer en porselein. Ek is nie so deftig nie, Ma."

Haar ma lyk skaam. "Ek ook nie. Dis my beste servies, om te wys ek is jammer."

Carina se pa is minder sentimenteel. "Serviese is ook net 'n spul skottelgoed. Los die tee. Wil julle nie hier eet nie?"

Tinus neem die potplant en die tas voordeur toe, dan sy vrou. "Dankie, Pa, op 'n ander geleentheid. Ek het biefstukke gekoop en 'n resep gelees hoe om hulle te kook."

"Kook?" sy skoonpa lyk wantrouig. "Ou seun, ek het die afgelope tyd geleer: pak weg die resepte. Dit werk nie altyd nie."

Carina lag. "Pá s'n het."

Hy glimlag. "Kinders moet hul eie heil uitwerk sonder dat ouers hulle met hul sake bemoei."

"Raad is nie bemoeiing nie." Sy gooi haar arms om sy nek. "Het die beste pa in die wêreld 'n laaste resep vir sy bedorwe dogter?"

"Ja. Oos wes, tuis bes."

"Carinus!" Haar ma is geskok. "Hoe kan jy jou eie kind wegjaag?"

"Omdat hy my kant kies." Carina hou háár ook vas. "Dankie, Mamma, vir twintig jaar se liefde wat ek nooit genoeg waardeer het nie. Ek sal 'n briefie skryf, maar as

Mamma weer met Henk Rautenbach praat, sê ek sê dankie vir die rose."

"Rautenbach? Hoekom het hy vir jou blomme gestuur?"

"In ruil vir knope en omdat hy 'n baie goeie vriend is. En sê ek sê groete vir meneer Du Toit."

"Meneer?"

"Meneer," herhaal Carina ferm. "Hoofbestuurders behoort 'meneer' te bly." Voor haar pa haar weer aanjaag, hardloop sy na die Volkswagen waar haar man haar met glinsterende oë inwag.

Hy is blykbaar haastig, want hy wag nie tot om die hoek nie. In die motoroprit, helder oordag en ten aanskoue van enigeen wat van die werk af kom en verbystap, neem Tinus sy vrou in sy arms, soos hy al twee maande lank begeer om sy maritale reg uit te oefen.

Carina onthou tant Susie se histerie: "Tienie het gesê vergeet die skade, ons moet oopkap en loop kyk wat met jou aangaan!"

Sy onthou Tinus se besorgdheid en ontsteltenis. Oor háár – nie die ruit of die slot nie . . . Sy onthou ook hoeveel keer hy geduldig was, vergewe het, toegewings en opofferings gemaak en verduidelik het. En sy weet veral hoe lief sy hom het. Hoe kon sy vergeet het en – al was dit net tydelik – hom vir 'n ander man wou ruil?

Haar hande hou sy gesig vas, streel dan oor sy nek en skouers. Dan gaan dit om Tinus se lyf om hom styf teen haar vas te druk.

"Ek het jou lief, my man . . ."

"Ek het jou ook lief, Carrie. Liewer as wat ek gedink het dis moontlik om iemand in dié deurmekaar wêreld van ons lief te hê."

"Onordelik," korrigeer sy. "Ek gaan ons tuiste aan die kant maak, spinnerakke uitvee, die malva op haar plek sit en die stofie aanskakel."

Tinus weet wat sy bedoel.

163

Toe sy arms om haar vou, hoor Carina spuitfonteine bruis. Maar al wat haar ma-hulle het, is 'n swembad waarvan die pomp afgeskakel is terwyl dit skoongemaak word.

Tinus druk haar styf vas, liefdevol. Hy is geregtig om dit wat syne is te vertroetel. Sy voel veilig en beskermend. Dis beter as 'n kokon van komberse en kussings.

Dit moet nuwejaar wees, want skielik is daar vuurwerke. En towerkrag. Towerkrag, ja, want dit is vyfuur in die middag en die son skyn, maar daar is 'n aandster en dit is volmaan.

Rasmus en Annerie, mangelontsteking en kafees – alles is vergete toe Carina haar kop teen sy bors lê en haar mond na syne lig.

"Ek het jou lief, liewer as enigiemand anders."

"En ek jou," eggo Tinus, "liewer as enigiemand anders."

"Wanneer het jy weer 'n werkopdrag wat getik moet word?" vra Carina.

Maar Tinus hoor nie. Hy is te besig. En sy is in elk geval nie meer 'n tikster nie . . .

Marietjie, Maraia,
Maryne

1

Toe Ryna haar woonsteldeur oopmaak, staan Dries daar – bleek geskrik, sy blonde hare windverwaaid en 'n bloedstreep oor sy wang.

"Ek het jou motor omgegooi," sê hy.

Ryna is verslae en ontsteld.

"Wat het jy gemaak?"

Dries druk by haar verby en soek 'n stoel.

"Ek weet nie. Miskien 'n bietjie te vinnig gery en nie besef die draai is so skerp nie. Toe ek weer voel, toe rol die motor, en toe ek tot verhaal kom, lê dit wiele in die lug."

"My motor was splinternuut, en ek het nie assuransie gehad nie . . ." Ryna probeer kalm bly. "Het jy niks oorgekom nie?"

Dries vee met die agterkant van sy hand oor sy wang.

"Net 'n glasstuk het my gesny . . . dis niks nie."

Darem een geluk by die ongeluk. Ryna kyk op haar horlosie. Sy het nog 'n rukkie tyd; nog 'n driekwartier voor sy op die lughawe moet wees. Sy gaan haal watte, ontsmettingsmiddel en 'n pleister.

"Waar het dit gebeur?"

"In Kerkstraat, net anderkant die dam."

"By die bloekombome?"

Dries knik.

"Maar jy ken mos daardie skerp draai. Jy het daardie pad al honderd keer gery."

"Ek weet. Dit help nie om te verwyt nie, Ryna. Dit het gebeur en dis nou te laat."

Sy is lief vir hom en hy kon dood gewees het, dink Ryna.

Sy moenie te haastig oordeel nie. Maar toe sy op haar hurke voor Dries sit om die sny skoon te maak, kry sy 'n drankreuk, gemeng met 'n ander geur wat sy nie dadelik herken nie.

Naskeermiddel? Of parfuum?

Dries is 'n landboustudent in sy derde jaar en sy kamermaat in die koshuis trou vanmiddag. Dit was Attie Terblanche se rampartytjie waarheen Dries gisteraand haar motor geleen het. Die partytjie was veronderstel om teen elfuur verby te wees, en net vir mans. Hoekom ruik Dries sewe-uur in die oggend na bier en reukwater?

"Waarvandaan het jy gekom?" wil Ryna weet.

"Van die parkeermeter af."

"Die wát?" vra sy verbaas.

Dries grinnik.

"Ons het ou At met slot en grendel aan 'n parkeermeter vasgeketting . . . met 'n sespak vir die dors. Hy moet maar sien self om los te kom, hare te laat sny, aan te trek en by die kerk te kom. Ek dink hy gaan vyfuur, wanneer hy voor die preekstoel staan, redelik oes voel."

Ryna is nie geamuseerd nie. " 'n Man se troudag, die belangrikste dag in sy lewe, wanneer hy netjies wil lyk en goed voel, en julle maak hom dronk en keer dat hy al die dinge doen wat hy moet doen! Ek dink nie dis billik nie."

Dries is min gepla. "Dis omdat jy nooit gaan swot het nie. Jy ken nie studentelewe en koshuispret nie."

"Jeanette het ook nie na matriek gaan studeer nie. Sy wou ook liewer vlieg. Sal sy verstaan as haar bruidegom met rooi oë en 'n kopseer by die kerk opdaag, half laat, met lang hare en 'n verkreukelde pak klere?"

Dries is nukkerig. "Wat kerm jy so? Ou At is Jeanette se probleem, nie joune nie."

Ryna plak 'n pleister op Dries se wang en vee die laaste bietjie bloed af. Die sny is gelukkig nie diep nie, net 'n skraap. Nog genoeg tyd oor, dink sy hoopvol. Nog 'n half-

uur. Dit is haar eerste internasionale vlug as lug- en reis-
waardin.

Maar hoe gaan sy op Johannesburg Internasionale Lug-
hawe kom?

Dries het belowe om haar motor net na elfuur terug te
bring en die sleutel ouder gewoonte onder haar voordeur-
matjie te laat, sodat sy vroeg vanoggend vervoer het lug-
hawe toe. En hoe gaan hy in Pretoria kom?

"Waar is die motor nou?" vra sy.

Dries moet eers nadink. "Ingesleep na die een of ander
motorhawe op Edenvale."

"Kan 'n mens glad nie meer met hom ry nie?"

Dries leun vooroor en gee haar 'n soen. "Liefste, jy is
'n pragtige, blonde nooi met smaraggroen oë, maar jy is,
net soos alle mooi vroumense, nie tegnies aangelê nie. Jou
Golf is platter as 'n pannekoek en so inmekaar gefrommel
soos 'n konsertina."

"Is hy baie verniel? Kan 'n mens hom nie laat regmaak
nie?"

"Liefie, ek glo nie jy sal tien sent vir hom kry as rommel
nie." Toe eers sien Dries Ryna se gesig en hy is skielik vol
berou. "Ek is jammer, Meraaitjie. Dis nie nou die tyd vir
grappe nie. Ek weet hoe erg jy oor die Golfie was; hoe jy
vir hom gespaar het, hom opgepas en elke dag skoonge-
maak het. Ek sal vir jou 'n ander vuurwa koop – 'n Lotus
of 'n Lamborghini."

Wat hy waar gaan kry? Hy kan nie eens 'n fiets bekostig
nie!

"Ek sal naweke by 'n supermark werk, ryk mense se
swembaddens skoonmaak of gras sny om geld te verdien,"
bied Dries aan. "Ek sal polisse en assuransie verkoop en al
my fliekgeld spaar."

Dit moes hy lankal gedoen het, dink Ryna. Dan het hy
dalk sy eie motor gehad of was sy skuldlas minder swaar
op sy ouers. Die droogte het hulle geknel en om 'n seun op

universiteit te hou, verg baie van hulle, veral na hy 'n keer gedruip het. Die probleem met Dries Basson is sy voorkoms en persoonlikheid. Hy is sjarmant, 'n Don Juan en een van die aantreklikste mansmense wat sy ken. Sy het met die eerste oogopslag halsoorkop op hom verlief geraak, besluit hy is hare en sy wil eendag met hom trou.

Dit was egter voor sy ontdek het hy is onverantwoordelik, hou van 'n paar drankies en is soms té lief vir ander meisies.

"Het julle gisteraand baie gedrink, Dries?"

"'n Bier of drie . . . of vyf. Wat maak dit saak? Dit was my kammie se partytjie," antwoord hy verdedigend.

"Dit maak baie saak as jy agterna moes bestuur. Was jy alleen in die motor toe die ongeluk gebeur het?"

"Natuurlik! Wat dink jy van my? Dat ek sesuur in die môre 'n vroumens op sleeptou gehad het? Ek het nie. Ek was stoksielalleen in die motor."

Dries se ontkenning was te heftig, te gou, te gladweg . . . en te onoortuigend.

"En nugter?" vra Ryna.

"Watse kruisverhoor is dit? Die ongeluk het nou eenmaal gebeur en ek het gesê ek is jammer. Wat moet ek nog doen?"

Ryna kyk weer na sy hempskraag. Dit wat sy aanvanklik gedink het is 'n bloedstreep, is klaarblyklik rooi lipstiffie. Dries het 'n meisie saam met hom gehad, dalk ook met 'n paar biere te veel in. In háár motor; haar Golf waarvoor sy so lank net vir 'n deposito gespaar het.

Ryna probeer begryp en toegeeflik wees. As Dries beseer was, het sy anders gereageer. Hy is egter ongedeerd en met die bewysstukke wat haar in die oë staar, ontplof sy.

"Hoe lank reken jy sal jy by 'n supermark moet werk om 'n nuwe motor te koop?"

"Jy kan bly wees ek het darem aangebied," antwoord hy stuurs.

"Weet jy wat 'n nuwe Golf kos?"

"Geld, geld, net altyd geld! Dis wêreldsgoed. Is ek nie vir jou meer werd as 'n stuk blik nie?"

Haar lieflike, nuwe, poeierblou Golf 'n stuk blik? Ryna sluk.

"Ja, 'n menselewe is meer werd. Maar hoekom het jy soos tien duiwels gejaag, half dronk en met 'n meisie wat waarskynlik op jou skoot gesit het?"

"As jy beskuldigings kan maak, ek ook. Hoekom het jy nie assuransie uitgeneem nie?"

"Omdat ek nie geld gehad het nie; omdat 'n lugwaardin nie 'n miljoenêr is nie; omdat die woonstelhuur en motorpaaiement my hele salaris insluk."

"Omdat, omdat . . ." eggo Dries. "Altyd verskonings. Dis nie mý skuld dat Jakaranda-lugdiens jou 'n mikroskopiese salaris betaal nie."

"As iemand verskonings moet maak, is dit jy. Jy het my motor afgeskryf. En al wat jy sê, is jammer. Dink jy een klein woordjie maak alles weer reg? Hoe moet ek nou-nou op die lughawe kom?"

Dries het 'n kloppende hoofpyn en hy is naar. Hy kry koud en al wat hy wil doen, is in die bed klim. Môre sal hy vandag se probleme oplos – môre, wanneer hy beter voel.

"Duimgooi," stel hy voor.

"Ek sal," antwoord Ryna uitdagend, "ek is nie bang nie. Ek dink jy moet liewer padgee, Dries, voor ek dinge sê wat ek nié moet nie. Gaan koshuis toe en slaap jou roes af. Ek weet nie of sy beseer is nie, en om eerlik te wees, ek gee ook nie juis om nie. As jy haar bo my verkies, sê so."

"Wie? Van wie praat jy?"

"Ek is nie onder 'n kalkoen uitgebroei nie. Ek praat van jou jongste nooi wat posbusrooi lipstiffie dra." Ryna kyk op haar horlosie. "Ek moet gaan werk. Kan die wrak tot volgende Saterdag by die motorhawe bly?"

"Tot oordeelsdag toe. En nou? Gaan jy wegvlieg en 'n siek ou aan sy lot oorlaat?"

"Moenie melodramaties wees nie."

"Wonderlike simpatie van iemand wat sê sy het my lief," beskuldig Dries haar. "Jy neul oor blik – 'n blikkar en 'n blikvoël. Wat van my? Skeel dit jou nie dat ek dood kon gewees het nie?"

"Ek het mos eers gevra of jy iets oorgekom het."

"Jy het nie," stry Dries. Hy voel seergemaak.

"Ek het. Ek het salf en 'n pleister opgesit. Dries, kom! Die vliegtuig gaan vertrek en dis kaptein Raubenheimer wat die bevelvoerder is. Hy is glo baie streng. Ek moet gou maak!"

Dries sukkel 'n slag en sit sy arm beskermend om haar skouers.

"Ek sal 'n taxi bel."

"Dit sal ure duur. Tee die tyd dat 'n taxi hier aankom, trek die Boeing al oor die Soutpansberge. Ek kan nie my tas op 'n fiets laai nie en hier is nie 'n bus of 'n trein nie; dus is al wat oorbly –"

"Jy kan nie regtig duimgooi nie," val Dries haar in die rede.

"Wat anders?" Ryna dra haar tas voordeur toe, sit haar lugdienspet op haar kop en knoop haar jas vas.

"Ek sal saam met jou gaan," bied hy aan. "Dis te gevaarlik."

"Wie sal 'n meisie oplaai as daar 'n man saam met haar is? Nee, alleen het ek 'n beter kans. Dries, kom, ek wil toesluit."

Dries vorder tot in die gang. Dan sit hy weer sy arms om Ryna en soen haar.

"Ek het jou lief, Raaitjie."

Ryna beantwoord nie sy soen nie. "Sal jy regkom terwyl ek weg is?"

"Ek sal van droë brood en koffie leef."

"Koffie, ja, dis beter, Dries."

Hy stoot haar weg en is skielik aggressief.

"Dink jy ek is dronk?"

"Ja," sê Ryna. "Jy is gelukkig dat die polisie nie 'n bloed-toets gedoen het, of jou in die pypie laat blaas het nie."

"Jy is onbillik. Ek kan my drank vat. Kyk . . ." Om sy nugterheid te demonstreer, staan hy op een been met albei arms soos 'n windmeul uitgestrek. Hy verloor egter sy ewewig.

"Ek sien, ja," sê Ryna wrewelrig. "Gaan slaap, Dries. Sien jou volgende week."

"En intussen is jy agt dae lank in die geselskap van die danige, streng kaptein Raubenheimer. Ek is seker jy sal nie soos 'n bestemstok staan as hý sy arms om jou sit nie. Hoe oud is die vent?"

"Ek weet nie." Ryna slaag daarin om haar voordeur te sluit en Dries tot by die hyser te kry. Gelukkig is dit nog vroeg en is daar nie ander mense in die gang nie. "Ek sal bel wanneer ek terugkom. Moet geen verklarings doen, rekeninge betaal of ekstra onkoste aangaan nie. Ons sal Saterdag of Maandag die nodige reëlings tref."

"Vergeet die kapteintjie. Hy het waarskynlik 'n vrou en tien kinders en sal jou net vir sy plesier aanhou."

Wat dink Dries van haar? Dat sy 'n losbandige meisie is? As sy nie so beledig gevoel het nie, het sy gelag. Wie is hy om jaloers te wees? Sy ignoreer die aanmerking.

"Loop intussen klas en loop lig vir rampartytjies."

"Ek is nie meer 'n kind aan wie voorgeskryf moet word nie. Ek is mondig en kan vir myself sorg. Los my uit."

"Ek sal." Ryna is kalm en beslis, hoewel skielik na aan trane. "Moenie moeite doen om weer te kom kuier nie. Ek is moeg vir rusies en probleme. Gaan hou intervarsity, speel rugby en serenade by die dameskoshuise. Ek het my eie lewe en is nie deel van joune nie. Ons twee sal geluk-kiger wees as elkeen sy eie paadjie loop."

Dries stryk aan tot op die straathoek. Hy kyk om.

"Ek het gedink die dag sal kom dat ek nie goed genoeg vir jou sal wees nie. Ek hoop jy kry eendag jou ryk man wat vir jou duur klere en 'n Mercedes-Benz kan koop. Loop na jou peetjie, jy en jou ryk kapteintjie met sy dosyn kinders. Ek gee nie om nie. Daar is baie ander visse in die see, nie so uitsoekerig soos jy nie. Tot siens en dankie vir niks."

"Tot siens, Dries," groet sy. Maar hy is reeds om die hoek en hoor nie. Of sy regkom lughawe toe, maak nie saak nie. Hy het nie eens die hoflikheid gehad om haar tas te help dra nie.

Sy wens sy kan op 'n skip klim en op 'n eiland uitspoel – 'n Suidsee-eiland met net palmbome. En die eerste een wat daar uitgeswem kom, slaan sy met 'n kokosneut oor die kop.

Sy het nog nooit in haar lewe geryloop nie. Dit was net bravade toe sy vir Dries gesê het sy is nie bang nie. Haar maag trek op 'n knop en sy skaam haar morsdood. Sy oefen 'n slag met haar duim oor haar skouer, maar dis nie baie oortuigend nie, want die eerste vyf motors jaag almal verby. Die sesde ry 'n Kaapse draai om haar, asof sy aan 'n aansteeklike kwaal ly. Die man kyk haar skeef aan.

Wat gaan die lugdiens met haar doen as sy nie betyds aanteken nie? Haar op die grond hou? Haar op binnelandse vlugte terugplaas? Sy het so uitgesien na Zimbabwe, Botswana en Namibië . . . later dalk Europa.

Die elfde motor ry ook verby. Sy sien hoe die bestuurder in sy truspieëltjie kyk. Dan hou hy stil. Die bande sleep op die gruis en hy ry agteruit.

Ryna weet nie of sy bly of jammer is nie. Sy is skielik bang. Durf sy dit waag om by 'n vreemde man in te klim?

Hy is groot en donker, met breë skouers. Hy behoort nogal aantreklik te wees wanneer hy nie so onvriendelik soos nou is nie.

174

"Ryloop jy, juffrou?" verneem hy kil.

Wat dink hy? Dat sy vir haar gesondheid hier in die warm son staan? 'n Kyk na die grimmige uitdrukking op sy gesig laat Ryna besluit om haar liewer nie slim te probeer hou nie. Sy knik.

"Weet jy nie dis gevaarlik nie? Wil jy môre die koerant se voorblad haal, nadat jy keelaf gesny en agter die eerste bos gegooi is?"

Ryna is nie in 'n goeie bui nie en vervies haar.

"Dis mý keel en ek kan daarmee laat doen wat ek wil."

Hy ignoreer haar opmerking. "Hou op bog praat en klim in. Ek is ook op pad lughawe toe."

Sy merk nou eers dat hy 'n lugdienshemp en -das aanhet. Sy baadjie en pet lê op die agterste sitplek. Die vent is seker die een of ander klerk wat pas bevordering gekry het en dit geniet om ander te hiet en gebied.

"Nee dankie," sê sy koel. "Ek verkies om vir 'n volgende motor te wag." 'n Dame, dink sy, of ten minste 'n heer – iemand met beter maniere.

In die donkerbruin oë is 'n verergde flikkering. "As daar 'n ding is wat my irriteer, is dit 'n koppige vroumens. Ek is haastig. Klim, juffrou."

Die volgende motor is dalk 'n psigopaat of 'n ontsnapte misdadiger, dink Ryna. Of sy word dalk glad nie opgelaai nie en staan vanaand nog hier langs die pad. Sy hoef nie met die man te gesels nie . . . net saam te ry. Die lughawe is nie ver nie en daarna sien sy die ongeskikte skepsel waarskynlik nooit weer nie.

Rina sluk haar trots en maak die deur oop. Haar tas is te groot, dit wil nie saam met haar in nie.

"Sit die vervlakste ding neer," sê hy ongeduldig. "Ek sal dit in die bagasiebak laai."

"Toe maar . . ."

Ryna ruk en pluk, maar die tas bly stroomop. Sy begin besef as sy die tas by die deur kan inkry, sal dit nie op haar

175

skoot pas nie. Sy rem om dit weer uit te kry, maar een van die hoeke steek teen die deurknip vas.

Haar weldoener klim uit, loop om die motor en pluk die tas uit. Hy klap die bagasiebak toe en hou die deur vir Ryna oop.

"Dankie," mompel sy, vies omdat sy die ronde verloor het.

Hy antwoord nie, sluit die motor aan en trek vinnig weg.

Op die sleutelhouer staan die letters *W.R.* Seker sy voorletters, dink Ryna. Wilhelm? raai sy. Wynand? Wim? Willie? Nee, dit sal nie 'n afkorting wees nie. 'n Naam soos Wilhelmus sal eerder by hom pas.

Wes draai sy kop om na die meisie langs hom te kyk. Interessante gesig, mooi oë en bene, maar op die oog af nie veel tussen die ore nie. Nie eintlik 'n aanwins vir Jakaranda-lugdiens nie, besluit hy. Hy het seker 'n plig teenoor die lugdiens om haar daarop te wys; ook vir haar eie veiligheid in die toekoms.

"Juffrou, dis erg genoeg wanneer 'n meisie in privaat klere langs die pad staan en bedel," merk hy op, "maar in uniform is dit veel erger. Jy sleep jou eie naam plus dié van die lugredery deur die modder. Wat dink verbygangers, watter soort meisies stel ons as lugwaardinne aan?"

Ryna besef die waarheid van sy teregwysing. Haar wange word warm en sy kyk anderpad.

"Ek het nie so daaraan gedink nie," erken sy.

"Dis die moeilikheid met die meeste waardinne. Hulle handel eers en dink dan . . . of glad nie. Gebruik in die toekoms jou gesonde verstand. Dink aan jouself en ook aan jou kollegas."

Ryna sit bedremmeld in haar hoekie van die motor. Sy glo nie dit sal help om van die Golf te verduidelik nie. Dit sal hom net weer 'n kans gee om haar te beledig en te sê sy moes van beter geweet het as om haar motor aan 'n onverantwoordelike student te leen.

176

Klerke verdien blykbaar dubbel die salaris van lugwaardinne, want die een langs haar steur hom nie aan snelstrikke of verkeersboetes nie. Binne rekordtyd hou hulle by die lughawe voor die vertreksaal stil.

"Sal dit deug, of waar wou jy wees, juffie?" vra Wes, ietwat vriendeliker as netnou. Hy was miskien effens te kras, besef hy. Die meisietjie is nog baie jonk en dit was nie nodig om haar amper te laat huil nie. Daar is seker talle meisies wat soms genoodsaak word om te ryloop as daar nie ander vervoer is nie. Hy weet nie wat hierdie enetjie se omstandighede is nie.

Ryna kan nie gou genoeg uit die motor kom nie. Sy wens sy kan haar tas gryp en vlug. Sy weet egter nie hoe om die bagasiebak oop te maak nie. Daar is nie 'n knip wat jy indruk of 'n knop wat jy kan draai nie. Jy moet blykbaar 'n sleutel gebruik.

"Dis piekfyn, dankie. Dankie dat jy my opgelaai het en vir die . . . die goeie raad," stamel sy in 'n klein stemmetjie.

Wes se gesig versag. Haar oë is seegroen, amper blou, met lang wimpers. Maar hulle is te blink en die trane te vlak in haar stem. Dit laat hom soos 'n paaiboelie en 'n skurk voel.

"Waarheen is jy op pad, juffie?" vra hy gemoedeliker.

Ryna sluk en wag senuweeagtig agter die motor.

"Harare."

Dis Wes se beurt om skielik tjoepstil te bly. Hy frons. Harare? Hoeveel Jakaranda-vlugte is daar soggens vroeg Zimbabwe toe? Sover hy weet, net een. Net die agtdaagse Saterdagoggendvlug, JAL221. Hy hoop dis nie wat hy dink nie . . .

Die oomblik toe hy haar tas uithaal, gryp Ryna na die handvatsel. Hy was krities en alwetend, maar hy het haar darem juffrou genoem, onthou sy.

"Nogmaals dankie dat jy my opgelaai het en vir die . . .

177

die moeite, meneer," sê sy, tel haar tas op en laat vat voor Wes kan vra of sy absoluut seker is sy is op vlug 221.

"Plesier," antwoord hy, maar dit klink nie of hy die waarheid praat nie en die frons tussen sy wenkbroue is dieper. Hy klim terug in sy motor en klap die deur toe.

Die laaste wat Ryna van haar stugge, barmhartige Samaritaan sien, is 'n silwer modderskerm wat vinnig in die rigting van kajuitdienste se gebou verdwyn. Nee, nie 'n bevorderde klerk nie, besluit sy, anders sou hy regs gedraai het om op die grondpersoneel se terrein te gaan parkeer. Die ou is waarskynlik 'n vlugkelner op die Europa-roete, want sy ken al die binnelandse kajuitbemanningslede. Sy vrou het seker vanoggend vergeet om ontbyt te maak; daarom dat hy so brommerig was. Sy sal hom waarskynlik eers na maande weer sien . . . hopelik na jare.

Ryna weeg haar lastige tas in, teken aan vir vlug JAL221 en kry haar vlugdata.

"Is jou naam Jona?" vra die grondwaardin.

Ryna lag verleë. "Die naam sal my nogal pas, want alles loop vandag verkeerd. Hoekom? Is ons oorvol bespreek, met twintig stout kinders, 'n rugbyspan, plus Sy Edele die Minister van Vervoer aan boord?"

"Erger," laat Dienie van der Merwe simpatiek van agter die besprekingstoonbank hoor. "Sy Edele, kaptein Raubenheimer. Ek hoor hy is deesdae meer puntenerig as ooit tevore. Sorg maar dat die asbakkies en glase skoon is, dar geen bonkige handbagasie in die sluitkaste geberg is nie en veral dat jy en iedere passasier tydens opstyging en landing stewig vasgegord is, anders sit jy oor 'n week sonder werk."

"Pragtig, aangesien ek 'n nuwe motor sal moet koop terwyl die eerste nog nie eens klaar betaal is nie. Wie is die eerste offisier?"

"Ernst Welthagen."

"Hy is darem gaaf . . . ek ken hom. En die kelner?"

"Ampie Tredoux. Hy is oulik."

"Hoeveel passasiers?" vra Ryna.

"Twee en sestig – 'n mengelmoes van Britte, Franse, Hollanders, Duitsers . . . selfs 'n bebaarde Rus. Sterkte!"

"Dankie. Dit is my eerste Afrika-oorgrensvlug. Ek gaan krag nodig kry. Gaan hulle almal saam op die Zimbabwetoer?"

"Ek weet nie. Harare sal jou kan sê. Jy beter wikkel. Jy is laat en ek weet kaptein Raubenheimer is op stiptheid gesteld. Hulle sê hy dra glo twee horlosies."

Ryna trek 'n gesig. "Dit klink of die man neuroties is."

"Maak gou!"

Ryna draf na die mediese afdeling van die kajuitdienste se gebou om haar noodhulptas se voorraad aan te vul. Sy wens hulle het kalmeerpille gehad. Dit is 'n tipiese blou Maandag en die ontsteltenis met Dries en haar motor het haar 'n kloppende hoofpyn gegee. Die kelner wat haar opgelaai het en die leviete voorgelees het, het haar hoofpyn vererger en sy glo nie haar bevelvoerder sal bydra om haar beter te laat voel nie. Die komende week gaan sy haar hande deurwerk en nie 'n sekonde vir haarself hê nie.

Dalk is dit beter so, dink Ryna. Sy het gedink sy het Dries lief; tog het sy hul verhouding verbreek. Haar beursie is boomskraap en haar finansiële posisie benard. Sy besef egter sy moet vervoer hê – sy moet 'n ander motor aanskaf. Maar waar gaan sy geld kry? Miskien moet sy maar nader aan die lughawe trek . . . of ander werk soek.

Om alles te kroon, is sy 'n week lank saam met die hiperkritiese en puntenerige kaptein Raubenheimer op dieselfde vliegtuig en bus vasgekeer!

Wat gaan sy maak?

Doller as kopaf kan dit nie gaan nie, troos Ryna haarself op pad na die laaiblad en die Boeing 737.

Of kan dit?

2

"Hallo!" groet Ryna die vlugkelner toe sy die vliegtuig-
trappe twee-twee opklim.

"Jy moet jou roer. Die kaptein het al gevra waar die
lugwaardin is en hoekom jy laat is."

"Dit sal 'n uur duur om hom te vertel wat alles vandag
met my gebeur het. Dink jy ons bevelvoerder het tyd om
te luister?"

Ampie Tredoux trek groot oë. "Ek glo nie. Jy kan later
vir my vertel, maar ek dink jy moet intussen eers die pas-
sasierskajuit gereed kry."

Ryna hardloop rond. Sy gaan die waskamers na, tel die
seep en handdoeke, poets die spieëls en die vloer en sorg
veral dat die sitplekgordel by elke sitplek netjies gekruis
is. Later, wanneer die passasiers aan boord is, sal sy die
handbagasie en sluitkaste nagaan. Sy sorg dat daar genoeg
poskaarte, komberse en roetekaarte is.

"Het jy jou bikini ingepak?" skerts Ampie.

"Hoekom?"

"Ingeval ons neerstort en dit dalk in die Kariba-meer is."

"Moenie staan en grappe maak nie!" raas sy met die
kelner. "Het jy die mandjie met handdoekies gereed?"

Ampie lag. "Natuurlik. Jou hoeveelste vlug is dit dié?"

"Ek vlieg al amper 'n jaar, maar dié is my eerste Zim-
babwe-vlug en ek is baie benoud. Vanaand slaap ons in
Harare, nè?"

"Hopelik, as die kaptein nie die vliegtuig vertraag om-
dat die een koffiekan nie blink genoeg is nie."

"Is hy so vitterig?"

"Erger."

Ryna soek 'n lap en begin die kan blink vryf. "Dan bly
ons twee dae op Kariba oor, twee in Hwange en twee by
die Victoria-waterval, nè? Gaan die bemanning oral op die
bustoere saam?"

"Gewoonlik – anders moet hulle verveeld by die hotel sit."

"Ernst Welthagen is welkom, maar kon kaptein Raubenheimer nie 'n boek saamgebring het wat hy by die hotel kan sit en lees nie? Of hoekom dobbel hy nie by die casino nie? Of nog beter, hoekom vlieg hulle nie Sondagmiddag terug Johannesburg toe nie, onderneem daarna 'n Durban-vlug of so iets en keer net betyds terug om ons Dinsdagoggend van Kariba af gou Hwange toe te bring nie?"

"Hulle sal soos 'n klimtol op en af moet vlieg en dis nie lonend nie. Daar is nie genoeg passasiers vir soveel ekstra vlugte nie en die Boeing loop nie op water nie. Moet jou nie so opwen oor Wessel Raubenheimer nie. Ek het al 'n paar keer saam met hom gevlieg. As 'n mens jou werk doen en hom verstaan, is hy nie te sleg nie. Ek sal jou aanraai om jou in die stuurkajuit te gaan aanmeld, verduidelik waarom jy laat is en belowe dat dit nooit weer sal gebeur nie. Gaan nou, voor die passasiers opdaag en voor hy weer na die lugwaardin kom soek."

Ryna borsel haar hare, vee die plooie in haar uniform glad en wend lipstiffie en parfuum aan. Wat nog? Moet sy 'n sakdoek vir haar trane saamneem, 'n vorm om uit Jakaranda-lugdiens te bedank, arseen om haarself mee te vergiftig?

Sy sluk benoud en dan loop sy na die stuurkajuit. Sy klop, maak die deur oop en gaan binne.

Dit is so ver sy vorder – een kort treetjie oor die drumpel. Sy bly soos 'n soutpilaar staan en kyk 'n tweede, derde keer na die persoon in die linkersitplek om haar te vergewis dat haar oë haar nie parte speel nie.

Netnou toe hy haar voor die vertreksaal afgelaai het, het sy besluit hy is nie 'n eerstegraad-klerk nie. Nou besef sy hy is ook nie 'n vlugkelner op binnelandse of internasionale roetes nie – hoegenaamd nie 'n kajuitbemanningslid op enige van Jakaranda-lugdiens se roetes nie. Hy het 'n hemp en 'n das aangehad sodat sy kon sien hy is lid van die lugdienspersoneel, anders sou sy nie by hom in die motor geklim het nie. Sy pet en baadjie was op die agterste sitplek, maar almal se pette lyk eenders en die baadjie het só gelê dat sy nie die moue kon sien nie. Nou het hy die baadjie aan en die rangstrepe is sigbaar; trouens, hulle tref haar vierkant tussen die oë. Aan die onderpunt van die donkerpers moue pryk die vier breë, goudkleurige rangstrepe van 'n bevelvoerder!

Sy Edele, dring dit met 'n skok tot Ryna deur. Kaptein Raubenheimer in lewende lywe . . . ses dae lank!

Ryna onthou die kil stemtoon toe hy gevra het of sy ryloop en haar antwoord: "Dis mý keel en ek kan daarmee laat doen wat ek wil." Sy onthou haar onsinnige gespook om haar tas in te kry en die voorletters op die sleutelhouer: *W.R.* Sy moes toe al kon raai die R staan vir Raubenheimer. Ampie het gesê sy naam is Wessel en Wessel begin tog met 'n W.

Gelukkig was sy nie parmantig toe hy gesê het sy sleep Jakaranda-lugdiens se naam deur die modder nie. Gelukkig het sy darem dankie gesê toe hy haar en haar tas afgelaai het.

Geen wonder Wessel Raubenheimer het gery asof die duiwel agter hom aan is nie. Hy verdien tien keer 'n onbenullige lugwaardinnetjie se salaris!

Sy moes geweet het op die Saterdagoggend moet die bemanning ongeveer dié tyd ook op die een of ander wyse op die lughawe kom. Per motor is die logiese manier en die meeste bemanningslede woon op Edenvale of Kempton Park. Hoekom het sy sonder meer aanvaar hy is 'n klerk of 'n kelner? Sy deftige motor en outokratiese houding moes haar gewaarsku het.

Ryna kom agter sy staan asof versteen in die stuurkajuit se deur en die kaptein het blykbaar belangriker sake op sy agenda as om hom aan 'n onbelangrike lugwaardin te steur. Hy het 'n koptelefoon aan en stel meer in die mikrofoon en beheertoring belang as in haar.

Die eerste offisier groet ook nie. Ernst is gewoonlik vrolik en vol komplimente, maar vandag sit hy soos 'n houtpop. Hy ignoreer haar en staar voor hom uit. Dit is nie net sy wat vir hul bevelvoerder ontsag het en hom vrees nie. Ou Ernie is getroud en het pas huis gekoop. Hy weet ook 'n negatiewe vlugverslag van sy bevelvoerder kan hom sy werk laat verloor.

Ryna weet nie hoe om op te tree nie. Sy begin deur senuweeagtig keel skoon te maak.

"Goeiemôre, kaptein," groet sy. "Kajuit, spyseniering en ablusiegeriewe in orde," rapporteer sy en wonder of sy moet salueer en haar hakke teen mekaar klap. "Wat sal u tydens die duur van die vlug geniet, koffie of tee, en mag ek asseblief die vliegtyd na Harare kry?"

Kaptein Raubenheimer is nie haastig nie. Hy voltooi sy gesprek met die beheertoring, dan draai hy hom dwars in sy sitplek en kyk fronsend na Ryna.

"Mejuffrou Landman, nie waar nie?" verneem hy nadat hy die bemanningslys op die instrumentepaneel geraadpleeg het. Hy laat geensins blyk dat hulle reeds ontmoet het nie.

"Ja, kaptein," antwoord sy.

"Hoeveel passasiers?"

Die vraag betrap Ryna onkant. Sy het verwag hy gaan vra of die nodige voorraad gelaai en die noodtoerusting volledig is.

"Twee en sestig, kaptein."

Of was hulle drie en sestig? Sy kan nie presies onthou wat Dienie gesê het nie.

"Hoeveel brandblussers?"

"Vyf, kaptein."

Komplimente of goedkeuring oor 'n flink antwoord is

van kaptein Raubenheimer se kant blykbaar skaars. Hy antwoord nie.

"Geberg teen die noodtoerustingpaneel by die stuurkajuit, in die veiligheidshouer in die kombuis en bokant sitplekke vyf A, tien A en vyftien F," voeg Ryna by. "By elk van laasgenoemde is ook 'n draagbare suurstofsilinder, plus een in elk van die onderskeie kleedkamers."

Voor sy kan uitwei oor die suurstof- en rookmaskers, onderbreek hy haar.

"Sorg asseblief dat dit al is in die sluitkaste, juffrou Landman. Volgens die meteorologiese verslag kan ons slegte weer verwag. Selfs met die nuwe soort sluitknip aan die bagasiekaste wil ek nie 'n passasier blootstel aan beserings nie."

As binnelandse lugwaardin en toerleidster is Ryna ook te alle tye baie veiligheidsbewus. Sy was nie by nie, maar onthou 'n geval op 'n Kaapse vlug toe 'n wynbottel uit die bagasiekas geval en 'n dame sodanig beseer het dat sy steke in haar voorkop moes kry. Daarom is kaptein Raubenheimer se maatreëls nie onbillik nie – eerder 'n bewys van nougesetheid en bekwaamheid.

"Goed, kaptein," antwoord sy.

"Een uur en veertig minute, elfduisend vyfhonderd meter, drie en twintig grade Celcius, swart koffie sonder suiker . . . dankie."

Dit was behoorlik 'n mondvol. Aan sy stemtoon hoor Ryna die laaste woord is meer 'n beëindiging van die gesprek as 'n werklike dankie. Die vertrekaankondiging en die verskaffing van etes en verversings tydens die duur van die vlug is die lugwaardin se plig, nie die stuurkajuitbemanning s'n nie.

"Dankie, kaptein," sê Ryna en draai om. Ernst glimlag en knipoog bemoedigend vir haar, maar sy sien dit skaars raak en is te senuweeagtig om die eerste offisier se groet te beantwoord. Sy trek die stuurkajuit se deur verlig agter haar toe.

"Een en 'n half uur, elf en 'n half duisend meter en drie en twintig grade Celsius op Harare . . ." sê sy die rympie op om die besonderhede vir haar vertrekaankondiging te onthou.

Wessel Raubenheimer vlieg blykbaar net soos hy motor bestuur – die kortste moontlike tyd van punt A na punt B. 'n Redery wat altyd laat neerstryk, jaag passasiers na ander rederye.

Ampie Tredoux wag haar simpatiek in. "Wat het jy gesê, hoekom was jy laat?"

"Snaaks genoeg," antwoord Ryna, "hy het nie gevra nie. Hy weet natuurlik." Sy vertel hom kortliks van die rylopery en dat kaptein Raubenheimer haar opgelaai het. Sy sê egter niks van Dries en die Golf nie. Sy voel nog te hartseer daaroor.

"Jy het dus 'n wettige rede gehad en is verskoon. Geluk!" sê Ampie.

"Ek was gelukkig, ja. Hy kon gesê het om te ryloop is 'n waagstuk en gevra het waarom ek nie twee uur vroeër by die huis weg is nie."

"Wessel is nooit onregverdig nie."

"Miskien . . ." Ryna kyk deur die venster na waar 'n bus oor die laaiblad in aantog is. "Hier kom die passasiers."

"Die kersies op die koek," spot Ampie. "Ek wonder hoeveel van die klomp op die toer bespreek is. Blykbaar almal, want elkeen dra 'n kamera, 'n verkyker vir Hwange en 'n sambreel of reënjas vir die reënwoud by die Victoria-waterval."

Ryna sit haar pet op en neem glimlaggend stelling by die kajuitdeur in. "Good morning, goede morgen, guten morgen, bonjour . . ." groet sy sodat almal op die vliegtuigtrap kan hoor en welkom voel. Sy wens sy het geweet wat "goeiemôre" in Russies is, want die man heel voor in die ry is blas van vel, het 'n ruie bos baard, 'n monokel op sy oog en hande soos piesangtrosse. Die Rus, raai sy. Sal sy jok en sê sy het al Stalin en Lenin se boeke gelees? Sy stel in sosialisme en kommunisme belang? Alles ter wille van Jakaranda-lugdiens se goeie naam.

"Tjernikof," brom 'n hees stem deur die swart snor en baard. Hy toon nie sy instapkaartjie nie en kyk onrustig om hom rond. "Is ek op 'n verkeerde vliegtuig? Waarom hoor ek net vreemde tale?"

Ryna se glimlag verdwyn. Hy het Afrikaans gepraat.

"Goeiemôre, meneer," groet sy.

Boris Tjernikof ontdooi. "Dis beter. Ek woon reeds twintig jaar in Suid-Afrika en wil g'n ander land sien nie, maar die familie het gesê Zimbabwe is mooi en ek moet gaan kyk sodat ek die kleinkinders kan kom vertel. Môre, nooi. Het ek reg, vlieg hierdie vliegtuig na Harare?"

"U het reg, meneer Tjernikof. Oor 'n uur en 'n half is u in Zimbabwe, en dis 'n pragtige land. Wat is u sitpleknommer, asseblief?"

"Drie A – A vir Annie, nie Annakofski nie."

Ryna lag: 'n stoere Suid-Afrikaner dié.

"Drie A is aan u linkerkant, drie rye van voor, by die venster."

"Ek dank u, nooi."

Die volgende twee passasiers skep geen probleme nie. Hulle is Britte en vlieg gereeld. Hy en sy vrou sal self hul sitplekke kry – sy hoef nie aanwysings te verskaf nie, dankie.

Die volgende tien het armsvol handbagasie wat nie ingeweeg is nie.

Na hulle volg die Bothas. Pa en ma Botha kan gaan, maar Joos en sy sussie vat aan alles, laat vingermerke op Ampie se blink koffiekan, loer hoe 'n vliegtuig se toilette lyk en steel elkeen 'n handvol seep.

"Sal dié affêre ooit in die lug kan kom?" vra Joos skepties. "Hy is dan so groot soos 'n huis."

"Die vliegtuig het twee groot, sterk motore en kaptein Raubenheimer is baie bekwaam," antwoord Ryna en red die mandjie lekkergoed. "Met behulp van die motore en die kaptein sal ons hoog in die lug kom, ver bokant die wolke."

"Ek hoop so. My pa het 'n klomp assuransie, ook as ons tasse wegraak. Waar is hulle?" Die sussie soek in die jaskompartement en in die kombuis. "My pa smokkel 'n klomp sigarette en whisky saam. Jy moet ons tasse oppas."

"Ja . . . e . . ." kug die pa verleë. "Ansie, stil! Joos, kom hier!" Hy oorhandig hul instapkaartjies. "Ry nege, A tot C."

Ansie Botha is ooglopend ouer as twaalf en dus nie op vyftig persent afslag op 'n reiskaartjie geregtig nie. Die ma kan haar met die beste wil ter wêreld nie tydens die vlug op haar skoot vashou nie. Ryna bly egter vriendelik en reël met Ampie om ry nege, sitplek D vir die Bothas se gebruik oop te hou, mits hulle redelik leeg is, sonder dubbelbesprekings . . .

"Sitplek honderd Z," sê die volgende passasier.

"E . . . ekskuus?" vra Ryna.

Die mooi donkerkopvrou lag. "Ek terg sommer. Ek weet in 'n sewe-drie-sewe is daar net plek vir drie en negentig sardientjies, want ek ken Boeings asof ek hulle gemaak het. Ek was self jare lank lugwaardin."

"Vir Jakaranda?" verneem Ryna belangstellend.

"Nee, Suid-Afrikaanse Lugdiens."

"En nou? Wat werk jy nou?"

Die vrou trek 'n gesig. "Pas kleintjies en oumas op." Sy wys na die gesette ou dame agter haar. "Dit is ouma Fesie. En jy's dood as jy vra waarvan Fesie 'n afkorting is."

"Waarvan?" lag Ryna.

Die ouma is met vakansie en net so vrolik soos haar kleindogter. Sy kyk behoedsaam om haar en laat haar stem sak.

"Eeufeesina, maar moet dit vir niemand sê nie, hartjie. Waar is veertien F?"

"Toe maar, Oumie, ek weet," sê Lalie van Biljon, stryk die paadjie op en begin hul massa handbagasie in die sluitkaste wegpak.

Die res van die Britte, Duitsers, Suid-Afrikaners en twee Hollanders kom aan boord.

"Vier en sestig siele?" kom verneem Dienie van der Merwe, pen, stempel en passasierslys gereed.

"Twee en sestig volwassenes en twee babas," bevestig Ampie nadat hy getel het.

"Dit klop met die besprekings. Tot siens. Voorspoedige vlug." Sy grinnik vir Ryna. "Hoe lyk jy so bleek? Skop jy darem nog?"

"Net-net."

"Ek sal nie kla as Wessel Raubenheimer sy baadjie aan my deur wil kom ophang nie. Ek kan verstaan hoekom hy nie getroud is nie. Hy is baie aantreklik, maar geen vrou sal dit met hom kan uithou nie." Dienie wink na die grondtegnici om die trap weg te stoot. "Sterkte . . . Sien julle Saterdag."

"Kan ek vir tannie die swiets uitdeel?" vra Ansie Botha.

Ryna sou nie omgegee het nie, maar sy is nie seker of dit raadsaam en volgens regulasies is nie.

"Jy kan liewer later met die skinkborde help," sê sy.

"Ek wil koeldrank hê," sê haar boetie.

"Later," herhaal Ryna.

"Nee, nou! Ek is dors. My pa sê ons betaal vir koeldranke, of ons dit drink of nie."

Die pa kug en kyk anderpad.

Op pad kombuis toe lig Ryna die passasiers in oor die slegte weer en help om los bagasie in die sluitkaste weg te pak. Almal is inskiklik, behalwe Lalie van Biljon. Haar potloodwenkbroue krul in twee boë.

"Op my dag was niemand so vol fiemies nie. Wie se opdrag is dit?"

"Ons bevelvoerder. Hy is baie streng."

Lalie se een wenkbrou sak en sy lag skalks. "Daardie Apollo wat ek in die doeanesaal gesien het? Hom vergewe ek enigiets . . . selfs om ure lank ongemaklik te sit met my voete op Ouma se tjalie en my mooimaaksak op my skoot."

'n Apollo . . . volgens Dienie en Lalie. Ryna is verbaas. Die kaptein is vir haar nie besonders nie. Sy hou nie van alwetende paaiboelies nie. Hy en Dries is ewe onwelkom op haar palmboomeiland. Albei verdien 'n kokosneut.

Ryna neem vir Joos Botha 'n glas lemoensap, kom terug kombuis toe en lig die mikrofoon van die mikkie af. Sy haal 'n slag diep asem om nie soos 'n stoomlokomotief te klink nie.

"Goeiemôre, dames en here. Namens kaptein Wessel Raubenheimer en sy bemanning heet ek u welkom aan boord van JAL twee-twee-een na Harare-lughawe. Ons vliegtyd sal een uur en dertig minute duur, teen 'n vlughoogte van elfduisend vyfhonderd meter. Die temperatuur op Harare is drie en twintig grade Celsius en die weer is gunstig." Ryna onthou te laat van die donderstorms langs die pad en keer haarself voor sy die res van die rympie, van die koffie met melk en suiker, byvoeg. "Dames en here, sorg asseblief dat u sitplekgordels vas is tot na opstyging. Vir u leesgenot is die jongste uitgawe van die vlugtydskrif *Jakaranda-nuus* in die sitpleksak voor u geplaas. U is welkom om 'n eksemplaar daarvan saam met u te neem wanneer u afstap. Jakaranda-lugdiens wens u 'n aangename vlug toe. Dankie."

Sy herhaal die vertrekaankondiging in Engels, en stap dan in die gang af om toe te sien dat almal stewig vasgegord is en niemand dalk onnadenkend 'n sigaret aangesteek het nie.

"Ek wil nie hierdie gemors hê nie, ek wil Coke hê," sê Joos Botha en stamp die glas in Ryna se rigting.

"Lemoensap bevat vitamien C, wat griep en verkoues afweer," probeer sy hom paai.

189

"Ek haat lemoensap! Ons kry dit elke dag by die huis. Maar nou is ons op 'n vliegtuig. My pa het vir Coke betaal."

Tydens haar opleiding as lugwaardin en toerleidster het Ryna geleer om te bly glimlag, al stort die vliegtuig neer, al lek die reddingsbootjie en al het die bus 'n pap band terwyl 'n aggressiewe olifant die bus bestorm. Haar kursus in openbare betrekkinge kom daar goed te pas. Al het sy lus om die glas koeldrank op Joos se kop te keer, slaag sy daarin om aan te hou glimlag.

"Die vliegtuig is op die punt om op te styg en ek het nie nou tyd nie. Sodra ons in die lug is, sal ek vir jou Coke bring."

Joos Botha is nie skaam nie. Hy vertel die lugwaardin reguit wat hy van sulke swak diens dink.

Ryna knip haar oë 'n paar keer en sluk.

"Die kinders van vandag . . ." kla sy teenoor Ampie toe sy haar langs hom op die bemanningsitplek vasgord.

Sy antwoord is min troos. "As hulle te lastig is, laat hulle buite op die vlerk gaan speel."

Joos gaan eendag 'n tweede Dries wees, dink Ryna – selfsugtig, eiegeregtig en 'n swakkeling. Al wil sy Dries nooit weer sien nie, sal sy moet bel om te hoor by watter motorhawe die Golf is en wat haar te doen staan. Sy sal seker vir die insleep moet betaal en vir die berging van die wrak. Dis verregaande om dit ook nog van haar te verwag, maar sy weet Dries Basson is 'n mooiweersvriend en gedurig platsak. Dit is die laaste keer dat sy haar hart en kop op 'n dekselse mansmens breek.

Toe die nie-rook-liggies uitgedoof word, spring Ryna dadelik op. Sy vat vir Joos sy koeldrank en deel warm Keulse handdoeke uit. Dan maak sy die ontbyttrollie gereed.

"Pak pilletjies, suurlemoen en sodawater ook op die trollie," gee Ampie raad terwyl hy koffie en tee maak. "Die

190

wolke lyk nie verniet soos roomyskeëls nie. Ons gaan nou-nou met hierdie Boeing wipplank ry."

Ryna loer benoud deur 'n patryspoort in die kombuis. Ampie het reg. Vir haar lyk die wolke egter nie soos roomys nie, eerder soos geil blomkool. Sy haal 'n skinkbord uit die kas en sit koppies reg, gereed om drinkgoed na die stuur-kajuit te neem. Sy het egter vergeet om te vra wat Ernst wil hê en sy kan nie onthou wat die kaptein gesê het nie – swart koffie sonder suiker of bitter koffie met melk. Sy dink na, maar al wat sy behoorlik onthou, is brandblussers en suurstofsilinders. Het sy die inkwisisie geslaag, of gaan daar Saterdag op die suidwaartse vlug in die vlugverslag aanbeveel word dat die lugwaardin vir 'n opknappingsku-rsus teruggestuur word? Hy kan saam met Dries gaan dop-pies blaas, dink sy kwaad. Sy wou nog altyd in die bank of poskantoor gaan werk het en nou is dit haar kans.

Terwyl Ryna 'n koffiepot en teepot, kookwater, 'n be-kertjie melk en suiker op die skinkbord regsit, kom 'n koel, ferm stem oor die luidspreker.

"Dames en here, dis kaptein Raubenheimer hier. Aan stuurbord lê die dorp Marble Hall en ons sal binnekort die Soutpansberge oorsteek, dan sal u Beitbrug oor die Limpo-porivier aan u linkerkant kan sien. Ek wil van hierdie ge-leentheid gebruik maak om 'n regstelling aan te bring. Ons vliegtyd na Harare sal een uur en veertig minute duur, nie een en 'n half uur soos deur die lugwaardin aangekondig is nie." Daar is 'n oomblik stilte, dan kom die bevel soos 'n valbyl op Ryna se kop af. "Mejuffrou Landman, sal u asseblief onverwyld by die stuurkajuit aanmeld?"

"Vaarwel," groet Ampie. "Dit was gaaf gewees om jou te ken, Maryne Landman. Wie erf jou kat?"

Ryna is die kluts skoon kwyt. "Moenie nog spot nie. Ek het netnou die besonderhede afgerammel en kon nie alles mooi onthou nie. Waaroor dink jy wil die kaptein my spreek? Oor die foutiewe vliegtyd?

"Ek weet nie. Gaan vind uit."

"Wat verdien 'n teller in 'n bank, of 'n poskantoor-klerk?"

"Hou op babbel en roer jou litte stuurkajuit toe, voor die kaptein jou weer roep en 'n erger bom bars."

Ryna tel die skinkbord met bewende hande op.

"Dit help dalk as ek met 'n vredesoffer daar aankom," sê sy.

3

"Binne!" roep kaptein Wessel Raubenheimer in antwoord op Ryna se huiwerige klop aan die deur van die stuurkajuit.

Ryna se laaste greintjie moed verdamp. Sy het gehoop dat hy, soos netnou, met 'n radiogesprek besig sal wees en dat die oomblik van afrekening 'n rukkie uitgestel kon word.

Sy stap bedremmeld binne en plaas die skinkbord op die kontrolepaneel tussen die twee vlieëniers. Dan staan sy veiligheidshalwe 'n tree agteruit.

"Ja, kaptein . . .?"

Wes kyk tydsaam op. Ryna se blinkgroen oë en digte swart wimpers tref hom weer eens. Maar pleks dat dit sy hart versag, irriteer dit hom opnuut. 'n Popgesiggie, dis al. Sy is net soos die res – leeg en oppervlakkig, geen integri-teit nie en op haarself verlief.

Sy stem is skerper as wat hy bedoel het. "Ek sal dit op prys stel indien u in die toekoms noukeuriger inligting aan die passasiers verskaf, juffrou Landman. Vlugtyd wat tien minute langer duur as wat aangekondig is, wek 'n swak indruk."

"Ja, kaptein."

"Dis egter nie waarom ek u versoek het om na die stuur-kajuit te kom nie."

Versoek? dink Ryna, dit was 'n bevel!

"'n Meneer Tjernikof is aan boord."

Dit is veiliger terrein. "Meneer Boris Tjernikof, sitplek drie A," antwoord Ryna.

"Ek weet nie waar hy sit nie. Boris is 'n ou kennis van my en hy het gevra of hy tydens die vlug in die stuurkajuit kan kom kuier. Gaan sê vir hom asseblief hy kan nou kom, of enige tyd wat hom pas."

"Ja, kaptein."

"Dankie, dit sal al wees, juffrou Landman."

Die kaptein het nie haar vredesoffer raakgesien nie. Ryna probeer Ernst se aandag trek om vir hom die skinkbord met die koffie, tee, melk en suiker te wys, maar hy is druk besig met 'n koersaanpassing, glimlag net vaagweg in haar rigting en kyk nie op nie. Ryna is bang as sy langer vertoef, vra kaptein Raubenheimer of sy nie werk in die passasierskajuit het nie. Hulle sal seker weldra die skinkbord sien, hopelik voor die koffie en tee koud is.

Sy stap na 3A. "Meneer Tjernikof . . ."

"Sê sommer oom Borrie, nooi. Wanneer ek en jy saam vakansie hou, is ons nie so formeel nie."

Ryna hou van die bebaarde Rus. "Dankie, oom Borrie. Die kaptein sê u ken hom en kan kom gesels net wanneer u wil."

"Ken?" sêvra oom Borrie. "Ek het hom grootgemaak, nooi, nadat sy ma weg is en hy met 'n verkeerde vrou getrou het. Sy was nes sy ma . . . ook altyd 'n oog vir 'n ander kêrel gehad. Ek het vir Wessie gesorg – hom leer wodka drink, en hy het vir my leer braaivleis eet. Ek het net daar bo in die straat gewoon. Wessie is 'n goeie seun, nooientjie. Ek hoop julle waardeer hom. Kan ek nou gaan, of sal ek pla?"

"Kaptein Raubenheimer het gesê u is te eniger tyd welkom."

Hy loer deur die monokel na Ryna. "Watse kaptein is

dit? Hy is mos een van ons mense. Wat skort met jou en hom? Hou jy nie van hom nie?"

"Ek moet met die ontbytbediening gaan help, oom Borrie," skerm Ryna. Sy sien Ampie sukkel om alleen die volgelaaide trollie te hanteer.

Net soos die metushkas tuis, hierdie Afrikanermeisies, dink oom Borrie Tjernikof; net so vol draadwerk en herken nie 'n diamant wanneer hulle dit sien nie. Of dalk móét die vliegmeisies in hul werk so formeel wees. Weg van die vliegtuig is dit dalk 'n ander saak.

"Dankie, nooi," sê hy glimlaggend en staan op om by sy vriend te gaan kuier.

"Jammer, Ampie," maak Ryna verskoning, "onvoorsiene omstandighede. Kort jy kookwater, warm kos, koffie, tee . . . wat ek kan gaan haal?"

"Net 'n armvol pille uit jou noodhulptas. Klein Joos Botha is naar, so ook die parlez-vous op sitplek veertien D."

"Een van die Franse? Ek het nie besef ons stamp so erg nie."

Ryna haas haar om lugsiekpilletjies en nat handdoeke te kry.

Joos Botha se ongesteldheid is as gevolg van te veel koek en koeldrank, maar Lalie van Biljon se buurman is natgesweet en leun wasbleek teen die sitplekleuning. Sy oë is toe en sy asemhaling skaars waarneembaar.

"Hy is net naar," stel Lalie vir Ryna gerus. "Ek bedoel lugsieknaar, nie andersins nie. Tot ons lugleegtes begin tref het, was hy heel dierbaar, glad nie naar nie. Ek skat dis deels my parfuum se skuld. Elke keer wanneer ek 'n paar bykomende druppels aangespuit het om hom te beïndruk, het hy nog groener om die kiewe geraak en 'Non, non' geprewel. Wou hy hê ek moet ophou om my flikkers te gooi en hom met rus laat?"

"Dit beteken nee."

"Nee vir my, of nee vir my Chanel nommer vyf?"

194

Ryna is self nie heeltemal seker nie, maar monsieur Pierre Auret verskaf die antwoord. Ryna het nie 'n ryk man met geld vir Chanel nie, maar haar goedkoop parfuum is blykbaar onaangenamer. Toe hy die soet rosegeur kry, word hy behoorlik groen en duik neus eerste in die derde lugsieksakkie in.

"Is dit nie hooikoors nie?" wil ouma Fesie weet.

"Non," prewel die Fransman.

"Haai, hy verstaan Afrikaans," sê ouma Fesie. "Wat is dit dan, seunie? 'n Allergie?"

"Non," mompel hy.

"Griep?"

"Non."

Ryna voer die pasiënt pille, suurlemoen en sodawater . . . al die kure waaraan sy kan dink. Sy bring 'n stapel vars lugsieksakkies en nog 'n nat handdoek en kussing. Sy weet hoe ellendig hy voel. Op 'n skip was sy op 'n keer seesiek en sy weet 'n mens is so siek jy is later bang jy gaan nié dood nie.

"Monsieur, parlez-vous Anglais?" vra sy, hoewel sy vooraf weet die antwoord is nee. Hy praat klaarblyklik geen woord Engels nie.

"Non. Quelle est la durée du vol?" vra Pierre Auret pleitend.

Ryna moet eers nadink en kopkrap. *Durée du vol?* Duur van die vlug?

"Minder as 'n uur," antwoord sy, in die hoop dat haar geradbraakte Frans min of meer verstaanbaar is.

Pierre Auret se reaksie vlei haar taalvermoë. Hy sak dankbaar teen die rugleuning terug en kyk op sy horlosie. Nog 'n uur . . .

Ryna gee hom nog medisyne en bemoedig hom so goed as wat sy kan op Frans.

Lalie klap hande. "Glad nie sleg nie. Het jy 'n Franse kêrel gehad?"

"Nee. Dis juis weens gebrek aan 'n kêrel dat ek tale begin bestudeer het. Ek kan nie brei of hekel nie en my vorige kêrel het elke naweek rugby en krieket gespeel. Uit verveling het ek 'n video geleen en Franse bande gehuur . . . maar ek sukkel nog."

"Dit klink nie so nie. Wat is 'Ek het jou lief' in Frans?"

"Dit hang af wie jy liefhet. Die besitlike vorm wissel. Ek kan net vir 'n besem sê ek het hom lief."

Lalie kyk haar aan asof sy van lotjie getik is.

"Die eerste aantal lesse handel oor 'n besem," verduidelik Ryna, "'n rooi besem, 'n geel besem, 'n lang besem, 'n kort besem, ensovoorts, om 'n mens byvoeglike naamwoorde te leer. Daarna kom my besem, jou besem, ons besem en so meer . . ."

"Dis nutteloos."

"Tensy 'n mens die man met 'n besem uit die huis wil vee omdat hy jou nie kan verstaan nie. Ek moet gaan kyk hoe vorder die ander pasiënt wat naar is."

Joos se naarheid het vir maagpyn plek gemaak. Hy huil en sit met sy voete bo-op die sitplek ingetrek.

"Is dit die Coke?" vra hy met 'n bewende onderlip.

Ryna lê 'n bemoedigende hand op sy voorkop en vryf sy kuif deurmekaar.

"Ja, ou. Ek reken jy moet maar liewer by die vitamiene bly."

Hoewel teësinnig, gee hy die stryd gewonne. "Is hier lemoensap op die vliegtuig?"

Darem één ronde wat sy gewen het. Ryna lag en gaan help die kelner met ontbyt. Ampie gee die skinkborde aan en sy die koffie en tee. Toe hulle die voorpunt van die kajuit bereik, sleep hulle die trollie terug kombuis toe, pak af en begin by die agterste rye gebruikte skottelgoed bymekaarmaak.

Hulle trek by die sewende ry toe oom Borrie Tjernikof aangedraf kom, sy oë wyd gerek van skrik.

"Nooi, ek dink jy moet gou kom help . . . bring 'n klomp handdoeke saam!"

Ryna se oë rek ook. As selfs die bemanning nou al lugsiek is, hoe sal dit nie met die arme passasiers gaan nie? Met Joos en die Fransman het sy simpatie gehad; met arme Ernst ook, maar nie met die kaptein nie.

"Dis die melk en die suiker," sê oom Borrie. "Dit het alles omgeval . . . saam met die kookwater en die koffie – alles bo-oor die kontroles en al Wessie se papiere. Hy het gesê jy moet kom opruim, nooi."

Ryna voel skielik baie jammer vir haarself. Wat het Ampie vroeër gepraat van nog 'n bom wat gaan bars? Sy wil soos Pierre Auret prewel: Nee, nee!

"Ampie, as ek aanbied om die kajuit op te ruim, ekstra koffie en tee en 'n ronde drankies en southappies te bedien, sal jy asseblief 'n stapel handdoeke stuurkajuit toe neem en gou gaan opruim?" stel sy voor. "Toe, jy sê mos jy het al baie saam met die kaptein gevlieg en julle noem mekaar op die voornaam."

"Nee," sê Ampie. "Ons het nie penisillien aan boord nie en ek is allergies vir bysteek. Ek is nie 'n beer wat my kop in 'n bynes steek nie. Gaan jy, ek sal opruim en verder bedien."

"In tye van krisis leer 'n mens jou vriende ken," verwyt Ryna.

"Ons sal vriende bly tot die einde, Raaitjie, maar dit ís die einde as ek nou na die stuurkajuit moet gaan."

Ryna brom 'n woord wat sy by Joos Botha geleer het. Sy pak handdoeke, 'n skropborsel en vars koppies op 'n skinkbord en stap in die gang af.

Die gemors is erger as wat Ryna verwag het. Alles swem in 'n ligbruin vloeistof en suiker kraak oral onder haar voete.

"Is jy moedswillig, juffrou Landman?" vra kaptein Wessel Raubenheimer, "of sommer net onnosel?"

Ryna stamel iets wat hy nie hoor nie.

"Hoe lank vlieg jy al?"

"Bykans 'n jaar, kaptein." Sy begin naarstig opruim.

"Dan behoort jy teen dié tyd te weet vliegbemanning het meer werk om te doen as om met kookwater en melkbekers te peuter. Hoekom het jy nie die koffie ingeskink nie?"

"Ek is jammer . . ."

"Ek vra 'n verduideliking, nie 'n verskoning nie. Is jy op alle vlugte so lomp en onhandig?"

"Nee, kaptein."

"Dan was dit opsetlike moedswilligheid?"

Ryna kry nie kans om dit te ontken nie. Wessel stuur sy eerste offisier om te gaan kyk hoe die passasiers vaar en of die temperatuur in die kajuit na wense is. Hy gooi sy koptelefoon eenkant en draai dwars in sy sitplek om Ryna behoorlik te beskou.

"Kyk, juffrou," sê hy redelik, "jy wou nie by my in die motor klim nie en om eerlik te wees, ek was ook alles behalwe lus om jou op te laai. Nie een van ons twee het egter 'n keuse gehad nie. Jy moes op die lughawe kom en ek kon nie 'n dame aan die genade van vreemde verbygangers oorlaat nie. Toe ek jou daarop gewys het dat ryloop ongewens was, het ek alle reg daartoe gehad. Dit spyt my indien ek miskien effens kortaf was. Reg? Is die lug nou gesuiwer, of koester jy nog denkbeeldige griewe teenoor my?"

"Nee, kaptein."

"Het jy nog griewe?"

"Nee. Ek bedoel ja, dis goed so."

"Sal ons dus die vete tydens die res van die week vergeet?"

"Ek was nie . . . nie moedswillig nie."

"Nee, net dom." Hy klink eerder moedeloos as kwaad. "Moes ek soos ander gawer bevelvoerders die inligting vir jou op 'n stukkie papier neergeskryf het, juffie?"

Wanneer hy raas en rusie maak, is dit makliker. Ryna weet egter skielik nie hoe om teenoor hierdie nuwe kaptein Raubenheimer op te tree nie. Vandag is beslis een van dié dae wanneer alles skeef loop. Haar hoofpyn is erger en haar selfbeheersing begin wankel. Sy vryf met haar duim oor haar oë.

"Nee, ek . . . moes beter geluister het."

Sy kan nie so teruggaan kajuit toe nie, dink Wes. Wat sal die passasiers dink het hy met die blonde meisie aangevang? Hy wys na Ernst Welthagen se sitplek.

"Sit 'n rukkie, juffrou. Moenie jou oor ons dokumente bekommer nie; hulle sal wel droog word en is nog leesbaar. Dankie dat jy oom Borrie gaan roep het. Dit was gaaf om weer met hom te gesels."

Oom Borrie het gesê hy het met die verkeerde vrou getrou, onthou Ryna. Dan is hy seker geskei. 'n Egskeiding is vir elke mens seker 'n traumatiese ervaring. Boonop het hy blykbaar sonder 'n ma grootgeword. Geen wonder daar word gesê hy is 'n moeilike mens nie. Dit is te verstane dat Wes Raubenheimer 'n grief teen die wêreld en teen haar geslag koester.

"Dis Maryne, nie waar nie?" vra hy.

Ryna knik, bang haar stem bewe as sy praat. Eers was sy "u", en toe "jy", eers mejuffrou Landman, toe juffie en nou Maryne. Dit is darem 'n tikkie vordering. Sy weet nie of dit ten goede is nie. Miskien sal die volgende sewe dae darem nie heeltemal so ondraaglik wees as wat sy gevrees het nie.

"Sommer net Ryna, kaptein. Niemand noem my op my regte naam nie."

Wes praat met verkeerbeheer op Harare, stel aan die rolroer en verminder die brandstoftoevoer na die stuurboordmotor om hoogte te verminder.

"Goed, Ryna, nou het ons 'n wit vlag gehys. Voel jy beter?"

Ryna knik.

Die twee motore is nie gesinchroniseer nie. Wes verstel weer aan die instrumente en kyk vlugtig oor sy skouer.

"Ons daal om te land . . . ek dink jy het pligte in die passasierskajuit."

Ryna spring skuldig op.

"Ja, kaptein."

"Vra asseblief vir Ernst om stuurkajuit toe te kom."

"Sekerlik, kaptein."

Ernst kan egter nie dadelik wegkom nie. Lalie van Biljon het hom ontdek en ouma Fesie wil nog vir hom kiekies van haar kleinkinders wys.

"Die een wat ek in lewende lywe gesien het, is genoeg, ouma Fesie," keer Ernst.

"Kom jy saam Kariba toe, Ernie?" wil ouma Fesie weet.

"Ja. Ek was lank laas daar en wil gaan foto's neem."

"Goed, dan wys ek sommer daar vir jou my kiekies. Daar is 'n hele spul – Lalie se sussie, dis nou Annemie, en haar ma se suster en haar man se kinders, dis nou Boetie en Katrientjie en klein Annemarie, en dan nog haar ma se ander suster en haar man en hulle kinders, dis nou . . ."

"Meneer Welthagen, die kaptein vereis u onverwylde teenwoordigheid in die stuurkajuit," help Ryna hom.

Ernst skrik. "Het hy gesê onverwýld?" vra hy.

Voor Ryna kan antwoord, haas hy hom tussen die sitplekke deur in die rigting van die vliegtuig se neus.

Ryna laat Ansie Botha die tydskrifte en koerante in die rakke wegpak.

Toe Harare in die verte lê en die sitplekgordelliggies aangeskakel word, tel sy die mikrofoon op.

"Dames en here, ons stryk binne enkele minute neer. Maak asseblief u sitplekgordels vas en doof alle sigarette uit. Namens Jakaranda-lugdiens vertrou ek u het die vlug saam met ons geniet en dat ons u in die nabye toekoms weer aan boord sal hê. Passasiers op Jakaranda-toere word versoek om asseblief in die lugdiens-eindgebou te vertoef, waar 'n verteenwoordiger van die reisagentskap u met bagasie en doeane-formaliteite behulpsaam sal wees, asook met vervoer na u hotel. Dankie."

"'n Sestiende van die nagmerrie is verby," bemoedig Ampie haar toe Ryna haar langs hom kom vasgord.

"En ons leef nog. Waarvoor ek bang is, is die vyftien sestiendes wat in die hele volgende week op ons wag."

"Ernst het gesê al wat nodig is, is 'n goeie eerste indruk. Daarna aanvaar ons bevelvoerder dat 'n ou sy werk en sy plig ken."

Goed en wel, dink Ryna, maar sy is nie 'n ou nie en sy het ook nie 'n goeie indruk gemaak nie. Kan sy oom Borrie vra om vir haar voorspraak te doen en van Dries en die ongeluk te verduidelik?

Ryna het hier en daar tydens die vlug met passasiers gesels, maar nie by almal verneem wie op Jakaranda-toere bespreek is nie. In die lughawegebou tref sy die Bothas aan, Lalie en haar ouma, oom Borrie, die twee Duitsers, 'n groep van vyf Britse pare, vier Amerikaners, twee Hollanders, twaalf Suid-Afrikaners en nog 'n paar ander. Van die Fransman is daar egter geen teken nie.

"Het hy afgeklim, Lalie?" vra Ryna bekommerd.

"Ek weet nie."

Toe sy omkyk, sien Ryna vir Pierre Auret met die vliegtuigtrap afklim. Hy gee een laaste tree, dan sak hy op sy knieë neer en soen die grond. "Merci," prewel hy dankbaar. Hy lyk skielik nie meer so bleek noudat hy vaste aarde onder sy voete voel nie, en by die skoonmakers verneem hy daar is elke dag 'n trein Kariba-meer toe.

"Oú se trouve la gare?" vra hy die eerste persoon in uniform wat hy sien.

Dit is kaptein Raubenheimer. Hy weet nie die Fransman was lugsiek nie, en kyk onbegrypend na hom toe hy vra waar die trein en die naaste stasie is.

201

"Is jy 'n kruier?" verneem die Fransman en wys na sy tas wat eenkant staan. "Neem asseblief my bagasie na die perron."

Arme Wes weet nie hoe om te reageer nie. Wil die uitlander hê hy moet sy tas dra? Waarheen? Hy is bereid om te help as hy net kan verstaan wat die man sê.

Ryna kom hom te hulp. "Jammer, kaptein, hy weet nie u is die bevelvoerder nie. Hy soek die stasie." Sy draai na Pierre Auret. "Le train pour Kariba va décoller dans trente minutes."

'n Stortvloed Frans volg. Ryna kan geen kop of stert uitmaak nie. Sy trek nog maar by les nege op die videoband.

Pierre is egter heeltemal gewillig om aan die verteenwoordiger van Jakaranda-toere oorhandig te word.

Ryna draai na die res van die toerlede.

"Dames en here, 'n bus staan gereed om u na die hotel te bring – middagete sal daar voorgesit word. Na ete het u die middag en aand vry om te ontspan. Ontbyt word môre van sewe tot nege voorgesit, en ons vertrek om halftien lughawe toe vir die vlug na die Kariba-meer." Sy herhaal die inligting in Engels en Duits en verneem of die twee Nederlanders verstaan het.

Hulle het, maar net hier en daar 'n woord. Ryna sit 'n "ik" en 'n "wij" en 'n "gij" in en hoop dit klink min of meer Hollands.

"Het is héél goed," prys Peet Heese en sy vrou haar.

"Dank u wel, mijnheer."

Wes kyk 'n tweede keer na die blondine met die interessante oë, mooi bene en hartvormige gesiggie. Vyf tale? Nie so dom soos hy gedink het nie.

Hy klap hande. "Bravo!"

Ryna is verleë. "Ek het Duits op skool geleer en sukkel nog met Frans." Sy roep die kruiers nader en stap vooruit na waar die donkerpers bus van Jakaranda-toere in die straat geparkeer staan.

By die indrukwekkende Hotel Harare gaan Ryna die lys name na en kry die kamersleutels. Sy help die toeriste om hul kaartjies vir verblyfregistrasie in te vul. Dan roep sy die groep bymekaar en lees elkeen se kamernommer.

Ryna beskou haar eerste toergroep senuweeagtig. "Het elkeen 'n kamer? Het ek niemand per abuis oorgeslaan nie? Alles reg?"

Hulle knik. Almal sien uit na 'n paar uur se rus en uitpak. Môre moet hulle vroeg opstaan vir die volgende deel van die toer. Elkeen neem sy sleutel en drentel na die hyser.

"Ek het lus vir koffie," sê Lalie. "Wie nog? Wie is ook dors en in 'n vakansiestemming?"

"Sodra ek –" begin Ryna, maar die ontvangsklerk onderbreek haar.

"Juffrou Landman!" roep hy. "Telefoonoproep van meneer Basson. Hy het reeds twee keer geskakel en wil dringend met u praat."

Wat nou weer? Het Dries haar woonstel laat afbrand? Ryna sit haar kajuitsak en noodhulptas neer en haas haar na die naaste telefoonhokkie.

"Basson," vra Ernst, "is dit 'n familielid?"

"Eerder haar kêrel," raai Lalie. " 'n Pa of broer sou nie die moeite gedoen het om kort-kort te bel nie – tensy daar iets ernstigs skort en sy onmiddellik huis toe moet gaan."

"Dis bepaald 'n verliefde kêrel met baie geld," bevestig ouma Fesie.

Deur sy monokel loer oom Borrie vir Wes. "Jy het te lank gewag om die diamantjie op te pik."

"Dit raak my nie," antwoord Wes koel. "Verskoon my, asseblief."

Op pad na die hyser is Wes vies vir homself. Dit kan Maryne Landman nie skeel dat hy die wit vlag wou hys nie. Sy is so behep met kêrels dat sy waarskynlik nie eens besef het hy is vies vir haar nie; dat hy vrede en vriende wou maak.

203

Maryne Landman is in die telefoonhokkie. Met baie handgebare en ontsteltenis is sy iets aan 't beduie. Wes stryk met lang hale verby en kyk doelbewus anderpad. Dit kom daarvan as 'n mens 'n donkie is wat jou kop 'n tweede keer teen dieselfde klip stamp . . . as jy dink die meisie het oulike oë en bene. Elke papegaai kan rympies aframmel. Dit wil nie sê die witkop is slim of anders nie. Sy kan maan toe vlieg, sy en al haar verliefde kêrels, en hy kan bly wees hy is nie een van hulle nie.

Ryna sien hom verbyloop, maar het nie tyd om na kaptein Raubenheimer te roep, verskoning te maak en te vra hulle moet in die koffiekroeg vir haar wag nie. Sy sukkel met die dowwe lyn en probeer die gevoel van onheil in haar binneste onderdruk.

"Hallo . . ." herhaal sy. "Hallo, Dries, hoor jy my? Wat het gebeur?"

4

"Skort iets by my woonstel, Dries?" herhaal Ryna. "Of is dit my ouers?"

"Nee, dis die munisipaliteit. Raaitjie, moenie skrik nie, maar hulle dagvaar jou vir die beskadiging van twee lamppale en die kragonderbreking wat daardeur veroorsaak is."

"Dagvaar mý?"

"Die eienaar van die Golf. Maar dis niks nie, want –"

"Niks?" val Ryna hom skril in die rede. "Ek sal my televisiestel moet verkoop, my yskas . . . alles wat ek besit! En jy sê dis niks nie! Dis omdat jy nie hoef te betaal nie. Hoekom het jy my nie van die lamppale vertel nie?"

"Ek het geweet dan sal jy vir my nog kwater wees."

"Uitstel is erger – dan is die slegte tyding 'n groter skok.

Goed, jy het my motor, twee lamppale en 'n kragdraad verwoes. Wat nog? Wat het jy verswyg, Dries?"

" 'n Baie belangrike stukkie inligting."

Ryna se moed sak in haar skoene. Is hy van dronkbestuur aangekla? Is die meisie wat saam met hom was, ernstig beseer?

"Wat is dit wat jy nie vir my gesê het nie, Dries?"

Aan sy stem kan Ryna hoor dat hy glimlag.

"Dat ek jou liefhet, Meraaitjie," sê Dries sag.

Ryna weet sy moet liewer stilbly, maar dit was 'n uitputtende dag en sy kan haarself nie keer nie.

"Hou op bog praat, Dries! Ek is moeg en daar is mense wat vir my wag."

Dries is seergemaak. "Ek sê ek het die aster lief en ek is bereid om alles vir haar op te offer. En wat is haar reaksie? Sy sê ek praat bog. Ek erken ek is jaloers, besitlik, afgunstig – noem dit wat jy wil – maar dis omdat ek jou liefhet . . . bo alles en almal; omdat ek bang is ek verloor jou; omdat ek bang is jy verkies hom bo my, want ek weet ek kan jou nie veel bied soos hy nie."

"Van wie praat jy?"

"Die kapteintjie."

"Jy is kinderagtig en jy slaan die bal baie ver mis. Die kapteintjie – soos jy hom noem – beskou my as iets wat op 'n vullishoop groei."

"Piekfyn!" sê Dries ingenome. "Ek hoop dit bly so. Maar dis nie hoekom ek gebel het nie – nie oor hom of die pale nie. Dié probleem kan ons oplos wanneer ons daarby kom – wanneer ons 'n skriftelike dagvaarding kry. Ek glo nie daar gaan iets van kom nie. Ek dink die verkeerskonstabel wou my net skrikmaak en belangrik wees. Nee, ek het gebel om te sê ek het werk gekry – Saterdae en Woensdae, wanneer ek net vroegoggend een klas het. Dis by die garage waar die Golf is. Die betaling is fantasties. Nou sal ek soms vir ons etes en vermaak kan betaal."

"Dis nie nodig nie." Ryna wil byvoeg: *want ons verhouding is verbreek en ons gaan nooit weer saam uiteet nie*, maar Dries gee haar nie kans nie.

"Nou hoef ek ook nie meer my kop te laat sak omdat my nooi 'n inkomste het en ek nie. My eerste salaris gee ek alles net so vir jou om te vergoed vir al jou opofferings, en om te wys hoeveel jy vir my beteken. Die tweede tjek, volgende maand, gaan aan meneer Calitz. Hy is die garage-eienaar. Hy is baie bekwaam. Raaitjie-lief, moenie omval nie . . . maar hy sê die Golf is nie so erg beskadig nie, hulle kan hom regmaak! Is dit nie die beste nuus ter wêreld nie?"

Dries, dink Ryna en sy wil huil, *ek kry jou so jammer. Jy is soos 'n kind – opgewonde entoesiasties, en wanneer jy tien sent het, bereid om dit met almal te deel en self gebrek te ly.*

"Dit maak dus nie saak dat jy nie assuransie gehad het nie. Ek kon nog altyd redelik met my hande werk. Ek het altyd my pa se trekkers en dorsmasjiene versien en reggemaak wanneer hulle gebreek het. Toe was ek bra onkundig, maar nou gaan ek by die garage 'n behoorlike opleiding as werktuigkundige kry. Dis beter as 'n supermark of tuinwerk. Ek en meneer Calitz gaan die Golf herbou, hom splinternuut maak, en dit gaan jou nie 'n sent kos nie! Is jy nou nog kwaad omdat ek gebel het? Ek wou jou gerusstel en die goeie nuus deel met die mooiste aster ter wêreld en die een wat ek bo alles liefhet."

Hoe kan sy nou weer sê sy is haastig en hy praat bog?

"Dis hoekom ek gesê het 'n moontlike dagvaarding van die munisipaliteit is niks. Ek het geld en ek kan betaal. Ek vra niks vir myself nie; ek het te lank op ander geteer. Alles wat ek Saterdae en Woensdae verdien, is vir jou . . . en later vir my ouers wat baie moes opoffer om my op universiteit te hou. Jy gee nie om as ek later vir hulle ook 'n paar rand stuur nie? Sommer net om te wys ek waardeer wat hulle vir my doen."

Dries, moenie, dink Ryna, *ons verhouding is verby.* Toe sy gesê het hy moenie weer vir haar kom kuier nie, het sy dit bedoel.

"Ons moenie ons verhouding verbreek nie, my liefste," pleit Dries. "Jy is al wat ek het. Die eerstejaartjies en die ander kampusmeisies tel nie . . . net jy. Jy is alles in my lewe."

Nee, besluit Ryna opnuut. Sy wil hom nie weer sien nie. Sy wil op 'n eiland gaan woon, weg van almal en alles, om tot haarself te kom en te besluit wat sy van die lewe verlang. Hulle is albei nog te jonk en onvolwasse. Op twee en twintig en op drie en twintig kan 'n mens nie vaste besluite neem nie.

Ryna probeer kophou, soos Pierre Auret met albei voete vas op moeder aarde staan.

"En wat van die meisie wat saam met jou in die Golf was?"

"Ek was alleen in die motor. Daar was niemand by my nie – nie 'n meisie nie en ook nie 'n dronk vriend nie."

"Waarvandaan het die lipstiffie aan jou hemp dan gekom?"

"Lipstiffie? Jy het jou verbeel, liefling. Ek onthou vaagweg jy het gepraat van 'n meisie wat glo op my skoot gesit het. Ek was deurmekaar en kon nie mooi onthou nie. Nou voel ek beter en my verstand is helderder. Daar was nêrens 'n meisie nie – nie by die partytjie of agterna nie. My wang was gesny en my hemp was vol bloed. Dit is wat vir jou na lipstiffie gelyk het. By die rampartytjie was net ek en At en 'n klomp manne – geen asters nie, nie eens Jeanette nie."

"Hoekom het jy nie so gesê nie? Hoekom het jy kwaad geword en van kruisverhoor en sulke dinge gepraat?"

Dries is vol berou. "Ek weet nie. Ek het nie goed gevoel nie. Dalk was dit die hoofpyn of 'n vertraagde skokreaksie. Ek onthou al wat ek wou doen, is wegkom, my kop vashou, in die bed klim en slaap. Ek wou aanvanklik nie eens troue toe gaan nie. Ek was siek, ek het kouekoors gehad en aan skok gely. Ek het deurmekaar gepraat en nie 'n kwart gehoor van wat jy gesê het nie."

Ryna is ook boetvaardig. Sy het geweet Dries was pas tevore in 'n ongeluk. Of hy vooraf die skerp draai moes onthou het, was nie ter sprake nie. Sy moes nie soos 'n viswyf te kere gegaan het nie. Sy moes besef het arme Dries ly aan skok.

Ryna is verward en het tyd nodig om tot verhaal te kom, haar emosies te ontrafel en te besluit hoe sy werklik teenoor Dries voel. Dit was haar motor wat hy geleen en verwoes het. Al het hy nie 'n meisie by hom gehad nie en die verskoning gehad dat dit 'n partytjie was waar die bier vrylik gevloei het, moes Dries darem meer as net "jammer" gesê het. Hy moes hom bekommer het hoe sy sonder haar motor gaan regkom; hoe sy alleen met 'n groot, swaar tas oor die weg gaan kom en of dit veilig was om te ryloop.

"Ek onthou jy het alleen aangesukkel, Raai-lief, en ek is spyt ek het nie 'n taxi gebel of ten minste jou tas gedra nie. Ek het met Wim Smit gereël om my koshuis toe te bring, in die bed geklim en 'n uur geslaap. Daarna het ek beter gevoel, maar toe was dit te laat om terug te gaan Edenvale toe. Ek het die lughawe geskakel, maar hulle kon my nie sê of jy veilig daar aangekom het nie. Toe is ek maar terug garage toe, waar ek en oom Calitz tot 'n vergelyk gekom het. Daarna het ek 'n rukkie saam troue gehou – At was immers my kammie en Jeanette jou vriendin. Het jy geryloop en is jy gou opgelaai?"

"Ja." Ryna wei nie uit nie.

"Ek weet ek was selfsugtig – ook teenoor jou werk en kollegas. Ek weet ek was jaloers en 'n laspos. Ek maak nie verskonings nie, behalwe dat jy vir my kosbaar is en ek bang is om jou te verloor. Jaag my maar weer weg as jy wil . . . ek het dit verdien."

Hom wegjaag? Hoe kan sy? As sy hom dan nie meer

liefhet nie, behoort sy vir Dries jammer te voel . . . Hy probeer so hard.

"Hoe was die troue?" vra sy vriendeliker.

"Jollie."

"Hoe het Jeanette gelyk?"

"Mooi."

"En Attie?"

"Goed."

"Dries!"

Hy lag. "Jeanette was pragtig, net soos alle bruide. Sy was geklee in so 'n wit rok met 'n klomp netstof oor haar kop. Attie se hare was kort gesny en sy pak klere was netjies gestryk."

"Hoe het hy van die parkeermeter losgekom?"

"Ek en ou Wim het hom gaan oopsluit en haarkapper toe gevat. Hy het nie te oes gelyk nie en Jeanette was nie vir ons kwaad nie. Sy is ook 'n bok vir sports en sy het oor die ding gelag."

"Het jy weer vir haar gesê hoe jammer ek is dat ek nie by die troue kon wees nie?"

"Ek het haar gesê . . . drie keer. Sy was mos self lugwaardin en sy weet hoe dit gaan wanneer 'n mens moet vlieg. Sy sê 'n mens se eerste internasionale vlug is belangriker as 'n trouery."

"Dit klink soos Jeanette, ja. Ek wens ek kon daar gewees het, maar niemand wou met my vlugte ruil nie."

"Jeanette gee nie om nie, want daar was genoeg van haar ander vriendinne. Sy sê dankie vir die troupresent, maar 'n eetservies was te duur en sy weet jy is platsak. Sy was net so jammer oor jou Golf. Ek belowe wanneer ons twee ook eendag trou, sal ek vir jou 'n Mercedes-Benz koop om te vergoed."

"Ek wil nie 'n duur motor hê nie. 'n Golf is goed genoeg."

"Hy is nie groot genoeg vir die dosyn kinders wat ons

209

gaan hê nie. Of wil jy net tien hê? Seuns of dogters? Of ses van elk?"

"Jy loop mos hekkies, nè, Dries?"

"Ja. Hoekom?"

"Dan behoort jy te weet 'n mens spring eers oor die volgende hekkie wanneer jy daarby kom."

Dries bly 'n oomblik stil. "Wat bedoel jy daarmee?"

"Dries, met liefdesake moet 'n mens nie oorhaastig en impulsief wees nie, anders – soos met 'n hekkie – pootjie dit jou en val jy op jou neus. 'n Groep toerlede wag vir my, ons gesels Saterdag weer."

"Ek kom jou op die lughawe haal."

"Dis te veel moeite."

"Dit is nie. Ek sal nie toelaat dat jy weer duimgooi nie. Meneer Calitz sal vir my 'n motor leen. Is jy nog lief vir my?"

"Ek moet gaan, die mense weet nie waar die koffiekroeg is nie."

"Goed, gaan drink jou koffie – sien jou Saterdag."

"Tot siens, Dries, en dankie vir die oproep."

"Tot siens, my liefste."

Ryna wens hy wil haar nie so noem nie . . .

Daar is niemand in die koffiekroeg nie. Lalie-hulle is óf elders heen óf het gaan uitpak en rus. Ryna soek haar bagasie en die hyser. Toe sy haar kamerdeur oopsluit, dink sy: Dries wou weet of sy nog vir hom lief is. Sy is vir hom lief soos vir 'n familielid. Daar is 'n verskil tussen "lief vir" en "liefhê", of "verlief wees"! Sy hou van Dries en sy is baie lief vir hom, maar sy het hom nie opreg lief nie – die gevoel wat 'n vrou vir haar toekomstige lewensmaat soek. Wat van volwassenheid, verantwoordelikheidsbesef, integriteit en lojaliteit?

Besit Dries dalk al daardie eienskappe en het sy hulle net nog nie ontdek en ontgin nie?

Nadat sy die lys bykomende toerbesprekings by die hotelbestuurder gekry het, stel Ryna by die Masasa-hotel op Kariba vas of die kamerbesprekings reg is. Daarna skakel sy die lugdiens-eindkantoor en vra of hulle môreoggend om halftien 'n bus sal stuur om die passasiers lughawe toe te bring. Dit, volgens Jakaranda-lugdiens se handleiding, is die reiswaardin se pligte op die eerste dag. Ryna voel egter skuldig om in haár kamer te sit en die Franse kleuterboek wat sy saamgebring het, te lees. Sy trek 'n sonrok aan, loer by die kafeteria in en gaan soek die swembad om haar te vergewis dat daar nie toerlede is wat haar nodig het nie.

Hoewel die temperatuur 23°C is, is dit 'n gure, winderige dag. Dit laat haar wens sy het 'n langbroek en trui aangetrek. By die swembad is geen bekendes nie – net twee optimistiese jong mans wat by 'n baksteengebou probeer om 'n vuur aan die gang te kry, in die hoop om vleis te braai.

"Net wat ons kort vir 'n bietjie hitte!" roep een van hulle uit.

"Ja, 'n mooi meisie om ons minder te laat koud kry," voeg sy maat by en wink Ryna nader.

Sy beduie na haar horlosie. "Ek het nie tyd nie, ek moet gaan werk," sê sy.

"Op 'n Saterdagmiddag?" vra hy ongelowig. "Bog! Kom drink 'n bier en vang gees."

Sy woorde, sy voorkoms en die atmosfeer laat Ryna opeens aan Dries dink, en aan 'n Saterdagmiddag 'n bietjie meer as 'n jaar gelede . . .

Die wind by die Fonteine het ook gewaai en dit het saggies gemotreën. Dit was 'n dag om tuis te bly en pannekoek te bak, eerder as om Fonteine toe te ry en vleis te braai. Sy en Jeanette Oberholzer het egter destyds albei in beknopte woonstelle gewoon en was moeg vir die neerdrukkende naweekdae in 'n woonstelgebou sonder 'n plekkie waar 'n mens in die son kan sit, 'n kat aanhou of 'n vuurtjie maak om 'n paar tjops te braai, 'n potjie pap te kook en foelie-ertappels gaar te maak.

Sy en haar vriendin het 'n digte boom gekry waaronder hulle kon kampeer sonder om baie nat te word. Dit was ysig en hulle wou 'n vuur hê – ook vir 'n bietjie hitte. Die los hout wat hulle opgetel het, was egter nat, hul vuur-houtjies min en die vuur het verseg om te brand.

Twee aantreklike kêrels in 'n wit motor het stilgehou en die dames in nood te hulp gesnel.

"Jy moet meer petrol gee," het die een met die blonde hare en blou oë gesê.

Ryna het verkeerd verstaan. "Petrol op die vuur gooi? Dit sal mos ontplof."

Toe hy lag, het twee kuiltjies weerskante van sy mond gevorm en haar hart het bolmakiesie geslaan.

"Nee, petrol gee wanneer jy op die vuur blaas. Jy moe-nie b-l-a-a-as nie, jy moet bláás . . . soos 'n stoomtrein teen 'n opdraande." Hy het weer gelag en sy hand liggies oor hare geplaas om te voel of dit koud is.

Haar hand was 'n blok ys. Of dit van die koue was of omdat haar hart al om die tweede slag oorgeslaan het en swak bloedsomloop veroorsaak het, het Ryna nie geweet nie – net dat sy nie 'n kans gehad het nie. Hy was hare en met hom wou sy eendag trou, al het sy toe nog nie eens sy naam geken nie.

Onder die voorwendsel dat hy haar wou warm maak, het Dries se vingers stywer om hare gespan en hy het diep in haar oë gekyk. Toe het hy met 'n triomfantlike gebaar 'n dosie vuurhoutjies te voorskyn gehaal.

"Wat is 'n boerseun sonder vuurhoutjies?" het hy ge-spog.

"Ja," het Attie Terblanche koue water op sy vuur omge-keer, "al is dit net om mee in sy tande te krap."

Dries was vies. "Jy het geen kultuur nie!"

Dries kon met 'n vuur toor. Binne vyf minute het die vlamme om die hout gelek en was daar hitte.

"Nou ja, julle sal seker verder regkom," het hy gesê, onseker of hy en sy maat hulle miskien aan die twee meisies opdring.

Ryna was opeens skaam. Haar vriendin en kollega egter nie, want Jeanette het altyd gesê die eerste waarna sy oplet, is 'n man se skouers. En At Terblanche s'n het soos dié van 'n rugbyvoorspeler s'n gelyk.

"Hoekom bly julle nie en braai saam met ons vleis nie?" het sy voorgestel.

At was ingenome. Terwyl hy bier en biltong uit die bagasiebak gaan haal het, het Dries en Ryna na mekaar gekyk en saam besluit dit was liefde met die eerste aanblik.

Die meisies het wors, tamaties en broodrolle gehad. Die mans biltong, bier, vuurhoutjies en 'n stuk beesvleis.

"Dybeen of borsstuk," het Ryna na 'n inspeksie geraai, "Vreeslik duur, maar nie juis geskik om te braai nie. Waar het julle die vleis gekry?"

Die twee het geskater van die lag. "Uit matrone se vrieskas gegaps," het Attie gebieg. "Kan 'n mens dit nie braai nie?"

Ryna en Jeanette was onseker en Dries het oorgeneem.

"Natuurlik kan 'n mens. Hou my dop!" Hy het die homp vleis op die kole gegooi en met 'n bier in sy hand ontspan.

Die stuk beesvleis het nie gaar geword nie en die ander kos was gou-gou verorber.

"Hoe lyk dit, sal ons 'n eetplek gaan soek?" het Attie gevra.

Jeanette was inskiklik, maar Dries en Ryna het gevoel twee wiele kan 'n kapkar deur die drif trek. Hulle wou nie gaan uiteet nie; liewer alleen wees en mekaar beter leer ken.

Dries het gekeer voor At met sy bosbaadjie wegry. Hy het die baadjie om hulle gevou en geglimlag.

"Wat is jou naam?"

"Raai."

"Anna?"

"Raai."

"Lettie? Hettie? Bettie?"

Eers later het Dries dit gesnap. "Raai" is haar naam. "My pa noem my so," het Ryna verduidelik. "My regte naam is Maryna . . . Maryna Landman."

"Ek is Andries – Andries Basson en Dries vir my vriende." Hy het dit as 'n verskoning gebruik om weer sy hand uit te steek en haar hand styf in syne te neem. "Ek sal nie sê aangename kennis nie, want dit was nie aangenaam nie. Dit was nie iets sommer so alledaags nie. Om met jou kennis te maak, Marietjie, Maraia, Maryne, was heerlik, wonderlik. 'n Belewenis!"

Reëndruppels het aan die populierbome en aan Dries se wimpers gekleef, teen sy wang afgeloop. Hy het 'n beweeglike mond, het Ryna gedink – 'n mond wat maklik lag en waarvan die hoeke boontoe krul, so asof Dries Basson 'n interessante humorsin het. Hy was 'n oulike ou, eintlik nog 'n vreemdeling; tog het dit gevoel asof sy hom al jare ken.

"Waarvan hou jy, Meraai?" het hy onverwags gevra.

Ryna het eers lank nagedink.

"Van baie dinge – die geur van gras wat pas gesny is; van Chopin en pannekoek op 'n koue Sondagaand; van tamaties, katte en vliegtuie."

"En van my?"

"Bulterriërs, 'n trein wat in die nag fluit en van jou," het Ryna geantwoord en nie haar hand weggetrek nie. Sy het nie geweet wat Dries se werk is, waar hy woon of hoe oud hy is nie. Dit het egter nie saak gemaak nie. "En jy? Waarvan hou jy, Andries Basson?" het sy gevra.

"Van braaivleis, rugby, sonskyn en Delila-groen oë."

"Al kompetisie wat ek het, is die rugby," het sy geskerts.

"Speel jy? Vir watter span?"

Dries was in sy tweede jaar op universiteit, maar het vir Tukkies se eerste span vleuel gespeel. Die logiese volgende vraag was of hy 'n atleet is.

"Ek hardloop so bietjie die honderd meter en die twee-honderd en soms hekkies," het Dries beskeie geantwoord.

Later het sy by At gehoor Dries is die Dalrymple-kampioen oor die honderd meter, dat hy van Swartruggens kom en dat sy ouers boer . . .

"Poppie!" roep die een outjie by die baksteengebou langs die hotel se swembad.

Ryna keer met 'n skok terug na die hede en sien hy is op pad na haar toe. Hy trek haar aan die arm nader en stop 'n bier in haar hand.

"Jy kan nie so besig wees dat jy nie vyf minute tyd het om jou oor twee eensame toeriste te ontferm nie."

Sy asem ruik na drank en hy is onvas op sy voete.

"Dankie, ek drink nie bier nie," sê Ryna kortaf.

"Ek dag dis 'n lugwaardin se werk om altyd te glimlag."

Ryna frons. Hoe weet hulle sy is 'n lugwaardin? Is hulle dalk van haar toerlede wat op Harare by die groep aansluit? Om aan die veilige kant te bly en nie twee moontlike toerlede aanstoot te gee nie, neem Ryna 'n klein slukkie bier.

Uit dure ondervinding moes sy vooraf geweet het kaptein Wessel Raubenheimer besit die vermoë om altyd onverwags op te daag. Sy moes op die noodlot voorbereid gewees het. Maar sy is nie, anders sou sy die twee luidrugtige ouens vermy het asof hulle aan 'n aansteeklike kwaal ly.

"Juffrou Landman!" roep haar bevelvoerder. Die uitdrukking op sy gesig is soos donderwolke op die horison wat 'n plek soek om los te bars, en hael te laat neerstort.

Ryna skrik; egter nie haar twee metgeselle nie.

"Verkasj, maat," waarsku die ouer man wat die ergste waggel en wie se tong die meeste sleep. "Onsj het haar eersjte gesjien."

"Soek jou eie meisie," voeg sy maat aggressief by.

Ryna wens sy kon aan die diep kant van die swembad inspring, op die bodem wegkruip en nie opkom om asem te haal voor kaptein Raubenheimer kilometers ver weg is nie.

Wessel Raubenheimer is egter klaarblyklik nie van plan om aan die dreigement gehoor te gee en hom uit die voete te maak nie. Hy kyk na Ryna, na die sonrok, die windverwaaide hare en die blik bier in haar hand. Die keep tussen sy wenkbroue verraai wat hy van haar voorkoms en gedrag dink.

"As jy moeilikheid soek, ou maat, sal jy dit kry," dreig die tweede ou.

Dit lyk asof Wes die ou wil bydam en sy vuiste met moeite kan beteuel.

Hy ignoreer Ryna se twee dronk vriende en sê in 'n kil stem: "Jammer om te steur, juffrou Landman, terwyl jy klaarblyklik belangriker sake het wat jou aandag verg. Die hotelbestuurder vra dat jy na die ontvangstoonbank kom om vir 'n brief- of pakketaflewering te teken."

"Wie isj dié hoogdrawende skepsjel?" vra Andy Davidson neerhalend.

"Hy is die magistraat." Sy vriend kraai van die lag vir sy eie grap.

Ryna gee haar rok se bostuk 'n pluk en plak die onwelkome bierblik op die eerste die naaste plek neer.

"Dit spyt my, kaptein Raubenheimer, dat ek u die ergernis aangedoen het om na my te kom soek," sê sy formeel. "Ek sal dadelik gaan."

'n Brief of pakket waarvoor sy moet teken? wonder Ryna met 'n hol kol op die krop van haar maag. Sy verwag nie 'n posstuk nie.

Is dit 'n telegram om te laat weet haar ma of pa is siek? Daar is by haar woonstel ingebreek? Die balju het al haar goed kom opskryf omdat sy nie haar skuld betaal nie?

Die hol kol word groter. Waarskynlik is dit 'n dagvaarding van Edenvale se munisipaliteit, of Edenvale se polisie wat na haar soek.

Of is dit 'n geregistreerde brief van Jakaranda-lugdiens waarin sy afgedank word vanweë swak diens op die vlug tussen Johannesburg en Harare?

Bespiegeling en vrees help niks, besef Ryna; 'n naar gevoel onder haar ribbes nog minder. Sy moet liewer haar moed bymekaarskraap en gaan vasstel wat die omvang van die katastrofe is.

5

Ryna is te ontsteld oor die brief of pakket wat moontlik 'n dagvaarding of afdanking bevat, om logies te dink. Sy ken nie die Hotel Harare in Zimbabwe se aanlegplan nie en toe sy kopomhoog van die swembad wegstap, loop sy in die verkeerde rigting.

Kaptein Wes Raubenheimer vervies hom vir die moedswillige meisie. Hy het moeite gedoen om haar te soek en die boodskap oor te dra. Dalk is dit dringend. Wat baat sy moeite as die vroumens haar nou wip en heelmiddag dikmond in haar kamer wil gaan sit?

"Juffrou Landman!" roep hy die skraal, blonde figuurtjie agterna. "Die ontvangsklerk wag op jou. Vergeet jou persoonlike griewe 'n rukkie en gaan verneem eers wat hy wil hê."

"Ja, kaptein." Ryna is nie gegrief nie, net verleë. Sy is skaam oor die twee dronk ouens en oor die ongemaklike posisie waarin sy haar bevelvoerder geplaas het. Sy loop nog vier treë, kom dan agter sy het die verkeerde koers ingeslaan en draai om.

"Ek is jammer, kaptein, ek is verdwaal. Ek weet nie waar die deur is wat na die ontvangstoonbank lei nie."

Wes tel tot by vyf om nie te sê wat hy wíl sê nie. As 'n kastige internasionale lugwaardin nie eens die hotel se voordeur kan kry nie, wat nog Kariba, Hwange en Victoria? Kan Jakaranda-lugdiens nie meer ervare meisies as waardinne aanstel nie?

"Na regs, juffrou Landman – twintig treë na stuurboord, tien na bakboord. Dit is egter makliker om die hotel se aanwysingsbordjies te volg."

"Of alsj te losj en jou bier te drink," gee Andy Davidson met 'n sleeptong raad en haak aan 'n roosboom vas op pad om weer die vuur aan die gang te probeer kry.

Ryna ignoreer hom. Sy is vies vir haarself omdat sy nie langs die swembad die pyltjies gesien het wat die rigting na die ontvangstoonbank, sauna en restaurant aandui nie. Die aanwysingsbord was reg onder haar neus. As dit 'n slang was, het hy haar gepik. Haar bevelvoerder dink seker sy is stiksienig of onnosel.

Dit is nie 'n dagvaarding, telegram of 'n lasbrief vir haar inhegtenisneming nie. Na al die drama en ontsteltenis is dit net 'n ruiker wat vir haar gekom het en wat die klerk aan haar wou oorhandig voor die blomme verlep. Die boodskap by die drie dosyn rooi roosknoppe lui: *Onthou om my te onthou en vergeet om my te vergeet. Dries.*

Dit is tipies van Dries – net soos die Chopin-opname, die gekoopte pannekoeke en die sak tamaties waarmee hy die Sondagaand na die Fonteine by haar woonstel opgedaag het; net soos die Siamese kat wat hy die daaropvolgende week vir haar gegee het. As sy nie gekeer het nie, het hy vir haar 'n bulterriër en 'n grasperk ook gekoop, plus 'n vliegtuig – net omdat sy gesê het sy hou daarvan.

"Ek wou vir jou 'n trein bring," het hy geskerts, "maar ek het nie genoeg geskenkpapier gehad om dit toe te draai nie. In plaas daarvan sal ek maar liewer in die nag vir jou fluit. Soos 'n troebadoer onder 'n meisie se kamervenster sing, sal ek vir jou staan en fluit, sodat jy kan weet ek is lief vir jou."

Dries was net so halsoorkop verlief soos sy en het geen moeite of onkoste ontsien om haar te bederf en gelukkig te maak nie.

Dries, jy moes nie, dink Ryna toe sy die rose kamer toe dra. Hulle kos seker 'n fortuin. Pleks dat hy liewer vir hom 'n hemp of skoene gekoop het. Môre vertrek sy Kariba toe. Wat moet sy dan met haar duur ruiker maak? Saamneem? In die yskas op die vliegtuig hou? Of die blomme vir iemand gee wat hulle kan waardeer?

Toe die wekker die volgende oggend om sesuur lui, het Ryna nog nie 'n oplossing vir die probleem nie. Sy sit die ruiker in die badkamer waar dit koel is, dan op die spieëlkas, dan by haar kamerdeur saam met haar tas. Dit sal arme Dries se hart breek as hy moet uitvind sy het so min van sy soenoffer gedink dat sy die rose in die hotel agtergelaat het. Maar hoe kan sy hulle op die vliegtuig saamneem?

"Die roosterbrood is koud, hard en nie gesny nie, sommer in sulke skewe stukke gebreek," kla mevrou Virginia Adams aan die ontbyttafel.

Klagtes oor verblyf is die toerleidster se verantwoordelikheid. Ryna sit haar koppie tee neer en gaan nader om te verneem wat die probleem is en of sy kan help.

Ouma Fesie is nie vir haar salaris van Jakaranda-lugdiens afhanklik nie en het min simpatie met ongeskikte uitlanders.

"Dis beskuit, g'n roosterbrood nie," brom sy.

"Dis Kate?" herhaal die Amerikaanse vrou en druk met haar wysvinger teen die harde, geelbruin oppervlak. "Kate? Kyt? Of wat sê jy is dit, mevrou Bull John?"

"Biljon . . . Van Biljon," korrigeer ouma Fesie met nadruk. "En dis béskuit." Sy lyk nie gelukkig nie . . . asof sy liewer die tafel met oom Borrie Tjernikof sou wou gedeel het as met 'n klomp Amerikaners wat nog nie van dié Suid-Afrikaanse lekkerny gehoor het nie. Sy dompel haar stuk koue "roosterbrood" in haar koffie en gluur haar tafelmaats aan.

"Buskruit?" laat Peet Heese hoor. "Ik versta u niet, mevrou Van Biljon."

"Nee, nie buskruit waarmee 'n mens skiet nie. Dit is beskuit. Dit word sag as jy dit in die koffie druk," probeer Ryna verduidelik.

"Ja, soos ek mos lankal gesê het," verwyt ouma Fesie.

By die tafel langsaan knik oom Borrie vir Ryna. Wat hom betref, is alle dames onder 'n honderd en langer as 'n jaar in die land 'n boernooi.

"Spaar jou asem, nooi," gee hy raad. "Hulle is nie ons mense nie."

"Nee, hensoppers," beaam ouma Fesie.

Lalie stamp met die elmboog aan haar.

"Sjuut, eet Ouma se roereier."

Ryna kyk op die horlosie.

"Dames en here, die bus vertrek oor tien minute. Sorg asseblief dat u geen bagasie of persoonlike besittings in u kamers agterlaat nie."

"U kan beslis nie die blomme agterlaat nie," keer die hotelbestuurder toe Ryna die ruiker aan die personeel wil skenk. "Ek sal vir u ys gee, sneespapier en 'n kartondoos om die rose in te verpak."

Ryna voel reeds soos 'n pakesel met 'n jas oor die arm, 'n handsak, kajuitsak en noodhulptas. Hoe gaan sy nog 'n kartondoos rose ook dra?

"En watte om die knoppe te beskerm," bied die bestuurder aan, "en foelie en aspirien. Aspirien laat glo gesnyde blomme langer hou."

Ryna wil nie hê hulle moet hou nie – nie tot op Hwange en Victoria nie.

"Dankie," sê sy, "dankie vir u moeite."

Die kartondoos wat hulle vir haar bring, is kolossaal, twee keer so lank en breed as Ryna. Met die houer teen haar maag gestut, kan Ryna niks voor haar sien nie.

Wes kan sy oë nie glo nie. Wat op aarde is binne-in die kartondoos? 'n Hele trek? wonder hy.

"Kan ek help, meneer?" vra hy toe die berg na sy kant mik in plaas van die bus.

Ryna waag nie om agter die doos uit te loer nie. Hy het iewers na regs geklink. Sy draai kortom en gee drie treë na links, in die hoop dat sy sodoende kaptein Raubenheimer sal ontduik.

"Dis nie 'n man nie, meneer Magistraat," sê 'n stem wat Ryna gehoop het sy nooit in haar lewe sal hoor nie. "Dis die girlie . . ."

Wessel Raubenheimer se stem word aansienliker killer.

"Wie?"

"Die vliegtuig-girlie."

Wes se gesig verstrak. Hy moes dit geraai het, geweet het dit is altyd sy wat die een of ander stommiteit aanvang en almal om haar irriteer.

"Hande tuis, meneer Magistraat," sê Andy Davidson. "Onthou, ek het haar eerste gesien en my kleim afgepen."

Hy kom agter hy praat met homself en dat sy waarskuwing op dowe ore val. Wes het reeds weggedraai en sonder om te antwoord in die bus geklim.

Andy ly nog aan die nagevolge van die olikheid na gisteraand se vrolikheid. Sy bene is wankelrig en sy hande bewe. Die gees is egter gewillig.

"Gee, ek sal die boks dra, poppie," bied hy aan.

Ryna wil hom vermy. "Toe maar, dankie, ek sal regkom. Dit is nie swaar nie."

"Daardie kanarie-armpies is nie gemaak om te werk nie. Gee dit vir my."

"Nee dankie, ek sal regkom," bedank Ryna sy en ander passasiers se hulp. Die reiswaardin is veronderstel om hulle te help, nie hulle vir haar nie.

Andy Davidson weet niks van pligte en protokol nie. Gister wou die mooi lugwaardinnetjie niks met hom en Joe te doene gehad het nie en vandag wil hy 'n beter indruk maak. Hy kry die kartondoos met albei arms beet, in 'n poging om galant te wees. Sy arms doen hul deel, maar sy bene laat hom in die steek. Die een voel soos rubber, die ander soos 'n stuk beskuit nadat ouma Fesie dit tien minute lank geweek het.

Die "beskuit"-been knak onder hom. In 'n poging om sy ewewig te behou, trap Andy sywaarts soos 'n pronkende kalkoen . . . bo-op Ryna se voet. Hy los die kartondoos en swaai wild met sy arms, maar dit help nie. Sy voete raak om Ryna se enkel verstrengel en hy pootjie haar. Hulle beland in 'n bondel op die sypaadjie, met die omgekeerde kartondoos bo-op Andy se maag. Ys, rose en aspirien spat in alle rigtings en die oorblywende water in die blompot deurweek Ryna se bloes en kapsel.

Die passasiers staar hulle oopmond aan, asof dit 'n spesiale vermaaklikheidsvertoning is wat Jakaranda-lugdiens aanbied om met ander lugrederye te wedywer.

Net oom Borrie behou sy teenwoordigheid van gees. Hy swaai om en wys met sy vinger na die ander mense.

"Lag net!" dreig hy. "Toe, lag net vir die nooi!"

Die eerste persoon wat Ryna sien toe sy daarin slaag om uit Andy se koeksistergreep los te kom, is kaptein Wessel Raubenheimer. Hy kyk deur die busvenster na die fiasko op die sypaadjie en hy lyk alles behalwe lus om te lag . . .

Ryna verwens ruikers, kêrels en lomperds. Haar kouse

is stukkend en haar hare wat sy met soveel sorg droog geblaas het, is verfomfraai. Sy sal 'n ander bloes moet gaan aantrek, dalk nog 'n skoon romp ook. Dries se vredesoffer is daarmee heen, asook die blompot. Dit is egter goeie nuus, want sy wil nie een van hulle weer sien nie – nie die kartondoos, Dries of Andy Davidson nie. Sy sukkel regop, vryf haar heup en skud die ergste nattigheid uit haar uniform.

Die borselkop-Zimbabwiër beweeg weer nader om te help, maar dié keer is Ryna slimmer. Sy gee pad asof hy 'n aansteeklike siekte het.

Joos Botha het die vallery geniet, nie die vredemakery en opruiming nie – dit is vervelig.

"Nie te sleg nie," prys hy die gratis vertoning. "Ken julle nog sulke toertjies?"

"Joos, stil!" maan sy pa. "Klim in die bus!"

Teen die tyd dat Ryna uiteindelik met 'n droë uniform en klam kroeshare weer by die bus kom, is hulle tien minute laat. Sy wend haar na kaptein Raubenheimer.

"Dit spyt my oor die vertraging, kaptein. Een en dertig siele aan boord, deure toe en geen bagasie op die hoenderrakke nie."

Wes knik afgetrokke. "Dankie, juffrou Landman, dit sal al wees."

Al? dink Ryna. Oë soos twee stukkies ys en 'n negatiewe toerverslag wat hy brand om te skryf. Al? Wil hy haar nie op Harare agterlaat nie? Of verkies hy om haar 'n ent op die Boeing saam te neem en haar êrens bokant Mabongola-vlakte af te laai sodat sy in die woestyn van honger en dors kan omkom?

Ampie is soos oom Borrie – 'n goeie mens met deernis vir sy medemens.

"Het jy seergekry, Ryna?" vra hy toe hulle weer in die vliegtuig is.

"Liggaamlik nie te erg nie. Dis meer my gees wat gekneus en vol letsels is – my trots en selfvertroue. Bene in die lug, terwyl almal jou dophou, is nie juis vleiend nie."

Terwyl Ryna rondhardloop om die kleedkamers skoon te maak en roetekaarte uit te pak en te sorg dat die asbakkies almal skoon is, grinnik hy simpatiek.

"Toe maar, ons hoef gelukkig nie middagete voor te sit nie. Op hierdie sektor is dit net verversings. Nie veel kan met net koek en tee verkeerd loop nie."

"Nie?" Ryna sug moedeloos. "Jy ken my nog nie. Die grondwaardin op Johannesburg-lughawe het nie verniet gevra of ek 'n Jona is nie."

"Hoe lank duur ons vlug?"

"Ek weet nie. Volgens die handleiding ongeveer 'n uur, maar ek wil nie weer 'n foutiewe vertrekaankondiging doen nie. Ampie, wat wil jy die graagste in die hele wêreld hê?"

" 'n Silwerkleurige Lamborghini." Ampie is egter uitgeslape. "Jy kan my nie omkoop nie . . . nie eens met 'n hamburger nie, want ek is ook versigtig vir Wes. Gaan vra hom self hoe lank die vlug duur. Liewer jy as ek, Rynatjie."

"In tye soos dié leer 'n mens jou vriende ken," verwyt Ryna weer.

"Jy is blykbaar 'n Jona, maar ek is nie 'n Daniël nie. Ek gaan nie in die leeukuil in nie."

Ryna hou aan uitstel tot die ry mense met Joos Botha soos 'n renperd heel voor oor die laaiblad aankom. Toe vee sy haar hare plat en druk haar bloes netjies in haar romp in. Die lipstiffie en parfuum kan sy maar wegpak, want sy twyfel of dit enige indruk op hul grimmige bevelvoerder maak. Vroulike kunsies en hulpmiddels sal hom eerder irriteer as vermurwe. Bekwaamheid en professionele optrede is al wat by Wessel Raubenheimer tel.

Toe sy aan die stuurkajuit se deur klop en binnestap, is Ryna so professioneel as wat kan kom.

"Alle voorraad is opgelaai, kajuit in orde en passasiers in aantog, kaptein Raubenheimer," rapporteer sy flink.

224

Hy knik. Of dit vir haar of die eerste offisier bedoel is, weet Ryna nie.

"Maak gereed vir kontak."

"Kontak? Waarmee? wonder Ryna. Met die passasiers? Sy het mos gesê hulle is op pad en die kajuit is gereed.

"Ekskuus?" vra sy.

Gelukkig is dit blykbaar net Ernst wat haar hoor. Hy kyk vlugtig om en beduie iets wat sy nie verstaan nie. Dan beweeg sy blik oor die instrumentepaneel voor hom.

"Stuuroutomaat?" vra kaptein Raubenheimer.

"Af," antwoord Ernst.

"Olieverdunningskakelaar, kajuitverwarmer, generatorskakelaar?"

"Almal afgeskakel."

Die kaptein gaan voort met die kontrolelys. "Instrumente-kragleweraar, batteryskakelaars, parkeerhefboom, hidrouliese aanjaagpomp?"

"Aangeskakel," antwoord die eerste offisier op elk van die artikels. Hy bly bewus van hul lugwaardin wat staan en wag, en dink dit is onbeleef van Wes om haar te ignoreer. Arme Ryna is seker haastig, met baie werk wat op haar wag.

Hy kom agter hy hou nie tred met die kontrolelys nie en onthou nie wat Wessel Raubenheimer pas gevra het nie.

"Herhaal, asseblief," versoek hy.

Wessel frons vererg. Hy dag dan Ernst Welthagen is getroud, met drie kinders, en hy wil graag bevordering hê. Hoekom laat hy hom deur 'n ligsinnige bakvissie van stryk bring?

"Kontak-hoofskakelaar? Brandstoftoevoer?" herhaal Wes skerp.

"Aan, kaptein."

"Mengelshefboom?"

Hoekom loop die vroumens nie? wonder Wes wrewelrig. Het sy nie werk om te doen nie? Hy het, en hy sal verkies om dit te doen sonder die steurende teenwoordigheid van 'n lugwaardin.

"In die vrydraaisluiter-posisie, kaptein."

As bevelvoerder van die vliegtuig verkies Wes om elke antwoord persoonlik te kontroleer en nie slegs op sy mede-vlieënier se deeglikheid staat te maak nie. Hy leun vooroor en kyk 'n tweede keer na die hefboom.

"Dit lyk nie vir my so nie, meneer Welthagen," sê hy sag. Ernst doen 'n vinnige regstelling en skuif die hefboom na die neutrale posisie.

"Jammer, kaptein, ek was ingedagte," maak hy ongemaklik verskoning. Hy kyk skramsweg om na Ryna en haal ongemerk sy skouers op om te wys hy het simpatie met haar, maar hy weet ook nie wat met Wes aangaan nie – hoekom hy nie die inligting verstrek waarop sy staan en wag sodat sy kan loop nie.

Wes stel die toevoerkontroles in die kwart-oop-posisie, sluit die hoofaanjaer en maak die kieukappe oop. Dan draai hy weer na sy medevlieënier.

"Windsterkte?"

"E . . . net 'n oomblik." Ernst grawe deur die stapel papiere langs hom op soek na die meteorologiese weerverslag. "Ek weet nie wat van die ding geword het nie. Ek het dit 'n minuut gelede nog gehad."

Wes kry die verslag op die konsole tussen die vlieëniers se sitplekke, en vervies hom opnuut toe hy suiker tussen die bladsye voel en 'n koffievlek merk wat nie afgevee is nie. Hy lees self die inligting wat hy aangevra het en maak 'n aantekening van 'n suid-suidoos-wind van elf knope wat later 'n koersaanpassing mag vereis. Hy gooi die verslag neer en beskou sy verleë eerste offisier.

"Meneer Welthagen," sê hy koel, "as jy bevorder wil word, moet jy kies tussen jou werk en ander afleidings – tussen die veiligheid van die vliegtuig en jou persoonlike vermaak."

Die blos skuif oor Ernst se nek en gesig. Dit is nie die Wes wat hy ken en saam met wie hy reeds tweehonderd vliegure agter die rug het nie. As vlieënier is Wessel Raubenheimer uiters nougeset en veiligheidsbewus, maar hy was nog nooit onredelik nie. Streng, ja, krities en afsydig teenoor die lugwaardin, maar nie so ontoegeeflik en onbeleef soos op hierdie vlug nie.

Ryna Landman was sover hy weet nog altyd gaaf, vriendelik en hulpvaardig. Ernst voel as hy nie vir haar in die bresse tree nie, sal niemand dit doen nie. Boonop moes sy netnou seergekry het toe sy geval het, en haar geskaam het dat almal haar vernedering moes aanskou sonder dat iemand probeer help. Die minste wat haar vliegbemanning kan doen om te vergoed, is om haar gevoelens in ag te neem en haar nie te ignoreer nie.

"Het jy 'n probleem waarmee ons kan help, Ryna?" vra hy. 'n Deel van Wes se stuursheid is aan haar teenwoordigheid toe te skryf, besef Ernst. Hoe gouer arme Ryna uit die stuurkajuit kan wegkom, hoe beter vir hulle al drie.

Wes praat met die beheertoring op Harare. Hy verneem na addisionele vlugverkeer en vliegtuie se vertrektyd en hoogte wat dié JAL222 oorvleuel. Dan eers kyk hy om na sy lug- en reiswaardin wat geduldig staan en wag het.

"Wou u nog iets vra, juffrou Landman?"

As hý haar motor verwoes het, sou sy nie so tegemoetkomend gewees het nie, dink Ryna. Sou sy nie gister met hom oor die telefoon gepraat het of sy ruiker probeer bewaar het nie. Sy sou elke enkele woord bedoel het toe sy gesê het hul verhouding is verby en sy wil hom nooit weer sien nie. Daar is 'n einde aan begrip, aan simpatie omdat hy geskei is en waarskynlik sodoende 'n vrouehater geword het.

"Ja, kaptein Raubenheimer," antwoord Ryna, spyt omdat sy nie daarin kan slaag om sarkasties te klink nie. "Ek wil weet wat die vlugduur, -hoogte, temperatuur en weersomstandighede op Kariba is sodat ek my vertrekaankondiging kan doen."

Dis Wes se beurt om verleë te wees en naarstig na die weerverslag tussen al die ander dokumente te soek. Hy het gedink hy het netnou reeds die inligting aan haar verstrek.

"Vyf en vyftig minute, elfduisend meter, een en veertig grade, warm en bedompig," rammel hy die data af, vinniger as die vorige keer.

Dié keer hou Ryna egter kop en haar geheue is nie weer 'n sif nie. Vyf en vyftig, elf, een en veertig, herhaal sy by haarself.

"En wat sal u en die medevlieënier tydens die vlugduur drink, kaptein Raubenheimer?"

"Swart koffie en swart tee, dankie, juffrou. Los asseblief die suiker, melk en kookwater . . . en die skinkbord. Net twee koppies, asseblief."

"Goed, kaptein." Hoekom het hy nie 'n halfuur gelede al so gesê nie? Ryna bekommer haar oor die passasiers wat seker al aan boord kom terwyl sy haar tyd in die stuurkajuit staan en verspil. Maar Sy Edele is natuurlik te belangrik om aan sulke onbenullighede te dink. Olieverdunning-skakelaars is belangriker as die oorwerkte en te laag besoldigde lugwaardin.

Ampie het gesê vanoggend word slegs verversings bedien, maar Uli Baum op 7F wil schnapps hê en Andy Davidson eers lewersout en daarna 'n bier. En toe sy sien die kroeg is oop, bestel die verrimpelde, bysiende ou tantetjie op 2A 'n driedubbele dop brandewyn – geen water of ys nie.

Ryna kan haar ore nie glo nie. Amper 'n glas vol brandewyn, en dit tienuur in die oggend!

Haar gedagtes moes op haar gesig leesbaar gewees het, want 'n krom, vereelte wysvinger wink haar nader – nog nader . . . nee, sy moet nog laer buk.

Eers toe Ryna feitlik op haar skoot sit, is tannie Mossie Mostert tevrede. Van agter die dikraambril loer die kraalogies behoedsaam om haar rond.

Dan sê sy in 'n fluisterstem, maar hard genoeg dat almal in die kajuit kan hoor: "Ek is bang vir vliegtuie. Ek het pille en medisyne geprobeer, maar al wat regtig help, is brandewyn . . . baie daarvan. Dan vergeet ek ek is op 'n vliegtuig en is ek nie bang nie."

Joos is baie beïndruk. "Dis soos Mister T in die A-Team. Hy was ook bang en al manier wat hulle hom op 'n vliegtuig kon kry, was om hom oor die kop te klits. Maar ek dink brandewyn is lekkerder. Ek is net so bang. Kan ek ook 'n dop kry?"

"Nee!" sê Ryna en sy pa tegelyk. "Sit op jou plek en drink jou Coke!"

Toe Ryna weer sien, dra Ansie Botha vir Andy 'n vierde blik bier aan. Pragtig, dink Ryna. Netnou is dit weer "meneer die Magistraat" voor en agter. En Wes moet sy hande tuis hou en nie in sy slaai krap nie, want hy het die "girlie" eerste gesien. Dit gaan 'n heerlike week wees . . .

"Ons moes al geland het," merk Ampie onderlangs in die kombuis op. "Wat skort?"

Ryna kyk op haar horlosie en sien hy het gelyk. Sy onthou netnou was Kariba-meer links van hulle. Nou is dit skielik regs.

"Wat skort?" eggo sy gedemp. Netnou bestel tannie Mossie nog 'n driedubbele dop brandewyn en dan sit hulle met 'n tweede Andy Davidson.

"Ek weet nie. Gaan hoor by die kaptein wat aan die gang is."

Ryna gryp 'n skinkbord en maak haastig glase en koppies bymekaar. "Ek is te besig . . . en ek is nie iemand wat van gevaar hou nie. Ek sal die kajuit opruim. Gaan hoor jy wat met die Boeing of die aanloopbaan skort."

Hy sien Ryna is beslis en hy sal haar nie kan oorreed

nie. Die passasiers begin ook agterkom dat iets nie pluis is nie, en nou-nou gaan die diensklokkies begin lui . . . tot die kajuit soos 'n Kersboom lyk met al die diensliggies wat brand.

"Een van ons twee moet gaan hoor," sê Ampie.

"Ja . . . jy!" spring Ryna hom voor en glimlag. "Asseblief . . ."

Ampie is binne vyf minute terug. Sy gesig is wasbleek.

"Die aanloopbaan is gesluit," kondig sy aan.

"Terroriste?" vra Ryna benoud.

"Ek weet nie, en die kaptein het ook nie gesê nie. Net dat ons nog 'n ruk sal aanhou sirkel. Ons moet alle bediening staak. Gaan sit, Ryna, en gord jou stewig vas."

"Wat skort? Hoekom is die aanloopbaan gesluit?" vra Ryna.

"Ek weet nie."

"Wat het die kaptein gesê?"

"Niks."

"Iets van landmyne, bomme en terroriste met AK47-gewere?"

"Nee, net dat ek moet gaan sit en my stewig vasgord; dat ek moet toesien dat die passasiers en lugwaardin dieselfde doen; dat alle breekbare artikels of voorwerpe voorbereid moet wees om moontlik nog 'n ruk te sirkel voor ons land. Dalk sal ons moet omdraai en teruggaan Harare toe . . ."

6

"Olifante," verklaar Ampie Tredoux na 'n tweede paniekbevange besoek aan die Boeing se stuurkajuit.

Ryna is verstom. "Wat!"

"Dis nie terroriste met AK47-gewere nie, dis 'n trop olifante wat die aanloopbaan vol staan sodat ons nie kan land nie. Iemand sal die goed moet wegjaag, want volgens ons kaptein raak ons brandstof min. Ons sal nog hoogstens twintig minute lank kan sirkel; daarna sal ons na Harare moet terugdraai."

Min van die toerlede verstaan Afrikaans – die Hollanders net hier en daar 'n woord.

"Olie?" vra Peet Heese opgewonde. "Hebben ze olie in Zimbabwe gekregen?"

Ryna en die vlugkelner kyk vraend na mekaar. Ryna snap eerste hoe die misverstand ontstaan het.

"Nee, niet olie – olifánt, elephant, elefant, mammoet." Sy probeer dink hoe 'n olifant in ander tale genoem word – selfs Latyn. "Loxodonia africana, geen ólie."

Hulle verstaan. "Ja? Het is erg goed. Kijk! Kijk! Alsjeblieft, iedereen!"

Gebaretaal is internasionaal; ook elke buitelandse besoeker aan Afrika se begeerte om 'n leeu, olifant en kameelperd te sien. Dié het hulle eers in die Hwange-wildreservaat verwag. Die trop vaalgrys kolosse onder die stuurboordvlerk is 'n onverwagte bonus wat die uitlanders ten volle wil benut. Ryna sidder om te dink wat van die Boeing se ewewig gaan word, maar sy kan die wilde stormloop na die regterkantse vensters nie keer nie. Kaptein Raubenheimer is mos uiters bekwaam en laat hom deur niks van stryk bring nie. Hy sal nie kop verloor nie en die nodige regstellings aanbring. Hy moet maar sien kom klaar.

Kameras en tonge klik. Net Joos verkies 'n Coke bo 'n olifant, want dié het hy al dikwels in dieretuine gesien.

"Het die dieretuine nie koeldrankstalletjies nie?" vra Ampie. "Is jy nie vir Coke ook al moeg nie?"

"Die toergeld sluit gratis koeldranke in. Die reisagent het so gesê," stel Joos hom aggressief in kennis. "Ek en Ansie moet soveel drink as wat ons kan."

"Drink Canada Dry," sê Ampie spottend. "Jy sal nogal

'n taak op jou skouers hê om Kanada droog te drink, maar teen hierdie tempo slaag jy en jou sussie dalk daarin."

Joos se ma lag. "Al wat 'n nuwe rekord mag keer, is maagpyn."

Die dorpie Kariba het 'n bevolking van seweduisend en dit lyk of hulle almal op die aanloopbaan is met elke denkbare afskrikmiddel – koekblikke met stokke, tromme, fakkels en enigiets waarmee hulle 'n geraas kan maak. Intussen verlustig die olifante – al sewe – hulle aan die buffelsgras tussen die teerstroke.

Die algemene hoofbestuurder van die beheertoring daag in 'n Land-Rover op.

Die eerste keer lyk dit of die olifante effens aarsel; of hulle vir die indrukwekkende nuwe lawaaimaker skrik. Die tropleier is 'n sterk geboude koei. Sy snuif die lug op met haar slurp – die onbekende asfaltreuk, die petrol- en paraffiendampe – en daar is die gebrek aan nuwe weiding nadat hierdie kol gras kaal gevreet is. Dit is dié inligting wat haar die trop laat nader roep om digby haar te vergader en koppe bymekaar te sit. Ook slurpe, oë, ore en alle ander sintuie wat hulle teen gevaar beskerm, word ingespan.

Die uitslag van die koukus is dramaties. Die spul sit op loop – deur die kniehoogte buffelsgras, onder 'n plaat masalabome deur en dwarsdeur 'n hibiskusbos wat tot dusver die algemene hoofbestuurder van die beheertoring se trots was en waarmee hy besoekers aan Kariba probeer beïndruk het. Hy weet nie of olifante hondetaal verstaan nie, maar voor hy voertsek kan skree, is hulle weg, die bosse in. Die laaste wat hy gewaar, is 'n platgetrapte salmpienk hibiskusboom en 'n kort stert wat vlieë wegwaai. Verder is daar net die dalende crescendo van die Boeing se motore wat daarop dui dat die vliegtuig kom land.

Die Land-Rover kom opnuut in beweging, jaag oor die aanloopbaan en oor die laaiblad na die aankomssaal. Hy en die lughawebestuurder, saam met die parkeerbeampte, is net betyds om die Suid-Afrikaanse Boeing 737 te verwelkom.

"Het jy geweet die tropleier is altyd 'n olifantkoei?" vra Ryna vir Ampie en lyk geamuseerd. "Ons geëerde manlike chauvinis in die stuurkajuit het dus darem soms ontsag vir iets wat vroulik is. Dalk is daar hoop vir hom."

Teen die tyd dat hulle by die hotel kom, is die temperatuur drie en veertig grade Celsius in die skaduwee. Die Hotel Masasa is op die oewer van die meer, uitgestrek onder 'n plantasie soetdoringbome, masasas en reusewildevye. Daar is 'n niervormige swembad wat soos 'n koel smarag in die bakkende son lok. Die toerlede het twee uur tyd om uit te pak, te ontspan, te swem en middagete te geniet. Na ete is daar die vooruitsig van 'n bootreis op die meer, wat tot na sononder sal duur.

Ryna is nie honger nie en nêrens in die handleiding staan dat die toerleidster móét eet nie. Sy maak 'n draai by die restaurant om te kyk of almal tevrede is, daarna klim sy die terrasse en ellelange kliptrappe af, onder bougainvilleas, hibiskusse en tecomas deur, tot by die kaai waar die boot gereed lê.

Al wat daar op die oomblik is, is dekstoele, banke, helder blou-en-wit gestreepte seile wat vir koelte gespan is, visstokke, 'n yskas vol drinkgoed en 'n ou man by die enjin, verplooid en vol eelte, met 'n strooihoed en 'n T-hemp met *Jakaranda-toere* in groot letters daarop – die bootkaptein, Skip Henderson, soos Ryna by ander lugwaardinne verneem het.

Sy wens sy het plat sandale of drafskoene aangehad, pleks van sykouse en hoëhakskoene wat nie by 'n boot pas nie.

"Ahooi! Meisie, ahooi!" roep 'n growwe stem.

Ryna stap nader. "Middag, meneer Henderson. Is ek te vroeg? Ek is nuut en bang my reëlings was verkeerd."

233

Hy gooi 'n ghrieslap eenkant en kyk haar op en af.

"Landmantjie, ek hou nie van jou ván nie, maar van jou sal ek met graagte 'n seeman maak."

Ryna vermoed dit was 'n kompliment. Sy kyk om haar heen. "Dis 'n lieflike boot wat u het, meneer Henderson."

"Meneer? Ek is sommer Skip, almal noem my so."

"Ek hoop my hoë hakke maak nie duike in die dek nie."

"Skop hulle uit, gooi hulle oorboord!"

"Ek wens ek kon, maar ek is nie met vakansie nie en die Jakaranda-reëlboek sê ek moet gestewel en gespoor wees."

"Toe maar, bo-oor die houtdek is 'n laag veselglas wat selfs teen 'n tiervis bestand is."

" 'n Tiervis?" Ryna het vooraf alles gelees wat sy oor Kariba-meer in die hande kon kry. "Hulle is skaars en dis nou broeityd. Of reken jy ons gaan vandag een haak, Skip?"

"Nie met dié skippie nie. Jy moet die regte visgereedskap hê."

Sy moes dit geweet het. Ryna knik, drink 'n hoofpynpilletjie en vee die sweet van haar bolip af. Selfs in die skadu onder die seile en met 'n koel bries wat waai, is dit drukkend warm en bedompig.

"Het ons genoeg ys aan boord?" wil sy bekommerd weet.

"Genoeg om die Titanic te laat sink en 'n tiervis tot aanstaande jaar te bevries." Skip kyk ondersoekend na die toerleidster wat in 'n stoel neergesak het. "Hoe lyk jy soos 'n baber wat uit die water gesleep is? Is dit die hitte, die toermense wat moeilik is of Wes wat jou lewe vergal? Ek hoor hy kan soms erger stroomop as 'n forel wees."

Die verrimpelde ou oë sien meer raak as wat sy gedink het. Sy sug, vryf oor haar slape, dan oor haar mond.

"Dis . . . ag, sommer alles wat skielik vir my 'n bietjie te erg geword het. Dit voel of 'n stootskraper bo-oor my

geloop het. Maar ek wil nie kla nie. Zimbabwe is 'n bele-
wenis en dis 'n verligting om van die huis weg te wees."

"Jy kan maar kla – dit help en my skouer is breed, mei-
sie," sê Skip Henderson simpatiek. "Al lyk dit nie so nie,
was ek ook eens op 'n tyd twintig en ek weet die ou lewe
kan dan party dae kwaai druk."

Ryna wens sy kan teenoor iemand haar hart uitpraat,
van haar twyfel en onsekerheid ontslae raak. Daar is egter
nie tyd nie. Sy spring op en vee haar hare reg.

"Ahooi! Passasiers, ahooi!" sê sy met 'n skewe glimlag.

Die dames dra sonrokke en die mans kortbroeke. Almal
het handdoeke en swemklere – selfs Ernst en hul bevel-
voerder. Net Ryna dra sykouse en 'n nousluitende romp,
en Ampie 'n das en langmouhemp.

Sy staan by die trapleer met 'n verwelkomende glimlag.
"Geen sitpleknommers nie; sit net waar julle wil."

Die atmosfeer is anders as op die vliegtuig – veel meer
ontspanne. In die hitte het selfs Wes Raubenheimer effens
ontdooi.

"Warm, nè?" merk hy teenoor Ryna op.

"Ja, kaptein."

Wes is nie haastig nie. Hy wag tot die passasiers hul sit
gekry het voor hy met 'n skewe glimlag sê: "Ons is nie nou
op die vliegtuig nie, juffrou Landman. Skip Henderson is
vandag en môre jou kaptein. Jy hoef nie so formeel te wees
nie. My naam is Wessel – sommer Wes, as jy wil."

Dit was 'n vriendskapsgebaar, besef Ryna – 'n wit vlag
wat gehys is, maar bederf deurdat hy haar tog steeds juf-
frou Landman genoem het. Sy moet dit liewer nie waag
om familiêr te wees nie, anders ontgeld sy dit oormôre op
die vliegtuig. Sy volg die gulde middeweg deur vriendelik
te wees, maar hom niks te noem nie.

"Ja, dis drukkend warm. Sodra ons begin beweeg, sal
dit beter wees."

235

"Ja, dan sal 'n bries waai," stem Wes saam. Darem al tien sinne wat hy en Maryne Landman met mekaar gepraat het sonder om te bots. Al was hy so onoorspronklik om die weer as onderwerp te kies, is dit 'n mate van vordering. Hy bly by 'n veilige onderwerp.

"Dalk bring die bedompigheid reën," merk hy op.

"Laat ons hoop dit gebeur, dis baie droog."

"Zimbabwe het lank laas reën gehad."

"Ja, en die meer is baie leeg."

Afsydig, liggeraak of professioneel? wonder Wes. Hy het sy plig gedoen. Hy gesels nie verder nie, knik net en gaan sit saam met Ernst op die agterdek.

Driekwartier weg van die kaai en pas by die kwarteeu oue versteende waterwoud, sluit Skip die enjin af. Dit is swemtyd. Die water is louwarm en op plekke meer as agtien meter diep. Wie kan dit weerstaan? Al is dit net om tuis by jou vriende te spog jy het in 'n mensgemaakte meer, op een na die grootste ter wêreld, geswem . . . tussen gevaarlike seekoeie en tiervisse.

Eensklaps klink 'n gesnork, geproes en geblaas reg onder die boot se voorstewe op.

"Leeus!" skreeu tant Mossie, en bestel 'n vierdubbele dop brandewyn. Sy is klaarblyklik vir meer dinge bang as net 'n vliegtuig.

"Dis seekoeie, tannie," stel Ansie Botha haar gerus. "Hulle byt nie."

"Wat?" verneem Ria Heese. "Zeekoe, wat is dit?"

Ryna probeer haar Nederlandse woordeskat onthou – die lys dierename wat sy vooraf nageslaan en neergeskryf het ter voorbereiding van hul besoek aan die Hwangewildreservaat. Wat is die Hollandse woord?

"Nyl . . . Nylperd, nee nylpáárd," onthou sy.

Ansie giggel. "Dis nie die Nylrivier dié nie en hulle lyk nie vir my na perde nie."

Ryna stem saam, maar "seekoeikoei" en "seekoeibul"

vir diere wat nie in die see woon nie, is net so belaglik.

Om aan die veilige kant te bly, vaar Skip na dieper water voor hy weer die enjin afskakel en anker gooi. Almal is gretig om te swem – selfs oom Borrie en ouma Fesie . . . én Wes Raubenheimer.

By die dekreling betrap Ryna haarself dat sy hom onbewus dophou. Gewoonlik lyk mans op hul beste in 'n pak klere – verkieslik 'n formele aandpak. 'n Kortbroek en veral swemklere vlei min mense. Wes blyk egter 'n uitsondering te wees. Dit lyk of hy tuis in die swembad boer. Hy is bruingebrand en gespierd, fiks en atleties gebou. Toe sy lenige gestalte van die dek af in die water duik, slaan Ryna se hart onwillekeurig teen haar ribbes vas. Sy wil by Skip en Ampie in die bootkajuit gaan sit, maar sy kan haarself nie tot beweging dwing nie en bly roerloos by die reling staan.

Sy oë is nie donkerbruin, soos sy aanvanklik in die motor gemeen het nie. Hulle is ligter, met goue vlekkies om die iris – leeu-oë. En wanneer hy glimlag, kreukel hulle by die hoeke soos Dries se mond – Dries se oë en sy mondhoeke wanneer hy lag.

Eers nadat hy 'n paar hale geswem het en opkom om sy nat hare uit sy oë te skud en skertsend iets vir oom Borrie te skree, draai Ryna ergerlik weg. Hoekom vergelyk sy hom met Dries? Wat maak dit saak hoe hul monde en oë lyk? Mans laat 'n mens net seerkry en jou kop baie seer stamp. Om lugwaardin te wees – selfs op internasionale roetes – is nie meer so opwindend soos aan die begin nie. Sy sal haar werk met graagte verruil vir dié van 'n non in 'n klooster – 'n klooster met 'n slot en grendel aan die hek sodat nie eens 'n priester kan inkom nie.

"Koeldrank!" roep Skip en kyk na Ryna. "Dit sal lekkerder smaak saam met 'n geelvissie soos jy."

Ryna verstaan nie al die visvergelykings nie, maar die opmerking is blykbaar ook vleiend bedoel. Sy skuif langs hom en Ampie agter die navigatorstafel in en vat die koeldrank wat hulle vir haar geskink het.

"Dankie."

"Is jou hoofpyn beter?" vra Ampie.

"Effens . . . maar dit voel steeds asof al die wiele van 'n trein oor my geloop het."

"Wie het jou voor die trein of die stootskraper ingestamp, meisie?" vra Skip.

"Vertel my liewer van die tiervisse," skerm Ryna. "Is hulle groot?"

"Hulle sal 'n blouhaai soos 'n goudvis in 'n bak laat lyk. Ek het hulle gevang . . . ek weet. Is dit jou kêrel, Landmannetjie?"

Ryna neem 'n groot sluk lemoensap om die skielike pyn in haar bors af te sluk.

"Haar kêrel het haar nuwe motor geleen, op 'n draai omgegooi en die motor verwoes," sê Ampie.

Skip is ontstoke. "Die robbies! Waarvoor koop hy nie sy eie kar nie?"

Die eerste sluk het nie gehelp nie. Ryna drink die glas leeg.

"Hy is 'n student en studente het nie geld vir motors nie."

"Dan moet hy per bus ry of met sy voete loop. 'n Ordentlike man leen nie sy nooi se kar nie – veral as hy nie op draaie kan kophou nie," sê Skip strydlustig. "Die vent moet gekielhaal word."

"Dries is 'n goeie bestuurder," verdedig Ryna hom.

"Nou waarvoor smyt hy dan jou kar om?"

Ryna maak met die glas se bodem 'n ry nat kringe op die tafelblad.

"Hy was by 'n partytjie; hy het 'n paar drankies te veel ingehad."

Wat Skip Henderson betref, is dit nie 'n verskoning nie, eerder verswarende omstandighede.

"Drank en bestuur . . . die twee gaan nie saam nie. Die vent is onverantwoordelik en hy het van jou goedheid misbruik gemaak. Ek hoop jy het hom die trekpas gegee?"

"Stadig," keer Ampie. "Gooi anker, Skipper. Die trekpas, en dan sit Ryna alleen met die gemors? Hy woon in Pretoria en betaal is die wet van Transvaal."

"Ja, betaal moet hy betaal!" beaam Skip.

Ryna voel Dries is nog jonk, gewoond aan studentepret, en hulle oordeel te kras.

"Hy het klaar by 'n duikklopper begin werk, en hulle sal my motor regmaak . . . beter as wat dit voor die ongeluk was."

Die nuus laat Skip bedaar. "Hy moet sy knoeiwerk regmaak, want jy is weerloos teen sulke fortuinjagters. Hoeveel van sy loon het die onkruid al vir jou gestuur?"

"Die ongeluk het maar gisteroggend plaasgevind en Dries het nog aan skok gely," sê Ryna.

"Jý moes eerder geskok gewees het en die baber moes intussen al 'n plan gemaak het om te wys hy is jammer."

"Hy het," laat Ampie hoor. "Hy het vir Ryna rose gestuur."

Skip is van die stoere ou soort, sonder fieterjasies. "Blomme? Waarvoor? Wat kan blomme sê wat 'n opregte boerseun nie self baie beter behoort te kan sê nie? Dis geldverkwisting. Pleks dat hy die geld gevat het om verf te koop en solank die eerste duik te laat uitklop. Dan het ek respek vir die kakiebos gehad. Rose . . . gmf!" Hy spoeg veragtelik oor die reling. "Dis robbies en hy ook!"

Ryna is bly sy het nie van die uur lange hooflynoproep vertel nie. Was dít ook geldverkwisting? 'n Verdere bewys dat Dries onvolwasse en onprakties is, nie eendag 'n goeie boer of goeie man vir 'n vrou sal wees nie?

Of wil 'n vrou in haar huwelikslewe romanse hê? wonder sy. Vir haar verjaardag eerder 'n eksotiese ruiker as 'n strykyster of stel teelepels? 'n Lewe saam met Dries sal

239

nooit vervelig wees nie, nooit sleur word nie. Hy sal altyd weet van 'n partytjie êrens, 'n nuwe restaurant of 'n vakansieplek waar hulle nog nie voorheen was nie. Wanneer sy siek of moeg of terneergedruk voel, sal hy altyd weet hoe om haar op te beur.

"Hy is nie 'n slegte ou nie," antwoord Ryna. "Hy is gaaf en hy het 'n goeie hart. Ek ken Dries al meer as 'n jaar lank, genoeg om te weet."

"Wat te weet?" vra Skip terwyl hy sy pyp stop. "Te weet hy is 'n nikswerd en jy moet hom uitlos?"

"Te weet ek is lief vir Dries – lief genoeg om hom baie te vergewe en oor 'n jaar of drie met hom te trou." Ryna aarsel. "Altans, ek dínk so. Maar ek wil nie ons middag bederf deur heeltyd oor my probleme te praat nie. Wanneer het jy tiervisse gevang en seekoeie gejag, Skip? Vertel ons daarvan . . ."

Skip se vertelling hou aan tot lank nadat al die swemmers weer aan boord is – tot die volgende dag toe hulle na die damwal, die Sint Barbara-kerk, die krokodille en die grenslyn tussen Zimbabwe en Zambië gaan kyk.

Ryna het aan Skip geheg begin raak; amper begin voel asof sy en die verweerde ou skipper familie is. Sy voel hartseer toe hulle Dinsdagoggend by die lughawebus groet.

"Ek is ses maande lank op Zimbabwe-vlugte; daarna is ek op Botswana-roetes. Sien jou weer oor twee weke, Skip," sê sy en wuif deur die venster.

"Ek sal hier wees. En as ek jou raad kan gee, skop die robbies uit die nes. Dit sal hom kans gee om groot te word, en vir jou om te besluit of jy hom wil hê."

Ryna knik. "Ek sal daaroor nadink. Dankie dat jy na my treurmares geluister het. Sien jou oor twee weke, as ek dan nog vir Jakaranda werk."

"Hoekom sal jy nie?"

"Die kaptein hou nie van my nie." Ryna is bang die passasiers hoor. Sy sê niks verder nie, haal net haar skouers betekenisvol op.

"Ek het dit agtergekom, ja. Maar Wes is eerlik, outjie, en hy het gesien jy ken jou werk. Hy sal nie lelike goeters van jou skryf net omdat hy nie van jou hou nie."

Die bus begin beweeg. Ryna hoor nie die res van Skip Henderson se goeie raad nie. Sy wuif vir oulaas, dan soek sy 'n leë sitplek.

Sy beland langs oom Borrie Tjernikof en sy ontdek 'n tweede kampvegter vir kaptein Raubenheimer.

"Ek het mos gesê hy is 'n goeie seun," merk hy met 'n droë laggie op.

Ryna weet goed van wie hy praat, daarom vra sy nie uit nie. Sy maak haar handleiding oop en verdiep haar in die toerleidster se pligte op Hwange.

Deur die ruie snor en bos baard lyk oom Borrie geamuseerd. "Ek is bly 'n nooi soos jy het dit ook uiteindelik ontdek."

Hy en Skip is eenders. Al waarvan die twee dink, is nooiens en kêrels, en sy wil die onderwerp juis vermy.

'n Vroeë oggendrit tot by 'n kamp, waartydens sy die diere wat hulle teëkom moet uitken en moontlike vrae aangaande die fauna en flora moet beantwoord, lees Ryna in die handleiding. Vanaand is daar vleisbraaiery waartydens sy met die verversings en bediening moet help.

Die stilte tussen haar en oom Borrie rek langer en Ryna besef sy is onbeleef teenoor 'n toerlid wat duur vir sy kaartjie betaal het en onregstreeks die toerleidster se salaris help betaal. Sy bêre die handleiding.

"Hoe bedoel oom?"

"E . . ." Oom Borrie kug en hou hom baie onskuldig. "Ek bedoel niks nie. Net dat ek gesien het hoe jy vir Wes gekyk het. Dis goed, metushka." Hy loer na haar. " 'n Goeie begin, nooi . . ."

Dit moes op die boot gewees het, toe Wes sy swembroek

241

aangehad het en toe hy geswem het, dink Ryna. Haar wange word bloedrooi. Sy gryp weer na die handleiding sodat sy dit as 'n verskoning kan voorhou om besig te lyk – te besig om oom Borrie Tjernikof se vrae te beantwoord.

Oom Borrie laat hom egter nie om die bos lei nie. Hy het Ryna se verleentheid opgemerk en besluit hy het die bal raak geslaan. Vandag se jongmense is egter anders as vanslewe s'n. Keer hulle in 'n hoek en jy het meer verlies as wins. Hy terg Ryna nie verder nie, en draai om om met ouma Fesie te gesels. Dit is nou vir jou 'n ander nooi! Al is sy bejaard, is sy nog soos 'n jong perdjie wat ingebreek moet word.

"Hiert, hier is die ou Rus al weer!" Ouma Eeufeesina pomp haar kleindogter met die elmboog in die ribbes. "Ek dink hy wil met jou praat, Lalie."

Lalie giggel.

"Ek glo nie. Ek hou van disko's en ek dink hy wil oor konsertinas gesels."

Oom Borrie praat omslagtig oor alledaagse onderwerpe soos inflasie, die stygende lewenskoste, die prys van petrol en botter. Voor hy by konsertinas, ukuleles en banjo's kan uitkom, hou die bus voor die lughawe stil.

"Het jy dors, Eeufeesina?" verneem hy hoopvol. "Mag ek vir jou 'n koeldrankie koop?"

Ouma Fesie snork minagtend.

"Watse ontydige drinkery is dit met jou, Boris? Ons het dan nou net brekfis geëet."

Oom Borrie stap bedremmeld weg om sy geld dan maar op poskaarte uit te gee en aan seepsteenbeeldjies vir die kleinkinders.

Net soos op die boot, is daar op die vliegtuig van Kariba na Hwange ook geen instapkaartjies, sitpleknommers of 'n formele etebediening nie. Die passasiers het by die hotel ontbyt gehad en die kajuitbemanning is net vir ligte

verversings – koffie en tee, koek en toebroodjies – verant-
woordelik.

Met die twee Bothatjies se ywerige hulp verloop die be-
diening vlot. Al haakplekke is twee koppies tee wat op die
mat gestort word en die yskas wat gedurende die proses
skielik heelwat leër word.

Joos gluur Ryna verdedigend aan. Laat die lugwaardin
net iets sê oor die armvol leë blikkies in die sitpleksak voor
hom . . . hy is reg vir haar!

Ryna sê egter niks nie. Die twee kinders het hard gewerk
en is op beloning geregtig. Hul ouers kon 'n slag ontspan
en die vakansie geniet – ook die passasiers in die sitplekke
voor, agter en langs die Botha-gesin – terwyl die twee las-
poste 'n rukkie besig was.

Of sal kaptein Raubenheimer haar toegeeflikheid af-
keur? wonder Ryna. Sal hy sê kinderarbeid is teen die wet
en sy mag nie haar werk op die passasiers afskuif nie? Sy
glo nie. Oom Borrie het dalk reg gehad. Wes is nie heelte-
mal so hardgebak soos wat hy wil voorgee nie; soms is hy
amper menslik.

"Kan ek asseblief van die strykery sê?" vra Ansie toe
hulle by Hwange begin daal.

Haar broer skop haar teen die maermerrie. "Dis nie 'n
hemp of 'n rok nie. Dit is 'n Boeing. Dis néérstryk."

Ansie wend haar weer na die lugwaardin. "Kan ek oor
daardie vierkantige swart ding van die neerstrykery sê?"
herhaal sy pleitend.

"Die mikrofoon?" vra Ryna.

"Ek weet nie wat die ding se naam is nie. Groot seblief,
Ryna?"

Dit sal nie deug nie, dink Ryna. Tog wil sy die kinder-
vreugde nie demp nie. Sy gee vir die dogtertjie die mikro-
foon, maar skakel dit nie aan nie.

"Dames en here," begin Ansie ewe plegtig. Dan begin sy
egter kleitrap. "Ons gaan nou begin e . . . stryk. Julle mag

nie rook nie en julle moet almal regop sit. Ek sal die swiets bring sodat jul ore nie seer word as julle kou nie."

Ryna sukkel om haar lag te bedwing. "Dit was pragtig, Ansie! Maar ek weet 'n klomp van die mense is effens doof. Maak jy nou seker dat jou gordel vas is, dan sê ek gou weer vir hulle om almal regop te sit."

Toe Ansie en Joos met hulle gordels besig is, tel Ryna weer die mikrofoon op en skakel dit aan sodat haar stem oor die Tannoy-luidsprekers in die kajuit weerklink.

"Dames en here, ons stryk binne enkele minute op Hwange-lughawe neer. Doof asseblief alle sigarette uit en sorg dat u sitplekgordels vas is. Deurvoer-passasiers word versoek om in die transito-sitkamer te vertoef. Passasiers wat op Jakaranda-toere bespreek is, word versoek om by die lughawegebou se uitgang te vertoef, waar vervoer na die hotel gereël sal word. Namens kaptein Raubenheimer en sy bemanning hoop ek u het die vlug saam met Jakaranda-lugdiens geniet en dat ons u in die nabye toekoms weer aan boord sal hê. Dankie."

Sy herhaal die landingsaankondiging in Engels en ter wille van die twee Duitsers ook in Duits. Peet en Ria Heese verstaan genoeg Afrikaans en ook 'n mate van Engels.

Voor Ryna met die paadjie kan opstap om vas te stel of almal vasgegord is, storm Ansie die kombuis binne.

"Almal is soet en het geluister wat juffrou gesê het. Hulle rook nie en elkeen is vasgemaak."

"Vasgegord," korrigeer Joos beterweterig.

"Behalwe die twee belangrikste passasiers . . . julle twee," sê Ryna glimlaggend. "Hardloop en gaan sit."

"Ek sit net wanneer ek moeg is," tart Joos haar.

"En wanneer ek of kaptein Raubenheimer so sê. Toe, gaan sit, Joos Botha, en maak jou gordel vas . . . op die daad!"

"Ag, nou goed dan." Hy slenter in die gang af, val op 'n sitplek neer en soek ongeërg na die gordel.

Ampie pak 'n paar los glase weg en loer deur die patryspoort langs die twee bemanningsitplekke.

"Hwange . . . Ek wonder wat hier op ons wag – mensvreterleeus, gekweste buffels, olifante, terroriste met gewere of aggressiewe renosterkoeie wat die bus bestorm."

"As dit maar al is," spot Ryna. Kaptein Raubenheimer op die oorlogspad is erger as elkeen van die dinge wat Ampie opgenoem het. Of gaan Dries weer bel om te sê die Golf is te erg verfrommel en kan nie herstel word nie? Of bel om te erken hy hét na parfuum geruik en dit wás lipstiffie aan sy kraag, en sê hy verkies die nuwe meisie bo haar? Die nuwe nooi neul en sanik nie so baie soos sy nie en stel nie soveel eise aan hom nie. Hy het nou eers geleer wat dit beteken om 'n meisie opreg lief te hê, en dat hul verhouding verby is . . .

Dries is onvoorspelbaar en dit is glad nie onmoontlik nie, besef Ryna. Sal sy jammer of verlig wees? Spyt of dankbaar as die teenoorgestelde gebeur en daar weer vir haar 'n ruiker rooi rose opdaag?

7

Van die lughawe af op pad na die safari-ruskamp kry hulle 'n koedoe en 'n trop wildehonde in Hwange natuurreservaat.

"Wildehonde?" vra 'n passasier, nie juis beïndruk nie.

"Of is dit 'n strandjut?" wil een van die Suid-Afrikaners – 'n Kapenaar – weet.

"Lycaon pictus, wildehonde," herhaal Ryna. "Hulle is baie skaars, 'n beskermde spesie wat aan die uitsterf is."

Die passasiers kyk en neem foto's, maar raak nie in vervoering nie. Hulle wil leeus sien, al is dié glo volop. Die Heeses is op die uitkyk vir 'n kameelperd – veral die giraf se nek, want dié staan glo so hoog soos 'n tweeverdieping-gebou.

Ryna weet nie wat verkieslik is nie: dat hulle geen ka-meelperd teëkom nie, of dat Peet en Ria Heese teleurgestel word.

"Wilde diere slaap hoofsaaklik in die middel van die dag, veral wanneer dit warm is," verduidelik Ryna met hul aankoms by die kamp. "Daarom sal ons so gou moontlik 'n rit onderneem, terwyl dit nog vroeg is. Na middagete is u vry om te ontspan en van die kamp se swembadgeriewe gebruik te maak. Om vieruur ry ons weer uit, tot na son-onder. Laataand en vroegoggend is die diere gewoonlik by die watergate en ons behoort dus verskeie wildsoorte te sien."

"Telefoon!" roep die ontvangsklerk. "Telefoonoproep vir 'n mejuffrou Maryne Landman! Is hier iemand in die groep met dié naam?"

Ryna sou dadelik gehardloop en gaan antwoord het, as sy nie die irritasie in kaptein Raubenheimer se geelbruin oë sien flikker het nie. Sy weet dit is Dries. Dit kan niemand anders wees nie. En hy sal lank wil praat, haar van At en die motorhawe en meneer Calitz wil vertel. Dit is nie billik om te sê sy is haastig, sy kan nie gesels nie.

"Neem asseblief 'n boodskap en sê ek sal later terug-skakel," sê sy vir die klerk.

Hy is inskiklik, maar Wes Raubenheimer nie. Gedagtig aan die klomp rose en die kartondoos en die daaropvol-gende fiasko, sê hy koel: "Juffrou Landman, indien u voel dat u private lewe te veel met u werk bots . . ."

Ryna gee hom nie kans om te sê dan moet sy liewer by die lugdiens bedank nie.

"Geensins, kaptein," sê sy, haar stem taamlik kil. "Daar-om het ek gevra hulle moet 'n boodskap neem. Dit sal vol-doende wees."

Voldoende? wonder Wes wrewelig. Wil sy nie weer twee

uur lank oor rose en maanskyn klets nie? Weer 'n oop rok aantrek en by 'n spul ouens by die swembad gaan kuier nie? Hy bedwing hom om 'n bitsige antwoord te gee. Hy is nie Maryne Landman se werkgewer nie. Sy kan maak soos sy wil, klets met wie sy wil, met soveel ouens – dronk of nugter – soos sy wil. Hy het nie seggenskap oor haar nie. Dit raak hom ook nie wie haar bel en of daar weer 'n spul blomme arriveer nie, besluit hy.

Maryne Landman is klaarblyklik die soort meisie oor wie die kêrels vuisslaan. Hy gaan nie saam met die spul in die tou staan vir die krummels nie. Hy is klaar met blondines . . . met seerkry. Hy kan sonder hulle klaarkom – veral sonder Maryne Landman en haar string bewonderaars.

Die laatmiddagrit lewer meer op as die oggend s'n, toe dit al effens laat en te warm was, en die diere meestal gelê het sodat hulle nie in die lang, ruie gras sigbaar was nie. Pas na halfvyf kom hulle op 'n leeu in die middel van die pad af – 'n enorme kraagmannetjie, grysgeel en met oë soos Wessel Raubenheimer s'n.

Ryna is net so opgewonde soos die passasiers.

"Sjoe, hy is yslik groot! Ek wonder wat weeg hy?" vra mevrou Kingston vir haar man. Hy weet nie; wil nie eens raai nie.

Die ander drie Britse egpare is net so onkundig oor die koning van die diere – hoe oud leeus word en of hulle volop is.

"Is hy 'n mannetjie of 'n wyfie?" vra tant Mossie.

Ryna verkies om nie te veel aankondigings oor die mikrofoon te doen nie, want dit kan steurend wees. 'n Leeu is egter 'n uitsondering en belangriker as rooibokke, koedoes en waterbokke.

"Dames en here," klink haar stem oor die luidspreker. "Dit is 'n swartkraagmannetjie wat u voor in die pad sien. Hoewel leeus redelik volop in die reservate van Afrika is, is

247

swartkraagmannetjies heelwat skaarser. 'n Volgroeide leeu weeg ongeveer tweehonderd kilogram, hy het 'n stormsnelheid van tagtig kilometer per uur en 'n verwagte lewensduur van twintig jaar. Ons was besonder gelukkig om hierdie pragtige eksemplaar teë te kom. Sal ons aanry? Het almal klaar gekyk?"

Hulle beduie hulle wil nog kyk en foto's neem. Ryna wys vir die busbestuurder om te wag.

Dit is goed hulle het vertoef, anders sou hulle nie die vlakvarkgesin gesien het nie. Hulle kom wei-wei op hul knieë van agter 'n ruie kol uintjies te voorskyn.

"Haai, kyk, hulle bid! Hulle sê op hulle knieë dankie vir liewe Jesus vir die kos," merk Ansie verwonderd op.

"Was ist das?" wil Uli Baum op Duits weet.

Ryna weet nie. "Wilde Scheiner," probeer sy.

Die Duitser lag nie. Hy verstaan en blykbaar is dit die regte benaming vir vlakvarke.

Toe die varke skielik die leeu gewaar en op loop sit, het almal simpatie met die gesinnetjie, maar lag tog vir die vyf sterte wat penregop staan.

"Hulle lyk soos ons televisie se lugdraad," spot Joos.

Vir iemand wat oënskynlik net in sy maag belangstel, is hy nogal oplettend. Hy sien eerste die swerm voëls wat 'n entjie vorentoe bokant 'n kremetartboom sirkel.

"Posduiwe!" roep hy uit.

"Aasvoëls," korrigeer Ampie. "Dit beteken hier was moontlik verlede nag 'n vangs."

'n Jakkals wat snuiwend in 'n wildspaadjie aangedraf kom, bevestig Ampie se vermoede. Hy het kom kyk wat daar te aas is nadat die koning van die veld klaar geëet het.

" 'n Mak hond?" vra tant Mossie.

Ryna kan haar nie kwalik neem nie. Die jakkals lyk net soos 'n rooibruin foksterriër waarvan die stert nie afgekap is nie.

'n Kilometer verder kom hulle op 'n plaat ander motors en 'n sebrakarkas af, feitlik kaal gevreet. Die uitlanders is teleurgesteld dat die aksie blykbaar verby is, maar Ryna is dankbaar. Sy wil nie 'n vangs sien nie, nooit nie. 'n Pragtige sebra wat die een oomblik nog springlewendig is en net daarna 'n bloederige pappery met 'n gebreekte nek . . . nee dankie!

Terwyl die toerbus en die ander motoriste op 'n moontlike hiëna of nog leeus wag, vestig Ryna belangstellendes se aandag op die kremetartboom wat eie is aan die dor dele van Afrika – die reuseboom regs van hulle met die vreemde voorkoms.

"Dit is waar kremetart – waarmee ons gemmerbier maak en soetkoekies bak – vandaan kom. Sons noem mense dit die onderstebo-boom, want in die winter, wanneer dit sonder blare is, lyk die takke soos dié van 'n ontwortelde boom wat onderstebo in die grond gedruk is. 'n Kremetartboom kan tot tweeduisend jaar oud word."

Andy Davidson toon 'n opflikkering toe hy van gemmerbier hoor. Hy hoop hy het ook reg gehoor dat daar vanaand 'n vleisbraaiery is en lekker koue bier. Hierdie hitte en stof maak 'n man dors.

Na die skande wat hy die naweek aangevang het en sonder Joe se bystand, was hy 'n dag lank stil en teruggetrokke en het hom nie weer aan die verleidelike toerleidster opgedring nie. Daarmee het hy egter sy skuld vereffen, reken hy. Maar sy geduld het ook opgeraak, want 'n man is van vlees en bloed en geen meisie het die reg om sulke kurwes te hê, sulke lank wimpers en so 'n uitlokkende glimlag nie. Of as sy die reg het, moet sy verwag dat 'n man ook van sy "regte" sal gebruik maak . . .

Toe Ryna met die paadjie tussen die sitplekke afstap om hier en daar met passasiers te gesels, te vra of hulle gelukkig is of iets nodig het, neem Andy sy kans waar om solank met aanvoorwerk te begin.

Hy knik ewe vroom. Hy is gelukkig, maar hy het nog heelwat nodig . . .

"Iets te drinke, te ete, 'n nat handdoek of 'n hoofpynpilletjie?" bied Ryna aan. "Wat het u nodig, meneer Davidson?"

Andy laat hom nie deur die formele aanspreekvorm van stryk bring nie.

Hy grinnik tergerig. "Vir jou, Marietjie, Maraia, Maryne!"

Nee, dink Ryna. Dit is 'n lawwe rympie na aanleiding van net so 'n verspotte liedjie. Maar dit is hoe Dries haar altyd genoem het . . . Dries en haar pa in die goeie ou dae.

"Ek is besig, meneer Davidson," ontwyk sy hom. "Kan ek vir u 'n koeldrank bring?"

"Gemmerbier . . . ter voorbereiding."

"Ek sal sien wat ons in die yskas het. So nie, sal 'n lemoensap of 'n kola deug?"

"Mits jy my kom troos en my hand vashou," terg Andy.

Ryna staan 'n tree terug. "Die bus is vol toerlede wat aandag vereis. Ek sal vir u 'n koeldrank bring. Met 'n pakkie aartappelskyfies of grondboontjies daarby?"

"Wat van jou? Jy lyk lekkerder."

Ryna hou aan glimlag. Op binnelandse vlugte het sy moeiliker passasiers gehad. Sy moes soms verskonings uitdink van griep, 'n vroeë vlug die volgende oggend, wasgoed om te was en dringende private sake wat haar aandag vereis.

"Of 'n pakkie neute?" bied sy kalm aan. "Dié is ook baie lekker."

Andy lyk suur. "Ja, bring dan maar die lemoensap en die neute. Dankie, Maryne." Onderlangs brom hy: "Dankie . . . vir niks! Toe maar, ons sal vanaand beter kennis maak."

Is sy dalk getroud? wonder hy. Hy glo nie, sy is te jonk en onskuldig. Of het sy 'n verhouding met die kaptein met die klomp goue strepe op sy uniform? Wat dit betref, is die Zimbabwiër nie so seker van sy saak nie. Hy kan net hoop die kaptein het ook 'n vrou, 'n string kinders . . . en 'n gewete.

"Bok!" roep Joos uit en beduie na regs.

Ryna prys hom. "Tien uit tien! As jy nie so op en wakker was nie, het ons by die rooibok verbygery sonder om hom te sien."

"Dis mý rooibok, nè?" sê Joos baie in sy skik met homself.

"Joune, ja, want jy het hom eerste gesien," beaam Ryna en vra die bestuurder om stil te hou.

Wes sit oorkant die paadjie, naby genoeg om te hoor wat die toerleidster sê.

"Dis nie 'n rooibok nie, dis 'n rietbok," help hy haar reg.

Ryna kyk weer. Nou merk sy ook die bok lyk anders – groter, meer geelbruin en met korter horings. Sy is vies omdat sy so onoplettend was en omdat arme Joos skielik afgehaal lyk. Kaptein Raubenheimer kon natuurlik nie die kans laat verbygaan om sy toerleidster op 'n flater te wys nie, maar dit was nie nodig om sodoende 'n kind se gevoelens te kwets nie. Nie toe sy begin voel het sy maak die eerste keer miskien 'n deurbraak met die aggressiewe twaalfjarige nie . . .

"Baie dankie, kaptein Raubenheimer, ons stel u hulp op prys," antwoord sy.

Die feit dat hy tydens 'n Zimbabwe-vakansie en op vorige toere nog nie die seldsame rietbok te sien gekry het nie, stem Wes gelukkig. Hy hoor nie dat Ryna se bedanking sarkasties bedoel was nie.

Hy neem 'n aantal foto's, bekyk die rietbok deur 'n verkyker en probeer dan 'n tweede keer 'n gemoedeliker werkverhouding tussen hom en Maryne bewerkstellig.

"Los die 'kaptein'. Ons is nie nou op die vliegtuig nie. My naam is Wessel, of Wes, as dit vir jou makliker is."

Ryna het nie sy onvriendelike houding op die vlug vergeet nie, sy ongenaakbaarheid toe Dries gebel het en hy wou weet of haar private lewe te veel met haar pligte bots nie. Hy het gedink dit is so maklik? Net drie sinnetjies en die voorreg om hom op sy voornaam te mag aanspreek, dan is alles met 'n towerslag vergewe en is hulle opeens boesemvriende?

Sy is net so moeg vir uitputtende en veeleisende mans as wat Wes is vir koppige, onnosele vroue wat hom irriteer. Hoekom moet dit sý wees wat toegee, vergewe en vergeet? Sedert sy geryloop en hy haar uit pligsgevoel opgelaai het, het sy al twintig keer gesê sy is jammer en die saak in die beste voue probeer lê. En wat het sy bereik? Hoegenaamd niks! Sy twyfel of hy eens agtergekom het sy is apologeties en onderdanig en bereid om die minste te wees.

Die rietbok laat Ryna nie opgeruimd voel nie; hy wek eerder onaangename herinneringe.

"Wessel of Wes . . . kan ek kies hoe ek u wil aanspreek?" verneem sy met 'n vroom glimlag.

"Natuurlik. Jy kan my noem wat jy wil, ek het mos netnou so gesê."

Hierdie ronde is hare. "In daardie geval, aangesien die keuse aan my oorgelaat word, verkies ek kaptein Raubenheimer."

Wes kyk deur die busvenster na die rietbok wat steeds doodstil staan en ewe inskiklik vir vakansiegangers onder 'n manjifieke knoppiesdoring poseer. As 'n spesiale toegif het 'n blinkvlerkspreeu in die hoogste mik kom sit. Die Afrika-natuurskoon is egter vir Wessel Raubenheimer verlore, want hy kan dit op die huidige oomblik nie waardeer nie. Sy koppige toerleidster verdring sy liefde vir die bosveld.

Vandat hy haar die eerste keer langs die pad sien duimgooi het, het Maryne Landman hom ontstel en die harnas ingeja. Hy wil nie gedurig rusie maak nie, nie heeltyd met 'n parmantige meisiekind sukkel nie, want daarvan het hy die afgelope vier jaar te veel gehad. Eileen het van hom 'n kluisenaar gemaak, 'n onseker en iesegrimmige man wat van vroumense wegbly. Al wat hy vra, is om voortaan met rus gelaat te word; 'n onbesorgde, geskeide man te wees, op sy eie tyd weer tot verhaal te kom en rigting in sy lewe te kry. Hy kan sonder 'n moedswillige Maryne Landman in sy deurmekaar lewe klaarkom – sonder 'n groenoog-blondine en 'n tweede Eileen. Hulle lyk van buite eenders, en van binne is Maryne Landman seker net so selfsugtig. Uiterlik is hulle die ene vroulikheid, maar daaronder die ene lang naels wat krap en eise stel en seermaak.

Wes besef hy het duur vir sy vryheid betaal. Eileen is weg met die huis, al die meubels en polisse. Hy het alles op 'n skinkbord aan haar gegee, dankbaar om net van haar ontslae te wees. Al wat hy oorhet, is sy motor en sy werk. Vervlaks of hy gaan toelaat dat 'n klein snip wat net soos Eileen lyk en optree, die prys nog duurder maak! Hy hou van harmonie en deeglikheid op die vliegtuig, maar as dit nie kan nie, nou ja . . . Hy het sy plig gedoen en Maryne Landman kan hom nie kwalik neem nie. Van nou af was hy sy hande in onskuld.

"Net soos u verkies, mejuffrou Landman," sê Wes kil en bespreek nie die kwessie verder nie.

Hy laat Ryna duidelik verstaan dat hy die rietbok en Ernst se geselskap bo hare verkies. Hy ignoreer Ryna, neem nog 'n paar foto's en merk teenoor sy eerste offisier op: "Die wêreld sou 'n paradys gebly het as daar nooit vir Adam 'n maat gemaak is nie."

Ernst het geprobeer om nie te luister nie; tog kon hy nie verhelp om die gesprek tussen Wes en Ryna te hoor nie. Hy wil nie laat blyk hy is geamuseerd nie.

"Ek dink jy het gekry wat jy gesoek het, meneer die kaptein. 'n Eva is nie 'n kragopwekker of 'n verwarmer wat jy na willekeur kan aan- en afskakel nie."

Wes kyk ergerlik na hom. "Wat bedoel jy daarmee?"

253

" 'n Eva is soos 'n vliegtuig. As jy met 'n Boeing wil op-
styg, moet jy sorg dat die brandstofmengsel reg is, jou toe-
voerkleppe in die regte posisie is, ensovoort."

"En met Maryne Landman was alles verkeerd?"

Ernst knik. "Met Evas moet 'n man hom langsaam haas.
Hy kan hulle nie een oomblik soos 'n vloerlap behandel en
net daarna verwag hulle moet die ene lieftalligheid wees
nie."

Wes dink 'n paar tellings oor sy woorde ma. "Reken jy
ek het Maryne swak behandel?"

Ernst grinnik. "Jy het haar nie juis op die hande gedra
en welkom laat voel nie."

Wes staar na 'n blouwildebees wat koponderstebo in die
koelte onder 'n boom staan. Hy sug.

"Hoe lank is jy al getroud, Ernst?"

"Drie jaar."

" 'n Derde langer as wat ek was. Verstaan jy jou vrou?"

"Nee, natuurlik nie. Niemand sal 'n vrou ooit verstaan
nie, maar dit maak hulle nog bekoorliker."

"Ek glo nie." Wes glimlag wrang. "Die bekoorlikheid
verdwyn tydens die wittebrood, saam met die illusies."

Ernst weet Wes was twee jaar getroud en is toe geskei.
Hy weet egter nie wat gebeur het nie en dus kan hy sy
vriend nie help nie.

"Wat het skeefgeloop?" vra hy simpatiek.

Wes weet nie of hy die reg het om met 'n buitestander
oor sy vorige vrou te praat nie. Al is sy reeds amper ses
maande met 'n ander man getroud, is hy aan Eileen steeds
'n mate van lojaliteit verskuldig, want eens op 'n tyd het
hy haar tog liefgehad. Hy het egter te lank opgekrop en
dit is goed om 'n uitlaatklep te hê. Sy antwoord is kort en
bondig:

" 'n Vlieënier-kêrel was romanties – 'n eggenoot wat ge-
durig op vlugte weg is, nie."

Ernst het dieselfde probleem. Hy voel telkens skuldig

wanneer hy op 'n vlug vertrek, want hy weet Mandie is ongelukkig wanneer sy en sy seuntjie alleen by die huis is.

"Wou sy hê jy moet by die lugdiens bedank?"

Wes kyk anderpad. "Jy weet self vliegtuie is ons hele bestaan. Sal jy gelukkig wees agter 'n lessenaar, van agt tot vyf in 'n kantoor tussen vier mure vasgekluister? Watter soort man sal ons dan vir ons vrouens wees?"

"Ons sal hulle na 'n week verwurg," spot Ernst. "Mandie het ook geskimp sy voel afgeskeep, en of ek nie soos haar vriendinne se mans gereelde kantoorure kan werk nie. Ek het gesê goed en wel, ek sal grondinstrukteur word, maar dan moet sy die gevolge dra. Dan moet sy bereid wees om sonder 'n mikrogolfoond en nuwe meubels klaar te kom, want dan sal die Welthagens dit nie meer kan bekostig om met haar deftige vriendinne te wedywer nie."

"Wat het sy geantwoord?"

"Nee . . . baie vinnig."

"Jy is gelukkig sy het nie ander weivelde gaan soek nie."

"Sy weet wat sy het."

Wes lyk afgetrokke en Ernst is bang hy het onwetend die verkeerde ding gesê. Hy wag tot hulle by die volgende trop blouwildebeeste verby is voor hy weer praat.

"Is dit wat jou vrou gedoen het?" vra hy.

Wes steek 'n sigaret aan om sy senuwees te kalmeer. Na drie jaar het die wond nog nie behoorlik genees nie.

"Eileen het nie van die alleenloper-lewe gehou nie en besluit die ryk assuransie-agent oorkant die straat is 'n beter proposisie as 'n vlieënier. Dalk het ek haar nie lief genoeg gehad nie, anders sou dit makliker gewees het om tussen haar en my loopbaan te kies."

Dit is dan wat gebeur het, dink Ernst. Sy het 'n ander man bo Wes verkies. Eileen moet van haar verstand af wees. Hy wens hy kan die klein merrie bykom. Wes Raubenheimer is verreweg die bekwaamste vlieënier by Jakaranda-lugdiens en een van die beste ouens wat hy ken. Wes verdien beter as om deur 'n klein feeks seergemaak te word.

"Het jy nie die agent se nek vir hom gaan breek nie?" vra Ernst ontstoke.

"Ons leef nie in die Middeleeue nie. Ek het met die buurman oorkant die straat gaan praat . . . soos 'n beskaafde mens. Met Eileen ook." Wes druk die kwart-gerookte sigaret in die asbak dood. "Die gevolg was 'n egskeiding. Hulle wou mekaar hê en ek was 'n onwelkome derdemannetjie. Wat anders kon ek doen as om taktvol te verkas?"

"Het jy haar nog lief, Wes?" Dit is belangrik, want as dit die geval is, moet Wes na haar teruggaan. Indien nodig, moet hy by Jakaranda-lugdiens bedank of aansoek doen om as medevlieënier op binnelandse vlugte teruggeplaas te word. 'n Vierde rangstreep minder op die mou is belangriker as 'n lewe sonder die vrou wat jy liefhet.

"As ek haar in tien jaar nie sien nie, is dit elf jaar te gou," antwoord Wes. "Ons was albei te jonk om te weet wat ons van die lewe verlang. Sy wou 'n ryk man hê, ek 'n maat. Ek weet nie hoe ek ooit kon hoop 'n huwelik tussen ons sal slaag nie. Ek was blind. Ek het gedink Eileen is die antwoord op my drome, want sy is mooi – 'n mannekyn en model, blond, soos Ryna. Ek het my blind gestaar teen haar uiterlike, nie dieper gekyk as die fopwimpers en haarstukke en grimering nie, en nie besef hoe aangeplak die buitenste skoonheid was nie. Maar 'n mens leer, ou Ernie – 'n mens leer om nie twee keer dieselfde fout te begaan nie."

"Hoe kan 'n mens leer? Deur volgende keer 'n meer begrypende vrou te kies."

"Bestaan daar so iets?" vra Wes skepties. "Jy het hulle bekoorlike Evas genoem. Vir my is hulle leë blikke – oppervlakkig, dink net aan hulself en geld. As jy nie vir hulle duur goed en diamante kan koop of hulle elke aand vir ete uitneem nie, is dit tot siens."

"Nie almal is so nie; party meisies is anders."

"So?" Wes is nie oortuig nie. "Noem my een."

"Ek ken twee."

"Wie?"

"Mandie . . . noudat sy ouer en volwasse geword het."
Ernst aarsel 'n oomblik. "Mandie en Ryna Landman. Nie
een van die twee is die pelsjastipe nie. Trouens, ek dink
albei verkies jeans en seilskoene."

"Mandie ken ek ongelukkig nie . . . die ander een wel."
Wes soek weer na 'n sigaret. "En ek kan nie sê ek het 'n
brandende begeerte om haar beter te leer ken nie."

Daarop het Ernst nie 'n antwoord nie. Hy weet nie wat
op hierdie vlug met Ryna aan die gang is nie. In die ver-
lede was sy baie bekwaam. Sy het nie geryloop, koffie, tee
en kookwater oor alles gemors en foutiewe aankondigings
gedoen, of 'n kêrel gehad wat haar gedurig bel en proble-
me veroorsaak nie. Op grond van haar goeie verlede voel
Ernst egter hy moet vir haar in die bres tree.

"Sy is 'n oulike waardin en 'n aanwins vir Jakaranda, en
ek dink jy behandel haar effens hard. Ek vermoed sy het
persoonlike probleme."

"Vermoed, of weet jy? Het sy jou in haar vertroue ge-
neem en haar hart uitgestort? Is dit waarom julle op Ka-
riba altwee van koers was? Omdat jy en sy ontsteld was
oor haar liefdesprobleme?"

Ernst voel ongemaklik. Hoewel hy hom as 'n vriend be-
skou, bly Wes Raubenheimer steeds sy bevelvoerende of-
fisier en Ernst weet goed hy het Maandag 'n blaps gemaak.
Hy was ingedagte en in 'n stuurkajuit is dit onvergeeflik.
As die hefboom in 'n foutiewe posisie was en hy die ver-
keerde windsterkte aangegee het en Wes nie noulettend ge-
noeg was om sy inligting te kontroleer nie, kon daar groot
probleme gewees het. Ernst wil daaroor praat, probeer
verduidelik om sy gewete te sus.

"Ek was skuldig aan nalatigheid, Wes . . . sonder ver-
sagtende omstandighede. As jy voel jy is verplig om dit in

die vlugverslag aan te teken, sal ek jou nie verkwalik nie. Ek erken ek was agterlosig. Dit was Sondag my seuntjie se eerste verjaardag en ek was nie daar om die kersie op sy verjaardagkoek aan te steek nie. Ek het aan klein Ernie gedink en toevallig het Ryna op daardie oomblik die stuurkajuit binnegekom om die vliegtyd te vra. Dit was nie haar skuld nie. As jy iemand moet kwalik neem, is dit vir my, of Mandie of Ernie, maar nie vir Ryna nie. Sy het net haar plig gedoen. Toerleidsters weet nie van mengselhefbome en windsterktes nie."

"Alles in die haak." Wes vererg hom skielik. "Liewe land, dink jy ek is 'n model van voortreflikheid? Volmaak? Genade, Ernst, vir elke fout wat jy maak, maak ek tien. Die kontakkleppe was ook nie in die onmiddellike korrekte posisie nie en dit was my fout. As jy wil, kan jy ook kla jou bevelvoerder is bietjie stadig."

"Daar is 'n verskil tussen stadig en nalatig, Wes."

"In elk geval, niemand het skade gely nie en die Boeing is nog in een stuk. Dit is die belangrikste. Vergeet dit . . . Vanaand braai ons vleis."

"Rooibokribbetjie oor die kole . . . Dankie, Wes, ek weet ek skuld jou 'n bier, of twee of drie."

"Vergeet dit."

Andy Davidson het nie die hitte en stof en sy droë keel vergeet nie. Hy het 'n regmaker nodig. As hy nog een blik lemoensap sien, smyt hy die blik by die busvenster uit, al sê die pamflet wat elke toeris ontvang het dit is teen die reservaat se reëls om goed by die venster uit te gooi.

Hy is sat vir leeus en bokke en bome. Toe Joe hom omgepraat het om op die toer te gaan, het die reisagent gesê op die Afrikatoere is altyd volop mooi meisies, filmsterre en ryk Amerikaanse erfgename wat nie weet wat om met al hul geld te maak nie. Dit is al hoekom hy op die toer gegaan het – vir die mooi en ryk meisies.

Maar wat het hy gekry? 'n Vlieënde ouetehuis en 'n créche. Hy moet sy geld terugvra . . . of self 'n plan maak. Wat hierdie spul nodig het, is 'n bietjie aksie. En as Jakaranda-toere dan te sleg is om hom waarde vir sy geld te gee, sal hy en die lugwaardin daarvoor sorg – hy en die mooi blondine in die pers uniform. Dalk het sy saam met die sexy voorkoms boonop 'n klomp erfgeld. Dalk is sy skatryk, is sy 'n miljoenêrsdogter en werk net vir afleiding en om haar besig te hou.

Vanaand met die vleisbraaiery sal hy kyk wat hy met haar kan uitrig. Hy moet net sorg dat die magistraat met die klomp goud om sy moue ver weg is, want hy het gesien hoe die meisie na die klatergoud kyk . . .

8

Toe die toerbus by die safari-ruskamp op Hwange in die koelte van 'n wildevy intrek, brand die hardekoolvure in die vergaderplek al hoog. Die kampbestuur het moeite gedoen om die oorsese toeriste se eerste Afrika-vleisbraai 'n feesgeleentheid te maak. In die bome hang gekleurde lanterns en op die tafels is rangskikkings van hibiskus en bougainvilleas, slaaie met avokado, pynappel, piesang en tamatie. Die bola in die glansende kristalhouer is vol inheemse vrugte en Zimbabwiese wyn.

Aanvanklik is die vergaderplek verlate, terwyl die Jakaranda-toerlede hul grasdakrondawels opsoek om te bad en skoon klere aan te trek na die hitte van die dag in die veld.

Toe hulle in groepe by die vuur begin opdaag, is almal in 'n vrolike stemming. Hulle het olifante en leeus gesien; bokke en varke ook, en dalk môre 'n giraf. Nadat hy drie biere agter die blad het, is selfs Andy Davidson vol lof oor die swartmaanhaarleeu en die olifante op die aanloopbaan en die reëlings van Jakaranda-lugdiens.

"Gesondheid!" herhaal hy opgeruimd. "Julle almal s'n – die mooi toerleidster en die leeus en bokke s'n ook."

Ryna het net tyd gehad om gou 'n stort te neem. Nêrens in die handleiding staan geskryf dat die toerleidster tydens 'n informele laataand-vleisbraai in haar uniform gestewel en gespoor moet wees, met sykouse en hoëhakskoene nie. Sy het haar ook informeel geklee om die vakansiegangers op hul gemak te stel.

Andy sien haar onmiddellik raak toe sy tussen die rondawels deurstap en by die vuur kom staan. Sy het 'n sonrok aan – 'n mooi pienk rok met oop skouers. Haar hare hang blink en los. Hy het geweet sy is mooi, maar nie só mooi nie.

Andy gee 'n uitgerekte wolwefluit wat almal laat opkyk.

Ernst se oë rek ook. Die jeans-en-seilskoen-soort? Hy glo nie. Sy lyk asof sy in 'n modetydskrif pas . . . soos Eileen Raubenheimer. Dit gaan lol; dit gaan Wes opnuut in 'n stuk skuurpapier verander.

"Kan ek vir jou 'n bietjie skink, droomnooi?" bied Andy aan.

"Nee, dankie." Ryna skud haar kop en probeer wegkom. "Ek is aan diens."

"As jy bang is die kapteintjie sien, kan ons die bier in 'n koeldrankblikkie gooi."

Ryna skud haar hare oor haar skouers. "Ek is nie vir hom bang nie." Sy wens Andy Davidson wil sagter praat of by Lalie gaan gesels.

Andy kyk haar bewonderend op en af. "Ja, as ek soos jy gelyk het, sou ek ook vir niks en niemand bang gewees het nie. Ek sou die hele wêreld aangepak en verower het."

"Dankie. Sal jy my asseblief verskoon?"

So ver as wat Ryna tussen die gaste beweeg om te gesels en vrae te beantwoord, volg Andy haar, bierblik in die hand.

"Die slaaie is op die tafel en die pap en sous op die vuur," sê Ryna aan die groep Britte.

"Bab?" vra meneer Garth onbegrypend.

"Pap," herhaal Ryna. Hoe vertaal 'n mens "pap" in Engels? "It's a stiff maize porridge at a traditional African barbecue."

Dié lekkerny sal hulle oorslaan, sê Robert Garth laggend, en die pap liewer bêre vir môre se ontbyt. Gelukkig is daar volop slaai en brood.

"Los die kakies, nooi," gee oom Borrie raad. "Hulle is te dom om 'n goeie ding te herken wanneer hulle dit proe. Kom gesels liewer by my en Wes."

Ryna het nie gesien Wes staan langs hom nie. Sy het ouma Fesie verwag, want sy en die uitgeweke Rus was heeloggend bymekaar.

"Naand, kaptein Raubenheimer," groet sy formeel.

Wes knik. "Goeienaand, juffrou Landman."

Oom Borrie is geamuseerd. "Ken julle mekaar nie? Wes, dis Ryna. En, nooi, dis nou Wes van wie ek jou so baie vertel het." Hy knipoog na sy vriend se kant. "Net goeie goed. Ek het nie geskinder nie, ou seun."

Dit lyk nie of sy versekering Wes in 'n beter bui plaas nie. Hy kyk Ryna aan asof sy iets is wat hy in die BMW se asbakkie ontdek het.

"Het al die toerlede genoeg te ete en te drinke gehad, juffrou Landman?"

"Ek reken so, kaptein, maar ek sal weer die ronde doen en verneem."

Andy wens hy kon die half-Hollands verstaan wat hulle praat. Hy was 'n aantal kere met vakansie in Johannesburg, maar net lank genoeg om hier en daar 'n woord te leer.

"Skei uit, ek het haar eerste gesien," bevestig hy sy kleim.

Ryna het lus om hom met haar kaal hande te verwurg. Het die skepsel nie reeds genoeg moeilikheid veroorsaak nie?

"Ek stel nie belang nie," sê Wes kwaad. Sy lyk soos Eileen. Die twee kon 'n identiese tweeling gewees het wat voorkoms en waarskynlik ook geaardheid betref. Indien hy hom in 'n stadium voorgeneem het om met Maryne Landman vriende te maak, is die goeie bedoelings nou vergete. Vriende se voet! Dit is net nuwe hartseer soek.

'n Houtstomp wat deurgebrand het, val met 'n geknetter tussen die kole in en vonke skiet uit die vuur op. In die plotselinge helder lig sien Ryna haar kaptein se gesig. Sy lippe is grimmig saamgepers en die goue vlekkies in sy oë is weg. Hulle is weer donkerbruin – amper swart – soos Saterdag langs die grootpad, soos Sondag op Kariba en soos vanmiddag op die bus toe hy met Ernst gepraat het.

Ryna weet nie wat arme Ernst gesondig het nie, maar sy kan raai wat haar oortreding is. Dit is haar rok. Die oop skouers is te gewaag. Sy moes 'n ander rok aangetrek het, of verkieslik haar uniform. Is private klere saans nie toelaatbaar nie? Van die senior waardinne het gesê dit is binne die reëls. Tog wens Ryna sy het nie op die lughawebus met oom Borrie gesels nie en liewer haar handleiding deegliker bestudeer.

Wes het egter self 'n wit broek en 'n oopnekhemp aan – so ook Ernst en Ampie. Almal dra burgerlike klere. In die drukkende hitte het sommige van die manstoeriste net kortbroeke aan, nie eens hemde nie, en al die dames se rokke is meer gewaag as hare. Of moet sy gou rondawel toe gaan en 'n trui bo-oor haar rok aantrek?

Oom Boris Tjernikof se voorouers moes gedurig die stemming peil en op die tekens let om te weet of hulle veilig is en nie dalk binnekort in 'n strafkamp in Siberië gaan beland nie. Hy kom dadelik agter dat daar 'n gespanne atmosfeer tussen Wes en die toerleidstertjie heers en dat 'n rusie maklik kan ontstaan. Hy probeer 'n gemoedeliker stemming om die vuur teweegbring.

"Hoe groot is hierdie reservaat, nooi?" wil hy weet.

Aan wie se kant is oom Borrie? wonder Ryna. Aan Wes, sy ou vriend, se kant? Toets hulle haar agtergrondkennis?

"Veertienduisend seshonderd vierkante kilometer, en dit maak die Hwange-wildresrvaat die grootste nasionale park in Zimbabwe," antwoord Ryna. Hiermee sal hulle haar nie vastrek nie. Weke voor haar eerste internasionale toer het sy reeds haar tuiswerk begin doen.

Wes sien oom Borrie kyk afwagtend na hom. Die aanvoorwerk is gedoen en nou moet hy daarop voortbou. Hy hou van die gesellige ou oom wat vir hom soos 'n pa is, maar hy wens oom Tjer wil minder bemoeisiek wees en liewer gaan slaap of met ouma Fesie gaan gesels.

"E . . ." Wes dink aan die eerste die beste ding wat hy kan vra. "Hoeveel soorte diere is hier?"

"Honderd en sewe dierespesies en vierhonderd en een verskillende voëlsoorte," antwoord Ryna flink. "Dit sluit troppe olifante in, asook ander seldsame diersoorte, onder meer buffels en renosters."

Dit het nie amptelik genoeg geklink nie.

"Fasiliteite sluit in drie ten volle toegeruste ruskampe, by name Hoofkamp, Sinametella en Robins, van waar 'n netwerk van paaie strek om besoekers aan die reservaat die beste geleenthede vir dierebesigtiging te bied. By twee waterpanne, Nyamandhlovu en Guvalala, is uitkykplatforms aangebring om van die honderd en sewe dierespesies in veiligheid en afsondering te kan besigtig – vroegoggend en saans, wat volgens die Hwange-natuurreservaat se toeristebrosjures, pamflette en ander beskikbare handleidings die beste tye is. Ek weet dat u reeds voorheen aan die betrokke wildreservaat 'n besoek gebring het, maar indien u enige verdere inligting verlang, raadpleeg asseblief die toerbrosjure wat u op die bus in die sitplekke sal kry."

Ryna voel sy het genoeg gepraat; netnou beskuldig Wessel Raubenheimer haar dat sy te veel tyd by haar bemanning deurbring en haar passasiers verwaarloos. Voor sy die Duitsers en Amerikaners gaan vertel wat poetoepap is, draai sy weer na haar bevelvoerder.

"Indien u bykomende inligting verlang of 'n verdere steekproef wil doen om haar kennis te toets, onthou die toerleidster is deurentyd op diens – druk net die klokkie."

Ryna se ligpienk sandale het hoë hakke, maar sy wens hulle was stelte. Al rek sy haar tot haar volle lengte uit, kom haar kop skaars by Wes Raubenheimer se boonste hempsknoop. Dit is vernederend en genoeg om 'n mens 'n minderwaardigheidskompleks te laat ontwikkel. Hierdie ronde behoort ook aan haar, maar hoe kan 'n mens dit iemand onder die neus vrywe as jy nie uit die hoogte op jou opponent kan afkyk nie? Hoekom is meisies nie langer en groter en meer gespierd as mans nie? wonder sy onvergenoeg.

Oom Borrie lag vir die beteuterde uitdrukking op sy jong vriend se gesig. Toe Wes hom vervies, het hy 'n woord van troos gereed.

"Toe maar, sy het gesê jy kan net die klokkie druk, dan is sy beskikbaar."

Wes het genoeg gehad – van die vleisbraaiery, Maryne Landman en oom Borrie.

"Ons wonderlike toerleidster het net sulke wonderlike pille in haar noodhulptas – onder meer pille wat 'n mens vaak maak en laat slaap. Gaan vra vir haar een daarvan, oom Borrie."

"Nee, gaan vra jý."

Wes vererg hom omdat die ou oom nie weet wanneer om op te hou nie.

"Weet jy wat 'n boemerang is, oom Tjer?"

" 'n Boemerang?"

" 'n Boemerang is 'n ding wat 'n mens gooi en wat dan terugkom om jou teen die kop te tref. Ek makeer niks nie.

Wanneer ek die dag miskien weer vrou soek, is ek mans genoeg om self die aanvoorwerk te doen . . . sonder hulp. Intussen is ek doodgelukkig soos ek is en geniet ek dit om 'n vrygesel te wees. Ek het vroumense afgesweer . . . vir goed."

"Jy was van jongs af 'n hardekoejawel," merk oom Borrie kalm op, "en ek erken die nooi is ook nogal 'n hardekop. Maar jy was mos altyd 'n haan onder die henne. Hoe gooi jy dan nou so maklik tou op, Wessie? Ryna is 'n oulike nooi, maar jy moet versigtig met haar werk, haar met handskoene aanpak."

"Bókshandskoene, ja. Ek stel nie in Ryna belang nie, oom Tjer. Sy kan maan toe vlieg wat my betref."

"Jy kan mos ook vlieg. Sal jy nie agterna vlieg nie, Wessie?"

"Ek mors nie brandstof nie."

Wes is reeds aan die wegstap. Oom Borrie weet egter hoe onvoorspelbaar die liefde is en probeer 'n laaste troefkaart om Wes jaloers te maak.

"Skip het my vertel sy het 'n kêrel wat haar sleg behandel."

Wes gooi sy sigaret in die vuur. "Ek voel jammer vir haar, maar ek is nie bereid om 'n vangnet te wees as sy val nie."

Oom Borrie kyk na die gloeiende, skaars gerookte sigaret. Hy wil nie brandstof mors nie, het Wes gesê. Maar wat van tabak en geld? Hy het kamma meisies afgesweer, maar hy is seker Wes stel tog belang. Om watter rede is hy so liggeraak en onbeholpe wanneer hy met die nooi moet praat?

"Dis oor Eileen, nie waar nie?" sê hy.

Wes het egter lang bene. Hy trek reeds ver en hoor nie.

In haar grasdakrondawel keer Ryna haar tas om, op soek na 'n trui.

"Hallo, girl," groet Andy van die voordeur se kant af. "Het jy probleme? Kan ek help?"

"Nee dankie," antwoord Ryna koel. "Soek jy na jou rondawel, meneer Davidson?"

Andy beduie vaagweg na regs. "Ek dink dit is hier langsaan êrens. Maar ek wil nie nou al gaan slaap nie. Die aand is nog jonk en ek hou van soek-soek-speletjies. Wat soek jy?" Hy lyk hoopvol. "Na my?"

Ryna brom onderlangs. "Andy, gaan slaap," beveel sy. "Jy het te veel bier gedrink. Ek sal môre vir jou hoofpynpille en lewersout bring."

"Môre? Wat van nou? Ek is siek." Hy klim op haar bed, sluit sy oë en klem sy hande saam. "Dodelik siek . . . Dis mos jou werk om siek toerlede te dokter."

"Weet jy aan wie herinner jy my? Aan my kêrel wat net so kinderagtig is, wat ook altyd gepamperlang moet word."

En gebel moet word, dink sy. Sy het gesê sy sal Dries terugskakel, maar die hele middag en aand was daar nie 'n minuut tyd nie.

Andy laat hom nie met 'n slap riem vang nie. Dit is ou laai van meisies om van hul kêrels te praat as hulle van 'n ou ontslae wil raak. Hy was een keer met 'n getroude vrou deurmekaar en dié het altyd foto's van haar man en kinders uitgehaal wanneer sy nie in die regte luim was nie.

Ryna wil hom met 'n hoëhakskoen oor die kop slaan en hom by die deur uitboender. Andy laat haar al hoe meer aan Dries dink. Dries is net so sonnig, vol komplimente en soos 'n rubberbal wat steeds terugwip en hom nie deur die lewe laat onderkry nie.

"Wil jy 'n pilletjie hê, Andy?" bied Ryna aan.

"Ek wil vir jóú hê."

"Bog! Is jou kop seer? Is jy naar? Moet ek vir jou sodawater en suurlemoen gaan haal?"

"My hele lyf pyn. Ek het verkoue, griep en brongitis. Ek voel koorsig en moeg, en boonop is ek siek."

Andy lyk ook soos 'n gespierde rugbyspeler, net soos Dries. Al griep wat hulle ooit kry, is wingerdgriep, dink Ryna. Sy kry haar trui heel onder in die tas, onder 'n stapel uniformbloese. Pleks dat sy egter die trui aantrek, gooi sy dit oor Andy. Dalk makeer hy regtig iets en as hy môre met longontsteking in die hospitaal beland, hoe gaan sy aan haar kaptein verduidelik sy het nie besef hy is regtig koorsig en siek nie?

"Lê stil, ek bring vir jou warm melk en 'n penisillien-kapsule," bied Ryna aan. "Daarna moet jy in jou eie bed gaan slaap en môreoggend tuis bly en rus."

Andy verafsku melk, maar toe Ryna na 'n paar minute terugkeer, drink hy die hele glasvol, tesame met die kapsule wat sy op 'n piering voor hom hou.

Die medisyne het blykbaar 'n oombliklike uitwerking. Meteens is Andy glad nie meer siek nie. Hy sit regop, neem die piering by Ryna en sit dit op die kas neer. Toe kom sy aan die beurt – voor sy kan padgee, kry hy haar aan die arm beet en trek haar met geweld nader.

"Nee!" protesteer Ryna. "Wat probeer jy doen?"

"Voel my koors, dokter Landman!"

Toe hy haar hand gryp en dit teen sy voorkop druk, besef Ryna nie dadelik dat Andy bybedoelings het nie. Sy onthou dat hy 'n klomp bier gedrink het en aanvaar dat hy dalk regtig sleg voel. Daarom is sy nie op haar hoede nie. Sy druk met haar vingers teen sy kop om te bepaal of sy temperatuur moontlik hoër as normaal is.

Dit is net waarop Andy gewag het – dat Ryna nie op die verdediging is nie en dat haar aandag 'n oomblik elders is. Albei sy arms sluit om haar middel. Hy skop die kussing opsy en trek haar met geweld langs hom neer.

"Meneer Davidson, ek dink jy vergeet jouself. Jy is nie nou by jou eie huis nie. Laat my asseblief gaan." Terself-dertyd probeer sy haar waardigheid behou en regop sit.

"Jy praat nie nou met meneer Davidson nie. Dis Andy

met wie jy te doen het." Hy grynslag en vervat sy greep om haar stywer teen hom vas te trek.

"Los my!" roep Ryna uit en spartel orent. Hy is egter soos 'n seekat met baie arms wat haar beetkry en hoe meer sy hulle ontwyk, hoe meer is daar wat om haar vleg. Dit is nou nie meer 'n grap nie, dit raak ernstig.

"Gedra jou! Hier loop mense verby," probeer Ryna hom tot besinning bring.

"Laat hulle loop, laat hulle kyk," fluister Andy en streel oor haar nek en keel. "Laat hulle kyk en jaloers wees."

"Jy weet nie wat jy sê nie; ook nie wat jy doen nie!" Ryna druk met albei hande teen Andy se bors en stoot hom weg.

"Die kapteintjie sal nie kom loer nie, hy is te besig. Hy kuier by Lalie," mompel Andy en byt liefderik aan haar oor.

Ryna ruk haar kop weg. "Eina, dis seer!" roep sy kwaad uit.

"Dis net uit liefde," prewel Andy. "Jy is onromanties."

"En jy is irriterend. Hou op!"

Hy het nie net bier gedrink nie; ook rou uie en knoffel geëet. Die reuk maak Ryna naar. Sy draai haar kop eenkant toe en beur om van hom weg te kom. Die ooreenkoms met Dries is weg. Dries ruik altyd na tandepasta of naskeermiddel. Hy is behep met reinheid; bad of stort soms tot drie keer per dag.

Ryna kon ewe goed teen 'n baksteenmuur gebeur het. Andy druk haar hande weg en kry haar in 'n kopklem beet wat haar skouers magteloos teen die matras vaspen. Selfs al was sy 'n kampioenstoeier, sou sy vergeefs uit die greep probeer loskom het. Dit is een val teen nul, en Andy benut sy tydelike voordeel. Hy pen haar vas en vleg sy vingers deur haar hare.

"Delila . . . Jesebel . . ." mompel hy met 'n sleeptong.

Dries is middelmatig lank, fris gebou. Andy is langer,

meer seningrig. Ryna kom agter laasgenoemde is erger. Sy was al op 'n Saterdagaand na 'n rugbypartytjie op die sitkamerbank in stoeiwedstryde met Dries betrokke, maar dit was nooit iets soos dié ene nie. Met Dries was dit pret en hy was altyd 'n heer, hoewel soms nukkerig. Hy het egter geweet wat nee beteken en het vir haar as meisie agting gehad en haar beginsels gerespekteer. En hy het nooit soveel gedrink dat hy nie geweet het wat hy doen nie.

"Andy, asseblief, moenie," soebat Ryna. "Los my en gaan slaap jou roes af."

Andy is hoegenaamd nie vaak nie en slaap is allermins waaraan hy dink. Hy gooi sy bolyf bo-oor Ryna sodat sy nie kan opstaan of onder hom uitkom nie. Sy hande en mond soek na hare, haar nek, haar lippe.

"Hiervoor wag ek al van Saterdag af," sê hy kortasem. "Jy weet dis onvermydelik, ontspan en geniet dit."

"Nee! Andy, nee!"

Hy luister nie na rede nie, val bo-oor haar en begin haar tussen die uiedampe en knoffelwalms soen.

Hy is sterker as sy en Ryna begin paniekbevange raak. Wegstoot help nie. Ook nie spook en spartel nie. Sy arms klem hegter as 'n skroef om haar. Alleen sal sy nie van hom ontslae kan raak nie. Ryna dink nie langer aan die gevolge van so 'n skandaal nie . . . net aan hulp.

"Help!" skreeu sy. "Andy, los my! Moenie, jy maak my seer! Asseblief, iemand, kom help my!"

"Dis hoe ek van 'n girl hou – 'n tierkat wat getem moet word," sê Andy ingenome en verdubbel sy pogings. Haar lang hare daag hom uit. Sy vingers raak verstrengel in die blonde hare en sy mond soek eisend na hare.

Ryna raak wanhopig. "Help!" gil sy en swaai haar kop wild heen en weer. "Asseblief, is daar iemand wat hoor en my wil help nie!"

"Bly stil!"

"Hê . . .!"

Voor sy die res van die hulpkreet kan uitkry, druk Andy haar mond en neus toe. Ryna snak na asem. Sy hyg en spook om lug te kry, maar hy laat haar nie gaan nie, bang dat sy weer sal skreeu. Hoe meer Ryna spartel, hoe meer kneus sy hand haar mond en keel.

Sy proe 'n soutsmaak op haar tong. Bloed? Dowwe kolle begin voor haar oë sweef; sy kan nie behoorlik konsentreer nie. 'n Vlaag narigheid stoot in haar keel op; in haar ore is 'n suising, asof sy by die see is. Haar verstand wil nie funksioneer nie. Die branders? Of is dit toeskouers op 'n pawiljoen? Is dit Dries wat 'n drie gedruk het? Hoekom voel sy duiselig en benoud?

Die lig teen die plafon word skielik 'n vuurbal. Dan brand die gloeilamp uit, want skielik word alles om haar pikswart. Die suising is binne-in haar kop, maar dit is nie meer so hard nie. Dit word stadig al hoe sagter . . . dan sterf alle klanke weg.

Ryna vergeet Dries en Andy en rugbywedstryde. 'n Lomerigheid vervang die benoudheid en sy sit haar nie meer teë nie. Onder Andy se wurggreep word sy slap, hou op spartel. Na 'n rukkie lê sy stil.

Andy se kop draai en sy verstand is ook nie helder nie, maar te midde van die newels dring dit tot hom deur dat die meisie hom nie meer wegstoot nie. Hy grinnik selfvoldaan. Hy het geweet vroeër of later sal sy inskiklik word!

"Dis reg," mompel hy uitasem, "gee oor. Jy is so pragtig, en pragtige meisies moenie vir Andy bang wees nie. Ontspan. So ja . . ."

Hy streel oor die blonde hare en soen haar op haar mond. Die blondie kan darem 'n bietjie meer vuur openbaar, dink hy; sy is mos nie 'n ysberg nie.

Hy soek of haar rok knope het. Die toer was duur, maar dalk kry hy tog waarde vir sy geld . . .

9

"Sien jy die maan?" vra oom Borrie in die vergaderplek om die braaivleisvuur.

"Natuurlik! Dink jy ek is blind, Boris? Ses en sestig en ek dra nog nie eens 'n bril nie. Ek kan die gare nog net so goed deur 'n naald steek soos toe ek agtien was."

Oom Borrie Tjernikof laat hom nie van stryk bring nie. "Sien jy sterre? Hulle is soos liggies in die hemel . . . blink soos jou oë."

Ouma Fesie wil nie erken haar linkeroor word effens doof nie. Sy draai ongemerk haar kop om met die ander oor te luister.

"Het iemand nie geroep nie, Boris?"

"Dis amper tienuur . . . wie sal nou dié tyd van die nag roep, my hart?"

"Tienuur is g'n in die middel van die nag nie en almal hou nog lekker braaivleis. Moet jou g'n verspot hou nie. Dit was iemand wat geroep het. Gaan kyk!"

"Fesie, kom sit hier langs my op die bank, dan kyk ons na die maan en die sterre."

"Ek het hulle al baie gesien en ek hou my nie met verspotte ou mans op nie."

"Wie is oud?" protesteer oom Borrie verontwaardig en trek twee jaar af. "Sewe en sestig is bloedjonk!"

"Hou op lieg en gaan kyk."

"Waarna? Na die maan? Ek sien hom van hier af. Kom sit op die bank, my hart, dan vertel ek jou 'n mooi storie."

"Dié kan ek op televisie sien en my eie sitkamer se stoele is sagter as 'n houtbank. As jy dan te sleg is, sal ek gaan kyk."

Oom Borrie praat weer van sy hart, maar ouma Fesie is ongeduldig omdat hy nie luister wat sy sê nie. Is die ou man dan bang? Sy laat hom net daar en stryk met die pad tussen die rondawels op, op soek na die plek van waar

271

sy die persoon hoor roep het. Dalk was dit Lalie. Lalie is bang vir spinnekoppe en as sy een sien, gil sy om hulp. En die uitroep het na "Help!" geklink.

Die rondawel wat ouma Fesie en Lalie deel, is egter donker. Daar is niemand nie. Dan onthou ouma Fesie haar kleindogter het mos laas by die vuur met die kaptein oor vliegtuie en nog wat gesit en gesels.

Sy bly besluitloos in die pad staan . . . tot sy die rondawel skuins oorkant sien, daar waar die lig brand. Met 'n skok besef sy wat daar aan die gang is.

In haar jeug het ouma Eeufeesia hokkie gespeel en sy laat nael asof sy 'n doel gaan slaan. So ver soos sy hardloop, voel sy of sy moord kan pleeg – oor Boris Tjernikof wat 'n lafaard is, oor haar linkeroor wat nie wil hoor nie en oor die Zimbabwe-lunsriem wat 'n moordenaar is.

"Ouma kom, my kind," skreeu sy, "hou net uit!"

Sy storm die rondawel binne en som die toestand in 'n oogwink op. Sy raap die eerste wapen wat sy kan kry. Dit is Ryna se sambreel. Sy slaan Andy Davidson daarmee oor die rug en skouers. Dan kom sy agter die sambreel het ander moontlikhede – 'n skerp punt waarmee jy kan steek en 'n gekrulde handvatsel waarmee jy kan haak. Sy steek byna Andy se linkeroog uit. Dan krul die handvatsel soos 'n herder se staf om die afgedwaalde skaap se nek en sy pluk hom van die bedwelmde meisie weg sodat hy van die bed afval en op die grond op sy sitvlak beland.

"Teertang! Smeertou! Lunsriem!" Met elke woord kry hy 'n mokerhou met die sambreel oor die rug.

Andy vererg hom. Wat dink die ou vrou is sy? 'n Windmeul? Hy sukkel waggelend op sy voete en mik 'n regter na haar. Hy kan nie mooi sien nie en eers die derde hou is raak. Bemoeisieke ou feeks, hy sal haar wys! Hy sal haar 'n vuishou teen die kinnebak gee dat sy pens en pootjies by die deur uitwaai.

Andy sukkel om te doen wat hy beoog, want opeens is daar twee vroue – twee aanvallers. Die een lyk vir hom soos die Rus, maar dit maak nie saak nie. Hy swaai 'n regterhaakhou en 'n opstopper na elkeen van hulle. Hy is nie seker of hy die kol getref het nie, maar sy vuiste voel seer, dus moes hy sy aanvaller raak geslaan het. Hygende asemhaling en 'n kreun versterk sy vermoede en sy veggees en hy bal opnuut sy vuiste.

Oom Borrie het seergekry, maar hy blaas nie die aftog nie.

"Hardloop, Fesie, gaan roep vir Wes!" skree hy en kry ook 'n hou in.

Sy opponent is egter erger as 'n verwoede bul. Vir elke hou van oom Borrie, tref hy met vier en die ou oom kom nie by die nooi uit om haar te help nie.

"Fesie, gaan roep vir Wes!" herhaal hy.

Ouma Fesie is egter lankal weg, en Wessel Raubenheimer is voor haar terug.

"Davidson!" roep hy skerp. "Gedra jou!"

Andy herken nie slegs sy naam nie, ook sy aanvaller. Hy stamp die ou oom opsy en wag die kaptein met bloedbelope oë en gebalde vuiste in. Die uitwerking van die alkohol het verander. Waar hy eers vrýlustig was, is hy nou strýdlustig.

"Kom, boertjie," daag hy Wessel uit, "ek het lankal lus vir jou!"

"Wat makeer Ryna?" vra Wes.

Hy het die Zimbabwiër onderskat. Op pad na Ryna tref die eerste hou Wes teen die skouer.

"Pas op vir sy opvolghou! Hy lei met die linker. Koes, Wessie!" gil oom Borrie.

Wes het nie lus vir koes nie, ook nie vir aanwysings of aanmoediging nie. Hy is groot genoeg om vir homself te sorg. Toe Andy Davidson opvolg, weer hy die hou met sy voorarm af.

"Ontbied 'n dokter, oom Tjer," gebied hy. "Ontvangs sal weet waar die naaste een is."

Oom Borrie het Wes op skool laas sien boks, toe hy reeds in standerd nege die onder-agtien-kampioen was, en hy voorspel het hulle kan geld maak met Wessie se bruikbare vuiste. Die seun se kop het egter vliegtuie toe gestaan en van sy planne het niks gekom nie. Noudat daar weer 'n bietjie aksie is, wil oom Borrie dit nie misloop nie.

"Jy hardloop vinniger as ek, Fesie," sê oom Borrie. "Gaan jý ontvangs toe. Vat hom, Wessie!"

"Wag, oom Tjer, wat is hier aan die gang?"

Andy is woedend omdat die Afrikaner so min van hom dink dat hy met ander mense klets pleks van baklei.

"Bang, nè? Skuil agter ou mans en vroumense se rokpante, hè?" sis hy en mik weer 'n haakhou na Wes se kop.

Wes beweeg sy kop na regs en ontwyk die hou met gemak. Ryna begin tekens van lewe toon, dus lyk dit nie asof sy verwurg is of iets ergers oorgekom het nie. Ouma Fesie was te histeries om te verduidelik wat gebeur het. Sy het net aanmekaar gegil hy moet kom . . . gou kom!

Dit maak Andy kwaad omdat hy nie vir Wes kan bykom nie. Die kapteintjie het mos al van nou die dag sy oog op die girlie. Hy sal hom wys; hy sal hom 'n les leer. Andy dans soos 'n kaartmannetjie om hom, oë glurend en met sy natgeswete hare wat oor sy rooi voorkop hang.

"Davidson, skei uit," beveel Wes. "Jy is dronk. Jy weet nie wat jy doen nie."

"Wie is dronk?" vra Andy skril. "Jy miskien, nie ek nie. Jy soek my lankal, jy gaan my kry!"

"Los dit en gaan slaap," beveel Wes ergerlik.

"Krap mos in my slaai, nè?" grom Andy. "Sy is myne. Dink mos ek is dronk en jy is 'n ballerina. Hou op ronddans. Staan stil en baklei soos 'n man! Die wenner kry haar."

Andy begin nugter word en mik sy volgende hou met

meer oorleg. Hy soek na 'n opening en toe die kaptein weer met die Rus praat, sien Andy sy kans. Hy klim met mag en mening in. Een van sy vuiste tref toevallig die teiken . . . vol op die wangbeen. Wes se kop ruk agteroor en 'n straaltjie bloed loop uit sy mondhoek.

Wes was nie van plan om gewelddadig op te tree nie. Hy het aanvaar die ou is dronk en hy wou 'n barbaarse vuisgeveg vermy. Nou is dit egter 'n geval van selfverdediging. Hy dink aan 'n moontlike skandaal, aan meubels en vensters wat kan breek, plus skade aan die rondawel. Die beste is om die ding vinnig af te handel. Hoe sal dit lyk as die kaptein van die vlug in 'n vuisgeveg met een van die passasiers betrokke was? Wat word dan van die lugwaardin se goeie naam – sy wat die hele affêre veroorsaak het?

Wes wil die geveg so gou moontlik beëindig. Toe Andy weer soos 'n verwoede bul op hom afstorm, skiet sy vuis uit en tref die Zimbabwiër vol op sy kakebeen. Die hou behoort aan 'n bokskampioen met baie ervaring, met Wes Raubenheimer se volle gewig van bykans negentig kilogram daaragter.

Andy trek 'n ent deur die lug, en beland uitgestrek op die mat tussen die twee beddens. Sy oë kyk oorkruis en sy mond hang verdwaas oop. Hulle is mos nie op die stasie nie. Waar het die trein vandaan gekom?

Die laaste twee biere wat hy te vinnig weggesluk het, pomp nog 'n laaste paar druppels adrenalien in sy bloedstroom. Hy sukkel orent, maar toe hy sien hoe groot die trein is, verander hy haastig van plan. Dit is beter om liewer na die voëltjies te luister as om weer op die treinspoor te gaan staan en wag. Halfpad deur sy poging om regop te kom, knak sy knieë en hy soek weer die veiligheid van die mat op.

"Het . . . het niks aan haar gedoen nie. Jy kan haar kry," mompel hy moeisaam. Hy loer bed se kant toe, maar hy kan nie mooi onthou wie die blondine met die pienk rok is nie. Wat wou hy met haar doen? Hy weet nie en dit is beter om ook niks verder te probeer doen nie.

"Pot hom weer, Wes!" skree oom Borrie in 'n yl stemmetjie. "Nog een vir my en Rynatjie!"

"Sit, oom," sê Wes kortaf. "Soek 'n stoel en gaan sit en hou op skree. Waar is tant Fesie? Makeer sy iets?"

"Al wat iets makeer, is die javel op die mat," antwoord ouma Fesie tevrede. "Dit sal hom leer, die lunsriem! Hy het met Ryna kom lol, maar gelukkig het jy gekeer, ou seun. Geluk, jy het jou pragtig van jou taak gekwyt."

Vir 'n oud-Rus wie se Afrikaans hom soms in die steek laat, is dit te hoogdrawend.

"Jy het hom lekker gepot, Wessie!" kraai oom Tjer. "En ek het lekker gekyk. Ons kan nog geld maak met daardie paar vuiste van jou – dis nou nie altemit nie. Los die vliegtuie en begin weer volstoom boks. Ek sal jou bestuurder wees. Ons gaan ryk word, ek en jy!"

"Ek het lankal gesê oom Tjer praat te veel en ek wil nie boks nie," keer Wes kortaf. "Wat makeer die toerleidster?"

Netnou was sy Ryna, onthou oom Borrie. Netnou, in 'n krisis, het hy baie vinnig haar naam onthou.

Ryna antwoord self. "Niks . . ." kry sy skor uit. "Ek makeer . . . niks. Dankie. Dankie dat julle kom . . . help het."

"Gee vir haar water," sê ouma Fesie. Toe dit lyk asof die twee mansmense nie gou genoeg na haar sin reageer nie, loop sy self kraan toe, maak die glas vol en hou dit voor Ryna se mond. Sy trek 'n kombers oor die bewende meisie, want hulle sê hitte is goed teen skok en beserings.

"Dankie," fluister Ryna weer met 'n hees stem. Meer kan sy nie uitkry nie. 'n Siddering trek deur haar en sy ril asof sy kouekoors het. "Dries . . ." vra sy mompelend, "het jy toe oorgeskop? Wie . . . wen?"

Iemand klop aan die deur.

"Goeienaand, ek is dokter Ellis. Ontvangs het my laat roep," sê die man.

Ryna is net vaagweg bewus van wat om haar gebeur. Sy hoor net 'n klomp stemme, 'n klomp vrae en dat een van hulle baie kortaf antwoord, terwyl oom Borrie en ouma Fesie teëpraat en probeer verduidelik.

Daarna voel sy die prik van 'n spuitnaald. Genadige lomerigheid oorval haar.

"Is sy beseer, dokter?" vra dieselfde kortaf stem.

"Kneusings en skok," antwoord die dokter. " 'n Nag se slaap en môre in die bed, dan is sy perdfris."

Van wie praat hulle? Ryna is te moeg om te vra. Dit is makliker om haar aan die lomerigheid oor te gee en te slaap; te hoop sy word nie gou weer wakker nie . . .

"Die ou op die mat het dalk ook aandag nodig," sê Wes.

Dokter Ellis het Ryna deeglik ondersoek, maar nou lig hy net 'n ooglid op en laat Andy op die mat terugsak.

" 'n Emmer koue water is al wat hy nodig het . . . en minder uie, knoffel en bier. Laat hom die nag deurslaap en gee hom môre galpille. Hou die dametjie warm en bel my dadelik as daar 'n verandering in haar toestand intree, kaptein Raubenheimer."

"Ek sal so maak, dokter," belowe Wes. Maar hoe sal hy kan weet? Hy kan tog nie heelnag hier by haar in die rondawel sit nie, of hoe?

Ouma Fesie het intussen vir almal lekker warm koffie bestel en vir Andy sterk, swart koffie. Toe 'n kelner met die skinkbord opdaag, maak dokter Ellis egter verskoning. Koffie sal lekker smaak, maar hy kan ongelukkig nie langer vertoef nie. Hoewel hy in die buitewyk van die kamp woon, moet hy die volgende dag voor agtuur ver ry. 'n Geval van mangelontsteking op 'n plaas en daarna 'n blindedermoperasie. Hy sal hopelik tienuur weer by sy spreekkamer wees en ontvangs sal weet waar om hom in

277

die hande te kry indien komplikasies in die dametjie se toestand intree.

"Dankie, dokter Ellis," sê Wes en oom Borrie en ouma Fesie beaam dit. Hulle is ook dankbaar dat 'n geneesheer vir Ryna beskikbaar was. Die kind kon breinskade opgedoen het, of morsdood versmoor het as Wes nie betyds gekom het nie.

"Ek of Lalie sal vannag by haar bly," bied ouma Fesie aan.

Iemand het gesê 'n emmer water moet oor hom omgekeer word, en iemand het die opdrag uitgevoer, besef Andy vaagweg. Sy kop en hemp is sopnat en hy begin bykom. Wie het hom natgegooi? Die ou vrou? Wonder hy. En wie was die trein . . . die kapteintjie?

Waar hy roerloos op die mat lê, betrag Andy vir Wes Raubenheimer van sy voete af tot by sy kop. Hy sal nooit weer met die knaap kragte meet nie.

Die girlie lê soos 'n waspop op die bed. Andy besef hy is in die pekel en hy moet 'n plan maak om daaruit te kom.

"Ek het sommer met haar ge . . . gespeel," hakkel hy. "Ek weet nie wat sy gedoen het nie – net dat sy geval en haar kop teen die spieëlkas gestamp het. Dis hoekom sy so uit soos 'n kers is. Ek wou haar bykry." Andy kry 'n blink gedagte. "Ek het kunsmatige asemhaling op haar toegepas, dis al. Ek het niks anders probeer doen nie, al sê hulle wat. Al wat ek wou doen, is om oor haar te kniel en kunsmatige asemhaling toe te pas om die meisie by te kry. Moenie glo wat die twee ou fossiele jou vertel nie."

Het sy haar kop gestamp? Ryna is nie seker nie. Haar ooglede voel swaar en al wat sy wil doen, is slaap.

Andy hou nie van die manier wat Wes na die meisie kyk en dan na hom nie. Hy sukkel tot by die wasbak en druk sy kop onder die kraan.

"Ryna Landman het gesê sy het 'n bottel rooiwyn en of ek dit nie saam met haar wil help opdrink nie," vertel hy.

"Kan 'n man so ongeskik wees om vir 'n dame nee te sê? Ek het gekom – jy sou ook, kaptein. Maar die wyn na die bier het my gevang. Toe struikel sy oor die mat en stamp haar kop teen die spieëlkas. Toe help ek haar op die bed en pas kunsmatige asemhaling toe. Ek het niks ongeoorloofs gedoen nie."

"Is nie, hy jok," sê Ryna, maar haar keel voel rou en sy kry die woorde nie hardop uit nie. Niemand hoor haar nie.

"Kunsmatige asemhaling? Noem 'n mens dit deesdae so?" wil oom Borrie weet.

Niemand antwoord nie.

Andy sien die twyfel op Wes se gesig en dit gee hom selfvertroue.

"Die girl het my aanleiding gegee . . . van die eerste dag af daar by die swembad. Sy het my nou die dag ook na haar kamer genooi om te kom koffie drink. Ek het 'n vaste nooi in Bulawayo en ek wil haar nie kul nie. Al wat ek wou doen, is om die meisie by te bring. En wat kry ek? 'n Opstopper, en geen dankie nie."

Dit is leuens – gruwelike leuens om voor te gee sy is 'n flerrie. Die ergste is dat dit lyk asof Wes vir Andy Davidson glo. Ryna sukkel om regop te sit en te praat, maar sy is onderin 'n diep put en bo-op haar lê 'n berg. Dit voel of haar tong en ooglede van lood gemaak is. Toe sy met haar hand oor haar mond wil vryf, kan sy nie haar arm oplig nie. Sy bewe soos 'n riet en sy wil huil, maar sy het nie die krag nie. Hoekom glo almal vir Andy en nie vir haar nie? Dink hulle sy is 'n slegte meisie?

Die trane wat onder haar ooglede uitbiggel, voel yskoud op haar wange.

"Dries," fluister sy, "waar is jy? Kom sê vir hulle wat gebeur het . . ."

Wes se stem het die skerpte van 'n skeermeslemmetjie.

"Gaan na jou eie rondawel, meneer Davidson. Ouma

Fesie moet miskien ook liewer gaan rus. Ek sal Lalie vra om by juffrou Landman te bly."

Nee, moenie vir my kwaad wees nie – ek het nie met die vent geflankeer nie, wil Ryna uitroep, maar sy kan nie en niemand luister in elk geval na haar nie. Almal is op pad deur toe . . .

Toe Lalie 'n rukkie later saggies binnekom en op die ander bed gaan lê, hoor Ryna haar nie. Die inspuiting het sy werk gedoen en sy slaap vas.

Die volgende oggend is Ryna se keel opgehewe. Daar is pers kneusmerke aan haar lippe en haar stembande is so rou dat sy skaars kan praat. Lalie bring vir haar tee, roereier en roosterbrood, maar sy wil niks eet nie.

"Dokter Ellis het 'n pakkie slaappille gelaat waarvan jy al om die vier uur moet drink," sê Lalie en hou 'n glas water teen Ryna se mond.

"Wat van die . . . die oggendrit?"

"Lankal verby en ons het 'n giraf gekry – 'n mooie, in die middel van die pad – terwyl jy geslaap het. Drink die pilletjie en slaap weer."

"Nee. W . . . werk?"

Moet sy nie gaan werk nie?

"Wes het beveel dat jy heeldag in die bed moet bly en slaap."

Ryna drink die slaappil en ook 'n paar slukke water. Sy wil nie wakker word nie, want dan lê die dag voor met sy verduidelikings en beskuldigings. As sy dieper in die bed kruip en die komberse styf om haar trek, kan sy dit nog 'n rukkie uitstel. *Dries,* dink sy verlangend, *ek wens jy was hier. Ek wens ek kon jou bel sodat jy my kan troos en sê jy glo my, want jy ken my en weet ek sou nie vir Andy aanleiding gegee het nie . . . weet ek drink nie rooiwyn nie.*

Ryna het net 'n vae herinnering van die res van die dag – van mense wat kom en gaan, simpatiseer en verneem hoe sy voel. Dokter Ellis loer ook weer in om haar nog kalmeerpille en 'n inspuiting te gee. Andy kom nie naby haar nie, ook nie Wes Raubenheimer nie. Heeldag sien sy nie een van die twee nie.

Die middag droom Ryna van Dries – van hulle twee wat voor die kansel staan. Dries het 'n manelpak aan en sy 'n lang wit rok met 'n sluier. Haar blou Golf is die bruidsmotor, versier met linte en ballonne.

Toe hulle die troukoek sny, hou hy haar vas en fluister sag: "Ek sal probeer om vir jou 'n goeie man te wees. Ek weet in die verlede het ek jou dikwels in die steek gelaat. Ek sal die res van my lewe daarvan wy om te vergoed."

En sy sal haar bes doen om vir hom 'n goeie vrou te wees, dink Ryna. Sy verlang na Dries se troos en nabyheid.

Toe sy weer aan die slaap raak, maak die trane nat spore oor haar bleek wange.

Andy wil sy nooit weer sien nie. Maar hoekom kom haar kaptein nie vra hoe dit gaan nie? Omdat hy nie omgee nie of omdat hy nie meer haar bevelvoerder is nie? Omdat sy as gevolg van losse sedes afgedank is?

Toe daardie vrae deur Ryna se kop begin maal, kan sy nie meer slaap nie. In die verte tjank 'n jakkals – 'n troostelose geluid wat haar hartseer stem. Na wat gebeur het, sal sy waarskynlik nie toegelaat word om by Jakarandalugdiens aan te bly nie – nie eens as grondwaardin nie. Sy sal ander werk moet soek, besef sy. Moet sy by Atlas-toere, by Flame Lily of by Stemmet-safari's gaan aanklop? Sy het nie veel hoop op sukses nie. Almal se keuring is streng en hulle sal nie 'n meisie aanstel wat elders as gevolg van 'n swak reputasie afgedank is nie.

Nou sal sy nooit Botswana en Europa sien nie, tensy sy met 'n ryk man trou en self vir haar vliegtuigkaartjie betaal. Maar Dries sal nooit baie geld hê nie, mymer sy. Hy is te onverantwoordelik en sal nie 'n goeie boer wees

281

nie. As hy een jaar 'n goeie oes maak, sal hy alles by Sun City gaan uitdobbel en die volgende jaar is hulle bankrot. Sal sy kan aanhou en aanhou vergewe? Dries, ja. Haar man, ja. Maar wat as daar later kinders is wat swaarkry en nie het wat hul maats het nie? Sal sy altyd verskonings kan vind, of sal die kinders self begin agterkom hul pa is 'n swakkeling?

Trane vloei opnuut oor haar wange – vinniger as wat Ryna dit kan wegvee. Sy het gedink sy het Dries lief. Dit is omdat sy Saterdag vir hom kwaad was dat sy gesê het hulle sal gelukkiger wees as elkeen sy eie paadjie loop. Maar het sy nie dalk reg gehad nie?

Iemand klop aan die rondaweldeur. Ryna verstyf en trek die laken tot teen haar ken. Sy is bang dis weer Andy – dronk en gewelddadig; Andy met sy walglike soene en leuens.

'n Erger vrees pak haar beet. Is dit Wes Raubenheimer wat kom sê sy is op 'n aandvlug terug Johannesburg toe bespreek omdat hy haar wil wegkry sodat sy nie Jakaranda-lugdiens se naam verder kan beswadder nie? Omdat meisies soos sy nie toegelaat moet word om met die passasiers te meng nie?

Die klop word herhaal.

"Mag ek binnekom?" vra Lalie.

"Natuurlik." Ryna is dankbaar oor geselskap, dan het sy minder tyd om oor Dries en haar toekoms te dink. Lalie was ook 'n lugwaardin en sal verstaan hoeveel haar werk vir haar beteken. Van kleins af wou sy 'n lugwaardin word en het al in standerd ses haar vakke reg gekies. Aardrykskunde en Duits. In matriek het sy in albei onderskeidings gekry. Nou baat haar harde werk haar niks. Sy kan maar bande gaan teruggee en haar Frans vergeet.

"Hoe voel jy, maat?" vra Lalie besorg. "Ouma Fesie stuur groete, sy en oom Borrie, die Kingstons, Garths, Heeses, sowel as Josie en sy sussie. Ou Joos is nogal bekommerd oor jou en laat weet jy moet probeer om nie dood te gaan nie, want jy is darem nie te sleg nie. Hy was vroeër hier, maar toe het jy geslaap. Ek het vir jou 'n gebraaide tjop, 'n sosatie en slaai gebring."

"Dankie. Hoe vorder die vleisbraaiery? Was daar vir almal genoeg te ete en te drinke?"

"Oorgenoeg. Ek het toerleidster gespeel en dit geweldig geniet. Dit was lekker, soos in die goeie ou dae. Ek wonder . . ." Lalie giggel en kou ingedagte haar duimnael. "As ek Johann los, neem Jakaranda geskeide mense in diens? Noudat ek 'n voorsmaak gehad het, besef ek dit sal nogal lekker wees om weer heeltyds te vlieg."

"Natuurlik," antwoord Ryna en vryf oor haar pynlike keel. "Wes is geskei."

"Ek hoor so. Die vrou wat Wessel Raubenheimer laat staan het, moet 'n psigiater gaan spreek. Hy is fantasties. As hy myne was, het ek my naels in hom geslaan en gehou wat ek het. Was die vrou van haar kop af?"

"Sy het seker redes gehad. Ek dink nie dit is maklik om met Wes getroud te wees nie."

"Miskien het hy háár laat staan."

"Ek weet nie en ek gee ook nie juis om nie. Hoe gaan dit met hom? Die hou van Andy wat hom getref het, was baie hard. Lyk Wes se gesig nie sleg nie?"

"Ek dink Andy lyk erger. Ek weet nie hoe dit met Wes gaan nie, want ek het hom heeldag nie met 'n oog gesien nie. Ons is kapteinloos, want hy is Harare toe."

"Was hy nie saam op die besigtigingsritte nie?"

"Nee."

"Harare?" Ryna hoes en drink 'n slukkie water. "Hoekom? Wat het Wes op Harare gaan maak?"

"Hy het seker reëlings gaan tref," sê Lalie.

Ryna weet egter self wat die antwoord op haar vraag is. Die naaste Jakaranda-lugdienskantoor is in Harare. Kaptein Wessel Raubenheimer het twee keer se uitry en moontlik weer wildehonde en 'n swartkraagmannetjie prysgegee om by die naaste lugdienskantoor haar afdankingsvorm te gaan haal.

Sy het mos geweet dit kom, geweet hy wag net vir genoeg rede en die geskikte geleentheid. Hoekom is dit nou asof die einde van die wêreld aangebreek het? wonder Ryna. Sy lê teen die kussings terug en sluit haar oë.

Sy soek by Lalie troos. "Was jy hartseer op jou laaste vlug? Wou jy in trane uitbars by die gedagte dat jy nooit weer lugwaardin sou wees nie?"

Lalie dink na. "Nee, ek kon nie wag om die kusvlug verby te ry en te land nie. Ek kon nie wag om my trourok aan te trek en op Mauritius te gaan wittebrood hou nie."

Ryna byt op haar onderlip en veg teen die trane.

"Ja, met jou was dit natuurlik anders. Jy het ophou vlieg om te trou. Jy is nie afgedank nie. Wat gaan ek maak, Lalie? Ek is platsak en ek is nie opgelei vir enige ander soort werk nie. Wat gaan ek doen?"

10

"Afgedank?" Lalie frons. "Waarvan praat jy, ou maat?"

"Dis nie waarvan ék praat nie, maar ons geëerde kaptein. Hy het nie aan almal vertel ek is 'n goedkoop flerrie en gee mans aanleiding nie?"

Lalie kyk Ryna snaaks aan. "Ekskuus?"

"Het Wessel Raubenheimer nie vertel dat ek 'n bottel rooiwyn gehad het en Andy na my kamer gelok het met die doel om hom te verlei nie, en dat ek van die eerste dag my flikkers vir hom gegooi het nie, nieteenstaande hy 'n vaste nooi in Bulawayo het?"

Lalie kom sit langs die bed en lê haar hand op Ryna se voorkop.

"Nee, jy is nie koorsig nie. Dalk is dit die skok wat jou nog laat yl . . . of 'n leë maag. Eet jou tjop en wors."

"Ek is nie honger nie, en ek yl nie. Andy het volgehou ek het toenadering gesoek en Wes het hom geglo. Derhalwe is ek 'n ongewenste element by die lugdiens en wil hulle van my ontslae raak. En daarom is Wes Harare toe om 'n afdankingsvorm te gaan haal."

Lalie hou aan frons. "Stadig . . . een ding op 'n slag. Wie sê Wes het Andy Davidson se storie geglo?"

"Wes het aandagtig na Andy geluister en my verontagsaam. Hy het my nie gevra om hom te vertel wat gebeur het nie."

Lalie kan nie glo dat Ryna so dom is nie. "Natuurlik nie! Jy was siek en geskok en Wes wou jou nie vermoei nie. Boonop het ouma Fesie en oom Borrie hom breedvoerig vertel wat gebeur het. Hulle is bejaard, maar nie seniel nie. Hulle kon mos sien Andy het jou amper versmoor en tensy Wes blind was, kon hy self ook afleidings maak. Genade, jou keel was pimpel en pers, en Andy so dronk hy kon nie op sy voete staan nie! Dink jy Wes is onnosel?"

"Nee, net baie streng en noukeurig."

"Jy is verspot. Jy ly nog aan skok. Soos ek gesê het: Wes is 'n fantastiese ou en as hy my sal vat, sal ek Johann met plesier vir hom verruil. Hy volg sy eie kop. Hy het geweet Andy Davidson vertel allerhande stories om sy vel te red."

"Wie sê so?" hou Ryna vol. "Wie sê Andy het hom nie oortuig nie?"

"Ons toerlys sê so, en ouma Fesie en oom Borrie en die toestand waarin jy klaarblyklik was. Ek weet jy hou nie van Wes nie, maar dis nie genoeg rede om sy intelligensie te onderskat nie."

Ryna hoor net hier en daar 'n woord. Haar keel pyn en haar brein voel steeds of dit in watte toegedraai is.

"Watter toerlys? Wat het die toerlys daarmee te make? Wat bewys dit?"

"Dit bewys jy yl. Dit bewys Wes weet wat gebeur het. Laastens bewys dit dat meneer Andy Davidson op hierdie oomblik op Harare sit, in die hoop dat daar 'n aansluitingsvlug na die Victoria-waterval sal wees."

"Hoekom?"

"Hoekom wat? Hoekom is daar een toerlid minder op ons toerlys? Omdat Wes ander se toer gaan kanselleer het . . . op Harare. Omdat hy Andy Davidson se regte opgeskort het, maar uit die goedheid van sy hart op Harare gaan probeer reël het dat die ellendeling op 'n ander toer by 'n ander reisagentskap oorgeplaas word. Wes het besluit ons wil nie 'n seksmaniak saam met ons hê nie."

Ryna se keel brand en sy kan nie onthou wanneer sy laas sonder hoofpyn was nie. Sy is bang haar brein is steeds beneweld en sy het verkeerd verstaan.

"Het Wes Andy se toer opgeskort? Is dit waarom hy Harare toe is?"

Lalie knik en lag. "Arme ou Andy. Wanneer hy nugter is, is hy nie sleg nie. Dit was seker die duurste omhelsing wat hy nog gehad het. 'n Halwe soen – wat hy uit die aard van die saak ook nie eens geniet het nie – het hom die res van sy vakansie gekos."

Ryna sukkel om alles te begryp. "Het Wes die reg om iemand se toer se kanselleer?"

"Wes is 'n senior bevelvoerder. Hy het die volste reg om 'n passasier te eniger tyd op enige plek af te laai indien hy reken die betrokke persoon bedreig die veiligheid van die toer. Volgens regulasies kon hy Andy môre oor 'n moeras uitgegooi het of êrens bokant Guvalala, waar daar nie water is nie. Ek weet nie hoekom Wes so barmhartig was nie, want gisteraand het hy Andy uitgeskel vir 'n luis en 'n dronklap en ek weet nie wat alles nog nie. Ou Andy het alles gesluk, die beledigings verduur en nie 'n woord teëgepraat nie. Hy weet hy was skuldig."

"En waarvoor het Wes mý uitgeskel?" wil Ryna weet.

Lalie grinnik breed. Oom Borrie het miskien reg gehad dat dit vir Ryna saak maak.

"Wil jy regtig weet?" terg sy.

"Ek is gesond, ek kan nog 'n skok verduur."

"Ek glo nie. Ek sal jou later sê – ek moet eers hoor of die dokter reken jou gestel is sterk genoeg."

"Het Wes my uitgeskel vir 'n losbandige flerrie met 'n voorliefde vir rooiwyn?" hou Ryna vol.

Lalie lag. "Nee, hy het net gesê jy het nie die verstand van 'n hoender nie, anders sou jy gouer en harder geskree het en Davidson nie binnegelaat het nie. Terloops, voor ek vergeet, Wes het ook gesê hy het dalk môre op Victoria vir jou 'n verrassing. Dis die ander rede waarom hy Harare toe is."

"Ek het so hard geskree as wat ek kon, maar ek het nie dadelik besef wat Andy se plan was nie. Hy het gemaak of hy siek is en ek het my laat flous."

"Toe maar, ons weet – ons ken die hele storie," paai Lalie. "Wes het nie Davidson se kant teen jou gekies nie."

"Hoekom het hy nie so gesê nie?" wil Ryna gegrief weet.

Lalie is getroud en baie wys. "Sê mans ooit wat hulle dink?"

'n Hoender . . . dink Ryna later die aand toe sy weer probeer slaap. Nie juis vleiend nie. Dit is seker die naaste aan 'n kompliment wat sy ooit van Wes kan verwag.

Gee sy om?

Ja, besef Ryna, sy gee om wat Wes van haar dink. Sy wil nie hê hy moet dink dit is haar gewoonte om te ryloop, met vreemde mans by die swembad te flankeer, dat sy haar kêrel belangriker as haar werk ag of dat sy Andy aanleiding gegee het nie. Wes het 'n streng morele opvatting van wat reg en verkeerd is, en sy sou haarself graag in sy oë wou rehabiliteer. As hy met Lalie vriende kan wees, hoekom nie met haar ook nie?

Uit lojaliteit teenoor Dries probeer Ryna alle gedagtes aan haar kaptein verdring. Dit hinder haar dat Dries waarskynlik bekommerd is omdat sy nie teruggeskakel het nie. Sy onthou vaagweg dat sy na Dries geroep het toe sy deurmekaar was. Nou, opeens, weet sy nie of sy met hom wil praat nie. Haar plig roep egter, en sy het belowe om hom te bel. Terwyl sy veronderstel is om in die bed te wees, trek sy aan en glip gou weg ontvangs toe. Sy wil haar kans waarneem terwyl Wes nie hier is nie, anders het hy dalk weer iets te sê oor haar private lewe wat op haar werk inbreuk maak.

Die telefoon is baie dof en Ryna moet lank wag voor die eerstejaar wat by die koshuis telefoondiens doen, meneer Basson opspoor.

"Hallo . . . hallo, Laetitia . . ." kom Dries se stem amper onhoorbaar oor die lyn. "Jong, ek is jammer. Daar het iets voorgeval en ek kon dit nie haal sokkiejol toe nie. Is jy daar? Ek kan nie mooi hoor nie."

"Ek is hier." Ryna klem die gehoorbuis stywer vas. "Dis nie Laetitia nie, Dries, dis ek . . . Ryna." Hy moet tog net nie vra watter Ryna nie.

"Aster, waar is jy?" vra Dries. "By die huis? Moet ek oorkom?"

"Ek is op Hwange. Ek kom eers Saterdag huis toe."

"Dis hoe ek ook verstaan het – eers Saterdag. Iemand van Jakaranda-lugdiens het egter vandag gebel en 'n boodskap gelaat. Ek het nog nie kans gehad om in die boek te gaan kyk wat dit was nie. Was dit jy wat gebel het?"

"Nee, dit was nie ek nie."

"Dan is daar die een of ander misverstand. Die eerstejaars is ook nie meer wat hulle in my groentjiejaar was nie. Waar is jy?"

"Ek sê mos . . . op Hwange. Hoe gaan dit met jou, Dries?"

"Klopdisselboom."

"Hoe voel die sny aan jou wang?"

"Watter sny?" Dries lag. "Dit is weg en ek het al die ongeluk vergeet. Ons het 'n sokkiejol gehad en ek het my oor 'n mik gewerk. Die tema was *Liefde is*, dus kan jy jou voorstel hoeveel scope ons gehad het en hoeveel idees ons moes uitsif. En die ergste was, op die ou end kon ek self nie eens die jol bywoon nie. Daar is te veel beseringstyd in 'n rugbywedstryd toegelaat en in die kleedkamers wou die ouens ook eers 'n paar doppe maak. Ek het eers in die stort wakker geword en toe was die jol al halfpad verby."

"Het julle gewen?"

"Net-net. Het ek nie in die laaste minuut van beseringstyd gedrop nie, het ons verloor – linkervoet, sokkerstyl, maar dit was oor. Jy moes die toeskouers gehoor het – erger as met 'n intervarsity. Vanaand serenade ons Asterhof, want hulle het die hardste getjeer. Die koshuis se naam gaan verander, noudat dit 'n manskoshuis gaan word – *Kooshof*, hoe klink dit?"

"Baie oorspronklik. Geluk met jou skepskop. Ek is bly jy was die held in die wedstryd."

"Ek sou blyer gewees het as jy hier was om dit saam met ons te vier."

"Hoe gaan dit met die studie?"

"So-so. Ek het gister se toets gebunk, maar dit kon nie anders nie. Ons was te besig met die sokkiejol en ek kon nie blok nie."

Gister se semestertoets in plantkunde, onthou Ryna, en plantkunde is sy hoofvak. Sy sê niks, want sy wil nie kerm en torring nie.

"Hoe gaan dit by die motorhawe, met die Golf en meneer Calitz?"

Dries brom 'n studentewoord wat sy nie ken nie.

"Ou Calitz is 'n bloedsuier," sê hy. "Ek het hom reguit gesê wat hy met sy garage kan doen. Ek werk nie vir 'n hongerloon nie."

"Het meneer Calitz jou te min betaal? Beteken dit jy het die werk laat vaar?"

"Natuurlik het ek gewaai. Ek het 'n plaas wat ek eendag gaan erf. Ek is nie 'n armlastige wat van liefdadigheid afhanklik is nie."

"Wat nou van my motor?"

"Ons sal 'n plan maak. Moenie worry nie, Ryntjie."

"Watse plan?"

Dries hoor nie. Die eerstejaar wat telefoondiens doen, het 'n radio aangeskakel en al wat Ryna hoor, is "Hot it up, baby".

"Watse plan, Dries?" herhaal sy. "Moes jy nie maar by die motorhawe aangebly het tot die motor reg is nie?"

"Hoor hier, liefie, ek bel jou môre terug. Dit gaan effens dol. Ek het jou lief. Ek bel jou . . ."

Voor sy hom van Andy en haar seer keel en haar nagmerrie kan vertel, lui Dries af. Ryna het vergeet dit is Woensdagmiddag, en dan is net rugby van belang.

Wie het hy lief behalwe homself? wonder sy. Vir haar of Laetitia?

Toe sy weer in haar rondawel kom, besef Ryna sy moes nie gebel het nie. Dries was nie bekommerd nie. Met al die opwinding het hy nie eens aan haar gedink nie. Uit die oog, uit die hart, lui die gesegde. Maar wat van haar motor? En by wie gaan sy nou troos soek?

Wie is Laetitia? wonder sy. Die meisie wat saam met hom in die motor was en veroorsaak het dat hy die skerp draai by die bloekombome vergeet het, of is sy dalk 'n nuwe nooi?

Of is sy bevooroordeeld? Was dit bloed aan Dries se kraag en nie lipstiffie nie? Dit was immers 'n rampartytjie. Rum-partytjie! dink sy. Daardie naam is meer gepas.

Net voor sy by die deur uitstap, lui die telefoon by die sentrale. Dit is Dries, dink sy dadelik – Dries wat ook besef hulle het nie klaar gepraat nie. Sy bly afwagtend staan.

290

" 'n Stukkende lugversorger? Hut nommer sestien? Ek stuur 'n tegnikus uit," hoor sy die ontvangsklerk in die spreekbuis sê.

Sy draai weg en stap stadig terug na haar rondawel. As dit Dries was, sou hy net teruggebel het om haar verder van die sokkiejol en serenade te vertel, van die eerstejaars, sy skepskop en die gejuig. Miskien sou hy as 'n nagedagte bygevoeg het dat hy na haar verlang. Hoe het sy Saterdag gesê? *Ek het my eie lewe en is nie deel van jou nie.* Ryna besef sy het reg gehad. Omdat sy self nooit 'n student was nie, is hul doen en late vir haar kinderagtig. Veral Dries se houding ten opsigte van die werk wat hy by die motorhawe gehad het. Is 'n klein salaris nie beter as niks nie? Beter as om op ander mense te teer nie? Dan praat hý van 'n bloedsuier!

Hut nommer sestien is 'n gesinsrondawel waarin die Bothas is, onthou Ryna. Aangesien sy blykbaar nog die toerleidster is, behoort sy te gaan kyk of sy kan help, al is dit net om haar kaptein te wys sy is dankbaar oor die opskorting van haar vonnis.

Die pa en ma is nog by die vleisbraaiery. Net Ansie en Joos is daar – in hul slaapklere, maar nie in die bed nie. Dit was blykbaar Joos wat oor die lugreëling gekla het.

Hy lyk besonder bly om haar te sien.

"Is jy nie dood nie? Dis bak. Jy is partykeer 'n regte grootmens, maar soms nogal nie sleg nie," sê hy.

"Jy kan darem ook gaan," sê Ryna ongeërg.

Joos gloei van trots. "Wil jy Coke hê? Ons het gekoop."

Al wat Ryna wil hê, is 'n bed en 'n bad. Sy weet nie hoeveel keer sy nog sal moet skrop om van die knoffelreuk en die gevoel van Andy se mond teen hare ontslae te raak nie. Maar dit was 'n groot offer wat Joos gebring het en sy durf nie nee sê nie.

"Coke sal heerlik smaak, dankie."

"Ek oefen vir lugwaardin," sê Ansie. "Sit julle op die

tafel, dan bring ek die koeldrank." Sy kyk nuuskierig na Ryna. "Het jy gehuil, tannie Ryna?"

Ryna vee met haar arm oor haar oë. "Sommer net bietjie hartseer gewees . . . Dis niks."

Joos is skielik ook nuuskierig. "Waarom het jy gehuil?"

Hy is amper op hoërskool en noem haar nie tannie nie, want al is sy 'n grootmens, lyk sy nie oud nie.

Ryna antwoord met 'n teenvraag: "Was jy al ooit gekys, Joos?"

Sy antwoord verras haar: "Baie."

"Wat maak jy as jy ontdek jy hou nie meer van jou kys nie?"

Joos twyfel nie. "Ek ruil haar vir 'n nuwe model."

"En as die nuwe model jou nie wil hê nie?"

"Dan koop ek vir haar 'n hamburger."

"Dan kom alles reg?"

"Ja."

Ryna wens sy was in standerd vyf, want in standerd vyf ken 'n mens al die oplossings.

"En wat van jóú ou kys? Huil jy nie oor haar nie?"

Joos kan nie verstaan dat iemand so dom is nie. "Nee, want dan sou ek haar mos nie afgesê het nie."

"Kom 'n ou se vorige kys reg as jy hom of haar afsê?"

"Natuurlik. As ek vir haar moeg is, is sy vir my ook moeg. Ek kan haar uitlos en vergeet. Sy sal orraait wees."

Sal Dries orraait wees? mymer Ryna. Sy weet hy sal. Hy het seker ook al besef haar lewe is anders as syne. Sy deel nie in hul lawwe studentepret nie. Sy neul te veel; praat gedurig oor klasse en toetse en semesterpunte. Dit is soos Joos gesê het. Dries is dalk ook al moeg vir haar en reg vir 'n nuwe nooi. Laetitia, 'n liggelowige eerstejaartjie?

Ryna drink haar glas leeg. "Laat ons ons sorge ver-drink."

"Wat doen?" vra Joos. "Dit klink goed, maar wat bete-ken dit?"

"Dit, Joos, beteken dat ek saam met die koeldrank ook my ou kys afgesluk het. Wat verby is, is verby. Ons is moeg vir mekaar."

"Wie is die nuwe model, tannie?" vra Ansie skamerig.

Ryna is ook skielik skaam. "Dit is 'n geheim, want hy weet self nog nie eens nie en ek is te platsak om vir hom 'n hamburger te koop."

"Skryf vir hom 'n brief," doen Ansie aan die hand.

"Ek glo nie hy sal dit lees nie."

"Bel hom."

"Hy sit dalk die gehoorstuk neer." Ryna vee weer oor haar oë, sit haar glas neer en staan op. "Is julle lugreëling stukkend?"

"Hy werk, maar nie goed nie," antwoord Joos, "en ons betaal om koel te kry. Dis hoekom ek netnou by die bestuur gekla het. My pa sê as 'n mens nie kla nie, kry jy nie diens nie."

"Jou pa het reg. 'n Mens moet in die lewe baklei vir wat jy wil hê. Wanneer kom jou pa en ma?"

"Netnou. Ons is orraait so alleen. Baiemaal het my pa 'n vergadering en my ma werk by die kerk, dan is ek en Ansie alleen by die huis."

Ryna bly egter huiwerig. "Sal julle vanaand alleen regkom?"

Joos voel beledig. "Ek is nie 'n babatjie nie. Ek kan vir my en Ansie sorg."

Ryna kyk na sy vies gesig en besluit Joos is mans genoeg. As sy vertoef, sal dit lyk of sy dink hy is 'n moederskindjie. Die tegnikus of sy ouers kom seker nou-nou en hy sê hulle is daaraan gewoond om alleen tuis te bly.

"Gaan slaap vroeg," maan sy. "Onthou, môre moet ons douvoordag opstaan vir die vlug na die Victoria-waterval." Sy glimlag. "En Joos . . . dankie vir die goeie raad, en vir die koeldrank. Lekker slaap, julle twee. Sien julle môre."

Ryna gooi ontsmettingsmiddel in haar badwater, skrop haar oor en oor en wens sy het 'n naelborseltjie saamgebring. Sy voel vuil. Dit is die soort vuil wat nie met seep en water afgewas kan word nie. Hoekom raak sy altyd met besope mans deurmekaar? Eers Dries, toe Andy. Dries sal moet rem aandraai. As hy hom nou al so te buite gaan dat hy eers in die stort nugter word, hoe sal dit nie gaan wanneer hy ouer is nie? Sy wonder of sy ouers weet hoeveel geld hy op drank en partytjies uitgee. Hulle behoort, want hulle gee hom sy sakgeld. Dries is egter slim – hy laat sy vriende betaal. En sy nooi verskaf die motor en die brandstof. Is dit waarom hul verhouding so lank gehou het . . . omdat sy 'n salaris verdien en altyd bereid was om op te dok? Sy het selfs 'n paar keer sy skuld betaal. Laetitia is blykbaar ook 'n student. Waar sou haar studiegeld vandaan kom? 'n Ryk pa miskien?

Sy is te kras, dink Ryna. Dalk het hy en hierdie Laetitia meer gemeen en bedoel hy dit opreg met die meisie. Maar dan onthou Ryna Dries se vorige nooi, die meisie net voor háár – Marietjie Weiland, dogter van Magnus Weiland, die mynmagnaat. Wie het destyds vir wie afgesê? wonder sy skielik. Marietjie, omdat sy begin agterkom het die kêrel het haar geld liewer as vir háár? Of het haar pa 'n sê gehad – besluit die kêrel is nie van die soort stoffasie gemaak wat hy in 'n skoonseun verlang nie?

Uit die mond van 'n suigeling het Ryna die waarheid gehoor. Tog bly sy bekommerd of Dries sonder haar die mas sal opkom. Dit was net sy wat hom aangemoedig het om klasse by te woon en vir toetse te blok. Wat gaan nou van hom word? Hy gaan al hoe meer drink en weer die einde van die jaar druip. Hy gaan 'n gemors van sy lewe maak, en sy kry hom jammer. Eens op 'n tyd was sy baie verlief op hom en hy op haar . . .

Waar sy in die bad sit, is Ryna se oë mistig. 'n Vurige liefde wat verflou het; wat verdring is deur sokkiejolle, toere en Laetitia. Sou Dries haar ook met alle mag teen Andy beskerm het? Beter selfs as Wes? Moet sy toegewings maak en onthou dat Dries eens op 'n tyd so wonderlik was? As Lalie hom geken het, sou sy gesê het Dries is ouliker en dat sy haar Johann vir hom sal verruil?

Die twee Bothatjies het blykbaar die toerleidster se vermaning ter harte geneem. Nadat sy weg is, moes hulle dadelik gaan slaap het, want die volgende oggend is hulle eerste op, eerste by die eetkamer en eerste by die bus om hul bagasie in te laai.

Ouma Fesie en oom Borrie is tweede. Hulle kom hand aan hand aangestap soos twee skoolkinders en het net oë vir mekaar. Toe ouma Fesie byna oor Ryna val, sien sy haar darem ook raak.

"Haai, my kind, is jy darem op die been?"

"Jy lyk stukke beter," sê oom Borrie. Vóél jy ook beter, nooi?"

"Ja, oom Borrie. Na 'n hele dag se slaap gaan dit weer klopdisselboom." Dit herinner te veel aan Dries se uitdrukking. "Ek voel piekfyn," korrigeer Ryna haarself. "Ek hoor oom-hulle het gister 'n kameelperd gekry."

"Ja, en 'n wolf en 'n jakkals."

"Hiëna, pampoen," help tant Fesie hom liefderyk reg.

"Dit was seker dié ou wat ek verlede nag gehoor het. Hy het knaend na sy maat geroep en my uit die slaap gehou," skerts Ryna.

Noudat hy ook weer na al die jare 'n maat het, wil oom Borrie vir almal een soek.

"Was dit die wolf of die kêrels wat jou wakker gehou het?" terg hy.

"Is hulle nie een en dieselfde ding nie?"

"Nie alle jong mans is soos Davidson nie. Die meeste van hulle is net die teenoorgestelde en sal nie van 'n nooi misbruik maak nie."

"Ek weet, ek speel sommer, oom. Wat my wakker gehou het, is ontsteltenis oor my stukkende motor en omdat ek sonder assuransie en vervoer sit."

"Ek het by Skip gehoor van die lummel wat jou motortjie omgesmyt het. Maar hy sê jy woon in Edenvale, en Wes mos ook. Ek sal vir hom van jou motor sê, dan kan hy jou mos oplaai tot die Golfie reg is. Hier kom hy nou net aan . . . ek sal hom vra."

"Nee, oom, moenie vir Wes pla nie," keer Ryna, maar nie vinnig genoeg nie.

"Môre, almal," groet Wes.

Hy het blykbaar ook douvoordag opgestaan, vroeg genoeg om eers te gaan swem. Sy hare is nat en hy het 'n handdoek by hom.

"Môre," groet die ander mense.

Wes kyk na sy toerleidster. "Waarvoor het jy geskerm? Waarmee moet ek nie gepla word nie?"

Ryna wil oom Borrie se nek omdraai. Een keer se oplaai toe sy geryloop het, was genoeg. Sy kan raai wat Wes se reaksie sal wees as hy gevra word om haar gereeld lughawe toe op te laai.

"Sommer niks," maak Ryna dit ligweg af. "Gee my jou handdoek, dan sprei ek dit oor een van die agterste sitplekke oop om droog te word."

"Dankie . . . Ek kon dit nie in my tas pak nie."

Ryna voel senuweeagtig. As hy weer sy wit broek en geruite hemp aangehad het, sou hy minder amptelik gelyk het. Wes vlieg egter vanoggend en is in sy uniform geklee.

"Hoe gaan dit vanoggend, juffrou Landman?"

"Beter, dankie, kaptein Raubenheimer." Ryna is spyt hy het netnou gehoor wat sy teenoor oom Borrie opgemerk het, want voorname is opsigtelik vanoggend uit, en amptelike aanspreekvorme in.

"En jou keel? Is dié nog seer, juffrou?"

"Net wanneer ek lag," sê Ryna.

296

"As jy kan lag, makeer jy nie veel nie," terg hy.

"Ek makeer niks nie." Ryna kyk na haar vingernaels, na die bus en na die wolke doer ver op die horison – oral, behalwe na Wessel Raubenheimer. "Dankie vir . . . vir die moeite met my en gister se vry dag."

"Dit was 'n plesier en jy hoef nie dankie te sê nie."

'n Plesier om 'n vuishou teen die kop te kry en die ver ent Harare toe te ry? Hy kon geïrriteerd en verwytend gewees het. Hy is gaaf, dink Ryna. Sy begin dit al hoe meer besef.

Wes kyk ook anderpad, na oom Borrie-hulle wat padgegee het en in die bus klim. Hy wens hulle was nie so taktvol nie, wat hy weet nie wat om nog vir Ryna te sê nie. Hy vat aan sy pet en sy das, maak 'n slag keel skoon. Die stilte rek egter langer en hy kan nie aan 'n onderwerp dink om dit te oorbrug nie. Laas het dit gehelp om oor die weer te praat. Sal hy sê dis 'n lekker dag?

Ryna kyk vlugtig op na hom, dan weer weg.

"Dankie ook dat . . . dat u Andy nie geglo het nie," stamel sy. "Ek het gedink u het hom geglo dat ek die skuldige was."

"Hoekom?"

"Hy het gesê ek het hom genooi om rooiwyn te kom drink. Hoe weet u hy het nie die waarheid gepraat nie?"

'n Rukkie was Wes anders, vriendeliker. Skielik is hy weer die bevelvoerder wat Ryna ken, kortgebaker en ongeduldig.

"Jy het klaarblyklik nie 'n hoë dunk van my intellek nie, juffrou Landman. Ek ken die verskil tussen kunsmatige asemhaling en amoreuse aktiwiteite."

So gestel, klink dit suggestief. Ryna bloos.

"Dit spyt my dat ek u waarnemingsvermoë onderskat het."

"Boonop het jy daar soos 'n sak pampoene gelê. Jy kon nie boe of ba sê nie, want jy was so uit soos 'n kers."

Hy kon darem gesê het 'n sak aartappels . . . of mielies. Pampoene, veral in daardie stemtoon, klink beledigend.

"En 'n pampoen is in die reël nie amoreus nie, of hoe, kaptein Raubenheimer?"

"Dis nie nodig om sarkasties te wees nie."

"En pampoene is ook nie losbandige flerries wat wyn drink nie. Was dit die deurslaggewende faktor . . . dat ek daar soos 'n pampoen gelê het, of die feit dat ék kneusplekke gehad het, en nie Andy Davidson nie?"

"Dit ook. As jy so vroeg in die môre lus het vir rusie, is jy klaarblyklik gesond en hoef ek my nie verder oor jou te bekommer nie."

Wes stryk met lang treë aan bus toe. By die trap steek hy egter vas en soek deur sy baadjiesakke.

"Daar het 'n faksboodskap vir jou gekom. Ek het daarvoor geteken omdat jy in daardie stadium in die eetkamer was."

" 'n Faks?"

"Ja." Wes druk 'n koevert in haar hand en klim in die bus. "Druk die toeter dat die mense kan kom," gebied hy die bestuurder. "Die vliegtuig wag en al het die toerleidster heeldag tyd om sentimentele liefdesboodskappe te lees, is ons ander mense haastig."

Lalie knipoog vir haar ouma. "Ryna sal net so haastig wees as sy geweet het van die verrassing wat by die Victoria-waterval op haar wag. As sy geweet het, sou sy help toeter druk het."

Oom Borrie is nukkerig. "Wes het 'n fout gemaak. Die kamtige verrassing gaan sy saak benadeel."

"Beduiwel, ja," stem ouma Fesie saam.

11

Ryna skeur nie onmiddellik die koevert oop nie. Wat het haar makeer om weer met Wes rusie te soek? wonder sy. Hy was baie vriendelik. Die fout het by haar gelê. Kon sy nie erkentlik teenoor hom gewees het nie? Sy het mos besluit hy is nie te sleg nie en sy begin gaandeweg selfs van Wes Raubenheimer hou. Of is dit soos sy vir oom Borrie gesê het . . . dat sy en Wes nie langs dieselfde vuur sit nie?

Eers op die vliegtuig, nadat sy die kleedkamers en die kajuit nagegaan het, skeur Ryna die koevert teësinnig oop. Die faks kan net van Dries af kom en sy het nie lus vir nuwe probleme nie. Wat nou weer? Nog 'n dagvaarding van die munisipaliteit of van oom Calitz vir insleepkoste wat nie betaal is nie? Of 'n liefdesboodskap, soos Wes sarkasties te kenne gegee het?

"Slegte tyding?" verneem Ampie simpatiek.

Ja of nee? wonder Ryna. Almal sê die Victoria-waterval en die reënwoud is romanties. As sy en Dries saam daar is, kom sake tussen hulle dalk weer reg. Daar word mos gesê ou liefde roes nie.

Sy wys Ampie die vier woorde in die telegram. *SIEN JOU MÔRE. DRIES.* Môre? Waar het hy vir 'n vliegtuig-kaartjie geld gekry?

"Dit moes 'n geheim en 'n verrassing gewees het," lag Ampie. "Die kaptein het gereël dat jou vriend 'n gratis kaartjie kry omdat jy so 'n nagmerrie-ondervinding met Davidson gehad het. Hy het by my kom hoor of ek Dries se adres en telefoonnommer ken. Al wat ek geweet het, is dat sy van Basson is, dat hy in 'n koshuis is – Môrester of so iets."

"Môrewag."

"Ek was naby genoeg, want hulle het hom opgespoor." Ampie bekyk die gegewens boaan die velletjie papier. "Die

299

faks is laat gistermiddag gestuur. Dit is dus vandag dat hy jou sal sien. Is jy nie bly nie?"

Nou die aand het Ryna besef sy moet Dries nie te kwaai oordeel nie omdat hy nog jonk is. Hulle wil mos nie binnekort al trou nie, dink sy. Sy wil nog Europa sien en hy moet eers klaar studeer. Intussen word hulle albei ouer en meer volwasse, en sal 'n huwelik tussen hulle dalk slaag.

"Ja, ek is bly, Ampie," antwoord sy. Die eerste keer onthou sy weer die Jakaranda-oproep waarna Dries verwys het, en wat sy gedink het 'n misverstand was, en van die verrassing waarop Lalie geskimp het. Die verrassing is natuurlik Dries.

Ampie verdwyn kombuis toe om te sorg dat die warm kos gelaai word en die oonde aangeskakel is. Op hierdie vlug bedien hulle ontbyt.

Ryna kan agterkom wanneer Wes aan die stuur van die vliegtuig is. Ou Ernst vlieg sommer soos 'n vragmotorbestuurder, sommer dwarsdeur donderwolke sonder 'n gedagte aan lugleegtes en passasiers se gerief. Wanneer Wes aan die stuur is, kan jy 'n glas water op die wasbak neersit en weet nie 'n druppel sal uitstort nie. Ernst was van Kariba af in beheer; die vliëeniers maak beurte, dus sal dit Wes wees wat vanoggend opstyg. Sy kan dit waag om vooraf alles wat nodig is op die koffietrollie te pak. Dit sal hul werk vergemaklik, want veertig minute is min tyd, veral met Joos en Ansie wat hulle heeltyd lastig val.

"Ik hoop wij eten niet weer buskruit," spot Peet Heese toe hy sien hulle begin met die voorbereidings vir ontbyt.

"Nee, roereier, wors en tamatie," stel Ryna hom gerus.

"En kaas voor de kaaskoppen?"

"As u nie die kos geniet nie, bring ek die kaas," belowe Ryna. Sy sien Ampie na haar wink. "Verskoon my, asseblief, die kelner wag op my."

Peet Heese knip sy oë verbouereerd terwyl 'n blos van sy nek na sy gesig opstoot.

"Nee, dat kan ik niet." Hy probeer 'n grap daarvan maak. "Niet als de vrouw daarbij is."

Ryna verstar. Sy staan 'n volle vyf tellings botstil. Dan onthou sy "verskoon" beteken mos in Hollands om vir iemand skoon klere aan te trek. Haar gesig is rooier as die Hollander s'n.

"Dit spyt my," vra sy blosend verskoning. "Ek bedoel: Pardon, die kelner wag op my in die kombuis te help."

"Ik dank u."

Peet Heese lyk verlig en sy vrou vriendeliker.

"Ek was kwaad toe die kaptein my 'n pampoen genoem het," bieg Ryna in die kombuis teenoor Ampie, "maar hy het reg gehad."

Ampie is besig om uit te vra. Hy vul kookwaterkanne en plaas borde warm kos op elk van die skinkborde wat die lugwaardin uitdra.

"Jy lyk soos iemand wat 'n lotery gewen het," terg Lalie toe Ryna haar ontbyt neersit. "Is dit oor die telegram? Hy moes jou niks laat weet het nie, want nou is die verrassing bederf."

"Dit maak nie saak nie. Was Dries een van die redes waarom Wes Harare toe was?"

"Onder meer. Jy is byna verwurg en Jakaranda skuld jou vergoeding. Wes het gedink dit sal goed wees om jou kêrel te laat kom om jou by te staan."

"Wat van Dries se klasse? Hulle is met semestertoetse besig."

"Moenie 'n pretbederwer wees nie. Waardeer die guns, dit gaan jou of Dries Basson nie 'n sent kos nie."

Is sy 'n ondankbare pretbederwer? wonder Ryna.

" 'n Wegbreek sal Dries miskien goed doen. Ek is jammer ek het nie vroeër geweet sodat ek Wes vir sy moeite kon bedank nie."

"Ja, pleks van met die arme man skoor te soek. Hoekom het jy? Hy het dit nie verdien nie."

301

"Ek weet nie," erken Ryna eerlik. "Wes Raubenheimer krap my altyd om en dan sê ek dinge wat kon gebly het."

Lalie grinnik. "Die kenners sê mos haat en liefde is nou verwant. Raak jy dalk in die geheim op Wes verlief?"

Ryna is vies. "Ek het nie tyd om na bogstories te luister nie. Ons land oor 'n kwartier en ek het werk om te doen." Sy stap kombuis toe.

"Stadig!" keer Ampie toe sy haastig skinkborde begin bymekaarmaak. "Jy is nie op Kyalami nie. Die mense eet nog. Gaan gee eers die bemanning se ontbyt."

"Ek dag jy het reeds."

"Dis jou werk."

Ryna gaan veral die linkerkantste skinkbord deeglik na om te verseker dat daar nie 'n mes of vurk skort nie, anders dink kaptein Raubenheimer weer sy is onbekwaam.

Hierdie keer haal kaptein Raubenheimer sy oorfone af toe die lugwaardin binnekom. Dit is egter al toegewing wat hy maak; origens is hy nog in dieselfde bui as toe hy die busbestuurder beveel het om met die toeter die passasiers aan te jaag.

"Dankie, juffrou Landman," sê hy koel en neem die skinkbord.

Ryna loop nie dadelik nie. "Ek het onthou dis swart koffie sonder suiker en het nie weer melk en suiker en kookwater gebring nie."

"Dis goed so, juffrou." Sy stem bly kil.

Haar verdiende loon, besef Ryna. Netnou was sy soms snaaks.

"Dankie vir my vriend se gratis kaartjie, kaptein," sê sy.

"Niks te danke nie."

"En vir u moeite om Andy Davidson Harare toe te neem."

"Ek moes van hom ontslae raak." Wes reik na sy oorfone.

Voor hy haar egter weer kan uitsluit, sê Ryna vinnig:

"Ek is jammer ek het geryloop, maar my motor was in 'n botsing beskadig en ek wou nie vir my eerste internasionale vlug laat wees nie, en ek het geen ander vervoer gehad nie."

Hy antwoord nie. Sy gesig is geslote en Ryna kan nie daarvan aflei wat hy dink nie, maar dit is nou of nooit en sy besluit om deur te druk en alles te bely sodat sy dit van haar gewete kan afkry.

"Ek is jammer ook oor die foutiewe vertrekaankondiging, omdat ek suiker en koffie oor u dokumente gemors het, oor Andy Davidson en omdat ek toegelaat het dat my private lewe op my werk inbreuk maak."

Asseblief, hy moet tog net nie weer kortaf antwoord nie. Sy het haar trots in haar sak gesteek en dié keer is dit sy wat 'n wit vlag hys.

"Dit spyt my ook as ek vanoggend ondankbaar geklink het," voeg sy by.

Wes lewer nie kommentaar nie, glimlag net afgetrokke. "Ek is bly Dries Basson kon kom. Ek hoop julle geniet die reënwoud."

Sonder dat sy dit kan keer en sonder dat sy weet hoekom, voel Ryna skielik 'n branderigheid agter haar ooglede. Sy sluk, maar vertrou nie haar stem om te antwoord nie, knik net en maak die stuurkajuit se deur saggies agter haar toe.

Die wyse waarop die Boeing seepglad en so lig soos 'n veer op die aanloopbaan by die Victoria-waterval neerstryk, bevestig Ryna se vermoede dat Wes aan die stuur van die vliegtuig is. Waarom kan hy vroumense nie op dieselfde manier as die vliegtuig hanteer nie?

Sy vat die mikrofoon.

"Dames en here, bly asseblief sit tot die vliegtuig tot stilstand gekom het. Namens kaptein Wessel Raubenheimer en sy bemanning bedank ons u dat u met Jakaranda-lugdiens gevlieg het."

303

Die eerste persoon wat Ryna in die lughawegebou sien, is Dries – 'n uitgelate en liefdevolle Dries.

Hy gryp haar om die lyf en tol haar in die rondte.

"Ek kan dit nie glo nie!" roep hy uit.

Sonder om sy gevoelens seer te maak, staan Ryna 'n paar treë opsy.

"Wat kan jy nie glo nie? Dat jy in Zimbabwe is?"

"Dit ook . . . maar ek hoor 'n skurk het jou so te sê vermoor en jy het by die dood omgedraai; tog het dit bygedra om jou nog mooier te maak. Dit is wat ek nie kan glo nie! Jy is pragtig, Raaitjie, en ek besef nou eers hoe ek na jou verlang het. Die lugwaardin op my vlug was oulik, maar nie die helfte so besonders soos jy nie. Gaan jy my nie groet nie? Hoekom gee jy pad?"

"Ek weet hoe jý 'n meisie groet, en ek is in uniform. Die handleiding verbied dat 'n lugwaardin fisieke kontak met 'n manspersoon sal hê, hetsy vader, broer of familielid, terwyl sy in volle uniform in die openbaar verskyn."

Dries laat hom nie deur so 'n onbenullige reël van stryk bring nie. Hy haal haar pet van haar kop af en druk dit onder sy arm in.

"Nou is jy nie in volle uniform nie," lag hy en neem haar in sy arms om haar behoorlik te groet, na 'n afskeid vyf lang dae gelede – 'n afskeid wat krapperig en nie na wense was nie.

"Bly om my te sien?" fluister hy met sy mond teen hare.

Oom Borrie kom met ouma Fesie aan die hand verby en hy hou nie van wat hy sien nie. Hy kug.

"Waar is die bus hotel toe, nooi?" wil hy weet.

Dries is amper net so erg soos Andy. Sy maak haar met moeite uit sy omhelsing los en sit weer haar pet op haar kop.

"By die lughawegebou se suidelike uitgang, oom Borrie. Klim maar in, u het nie kaartjies nodig nie. Wag, asseblief,

Dries . . ." keer sy. "Ek sal jou by die hotel groet. Nou moet ek eers na die toerlede omsien."

"Ek is mos ook 'n toerlid."

"Jy is nie die enigste nie."

"Ek dag jy is vry van diens en ons kan saam vakansie hou."

"Nee, ek moet werk."

"Hoe ver is die waterval van die hotel af? Kan 'n mens soontoe loop?"

"Dis ongeveer tien minute se stap. Waar is die res van die passasiers?"

"Hoe moet ek weet? Jy is die toerleidster, liefie, nie ek nie."

Driekwart van die mense is reeds in die bus. Ampie is besig om sy kroegstate in te handig en Ernst bel sy neef wat op die dorp woon en by wie hy die volgende twee dae gaan kuier. Ryna soek waar hul vierde bemanningslid is. By verkeersbeheer om vlugdokumente in te klaar, of bel hy ook vriende of familie?

Ryna is verbaas oor die onverwagte leemte in haar binneste – 'n gemis, asof sy iets kosbaars verloor het. Sy kan dit nie verstaan nie. Hoe kan 'n mens iets verloor wat jy nie besit het nie? Sy en Wes is soos lont en 'n brandende vuurhoutjie by mekaar. Hoekom voel sy dan eensaam by die vooruitsig dat hy moontlik ook op Victoria mense het en dat sy hom dalk eers Saterdag weer sal sien?

Ryna vervies haar vir haarself. Sy is erger as Lalie, wat haar man wil inruil vir al wat broek dra. Wat het geword van haar nonneklooster of haar idilliese eiland waar broekdraers verbode is?

Sy sien Wes van ver af aankom en probeer ongeërg lyk, asof hy nie belangrik is nie.

Wes lig sy pet en knik kortaf in Dries se rigting voor hy in die bus klim.

Dries kyk hom agterna. "Wie is dié suurknol?"

305

Ryna voel of sy in die aarde kan wegsak. Wat makeer Dries om so hard te praat?

"Ons bevelvoerder," lig sy hom in.

Dries is nie beïndruk nie. "Joune, my myne nie. Ek werk nie vir Jakaranda-lugdiens nie. Het hy tandpyn of wat?"

"Dit is kaptein Raubenheimer," herhaal Ryna, "wat jou gratis lugreiskaartjie gereël het."

"Dit was nie hy nie. Die man wat drie keer koshuis toe gebel het, was 'n klerk met die naam Havenga."

"Klerke het nie gesag nie. Kaptein Raubenheimer het met die klerk en die lugdiens gereël."

"Moet ek hóm bedank?"

"Uit beleefdheid, ja." Ryna help met die inlaai van die bagasie en tel die toerlede aan boord van die bus. "Reg, ons kan maar ry," sê sy vir die bestuurder.

"Raubenheimer . . ." sê Dries ingedagte. "Honderd en seniel? Is dit nie wat jy gesê het nie? Hy lyk nie vir my so nie."

"Sjuut," maan Ryna. "Hoe gaan dit met die toetse? Het jy darem en of twee geskryf?"

"Nee. Ek was op die regstreekse vlug van Johannesburg af. Het julle op jul vlug ook die waterval se sproeireën uit die lug gesien?"

"Ek weet nie. Ons was te besig om by die vensters uit te kyk. Ons het net veertig minute vir 'n ontbytbediening gehad."

Dries soek na haar hand en hou dit styf vas. "Kan ons gou ander klere aantrek en dan saam in die reënwoud gaan stap?"

"Ek moet net eers sorg dat elke toerlid 'n kamer kry en dat almal tevrede is."

"Daarna het jy die res van die middag vry?"

"Tot vyfuur, wanneer ons 'n twee uur lange bootrit op die Zambezi onderneem – kaas, wyn . . . en seekoeie by kerslig!"

"Klink nogal romanties. Wat moet ek intussen doen? My tone tel terwyl my nooi aan almal aandag gee behalwe aan my?"

"Ek hoef nie heeltyd te werk nie. Ek sal intussen met jou gesels."

"Wie wil gesels as 'n mooi nooi en een van die sewe wonders van die wêreld op jou wag?"

"Hier is ons hotel." Ryna gee sy hand 'n drukkie. "Ek sal kyk hoe gou ek kan klaarmaak." Sy loop tot voor in die bus, waar die mikrofoon hang. "Dames en here, ons vertrou u sal u verblyf by die Victoria Sun geniet. Middagete is van halfeen tot twee. Daarna is u vry om te ontspan en uit te pak. Om vyfuur vertrek ons op 'n Zambezi-bykerslig-toer en sal omstreeks sewe-uur terug wees, betyds vir aandete."

By die hotel word die toergroep met vrugtesap en 'n tipiese Zimbabwiese marimba-orkes begroet. Die orkes bestaan uit drie lede wat Nico Carstens se "Zambezi" uitbundig speel, die toejuiging, aandag en fotonemery geniet en twee toegifte lewer.

Intussen kry Ryna die kamersleutel en die toerlys gereed.

Sy trek 'n streep deur *Auret* en *Davidson*; dan lees sy uit: "Adams kamer 11, Baum 12, Botha 13 en 14, Garth 15, Heese 16, Jones 17." Sy gaan voort tot by *Van Biljon*, en onderaan die lys is 'n naam bygevoeg. "Basson, kamer 22. Indien iemand klagtes het, ek is by kamer 10 tot u diens."

Eers na 'n driekwartier het sy kans om gou by Dries in te loer.

"Werk jou lugreëling? Het jy koue water en genoeg ys?"

"Ys, maar nie brandewyn nie," kla hy. "Moet ek dié self koop, teen wat 'n rand deesdae werd is? Ek het na die dranklys vir kamerbediening gekyk – dis buitensporig!"

"Dis Zimbabwe. Jy is nie in Suid-Afrika nie. Van wanneer af drink jy brandewyn?"

"Van vanoggend af – om die eerste dag van die res van my lewe te vier."

"Hoe bedoel jy?"

Om 'n antwoord te ontwyk, steek Dries sy arms na haar uit. "Jy het beloof jy sal my by die hotel behoorlik groet. Ek het verlang, Raai. Dit was 'n lang week . . ." Hy gaan sit op die stoel en trek haar op sy skoot. Hy hou haar styf teen hom vas sodat sy met haar kop teen sy bors lê; dan soek sy mond na hare.

Ryna probeer regop sit. "Dis was net vyf dae."

"Dit was 'n leeftyd. Kom hier . . ."

"Asseblief, nie nou nie, Dries."

"Wanneer dan?" Sy hande liefkoos haar en sy lippe streel oor haar keel.

"Ek weet nie. Dries, ek het werk om te doen."

"Vergeet die werk. Ek is nie jou oupagrootjie nie. Doen dit niks aan jou om te voel hoe woes my hart te kere gaan nie?"

Om haar sy hartklop te laat voel, trek Dries haar weer teen hom aan en hou haar met albei arms vas.

"Nee, los my!" Sy spartel orent en breek Dries se greep. Sy stoot hom weg en ruk sy arms om haar los. In dieselfde beweging spring sy op en vryf met die agterkant van haar hand oor haar mond.

Dries vererg hom. "Wat gaan met jou aan? 'n Mens sou sweer ek is 'n wildvreemde ou."

"Ek weet nie. Ek het net skielik benoud gevoel, asof ek versmoor. Ek dink jy het my aan . . . aan die ou op Hwange herinner – die man wat my amper verwurg het."

"Dankie vir die kompliment," sê Dries sarkasties. "Ek wil jou soen en jy dink ek wil jou verwurg. Het my tegniek in 'n week só verroes?"

"Nee, die fout lê by my. Ek is jammer, Dries."

Dries staan op om vir hom 'n glas yswater te skink. Hy vee oor sy hare, dan swaai hy om en kyk oor die rand van die glas na Ryna.

"Dis nie Davidson nie, dis Raubenheimer – die danige, kastige moeilike kaptein Raubenheimer wat toe nie honderd en seniel is nie."

"Jy's laf. Hy kan my nie verdra nie."

"En jy? Ek het gesien hoe jy na hom kyk – asof hy die gode se geskenk aan jou geslag is. Hoekom het hy my laat kom? Het hy nie geweet ek gaan julle pret bederf nie?"

"Dries, jy is regtig laf en ons bereik niks met hierdie gesprek nie."

Hy antwoord nie, pluk sy tas oop en soek 'n kortbroek. "Ek gaan na die waterval kyk." Hy ruk sy das af, trek sy hemp uit en gooi dit op die bed. "Kom jy saam?"

Ryna wens sy kon. Sy wens sy kon na Dries gaan en sê alles is reg, sy het hom lief en sy begeer niks meer as om eendag met hom te trou nie. Hoekom het die gevoel van sy arms om haar niks aan haar gedoen nie? Sy het soos 'n houtpop gevoel – 'n houtpop wat wil wegkom. Is dit as gevolg van wat op Hwange met haar gebeur het?

"As jy nog 'n halfuur sal wag . . ."

Oom Borrie kla sy kamerdeur kan nie sluit nie en ouma Fesie dat haar stort nie werk nie. Sy sal eers moet gaan kyk. Dit behoort nie lank te duur nie, dan is sy vry om saam met Dries te gaan.

" 'n Halfuur, dan nog 'n halfuur en nog een . . ." sê Dries nukkerig. "Nee, dankie, ek wag nie so lank op 'n meisie wat my op die ou end net weer sal wegstoot met die belaglike verskoning dat sy gedink het ek wou haar verwurg nie."

Dries trek 'n T-hemp aan en sy sokkies uit. "Ek is moeg gewag. Die een verskoning volg op die ander. Dit is 'n toets waarvoor ek moet gaan leer, of jy het die volgende dag 'n veeleisende vlug wat voorlê, dan is dit kastig poging tot moord, en dan is jy in volle uniform . . . 'n Man se geduld kan nie vir altyd hou nie. Hy verkies 'n aster wat hy kan liefkoos, wat nie altyd 'n spul verskonings het nie. Kom jy?"

"Nee." Toe hy na sy kortbroek mik, gee Ryna vinnig pad na die deur. "Ek is nie Attie Terblanche nie en jy is nie nou in die koshuis nie. Jy kan darem wag voor jy uittrek."

"Ek het mos gesê ek is moeg gewag," antwoord hy bot.

"Sien jou vyfuur." Ryna klap die deur toe.

Dries se kamerdeur kort miskien nuwe skarniere, maar met oom Borrie s'n skort niks nie. Die knip, die handvatsel, die slot . . . alles werk goed.

Oom Borrie is verleë.

"Ek het gedink ek moet die deur met die sleutel sluit. Ek het nie gesien daar is 'n affêre wat jy draai om die ding te sluit nie. Alles is reg . . . maar wil jy nie bly en 'n bietjie gesels nie, nooi?"

Ryna gaan sit in die leunstoel. Sy het meer nodig as gesels. Ouma Fesie se stort werk waarskynlik ook, en sy sal seker ook sê dat sy nie die ingewikkelde ding verstaan het nie.

Ryna vee moeg oor haar oë. "Toe maar, oom Borrie kan maar ophou verskonings uitdink. Ek en Dries het stry gekry en hy is alleen weg waterval toe. Ek weet oom probeer baie hard, maar die liefde is nie soos ouma Fesie se stort se kraan wat 'n mens kan oop- of toedraai nie. Die liefde moet vanself vloei, en ek glo nie dit kan deur die sandbanke en opdrifsels kom nie."

Oom Borrie ontken nie die beskuldiging nie. "Skip Henderson is 'n viskenner. Hy sou gesê het Dries Basson is 'n sandhaai waarmee jy nooit in die skoonveld sal kom nie. Jy moet vir jou 'n marlyn haak."

"Wat ek waar sal kry?"

"In kamer nege, net langs joune."

Ryna skud haar kop. "Dit is 'n tiervis, oom Borrie, wat hom nie sal laat haak nie."

"Wes se ma het sy pa vir 'n ander man in die steek gelaat, en Wes se vrou – Eileen was die klein feeks se naam – het hom vir die buurman gelos."

"Ek weet."

"Nou ja, dan weet jy mos ook hoekom hy so stroomop soos 'n forel is. Neem jy Wes kwalik, nooi?"

"Nee, ek verstaan hoekom hy soms dwars is, veral teenoor lugwaardinne. Hy sal seker eendag weer trou, maar ek weet nie of ek die skerwe kan optel en aanmekaar las nie. Wes hou nie van my nie. Buitendien het ek self soveel probleme dat ek wil wegvlug."

Oom Borrie vroetel met sy baard en sy monokel. "Wil jy van Wes ook weghardloop?"

"Ek weet nie. Ek weet niks meer nie, oom Borrie. Ek wil 'n oujongnooi word . . . met 'n kierie en 'n bolla en 'n kat."

Oom Borrie het 'n nuttige Afrikaanse woord geleer. "Twak! Jy bejammer jouself net, dis al. Wat jy nodig het, is 'n goeie, sterk man. Hoekom sê jy Wes hou nie van jou nie? Dink jy hy sou so gou gekom het en Davidson so toegetakel het as hy nie vir jou omgegee het nie?"

"Hy is die bevelvoerder, oom Borrie, en vir die welstand van sy bemanning verantwoordelik."

"Bog! Hy kon ontvangs of die polisie gebel het, eerder as om die lunsriem self by te kom. Dit was vir jóú, nooi. Hy hou baie van jou."

"Hy het 'n snaakse manier om dit te wys."

"Die weë van die liefde is soms snaaks. Wes voel aangetrokke tot jou," hou oom Borrie vol. "Al besef hy dit miskien self nog nie, ken ek hom goed genoeg om te weet."

Ryna is skepties. "Oom kyk te veel na televisiestories. Wes dink ek is onnosel en 'n swak toerleidster; die rok wat ek by die vleisbraai op Hwange aangehad het, is nie volgens die handleiding nie; en ek behoort nie blomme, telefoonoproepe en fakse te ontvang terwyl ek diens doen nie."

Wes Raubenheimer se kampvegter gee 'n droë laggie.

"Natuurlik is hy kwaad oor die spul rose en die ontydige bellery. Dink jy hy het yswater in sy are? Ek sou ook boos wees as 'n ander man in my slaai kom krap."

"Slaai? Ek dink dis nader aan potjiekos, oom." Ryna sug en staan op. "Oom is medisyne vir 'n seer hart en ek sou graag langer wou kuier, maar ek moet gaan kyk wat met ouma Fesie se stort kort."

"Niks," keer oom Borrie. "Ons wou jou maar net van Basson weghou."

"Ek het so geraai. Werk haar stort?"

"Honderd persent. Maar . . ." Oom Borrie loer na haar en pluk-pluk aan sy baard. "Ek hoor die warmwaterkraan in kamer nege wil nie oopdraai nie."

Ryna skud haar kop. "Ek kan my nie aan hom gaan opdring nie. Netnou is hy kwaad en foeter my ook. Ek dink Wes is sterk genoeg om die kraan sonder hulp oop te kry."

"Die een in die kamer miskien, maar wat van die ander kraan waarvan jy netnou gepraat het?"

Ryna sug en stap deur toe. "Daardie een ook. Wes is mans genoeg om sy eie liefdesake te reël en as ons inmeng, beland ons altwee in die moeilikheid."

"Waarheen gaan jy nou, Rynatjie?"

"Ek gaan vir arme Dries soek."

"En as Wes ook daar by die water is, watter een gaan jy kies?"

Ryna skram weg van 'n antwoord. "Hy sal nie daar wees nie."

Sy onthou hoe sy vanoggend in die stuurkajuit van die Boeing 'n branderigheid agter haar ooglede gevoel het, sonder dat sy geweet het waarom sy skielik wou huil. Dit was oor Wes. Dit was omdat sy liewer saam met hom in die reënwoud wou gaan stap as saam met Dries.

Sy wens sy was 'n Boeing . . . enige soort vliegtuig. Dan het sy 'n beter kans by Wes Raubenheimer gehad; dan het sy dalk seepglad geland.

Dries het nie ver gevorder nie. Ryna tref hom by die bopunt van die waterval aan. Hy het haar blykbaar nie verwag nie, want hy is druk in gesprek met 'n ander meisie – mooi, blond en wulps.

Albei is papnat van die sproeireën. Dries probeer om met sy sakdoek die blondine droog te kry, maar dit lyk nie of dit veel help nie. Dit is eerder of die sakdoek net 'n verskoning is om aan haar te kan vat. Nog 'n Laetitia of Marietjie Weiland, besef Ryna.

Sy wil nie eintlik besitlik voorkom of hulle steur nie. Sy draai terug om weer die een en veertig kliptrappe tot bo by die gruispaadjie uit te klim, maar hulle het haar reeds gesien. Dries lyk skaam en ongemaklik.

"Hallo, Ryna," sê hy half verleë.

"Hallo, Dries. Ek spioeneer nie op jou nie, hoor. Ek soek die toerlede maar so die een na die ander op om te sorg dat hulle nie verwaarloos voel nie."

"Alison is ook 'n voornemende toerlid. Sy toer deur Zimbabwe, Botswana en Suid-Afrika en sal seker die een of ander tyd met Jakaranda-lugdiens vlieg. Sy het genoeg geld vir vliegtuigkaartjies."

"Alison?" sêvra Ryna.

"That's me," antwoord die meisie met 'n Amerikaanse aksent.

Dries stel hulle op Engels aan mekaar voor.

"Alison Gilfillan . . . Maryne Landman, die leidster van ons toer." Op Afrikaans voeg hy onderlangs by: "Haar pa het 'n reeks kunsmisfabrieke en is 'n multimiljoenêr. Sy sê hulle sal vir my afslag gee op kunsmis."

"Dis goed. How do you do, Alison?" vra Ryna glimlaggend. "And how do you like the Falls?"

"Stupendous, magnificent, wonderful . . . like Dreeze here." Dit is blykbaar haar beurt om Dries droog te vryf. Sy vat die sakdoek.

"Ek het vir haar gesê ek het drie plase. Moenie sê dis net een en hoe groot dit is nie," maan Dries onderlangs.

"Ek wil die afslag hê. Ek begin Maandag bemes en mielies plant."

"Jy? Wat van jou studie en semestertoetse?" vra Ryna verbaas.

"Ek het die studie laat vaar. Ek het nie toelating vir dierkunde nie en ek het nie die semestertoets in plantkunde geskryf nie. Die einde van die jaar is my naam weer nie in die koerant nie en ek is nie bereid om nog 'n jaar van my lewe te verkwis nie. Maandag begin ek boer."

"Wanneer het jy dit besluit?"

"Lankal, en vanoggend finaal."

"Wat sê jou pa en ma?"

"Niks. Hulle is oud en alleen en platsak . . . bly om geld te spaar en bly ek kom die boerdery oorneem. Wag tot hulle hoor ek kry boonop afslag op kunsmis!"

"What is this funny, guttural language you speak?" vra Alison.

"Afrikaans," antwoord Dries.

"African? That's marvellous. I speak only American, and you two languages. You're wonderful, Dreeze. Come, let me dry you . . ."

"Geniet dit, Dreeze," sê Ryna droogweg, "die boerdery, jou miljoenêr-meisie en nuwe verhouding. Sien jou vyfuur."

"Dis nie wat jy dink nie," verduidelik Dries. "Dis net oor die afslag wat my 'n klomp geld kan spaar."

"Wat van oom Calitz, by wie se garage jy kon aangebly het om my 'n klomp geld te spaar?"

314

"Hy is iets anders. Ou Calitz was 'n parasiet. Laetitia se pa ken die bestuurder van 'n duikklopsaak. Ek sal hoor of hy nie met jou motor kan help nie. Iewers kan Laetitia dalk iets reël."

Weer 'n meisie wat misbruik word, dink Ryna. Iewers, êrens, waar Dries Basson naby is, sal dit altyd gebeur. Sy is bly haar oë het betyds oopgegaan om Dries te sien soos hy regtig is. Sê nou dit het tydens hul wittebrood of na 'n jaar se getroude lewe gebeur? Al word hy ouer en meer volwasse, sal Dries nie verander nie, want hy kan nie. Hy is 'n swakkeling – aantreklik, sjarmant, vrolik, maar ook 'n parasiet.

"Toe maar, ek sal self regkom," antwoord Ryna. "Ek hoop jy is 'n goeie boer, Dries . . . en ek hoop jy kry jou afslag."

"Ryna, wag!" keer Dries.

Ryna trek reeds by die sesde kliptrap. Daar kyk sy om. "Om jou aan te haal: Ek is moeg gewag. Tot siens, Dries. Alle sterkte. Wie weet, eendag loop ons mekaar dalk iewers tussen die duisende op 'n rugbypaviljoen raak; dan gaan drink ons koffie en gesels oor die goeie ou dae."

Joos het reg gehad, besef sy opnuut. 'n Mens se óú kys kom maklik weer reg en jy hoef jou nie te bekommer of sleg te voel nie. Dries is soos 'n kat. Al val hy van 'n hoë gebou af, sal hy altyd op sy voete beland.

"Tot siens," groet Dries. "Marietjie, Maraia, Maryne . . ."

Ryna hoor hom egter nie. Sy stap alleen met die gruispaadjie aan tot waar sy Peet en Ria Heese by die katarakeiland sien staan. Weerskante van die paadjie groei ruie varings, varkore, bobbejaantoue en tropiese gewasse. Sy sien nie toe dit weer Dries se beurt met die sakdoek is nie; ook nie toe Wessel Raubenheimer van Livingstone se standbeeld af verbystap na die reënwoud nie.

Al wat sy sien, is Peet en Ria, ingehaak en in vervoering voor die groot wonder van die Victoria-waterval.

Die woorde van 'n verspotte volkspele-liedjie kom on-
willekeurig by haar op: *Almal het maats, net ekke nie* . . .

12

"Juffrou Landman," roep Wes tussen die gordyn van va-
rings en bobbejaantoue deur, "skort daar iets?"

Hy het sy ligpers lugdienshemp aan, maar by 'n ander
broek. Sy hare krul nat oor sy voorkop en hy lyk baie aan-
trekliker as Dries Basson, maar net halfpad so vriendelik.

Ryna is dankbaar oor die waaiende sproeireën van die
waterval. Niemand sal kan sien wat trane en wat water is
nie.

"Nee, kaptein," antwoord sy gemaak ongeërg.

Haar antwoord lei Wes nie om die bos nie. In die nat
mistigheid is daar nie genoeg son om die blinkheid in die
groen oë te veroorsaak nie.

"Wil jy daaroor praat, Maryne?" vra hy.

Ryna kyk vlugtig na hom, dan haastig anderpad. Sy haal
haar skouers op.

"My verhouding met Dries Basson is finaal verbreek.
Wat bly daar oor om oor te praat?"

"Jy kan vir my vertel wat verkeerd geloop het . . . as jy
wil."

"Twee mense, jonk en verlief, maar nie vir mekaar be-
doel nie – twee uiteenlopende geaardhede. Dankie vir u be-
langstelling, maar selfs nie die reënwoud kon 'n sterwende
verhouding red nie."

Wes lyk afgetrokke. Hy skop na 'n klip in die gruispaad-
jie.

"Dink jy dit sou beter gewees het as Dries nie Zimbabwe
toe gekom het nie?"

"Ek glo nie. Dit sou die verbrokkeling net uitgestel het.

Hy gaan van Maandag af op Swartruggens boer en ek sal hom seker nie gou weer sien nie."

"Maak dit vir jou baie saak?"

"Ek het geweet dit kom, en 'n afskeid is onvermydelik."

"Hoekom?"

Waarom al die vrae? wonder Ryna. Plig, 'n skuldige gewete, of soek hy sommer net geselskap?

Sy wens daar daag van die toerlede op sodat die geselskap 'n ander wending kan neem.

"Omdat – soos Joos Botha sou sê – die kys nie gewerk het nie."

Wes loop 'n ent in stilte. "Hoekom het jy dan so verlore en hartseer gelyk, asof iets ernstigs skort?"

Hy is veels te oplettend na Ryna se sin. Sy wil 'n opmerking oor die watersproei maak, wêreldwys en net so hardgebak soos hy voorkom, maar sy kan aan niks dink nie.

"As 'n mens vir 'n persoon lief was, voel jy altyd 'n rukkie hartseer."

Ryna is verbaas dat sy so eerlik is, dat sy so natuurlik met hom kan praat sonder dat die vonke weer tussen hulle spat. Is dit die nattigheid wat die lont en die vuurhoutjie blus?

Drie en 'n half minute lank gesels sy en Wes Raubenheimer soos twee normale volwassenes met mekaar. Dit is 'n rekord. Ryna wil egter nie haar geluk te veel op die proef stel nie.

"Ek wil u nie met my probleme opsaal nie, kaptein. Dankie dat u na my probleem geluister het, maar ek sal regkom."

As sy verkies om nie daaroor te praat nie, wil Wes nie daarop aandring nie.

"En wat van vervoer?"

Sy vraag betrap Ryna onkant. "Ekskuus?"

"Sal jy daarmee ook regkom – soos laas toe die verkeerde persoon jou kon opgelaai het?"

317

Die verkeerde persoon hét haar opgelaai, dink Ryna, maar sy sê dit liewer nie.

"Oom Tjer het my vertel dat Basson met jou motor in 'n ongeluk was, daarom dat jy geen ander keuse gehad het as om te ryloop nie. Ek het dit nie geweet nie. As ek te kras en te vinnig geoordeel het, spyt dit my. Kan ek daarvoor vergoed deur jou op te laai lughawe toe tot jou motor reg is?"

Oom Tjer . . . liewe, goeie, dierbare, maar bemoeisieke oom Borrie Tjernikof wat altyd te veel praat. Nou weet sy hoekom Wes "toevallig" ook by die waterval opgedaag het en hoekom hy kastig so besorg voorgekom het. Sy is kwaad vir haarself; vies omdat sy so naïef was om te dink hy gee dalk regtig 'n bietjie vir haar om. Sy is ook vies omdat sy haarself belaglik gemaak het deur so eerlik en openhartig te wees . . . en omdat Wes nie eerlik was nie.

"Ek wil u nie moeite aandoen nie, kaptein Raubenheimer," antwoord sy koel.

"Dis geen moeite nie. Ek woon net om die draai, ses of sewe blokke van De Wetshof af."

Hoe ken hy haar adres? Ryna hoef nie te wonder nie. Sy weet. Dit is natuurlik weer oom Borrie wat gedink het hy doen goed.

"U het geen pligte teenoor my nie, maak nie saak wat ander mense u wys maak en watter gunste hulle van u vra nie. Ek het gesê ek sal regkom sonder Dries Basson . . . en sonder vervoer ook."

Wes weet nie wat die rede vir die skielike frontverandering is nie. Die een oomblik treur sy oor haar gewese kêrel, dan is sy erger as 'n ystervark met sy penne orent. Het hy iets gesê wat haar kwaad gemaak het, of is dit die natuurlike wispelturigheid van 'n vrou?

Na die duiwel met vriendelikheid! besluit hy.

Na die duiwel met twee groot groen oë wat onverwags in hom 'n teerheid gewek het wat hy lank laas ervaar het!

318

Sy kan gaan doppies blaas – sy met haar blonde hare en mooi bene. Hy gee nie om nie. Hy wou haar vra wanneer sy weer vlieg, maar nou maak dit nie meer saak nie. Hy hoop sy vlieg nooit weer nie; altans nie saam met hom op dieselfde vliegtuig nie.

"Sal jy ophou om my ú te noem?" vra hy kwaad. "Ek is nie honderd jaar oud nie."

Ryna se wange vlam. Sy wonder of dit toeval is en of hy by die bus gehoor het wat Dries gesê het. Haar pa het altyd gesê om die aftog te blaas, is swak taktiek. Aanval is die beste verweer.

"En ek is nie sestien jaar oud nie," antwoord sy uitdagend. "Sê groete aan oom Tjer en sê ook vir hom ek stel nie belang in marlyne nie."

Wes frons. "In watse goed nie?"

"Hy sal weet wat ek bedoel."

Ryna draai weg op 'n ander paadjie wat na die reënboog-waterval lei.

Wanneer Wes kwaad is, raak hy die kluts kwyt. "Wanneer vlieg jy weer?" roep hy agter Ryna aan.

"Saterdag."

"Gaaf . . . dan kan ek vlugte ruil vir Vrydag of Sondag."

Toe sy weg is, bly Wes staan. Wat het hy bereik? Die laaste woord ingekry, maar sodoende Maryne Landman nog vyandiger gemaak. En dit is nie wat hy wou doen nie.

'n Glimlag pluk aan sy mondhoek. Hy het darem te wete gekom wanneer haar volgende vlug is.

Hoeveel keer het sy al gebad sedert die gebeure op Hwange? wonder Ryna toe sy by haar hotelkamer kom en die bad se krane oopdraai. Raak sy nou neuroties? Na die ondervinding met Andy Davidson wou sy 'n skropborsel hê en nou, na Dries en Wes Raubenheimer, soek sy ook ontvlugting in die strelende warm water met 'n halfbottel badsout daarin. Sy kan nie die res van haar lewe in 'n badkamer deurbring nie. Die een of ander tyd moet sy die skerwe optel, feite onder die oë sien en voortgaan met die toekoms wat troosteloos voor haar uitstrek.

Na 'n uur in die bad besef Ryna skielik sy moet om vyfuur by die kaai wees vir die kersligtoer . . . en dit is oor 'n halfuur.

Sy bekyk haar twee sonrokke. Elkeen hou onaangename herinneringe in. Al wat sy verder ingepak het, is 'n trui, 'n blou seilbroek en hemp, en stapels uniformbloese, rompe en sykouse. Die uniforms lyk asof dit almal gewas moet word. Gisteraand was sy te moeg en haar keel te seer om aan wasgoed te dink. Alles is verkreukel. Die seilbroek? Sy aarsel. Ria Heese het een aangehad en vandat die toer begin het, dra Lalie haar blou jeans. Sal dit onvergeeflik wees as die toerleidster toerlede se voorbeeld volg? Met 'n langmouhemp kan sy nie weer daarvan beskuldig word dat sy onwelvoeglik geklee is en die handleiding se reëls oortree nie.

Net soos met verlede Saterdag se vlug, oortree Ryna eerder met vervoermiddels en kleredrag as om laat op te daag. Sy pluk die hemp en langbroek aan, hang 'n goue kettinkie om haar nek, trek haastig 'n borsel deur haar hare en draf na die kaai waar die toeristeboot met die glasvensters, oop dek en rye seilstoele op hulle wag.

Die meeste toerlede is reeds aan boord, elk met 'n glasie wyn en 'n bordvol kaas.

"Jammer ek is laat," maak Ryna uitasem verskoning.

Niemand gee om nie. Die wyn is lekker koud en oorkant op 'n sandbank poseer 'n reusekrokodil vir al die oë en kameras.

"Aag, hy is opgestop en vir die toeriste daar neergesit," sê Joos snipperig.

"Ek wed jou vyftig sent hy is nie," daag Ryna hom uit.

" 'n Rand!"

"Top."

Terwyl Joos uitwerk of hy met een rand 'n Coke kan koop, kyk Ryna die passasiers deur. Dries is nie aan boord nie en Wes ook nie. Oor die een is sy verlig en oor die ander spyt. Nog net môre – en oormôre gaan hulle huis toe. Daarna sien sy Wes miskien nooit weer nie. Met meer as tweehonderd bevelvoerders by Jakaranda-lugdiens is die kanse skraal dat sy gou weer saam met hom sal vlieg. Aanstaande Saterdag sal sy 'n ander kaptein hê. Sy sal die stuurkajuit binnestap en 'n vreemde in die linkerkantste sitplek sien sit. Die gedagte laat haar keel toetrek. Sy wens sy kon die horlosie na verlede Saterdag terugdraai. As sy die vlug oor kon hê, sou sy geselliger gewees het, harder probeer het om vriende te maak.

"Ek wonder hoe oud word so 'n krokodil?" vra een van die Britte.

"Ek hoor hulle kan glo vreeslik vinnig hardloop," laat iemand anders hoor. "Dit lyk nie so nie. Of is dié knewel dalk dood?"

Eerder as om elke passasier se vrae afsonderlik te beantwoord, stap Ryna oor die oop dek na die voorste stukkie toegeboude kajuit langs die skipper, waar die mikrofoon is.

Wes sit op die voorste bank by die instrumentpaneel. Hy staan hoflik op toe sy opdaag.

"Wou u by die venster gesit het?" vra hy.

Ryna onderdruk 'n glimlag. "Nee, jy kan maar by die venster sit."

Sy haal die mikrofoon van die mikkie af.

"Dames en here, welkom aan boord van die Azambezi vir die volgende drie uur. Regs van u is 'n krokodil op die sandbank te sien." Sy wag dat 'n paar laatkommers die reptiel bekyk, en gaan dan voort. "Daar is gevalle bekend waar 'n krokodil tot tweehonderd jaar oud geword het, hoewel die gemiddelde lewensduur honderd en vyftig jaar is. 'n Krokodil het 'n stormsnelheid van sowat vyf en veertig kilometer per uur en is van nature onaktief. Hy kan van twee tot drie dae roerloos in die son lê en vreet slegs een maal per week." Sy los die knoppie en kyk na Wes. "Wat kan ek nog sê?"

"Niks. En hou op om soos 'n wandelende ensiklopedie te klink." Ryna lyk verontwaardig, maar dan voeg hy met 'n grinnik by: "Jy is mooi genoeg, sonder dat jy boonop hard hoef te werk."

Mooi? Ryna kan haar ore nie glo nie. 'n Kompliment van 'n outokratiese, geharde, kritiese vrouehater? Dit is ongelooflik. Of was Wes sarkasties? Het hy met haar gespot?

Die boot se enjins dreun oorverdowend en rooibruin skuim borrel by die agterstewe uit.

Dis te erg vir enige krokodil om te verduur. Sy bek gaap oop en die geel oë soek waar die lawaai vandaan kom. Hy draf vinnig oor die sand en verdwyn onder die water.

Vyf minute later bring Joos vir Ryna haar rand. Hy kyk nuuskierig na Wes.

"Is hy die nuwe model?"

"Joos!" roep Ryna ontsteld uit. "Loop sit op jou plek!"

"Ek vra maar net . . . en ek wil maar net sê ek dink hy is bakker as jou ou kys."

As 'n kyk niemand kan doodmaak, was Joos 'n lyk.

Joos en Wes is ewe geamuseerd deur die toerleidster se blosende wange en klaarblyklike ongemak.

"Jy sou nogal 'n goeie onderwyseres gewees het," merk Wes vroom op.

Ryna vererg haar onmiddellik. " 'n Beter onderwyseres as wat ek 'n toerleidster is?" vra sy koel.

"Ek het nie so gesê nie. As 'n toerleidster sal ek jou nege en negentig persent gee. Tog kan jy nog verbeter."

"Hoe?" vra Ryna wantrouig.

Dit lyk of Wes deeglik nadink voor hy antwoord.

"Jou skakelwerk met jou vliegbemanning is nie te waffers nie. Dis waar jy punte verloor."

Ryna weet sy moes gelag het, 'n grap daarvan gemaak het. Dit was tog 'n vredesgebaar van Wes om hierdie sitplek te kies, terwyl hy weet dat hy dit twee uur lank met die toerleidster sal moet deel. Na 'n week se aggressie en oom Tjer se inmengerigheid wil sy egter nie weer naïef wees en haarself belaglik maak nie. Een maal met Dries en tien maal met Wes is oorgenoeg.

"Meld die tekortkominge almal in die vlugverslag, kaptein Raubenheimer. Ek sal in die toekoms daarop let en by die personeelhoof om 'n bykomende kursus in skakelwerk aansoek doen."

Wes reken hy kan so 'n kursus beter as hul personeelbeampte behartig, maar 'n kyk na Ryna se gesig laat hom besluit om dit liewer nie te sê nie. In plaas daarvan bied hy vir sy toerleidster koffie, tee of koeldrank aan.

"Nee dankie, kaptein," antwoord Ryna. "Aangesien my skakelwerk veel te wense oorlaat, behoort ek tussen die passasiers rond te beweeg."

"Ek het nie van die passasiers gepraat nie. Daar kry jy honderd persent."

Ryna is egter reeds in die gang, op pad na die oop dek.

"Dit was 'n mooi krokodil, nè, nooi?" sêvra oom Borrie.

Ryna verduidelik eers aan Uli Baum waarom 'n koudbloedige reptiel soveel tyd in die son deurbring – omdat hy instinktief weet die hitte bevorder sy bloedsomloop. Toe stap sy terug na waar oom Borrie en ouma Fesie styf teen mekaar sit.

Oom Borrie is baie vrolik. "Kom sit, blondie! Jy moet eerste die nuus hoor."

Vars nuus is nie wat Ryna in gedagte gehad het nie. Die ou nuus is sleg genoeg. Die ou oom lyk egter soos 'n kind voor 'n Kersboom en sy wil nie die liggies uitdoof nie.

"Watter nuus, oom?"

"Kyk!" spog ouma Fesie en druk haar linkerhand onder Ryna se neus.

"Geluk . . . dis wonderlik! En dis 'n pragtige ring!" roep Ryna uit. Sy soen die twee ou mense. "Wanneer het dit gebeur?"

"Nou net! Oorkant daardie seekoeie wat nes Fesie lyk!" Ouma Fesie pomp hom met die elmboog in die ribbes. "Boris, jy soek my . . ."

"Baie geluk," herhaal Ryna.

Oom Borrie kyk Ryna op en af. "Hoekom maak ons dit nie 'n dubbele bruilof nie? Wat is jy en Wes dan so stadig?"

"Oom moenie my en Wes altyd wil saamgooi nie. Hoekom het oom hom agter my aangestuur waterval toe?"

"Waarvan praat jy nou, nooi?"

"Van oom se goeie bedoelinge wat meer kwaad as goed gedoen het."

"Ek het Wes nie gestuur nie. Net gesê jy en die studentjie is daar . . . en die res het hy self uitgedink."

"Die kamtige besorgdheid ook?" vra Ryna skepties.

"Ek weet nie, want ek was op die dorp om Fees se klippie te koop. Was die seun besorg? Dis goed . . . dit wys jou hy hou van jou."

"Het oom hom my adres gegee en gesê hy moet aanbied om my lughawe toe te bring?"

Oom Borrie lyk ingenome. "Het hy? Dis wonderlik!"

"Het oom hom my adres gegee?" hou Ryna vol.

Ryna onthou sy het nooit in enige stadium gesê sy woon in De Wetshof nie. Oom Borrie praat die waarheid. Wes kon nie in 'n telefoongids gekyk het nie, want haar nommer is nie gelys nie. Hy moes op Harare by Jakaranda se kantoor 'n personeellys aangevra het, waarop bemanningslede se telefoonnommers en adresse aangegee word, ingeval daar 'n krisis is. Maar hoekom sou hy soveel moeite gedoen het?

Ryna wil nie te gou bly word nie, maar 'n mens se hart

laat hom nie deur jou verstand voorskryf nie. Die bloed bruis deur haar are soos die vonkelwyn in die glasies.

"Nog vonkelwyn vir iemand?" bied ouma Fesie aan.

"Ek koop die volgende bottel," sê Ryna.

"Wes," roep oom Borrie, "kom vier fees saam met my en my verloofde!"

"Ek wonder wat dink die seekoeie en krokodille van so 'n luidrugtige bootvrag," sê Lalie laggend. "Hulle is seker gesteurd."

Oom Borrie skink glasies vol vir almal in sig en probeer 'n toespraak maak tot sy verloofde hom op sy plek sit – terug op sy sitplek op die bank.

Toe die Azambezi dok en Ampie die rekening bring, betaal Wes vir alles.

"Nee!" keer 'n ontstelde Ryna. In Zimbabwe kos vonkelwyn 'n fortuin en daar was 'n spul mense.

Wes se een wenkbrou lig vraend. "Hoekom nie? Dink jy ek is armlastig?"

Sal hulle twee mekaar ooit reg verstaan? wonder Ryna.

"Dis nie wat ek bedoel het nie. Ek weet internasionale bevelvoerders verdien baie geld, maar ek het twee bottels bestel waarvoor ek graag sal betaal."

"Jy kan vanaand die toegangsgeld by die Sjona-danse betaal."

"Maar die toegang is gratis!"

Wes knik. "Presies. Die dag as ek nie vir my tweede pa en 'n nooi vonkelwyn kan koop nie, moet ek maar aftree en ook êrens gaan boer. Kom jy na die danse kyk?"

"Dis my werk, ek moet."

"Agtuur, by jou kamerdeur?" bied Wes aan. "Of wil jy liewer alleen gaan?"

Oom Borrie trek groot oë en beduie vir sy verloofde om stil te bly. Dit is hoe Wes lankal moes gemaak het . . . gewys het hy het murg in sy pype. Rynatjie moet nou net nie weer allerhande verskonings maak nie.

"Ek wil nie alleen gaan nie," antwoord Ryna. "Dankie . . . agtuur is in orde."

"Nog vonkelwyn!" skree oom Borrie, maar ouma Fesie demp sy geesdrif.

"Gedra jou, Boris. Jy is nie nou by die huis nie."

Wes is in 'n vrygewige bui. Hy koop vir Ernst koffie en kaaskoek by die hotel se kafeteria.

"Net om dankie te sê . . .en jy is reg, sy ís 'n jannas-en-tekkies-meisie."

Agtuur kom te gou. Ryna staan nog oor die twee sonrokke en wik en weeg, of sy haar hare moes opgekam het en of die nuwe T-hemp wat sy gekoop het mooi genoeg lyk, toe Wes aan haar deur klop. Sy trek haastig die nuwe T-hemp aan.

Wes het ook 'n T-hemp aan, presies soos hare – ook by die stalletjie in die hotel se voorportaal gekoop ten bate van die veldtog om renosters van uitwissing te red.

"Ons het darem iéts gemeen," glimlag Wes, "albei hou van diere."

"En vliegtuie."

"En stout Josies."

"Ja . . . wat eintlik nie stout is nie, net woelig."

"En bemoeisieke ou ooms."

"Maar wat probeer help."

Wes tel hulle op sy vingers af. "Vier, plus renosters en tekkies – ses ooreenkomste. Nogal nie sleg nie. Ons sal 'n goeie span wees."

Hy neem haar arm toe hulle met die trap afstap.

"Hoe lank is 'n rukkie?" wil hy weet.

" 'n Uur, 'n halfuur . . . ek weet nie. Hoekom?"

Wes skep moed. Dit is darem nou al amper agt uur gelede.

"Omdat jy gesê het as mens vir 'n persoon lief was, voel jy altyd 'n rukkie hartseer."

Hy verwys na Dries, besef Ryna. Sy onthou opeens sy

het ure laas aan Dries gedink. Hy en Alison Gilfillan sal seker by die Sjona-danse wees, maar sy gee nie om nie. Arme Alison en Laetitia sal na 'n ruk dieselfde paadjie as sy loop. Ter wille van die mooi liefde wat eens tussen hulle was, hoop sy Dries maak eendag kennis met 'n meisie vir wie hy opreg lief kan wees.

Vanmiddag se hartseer en nostalgie is minder fel, en Ryna kry dit reg om filosofies te wees oor 'n verhouding wat misluk het.

"Daar bestaan dinge soos pleisters en medisyne vir seer-plekke."

Wes antwoord nie dadelik nie. Hy loop 'n ent in stil-te, tot by die ingang van die arena waar die Masjona- en Matebele-dansers reeds by die hardekoolvure opwarm en hul tromme toets.

"Jy het gepraat van jou en Dries se verhouding wat ver-brokkel het, dat hy op Swartruggens gaan boer. Toe ek gevra het of dit vir jou baie saak maak, het jy nie ja of nee geantwoord nie, net gesê jy het geweet dit kom en dat 'n afskeid onvermydelik was."

'n Glimlag pluk aan Ryna se mondhoeke. "Ek is 'n kruis tussen Joos en oom Tjer. Ek praat ook altyd te veel."

"Maak dit vir jou baie saak, Ryna?" herhaal Wes.

Ryna wil nie weer in dieselfde slaggat trap nie. "Nee," antwoord sy reguit.

Oom Borrie het gekla Wes is stadig, maar trou is nie huis koop of swembad bou nie. En hy is nie 'n donkie wat sy kop 'n tweede keer teen dieselfde klip stamp nie. Wes bly geduldig gedurende 'n vertoning van die Batonkas, die Sjonas, Matebeles en Watjirim-stam; ook tydens 'n besig-tigingstoer van die tradisionele familiehutte, kookgeriewe, ontspanningsareas en 'n winkel vol gevlegte mandjies, seepsteenbeeldjies en houtkerfwerk.

"Wat wil jy as aandenking van die aand hê?" vra hy vir Ryna.

Sy begaan nie weer die fout deur te sê dis te duur nie. "Een van elk, asseblief," sê sy sag. "Want vanaand was kosbaar."

Wes koop vir haar 'n mandjie waarin sy vrugte kan plaas, 'n balsahout-renoster vir haar vertoonkas en 'n seepsteen-krokodil.

"Dankie . . . baie dankie. Ek sal hulle dra," bied Ryna aan.

Die liefde het Wes Raubenheimer nie 'n gedaantewisseling laat ondergaan nie. Hy neem die stapel pakkies by Ryna.

"Ek is nie siek of lam nie . . . Gee hier!"

"Nee, net moeilik," spot Ryna. "Maar dit is vir my nie nuus nie. Ek het dit lank voor die vlug by ander waardinne gehoor."

Wes lag skuldig. "Net wanneer die ander waardinne my vies maak . . . as hulle nie nege en negentig persent vir ska-kelwerk behaal nie."

Wes koop vir homself ook 'n aandenking – 'n ystervark vol penne wat uit dennehout gesny is en met twee blink oë.

"Ek vlieg ook volgende Saterdag," merk hy op, asof dit ewe terloops is.

Ryna wens hy wil weer haar hand vashou, soos by die danse. Maar miskien het hy te veel goed om te dra en nie 'n los hand nie.

"Ek dag jy wou tot elke prys vlugte uitruil?"

Wes grinnik breed. "Ek het. Ek was vir Sondag se Wind-hoek-vlug gerooster. Dit het my 'n belofte van drie kaas-koeke en 'n kas whisky gekos om met Piet Niehaus vlugte te ruil." Hy kyk ondersoekend na sy toerleidster. "Tensy jy moeg is vir kruisvrae oor brandblussers en suurstof-silinders."

Ryna glimlag. "Ek is dol oor blussers, silinders en vrae-stellers. Dis wat die lewe die moeite werd maak."

Wes is onverwags onseker van homself. "Ek het baie

verbrou en baie om reg te maak, Ryna. Sien jy kans om nog 'n keer saam met my te vlieg en . . . en dalk later meer saam met my deur te maak as . . . as net 'n vlug?"

Is dit 'n huweliksaansoek? Ryna dink so, maar sy is nie seker nie. Sy moet liewer neutraal en aan die versigtige kant bly . . .

"'n Toer Botswana of Europa toe?" vra sy.

"Dit ook, as jy wil aanhou werk in plaas van huisvrou wees. Tot dusver het ek genoeg eise aan jou gestel en die keuse is joune."

"W . . . Watter keuse?" hakkel sy, ook opeens onseker en bang.

"'n Keuse van vanne. Of jy Landman wil bly of Raubenheimer wil word."

Mevrou Maryne Raubenheimer . . . Niks het nog ooit vir Ryna so mooi geklink nie, allermins Maryne Basson. Was Dries en Alison by die danse? Sy het nie opgelet nie . . . het Dries en sy nuwe nooi heeltemal vergeet.

"Raubenheimer is die mooiste van ter wêreld," erken sy, "baie mooier as Landman."

"Is dit al rede hoekom jy vanne wil verander?"

Oppas, maan Ryna haarself. Hy bly steeds die veeleisende Boeing-kaptein, wat deur sy ma en sy vrou in die steek gelaat is en wat seergekry het. Eerlikheid het tot dusver die gewenste uitwerking gehad en Ryna besef hy is self ook voel-voel, huiwerig en onseker oor watter reaksie hy te wagte kan wees.

"Nee," antwoord sy reguit en neem die mandjie, renoster, krokodil en ystervark by hom. Sy pak die ry op die sypaadjie uit, dan neem sy albei Wes se hande in hare.

"Daar is dinge soos toegeneentheid, vriendskap, lojaliteit en kameraadskap. Ek het ook baie om oor rekenskap te gee, Wes – baie oortredinge en tekortkominge – maar, as jy my die kans sal gun, sal ek graag wil vergoed vir dit wat ek verbrou het."

"Ekskuus?" vra Wes.

"Ek het gesê ek sal vergoed vir wat ek van Saterdag af verbrou het."

"Jy het niks verbrou en niks om voor te vergoed nie. Nee, ek vra jy moet asseblief herhaal wat jy net voor die kastige oortredings en tekortkominge gesê het."

Ryna is so dankbaar, sy kan nie onthou nie. "Van die lojaliteit en rekenskap?"

"Nee, dít wat daarna gevolg het."

Ryna dink na. Sy snap wat hy bedoel. "Wés, kaptein Raubenheimer? Is dit die gebruik van jou voornaam wat jy bedoel?"

Hy knik tevrede, druk sy mond teen haar hande, teen elk van haar vingers. Dan trek hy haar nader en sy arms sluit om die skraal, blonde figuurtjie.

"Ek het jou lief, Ryna. Jy was onweerstaanbaar van die oomblik toe jy langs die snelweg gestaan, met 'n duim oor jou skouer beduie en my kwaad gemaak het omdat ek bang was 'n ander ou met kwade bedoelings laai jou op."

Wes se mond skuif na haar keel, haar nek en haar mond.

"Ek weet nie van die bedoelinge van die man wat my wél opgelaai het nie . . ." fluister sy.

"Die man is eerbaar, hy wil met jou trou."

"Maar die man het my nog nie gevra nie!"

"Sal jy?" vra Wes.

"Ja." Daar was soveel misverstande, soveel kere dat sy en Wes mekaar nie verstaan het nie, dat Ryna wil verseker hy weet sy het hom lief. "Ja, ek sal, Wes," herhaal sy.

Toe hy haar styf teen hom vasdruk, weet Ryna dis nie Andy Davidson of haar ondervinding by Hwange wat haar van Dries laat wegskram het nie. Met Wes se arms om haar voel sy nie benoud, asof sy versmoor nie. Is dit nie wat liefde beteken . . . dat jy hom stywer wil vashou nie?

Wes hou haar nog stywer vas.

"Ek het jou lief, Ryna," fluister hy teen haar mond.

330

"En ek vir jou, Wes," antwoord sy sag, "liewer as vliegtuie en suurstofsilinders en brandblussers; liewer as wat ek gedink het dis moontlik om iemand op hierdie aarde lief te hê . . ."

Onrus op Rustfontein

1

Tia dra haar tas in die gang uit en sluit die woonsteldeur. Daarmee saam voel dit asof sy ook die afgelope vier en twintig jaar van haar lewe afsluit: die veertien jaar toe haar ma nog geleef het en die laaste tien toe sy haar pa versorg het, vir hom 'n maat probeer wees het, asook 'n buffer teen die eensaamheid.

Dit was 'n vol lewe, sonder tyd vir haarself. Maar Tia het nie omgegee nie. Haar pa was die spil waarom haar daaglikse bestaan gedraai het. Haker du Plessis was 'n warm mens, vrolik en joviaal; 'n bron van besieling, krag en vreugde.

Tot drie weke tevore, toe hy 'n hartaanval gekry het en haar hele toekoms binne enkele minute ineengestort het. Sy is van nature skaam en teruggetrokke en was onvoorbereid op die skok, die aanpassing en die verskriklike eensaamheid wat haar pa se dood meegebring het. Sy het nie besef dit is moontlik om iemand so ontsettend te mis nie, om te bid om sy stem en sy lag net nog een keer te hoor.

"Haai!" roep haar buurvrou. "Is jy al reg vir die stasie? Gee my vyf minute, dan kan ons ry. Kom sit, ek maak gou koffie."

"Moenie moeite doen nie, Petro, ek sal in die gang wag."

"Nee, dan word jy weer hartseer." Petro trek Tia by die voordeur in en laat haar by die eetkamertafel sit. Sy kyk na die té blink grys oë met die tekens van onlangse trane op die bleek wange en probeer Tia opbeur. "Jy gaan met vakansie, vriendin! 'n Maand lank gaan jy op 'n spogplaas

335

in die Laeveld bly. Ek sal my ooghare vir so 'n kans gee."

Tia haal haar skouers op. "Ek glo nie dit sal vakansie wees nie. Jy weet wat my ouma en oupa van my pa gedink het. Hulle het gevoel hy het my ma van hul weggeneem, hy kon nie vir haar 'n behoorlike huis voorsien nie en dit was sy skuld dat sy verongeluk het."

"Nou, na sy dood, sal hulle weer vergewensgesind wees."

"My pa was 'n stadsmens. Hy wou nie op Rustfontein boer en sy rugby prysgee nie. Kan hulle hom steeds daaroor kwalik neem, Petro?"

"Natuurlik nie. Die tyd het bewys jou pa was reg, want hy het immers Springbok geword. Jou ouma-hulle het hom lankal vergewe. Anders sou hulle nie begrafnis toe gekom het nie."

"Ja." Tia glimlag skeefweg. "Anders sou ek nou ook nie op pad gewees het Witrivier toe nie. Maar dit gaan nie maklik wees nie. Miskien kuier ek net 'n week, dan kom ek terug."

"Bly die volle maand. Dit sal jou goed doen om weg te kom," bemoedig Tia se buurvrou haar. "Ek sal na die woonstel omsien en alle pos aanstuur."

"Wat van meneer Geertsema en die kantoor? Gestel hy weet nie waar ek sekere lêers geliasseer het, of watter dagvaardings hangend is en hoeveel eise nog uitstaande is nie?"

Petro is glad nie bekommerd nie. "Wynand Geertsema was ses jaar op universiteit. As 'n ten volle gekwalifiseerde prokureur nie sonder sy tikster kan klaarkom wanneer sy met vakansie is nie, is hy nie sy sout werd nie en behoort hy nie te praktiseer nie. Jou baas sal regkom, jou rubberplant, varings, viooltjies en ek ook. Vergeet alles en geniet die blaaskans, want jy het dit verdien. Wil jy gou koffie drink?"

Tia kyk op haar horlosie. "Ek glo nie ons het tyd nie."

Op pad Johannesburg-stasie toe tik Petro die items op haar vingers af. "Vensters en voordeur toe? Warmwater-toestel af? Kam en tandeborsel in?"

"Toe, af en in," sê Tia en knik. "Ek dink nie ek het iets vergeet nie, behalwe om oplaas weer vir jou duisend dankies te sê. Wat sou ek hierdie drie weke sonder jou gedoen het, Petro?"

"Bring vir my 'n vet avokadopeer terug en dit sal genoeg vergoeding wees. Ek sal môre bel om te hoor of jy nie uit die trein geval het nie."

"Dankie. Ek weet nie of ek die telefoon vrylik sal kan gebruik nie. Ek was 'n paar keer op die plaas saam met my ma, daarna nooit weer nie. Ek is nie seker wat hul gesindheid teenoor my gaan wees noudat ek alleen oorgebly het nie. Ons sal maar moet sien . . ."

"As die lewe skaaf, gaan kuier op die buurplaas. Jy ken mos die Retiefs en kom goed met hulle oor die weg, of hoe?"

"Net Mynhard Retief is nog op Waterval. Sy ouers woon glo deesdae op die dorp. Ek sal Mynhard graag weer wil sien. Hy was destyds gaaf en vriendelik, 'n baie oulike ou."

Petro is dadelik nuuskierig. Sy weet Tia is terughoudend, maar hoekom het sy in die verlede nog nooit 'n woord oor die gawe, jong buurman gerep nie?

"Hoe lyk hy?" wil sy weet.

"Nogal aantreklik," erken Tia en wens sy het liewer stilgebly. Vandat Petro 'n jaar tevore getroud is, soek sy vir al haar vriendinne mans.

"Lig of donker?"

Mynhard is lank, donker, met breë skouers en die ongelooflikste turkooisblou oë wat Tia nog gesien het. Op dertien het sy geglo daar kan nie 'n mooier en aangenamer ou in die hele wêreld wees nie.

"Bruin hare," antwoord Tia. "Maar dit was meer as tien jaar gelede. Ek weet nie hoe hy nou lyk nie. Dalk sal

337

ek hom nie eers herken as ek hom toevallig op die dorp raakloop nie."

Sy sal hom ken, dink Petro, te oordeel aan die skielike blos op Tia se wange en die manier waarop sy oënskynlik ongeërg anderpad kyk. Dit lyk vir haar daar was 'n jeugromanse of iets wat nou dalk verder kan ontwikkel. Tia is moeg en oorspanne, platsak en terneergedruk, en het 'n vakansie nodig. Maar is Mynhard dalk die hoofrede waarom sy ingewillig het om plaas toe te gaan? Die man is blykbaar nie getroud nie, anders sou Tia gemeld het dat hy saam met sy vrou op Waterval woon.

Petro is op die oog af net so ongeërg. Sy trek by 'n verkeerslig weg en verander die motor se ratte. Dan vra sy terloops: "Dié Mynhard – hoe oud is hy?"

"Ek weet nie. Hy was destyds op universiteit."

"Eerstejaar?"

"Of tweede. Ek kan nie onthou nie," antwoord Tia ontwykend. "Dit maak nie saak nie."

"Dus so vyf of ses jaar ouer as jy?" hou Petro vol.

"Ja. Ek weet wat jy dink, maar jy is verkeerd. Ek het . . . ek erken ek het wel 'n soort heldeverering vir Mynhard gehad; soos my niggies wat ook soms op Rustfontein gekuier het; soos seker al die meisies in die distrik. Hy het ons geterg, saam met ons tennis gespeel en gedans, maar ek glo nie hy het ons klomp bakvissies ooit regtig raakgesien nie."

"Hoe weet jy?"

"Omdat hy altyd ritse ander nooiens op sleeptou gehad het, ouer en meer gesofistikeerd as ons. Eksoties en minder naïef as 'n spul skooldogters met poniesterte en drade om hul tande."

"Tog is hy nog steeds nie getroud nie?" sêvra Petro.

"Hy is dalk, en miskien het hy al tien kinders. Jy moet na die linkerbaan oorgaan om by die stasie se ingang te kan links draai."

Petro is nie 'n goeie bestuurder nie. As Tia nie gepraat het nie, het sy verbygery. Sy skakel die flikkerlig op die laaste nippertjie aan en ignoreer die toeters wat agter haar opklink.

"Waar kan ek parkeer?"

"Op die perron." Tia kyk om hulle rond. "Daar oorkant is baie plek."

"Die trein is al hier. Ons is laat!"

"Ons moet gou maak."

Toe hulle die kompartement vind en Petro haar bagasie deur die venster begin aangee, is Tia skielik weer bang. "Ek wens jy kon saamkom, dan sou ek na die vakansie kon uitsien."

Petro druk haar hand. "Jy sal regkom. Jy is minder broos as wat jy lyk. Maar bel vir my of vir Gerrit as dinge verkeerd loop. Ons is albei lief vir jou, Tia."

"En ek vir julle. Jy en Gerrit is al wat ek nog het."

"En 'n ouma en 'n oupa wat ook vir jou lief is. Jy gaan lekker kuier en spekvet en gesond terugkom."

"Ek weet nie. Pas julself goed op."

"En jy vir jou. Bel of skryf as jy kan."

"Julle ook."

"Enige navrae van die bank en die eksekuteur sal ek aanstuur."

"Dankie. Sê groete aan Gerrit en oom Degenaar. Sê vir my plante ek kom gou terug."

"Ek sal. Moenie by die venster uitval nie . . ."

"Nee. Mooi bly . . ."

Tia is in trane toe die trein vertrek. Sy hang by die venster uit en wuif, tot lank nadat sy Petro nie meer op die perron kan sien staan nie. Genadiglik is sy alleen in die kompartement, met niemand om voor verskoning te vra of verplig te voel om mee te gesels nie.

"Tickets! Kaartjies! All tickets, please!" roep 'n stem in die gang en Tia soek naarstiglik deur haar handsak.

Toe die mynhope begin yler word en Witbank se buite-wyke in die verte lê, hoor Tia stemme in die gang en 'n klok wat lui. Aandete. Sy het nie genoeg selfvertroue om alleen in die eetsalon te gaan eet nie en haal die fles koffie en toebroodjies uit wat sy vir die rit ingepak het.

'n Uur later ratel 'n sleutel in die slot en 'n kop loer by die deur in.

"Beddegoed?"

Tia het reeds die slaapbank opgemaak en is verleë om-dat dit lyk asof sy suinig is. "Nee dankie, ek het my eie lakens en komberse, meneer."

Die beddegoedbeampte gee nie om wie volop geld het om te blaas en wie in die toekoms op 'n enkelsalaris 'n woonstel en motor moet onderhou, kruideniersware koop en water en ligte moet betaal nie. Hy slenter verder.

"Beddegoed? Beddegoed?"

Tia wag hom in toe hy in die gang terugkom. "Meneer, ek is bang ek verslaap môreoggend. Sal iemand vir 'n mens kom sê wanneer ons by Witrivier is?"

"Ons staan vieruur 'n driekwartier lank op Nelspruit en daarna moet jy maar regmaak, juffie, want Witbank is dan net om die draai. Maar ek sal kom sê, moenie bang wees jy ry verby nie, juffie."

Hy lyk soos haar pa, net ouer en sy hare is gryser.

Haar gemoed is te vol en die bed te vreemd vir Tia om te kan slaap. Sy sien Middelburg se liggies, dan ook Bel-fast en Machadodorp s'n. Sy hoor die melkkanne wat op Waterval-Boven opgelaai word. Lank voor vieruur is sy op, het sy gewas en aangetrek, haar tas gepak en drink sy 'n laaste koppie louwarm koffie uit die fles, dankbaar dat die eindelose nag vol kommer en vrees verby is.

Die beddegoedbeampte hou woord. "Witrivier!" roep hy waarskuwend en klop aan die kompartement se deur toe hulle op die perron intrek.

"Dankie, oom, ek is wakker," antwoord Tia.

340

Sy bind die rol van haar beddegoed stewiger vas en maak seker dat haar tas gesluit is.

Ouma Tien Cronjé is op die stasie om Tia te ontmoet, soos altyd uiters bekwaam en oorheersend, maar kortaf, soos sy vrees 'n vriendelike gebaar of 'n toegeeflike verwysing na haar swartskaap-skoonseun sal sy treurende dogter in trane laat uitbars en laat terugvlug Johannesburg toe.

"Dag, Martina." Sy soen Tia op die voorkop en hou haar vervreemde kleindogter 'n armlengte weg om haar te beskou. "Jy is maer en uitgewas en lyk asof jy nie verlede nag geslaap het nie. Hoekom nie?"

"Die trein het geruk en gestamp en alles was vreemd."

"Ja, ek onthou jy was mos van kleins af vir alles bang, anders as jou ma. Kom, ek het mieliepap op die stoof en wors in die oond. As ons rondslenter, brand alles. Gee hier jou tas, laat ek help dra."

"Dit is swaar. Ek sal regkom, dankie," keer Tia.

"Jy het net twee arms en ek is nie seniel nie. Gee die tas. Vat jy die komberse en die mandjie."

Tia praat nie teë nie. Dit help nie met ouma Tien nie. Sy swaai haar handsak oor haar skouer en tel haar rol beddegoed saam met die mandjie op, met die fles, toebroodjiehouer en die oorblyfsels van Petro se vrugte en lekkergoed. Sy wens sy was terug in Johannesburg, in haar en haar pa se woonstel.

"Het jy goed gereis, kind?"

"Ja, dankie, Ouma."

"Hoe gaan dit met jou?"

"Goed, dankie."

Ouma Tien sluit die kattebak oop en laai Tia se bagasie in. Dan kyk sy haar kleindogter op en af. "Dit lyk nie so nie. Ons sal jou op Rustfontein moet vet voer. Klim in, kind, laat ons ry. Oupa Jan sal onrustig wees as ons nie gou kom nie."

Tia is ongemaklik. "Hoe gaan dit met Oupa?"

"So goed as wat dit in die omstandighede met 'n stoep-sitter kan gaan. Na die angina pectoris-aanval moet hy meer oefening kry en fiks word. Maar hy luister mos na g'n raad nie."

"Hartkramp?" vra Tia. "Ek het nie daarvan geweet nie."

"Ek het dit onderaan my laaste Kerskaartjie gemeld, maar jou pa was mos altyd te besig met rugby en aller-hande bog om op sy skoonfamilie se probleme ag te slaan; te besig met sy kastige polisse wat hy verkoop het om aan ander te dink. Ek hoop jy is minder selfsugtig, Martina."

Wat antwoord 'n mens? Nie ja of nee nie. Tia bly stil. 'n Maand . . . Hoe gaan sy dit uithou, veral as ouma Tien gedurig haar pa gaan kritiseer en veroordeel?

Anders as Petro, is ouma Tien 'n bekwame en aggres-siewe bestuurder. Sy druk die toeter vir 'n perdekar voor hulle en boor die luuksemotor teen die opdraand uit.

Dan vroetel sy in haar handsak en lê 'n bougenootskap-boekie op Tia se skoot neer. Haar stem is onverwags grof. "Ek en jou oupa het 'n klompie geld op jou naam oorgesit. Trek en gebruik soveel daarvan as wat jy wil. Dis joune."

"Ek waardeer dit, maar ek het nie geld nodig nie, dan-kie." Tia se oë rek toe sy die bedrag sien en sy plaas die boekie haastig terug in die handsak.

"Is die boedel dan al afgehandel?" vra haar ouma en trap die brandstofpedaal weg. "Het jou pa darem vir jou voorsiening gemaak, kind? 'n Polis uitgeneem?"

"Nee. Maar ek sal regkom. Ek het min onkoste."

Ouma Tien snuif. "Dis mos soos hulle sê – skoenmaker se kinders loop kaalvoet. Hy kon polisse aan ander smous, maar het nie gedink aan sy eie kind wat haarself vir hom en sy dronk vriende opgeoffer het nie."

Tia kyk deur die motorvenster na twee blinkvlerkspreeus wat in 'n soetdoring nes maak.

"Dit was nie 'n opoffering nie. Ek het dit geniet om huis te hou en my pa te versorg."

Die motor se bande skreeu om die draai en loop van die teer af op die grondpad, Rustfontein toe. Ouma Tien Cronjé lyk nie beïndruk nie.

"Almiskie. Maar wat het jy van jou jong lewe gehad? Het jy darem 'n kêrel, Martina?"

Tia skud haar kop. "Ek stel nie in kêrels belang nie, Ouma."

"Dis abnormaal op twintigjarige ouderdom. Hoewel jy te bleek en te maer is, lyk jy nie siek nie. Ons sal 'n plan maak. Ek sal met Mynhard praat en hoor wat hy aan die hand kan doen."

"Nee! Asseblief nie!" Tia besef haar reaksie was te heftig en probeer kalmer praat. "Ek het 'n paar vriende in Johannesburg. Daar is een of twee wat my soms uitneem. Twintig is nog nie 'n oujongnooi nie. Los vir Mynhard. Moenie dat hy vir my verantwoordelik voel nie."

"Ek dag net hy het dalk 'n vriend wat hom oor jou kan ontferm. Mynhard self is hopeloos. Hy het alewig 'n nooi, die een kreatuur of toneelspeelster of joernalis na die ander. G'n boeremeisie nie. Ek weet nie wat nog van die kind gaan word nie. Lyk my die verderfpad lê vir hom oop. En hy is 'n goeie seun, hy sal 'n goeie man wees vir die regte meisie."

Tia onthou elf jaar tevore toe haar ouma min of meer dieselfde woorde gebruik het. Dit was Oukersaand, 'n geleentheid wat om die beurt op Rustfontein en Waterval gevier is. Dié Kersfees was dit ouma Tien se beurt om die kalkoen, hoender, ham en slaaie te maak, die tradisionele koekstruif met die muntstukke en groen vye daarin, gemmerbier en soetkoekies vir koffietyd. Hulle was besig om koffie te drink en haar te prys omdat haar soetkoekies mooi uitgerys het en nie in die pan aanmekaar geloop het nie, toe ouma Tien ondersoekend opgekyk het.

343

Om die tafel was Tia en haar ma, haar niggies – Ina en Martie – met hulle ouers, die Retiefs, van die ander bure en vriende; 'n hele tafelvol. Maar dit was na Tia, Ina en Martie wat ouma Tien gekyk het toe sy voorgestel het: "Mynhard, ek weet jy is gedurig besig met kastige studie en ander twyfelagtige bedrywighede, maar wanneer gaan jy die waterval vir die meisiekinders wys?"

Mynhard was inskiklik. "Enige tyd wat hulle wil. Ek sal hulle die kranse uitsleep en teen die rotse op tot by die waterval. Hulle moet net die woord spreek, ouma Elf."

Mynhard was al een wat vir haar ouma nie ouma Tien genoem het nie.

"Sy wil almal altyd een voor wees," het hy geskerts. "Sy is soos 'n Van Helsdingen – jy kry haar nie onder nie. Sy behoort ouma Dosyn of ouma Twaalf te wees. Maar ouma Elf klink beter."

Ouma Elf het dit gebly, daardie Desember-vakansie en die jare wat daarop gevolg het.

Ouma Elf het van haar nuwe naam gehou, maar haar nie van koers laat bring nie.

"Wanneer gaan jy vir hulle die waterval wys vanwaar die plaas sy naam gekry het?" het sy aangedring.

"Nou." Mynhard was nie iemand wat hom laat koudsit het nie.

Ouma Tien het gefrons. "Nóú? Dis pikdonker buite. Wat wil jy in die middel van die nag met drie jong meisiekinders op die berg maak?"

Mynhard het vroom gegrinnik. "Wat 'n mens gewoonlik met meisiekinders maak. Wat anders, ouma Elf?"

Almal het gelag en oupa Jan het gespot: "Vra 'n dom vraag en jy kry 'n slim antwoord . . ."

Maar ouma Tien was nie geamuseer nie. "Jy is ligsinnig en onverantwoordelik, Mynhard. Ek weet nie wat van jou gaan word nie. Jou ouers het jou nie vir die verderfpad grootgemaak nie."

"Goed; môre dan?" het Mynhard voorgestel.

"Môre is Kersdag, nie bedoel om in die berge te kerjakker nie."

Uiteindelik is daar op die Saterdag besluit. Mynhard was gewillig en het met sy pa gereël om die bakkie te kan gebruik. Anders moes hulle drie kilometer ver deur die veld stap, tot aan die voet van die berg.

Tia onthou hoe opgewonde hulle drie was, elkeen met 'n rugsak en met die vooruitsig om 'n hele dag saam met Mynhard deur te bring.

Mynhard het woord gehou. Op die kop agtuur het die Retiefs se blou bakkie voor die grasdakopstal op Rustfontein stilgehou. Dit was vroegoggend alreeds drukkend warm, maar ook met die res van die lang trek het Mynhard woord gehou – soos belowe, het hy Tia, Ina en Martie die kranse uitgesleep en teen die rotse op, tot bo by die waterval, waar hulle piekniek gehou het. Dit kon nie vir 'n ou op universiteit pret gewees het om drie giggelende skooldogters op te pas nie, maar hy het niks laat blyk nie. Hy het hulle om die beurt geterg, gespot, gekorswel en na skoolbedrywighede uitgevra. Hy het elkeen afsonderlik aan die hand geneem en oor die moeilikste klimplekke teen die berg af gehelp.

Hy was negentien en wêreldwys, hulle onderskeidelik twaalf, dertien en veertien. Hulle was lomp, verspotte tieners, die ene elmboë en knieknoppe in kortbroeke en seilskoene. Ina en Martie was rabbedoes wat half teen die steil rotse kon afklouter, maar hulle hulpeloos voorgedoen het net sodat Mynhard hulle moes help. Tia was al een wat regtig bang was vir die steiltes en afgronde, wat nie alleen kon regkom nie; en al een wat self probeer afklim het, om arme Mynhard nie onnodig lastig te val nie.

Halfpad teen die klipperige paadjie af het Mynhard op 'n rotslys gaan staan en hulle nader geroep. "Kom kyk! Van hier af het 'n mens die beste uitsig oor die waterval en die rivier. Mooi, nè? Hoe kan enigeen die stad bo die Laeveldse bosveld verkies? Liewer in 'n betonoerwoud as hier wil woon?" Hy het omgekyk. "Kom jy reg, Tia, of het jy hulp nodig tot hier?"

Tia wou nie 'n laspos wees nie, want dan neem hy die klomp niggies dalk nooit weer op 'n uitstappie nie. Sy het alleen tot op die rotslys probeer vorder.

'n Los klip het onder haar voete padgegee. Sy het na 'n boomtak gegryp om haar ewewig te behou, maar dit was mis. Sy het aanhou gly en val en in 'n slordige bondel arms en bene op die rotslys beland – skaam, verleë en met 'n steekpyn in haar enkel.

Binne sekondes was 'n besorgde Mynhard by haar. "Het jy seergekry?"

Tia wou hom nie laat agterkom sy het haar enkel verstuit nie, wou nie hê hy moes dink sy was lomp nie.

"Ek makeer niks nie," het sy gesê en dapper geglimlag.

"Jy hét seergekry. Gee hier, laat ek na jou voet kyk," het hy beveel.

Mynhard se vingers was koel en ferm om haar enkel. Hy het na die swelsel gekyk en sy arm om haar skouers gesit.

"Dit lyk erg," het hy gesimpatiseer. "Is dit seer?"

"Ja . . ." Tia het in trane uitgebars. "Ek is jammer. Ek wou nie, wil nie lastig wees nie . . ."

"Dit was 'n los klip." Mynhard het blykbaar geraai waaroor sy die hardste gehuil het. "Dis nie jy wat lomp was nie. Jy het rats geklim en pragtig bygebly tot nou toe, Tia. Maar die res van die pad sal ek jou moet help."

Hy het sy arms om haar gesit en haar opgetel, gereël dat Ina en Martie hulle rugsakke neem. Martie was vies, maar Ina net so ontsteld oor Tia se besering as Mynhard. Die laaste ent het Ina al drie die rugsakke gedra, want Martie was moeg en haar een enkel het ook skielik begin lol.

"Jy kan Tia nie die hele ent tot by die bakkie dra nie," het sy gekeer. "Ek is seker as ek en Ina haar weerskante ondersteun, sal Tia self kan loop."

Mynhard het gelag en sy kop geskud. "Dankie, Mart, maar ek is gewoond om sakke mielies te dra. Tia weeg minder as vyf mieliepitte."

"Sy is langer as ek. Sy kan nie só lig wees nie," het Martie katterig gesê.

Tia het skuldig gevoel, want Martie is mooier as sy en sy was daarvan oortuig dat Mynhard háár liewer sou wou dra as 'n muisvaal standerdsewetjie wat nie kyk waar sy stap nie. Maar tussen die skuldkomplekse deur was sy oorbewus van Mynhard se arms om haar, van sy hartklop deur die dun materiaal van sy hemp; van sy donkerbruin hare wat oor sy voorkop geval het, die sterk lyn van sy nek en kakebeen en van sy ongelooflike turkooisblou oë wat half deurskynend gelyk het met die middagson wat van regs af in sy gesig geskyn het.

Mynhard was die mooiste, die gaafste en die sterkste ou in die hele wêreld, al het ouma Tien telkens na sy twyfelagtige bedrywighede verwys – en al was Tia in die duister oor wat haar ouma presies daarmee bedoel het, was dit romanties prikkelend; soos die gevoel van sy breë skouers teen hare en die doef-doef van sy hart teen haar wang.

Sy het nie probeer keer nie, nie daarteen gestry nie, maar haarself toegelaat om halsoorkop en onherroeplik op Mynhard Retief verlief te raak.

Tia het elke tree teen die berg af geniet en die herinneringe daaraan soos 'n kosbare kleinood bewaar, al het Martie haar aangegluur asof sy wou hê die aarde moes oopskeur en haar opposisie verswelg.

Toe Mynhard vir Tia versigtig agterop die bakkie neergesit het, met haar enkel op 'n rugsak gestut, was dit 'n antiklimaks.

Ouma Tien was kwaad. "Amper negentien, en jy kan

nie eers een jong kind oppas nie. Ek sal Tia nooit weer saam met jou êrens heen laat gaan nie, Mynhard."

Tia het gewens haar ouma het nie elke keer na haar as 'n kind verwys nie. Sy was in haar tweede jaar op hoërskool en baie van haar maats was in standerd vyf al gekys.

Mynhard was vol berou. Hy het soetdoringbloeisels gepluk en dit saam met 'n kaartjie vir die pasiënt gebring.

Tia het elke bloeisel gepars en saam met die kaartjie in haar Bybel bewaar. Sy was reddeloos verlief en het geweet niemand sou ooit Mynhard se plek kon inneem nie.

Die gewaarwording van Mynhard se arms om haar was 'n herinnering wat sy nie met haar ma, ouma, Ina of selfs Petro wou deel nie.

Dit was elf jaar tevore en die volgende November het haar ma verongeluk. Sy was nie daardie Kersfees op die plaas of ooit weer daarna nie.

Mynhard het op universiteit rugby en krieket gespeel. Sy het hom 'n keer saam met haar pa op die Wanderers vir Tukkies se eerste span sien kolf, maar nie die vrymoedigheid gehad om hom na die wedstryd te gaan groet nie. Sy was nie seker of hy haar sou herken nie. Die watervalvoorval het waarskynlik nie op hom ook so 'n indruk gemaak nie. Hy sou nie vyf mieliepitte met 'n seer enkel van jare tevore onthou het nie.

Maar nou is sy vier en twintig en kuier weer op Rustfontein. En haar ouma sê Mynhard is steeds nie getroud nie . . .

Hy het sy landbougraad voltooi en boer nou, dink Tia. Hy het nie meer tyd om vir Rustfontein se kuiergaste die waterval te gaan wys nie. Sy sal hom dalk die hele maand nie te siene kry nie.

2

Op Rustfontein herken Tia vir Petrus wat die grassnyer los om te groet en haar tas met die trap op kamer toe te dra; en vir Maria in die kombuis, wat die wors in die oond opgepas het en spesiaal vir Tia 'n sjokoladekoek gebak het. Hulle is albei ouer en gryser, maar nog net so toegewyd en hulpvaardig soos destyds.

Maar Tia herken amper nie vir oupa Jan, wat op die systoep in die son sit met 'n kombers om sy bene nie. Op die begrafnis was sy te verward om veel te kon registreer. In 'n pak klere en met ouma Tien om hom te onderskraag, het Tia nie agtergekom hoe oud hy geword het en hoe hy weggekwyn het nie. Hartkramp? Of is oupa Jan sieker as wat haar ouma laat blyk het?

Tia hurk langs sy stoel en sit haar arms om die geboë witkopfiguur.

"Dag, Oupa. Hoe gaan dit?"

"Ons kla nie. Dag, kindjie. Ek is bly jy het huis toe gekom. Jou ma sou dit wou hê. Het jy haar meubels laat opberg en die woonstel verhuur?"

Tia is nie seker hoe om te antwoord nie. Is haar oupa deurmekaar?

"Nee, oupa Jan. Ek sal die meubels nodig hê wanneer ek terug is."

"Ja, ek is bly jy is terug, kindjie. Jy hoort mos hier, soos jou ma. Sy was ook 'n plaaskind. Maar sy rus nou . . ."

Nie 'n woord oor haar pa, wat drie weke gelede dood is nie. Tia het dit verwag, tog maak dit seer.

"En die geld wat ons vir jou in die boekie gesit het – het jy daarmee vir jou 'n mooi rok gekoop?" vra hy.

Ouma Tien skud onderlangs haar kop vir Tia. "Sy het die geld geneem, Jan, en sê vir jou baie dankie daarvoor."

"Dankie, Oupa," beaam Tia onwillig. "Daar was nog

349

nie tyd vir inkopies nie. Miskien sal ek volgende week op die dorp kom om 'n rok te koop."

"En skoene en wat jy ook al nodig het," sê ouma Tien.

"Om te vergoed vir al die jare wat jy met te min moes klaarkom."

Tia kan nie stry nie. Die baadjiepak wat sy aanhet, is 'n oue van haar ma, die nate ingeneem en die soom korter gemaak. Vir ryk boere lyk die stadsjapie seker armoedig. Toe haar pa se naam nog bekend was, het dit met die versekeringverkope goed gegaan en het hy ruim kommissie verdien. Maar na 'n paar jaar, toe Haker du Plessis nie meer plek in die span gekry het nie, was die kliënte, vriende en kommissie skielik baie minder.

"Hoe gaan dit met Ina en Martie?" vra Tia om die onderwerp te verander. "En met tant Susan en tannie Betshulle?"

"Met almal goed. Ina kom so dan en wan hier aan, want sy bly mos op Sabie. Martie het ons natuurlik jare laas gesien. Sy flenter nog steeds oorsee rond, nou glo in Parys."

"Tree sy nog as mannekyn op?"

"Ja. Maar dis duiwelsdinge, sê ek. 'n Meisie moenie so ydel en net agter geld en roem aan wees nie. Hoekom is haar eie land nie goed genoeg vir haar nie?"

"Mannekyne kry nie in Suid-Afrika maklik werk nie, Ouma."

"Hoekom nie? Hier is mos ook tydskrifte met voorblaaie waarop sy half kaal kan poseer," mor ouma Tien en brom weer onderlangs oor die verderfpad waarop Martie saam met Mynhard is.

Tia wil nie oor Martie praat nie. Hulle twee het nooit langs een vuur gesit nie. Jaloesie? wonder Tia. Omdat Martie van kleins af verreweg die mooiste van hulle drie was? Of omdat Mynhard dit raakgesien het en altyd die meeste aandag aan háár gegee het?

"Wat doen Ina op Sabie?" vra Tia. "Hou sy nog skool of is sy al getroud?"

"Nog nie, hoewel sy en die kêreltjie baie danig met mekaar is. Ina het natuurlik nooit Martie se voorkoms gehad nie, maar jy sal verbaas wees wanneer jy haar nou sien," spog ouma Tien. "Sy is voller van lyf, wat haar pas, en sy het 'n dame geword."

"Ek sal Ina graag wil sien. Ek was altyd lief vir haar."

"En sy vir jou. Sy het altyd verneem hoe dit met jou gaan."

"Ina het 'n kar," sê oupa Jan. "Jy moet haar bel, dat sy jou kan kom groet, noudat jy by die huis is."

"Alles op sy tyd," keer ouma Tien. "Die kind het nog nie eers uitgepak nie. Sy sal later bel, dan kan Ina 'n naweek oorkom."

"Ek het die pap ingeskep en eiers by die wors gemaak," kom sê Maria.

Tia kan nie onthou wanneer laas sy mieliepap geëet het nie. In die woonstel was daar soggens skaars tyd vir graanvlokkies.

Na ontbyt pak Tina uit en trek 'n ou, verbleikte seilbroek en 'n T-hemp aan. Laasgenoemde is 'n oue van haar pa, wat vyf nommers te groot is. Maar dit is 'n troos, soos sy sokkies wat sy dra, en sy hemde saam met 'n gordel om haar middel gebind. Vir Tia voel dit redelik modieus, maar sy sidder om te dink wat Martie oor haar bonkige en sentimentele voorkoms te sê sal hê. Martie was altyd baie behep met klere, anders as sy en Ina.

Tia gesels tot teetyd op die stoep met oupa Jan, dan stap sy oor die werf om al die bekende en geliefde ou plekke op te soek.

Teen die wit muur van die melkkamer is die donkerpienk bougainvillea in volle blom met uitgestrekte, knoetsige ranke tot in die reuseknoppiesdoring wat Tia gevrees het dalk al dood en uitgekap kon wees. Die vinkneste in die riete is nog daar, so ook die skoppelmaai waarop hulle as kinders gespeel het, nog op dieselfde plek onder die kol soetdorings waarvan Mynhard vir haar 'n armvol bloeisels gepluk het toe sy in die bed was. Alles is nog dieselfde . . . Die eerste keer in weke vind Tia 'n mate van troos. Hoe het oupa Jan gesê? Sy het teruggekom huis toe.

Maar dít is nie haar huis nie. Sy moet teruggaan Johannesburg toe . . .

Tia klim die klipkoppie agter die beeskraal uit – die koppie waarna haar ma altyd verlang het; die skurwe, warmbruin rotse, die aalwyne, wildedagga en die kiepersol wat skeef en windverweer bo-op die kruin groei, maar tipies Laeveld en tipies Rustfontein is. Sy en haar ma het die boom gereeld kom natgooi, op die eerste en die laaste dag van die vakansie, omdat dit lyk asof sy wortels nie in grond groei nie, asof hulle aan die klipplaat vasklou en geen voeding kry nie. Tia wens sy het onthou om 'n emmer water saam te bring. Die blare ritsel en in die wind hoor sy Mynhard se stem: "'n Kiepersol is taai. Hy wil nie baie water hê nie. Dié ou is nie bly wanneer hy julle sien nie. Hy wil weghardloop."

Mynhard was gewoonlik oor die meeste dinge reg. Tia streel oor die growwe bas en die grysgroen blare. "Sou jy weggehardloop het as jy kon?" vra sy. "Het ek en my ma meer skade as goed gedoen, ou knewel?"

'n Nuwe windvlaag waai en dit lyk asof hy sy blarekop knik.

Van onder die kiepersol het sy 'n panoramiese uitsig oor die twee plase, oor Rustfontein se tuin, swembad en tennisbaan, en oor die buurplaas. Die huis op Waterval het ook 'n grasdak, maar dit is 'n enkelverdieping met gewels. Sy het altyd gedink die Retiefs se huis is mooier as ouma Tien-hulle s'n. Ouer, maar meer indrukwekkend.

Mynhard het 'n ander bakkie, nie meer die ligblou een

352

van sy pa nie, merk sy op. Voor die skuur, onder die wildevy ingetrek, staan 'n nuwe geel bakkie.

Hy het ook 'n swembad laat bou en nuwe lemoenboorde aangeplant, sien sy. Avokadopeerbome en macadamianeute staan nou waar die suikerriet waarmee sy pa probeer boer het, nooit behoorlik wou groei nie. Tussen sy twyfelagtige bedrywighede met aktrises en joernaliste deur het hul buurman blykbaar tyd gevind om 'n vooruitstrewende boer te word.

Sy merk 'n manspersoon van die stalle se kant af op pad huis toe en aan die beweging van sy arm kan sy sien dat hy wuif. Dit moet Mynhard wees wat van ver af haar silhoeët bo-op kan uitmaak. Tia waai terug, uitbundiger en seker meer entoesiasties as wat sy moes. Mynhard beduie iets wat sy nie verstaan nie, iets met sy gewrig of horlosie te doen. Dan verdwyn hy by die agterdeur in.

Hy het beduie hy sal haar later sien?

" 'n Mevrou Petro Visagie het gebel," sê ouma Tien toe Tia by die huis kom. "Net daarna het Mynhard gebel. Albei wou weet of jy veilig aangekom het."

"Petro is my liewe, hulpvaardige vriendin in die woonstel langsaan," verduidelik Tia. "Sy het baie vir my beteken toe my pa . . ." Tia kan nog steeds nie daardie onherroeplik finale woord hardop sê nie, nie in verband met haar pa aan wie sy so geheg was nie. "Na die hartaanval," voltooi sy die sin.

Ouma Tien is 'n oomblik stil. "Ek is bly dat jy 'n goeie vriendin byderhand gehad het, Martina."

Tia moet eers 'n keer sluk, en selfs dan is haar stem nie heeltemal haar eie nie. Sy vee met die agterkant van haar hand oor haar oë en gaan sit op die stoeptrap.

"Ek sien Mynhard het baie verbeterings op Waterval aangebring," sê Tia.

"Daar sou meer verbeterings gewees het as hy meer by

353

die huis was en minder op die dorp kerjakker het. Jy kan mos tik, Martina."

Dit was eerder 'n stelling as 'n vraag.

Tia knik. "Ja. Hoekom vra Ouma?"

"Ek dink nie dis goed dat jy te veel tyd het om te tob nie. Jy moet besig bly. Op Rustfontein hoop gedurig briewe, state en verslae op waaraan jou oupa hom nie steur nie. Ek skryf erger as 'n krap en wanneer ek tik, is dit met twee vingers – die soek-en-pik-metode. Ek sal bly wees as jy die goed kan help tik, Martina, en sodoende sal jy ook nie skuldig hoef te voel oor die geld by die bougenootskap nie. Jy sal voel jy het dit verdien en kan die geld met vrymoedigheid aanvaar – as vergoeding vir dienste gelewer."

Hét sy die duisend rand aanvaar? Tia is nie seker of ouma Tien haar ouder gewoonte geboelie het of op 'n mooi manier met 'n slap riem gevang het nie.

Mynhard se telefoon- en beduiebelofte van "later" is eers die volgende middag, nadat Tia pas die hoenders kos gegee het en met 'n mandjie en 'n soplepel op die grond agter al die weglêneste ingekruip het. Ja, hy sal juis nóú kom groet, dink sy vies, nóú terwyl sy vuil en stowwerig daar uitsien en haar hare ongekam is. Sy sou graag eers wou bad en haar mooiste rok aantrek.

Mynhard kom haar halfpad oor die werf tegemoet en neem die mandjie hoflik by haar. Hy haak die handvatsel oor die naaste boomtak sodat hy albei hande vry kan hê om haar nader te trek en 'n soentjie op haar voorkop te druk.

"Hallo, Tia." Hy hou haar 'n armlengte weg om haar te beskou.

Tia skram weg. Hy gaan waarskynlik sê sy het niks verander nie, sy lyk nog soos dieselfde standerd sewe-dogtertjie: die ene elmboë en voete en nog net so lomp soos elf jaar tevore.

"Hallo, Mynhard." Haar stem klink gespanne.

Tia was verniet op die verdediging. Hy is dieselfde Mynhard van ouds; warm, begrypend en wonderlik.

"Jy het nóg pragtiger as destyds geword," sê hy sag en trek Tia nader om haar weer 'n soentjie te gee, hierdie keer vol op die mond.

Hy ruik na naskeermiddel en het blykbaar pas gestort of geswem, want sy hare krul nat oor sy voorkop. Hy het 'n wit broek aan en 'n turkooiskleurige hemp wat by sy oë pas. Hy is bruin gebrand en is langer as wat sy hom onthou het.

Tia kan nie verby die knop in haar keel praat nie, sy kan net stom na hom staar. Besef hy watter uitwerking hy destyds op 'n naïewe dertienjarige gehad het en nog steeds op haar as vier en twintigjarige het? Weet hy dat sy hom nie kon vergeet nie en dat geen ander man ooit by hom kon kers vashou nie? wonder Tia verward, onsamehangend en opnuut halsoorkop verlief.

"Ek is jammer oor jou pa," sê hy simpatiek. "Jy was gelukkig om Haker du Plessis as 'n pa te kon hê. Ek het na al drie die laaste toetse gaan kyk waarin hy gespeel het. Hy het die Bokke se voorry gemáák. Was dit nie vir Haker nie, het ons al die skrums teen die All Blacks verloor. Ek wens ek kon hom ken soos jy hom geken het, Tia."

Soos die Saterdag by die waterval is alles opeens vir Tia te veel. Voor sy kan keer, stroom die trane.

Ouma Tien is by om die mandjie te neem en te raas. "Sien jy wat het jy nou weer gedoen, Mynhard! Was dit nodig om so taktloos te wees? Die kind treur oor haar pa en dit was ongevoelig van jou om haar aan hom te herinner."

Mynhard is vol berou. "Ek is jammer, ouma Elf, ek het gehoop ek doen die regte ding. Ek het gedink sy wil weet dat ons haar pa geag het en hom saam met haar sal mis."

"Jy weet mos sy sal huil wanneer iemand Haker du Plessis se naam noem. Los die arme kind nou en gaan haal vir jou 'n bier uit die yskas."

"Dankie. Wat drink Ouma en oupa Jan?"

"Is die Boeing al oor?" Ouma Tien tuur in die lug op en korrel na waar die son sit. "Sjerrie vir my, dankie, Mynhard, en sodawater vir oupa Jan."

"En jy, Tia?" vra Mynhard.

" 'n Koeldrank, dankie."

"Bring vir haar 'n soet sjerrie," beveel ouma Tien. "Na jou onverantwoordelike optrede het die kind iets sterker nodig."

Deur die tranewaas sien Tia dat Mynhard skeefweg vir haar glimlag, dan stap hy weg kombuis toe. Hy was van kleins af net so tuis op Rustfontein as in sy eie ouerhuis. Ouma Tien het net drie dogters gehad en geniet dit om 'n seun in die huis te hê. Al seun in die familie is Ina se jonger boetie, Wim. Maar hy is baie jonger as Mynhard en nog op skool.

Tia wil die sjerrie nie hê nie, maar wil ook nie ouma Tien en Mynhard se gevoelens seermaak nie. Sy neem 'n klein slukkie, dan sit sy die glas op die stoepmuurtjie neer.

"Maria het die aand vry," sê ouma Tien. "En ek is nie lus om te kook nie. Het jy lus om 'n vuur aan te pak, Mynhard?"

"Braaivleis? Ja, baie lus." Mynhard kyk vlugtig op sy horlosie. "Maar ek sal net eers gou moet gaan bel."

Tia het gedink oupa Jan het in sy stoel aan die slaap geraak. Hy het egter die gesprek gevolg.

"Nooi haar om te kom saam eet, Mynhard."

Mynhard se gesig is uitdrukkingloos. "Wie, oupa Jan?"

"Die meisie wat jy wil bel, met wie jy seker 'n afspraak gehad het. Ons het volop vleis."

"Ja, wie dit ook al is, nooi haar," voeg ouma Tien ergerlik by. "Want jy is mos net 'n halwe mens, Mynhard, as jy nie gedurig 'n vroumens om jou nek het nie. Is dit Hermien van oom Seef-hulle?"

"Ouma Elf is nogal oplettend," terg hy.

"Ek kan nie mis wat reg onder my neus aangaan nie." Ouma Tien draai na Tia wat roerloos in haar stoel sit. " 'n Aanvallige kind, met net sulke mooi, ligte hare soos joune. Die Bothmas is goeie mense wat baie vir die kerk doen, maar ongelukkig het arme Hermina haar pa se skril lag geerf; erger as 'n perd se runnik. Tog jammer dat die stomme kind nie eerder na haar verfynde ma aard nie."

Tia het gedink haar ouma het nie reg gehad om Mynhard van taktloosheid te beskuldig nie; sy het gedink die gesprek was genoeg om Mynhard te ontmoedig. Maar nadat hy die vuur aangepak het, vra hy verskoning omdat hy gou wil gaan bel.

'n Halfuur later hou 'n blinkgeel bakkie voor die stoep stil – dieselfde geel bakkie as wat die vorige dag onder die wildevy geparkeer was. Dit was nie Mynhard s'n nie, besef Tia. Dit was sy nooi wat die vorige oggend op Waterval gekuier het. Wérk het hy as verskoning aangevoer omdat hy nie kom groet het nie. Geen wonder ouma Tien is altyd skepties nie.

Hermien Bothma groet elkeen met 'n soen, vir Tia ook.

"Ons het julle soms op die dorp raakgeloop en ek onthou jou goed, Tia, jy en daardie mooi witkopniggie van jou . . . Wat was haar naam nou weer?"

"Martie."

"O ja, Martie. Sy is mos deesdae glo Martí – vandat sy beroemd geword het. En jou pa het mos rugby gespeel. Hoe gaan dit met hom?"

Tia weet nie hoe om te antwoord nie. Sy wil nie die gesellige atmosfeer om die vuur bederf nie.

"Haar pa het koronêre trombose gehad," sê Mynhard. "Ons is almal baie jammer vir Tia. Wat drink jy, Mien? Hier is bier en sjerrie; dalk het ek 'n bottel droë witwyn in die motor, maar dit is nie koud nie."

"Sjerrie is piekfyn, bokkie, of lemoensap, as hier is."

Bókkie . . . Dit is nie 'n troetelnaam wat Tia met Mynhard Retief assosieer nie. Maar blykbaar ken hy en Hermien mekaar goed – goed genoeg om mekaar bokkie en Mien te noem. Sy onderdruk die seer gevoel in haar binneste.

"Vir wat karwei jy wyn in jou kar rond, Mynhard?" vra ouma Tien iesegrimmig.

Mynhard sit nog 'n soetdoringstomp op die vuur. Hy is aan ouma Elf gewoond. Vandat sy eie ma op die dorp woon, beskou hy sy moederlike en oorheersende buurvrou as sy tweede ma.

"Vir die wis en die onwis. 'n Man weet nooit wanneer hy 'n bottel wyn in 'n krisis mag nodig kry nie. Nog sodawater vir oupa Jan?"

"Nee dankie, ou seun. Die perdedoktertjie op Nelspruit het gesê ek moenie te jolig raak nie, ek moet net by een drankie hou."

"Sodawater kan tog nie 'n man dronk maak nie," sê Hermien laggend.

Tia kyk onderlangs na Mynhard en wonder of hy na die klank van Hermien se laggie opgelet het. Dit was nie reg van haar ouma om dit onder sy aandag te bring nie.

"Nee," stem Mynhard afgetrokke saam.

"Het jy die grap van die predikant en die roomyskoek gehoor, Hermien?" vra ouma Tien.

Hermien lag. "Nee, nog nie, tannie. Vertel . . ."

Ouma Tien vertel met smaak en met lus.

Hermien vind die storie vreeslik snaaks. Sy skaterlag en roep na Mynhard waar hy by die vuur besig is. "Jy is 'n bloukous, bokkie. Jy het my nie gesê tannie Tien het so 'n goeie sin vir humor nie."

Mynhard kyk na ouma Tien, maar antwoord nie.

"En dan is daar die een van die dom bokser en die vliegtuig . . ."

Ouma Tien oordryf dit, dink Tia en vlug kombuis toe

om pap te maak, saam met tamatiesous, slaai en aartap-pels in tinfoelie toegedraai.

Na 'n ruk kom Hermien agterna. "Kan ek help, Tia?" Tia probeer vir haar ouma se deursigtige motiewe ver-goed. "Toe maar, dankie. Gaan ontspan en gesels met Myn-hard."

Hermien Bothma verkies om met Tia te gesels. Sy sleep 'n stoel onder die kombuistafel uit en maak haar daarop tuis.

"Speel jy tennis, Tia?" verneem sy.

"Ek het op skool gespeel en destyds, toe ek op die plaas gekuier het. Nou nie meer nie. Verskoon my net 'n oom-blik, Hermien . . ." Tia draf buitentoe om die aartappels tussen die kole te sit.

"Ons het tuis 'n baan en ek het gedink jy kan dalk een oggend oorkom as jy verveeld is. Of ry jy perd?" probeer Hermien weer toe Tia terug is.

"Ek het destyds." Tia lyk verskonend terwyl sy besig is om die pap te roer. "Nou ook nie meer nie."

Hermien beskou die talentlose stadsjapie blykbaar nie as 'n bedreiging nie.

"Dan sal jy dit nie lank in dié kontrei uithou nie. Hier is almal perdmal. Mynhard het ook begin teel, nadat hy 'n hings by my pa gekoop het. En hy het verlede week nóg 'n perd – 'n peperduur Palomino – by my pa gekoop, wat ek gisteroggend kom aflewer het. Die merrietjie is effe lig vir Mynhard en ek het hom geterg oor vir wie hy so 'n duur geskenk gekoop het, maar hy wou nie sê nie, want dit moet glo 'n verrassing wees. Ek hoop nie dis vir Alicia nie, want ek dink nie sy het al ooit van hawer en lusern gehoor nie. Die arme dier sal van honger en verwaarlosing doodgaan."

Tia wil nie nuuskierig wees nie, maar die versoeking is te groot. Sy sny 'n avokadopeer in die slaai, dan vra sy: "Wie is Alicia?"

"Alicia Meiring."

Die naam is bekend. "Wat soms op televisie is?" wil Tia weet.

"Ja. Sy kuier op die oomblik by haar ouers op Lydenburg." Hermien vee 'n paar broodkrummels van die tafeldoek af, dan kyk sy op. "En by Mynhard."

"Gee jy om? Ek bedoel . . . oor Alicia?"

Hermien haal haar skouers filosofies op. "Wat baat dit dat 'n mens omgee? Mynhard het altyd 'n voorliefde vir blondines gehad. Ek is maar een van vele. Ek weet nie of hy ooit sal trou nie. Ek dink hy geniet dit te veel om sy eie baas te wees."

"Eendag ontmoet hy dalk 'n meisie wat sy voete onder hom uitslaan en voordat ons weet, is hy getroud."

"Ek hoop dis met die regte vrou. Mynhard is 'n wonderlike man en verdien 'n oulike vrou. Maar ek het moed opgegee. Dit sal nie ek wees nie."

Of ek nie . . . dink Tia toe sy die kos in skottels skep en uitdra. *Nie met kompetisie soos Alicia Meiring nie* . . .

3

Tia sien Mynhard eers die volgende Saterdag weer, toe hy van Witbank af terugkom en Rustfontein se pos saambring.

Ouma Tien is gulhartig. "Kom sit, Mynhard. Die ketel kook en Tia het skons gebak, ingeval jy dalk 'n lang tyd twee oumense op die plaas langs joune onthou het."

Hy kyk ondersoekend om hom rond. "Wie is twee oumense? Ek sien niemand wat soos Noag lyk nie."

"Ek byt nie aan jou kamtige sjarme nie, Mynhard. As twee oumense jou verveel, kon jy darem aan Tia gedink het wat alleen en sonder jongmensgeselskap op die plaas vasgekluister sit. Wil jy tee hê?"

"Asseblief."

"Ek weet jy is handig in 'n kombuis, Tia," sê ouma Tien. "Sal jy met die tee regkom, of moet Mynhard jou gaan help?"

Tia kan haar hul buurman nie in 'n kombuis voorstel, besig om koppies reg te sit en na pierings te soek nie.

"Ek sal regkom, dankie."

Mynhard neem die skinkbord toe Tia daarmee by die sitkamer inkom. Hy bedien almal met die botterbroodjies wat Tia gebak het, saam met vars plaasbotter en aarbeikonfyt.

Ouma Tien sit haar koppie hard neer. Sy kyk 'n paar keer onderlangs na Mynhard en maak 'n slag keel skoon.

"Mynhard . . ." begin sy met haar aanloop.

Hy kyk agterdogtig op. "Ja?"

"Hermina Bothma . . . Lag sy altyd so baie?"

Mynhard se gesig is geslote. "Nee."

"Sy het die hele aand aangehou met daardie runnik-lag van Seef Bothma."

"Omdat ouma Elf die hele aand aangehou het om grappe te vertel."

"Ek wou maar net vriendelik wees, gasvry teenoor 'n vriendin van jou."

"Dankie," sê hy droogweg. "Ek stel my bure se gasvryheid op prys."

"Dis onnodig om sarkasties te wees. Hermina is van nature vrolik. Sy sal lag, al vertel niemand 'n grap nie."

Mynhard het ook 'n Maria wat vir hom kook en huishou, maar sy kan nie botterbroodjies bak nie. Hy neem 'n derde een, saam met die botter en konfyt wat Tia vir hom aangee.

"Daardie naam wat sy jou noem," sê ouma Tien. "Bokkie. Bedoel sy 'n springbok of 'n rooibok of 'n blesbok?"

"Ek weet nie."

"Het jy haar nog nooit daarna gevra nie?"

"Nee. Hoekom sou ek?"

"Ek dag 'n man behoort te weet hoe 'n meisie hom aanspreek en wat sy daarmee bedoel. Mynhard, jy gaan nie met Hermina Bothma trou nie?"

Hierdie keer is dit eerder 'n vraag, meer as 'n stelling.

"Nee, ouma Elf."

Tia se hart spring dankbaar in haar keel, bokspring 'n paar keer van vreugde en gaan dan in 'n tevrede bondeltjie lê.

"Oor haar luidrugtige lag? Of hoekom nie?"

Mynhard sit ook sy teekoppie en bord hard neer. "Ouma Elf is meer knaend as my ma. Asseblief, sal julle albei ophou om vir my vrou te soek? Ek makeer niks nie en het nie yswater in my are nie. Ek is in staat om dit self te doen."

Ouma Tien steur haar nie aan sy krapperigheid nie. "Ek is bly jy is nie ernstig oor Hermina nie. Op 'n afgeleë plaas is 'n mens vir geselskap op jou bure aangewys en sy sou my op die lang duur van my kop af gedryf het. En vir jou ook. Jy wil 'n stiller vrou hê, Mynhard. Een wat as 'n bonus handig in die kombuis is."

Mynhard draai na oupa Jan. "Hoe gaan dit vanoggend? Kon oupa Jan darem verlede nag slaap? Was die benoudheid beter?"

"Ja, dankie, ou seun. Ek het goed gerus."

Ouma Tien is soos 'n bloedhond wat nie die spoor verloor nie. "Ek het jou ma beloof ek sal na jou omsien, belowe ek sal keer as ek sien jy is op die verkeerde pad, jou nooiens is nie een geskik om mee te trou nie. Hermina is aanvallig, sy speel goed tennis en is 'n uitstekende perderuiter. Maar sport is 'n bysaak. Dis belangrik om die regte meisie uit te soek, een wat in die kombuis ook handig is."

Mynhard knipoog vir Tia. "Ouma Elf soek al twintig jaar lank vir my vrou – die regte een, sonder skete en tekortkominge. Oppas, binnekort gaan sy by jou ook begin neul. Of het jy 'n kêrel, 'n nuttige verloofde, om haar mee te ontmoedig?"

"Nee. Nee, ek het nie 'n kêrel nie."

"Ek sê altyd vir jou die belangrikste is nie 'n meisie se voorkoms of kurwes nie," gaan ouma Tien voort. "In 'n huwelik tel dié boggoed net die eerste maand. Dis belangriker dat jou vrou kan kook, kan onthaal en jou huishouding behartig. Hermina is nie veel werd nie. Sy het nou die aand sit en lag en klets, terwyl Tia al die werk gedoen het: die pap en sous het sy gemaak, die brood, aartappels en die slaai. Tussenin het sy nog skottelgoed ook gewas."

Mynhard knik. "Ek stem saam. Tennis en perdry is nie 'n meisie se belangrikste talente nie."

Ouma Tien pers haar lippe opmekaar. "Ook nie die kurwes en ander goed nie."

Mynhard hou hom onskuldig. "Watter ander goed, ouma Elf?"

"Dis nie 'n grap nie. Ek wens jy wil oor dié dinge ernstig wees."

"Ek ís," sê hy vroom. "Baie ernstig oor . . . e . . . dié dinge."

Ouma Tien vervies haar al hoe meer. "Ons praat nie van dieselfde dinge nie. Dis tyd dat jy 'n behoorlike sorg het, sodat jou ma haar minder oor jou hoef te bekommer. Jy kort 'n goeie vrou."

Tia is verbaas dat hul jong buurman so geduldig is en nie vir haar ouma sê sy moet ophou om haar neus in sy privaat sake te steek nie.

"Ja, ouma Twaalf. Ek moet ry. Vanmiddag wil ek die Valencias spuit en dan moet ons tussen die macadamias begin skoffel. Hulle het meer nukke as 'n vroumens en wil nie met graswortels of onkruid kompeteer nie. Soms dink ek my pa se suikerriet was 'n beter proposisie." Hy kyk na Tia. "Is jy te besig, of stap jy saam motor toe?"

Tia laat haar nie twee keer nooi nie. Maar sy is skaam en ongemaklik so alleen in Mynhard se geselskap.

"Dankie vir die pos," sê sy styf. "Vir my brief wat jy saamgebring het."

Mynhard klim agter die spoggerige motor se stuur in. "Probleme?" vra hy simpatiek. "Is die brief van die bank af in verband met jou pa se boedel? Sê maar as ek kan help."

"Die brief was nie van die eksekuteur nie, sommer 'n geselsbrief van 'n vriendin. Dankie vir die aanbod, Mynhard. Ek sal sê as ek hulp nodig het. Op die oomblik kom ek reg."

"Jy was altyd onafhanklik. Toe jy op die rotsplaat jou enkel verstuit het, wou jy dit ook nie erken nie en het volgehou jy sal alleen regkom."

Tia het gedink hy onthou nie meer nie.

"Dit was omdat ek nie 'n meulsteen wou wees nie."

Mynhard vee die blonde hare van haar voorkop af weg. "Ek weet. Ek het destyds verstaan, Tia, en nou ook. Ek is hier wanneer jy my nodig het. Ons twee is mos nie vreemdelinge vir mekaar nie."

"Ja. Dankie, Mynhard." Tia kyk hoe hy sy motorsleutels soek, die regte een kry en in die aansitter steek. Sy is bang hy ry voordat sy kan sê wat sy wil sê.

"Nou die dag toe ek by die huis gekom het en my ouma gesê het jy was taktloos . . . Jy was nie. Almal het die onderwerp van my pa en sy hartaanval vermy. Maar jy was anders. Jy het geweet hoe ek voel. Ek wil nie 'n tranerige storie daarvan maak nie, net dankie sê."

Mynhard skakel nie die motor aan nie. "Ek het ook maar voel-voel Rustfontein toe en na jou toe gekom, bang ek sê die verkeerde ding."

"Jy het nie."

"Per ongeluk." Hy gee 'n skewe glimlaggie. "Doen jou eie ding, Tia, en moenie dat ouma Elf jou boelie nie. Jy is mooi genoeg om ritse kêrels te kry. Moenie dat sy oorneem nie."

Tia glimlag. "Ek het so lank alleen gesukkel met soveel probleme, dis soms lekker wanneer iemand met 'n sterker persoonlikheid jou sake en jou probleme oorneem. Dis lekker om terug te sit en ander toe te laat om jou lewe te reël."

"Jy is nog te jonk. Moenie 'n tweede oupa Jan word nie."

"Wat is met hom verkeerd, Mynhard? Is dit net die angina pectoris-aanval? Dit kan nie wees nie. Hoekom lyk hy soos hy lyk?"

"Jou oupa en ouma is baie dapper, probeer voorgee dit was net 'n hartkramp. Maar oupa Jan het asma en emfiseem. Hy is baie siek, Tia. Julle moet hom goed oppas."

"Ons sal. Ek weet nie, as my oupa moet gaan, so kort na my pa . . ."

"Pas hom op. En jouself ook."

"Ek is nie belangrik nie. Maar my ouma en oupa is al wat ek nog het."

Hy streel weer oor haar hare. "En vir my."

Tia sluk en sê skamerig: "Ek het jou 'n keer op die Wanderers sien speel. Jy was baie goed. Twee en sestig lopies teen Wits se voorste draaibalbouler is 'n prestasie."

"Die hoogtepunt van my krieketloopbaan," skerts hy. "Was jy daar, Tia, jy en jou pa?"

"Ja."

"Hoekom het jy nie kom dagsê nie? Ek sou jou vir ete uitgeneem het."

"Ek wou nie pla nie. Na die wedstryd wou jy seker saam met die manne of 'n spesiale meisie feesgevier het."

"Jy sou ook baie spesiaal gewees het."

Tia probeer aan 'n gepaste antwoord dink, aan iets gevats wat Alicia Meiring of 'n koerantjoernalis sou geantwoord het. Maar al wat sy regkry, is om te bloos en haar naïwiteit te verwens.

"Ek het 'n presentjie vir jou, Tia, om te sê welkom terug. Maar dit sal eers oor 'n dag of twee gereed wees. Wil jy Dinsdag by my kom tee drink en jou geskenk kom haal?"

'n Nuwe blos stoot van haar nek af in haar gesig op. "Wat is dit?" vra Tia met groot oë.

Mynhard lag. "Dis 'n geheim. Elfuur Dinsdag?"

"Dankie, ek sal graag kom. En dankie by voorbaat vir die geskenk."

Mynhard steek sy hand deur die venster en vryf haar hare deurmekaar. "Jy is 'n baie spesiale nooientjie uit eie reg, maar jy is te beskeie en verskonend. Wanneer ek aan jou dink, hoor ek net altyd dankie en jammer. Jy moet meer selfvertroue hê, komplimente en presente as jou vanselfsprekende reg aanvaar. Jy sê jy het nie in die huidige stadium 'n kêrel nie. Ek kan dit skaars glo. Maar was daar nie in die verlede 'n kêrel wat vir jou gesê het jy het mooi oë en hare en bene nie?"

"Bene?" Tia probeer dit met 'n grap wegpraat. "Hierdie twee simpel vuurhoutjies?"

"Met 'n bietjie meer pap en aartappels sal hulle nie meer vuurhoutjies wees nie."

"Die regte kurwes hê?" waag Tia dit.

Hy knik en skakel die motorenjin aan. "Die regte kurwes hê, ja," beaam hy plegtig. "Sien jou Dinsdag! Moenie laat wees nie. Ek gaan van halfelf af my beste kerkhemp aanhê."

Lank nadat die motor se agterliggies tussen die vinkneste deur in die rigting van die rivier verdwyn het, bly Tia nog voor die stoep staan. Sy slaag selfs daarin om Hermien jammer te kry. Want Hermien is net so verlief op hom en weet dit is net so hopeloos . . . Mynhard sal nooit trou nie.

Maandag kan Tia nie met haar tikwerk vorder nie. Tussen haar en die toetse skuif kort-kort 'n skraal, sensitiewe ge-

sig in, met turkooisblou oë en donkerbruin hare wat soos
'n skoolseun s'n vooroor op sy voorkop val; 'n smal, bruin
gebrande hand wat haar hare deurmekaar vryf en 'n diep,
warm stem wat sê: "Jy is 'n baie spesiale nooientjie . . ."

Sy is nuuskierig oor die present, maar dit was nie nodig
dat hy dit vir haar moes koop nie. 'n Glimlag van Myn-
hard is die grootste geskenk wat sy ooit kan kry.

Wat gaan sy die volgende dag aantrek? Hermien het 'n
modieuse broekpak gedra. Maar al wat sý het, is verbleikte
denimbroeke en ou hemde.

"Jy bestuur mos motor, Martina," verklaar ouma Tien.
"Ry dorp toe en loop koop vir jou 'n mooi rok en hoëhak-
skoene."

Tia wil graag, maar sy is huiwerig. "Sê nou ek stamp die
motor?"

"Dan betaal die versekeringsmense. Jy moet ophou om
vir alles bang te wees, Martina. Het jy al ooit 'n ongeluk
gemaak?"

"Nee."

"Nou ja, sien . . . Loop koop vir jou iets moois. Myn-
hard is gewoond aan meisies wat duur aantrek. Jy moet
Alicia se uitrustings sien . . . Die ene volstruisvere en deur-
skynende sy."

"Het Ouma haar al ontmoet?"

"Drie keer. Drie keer te veel. As 'n mens al daardie lae
grimering met 'n mes sou afskraap, sal sy bra vaal wees.
Ek glo nie sy kan eers 'n eier kook sonder om die hele
kombuis te bemors nie."

"Mynhard stel nie in 'n skoon kombuis belang nie."

"Omdat hy te ligsinnig is om te weet wat vir hom goed
is. Koop 'n sagte, vroulike rok. Poeierblou of pienk. Hy sal
daarvan hou."

"Al wat ek gaan doen, is om by hom tee te drink," gooi
Tia wal.

"'n Man is 'n man en Mynhard Retief was nog nooit 'n

uitsondering nie. Bring vir ons 'n koerant, die pos en die nuutste tydskrifte van die dorp af saam. Ook 'n herhaling van Oupa se voorskrif van die apteek af. Ek wil nie dat hy sonder sy kapsules sit nie, anders pak die hoes en die benoudheid hom weer."

"Ouma . . . gaan hy beter word?" vra Tia bang.

"Nie sonder daardie kapsules wat jy moet gaan koop nie. Toe, ry!" Ouma Tien het ongeduldig geklink, maar sy kyk anderpad en haar stem is skielik weer grof.

Tia streel oor die kort, donker hare wat by die slape al hoe meer grys begin word. Maar ouma Tien wil nie simpatie hê nie.

"Koop 'n nuwe tiklint ook. Die oue word dof," sê sy kortaf.

Dit is 'n belewenis om 'n luuksemotor te bestuur, eerder as haar pa se galoppie wat elke honderd kilometer vierwiel vasgesteek het. Die enjin vat dadelik toe sy die sleutel in die aansitter draai. Tia voel ryk en bekwaam toe sy die pad dorp toe aandurf.

Sy wuif oplaas deur die venster vir ouma Tien, Maria en Petrus.

"Ek sal versigtig ry. Sien julle nou-nou!"

Die apteek is eerste op haar lys, dan die boekwinkel. Daarna kom die rok en skoene aan die beurt. Haar inkopies neem nie lank nie, want Tia is nie vol fiemies nie. Sy koop 'n kuis sonrok en sandale met middelmatige hakke.

Tuis pas sy haar nuwe klere aan en draf uit stoep toe om te hoor wat haar ouma en oupa van haar nuwe voorkoms dink.

Oupa Jan lyk vaag. "Ekskuus, mejuffrou, dat ek verstrooid is. Wie is u? Het ons al ontmoet?"

Tia skrik. Yl hy? Dan merk sy die vonkeling in die ou oë en die onnutsigheid op die verrimpelde gesig.

Oupa Jan wil 'n nog groter ding daarvan maak en Tia

komplimenteer, maar 'n hoesbui oorval hom en hy sak hygend in die stoel terug.

"Dit word te koud vir jou hier buite. Jy moet in die bed kom," sê ouma Tien besorg. Nadat sy hom versorg en onder 'n stapel warm komberse toegemaak het, kom sy na Tia se kamer om haar krities te beskou.

Tia wag gespanne. As die rok te kaal is, sal sy dit môre gaan omruil . . .

"Jy lyk goed, Martina. Die hals is reg en blou pas jou. Pienk sou 'n fout wees. Die sandale is ook mooi."

"Dink Oumie ons geëerde buurman sal beïndruk wees?"

Ouma Tien is nie seker nie. Pleks dat sy vir die kind gesê het om haar hare korter te laat sny en dit te laat kap . . .

Tia sien waarna sy kyk en raai wat ouma Tien dink. Sy bondel haar lang hare op haar kop saam. "Ek sal môre my hare opkam en drie lae grimering aansit, dan lyk ek ook eksoties en verleidelik."

Ouma Tien het steeds bedenkinge. Tia is mooi, maar ongekunsteld en eerder 'n Sannie as 'n Delila. Maar met 'n man weet 'n mens nooit nie . . .

Nege-uur die volgende oggend al jaag ouma Tien haar aan. "Jy moet bad en klaarmaak, Martina. Moenie laat wees nie."

"Ontspan . . . Gaan lees Ouma se tydskrifte. Mynhard het gesê elfuur. As ek vroeër opdaag, is hy dalk vies."

Haar ouma verdwyn kamer toe en kom terug met 'n bottel parfuum. "Tik daarvan aan jou polse. Agter jou ore ook, ingeval hy in 'n stadium agter jou staan of stap."

Tia wens haar ouma wil nie so 'n ophef van haar kuier op die buurplaas maak nie. Sy is senuweeagtig en ouma Tien vererger dit.

"Ek gaan nie om hom te verlei nie. Ek sal in elk geval nie weet hoe nie en teen hierdie tyd is Mynhard lankal immuun teen Evas se kunsies."

"Jy is anders as die res. Jy is eerlik, opreg en ongekunsteld. Dit mag dalk die knoop deurhaak."

In die proses om haar hare bo-op haar kop te kam, sit Tia die borsel neer om ouma Tien 'n druk te gee en haar kop teen haar ouma se skouer te lê.

"Ek weet wat Oumie droom en hoop. Maar moenie . . . En ek moet ook ophou drome droom, want hulle sal nie waar word nie."

"Wie sê so?"

"Ek weet. 'n Meisie kan dié dinge aanvoel. Hy beskou my as 'n onvolwasse tiener. 'n Kind. Op die beste as 'n buurvrou teenoor wie hy slegs platoniese gevoelens koester."

Ouma Tien wil nie die waarheid hoor nie. "Neem die parfuum saam, vir ingeval. En as daar kans is, bak vir hom botterbroodjies. Hy het dit laas so geniet . . ."

Tia trek oupa Jan se duur motor stadig uit die motorhuis, versigtig om nie 'n buffer te skraap of haar ingewikkelde kapsel teen die binnekant van die dak te laat vashaak nie. Sy ry in tweede versnelling deur die drif, al met die leegte langs Waterval toe. Sy kyk na die rivier, die kloof en die rotsplaat. Dit is waar háár drome begin het . . . Dan konsentreer Tia weer op die pad, bang dat sy dalk die motor kan stamp of teen die soetdorings krap.

Sy wil nie onder die wildevy by die skuur intrek nie, wil nie nommer honderd van 'n ry vorige motors of bakkies wees nie. Sy parkeer voor die huis, tussen die swembad en die tennisbaan. Afgesien van Mynhard se twee bulterriërs wat blaf en stertswaai, is daar nêrens 'n roering of 'n mens in sig nie. Dalk het hy vergeet sy kom . . .

In die ou dae het sy gewoonlik sommer by die agterdeur ingestap. Toe was tant Lettie en oom Peet egter nog op die plaas; tant Lettie wat altyd met gemmerbier en klapperkoekies reggestaan het. Nou behoort sy seker formeel aan die voordeur te gaan klop en wag om ingenooi te word.

"Haai, daar!" Mynhard se verwelkoming klink warm

en informeel uit die stalle se rigting. Hy het sommer ka-kieklere aan en het heel duidelik nie, soos sy, ure voor die spieël deurgebring nie.

"Haai," groet Tia terug.

"Welkom op Waterval, na té veel jare," sê hy glimlag-gend en maak die motor se deur vir haar oop.

Mynhard het duidelik na haar besoek uitgesien. Maar toe Tia uit die motor klim, verstar sy gesig. Hy kyk; en kyk weer; 'n derde maal om seker te maak. Hy snuif die lug en dit lyk asof hy kakiebos ruik wat een van die honde ingedra het.

"Liewe land, waarheen is jy op pad? Kerk toe of teater toe?"

Mynhard klink nie ingenome nie. Tia voel te deftig aangetrek en verlang na haar denimbroek en drafskoene waarin sy meer tuis voel.

"Nee . . . Ek het gedink ek moet . . . behoort beter te lyk vir . . . wanneer ons tee drink," stamel Tia.

"En jy ruik soos 'n oorvol bioskoopsaal," sê Mynhard ergerlik.

"Ek is jammer," antwoord Tia met 'n klein stemmetjie.

Dit was blykbaar nie die regte antwoord nie.

"Hou op om altyd te sê jy is jammer. Jy is nie dertien jaar oud nie."

Weet hy sy is ouer? Dit is darem een ligstraaltjie, dink Tia.

Mynhard stoot haar in die rigting van die kombuis. "Ek weet nie of ek melk en suiker het nie. Maar kom ons drink dan maar eers dekselse tee. Ek hoop intussen verdamp die spul parfuum en haarsproei. Ek dag jy sou 'n langbroek aanhê, soos altyd."

Ouma . . . dink Tia bedremmeld. Ouma moes nie, soos ek, gehoop het nie. Hy het wel die poeierblou sonrok en hoëhakskoene opgemerk, maar iewers, êrens, het iets ver-keerd geloop. Behalwe vir Oupa se kapsules, was die rit

371

dorp toe 'n mors van tyd. Mynhard is nie in 'n bui om be-
indruk of verlei te word nie; om die een of ander rede ook
nie om tee te drink nie.

Sy kombuis is dié van 'n tipiese manlike vrygesel. In die laaie is skroewe en hamers, 'n knyptang en spuitstof vir die groentetuin en die Valencias. Hy krap ongeduldig rond om teelepels te kry.

"Ek weet ek het 'n spul van die goed, maar waar is dit? Maria!" roep hy by die agterdeur uit.

Maria is besig om wasgoed op te hang en hoor hom nie.

"Op die skottelgoed se droograk," sê Tia en wys met haar vinger en weet nie of sy dalk weer die verkeerde ding doen nie. "Wil jy hê ek moet die tee maak?"

"Asseblief."

Hy klink beter en Tia voel sy kan dit waag. "Het jy tandpyn, hoofpyn of dringende werk?" probeer sy vrede maak. "Is ek te vroeg?"

"Nee, laat. Ek en Jenna was al moeg gewag."

Nog 'n kuiergas, dink Tia teleurgestel. Sy moes geweet het hy sal nie net vir háár sy werk opsy skuif nie. Het sy hom en die meisie op die verkeerde tydstip onderbreek, daarom dat hy so kortgebonde is?

"Sy wil jou graag ontmoet," sê Mynhard toe Tia se tee klaar is.

"Goed," stem sy onentoesiasties in.

Mynhard hou die agterdeur vir haar oop en hulle stap stalle toe.

Tia frons. Is Jenna Hermien se suster, of 'n ander meisie wat ook met perde doenig is? Hulle moes dalk vir haar tee geneem het.

Oor die eerste staldeur loer 'n nat goudbruin neus en die twee mees fluweelsagte oë wat Tia nog gesien het.

"Is hy nie pragtig nie?" roep sy impulsief uit.

"Hy is 'n sy," korrigeer Mynhard droogweg.

"O . . . Is sy nie pragtig nie?" herhaal Tia. "Wat is haar naam?"

"Jenna."

"O . . ." Tia is dankbaar Mynhard kan nie gedagtes lees nie. Sy probeer meer intelligent klink. "Is sy 'n nuwe perd wat jy gekoop het?"

"Ja, al 'n week gelede. Maar ek wou eers dubbel seker maak dat sy so sagmoedig is soos oom Seef my verseker het."

"Is sy? Mag ek haar streel?"

"Nee." Mynhard is opnuut ongeduldig met dom vroumense. "Nie met daardie hamerkopnes-haarstyl van jou en terwyl jy in die parfuum verdrink nie. Sy sal skrik en jou in die toekoms altyd met 'n onnatuurlike reuk assosieer."

Wat maak dit saak as die perd dink sy is familie van 'n hamerkop? En dit nadat sy spesiaal op die dorp haarknippies gekoop het en soveel moeite gedoen het . . . Tia is lus en gaan huis toe.

Sy sluk haar trots. "Gaan jy met haar teel? Haar skou?"

"Dis ietwat moeilik as sy ses kilometer ver op Rustfontein is."

Tia snap nie wat hy bedoel nie. "Het oupa Jan die merrie by jou gekoop?"

"Nee. Jenna is nie te koop nie."

Tia verstaan nie mooi nie. Sy probeer die goudbruin kop en ore streel, maar Mynhard was reg – Jenna gee senuweeagtig pad en runnik skril. Tia verwens ouma Tiens se parfuum en die opgekamde hare wat seker vir 'n dier soos 'n hoed op haar kop lyk. Dit is genoeg om selfs 'n renoster te laat skrik.

"Wat is sy? 'n Sweetvos?" wil Tia weet.

" 'n Palomino."

Vir Alicia Meiring, onthou Tia wat Hermien gesê het. Die blink van die dag is skielik weg en meer as ooit wil sy so gou moontlik huis toe gaan. Tia draai weg en stap huis toe.

4

"Sy is joune!" roep Mynhard agterna.

Tia steek soos haar pa se galoppie vas. "Ekskuus?"

"Ek het mos so gesê. Ek weet nie van die tyd en die tee en dat ek gesê het jy moet soos 'n dekselse Kersboom lyk wanneer jy hier aankom nie. Maar wat ek wel onthou, is dat ek vir jou gesê het jy moet kom kuier om jou 'welkom tuis'-geskenk te kom haal."

"Ek . . . Maar ek dag dis sakdoeke of parfuum . . . of iets," stotter Tia onsamehangend.

"Ons het 'n oordosis van parfuum gehad en van sakdoeke om trane mee af te vee."

"Ek weet." Tia vee met haar hand oor haar oë. "Ek huil nie altyd so kort-kort nie . . . Dis net vandat my pa . . . na sy hartaanval. En as ek geweet het, sou ek vanselfsprekend nie parfuum aangesit het nie. Ek is nie 'n Hermien Bothma nie, maar ek kan darem nog die bietjie van perde onthou wat jy ons klomp niggies destyds geleer het."

"Dalk is jy minder dom as wat jy lyk en was ek netnou onnodig kortgebaker," spot Mynhard.

"Nee, jy het alle reg gehad om my te beledig."

Mynhard wou hê Tia en Jenna moes dadelik van mekaar hou. Maar sy teleurstelling en slegte bui is verby.

"Ook om jou oor jou mooi rok en sandale te beledig?" vra hy sag.

"Jy was daaroor ook reg, want jy het aanvaar ek sal soos gewoonlik 'n langbroek en seilskoene dra, waarmee ek kan perdry." Tia huil al hoe meer. "Dit moes 'n verrassing wees, dis hoekom jy my nie vooraf gesê het wat om aan te trek nie. En toe is ek onnosel en bederf die pret van jou geskenk."

"Nie onnosel nie. Net onvoorspelbaar." Hy glimlag. "Maar dis deel van julle aantrekkingskrag. 'n Man moet 'n meisie nie soos 'n boek kan lees nie."

Dit troos Tia nie. "Ek is jammer, Mynhard."

"Ek ook. Jammer omdat ek gesê het jy ruik soos 'n bioskoopsaal en jou hare is deurmekaar."

"Dit ís," stem Tia saam. "My hare lyk nie mooi nie, ek weet dit."

Mynhard wil dit eers ontken om reg te maak wat hy verbrou het. Dan knik hy. "Ja, dit lyk nie mooi so opgesmuk en kliphard gespuit nie. Staan stil . . ." Een na die ander haal hy die knippies uit en gooi dit weg, sodat Tia se hare los oor haar skouers val. Hy vryf oor die plekke waar sy die haarsproei gespuit het en kam sy vingers deur die lang blonde hare totdat dit sag en natuurlik hang.

Dan staan hy terug om sy handewerk te bekyk. Hy knik tevrede. "So ja, nou is jy weer jy; weer die Tia wat ek ken en vir wie ek lief is . . ."

Tia voel na haar kuif op dieselfde oomblik toe Mynhard sy hand uitsteek om 'n paar los hare oor haar voorkop gelyk te vee. Hul hande raak aan mekaar. Onwillekeurig sluit Mynhard se vingers om Tia s'n en hy trek haar sag nader.

Hy soen haar nie weer op die wang of op die voorkop soos in die verlede nie. Sy mond sluit warm oor hare, maar dit is ook anders as die keer op Rustfontein toe sy besig was om met 'n soplepel eiers uit te haal. Sy arms trek haar styf teen hom vas en sy mond is dwingend; eisend . . .

Tia kan haarself nie keer nie. Haar arms ontwikkel 'n eie wil. Hulle gly om Mynhard se nek en trek sy kop laer af, nader aan haar.

Mynhard voel haar reaksie en sy hart klop skielik onstuimig teen Tia se ribbes. Onder sy mond voel hy Tia s'n beweeg, voel hy hoe sy teen hom aanleun en hoe haar vingers stywer om sy nek vleg. Hy wou haar net liggies soen om te bewys hy is jammer en om haar te troos, maar die soen en die omhelsing rek langer en 'n ruk lank staan die tyd en die son vir hulle albei stil.

Na wat soos ure gevoel het, laat Mynhard haar gaan en kyk spekulerend af in Tia se blosende gesig.

"Nie heeltemal so jonk en ongekunsteld soos jy voorkom nie, is jy, Tiatjie?" terg hy, effens uitasem. "En ook nie ysblokkies in jou are nie . . ."

Tia staan 'n tree terug, haar oë groot en donker en onstuimig. Dit duur 'n oomblik voordat sy kan praat en selfs in haar eie ore klink haar stem skor en hees.

"Dit was om . . . om dankie te sê vir Jenna."

"Om dankie te sê . . ." herhaal hy tergend. "Goed, as jy so sê, Tiatjie . . ."

Tia wens sy kan so kalm daaroor wees soos Mynhard. "Jy het my 'n duur geskenk gegee. 'n Palomino, wat skaars is in Suid-Afrika en seker die hele aarde se geld kos. Ek weet nie, ek ken nie perde se pryse nie. Maar sy is pragtig en . . . en ek wou mooi dankie sê."

"Jy het pragtig dankie gesê."

"Ek wou net wys ek waardeer die geskenk," hou Tia vol.

"Jy het jou dankbaarheid uitstekend getoon."

Tia kry die gevoel hy lag vir haar, maar sy het te min ervaring van mans en kêrels om te weet hoe om die situasie te hanteer. Haar hart gaan soos 'n stoomtrein te kere en sy is bang Mynhard hoor dit. Sy haal 'n paar keer diep asem om haarself te kalmeer en toe sy antwoord, is sy dankbaar dat haar stem in 'n mate net so doodgewoon soos syne klink.

"Wat sou jy verkies het – 'n formele nota om dankie te sê?"

Mynhard grinnik breed. " 'n Brief, bo dié tasbare bewys? Genugtig, nee. Wat dink jy is ek? 'n Man wat siek is of met wie daar iets verkeerd is?"

"Nee." Tia het tyd gehad om haar hart onder beheer te dwing. Nou-nou se soen het vir hom niks beteken nie, sê sy vir harself. Hy is aan meisies gewoond. Hulle kom gereeld vir hom kuier en hy neem ritse van hulle uit. Natuurlik sal

Mynhard elkeen van hulle soen en omhels en styf vashou. Soos hy gesê het, hy is nie siek nie en daar skort niks met hom nie. Hy het ook nie ysblokkies in sy are nie.

"Dankie, weer eens," sê Tia formeel en stap kop omhoog weg.

Hierdie keer lag Mynhard hardop. "Jy is dierbaar, Tiakind. Moenie verander nie en moenie dat die verkeerde man van jou kinderlikheid misbruik maak nie, anders gaan jy seerkry, want jy gee te veel van jouself. Laat die kêrels wonder en spekuleer. Hou hulle in die duister, moenie dat hulle weet hoe jy voel en wat jy van hulle dink nie. Hou hulle aan 'n lyntjie . . . Vang jy vis?"

Tia voel nog die bonsing van sy hart, sy arms om haar en sy warm mond teen hare. Sy kan nie dadelik by die onverwagte verandering van die onderwerp aanpas nie.

"Wat? Vis?"

"Vis, ja. Die goed wat 'n mens met 'n stok en 'n lyn en 'n hoek uit die see of uit 'n rivier trek."

"Ek en my pa het 'n paar keer gaan visvang, ja. Babers en kurpers en een keer elfies by Mosselbaai."

"Dan behoort jy te weet 'n mens gebruik nie 'n harpoen of 'n net en probeer om die vis tot elke prys so gou moontlik aan wal te bring nie. Jy moet hom speel, Tiatjie, hom tyd toelaat om oor te gee en op te hou veg. Jy is nog jonk en ek wil nie hê jy moet jou kop stamp of jou vingers verbrand nie."

Tia se wange vlam en haar oë skiet vonke. Wie dink hy is hy? Oom Mynhard of dokter Retief?

Sy vorder nog twintig tree, tot by die motor. Dan trek sy haar skouers agteroor en haar ken lig uitdagend.

"Ek is vier en twintig, lankal mondig gewees. Van my skoolmaats is al getroud, en het twee of drie kinders. Dis nie nodig om vir my raad te gee en my soos 'n skooldogter te behandel nie."

"Hoe wil jy hê moet ek jou behandel, Tiatjie?"

Tia soek die motorsleutels sodat sy kan ry sodra sy wil. "Soos 'n volwassene. Dit sal 'n verfrissende verandering wees. En jy mag selfs 'n volwasse terugvoer kry."

"Kaptein, Majoor, gee pad!" verwilder Mynhard die twee bulterriërs. Daarna is dit die werfhoenders en die ganse se beurt. "Al die sersante en manskappe . . . Skoert! Julle baas is met belangrike sake besig en wil nie 'n hele leër onder sy voete hê nie. Skoert! Gaan skrop op 'n ander plek."

Toe die toeskouers weg is, draai Mynhard na Tia, sy turkooisblou oë met die lang wimpers takserend. "Goed, kom ons wees volwasse. Los oupa Jan se motor en die sleutels. Kom hier, Martina . . ."

Tia skrik en probeer die motordeur as 'n skans tussen haar en Mynhard gebruik. "Moenie verspot wees nie, Mynhard!"

"Verspot?" Sy linkerwenkbrou lig vraend. "Ek is baie ernstig."

Hy rem Tia agter die motordeur uit en klap dit toe. Met dieselfde beweging trek hy haar teen sy bors vas. Hy steur hom nie daaraan dat sy haar met mag en geweld teësit nie. Sy een arm om haar rug hou Tia met gemak gevange en met sy ander hand vryf hy oor haar skouer, volg die slanke lyne van haar keel en haar nek. Hy trek haar stywer teen hom vas en buig haar kop agteroor. Dan soen hy haar liggies op die punt van haar neus en hou Tia 'n entjie weg om haar met 'n satiriese glimlag te beskou.

"Maar ek glo nie jy is oud genoeg vir 'n volledige, volwasse eksperiment nie."

Tia is verontwaardig. "Jy is . . . is . . ." Sy kan nie aan iets dink wat in sulke omstandighede die regte ding is om te sê nie.

Mynhard is geamuseer. "Sien? 'n Volwasse en wêreldwyse meisie sou gelag het."

"Ek het nie 'n verdraaide sin vir humor soos jou ander nooiens nie," kap Tia teë.

"Ander nooiens . . . Dus erken jy jy is ook een van my sogenaamde nooiens, Tiatjie?"

Tia word al hoe kwater. Sy druk met albei hande teen sy bors en probeer Mynhard wegstoot, maar hy laat haar nie dadelik gaan nie. Hy plaas sy wysvinger onder haar ken en lig haar gesig na syne op. Hy vryf haar kuif deurmekaar sodat die korter hare oor haar voorkop regop staan. "Daarso, nou lyk jy weer soos jy vanoggend wou lyk."

Tia vee haar hare ergerlik plat. "Sal jy my asseblief los, Mynhard?" versoek sy so waardig en kalm as wat sy kan.

Die eksperiment is blykbaar verby. Hy laat haar gaan.

"Wat hoor jy van Ina?" wil hy weet.

Dis 'n veilige terrein. Tia se stem is net so neutraal toe sy antwoord: "Sy het 'n paar keer gebel om te groet en te gesels. Dit gaan goed met Ina, hoewel sy baie besig is. Sy wou hierdie naweek kom kuier, maar haar netbalspan speel 'n ligawedstryd op Tzaneen en sy sal eers laat Sondag weer by die huis wees. Dalk kom sy volgende naweek op Rustfontein kuier."

Dit lyk nie asof Mynhard veel gehoor het van wat sy vertel het nie.

"En van Martie?" wil hy weet.

Tia kyk vinnig na hom. Verbeel sy haar of was die navraag anders as in die geval van Ina?

"Ouma-hulle het uit Bordeaux 'n poskaart van Martie gehad. Dit gaan blykbaar goed."

"Wanneer kom Martie huis toe?"

"Ek weet nie. Sy het 'n nuwe kontrak in Parys en daarna gaan sy 'n maand lank mannekynwerk in Rome doen."

"Somermodes vertoon?"

"Ek weet nie."

"En hoe gaan dit met oupa Jan?"

Tia klem die motorsleutels vas. "Ek dink nie dit gaan te goed nie, hoewel hy nooit kla nie. Maar hy hoes baie snags en dit lyk soms asof hy deurmekaar is. Hy sit net 'n rukkie op die stoep, dan begin hy koud kry en hoes. Ouma Tien het my gister gevra om by die apteek 'n herhaling van sy voorskrif te gaan haal."

"Hy durf nie 'n enkele dag – nie 'n uur lank – sonder sy kapsules en medikasie wees nie."

"So het ouma Tien ook gesê."

"Weet jy dat ouma Tien hoop dat jy vir goed op die plaas sal bly?"

Tia is onthuts. "Ek het net kom kuier, net 'n maand lank, dan moet ek teruggaan."

"Daar is drie prokureursfirmas op Witrivier. Ek ken twee van die senior vennote persoonlik. Ek kan reël dat jy vir hulle tikwerk doen – halfdag of van nege tot vyf, soos jy verkies."

"Ek kan nie permanent op Rustfontein bly nie. Wat van ons . . . my woonstel? My meubels en verpligtinge?"

"Ons sal sien . . . 'n Mens moet seker nie die bobbejaan agter die bult gaan haal nie. Maar ek dink aan ouma Tien, wat vir my soos 'n tweede ma is. Jou teenwoordigheid hier doen haar goed, Tia. Jy is vir haar jou ma, hulle dogter wat teruggekom het . . ."

"Telefoon, meneer!" roep Maria van die huis af.

Mynhard gee haar hand 'n laaste drukkie. "Jy is jy, Tia. Moenie met ander meisies probeer kompeteer nie, jouself probeer verander en my van nuuts af kwaad maak nie. Jy is uit eie reg spesiaal. Bly soos jy is. Los die parfuum en die haarsproei môre. Trek 'n langbroek aan, dan bring ek Jenna vir jou, sodat julle van voor af kan kennis maak."

"Telefoon, meneer!" herhaal Maria.

Mynhard los haar hand. "Sien jou môre!" herhaal hy voordat hy terugstap huis toe. "Ry versigtig, Tiatjie."

Toe hy weg is telefoon toe, sluit Tia die motor se enjin aan en trek versigtig weg oor die plaveisel tussen die swembad en die tennisbaan. Elf jaar het haar nie veel ouer gemaak, of soos Mynhard gesê het, meer volwasse en wêreldwys nie. Hy kan steeds net glimlag, net na haar kyk, dan is sy die kluts kwyt; dan is sy dieselfde standerdsewetjie van destyds.

Is dit liefde? wonder Tia. Op skool het sy na haar maats geluister wanneer hulle vertel het alles is skielik rooskleurig, alles ruik na rose en jasmyn en jy wil tien meter hoog in die lug spring omdat dié ou in standerd nege of dáárdie ou in matriek jou diskoteek of debat toe genooi het. Sy was altyd eenkant, nie deel van die skoolkliek en hul nuwe kyse nie. Sy het nie in die standerdneges of matriekseuns belang gestel nie.

Haar maats se ervaringe en verliefdheid het heerlik geklink: alles pienk, vol rose en jasmyn en uitbundigheid. Maar liefde is nie so nie, dink sy toe sy deur die drif en tussen die soetdorings deur ry. Om verlief te wees, is seer; vol vrese en angs en gevoelens wat 'n mens nie wil ontleed nie, te bang vir verdere seerkry. Mynhard Retief is nie 'n matriekseun wat sy moed bymekaar geskraap het om haar na 'n debat te nooi nie. Hy hoef nie elfuur tuis te wees en die volgende dag aan sy ouers oor sy doen en late verslag te doen nie.

Dit is miskien beter . . . of is dit slegter? wonder sy. Wie kyk wát hy doen en tot hóé laat? En hy neem beslis nie sy meisies debat toe of skoolkonsert toe nie . . .

Maar hy het vir haar 'n duur perd gekoop en gesê sy is spesiaal, en hy sien haar die volgende dag.

Tia is skielik optimisties. Die eerste keer toe hy haar gesoen het, was hul buurman nie so ongeërg soos hy wou voorgee nie. Sy kon dit aan sy asemhaling agterkom, aan sy oë en die gevoel van sy mond op hare. Hy wou haar raad gee, haar beskerm en het 'n lesing oor visvang gegee. Dit was alles goed en wel en sy het na die broederlike raad geluister. Maar hoekom het sy hart net so onbedaarlik teen sy ribbes gebons soos hare?

Tia voel vrolik toe sy die motor in die motorhuis trek

en by die sydeur instap om na ouma Tien en oupa Jan te soek, sodat sy die nuus van Jenna met hulle kan deel. Sy weet hulle sal saam met haar gelukkig wees. Oupa Jan sal die volgende dag vir haar 'n handvol suikerklontjies en appels vir Jenna gee, en ouma Tien sal weer drome begin droom.

"Hallo, ek's terug!" roep Tia deur die stil huis. "Hallo? Waar is almal?"

Niemand antwoord nie. Tia vryf voor die spieël die laaste bietjie haarsproei van haar hare af en was met 'n waslap oor haar polse en agter haar ore. Sy weet nie of Mynhard in 'n stadium agter haar gestaan of geloop het nie – net dat die oormaat parfuum vir hom en Jenna geïrriteer het.

Jenna . . . Tia kan nie glo daardie satynvel en fluweeloë behoort aan haar nie. Sy sal Jenna soos goud oppas, haar twee maal per dag roskam, met haar gesels en haar nooit verwaarloos nie. Het sy genoeg dankie gesê vir die groot geskenk?

Maar wat word van haar perd wanneer sy in Johannesburg is? Sal Mynhard haar by hom neem, haar versorg en gereeld oefening gee?

"Raai wat was my geskenk? Waar's Ouma en Oupa?" herhaal Tia in die gang af.

'n Doodse stilte begroet haar en meteens het Tia 'n voorgevoel. Sy gooi die waslap neer en hardloop met die trap af kombuis toe.

"Maria!" roep sy.

"Oupa Jan is hospitaal toe," sê Maria, inmekaar gekrimp voor die stoof.

Tia kry skielik ysig koud. "Wat het gebeur, Maria?"

"Oupa Jan het sleg gehoes en toe begin bloei – oor sy klere en die beddegoed."

"Het ouma Tien die dokter gebel?"

Maria se bewende hande wring haar voorskoot inmekaar. "Die dokter het gesê dit sal te lank neem om uit te kom of om 'n ambulans te kry. Ons moet hom dadelik inbring . . ."

"Hoekom het Ouma my nie onmiddellik gebel nie?"

Maria is asvaal en verwese. "Daar was nie tyd nie, Martina. Dit was alles te gou . . ."

"Ek gaan ook hospitaal toe!" Tia hardloop om die motorsleutels en haar handsak te kry. Iewers lui 'n telefoon, maar sy gun haarself nie die tyd om te antwoord nie.

Maria senior het by Maria junior aangesteek. "Telefoon, Martina!" roep sy met die trap op.

"Ja, ek hoor hom lui, maar dalk is dit iemand wat van niks weet nie en lank wil gesels. Ek kan nie nou antwoord nie."

"Antwoord, Martina," maan Maria haar. "Dalk is dit ouma Tien van die hospitaal af."

Dit is Mynhard, net so ontsteld, maar hy praat kalm. "Die telefoonoproep toe jy op die punt gestaan het om te vertrek, was van ouma Tien. Van die hospitaal af. Dit gaan sleg met oupa Jan. Hy het 'n toeval gehad en is in 'n koma."

"Hoe ernstig is sy toestand?"

"Maak klaar. Ek laai jou oor vyf minute op, dan jaag ons hospitaal toe."

Dit is genoeg antwoord op haar vraag. Tia gryp blindelings 'n paar goed: 'n trui vir haar en ook een vir ouma Tien as hulle dalk deur die nag by die hospitaal moet bly; geld; 'n sakdoek. Toe Mynhard binne vier minute met skreeuende bande voor die stoep stilhou, wag sy, gereed om in te klim.

"Dankie, Mynhard. Ek was reg om self hospitaal toe te ry."

"Jy kan nie, nie in die toestand waarin jy is nie. Jy sal 'n ongeluk maak."

"Ouma Tien sal in 'n erger toestand wees."

"Ja. Dis 'n genade jy is op die plaas. Jy sal haar na die tyd kan bystaan."

Dit klink so finaal. Tia ril. "Ek het sy bed gesien. Dis net bloed . . ."

Mynhard lê sy hand vlugtig op hare. "Probeer dit vergeet."

"Ek sal nie kan nie. Hoekom het Ouma ons nie gouer laat weet nie?"

"Daar was nie tyd nie, nie eers vir 'n ambulans nie. Sy en Petrus het 'n matras en komberse agterop die bakkie gelaai en met hom dorp toe gejaag."

"Ek wens ek was beskikbaar om te help."

"Ek ook. Hou vas – hierdie stuk sinkplaatpad is sleg!"

Tia is dankbaar hulle ry met Mynhard se motor, wat vinniger as die luuksemotor van haar ouma-hulle is. Sy is dankbaar dit is Mynhard wat bestuur en nie sy nie. Hy is kalmer en hou beter kop as sy.

Maar selfs met Mynhard se bestuursvernuf en vinnige motor is hulle nie betyds nie. Dit is buite besoekure en die personeel is besig om middagete aan die pasiënte te bedien. Maar Ontvangs weet van die noodgeval, weet van pasiënt J.H. Cronjé in saal 209 wie se naasbestaandes op pad is. Hulle laat Tia en Mynhard dadelik binne en 'n simpatieke verpleegster druk vinnig die knoppie vir die hysbak.

Toe hulle op die tweede verdieping uit die hysbak stap, wag ouma Tien hulle op 'n bankie in die gang in.

"Dankie dat julle so gou gekom het, kinders. Maar dis alles verby. Jan is weg. Ek wag nou dat hulle hom was en van die skoon slaapklere aantrek wat ek ingepak het."

"Ouma . . ." Dit is 'n skulderkenning. "Ek is jammer ek was nie by die huis nie, jammer ek het my oor onsinnige goed soos klere en parfuum bekommer."

Ouma Tien hou Tia se hand vas. "Ons het nie een geweet die einde sal so vinnig kom nie, kind. Jy is nóú hier, en dis die belangrikste."

Iemand bring vir hulle 'n skinkbord met koffie wat niemand wil hê nie.

"Mevrou Cronjé!" roep die suster sag en neem haar aan die arm. "Kom saam met my. Dis hoe u hom moet onthou. Rustig en asof hy slaap . . ."

Ouma Tien loop saam met die suster by die privaatsaal in. Sy bly lank weg. Toe sy uitkom, is sy wasbleek en haar bewegings stokkerig. Maar sy is te verdwaas om te huil.

Die suster kyk na Tia. "Ek verneem u is een van die kleindogters. Wil u na hom gaan?"

"Nee." Tia skram weg. Dit is te kort na haar pa se dood. Sy kyk hulpsoekend na Mynhard. "Moet ek?"

Hy praat rustig. "Nee. Jy het hom nie op die laaste gesien nie, Tia. Onthou hom liewer soos hy op die noordestoep die afgelope twee weke gelyk het."

"En u, meneer Retief?" vra die mooi blonde suster. Sy het hom op 'n hospitaalfunksie ontmoet, maar is nie seker of hy haar onthou nie.

Mynhard skud sy kop. "Nee dankie, Erna. Ek wil hom ook liewer op 'n trekker of tussen sy lemoenbome onthou, in 'n kakiebroek, eerder as slaapklere. Baie dankie vir al jou moeite, en dié van die verpleegsters."

"Dis 'n plesier, Mynhard. Dis hoekom ons hier is." Erna Labuschagne draai na ouma Tien. "Kan ek vir u nog koffie en 'n kalmeerpilletjie bring, mevrou Cronjé?"

Ouma Tien skud haar kop. "Dankie, kind, maar nee. Ek wil nie pille hê nie. Dit sal my vaak en deurmekaar maak en ek wil in hierdie tyd elke oomblik goed onthou. Dis die laaste herinnering aan my man."

Ouma Tien soek weer die harde houtbankie in die gang op, soos 'n laaste toevlug waaraan sy vasklou. Mynhard gaan sit langs haar en slaan sy arm om die geboë, rukkende skouers.

"Ouma is nie alleen nie. Ek en Tia is hier. Wil Ouma daaroor praat? Vir ons vertel wat gebeur het?"

Dit is vir ouma Tien soos 'n uitlaatklep, soos 'n damwal wat breek. Sy praat deurmekaar en onsamehangend, tog doen dit haar goed om haar gemoed leeg te maak.

"Die emfiseem waarvoor hy so bang was, het hom ingehaal . . . Hy het nooit weer bygekom nie. Maar hulle sê hy het nie op die laaste pyn gehad nie. Jan het nie geweet wat besig was om te gebeur nie. Die Goeie Vader was hom genadig, Mynhard. Hy was in 'n koma en het nie geweet hy sterf nie . . . Hulle sê die water uit sy longe het oor die hart opgestoot en dis wat die einde veroorsaak het."

"Hartversaking. Dis genadig dat dit so gou verby was. Ek het my ouers laat weet. Hulle wag vir Ouma op Rustfontein."

"Waar Jan ook sal rus – teen die klipkoppie, onder die sipresse. Hy en Elsa is nou bymekaar . . . en Haker . . ." Ouma Tien kyk vaag op. "Waar is Martina? Haar pa is maar kort gelede weg en nou haar oupa . . ."

Tia staan stom by 'n venster en uitstaar. "Kom ons gaan huis toe, Tia," sê Mynhard sag, met sy arm om haar skouers.

Erna Labuschagne bring twee kardoese met oupa Jan se laaste aardse benodigdhede: nagklere, 'n kamerjas, tandeborsel, skeergoed en sy kam; oplaas sy Bybel.

Buite die hospitaal is die middag skielik koel, met wolke wat op die horison saampak. Die veld is droog, dink Tia. Tog hoop sy dit reën nie; nie met die begrafnis nie. 'n Koue, nat dag sal alles soveel meer hartseer maak. Of dalk sal oupa Jan van die reën weet en bly wees, ter wille van die Valencias.

Tia hang ouma Tien se trui om haar skouers. Sy wens haar ouma wil huil. Dit sal haar help. Maar dit is te gou, sy is nog in 'n geskokte toestand.

"Sien jy kans om die bakkie te bestuur en Petrus saam te bring plaas toe, Tia?" vra Mynhard.

Sy knik.

"Tia?" Hy kyk na die spierwit gesig, na die kringe onder die groot, donkergrys oë. "Sal jy kan bestuur, aster?"

"Ek sal oor die weg kom. Sien jy om na ouma Tien. Jy was na aan hulle, Mynhard. Jy sal haar kan troos."

Die bakkie staan skeef op 'n laaisone voor die hospitaal geparkeer – 'n hartseer bewys van die dringendheid, die futiele poging om vir oupa Jan ekstra tyd te probeer koop; tyd wat hy al ses maande gelede nie meer gehad het nie. Die matras, kussings, komberse en Petrus is agterop.

"Kom sit voor – dis warmer, Petrus," sê Tia.

Hy wil nie, sit net in 'n bedremmelde bondeltjie en verkies om die matras en beddegoed op te pas.

"Los hom," keer Mynhard. "Hy moet 'n vriend se dood op sy eie manier verwerk. Ek sal voor ry – stadig, want daar is nou nie meer haas nie. Probeer bybly, Tia, sodat ek kan weet of jy veilig is. As ek sien die bakkie raak agter, sal ek vir jou wag."

"Ek sal bybly. Praat met ouma Tien, Mynhard," pleit Tia. "Moenie oor Oupa swyg soos hulle met my pa gemaak het nie. Praat oor sy gewoontes en dit wat jy altyd van hom sal onthou. Selfs oor sy siekte . . ."

"Ek sal," antwoord hy sag en sy mond rus 'n oomblik lank warm en vertroostend teen haar voorkop.

"Ek weet jy sal, weet jy verstaan, soos met my pa." Tia lê haar kop teen sy bors. "Dankie, Mynhard. Dankie dat jy hier is. En dankie vir so baie dinge . . ."

Eers haar ma, toe haar pa, nou haar oupa . . . dink Tia. Wat word van haar as sy Mynhard ook verloor?

5

Op Rustfontein wag die Retiefs saam met dominee Louw. "Sal ek tant Susan en tannie Bets-hulle laat weet?" bied Mynhard aan.

Ouma Tien knik dankbaar. "En Ina en . . . en die ondernemers. Sal jy asseblief met hulle vir Maandag reël, Mynhard? Dit laat genoeg tyd vir mense wat van ver af vir die begrafnis moet kom."

Terwyl haar gewese bure en die predikant vir ouma Tien bystaan en Mynhard in die studeerkamer besig is, gaan Tia kombuis toe om tee te maak, en daarna sop en toebroodjies. Oupa Jan was vir sy gasvryheid bekend en sy weet hy sou graag wou hê dat hulle Rustfontein se tradisie moet voortsit.

Tannie Bets en oom Frik arriveer eerste, saam met Ina en Wim. Almal se oë is rooi gehuil en Ina gooi haar arms om Tia. "Jammer, ou nig, dat ons mekaar in hierdie omstandighede die eerste keer weer moet sien. Hoe gaan dit?"

"Hartseer." Tia probeer glimlag. "En met jou?"

"Ook hartseer. Ons gaan hom mis. Ek verwyt myself dat ek nie meer dikwels kom kuier het nie."

"Ek ook. Ek het te lank weggebly en intussen het oupa Jan oud en siek geword. Maar dis goed om jou weer te sien, Ina."

Oupa Jan was gelief. Binne 'n uur is daar nie meer plek vir al die motors nie.

Maria het haar dogter gebring om te help. Maar selfs met Sophie se hulp kan Tia en Ina skaars voorbly om almal te bedien.

"Ek het met die hoof van die skool gereël om tot Dinsdag verlof te hê," sê Ina. "Dis onbillik dat jy alleen sukkel. Ek was ook sy kleindogter."

"En Martie? Dink jy sy sal regtig vir die begrafnis kom?"

"Tant Susan sê sy kom glo, mits sy betyds op 'n vlug kan plek kry. Ons sal ons beste klere moet uithaal om nie af te steek nie."

"Iemand sal haar op die lughawe moet gaan haal. Seker haar pa."

Ina skud haar kop. "Martie is nie die soort wat gehaal word nie. Sy is onafhanklik. Sy kom self."

Vrydag en die naweek is daar steeds 'n toeloop van gemeentelede en vriende wat kom simpatiseer. Tia is dankbaar, want dit hou ouma Tien besig met minder tyd om te dink, om haar ou maat te mis.

"Foei tog, is hierdie vir jou 'n herhaling, Tia, van die tyd toe jou pa dood is?" vra Ina se ma.

Tia knik. "Behalwe dat Mynhard al die begrafnisreëlings op hom neem. Met my pa was dit net ek."

"Jy het 'n moeilike tyd gehad. Mynhard is 'n sterk en bekwame jong man. Is jy nog so erg oor hom soos destyds?"

Tia is verleë. Sy het nie gedink haar gevoelens was so ooglopend nie.

"Ou liefde roes nie, Ma," antwoord Ina.

Tia verander die onderwerp. "Hoe vorder jóú liefdeslewe, nig?"

"So-so. Anton praat van verloof raak. Nou sal ons dit natuurlik uitstel, miskien totdat ek verjaar."

" 'n Mens wil nie lyk asof jy nie respek vir die dood het nie," beaam haar ma.

Mynhard kom soek na Tia. "Petro Visagie het gebel, maar wou nie dat ek jou roep nie, want sy wil nie pla nie. Al wat sy wou sê, is dat sy aan jou dink en dit gaan goed met jou woonstel en plante."

"Dis lief van haar. Sy en haar man het ook 'n ruiker gestuur."

"Ek het gesien. So ook jou baas en kollegas by die werk."

"Ja. Petro het meneer Geertsema laat weet."

"Dit was bedagsaam van hom en wys hoeveel hy van jou dink."

"Hier is nóg 'n motor," sê tannie Bets. "'n Lang, slap sport-affêre. Boonop rooi. Wie kom nou met so 'n motor simpatiseer terwyl jy weet daar was dood in die familie? Gaan maak die deur oop wanneer hulle klop, Wim."

'n Oomblik lank is Tia en Mynhard alleen in die eetkamer. Hy neem haar yskoue hand in albei syne. "Wil jy nie 'n rukkie kom sit nie, Tia? Jy is aanmekaar op jou voete, al van Dinsdag af."

"Ek is nie moeg nie. Dit doen my goed om aan die gang te bly." Sy glimlag dapper. "Dankie dat jy help, Mynhard, anders sou ek soos 'n lafaard weggevlug het. Ek is jammer as ek Dinsdagoggend ondankbaar geklink het en omdat ek met jou rusie gemaak het. Jenna is die wonderlikste geskenk wat ek nog ooit gekry het."

Mynhard antwoord nie. Soos tannie Bets, kyk ook hy deur die eetkamervenster na die motor wat pas stilgehou het.

"Ek sal Jenna soos 'n kosbare kleinood oppas," voeg Tia by.

Steeds antwoord hy nie en sy hande om hare is skielik ook yskoud. Tia draai haar kop om te sien wat dit is wat sy aandag aftrek en so 'n reaksie uitlok.

Deur die kantgordyn sien sy 'n slank geboude meisie op pad na die voordeur. Sy het 'n goudkleurige rok aan, dieselfde kleur as haar lang hare wat los en glansend tot by haar middel hang. Sy is so beeldskoon dat Tia se asem in haar keel vassteek.

Ina se jonger broer maak oop toe sy klop.

"Is ouma Tien hier?" vra 'n hees stem met 'n vreemde aksent.

"Ouma!" roep Wim. "Hier is 'n meisie om Ouma te sien!"

"Moenie haar roep nie," sê die heserige stem. "Ek sal self na haar toe gaan."

Die volgende oomblik staan sy in die sitkamer, 'n paar sekondes lank roerloos, asof sy in al haar glorie in die middel van 'n verhoog is. Vanaf die eetkamerdeur staar Tia na haar, asof gehipnotiseer.

"Liefie!" roep tant Susan uit, storm op haar af en bars histeries in trane uit. "Jy het gekom! Het jy maklik plek gekry op die vliegtuig?"

Martie, besef Tia met 'n siek gevoel op die krop van haar maag. Sy het haar nie onmiddellik herken nie, maar sy moes geweet het dit kon niemand anders wees nie.

Almal maak 'n ophef van haar en verwelkom vir Martie, maar sy lyk afgetrokke en het nie veel te sê nie. Tia sien die heuningkleurige oë telkens na die eetkamer dwaal, dan hoe dit dié van Mynhard ontmoet. 'n Paar oomblikke hou sy blik hare gevange, dan draai sy 'n slanke, sonbruin skouer weg om met ouma Tien te praat.

Nee, sy het nie probleme gehad om plek op 'n vlug te kry nie, hoor Tia die vreemde, hees stem sê. Sy ken 'n kaptein by die Suid-Afrikaanse Lugdiens en dié het vir haar plek gekry. Op die lughawe het sy 'n motor gehuur en dadelik plaas toe gekom. Sy wou so gou moontlik by ouma Tien kom om te sê hoe bitter geskok sy oor oupa Jan was.

Ouma Tien se mond bewe. "Jy is seker gedaan, kindjie. Martina sal vir jou tee en iets te ete bring."

Tia maak vars tee. Op een van ouma Tien se beste borde pak sy koue vleis en toebroodjies uit.

"Dankie . . . Ina?" raai Martie.

"Tia."

"Jammer. Julle twee het altyd baie eenders gelyk." Sy trek Tia nader en lê haar wang teen Tia s'n, soos sy by die Franse geleer het. "Dag, Tia. Jy het grootgeword. En mooi . . ."

"Jy ook."

391

Martie skuif op en maak vir haar plek op die bank. "Kom sit langs my en vertel my wie van hierdie mense is wat ek nie herken nie."

Tia wil nie. "Ek sal later kom. Ek het nou te veel werk in die kombuis."

Tia het nie verwag Martie sal aanbied om te kom help nie, en sy doen dit ook nie.

"Ek wonder as ek vra, of sy my vir 'n spin sal vat in daardie wiele," sê Wim ademloos.

"Moenie ydel wees nie," betig Ina hom.

"Sjoe, sy lyk soos 'n filmster." Wim is nog op laerskool en ook deurmekaar met al die familielede wat hy nie ken nie. "Wat is sy nou weer . . . my niggie of my tannie?"

"Niggie. Praat sagter en moenie dat sy hoor jy noem haar tannie nie," maan sy suster.

"Sy ís mooi, nè?" sê Tia ingedagte. Sy neem 'n stapel skoon borde by Maria. "Maar ek is nie al een wat dit opgelet het nie."

"Nee, die hele sitkamer het."

Tia het aan die eetkamer gedink, maar sy bly stil.

"Martie is nogal vriendeliker as toe ons jonger was, toe sy ons twee behandel het soos iets wat die kat op 'n vullishoop gevang het," sê Ina. "Sy het my nogal met 'n soen gegroet."

"Vir my ook," spog Wim. "Behalwe dat sy gedink het my naam is Peet. Wie's Peet?"

"Hou op om grootmense se tande te tel," raas Ina. "Maak jouself handig en antwoord die telefoon. Netnou toe dit so lank gelui het, moes arme oom Coert antwoord."

"Ek doen voordeurdiens, oom Mynhard doen telefoondiens."

"Oom Mynhard is seker besig, of hy het te veel ander werk om kort-kort studeerkamer toe te hardloop. Los die voordeur maar. Dis al laat en daar sal nie nou meer mense kom nie."

392

Toe Tia 'n rondte doen om die kranse en ruikers wat huis toe gestuur is water te gee, sit Mynhard op die bank langs Martie. Sy arm is nonchalant oor die rugleuning gedrapeer en hy leun belangstellend nader om te hoor wat sy sê. Nie een van die twee sien Tia raak nie.

"Ja, dis koud in Europa," antwoord Martie. "Dit sneeu in Parys."

"En nou? Kry jy steeds koud? Wil jy my baadjie leen, Mart?"

Martie vryf oor haar arms. "Asseblief, Mynhard. Tensy jý nou gaan koud kry. Maar jy is so sterk en manlik. Jy voel seker nooit die koue nie. Selfs al sou dit sneeu . . ."

Tia loop voordat hy sy baadjie vir Martie aantrek. Kon Mynhard, met al sy vorige oefening, nie aan 'n meer oorspronklike aanknopingspunt as die weer gedink het nie? Of maak 'n afgesaagde onderwerp nie vir twee liefdesduifies saak nie?

Nou weet Tia hoekom hy die telefoon netnou waarskynlik nie eers hoor lui het nie; kamma te besig met te veel ander werk . . . Dit was 'n vorige keer met Hermien Bothma ook sy verskoning. Maar dalk ís dit harde werk om 'n meisie te bearbei.

Met die verbyloop roep ouma Tien na haar. "Hoekom lyk jy so bleek, Martina? Is jy moeg?"

"Ek is reg," jok Tia. "Kan ek vir Ouma koffie bring?"

"Nee dankie. Martie het baie ver gekom. Sy lyk uitgeput en sal vroeg wil gaan slaap, want môre is 'n lang dag. Die huis is vol. Sal jy vir haar die ander bed in jou kamer opmaak, asseblief, kind?"

Was dit Ina, het Tia nie gehuiwer nie. Martie het nie vir haar uitgeput gelyk nie. *Nee!* wil sy uitroep. *Ek wil haar nie naby my hê nie.*

"So nie, moet sy op Waterval gaan slaap, saam met ta'Lettie-hulle en die Venters en oom Servaas. Mynhard het aangebied om te help met gaste wat moet oorslaap. Hy

393

het drie vrykamers en kan op die studeerkamerbank ook bed opmaak."

"Nee, Martie kan op die ander bed in my kamer slaap. Ek sal lakens en komberse uithaal. Siende dat sy uitgeput is, kan sy nie nog 'n verdere ent pad in die donker tot op Waterval ry nie."

Het ouma Tien haar gedagtes geraai en was sy te slim vir haar? wonder Tia. Aan wie se kant is ouma Tien, hare of Martie s'n? Sy wil Mynhard graag met die regte vrou gevestig sien. As die een kleindogter nie suksesvol was nie, sal die ander een net so goed deug; beter selfs, want sy het klaarblyklik 'n beter kans by ouma Tien se jong buurman.

Tia slaap al toe Martie die kamer binnekom. En die volgende oggend is Tia eerste op, sodat sy die minimum met Martie hoef te praat.

Die begrafnis is tienuur en dit reën nie. Nogtans is die verrigtinge hartseer en die psalm om die oop graf klink yl. Die sipresse en die klipperige, los grond is neerdrukkend. So ook verloop die middagete en die talle mense wat direk na die begrafnis vertrek, laat 'n somber stilte agter. Die grasdakopstal met net die familie en naaste vriende voel skielik leeg en onherbergsaam.

Gelukkig is Ina darem nog daar, tot vroeg die volgende dag toe. Teen skemer stap sy en Tia die kliprantjie uit om oupa Jan oplaas te groet en die kaartjies van die kranse af te haal om later die bedankingsbriefies te skryf.

Ina sit met haar rug teen die sipresboom. Sy is lank stil, dan merk sy op: "Ouma sê jy het ingewillig om nog sowat twee weke langer te kuier. Ek is bly en dankbaar dat jy kans sien. Ouma het jou nodig, nou meer as ooit."

"Ek weet nie . . . Martie sê sy het 'n vakansie nodig en sy gaan ook aanbly."

"Hoe lank?"

" 'n Maand. Ek weet nie . . ."

"Hoekom bly sy nie by haar ouers nie?" vra Ina.

"Sy sê op 'n plaas is dit rustiger as op 'n dorp. Sy is oor-spanne en het rus nodig na die modeseisoen wat verby is."

"Sy maak my ongemaklik. Haar vriendelikheid is aan-geplak."

Voordat alles oorborrel en sy te veel sê, bly Tia liewer stil.

"Of is ons jaloers op haar, Tia?"

Ja, dink Tia, sy ís jaloers. Vandat Martie hier is, is Myn-hard 'n vreemdeling. Martie is alles en sy kon net sowel nie bestaan het nie. Sy wonder of hy van haar Palomino ont-hou, wat hy belowe het om die volgende dag Rustfontein toe te bring. Sy glo nie. Of anders het hy miskien besluit om Jenna liewer vir Martie te gee.

"Sy kan kies en keur onder die manne," sê Ina. "Lug-dienskapteins en mode-ontwerpers. Hoekom het sy op Mynhard besluit? Of is sy verveeld en gebruik sy hom net vir afleiding terwyl sy op die plaas is?"

Dan het Ina ook die groeiende aangetrokkenheid tussen die twee opgelet . . .

"Ek dink dis ernstiger as dit," sê Tia stilweg.

"Kyk, ek en jy weet sy het van altyd af haar flikkers vir Mynhard gegooi. En natuurlik was hy nie ongeneë nie. Mynhard is 'n wonderlike man, gaaf en alles, maar hy het van jongs af 'n sagte plekkie vir mooi vroumense gehad. Maar Martie het seker oorgenoeg mansvriende wat om haar draai, en Mynhard nooiens wat hom gevang wil kry. Dink jy die twee is ernstig oor mekaar?"

"Ek weet nie." Tia spring op en loop teen die steilte af. "Kom jy, Ina?"

Mynhard daag Vrydag op, hy en 'n stalhelper, elk met 'n perd aan 'n leiriem – Jenna en 'n glimmende, jong sweet-vos.

Martie het blykbaar geweet hy kom, want sy het hom op die voorstoep ingewag. Die vorige dag toe net dominee Louw en sy vrou op Rustfontein was, het sy nie veel moeite met haar voorkoms gedoen nie en die grootste gedeelte van die dag in haar kamer gebly – die een langs Tia s'n, waarheen sy oorgetrek het toe die ander gaste weg is. Maar vroeg daardie oggend het sy haar hare gewas en dit ure lank voor die spieël drooggeblaas. Toe het sy ure aan haar grimering gewy. Oplaas het sy net voor middagete 'n groen geblomde rok aangetrek met 'n wye syromp en die bostuk skuins weggesny sodat haar een skouer kaal is. Tia was geïrriteerd met al die tyd wat Martie voor die spieël deurgebring het, maar teen wil en dank moet sy erken dit was die moeite werd. Martie lyk soos 'n mannekyn wat uit die bladsye van 'n modetydskrif gestap het – soos die beroemde Europese mannekyn wat sy in werklikheid is.

Hoe kan sy so goudbruin wees terwyl dit in Europa winter is? wonder Tia afgunstig. Is dit 'n ultravioletlamp of goed wat Martie aan haar vel smeer?

Martie spring op toe Mynhard van sy perd afklim en die twee stelle teuels aan die stalman oorhandig. Sy frons liggies. "Hoekom twee perde, Mynhard?" vra sy met die diep, hees stem wat Tia koue rillings teen haar ruggraat af gee, en vir Mynhard waarskynlik ook – hoewel om verskillende redes. "Ek kan mos nie op albei tegelyk ry nie."

Mynhard groet haar met 'n soen en vir Tia deur haar hare deurmekaar te vryf.

"Haai, julle twee. Een perd is Tia s'n," verduidelik hy. "Die Palomino. Die ander een is Strelitzia – 'n sweetvos uit my eie stal en nou joune, Martie."

Martie swaai om, haar mond in 'n dun lyn saamgepers. "Wie? Tia s'n?" Sy laat dit klink asof 'n geskenk aan haar vaal en kinderagtige niggie 'n verspotte gebaar van Mynhard se kant af was, asof hy impulsief was en teen sy eie vrygewigheid beskerm moet word. "Sy was dan altyd vir alles bang, bowenal perde en beeste. Ek glo nie sy kan eers meer ry nie." Dan lag Martie toegeeflik en lig die een kaal skouer ongeërg. "Maar goed, as jy geld het om te mors en so vrygewig wil wees . . . Dit was 'n mooi gebaar teenoor arme Tia en ek is seker sy waardeer dit. Ek sal haar môre help om aan die perd gewoond te raak."

"Ek is nie bang vir perde nie," sê Tia. Om haar stelling te staaf, loop sy na Jenna en steek haar hand stadig na die goudbruin nek uit. Sy is jammer Martie het haar nie gesê Mynhard kom vanmiddag Rustfontein toe nie, spyt sy het nie vooraf geweet om 'n appel vir die hernude kennismaking reg te hou nie. Sy kan die merrie vasdruk, haar ore vryf en haar dwing om stil te staan en die liefkosing te verduur, maar sy wil Jenna nie benoud maak of eise aan haar stel nie. Belangriker is dit dat sy tuis moet voel en haar nuwe eienaar vertrou.

Asseblief, Jen, moenie jou kop wegruk, jou ore plat trek en rondtrippel asof ek jou senuweeagtig maak nie, pleit Tia woordeloos. *Martie sal dit geniet as Strelitzia haar aanvaar, maar jy nie vir my nie. As Mynhard dink ek het 'n vrees vir perde en ek verdien jou nie . . .*

"Jen . . . Jennie . . . Jenna . . ." praat Tia sag met haar.

"Oppas, Tia, jy kan seerkry." Toe Tia opkyk, staan Martie beskermend langs haar. Sy weet blykbaar meer van perde as haar dom niggie, en glo nie daaraan dat 'n mens se handbewegings noodwendig stadig moet wees om die perd nie te verskrik nie. Sy steek haar hand uit en vryf oor Jenna se neus, haar oë en ore.

Tia weet nie hoe dit gebeur nie. Die een oomblik nog het Jenna gedweë stilgestaan, gelyk asof sy die vertroeteling geniet. Die volgende moment runnik sy verwilderd, breek weg en kap met haar voorpoot.

"Pasop, Tia!" Martie ruk haar uit die pad en stoot Tia agter haar in. "Ek is tussen haar en jou. Gee pad!"

"Martie, jy ook, kom weg!" Vinnig is Mynhard by die

verwilderde Palomino. Hy kry die teuels met 'n ferm greep beet, praat met die merrie en bring haar tot bedaring. "Het jy seergekry, Martie?"

Martie vryf aan haar knie, waar Jenna se hoef haar skrams getref het.

"Nee. Ek makeer niks nie. Ek het net 'n bietjie geskrik. En jy, Tia?" vra Martie besorg. "Het jy seergekry?"

"Nee," antwoord Tia kortaf.

Hoewel die Palomino, vasgehok in haar stal, vir vreemde reuke sensitief is, is sy sagmoedig. Daarvan het Mynhard vooraf driedubbel seker gemaak; anders sou hy nie een van die twee meisies naby haar toegelaat het of haar Rustfontein toe gebring het nie.

"Wat het gebeur?" vra hy. Hy kon nie sien nie, want Tia en Martie het met hul rûe na sy kant toe gestaan.

"Tia het effe te rof met Jenna gewerk," verduidelik Martie en voeg haastig by: "Nie uit wreedheid nie, uit onkunde. Ek weet sy is lief vir diere, sy sal nooit 'n perd afknou nie."

"Ek hoop nie so nie," antwoord Mynhard met 'n sydelingse blik na 'n koponderstebo Tia. "Jenna is nie aggressief nie. Wat het jy met haar gemaak, Tia?"

Hy klink nie kwaad nie, eerder teleurgesteld, maar wat Tia betref, is dit erger.

"Niks!" roep sy uit. "Ek het haar niks gemaak nie. Ek weet enige dier se oë is sensitief. Ek het nie oor haar oë gevryf nie. Dit was Martie."

Martie glimlag onderlangs na Mynhard en beduie vir hom om nie te kras te wees nie.

"Arme Tia se pa is pas oorlede en toe ook haar oupa. Moenie te haastig wees om te oordeel nie, Mynhard," paai sy. "Dit was 'n ongeluk omdat sy perde nie ken nie."

"Dis nie ek wat my vingers in Jenna se oog gedruk het nie. Dit was jy," beskuldig Tia haar. "Dis jy wat Jenna se oë gekrap het."

Martie wend haar na Mynhard. "Ek moet haar liewer inneem en hoor of ouma Elf nie vir arme Tia 'n kalmeerpilletjie het nie."

"Ek het bene. Ek kan self loop." Tia hardloop die huis in.

Voordat sy agternagaan, sit Martie haar arms om Mynhard se nek. "Met al die drama het ons van Strelitzia vergeet. Mag ek weer dankie sê?" Sy vly haar teen hom aan, hou hom styf vas en soen hom – lank . . .

Mynhard laat nie op hom wag nie, al is dit helder oordag. Soos Ina en Hermien gesê het, het hy nog altyd 'n oog vir 'n mooi blondine gehad. En, soos hy self erken het, het hy nie ysblokkies in sy are nie . . .

Toe hy Martie uiteindelik laat gaan, kyk Mynhard af na haar met 'n tinteling in die turkooisblou oë. "As dit is hoe meisies dankie sê, gee ek enige dag vir hulle elkeen nog tien perde. Die dividend is die finansiële uitleg werd."

Martie verstyf. "Het Tia jou ook gesoen?"

Hy lag. "Net ook dankie gesê."

"Hoe?" dring Martie aan.

"Soos jy . . ." terg Mynhard en trek haar weer nader. "Ek is bly jy is op Rustfontein, bly jy is moeg vir Europa."

"Ek ook," fluister Martie hees, met haar mond teen sy keel.

Dit duur 'n geruime tyd voordat hulle van Tia onthou en die huis ingaan om na haar te gaan soek.

6

Tia sit by ouma Tien op die systoep.

"Ek het nie rof met Jenna gewerk nie," herhaal sy. "Ek was juis besonder stadig en versigtig om haar nie te verskrik nie."

"Wat het dan gebeur? Hoekom het Jenna weggeruk en na Martie geskop? Die stomme kind maak asof dit niks was nie, maar sy het seergekry en groot geskrik."

"Jenna het na haar geskop omdat dit sý was wat haar oë gekrap het."

"Kindjie . . ." Ouma Tien praat kalm om Tia nie verder te ontstel nie. Tia is bleek, met donker kringe onder haar oë; sy is gedurig moeg en kla oor hoofpyn, en ouma Tien is bekommerd oor haar. "Martie ken perde. Sy sou weet om nie Jenna se oë seer te maak nie."

"Sy het dit opsetlik gedoen."

"Martina . . . Jy is 'n liewe kind en ek ken jou mos nie so nie . . . Jy is nie katterig nie. Ek het altyd gedink jy het 'n warm, toegeeflike persoonlikheid. Dis deel van jou aantreklikheid. Hoekom is jy so naar teenoor Martie? Hoekom hou jy vol sy het met opset die perd verskrik?"

"Sy hét," hou Tia vol.

Ouma Tien bly geduldig. "Hoekom sou sy so iets doen?"

Tia kyk op. "Om my in onguns by Mynhard te bring."

"Mynhard?" Ouma Tien frons. "Maar hy hou ewe veel van julle albei. Hy is ewe groot maats met jou én Martie."

"Nee. Mynhard verkies háár."

"Wie sê so?"

"Dis glashelder. Ek weet dit. En Martie ook."

"Nou maar ás sy dit weet, waarom sal sy jou in onguns bring? Dan is dit mos nie nodig nie. As sy weet Mynhard hou meer van haar as van jou, hoekom sal Martie jou dan in 'n swak lig wil stel, kindjie?"

Wat ouma Tien sê, maak sin. Tia glo nie Martie beskou haar arm en onaantreklike niggie as kompetisie nie. Is haar ouma reg, naamlik dat sy te moeg en fyngevoelig is? Dat Martie nie opsetlik oor die perd se oë gekrap het nie? Dat dit sý is wat dalk nog na parfuum geruik het en Jenna ontstig het? Dat sý Jenna per ongeluk seergemaak het? Die

Palomino-merrie is so pragtig en fyntjies. Tia kan nie glo dat enigiemand so 'n dier met voorbedagte rade sou wou kwaad aandoen nie; selfs nie Martie nie.

"Jy is ontstem," paai ouma Tien. "Jy kla gedurig oor hoofpyn en tamheid. Moet jy nie dokter Heese op die dorp gaan spreek, sodat hy vir jou vitamines en 'n tonikum kan voorskryf nie?"

Tia kyk anderpad en skud haar kop.

"Martie is bloedfamilie en sy het niks teen jou nie, kindjie," gaan ouma Tien voort. "As kinders was julle goeie maats en sy gee steeds vir jou om."

"Miskien," gee Tia teësinnig toe.

Tia lyk kalmer en ouma Tien wil nie tweespalt tussen haar kleindogters hê nie; veral nie so pas nadat oupa Jan weg is nie.

"Ek was in die sitkamer toe Martie jou genooi het om langs haar op die bank te kom sit. Sy was vriendelik, maar jy was die een wat teruggetrek het, Martina. Toe Martie jou kamer gedeel het, het sy met jou probeer gesels en vriende maak. Maar jy het saans gemaak asof jy al slaap en soggens vroeg opgestaan om haar te vermy. Hoekom, nooi? Sy en Ina is al niggies wat jy het. Eie familie is nader aan 'n mens as bure of vriende. Hoekom wil jy Martie op 'n afstand hou?"

"Martie speel toneel. Sy wil nie werklik met my vriende wees nie."

"Sy wil. Sy het dit al twee of drie keer by vorige geleenthede vir my gesê."

Tia klem haar hande op haar knieë inmekaar. "Het Martie my met Ouma bespreek? Wat het sy gesê?"

"Dat beide jy en Ina mooi geword het. Dat jy pragtige hare en oë het. Dat jy 'n warm persoonlikheid het."

"Sy het dit nie opreg bedoel nie."

Ouma Tien trek haar stoel nader aan Tia s'n. "Jy steek nie af by Martie nie, nooientjie. Jy is net so mooi uit eie

401

reg. Probeer met haar vrede maak. Asseblief? Al is dit net om my en Oupa se ontwil. Gister het Martie voorgestel dat julle twee gaan perdry om Jenna en Strelitzia in te wy. Maar jy het botweg geweier en weggestap. Wil jy nie maar vandag inwillig nie? Jy sal dit geniet, kindjie, en die vars lug sal jou goed doen."

"Ek wil Ouma nie graag alleen laat nie," skerm Tia.

"Dit sal vir my beter wees as ek weet jy en Martie het mekaar gevind, julle is vriendinne en het saam gaan perdry. Dit is beter as dat ek weet julle sit albei vasgekluister op die plaas en julle twee is kwaaivriende. Elkeen het 'n perd present gekry. Gaan ry vanmiddag en geniet dit. Maria sal na my omsien en ek sal dit 'n slag geniet om nie soos 'n invalide behandel te word nie en 'n keer in my eie kombuis kos te maak. Waarvoor gaan jy en Martie lus wees wanneer julle terugkom? Bobotie? Hoenderkerrie?"

"Kerrie," kies Tia, wetende dat dit minder moeite verg.

Martie het weer een van haar uitrustings aan: 'n styfpassende leerbroek met 'n rooi bostuk en 'n vere-stola om haar skouers gedrapeer.

Selfs ouma Tien lyk van stryk gebring. "Ek dag jy wou gaan ry, Martie."

Sy lag. "Nie wou nie, wíl. Maar dis nie pret so alleen nie."

"Tia sal saam met jou gaan."

"Gaaf!" Martie pluk die stola af en gooi dit op die riempiesbank. "Wanneer?"

Ouma Tien kyk na Tia. "Nou?" stel sy voor en Tia knik.

Martie is ingenome. "Dankie, Tia. Jy sal sien, jy gaan dit geniet. Vars lug en oefening sal jou goed doen. Ek sal haar mooi oppas, ouma Tien, en wanneer sy moeg word, sal ons dadelik omdraai."

Toe hulle met die stoeptrap afklim, laat sy haar arm deur Tia s'n glip. "Dankie dat jy ingewillig het. Ek waardeer dit." Agter Tia se rug knipoog sy vir ouma Tien en maak 'n duim-op-teken. Daar is darem al 'n bietjie vordering . . . Dalk kom die verhouding tussen hulle twee reg.

Petrus het op Rustfontein gewerk in die tyd toe die stalle nog vol was. Hy geniet dit om weer perde op die plaas te sien, om Jenna en Strelitzia op te saal.

Martie help Tia om op te klim en wys haar hoe om die teuels vas te hou. "Dis nie 'n bondel breiwerk nie," spot sy. "Hou die teuels liggies met jou regterhand vas, tussen jou vingers. Knyp met jou bobene vas en skop met jou hakke na binne-in die stiebeuels vas. Sit regop, 'n krom houding lyk vreeslik onelegant."

Martie bedoel dit seker goed, dink Tia, maar haar op-merkings doen niks om haar leerling se selfvertroue op te bou nie. Of is dit juis die gedagte – om haar niggie lomp en onhandig te laat voel? Of om haar te laat voel sy is on-beholpe en steek af?

"Sit regop, Tia, anders lyk jy soos 'n sak aartappels," maan Martie.

Of is sý katterig, soos ouma Tien gesê het? vra Tia haarself af. Sy het ouma Tien belowe om met Martie vriende te wees . . . Sy hou die teuels liggies vas, skop met haar hakke na binne in die stiebeuels vas en sit so regop as wat sy kan.

"Waar het jy leer ry, Martie?" Sy kry dit reg om te glim-lag. "Nie op Rustfontein nie?"

Martie laat die twee perde stap – om die swembad en die tennisbane, agterom die skure en verby die motorhuis.

"Liewe land, nee; nie op die ou holrug-vlooisakke van Rustfontein nie. Ek het in Engeland behoorlik leer perdry, tydens jakkalsjagte. Het jy al ooit aan 'n jakkalsjag deel-geneem, Tia?"

Tia onderdruk 'n siddering. "Nee. En ek wil ook nooit nie. Ek sal aan die arme jakkals se kant wees."

Martie lag spottend. "Ja, jy sál . . . Jy is sentimenteel en onprakties. Jakkalse is op die Engelse platteland 'n kruis.

403

As hulle nie uitgeroei word nie, vang hulle die boere se lammers. Is dit wat jy wil hê – dat 'n jakkals 'n weerlose skaaplam se nek moet oopruk en aan hom begin vreet terwyl hy nog lewe, terwyl hy nog skop en pateties blêr? Aan wie se kant gaan jy dán wees, steeds aan die jakkals s'n? Wanneer die lam in doodsangs blêr en bloei en wanhopig probeer wegkom en –"

"Hou op," val Tia haar in die rede. "Dis nie nodig om op die grusame besonderhede in te gaan nie. Jy het jou saak gestel."

Martie laat die twee perde van die motorhuis af om die roostuin draf. Dit lyk nie asof sy gehoor het wat Tia sê nie. Haar geelbruin oë skitter en sy lek met die punt van haar tong oor haar lippe.

"Dis 'n wonderlike sensasie om die gespierde lyf van die perd onder jou te voel en te weet daar voor êrens is die jakkals, op vlug vir sy lewe; om te sien die gaping krimp, te weet die jakkals raak moeg en om die opgewonde tjankblaf van die honde te hoor; om te besef hy kan nie meer lank voorbly nie en jy haal hom in . . ."

Tia kyk na Martie se smeulende oë en hoor die onderdrukte hartstog in haar stem. Dit is asof 'n koue wind plotseling oor haar waai, haar bang maak . . .

"En wanneer die honde hom inhaal – twintig teen een – hom pak en verskeur, kan jy dit dan darem in jou hart vind om die jakkals jammer te kry? Of sal jy kyk hoe hulle hom aan stukke skeur?" vra Tia.

"Natuurlik. Dis die klimaks, die hoogtepunt van die jag."

"En dan drink jy agterna sjerrie en lag en gesels?"

"Wyn. Ek haat sjerrie. Yskoue, droë witwyn."

"Kom ons gaan ry en kry dit agter die rug," sê Tia stroef. Al het sy ouma Tien belowe om te probeer, kan sy en Martie nooit vriende word nie. Hulle geaardhede is te uiteenlopend en 'n hele wêreld skei hulle.

"Sal die sak aartappels bo kan bly wanneer Jenna galop?"

"Ek hét darem al voorheen in my lewe perdgery," antwoord Tia koel. "Ek is nie 'n algehele beginner nie."

Martie bly beskermend naby Tia totdat hulle buite sig van die huis is. Dan hits sy Jenna aan. "Kom, Jenna, wys ons wat jy kan doen! Kom! Roer jou litte!"

Jenna was lank op stal sonder oefening. Toe Martie haar aanpor en haar eie perd vrye teuels gee, volg sy uitbundig op 'n stywe galop.

"Martie, ek . . ." begin Tia, maar haar niggie hoor nie; sy hits vir Strelitzia aan sodat sy vinniger as Jenna galop. Binne 'n minuut is Tia ver agter. Al wat sy sien, is Martie se wapperende los hare en die kleiner wordende rooi spikkel van haar bloes. Martie ry asof sy en die perd 'n vloeiende eenheid is, gemaklik en grasieus. Sy sit effens vooroor geleun met haar lang goue hare wat agter haar in die wind stroom . . .

Tia is net so mooi uit eie reg, het ouma Tien gesê. Dit is nie nodig dat sy op Martie afgunstig moet wees nie. Nogtans is sy bly dat Mynhard ver weg op Waterval is en Martie nie nou kan sien nie. Hoe sal enige man so 'n prentjie kan vergeet? Veral Mynhard, wat 'n diep gewortelde gevoel vir perde het; en vir blondines . . .

Tia volg so vinnig as wat sy kan, deur die drif en met 'n paadjie tussen die riete deur die bult af, dankbaar dat Mynhard háár nie kan sien nie, want sy weet sy steek jammerlik af. Sy kan nie met Martie kompeteer nie; nie met perdry, klere, houding, geselskap of algemene kennis nie. Martie is nie net mooi en het 'n perfekte postuur nie, sy is nog slim ook. Tydens skoolvakansies het sy en Ina dae lank met take en leerwerk gesit, maar Tia kan nie onthou dat hulle Martie ooit met 'n handboek gesien het nie. Tog was sy altyd eerste in haar klas en het in matriek ses onderskeidings behaal, terwyl sy wat Tia is en hardwerkende

Ina net-net deurgeskraap het. Martie is een van die geluk-kiges wat kry wat sy wil hê, sonder veel inspanning.

Ses onderskeidings, geld, roem, skoonheid en erkenning in die modewêreld. Plus Mynhard? wonder Tia. Gaan sy hom ook sonder moeite inpalm? Vandat Martie op Rust-fontein opgedaag het, is hy 'n vreemdeling. Hy is wel nog 'n lekker maat en hy het nie van Jenna en ouma Tien ver-geet nie, daar was nie haakplekke by die begrafnis nie en hy het ouma Tien drie keer bank toe geneem in verband met die boedel. Tog is hy anders. Nie anders soos die aand toe hy Hermien genooi het om op Rustfontein te kom vleis braai nie. Hy is anders op 'n ander manier . . . nie soos vroeër nie.

Martie wag bo-op die bult vir Tia. Strelitzia wei eenkant en sy leun rustig teen een van die rotse naby die waterval.

"Ek het gewonder wie kom eerste – jy of Kersfees. Wat makeer, Tia? Was die pas te vinnig vir jou? Ek dag jy het gesê jy is nie 'n algehele beginner nie?"

Tia is moeg en warm en dit help nie dat Martie koel en ontspanne lyk nie.

"Niks makeer nie." Sy laat Jenna water drink, gesels met haar, prys haar en maak dan die teuels aan 'n boomtak vas.

"Sy is mak – té hondmak en dooierig. Sy sal nie weg-hardloop nie," sê Martie. "Laat haar wei."

Tia huiwer. Martie ken perde en dit klink asof sy weet waarvan sy praat. Maar is die raad opreg bedoel? Wat ge-beur as Jenna afdwaal en wegraak en Mynhard reken sy kan nie haar perd versorg nie?

"Nee," antwoord sy. "Jenna eet dalk uintjies en giftige gewasse. Sy het water gedrink en ek weet sy is nie honger nie. Ek sal haar vanaand hawer en lusern gee."

Martie pluk 'n grasspriet en kou daaraan. Dan wil sy weet: "Hoekom het Mynhard die perd vir jou gegee?"

Tia is self nie seker nie. Miskien, as Martie nie Sondag-

406

aand met haar rooi sportmotor en haar goue rok opgedaag het nie, kon sy gesê het omdat sy en Mynhard vriende is en hy van haar hou en haar graag 'n geskenk wou gee.

"Ek weet nie. Dalk omdat hy vir my jammer was."

Martie is geïrriteer. "Hou op om altyd te sê jy weet nie . . . Jy weet meer as wat jy kamma voorgee. Die Palomino is duur. Peperduur. Duurder as die sweetvos. Wat is daar tussen jou en Mynhard?"

"Ek weet . . ." Tia keer haarself. "Niks nie. Ons is vriende, dis al."

"Platoniese vriende?" Martie se stem is skerp en dit voel vir Tia asof die geel leeu-oë in haar boor. "Of watter soort vriende is jy en Mynhard?"

"Platonies. Miskien nie eers dit nie, miskien slegs kennisse. Ek ken Mynhard nie goed genoeg om vriende te wees nie."

"Jy ken hom baie goed. En ek praat nie nou net van destyds se skoolvakansies nie. Voordat oupa Jan dood is, was jy twee weke lank op Rustfontein. Wat het in daardie twee weke gebeur? Het Mynhard vir jou kom kuier?"

"Nee." Dit is nie 'n leuen nie, dink Tia. Mynhard het nie vir háár kom kuier nie, maar by ouma Tien en oupa Jan.

"Het hy jou gebel?"

"Nee."

"Jou uitgeneem?" hou Martie vol.

Tia staan op en stof haar langbroek af. "Sal ons huis toe gaan? Ouma Tien sal bekommerd wees as ons te lank wegbly en sy maak hoenderkerrie. Ons moenie laat wees vir ete nie."

"Sit," sê Martie. "Die perde is moeg en het blaaskans nodig. Hoe weet jy Ouma maak kerrie?"

"Sy het gevra wat ek wil hê, bobotie of hoenderkerrie."

Martie se gesig is stug. "Sy het mý nog nooit gevra waarvoor ek die liefste is en wat ek vir aandete wil hê nie. Hoekom trek sy jou voor?"

Is Martie ernstig? wonder Tia. Blykbaar . . .

"Sy trek my nie voor nie. Die kerrie was om my mee om te koop."

"Om wat te doen?" vra Martie agterdogtig.

Tia besef sy moes liewer stilgebly het. Martie is liggeraak en emosioneel. Hoe minder 'n mens vir haar sê, hoe beter.

"Sommer niks," antwoord Tia liggies. "Niks belangriks nie."

"Ek, jy en Ina is al drie na ouma Tien vernoem. Maar jy is al een wat sy Martina noem. Dui dit nie op voorkeur nie?"

"Ek gee nie om wat sy my noem nie. Ek verkies Tia. Martina klink streng en formeel, asof sy my betig omdat ek iets verkeerd gedoen het, soos jellie of kondensmelk of ingelegde vrugte uit die spens gegaps het. Soos in die ou dae. Onthou jy hoe stout ons partykeer was?"

Martie antwoord nie. "En sy noem jou kindjie en nooi en nooientjie. Ek is net altyd Martie. Ek probeer so hard . . . Ek gee haar potplante water en nou die dag het ek haar gehelp om vir die rose kunsmis aan te maak. Ek sit by haar en ek gesels oor oupa Jan. Maar steeds verkies sy jou bo my. Hoekom?"

Tia voel ongemaklik. Martie is te intens, te sensitief; en miskien nie heeltemal so selfversekerd soos sy haar voordoen nie. Sy het nog albei haar ouers en seker baie vriende, hier en oorsee. Sy is mooi en ryk en suksesvol in haar beroep. Sy is beroemd. Wat gee sy vir arme ouma Tien om, wat stroomop en dwars en 'n ongekunstelde boervrou is?

"Ouma Tien sonder nie een van haar kleinkinders uit nie. Sy maak geen verskil tussen my en jou en Ina en Wim nie."

"Dis wat jy dink," sê Martie, skielik aggressief. "Jy was van altyd af te blind om te sien wat om jou aangaan. Ouma Tien verkies dat jy die een is wat uiteindelik met Mynhard trou en op Waterval gaan woon."

Tia se keel is droog. "Mynhard? Wat het hy met die gesprek te doen?"

"Alles. Ouma Tien wil jou eerder as 'n buurvrou hê as vir my. Ek is maar tweede beste, darem beter as 'n wildvreemde meisie."

Tia roep na Jenna, streel haar en maak haar teuels van die soetdoring los. Sy en Martie bereik niks met hierdie gesprek nie. Netnou maak hulle weer rusie.

"Sal ons gaan?" stel Tia voor. "Dis al laat en dit word koud. Ons moet by die huis kom."

"Rustfontein is jou huis, nie myne nie."

"My huis is 'n woonstel in Johannesburg. Ek bedoel ons huis terwyl ons hier met vakansie is."

Martie staan op en gooi die graspriet waaraan sy gekou het weg. "Wanneer gaan jy terug Johannesburg toe?"

"Oor ongeveer veertien dae. My pa se boedel is ook nog nie afgehandel nie en ek moet by die bank uitkom."

"Gaan jy ryk erf, Tia? Genoeg geld vir pelse en motors?"

"Nee." Tia wens Martie wil liewer soos die vorige dag wees, stil en afsydig.

"Het jy finansiële probleme? Ek het meer geld as wat ek weet wat om mee te doen. As ek vir jou kan leen, sê net."

Die boedel is insolvent met uitstaande skuld. Tia bekommer haar oor die toekoms en Martie se aanbod het opreg geklink; maar sy is te trots. As sy hulp moet soek, sal dit by ouma Tien wees.

"Dankie, Martie, maar nee dankie. Ek sal kop bo water kan hou."

By die bult af en met die paadjie tussen die riete en vinkneste deur geniet Martie die rit. Sy geniet dit om 'n springhaas op te jaag en hom agterna te sit totdat hy in 'n rotssspleet verdwyn. Sy wens hulle het honde gehad, 'n hele trop van hulle.

In die drif hou sy die sweetvos in om vir Tia te wag. In plaas van die grasspriet, kou sy aan haar duimnael.

"Jy sê Mynhard het die perd vir jou gegee omdat hy vir jou jammer was?"

"Ja."

"Nie omdat daar 'n verhouding tussen julle is nie?"

"Nee."

"Hoekom het hy my dan nie gewaarsku hy bring twee perde nie – een vir jou en een vir my?"

"Hy het seker vergeet om dit te noem. Hy is baie besig."

"Jy was altyd bang vir perde. En nou nie meer nie?"

"Ek is nog bang. Nog so 'n bietjie," erken Tia.

"Bang die perd sit op loop en jy val af?"

"Ja." Waarom al die vrae? wonder Tia. Is dit belangstelling of nuuskierigheid?

"En goggas? Maak hulle jou nog histeries?"

Tia glimlag verskonend. "Perde en beeste is een ding; goggas 'n ander. Al is ek nou ouer, kon ek dit nog nie regkry om met koringkrieke en sprinkane en harige wurms maats te maak nie."

Martie is onverwags simpatiek. "Insekte gee my ook die horries. Ek sal nooit op 'n plaas aard nie."

Dit is goeie nuus. Tia voel meer optimisties as die afgelope week. "Die Laeveld wemel van goggas, veral in die somer. Sal jy bereid wees om permanent hier te woon?"

"'n Week of drie met vakansie. Nie jaar in en jaar uit nie. Nie in die gramadoelas nadat ek aan Europa gewoond geraak het nie."

Tia probeer om die teuels nie te styf vas te hou nie en om ongeërg te klink. "Tensy jy getroud is, dan moet jy woon waar jou man woon."

Tia was nie onverskillig genoeg nie. Martie kyk vinnig op na haar. "Mynhard? Hy sal nie 'n probleem skep nie. Hy is net so rusteloos soos ek, met dieselfde wanderlust.

En wanneer 'n man verlief is, moet hy ook bereid wees om te woon waar sy vrou woon."

"Mynhard sal nooit van Waterval af weggaan nie," sê Tia met meer oortuiging as wat sy in haar binneste voel.

Martie ruk Strelitzia tot stilstand, totdat Tia langs haar is. Haar buie is soos kwiksilwer: die een oomblik vriendelik, hulpvaardig en vrygewig; die volgende intens en emosioneel. "Ek het gesien hoe jy na hom kyk. Jy kan dit ontken totdat jy blou in die gesig is, maar ek weet jy is verlief op hom. Jy kan van Mynhard Retief vergeet, Tia. Jy sal nooit sy belangstelling kan behou nie. Miskien sou jy dit elf jaar gelede kon regkry, toe hy nogal 'n sagte plekkie vir jou gehad het. Maar intussen het Mynhard ouer, meer wêreldwys geword en jou ontgroei. Jy sal hom verveel. Op jul wittebrood al. Hy sal jou binne 'n week los. Vergeet hom, Tia, anders gaan jy seerkry. Soek vir jou 'n ander kêrel na wie jy met leepoë kan kyk."

Leepoë . . . Dit is nie hoe sy na Mynhard gekyk het nie en dit is venynig van Martie om so te sê.

"Het Mynhard jou al gesoen, Tia?"

Wat het dit met haar te doen? "Nee," antwoord Tia kortaf.

Dit lyk asof hortjies oor Martie se oë sak om die goue tint te versluier. Haar mond span in 'n dun lyn en sy lig die karwats wat sy by Petrus gekry het en saamgebring het.

"Jy lieg! Ek weet hy het!" roep sy woedend uit en tref Jenna met 'n wrede hou teen die nek.

7

Die karwatshou was onverwags en Jenna is nie aan sulke behandeling gewoond nie. Sy runnik verskrik. Haar nek trek in 'n sekel en sy kap verwilderd met haar voorpote in

411

die lug. Dan vlieg sy uit haar vier spore weg en gaan op loop.

Tia val vooroor. Intuïtief los sy die teuels en gryp na die saalknop om aan vas te hou. Graspolle, klippe en biesies trek in 'n vaal streep onder die Palomino se hoewe verby, alles in 'n dowwe wasigheid terwyl sy om lewe en dood vasklou om nie af te tuimel en haar nek te breek nie, of om nie aan 'n voet wat in die stiebeuel bly steek, agterna gesleep te word nie . . .

"Jenna, stop!" gil sy paniekerig.

Die skril klank van Tia se stem maak Jenna meer senuweeagtig. Dit, saam met die vretende brandpyn teen haar nek, laat Jenna haar vaart verdubbel. Onder haar dawerende hoewe trek klippe en kluite in alle rigtings en sy kies koers stal toe, waar sy instinktief weet dat sy veilig sal wees.

Mynhard het op Rustfontein kom tee soek en kom hoor of die meisies nie lus het om die volgende dag by hom te gaan tennis speel nie. Sy baan vergader stof en hy wou met 'n prokureursvriend van hom reël om die vierde maat te wees vir 'n gemengde dubbelspel. Ouma Tien het gesê Martie en Tia sal nie lank weg wees nie, want Tia het moeg gelyk en sy was jare laas op 'n perd se rug. Martie het belowe om haar goed op te pas en terug te draai sodra Tia wil huis toe kom. Ouma Tien en Mynhard het oor die boedel en banksake gepraat en sit elkeen met 'n koppie tee en 'n stuk beskuit toe hulle die perd in volle vaart hoor aankom.

Mynhard spring op. "Daar's fout! Watter een van die twee ook al die ruiter is, sy kom vinnig en haastig . . . Daar het iets gebeur, ouma Elf."

Albei het Martie verwag, want Tia is onervare en ry nie goed genoeg vir so 'n halsoorkop vaart nie. Hulle staar verdwaas na die toneel van 'n geboë Tia, vooroor oor die Palomino se nek, haar hande in die maanhare ingevleg, en die perd hygend na asem, natgesweet en skuimbevlek, paniekbevange en trillend van ontsteltenis.

Mynhard hardloop agterna stalle toe, betyds om te sien hoe Jenna bewend en hygend haarself tot stilstand sleep.

Petrus gryp na die teuels en Mynhard na Tia. Sy verloor haar balans en tuimel sywaarts in 'n slordige bondel in sy arms. Vir Tia is dit heerlik gerusstellend om soos Jenna te weet sy het huis toe gekom, weg van die verskrikking van pyn en vrees en paniek. Die gevaar en die desperate rit is verby, agter die rug en vergete. Sy ervaar 'n heerlike tevredenheid om Mynhard se warm en sterk arms om haar te voel en te besef sy is veilig, sy is by die huis . . .

Maar Mynhard stoot haar opsy nadat hy gesien het sy makeer niks nie.

"Is dit Martie?" vra hy gespanne. "Het Martie geval? Was dit 'n slang? Wat het met haar gebeur, Tia?"

Tia kyk in 'n dwaal na hom. "Wie? Martie? Sy makeer niks nie."

"Waar is Martie?" wil hy dringend weet.

Tia sukkel om te konsentreer en tot verhaal te kom. Sy streel Jenna en kyk na die wond aan haar nek. Sy sal salf moet aansit, die bloed stelp en haar droog vryf. Sy moet haar roskam en haar probeer kalmeer en haar troos; sy moet opnuut met arme, mishandelde Jenna probeer vrede en vriende maak . . .

"Is Martie veilig?"

Asof van ver af hoor Tia die vraag en die dringendheid in Mynhard se stem. Martie . . . Die hele tyd net Martie . . . Martie maak vir hom heel duidelik veel meer saak as sy.

Tia vergeet die vertroostende nabyheid van sy lyf en skouer en stem, vergeet dat sy hom styf wou vashou en haar skok en hartseer teen sy warm, beskermende bors wou uitsnik. Sy vergeet ook van die verskrikking van die graspolle en klippe en biesies onder Jenna se desperate hoewe. Sy staan eenkant toe, weg van Mynhard en nader aan Jenna. Hy het haar nie nodig nie, Jenna wel . . .

"Martie is veilig," sê sy skor.

Mynhard is wrewelrig. "Nou maar hoekom het jy met so 'n vaart hier aangekom en die arme perd so verskriklik gemoor, Tia? Kyk hoe lyk sy . . . die ene skuim en sweet en sout. Wat was die verskriklike haas, Tia? Jy kan nog skaars ry. Jy kon jouself verongeluk het. Hoekom het jy arme Jenna tot die uiterste toe gedryf? Hoekom het jy nie by Martie gebly sodat sy na jou kon omsien nie?"

"Ek wou nie by haar bly nie." Tia wens haar stem was minder skerp, minder histeries. Sy probeer kalm bly, maar die vreesaanjaende rit toe sy wanhopig aan die saalknop vasgeklou het en enige oomblik verwag het om haar teen die klippe en rotse dood te val, is nog te vars in haar geheue.

"Martie sou na jou omgesien het. Sy is 'n ervare ruiter wat perde beter ken as jy."

Die kritiese stemtoon en die vertroue in haar beeldskone niggie doen niks om Tia te kalmeer nie; ook nie die feit dat Martie gesê het sy sal Mynhard Retief nooit kan gelukkig hou nie, sy sal hom verveel en hy sal haar binne 'n week los. Dit, plus die suggestie dat daar iets meer permanents as slegs vriendskap tussen haar en Mynhard is, is vir Tia een te veel.

"Martie is gek! Sy is mal. Oppas dat sy nie na jou ook omsien soos na my nie."

Mynhard frons onbegrypend. "Wat bedoel jy?"

"Sy het Jenna met 'n sweep geslaan."

Mynhard is reeds by die salpeternat perd, besig om die buikgord te laat skiet en na die wond aan haar nek te kyk. Die keep tussen sy wenkbroue verdiep. Dit is nie 'n sweephou dié nie, beslis nie 'n wond wat deur 'n sweep veroorsaak is nie . . .

"Martie?" vra hy skepties. Niemand neem 'n sweep saam wanneer hy gaan perdry nie, dit is te lomp en onhanteerbaar. En sover hy weet, hang oupa Jan se stokou sweep steeds teen die muur. Maar Tia is in 'n geskokte toestand en hy probeer haar paai.

414

"Waar was Martie toe sy, volgens jou, vir Jenna met die
... sweep geslaan het? Bo-op een van die rotse by die klip-
plaat? Kon sy so goed mik dat sy Jenna juis teen die nek
getref het, wetend dis haar mees kwesbare plek? Was sy nie
bang sy tref jou nie?"

"Ek weet nie. Dalk wóú sy my tref. Nee, sy was op Stre-
litzia, reg langs my."

Wat Mynhard betref, gee dit die deurslag. As Tia gesê
het dit was 'n karwats of 'n sambok, kon hy dit miskien
nog aanvaar. Maar 'n sweep vanaf 'n ander perd reg langs
Jenna ... Dit is onmoontlik.

Hy is teleurgesteld in Tia, maar probeer dit nie wys nie.
Soos Martie en ouma Tien gesê het, sy is moeg en oor-
spanne. Die twee skokke van haar pa en oupa Jan se dood
kort na mekaar, plus die stremming van die begrafnis, was
te veel vir haar en Tia is nie haarself nie. Sy is nie ver-
antwoordelik vir dit wat sy doen nie. Ouma Tien het juis
nou-nou gesê sy is te maer en bleek, Tia lyk siek en asof
die geringste wind haar kan omwaai. Mynhard het ook
nie geweet wat deesdae met Tia aangaan en hoekom sy so
liggeraak is nie. Maar hy het met ouma Tien saamgestem
dat dit 'n goeie plan is dat sy 'n afspraak maak om dokter
Heese te gaan spreek. Eerder as om met haar te raas of
haar oor Jenna te verwyt, sit Mynhard sy arm toegeeflik
om Tia se skouers.

"Waar het jy seer, astertjie?" vra hy sag, sy stem lig en
skertsend om haar nie verder te ontstel nie. "Wil jy nie vir
oom Mynhard vertel nie?"

Dit herinner Tia aan die keer op Waterval, toe Myn-
hard eers kwaad was oor haar parfuum, rok en hoëhak-
skoene en haar daarna wou leer om versigtiger te wees, om
haarself nie vrylik aan enige vreemde man aan te bied nie.
Hoe het hy gesê? Sy moet die vis speel ...

En wat het Martie gesê? Sy sal Mynhard binne 'n week
verveel. Hulle is albei waarskynlik reg: Mynhard én Mar-

415

tie. Sy ís naïef en vervelig. Sy het geen ondervinding van mans nie en geen algemene kennis nie. Al waaroor sy kan gesels, is tikwerk en rugby en hoe om beskuit en botter-broodjies te bak.

Tia draai haarself onder Mynhard se arm uit. "Jy was mos al hoeveel keer oorsee. Gesels liewer met Martie oor die Eiffel-toring en die Colosseum. Ek is seker dit sal jou meer interesseer as my kwale."

Mynhard wil haar weer nader trek, maar sy ontglip hom.

"Wat makeer, Tia?" hou hy vol en neem haar hand in syne.

Tia luister na die naderende hoefslae. Gaan Mynhard vir Martie ook kwaad wees en haar daarvan beskuldig dat sy haar perd gemoor en ooreis het? Nee, seker nie. Siende dat dit Martie is, mag sy dit doen. Want Martie kan mos nie 'n voet verkeerd sit nie.

"Ek en jy is mos nie vreemdelinge vir mekaar nie," gaan Mynhard voort. "Jy weet jou welsyn is vir my belangrik. In die verlede kon ons nog altyd gesels. En nou? Hoekom nie nou meer nie, Tia?"

Hoekom se naam is Martie Terblanche. Dit is glashelder dat Mynhard nie haar storie oor die sweep geglo het nie, omdat hy op Martie verlief is. Dit sal haar niks baat om weer te verduidelik wat gebeur het nie. Ouma Tien het haar nie geglo dat Martie met haar naels oor die perd se oë gekrap het nie. Waarom sal Mynhard haar glo dat Martie die perd met 'n sweep of iets teen die nek geslaan het om haar op loop te jaag? Martie is alles wat goed is, die heldin in die verhaal. En sy wat Tia is, is die skurk. Hoe meer sy kla en Martie swartsmeer, hoe meer edel kom haar niggie voor en sý bly slinks, lomp, dom en katterig; jaloers en af-gunstig ook nog. Nie Mynhard óf ouma Tien ken die ware Martie Terblanche agter daardie masker van vals glimlag-gies en lieftalligheid nie . . .

"Ek wil nie gesels nie," antwoord Tia en probeer haar hand wegrem.

Die hoefslae verstil by die hoek van die stalle. In die plek daarvan kom haastige voetstappe; dan Martie. Sy steek vas en neem die toneel vinnig waar. Wat staan Tia so opdringerig naby aan Mynhard? En vir wat hou Tia sy hand vas asof sy besig is om te verdrink en hy die lewensredder is? Martie is woedend; woedend omdat die Palomino vinniger is as wat sy gedink het en omdat die ellendige sweetvos 'n karperd is met lood in haar voete. As sy geweet het Mynhard is op Rustfontein, het sy meer sambok ingelê om onder Strelitzia vuur te maak.

Wat het die klein feeks van 'n flerrie vir Mynhard vertel? Martie aarsel 'n oomblik, dan hardloop sy nader en gooi haarself in Mynhard se arms. Sy maak asof sy Tia nie opgemerk het nie.

"Liefste, dit was vreeslik . . ." huil sy histeries. "Tia kan nie perdry nie. Sy sit soos 'n sak aartappels op 'n perd se rug, die ene voete, elmboë en knieknoppe. Tia moes nie vir Jenna aangehits het en met my probeer resies jaag het nie, want sy is nog 'n absolute lomp beginner. Ek weet nie waar sy die karwats gekry het waarmee sy arme Jenna geslaan het nie. Ek het vir haar geskree sy moenie, maar sy het nie gehoor nie. Toe ek weer sien, toe . . . toe byt Jenna die stang vas en gaan op loop. Ek wou keer, ek het probeer help, maar ek kon nie . . ."

Mynhard los Tia se hand. "Bedaar, liefie," paai hy met een arm om Martie se middel. "Moet jouself nie verwyt nie. Niks het gebeur nie."

Martie hou aan huil en klem Mynhard histeries vas. "Ek moes opgelet het Tia het 'n karwats. Ek moes haar gekeer het . . . Jy moet van daardie Palomino ontslae raak. Sy het 'n wilde streep in haar en arme Tia sal die perd nooit kan beheer nie. Verkoop haar, voordat Tia iets oorkom en ons nóg 'n tragedie op Rustfontein het."

"Bedaar, Mart," herhaal Mynhard. "Tia het niks oorgekom nie. Sy is veilig."

Martie lig haar verwese gesig op, met trane wat soos reëndruppels aan haar lang wimpers kleef.

"Waar is sy?" wil sy bewerig weet en hou aan Mynhard vas asof dit sy was wat amper verongeluk het.

"Hier . . ." Mynhard wys na waar Tia lewensgroot langs hom staan.

Martie druk haar kop teen Mynhard se bors. Die punt van haar tong lek oor haar lippe en haar oë lyk smeulend, soos toe sy van die jakkalsjag en die honde vertel het.

"Is jy nie beseer en vol bloed nie?"

Mynhard glimlag en streel oor die windverwaaide goue hare.

"Nee, sy is nie."

"Ek was so bang sy gaan dood . . ."

"Sy is nie dood nie," paai Mynhard. "Sy is springlewendig. Moet jouself nie verkwalik nie, liefie."

"Ja, maar –"

"Geen maars nie," maak Mynhard haar stil en smoor die res van Martie se selfverwyt met sy mond oor hare. Hy wou haar troos en laat bedaar, haar net ligweg soen, maar Martie se arms gly om sy nek en 'n rukkie lank vergeet hulle albei van Tia, van tragedies en van dit wat kón gebeur.

Tia vlug die huis in, weg van die stalle en van Mynhard en Martie af. Hulle kon darem taktvol genoeg gewees het om te wag totdat hulle alleen is . . .

"Martina!" roep ouma Tien. "Wat het gebeur?"

Tia antwoord nie. Sy hardloop die trap op na haar kamer, klap die deur agter haar toe en val op haar bed neer met die kussing teen haar mond gedruk om haar snikke te demp.

Liefie . . . As Mynhard dit weer een keer sê en as Martie weer na haar as árme Tia verwys, gaan sy skree. Tant Susan en oom Gert en van die ander familie het haar niggie van kleintyd af liefie genoem. Volg Mynhard hul voorbeeld of bedoel hy meer met die troetelnaam?

Meer. Veel meer . . . besef sy. Hy is op haar niggie verlief, daarom is hy blind en wil hy nie 'n verkeerde woord van haar hoor nie. Soos ouma Tien ook. Sy het voor Martie se aangeplakte sjarme geswig en Martie is alles wat goed is. Wát sy ook al sê, hulle sal albei Martie se kant teen haar kies.

Haar niggie was nie bang sy gaan dood nie. Dit was 'n leuen om Mynhard mee te beïndruk. Martie het gehóóp sy gaan dood. Hoekom anders het sy Jenna daardie woeste hou gegee sodat sy die stang vasgebyt het en onbeheerbaar op die vlug geslaan het?

Resies jaag . . . dink Tia verbitter. Martie was slim. Sy het haar storie goed bedink en vooraf van die sweep of wat ook al ontslae geraak sodat dit nie as bewysstuk kan dien nie.

Die feit dat Mynhard jare gelede glo vir haar 'n sagte plekkie gehad het, is nie 'n ligstraal in die duisternis nie. Mynhard was destyds vir al drie niggies ewe lief. As hy soms 'n effense uitsondering gemaak het, was dit met Martie. Toe al het hy die ouer niggie bo haar en Ina verkies. Hy het meer met Martie gesels, haar meer geterg as die ander twee. Een aand, toe sy en Ina oupa Jan gehelp het om biltong te sny, was hy en Martie alleen fliek toe.

Is die twee nog by die stalle? wonder sy. Of kan sy teruggaan om salf aan Jenna se nekwond te smeer?

Daar is 'n klop aan haar kamerdeur. "Mag ek inkom?" vra Mynhard se stem.

Tia vlieg regop. "Nee!"

"Hoekom nie? Het jy uitgetrek?"

"Nee. Ek wil jou nie sien nie. Ek wil niemand ooit weer sien nie!"

Mynhard draai die deurknop oop en stap binne. Hy kom sit langs Tia op die bed.

"Jy moet jou die dinge nie so aantrek nie, nooi. Jy sal siek word as jy jou so ontstel."

Martie is een van die min mense wat steeds mooi kan lyk wanneer sy huil. Tia kan haar indink hoe sý lyk – opgehewe gesig en rooi oë . . . Sy draai haar gesig na die muur toe.

"Ek is nie jou nooi nie, Martie is."

"Ons praat nie nou oor Martie nie, ons praat oor jou. Moet jouself nie dryf om net so goed perd te ry soos sy nie. Dit maak nie saak nie. Jy kan weer beter botterbroodjies bak as sy. Dus balanseer dit uit, Tia."

Tia sit soos 'n soutpilaar, met haar kop weggedraai.

Mynhard probeer weer. "Ek hou van 'n harem, sodat al die ander ouens my kan beny. Ek het kom hoor of jy en ouma Elf en Martie nie lus het om vanaand saam met my op die dorp te gaan eet nie."

"Ek is nie honger nie, dankie."

" 'n Lekker biefstuk? Garnale? Pizza?"

"Nee dankie."

"As jy nie gaan nie, sal ouma Elf ook nie wil gaan nie."

"Gaaf. Dan pas dit julle seker uitstekend, want dan kan jy en Martie alleen wees."

Mynhard is lank stil. Hy kyk na die twee geel rose wat sy in 'n glas op haar spieëlkas het, na die stapel tikpapier en die tikmasjien wat eenkant in haar kamer op 'n lessenaar staan. Dan kyk hy terug na Tia.

"Jy het nou die dag volgehou jy is volwasse en wou dit op die verkeerde manier bewys. Wil jy nie nou die regte manier probeer nie, nooi?" vra hy sag.

Tia wag agterdogtig. "Hoe?"

"Deur met jou niggie oor die weg te probeer kom? Ek weet jy en sy is twee uiterstes, tog sou ek bitter graag wou hê julle moet vriende wees. Martie is baie eensaam. Dit lyk asof sy altyd vrolik en opgeruimd is, maar in werklikheid is sy bitter alleen. Sy maak nie maklik vriende nie. Sy is eintlik teruggetrokke, 'n introvert. Ek weet sy hou van jou, want sy het dit by meer as een geleentheid gesê; gesê jy is eerlik en opreg en sy wil graag met jou maats wees. Die fout lê by jou, Tia. Hoekom wil jy Martie nie aanvaar nie?"

"Die fout lê by haar," stry Tia.

"Jy verstaan haar nie. Voel jy seergemaak omdat sy gesê het jy sit skeef in die saal, jy hou die teuels verkeerd vas en jy moenie kort-kort jou perd vertroetel en haar aandag aftrek nie? Dit was om jou eie beswil, aster. As sy gesê het jy ry uitstekend en jy moet so voortgaan, sou jy niks geleer het nie en nie verbeter het nie. Ek weet nie of Martie dalk effe kras voorgekom het en jy daaroor kwaad is nie. Maar sy het dit goed bedoel, sy wou jou help."

"Van die wal in die sloot help, ja," hou Tia vol.

Mynhard sug. Vroumense . . . Hulle is pragtig en hy kan nie sonder hulle klaarkom nie, maar hoekom was Eva soveel meer gekompliseer as Adam? En hoekom het die Goeie Gewer in sy alwetendheid nie gegee dat Adam haar beter verstaan het nie?

"Afgesien van die ete, het ek ook kom hoor of julle asters nie môremiddag op Waterval wil kom tennis speel nie. Die baan is 'n wit olifant, want ek gebruik dit te min. As jy en Martie oorkom en ek 'n vriend van my nooi om te kom saamspeel, kan ons dalk 'n gesellige middag hê en die aand vleis braai."

Tia antwoord nie. Gesellig? Sy en Martie saam op een baan? Sy het op skool laas tennis gespeel. Martie sal natuurlik weer 'n kampioen wees en sy soos 'n absolute beginner, die ene voete, elmboë en knieknoppe; weer 'n skrille kontras teen haar elegante, grasieuse en beeldskone niggie.

"Asseblief, Tia-nooi?" vra Mynhard mooi. Hy leun vooroor en druk 'n soentjie op haar voorkop. "Het ek genoeg gepleit en mooi genoeg gevra? Dit sal jou goed doen. En vir ouma Elf ook, want as jy inwillig, sal sy saamkom. Anders sal sy voel sy moet saam met jou op Rustfontein bly. As jy dink dis reg, sal ek my ouers ook nooi om haar geselskap te hou terwyl ons jonges op die baan is. Toe? Groot asseblief? Ter wille van die wit olifant en ouma Elf?"

"Ek weet nie of ek nog 'n bal kan raak slaan nie," sê Tia aarselend. Dit was onregverdig van Mynhard. Hy weet hoe jammer sy vir haar ouma voel.

"Ons sal 'n ruk lank eers bal slaan voordat ons begin tel. Maar dit maak nie saak wie wen nie; ses-nul dié of daardie kant toe is om 't ewe. Dis afleiding vir ons almal en 'n bietjie ontspanning vir ouma Elf."

"Ek het nie 'n raket gebring nie."

"Ek het 'n hele versameling. Hermien s'n wat sy laas op die plaas vergeet het, plus nog 'n paar ander – almal ligte rakette wat jy en Martie kan gebruik."

Tia wens sy was sterk genoeg om nee te sê. Maar 'n middag saam met Mynhard, 'n vleisbraai saam met hom op Waterval . . . Al is dit miskien 'n laaste keer, is dit brandhout vir die lang, koue winter wat voorlê – terwyl sy verstote in Johannesburg sit en hy en Martie saam op die plaas is . . .

"Wie is die vriend van jou? Is hy 'n goeie speler?"

"Thys Visser." Mynhard grinnik. "Ek moet erken: Ek speel liewer saam met hom as teen hom. Maar ou Thys is gaaf en jy sal van hom hou, Tia. Dis waarom ek juis vir hóm genooi het – omdat jy en hy baie gemeen het en lekker sal kan gesels."

"Hoekom? Kan hy ook net oor tik en rugby gesels en hoe om beskuit en botterbroodjies te bak?"

Mynhard verstaan nie. "Ek en Thys het op varsity saam rugby en krieket gespeel. Ek weet nie van die tik nie, maar ek glo hy eet alles wat 'n mens aan hom voorsit. Hoekom vra jy?"

"Sommer . . ."

Mynhard kyk vreemd na haar. Martie het gesê Tia kry

soms eienaardige giere en buie en hy begin met haar saam-
stem. Martie het aangebied om Tia dorp toe te neem sodat
'n dokter vir haar 'n tonikum kan voorskryf. Maar sal Tia
inwillig, of sal dit weer struweling tussen die twee veroor-
saak?

"Thys praktiseer as prokureur op Nelspruit. Ek het ver-
langs by hom verneem of hy dalk 'n tikster nodig het en hy
het gesê ja, hy kan altyd vir 'n mooi gesiggie plek maak."

Hoekom het Mynhard soveel moeite gedoen? wonder
Tia. Is hy bang sy bly permanent op die plaas aan, heeldag
onder sy en Martie se voete sodat hulle nooit privaat sal
wees nie?

"Ek het 'n goeie baas in Johannesburg. Ek soek nie an-
der werk nie."

Mynhard glimlag. "Dis effe ver om elke dag van Rust-
fontein af in te ry Johannesburg toe om te gaan werk."

"Ek gaan nie op Rustfontein aanbly nie. Ouma Tien het
vir Martie. Sy het my nie nodig nie."

Tia het gehoop hy sê Martie gaan ook binne 'n week of
twee weg, dan is ouma Tien alleen.

"Ons praat later weer daaroor," antwoord Mynhard.
"Thys ken vir Wynand Geertsema en hy gaan dikwels Jo-
hannesburg toe vir sake. Julle twee sal lekker saamkuier
en hy is 'n uitstaande netspeler. Hy mis nie 'n bal nie. Jy
kan net op die agterlyn staan en mooi lyk. Thys sal al die
punte insamel."

Dus het hy haar en Thys Visser reeds afgepaar, dink Tia.
Sy en sy vriend sal saamspeel, en hy en Martie sal 'n paar
vorm. En sy glo nie hulle sal gedurende die middag maats
ruil nie; nie op die tennisbaan nie en ook nie tydens die
vleisbraai nie. Wat gebeur as sy hierdie vriend van hom
uit die staanspoor verveel, as sy nie twee woorde met hom
kan praat sonder om te bloos en te stamel en te stotter nie?
As sy elke bal mis en 'n gek van haarself maak? As Thys
Visser spyt kry hy het die hele ent pad van Nelspruit af ge-

kom en vroeg al verskoning maak dat hy 'n ander afspraak het? Dan is dit weer sy en Mynhard en Martie, weer sy wat derdemannetjie speel . . .

Mynhard lees die twyfel en onsekerheid op haar gesig. "Thys is nie moeilik nie. Die asters is nogal erg oor hom. Ek dink in daardie vrystories waaraan julle vroumense verslaaf is, sal hulle hom beskryf as lank, donker en on-weerstaanbaar aantreklik. 'n Don Juan of 'n Casanova. Moenie vir Thys bang wees nie, Tia. Jy sal van hom hou. Julle kan oor bankwissels en trustfondse gesels en tussenin 'n paar balle slaan, 'n biefstuk eet en 'n glasie wyn drink. Twee-uur môremiddag op Waterval?"

"Goed. Dankie, Mynhard."

"En is jy seker jy gaan nie vanaand honger word nie?"

"Doodseker."

"Wat gaan jy vanaand maak?"

"Vroeg slaap. Ek is moeg."

Tia staan by die venster toe Mynhard en Martie vertrek, half verskuil agter die groot sementpotplanthouer en die breë vensterbank. Ouma Tien is nie saam met hulle nie. Tia kyk hoe die twee gearmd uitstap en hoe Mynhard galant die motor se deur vir haar oopmaak. Hy klim ook in, maar dit duur lank voordat hy wegtrek. Toe hy uiteindelik ry, sit Martie styf teen hom.

Tia wens sy het nie ingewillig om die volgende dag saam te gaan tennis speel nie. Dit gaan 'n fiasko wees. Sy het nie geskikte tennisklere nie. Wat gaan sy aantrek?

8

"Ek het berge kortbroeke," sê Martie die volgende oggend aan ontbyttafel. "Ek het geweet op die plaas is nie 'n gim-nasium waar ek werksessies kan insit om die vetrolletjies in toom te hou nie, maar ek het gedink ek sal vroeg soggens gaan draf. Tot dusver was ek te lui en al die kortbroeke is nog silwerskoon. Jy is welkom om enigeen van hulle vir tennis te leen, Tia. Jy het mos T-hemde en drafskoene. Dis al wat jy nodig het. Mynhard het rakette en balle."

"Nee, dankie, ek wil nie jou klere dra nie," antwoord Tia bot.

"Martina!" Ouma Tien se stem was skerp en sy kyk afkeurend na die kleindogter vir wie sy – en oorlede oupa Jan – tot dusver die liefste was. Sy kan nie begryp wat met die kind aangaan nie. Sy was altyd bereid om die minste te wees, onselfsugtig en inskiklik. Hoekom is Martina deesdae so kortaf en ondankbaar? Die stomme Martie probeer haar bes, maar elke gebaar van vriendskap gooi Martina in haar gesig terug.

Martie bly egter geduldig. "Ek weet party mense het 'n ding daarteen om ander se klere aan te trek. Dit maak nie saak nie. Ek het baie van die kortbroeke nog glad nie aangehad nie. Maar as jy steeds omgee, Tia, kan ons vanoggend dorp toe ry en vir jou iets gaan koop. Ek het niks anders om te doen nie en ek betaal 'n daaglikse tarief vir die gehuurde motor, of ek dit gebruik of nié. Ek sal jou met graagte Witrivier toe neem as jy wil."

"Nee dankie."

"Wat gaan jy dan aantrek? 'n Langbroek?"

"Ek weet nie." Tia krummel 'n sny roosterbrood en laai 'n mondvol roereier op haar vurk sonder om te proe wat sy eet.

"Wil jy marmelade saam met die brood hê?" Martie gee die konfytpotjie aan.

"Nee."

"Martina!" sê ouma Tien weer. "Jy kan nie in 'n lastige langbroek op 'n baan hardloop nie. Gebruik een van Martie se kortbroeke en die minste wat jy kan doen, is om vir haar dankie te sê vir die aanbod."

"Dankie," sê Tia kortaf, sit haar vurk neer en stoot haar stoel agteruit. "Sal Ouma my asseblief verskoon? Ek het 'n paar briewe om te tik."

"Die briewe kan wag. Dis nie dringend nie. Wil jy nie koffie hê nie, Martina?"

"Nee dankie, Ouma. Verskoon my . . ."

Toe Tia weg is, kyk Martie en ouma Tien na mekaar. Albei haal hul skouers hulpeloos op.

"Sy sal nou-nou afkoel en kom vra watter kleure my kortbroeke is, selfs inwillig om een of twee aan te pas," troos Martie haar. "So nie, kan ons gou dorp toe ry, ouma Elf. Ek gee nie om vir die brandstof nie, solank Tia net gelukkig is."

Ouma Tien krummel ook aan haar sny roosterbrood. "Dis as gevolg van haar pa. Ons moes oor hom en sy rugby gepraat het, met Martina gesimpatiseer het en oor sy siekte en sy begrafnis uitgevra het, dan was die kind nie nou in so 'n toestand nie."

"As dit vir ouma Elf makliker sal wees, sal ek wanneer ons almal saam is, haar pa se naam terloops noem en sê hoe trots die familie op sy rugbyprestasies was. Sal dit help om die troebel water helder te kry?"

"Ek glo nie." Ouma Tien sug swaar. "Ek verstaan deesdae niks meer nie, Martie-kind. Jou oupa se dood het my oorhoeks van koers af en ek begryp nie meer aldag julle jonges nie."

Martie gaan haal vir hulle koffie. "Ouma Elfie is nie oud nie. Maar ek begryp arme Tia ook nie aldag nie. Hoekom hou sy vol dit was ek wat haar perd teen die nek geslaan het? Ek het nie. Dit was sy, om Jenna aan te hits sodat sy die resies kon wen."

"Hoe minder ons die saak bespreek, Martie, hoe beter. Los vir Tia. Sy gaan deur 'n moeilike tyd en sal weer regkom."

Martie het onthou haar ouma hou van warm melk in

haar koffie. Sy skink die melk in en gee die koppie oor die eetkamertafel vir haar aan.

"Ouma Elf was mos altyd 'n voorslag op 'n tennisbaan. Wil Ouma nie vanmiddag saam met ons 'n klompie balle slaan nie?"

"Om in hierdie hitte jou stokflou agter 'n bal aan te hardloop, is nie my idee van 'n lekker Saterdagmiddag nie. Dankie, Martie, ek sal liewer saam met die Retiefs kuier en later die middag in die kombuis help met die slaaie of pap of wat Mynhard ook wil hê ons moet aan sy gaste voorsit."

"Ek sal ook help." Martie bloos en slaan haar wimpers neer. "Ek is nie heeltemal wat 'n mens sou sê 'n . . . 'n gas nie."

Ouma Tien verstil. Sy het gehoor Martie noem haar ook nou ouma Elf agter Mynhard aan, en sy het gesien die twee is onafskeidbaar. Tog het sy bly hoop, ter wille van Tia . . . Sy weet nie wat tussen haar ander kleindogter en haar buurman verkeerd geloop het nie. Aanvanklik het dinge goed gelyk, die keer toe Tia die weglêhenne se eiers uitgehaal het en Mynhard hier aangekom en haar gehelp het. Ook die keer toe Tia die blou sonrok gekoop het en Waterval toe is om haar geskenk te gaan haal. Alles het voorspoedig verloop tussen die twee, tot die dag voor die begrafnis. Toe het Martie gekom en Tia het teruggetrek. Die kind is te beskeie, te onseker van haarself en sal nie vir haar regte veg nie. Sy gooi te maklik tou op. Maar miskien moet sy by haar buurman die skuld soek. Mynhard Retief het klaar tussen die twee gekies . . .

Ouma Tien neem 'n slukkie koffie. Tot op die laaste het sy bly hoop dit is Tia. Maar Martie is ook bloedfamilie en verkieslik bo Hermien Bothma en daardie Alicia-skepsel wat in die alledaagse lewe ook dink sy is op die verhoog of voor die televisiekameras. Tia is uit eie reg fyner en vrouliker as Martie, meer in staat om vir haar 'n goeie man uit te slaan. Sy moet haar nie soveel oor Tia bekommer nie. Wanneer sy die regte man ontmoet, sal hy haar op die hande dra. En as dit Martie is wat Mynhard kies, moet sy haar daarby berus en dankbaar wees dit is nie 'n wildvreemde meisie nie.

"Jy en Mynhard, Martie . . ." sêvra ouma Tien. "Het julle 'n besliste verstandhouding?"

Martie se oë blink. "Daar was miljoenêrs, ryk mode-ontwerpers en selfs 'n Franse edelman – 'n hertog met 'n kasteel en 'n peperduur motor wat oor sy voete geval het om my as 'n naweekgas op sy landgoed te onthaal. Ek het hul blomme en diamante en pelsjasse aanvaar, saam met hulle na die Lido, die Riviera en Monte Carlo toe gegaan en hard probeer om verlief te raak. Ek het al begin glo ek is kil, iets in my samestelling kom kort, totdat ek teruggekeer het Suid-Afrika toe. Ouma Elf, 'n mens moenie 'n Fransman of 'n Italianer bo 'n boer ag nie; nie wanneer jy in murg en been 'n boeremeisie is nie. My wortels is hier – my geesverwantskap, my huis, my eie mense en my eie aard. Hoewel ek in Europa gaan werk het, bly ek 'n Suid-Afrikaner. Dit voel asof ek na vele omswerwinge en ervarings uiteindelik tuisgekom het."

"Na Waterval toe?"

"Na Mynhard toe. Daar was ook 'n filmster, oor wie die tieners flou word. Maar in teenstelling met Mynhard is hulle almal so opwindend soos gister se weervoorspelling. Ek is die eerste keer in my lewe regtig verlief. Ek is jammer as ek Tia in die proses seermaak. Ek wou nie, want ek kry haar jammer. As sy wil, kan sy by ons op Waterval kom woon."

"Martina bly op Rustfontein," sê ouma Tien beslis.

Die koffie het meteens vir Martie alle smaak verloor. Sy weet Tia sal dit vanselfsprekend nie eers oorweeg om by haar en Mynhard in te trek nie, daarom kon sy so goedhartig wees om dit aan te bied. Maar Rustfontein is 'n ander saak, veral wanneer ouma Tien so vasberade klink. Rustfontein is te naby aan Waterval.

"Tia wil teruggaan Johannesburg toe," vertel sy vertroulik.

Ouma Tien frons. "Hoekom?"

"Om by Wynand te wees."

"Wynand wie? Ek weet g'n van 'n Wynand nie."

"Ouma weet mos hoe terughoudend Tia is. Sy het my in haar vertroue geneem, maar moet asseblief nie dat sy uitvind ek het Ouma vertel nie. Dis 'n geheim. Ouma Elf kan vir Mynhard vertel, maar vir niemand anders nie. En moet onder geen omstandighede dat Tia agterkom ek het haar geheim uitgelap nie."

"Ek sal nie. Watse geheim?"

"Die van haar verhouding met haar baas, Wynand. Wynand Geertsema. Die twee is verlief op mekaar, dis hoekom ouma Elf nie moet probeer om Tia op Rustfontein te hou nie, want haar hele hart tek met 'n punt terug Johannesburg toe om by hom te wees."

"Wynand Geertsema . . . Ek onthou nou die naam. Dis die stadsprokureurtjie vir wie sy werk. Maar wie sê hulle het 'n verhouding?"

"Hoekom anders sou hy vir Tia blomme gestuur het en haar elke tweede aand bel?"

"Het hy gebel? Ek weet daar niks van nie."

Martie lag. "Omdat Tia elke keer gesê het dit was haar buurvrou in Johannesburg wat gebel het. Ek sê mos – sy wil hul verhouding geheim hou."

"Hoekom? Omdat Geertsema 'n getroude man is? Is dit die rede vir die geheimsinnigheid?"

"Ek weet nie. Ek wou Tia nie te veel uitvra nie, want dan trek sy weer in haar skulp terug en kry 'n mens niks verder uit haar uit nie."

Ouma Tien is ingedagte en heel duidelik nie gelukkig nie. "Wat sê Mynhard van die toedrag van sake?"

Martie vervies haar. Wat het Mynhard met Tia se lief-desake te maak? Maar haar stem bly lig en ongeërg."Ek glo nie hy weet van Wynand nie. Miskien moet ouma Elf dit teenoor hom noem en kyk wat sy reaksie is. Ek weet hy dra arme Tia se welstand op die hart en wil graag sien dat sy gelukkig is. Maar moenie dat Tia hoor ons bespreek haar sake nie, want dit sal haar seermaak."

"Ek sal dit teenoor hom noem," belowe ouma Tien. "Al is dit net sodat hy vir ons kan uitvind of hierdie prokureur dalk 'n vrou en kinders het. Mynhard kan dalk meer te wete kom as Martina. Wie weet, hierdie Geertsema-vent belieg en bedrieg haar dalk. Mynhard werk baie met pro-kureurs, veral nou met die boedel ook weer. Hy en die Vis-ser-seun is universiteitsvriende en prokureurs ken mekaar. Thys Visser sal kan navraag doen en ons sê, sonder dat Martina hoef te weet hoe bekommerd ek oor haar en haar vriend is."

Martie is tevrede. Na 'n tweede koppie koffie aan ont-byttafel saam met ouma Tien, stap sy met 'n armvol klere na Tia se kamer. Sy gooi die stapel kortbroeke en T-hemde op die bed, maar is baie versigtig om Wynand Geertsema se naam nie te noem nie.

"Soek uit en kies wat jy wil hê, Tia. Die goed waarvan jy hou, kan jy met plesier kry," bied Martie vriendelik aan.

Tia is minder vriendelik. "Ek is nie armlastig nie."

"Ek weet. Ek wil graag die klere vir jou gee, al is dit net . . . net . . ." Martie kom nie verder nie. Sy sluk. ". . . Net om te sê ek is jammer oor . . . Jenna," hakkel sy moeisaam en kyk na die twee geel rose, die gordyne en die tikmasjien – oral, behalwe na haar niggie. Sy gaan sit op die stoel by die lessenaar. "Pas aan en neem waarvan jy hou, Tia. Ek sal dankbaar wees as daar iets is wat jy kan benut."

Tia neem die eerste kortbroek, hou dit vlugtig teen haar heupe en besluit dit sal seker pas. Sy wil nie geskenke van haar niggie hê nie, die broek sal sy net leen. Na die tennis sal sy dit uitwas en aan Martie teruggee.

"Jenna," sê sy.

Martie kyk berouvol op.

"Jy weet goed ek wou nie resies jaag nie, Martie. Ek wou myself nie dryf om net so goed perd te ry soos jy nie, soos Mynhard beweer het. Ek het nie vir Jenna met 'n sweep teen die nek geslaan nie."

Martie kyk weer na die tikmasjien waarop Tia ouma Tien se briewe en state tik, die verslae en die inligting vir die eksekuteurs van oupa Jan se boedel. Sy wens sý kon daardie pligte oorneem en meer nuttig wees.

"Jy weet goed dit was jy," hou Tia vol.

"Ja." Martie is boetvaardig. "Tia, jy moet my help. Asseblief . . . Ek weet nie watter duiwel kort-kort in my vaar nie; ek weet net dat ek kop verloor en nie altyd verantwoordelik is vir wat ek doen en sê nie. Ek probeer so hard om te verander, maar ek bly 'n lelike mens van wie niemand hou nie. Ek het nie vriende nie; net vir jou en ouma Tien. En jy is vir my kwaad en ouma Tien wantrou my . . . Julle twee is al wat ek het, Tia. Ek maak nie maklik vriende nie, want ek is 'n groter introvert as wat jy is. Hoewel dit lyk asof ek geen sorge in die lewe het nie, was ek nog altyd eensaam. Ek hou van jou, Tia. Al was jy nie familie nie, sou ek jou as 'n vriendin gekies het, as jy my as vriendin wou hê, as jy nie ander vriendinne het wat jy bo my verkies nie. Jy is eerlik en opreg. As ek op my knieë val en sê ek is jammer oor wat gebeur het, kan jy dit regkry om my te vergewe en te aanvaar soos ek is?"

Tia is ongemaklik. Martie is te intens en emosioneel; sy is soos 'n wipplank en sy maak haar senuweeagtig. Maar Martie se verskoning en haar verduideliking strook met wat Mynhard die vorige middag gesê het: van die eensaamheid, dat sy 'n introvert is en dat sy vriende bitter nodig het. Wie is sý om te oordeel en haar eie familie te verstoot?

Ter wille van die bloedbande, ter wille van ouma Tien en oupa Jan se nagedagtenis moet sy Martie vergewe en met haar probeer saamleef. Dit is wat haar pa haar ook sou aanraai.

Tia sit die kortbroek op haar spieëlkas neer, saam met 'n bypassende hempie met dun skouerbandjies, wat ideaal geskik vir 'n warm tennismiddag in die Laeveld is.

"Dankie, Martie, ek leen dit graag," kapituleer sy.

"Nie leen nie – neem, wetende hoe graag ek dit vir jou wil gee, Tia."

Tia hou die wit hempie teen haar. Dit is bolangs effe groot, verder behoort dit te pas.

"Goed, dan neem ek dit en ek sê vir jou duisend dankies, Martie."

Martie het bereik wat sy wou bereik. Sy was bang Tia weier om te gaan tennis speel en dan sê ouma Tien hulle twee moet ook liewer tuis bly. En sy was bang Mynhard reken die fout lê by haar, dit is háár skuld dat sy en Tia kwaaivriende is.

Probleme nommer een en twee is uit die weg geruim. Martie kom by rede nommer drie wat miskien op die lang duur en vir die toekoms belangriker is.

"Tia, sal jy my leer tik?" vra sy impulsief.

"Tik?" Tia is uit die veld geslaan. "Hoekom wil jy leer tik? Jy is 'n beroepsmannekyn met sakkevol geld. Jy sal nooit nodig hê om 'n tikster te wees nie."

Martie is sinies. "Die modewêreld is wreed. Almal sny mekaar se kele af, trap op mekaar om bo uit te kom. Ek is moeg daarvoor, moeg vir Europa se koelbloedigheid, vir die wedywering. Ek wil in Suid-Afrika woon. Maar hier is min geleenthede vir mannekynwerk. Oor 'n jaar is ek ver-gete, gebrandmerk as gister se gesig. Ek het destyds graad geswot, maar nie klaargemaak nie. Ek het 'n klompie eerstejaarsvakke wat nie veel werd is nie. En 'n klompie spaargeld wat vinnig devalueer. 'n Mens weet nooit wan-

432

neer jy dalk platsak gaan wees en moet uitspring om geld te verdien nie. Sekretariële werk betaal die beste, maar dan moet 'n mens kan tik. Sal jy my leer, Tia?"

"Goed."

"Nou?"

"Nóú?" Tia is uit die veld geslaan. Sy het van standerd ses tot tien op skool tik geneem. Verwag Martie om binne 'n paar minute te leer?

"Ons het drie ure tyd voordat ons moet begin aantrek. Drie ure is seker genoeg om my met die elementêre beginsels vertroud te maak. Daarna sal ek alleen aangaan, elke dag 'n paar uur lank oefen. Ek is seker tik is makliker as die Latyn en wetenskap en wiskunde wat ék op skool geneem het."

Tia is aan elektroniese en elektriese tikmasjiene gewoond, maar hierdie een van ouma Tien is 'n handmodel. Tia begin by hoe om die vel papier in die roller te draai en te sorg dat dit horisontaal is. Daarna demonstreer sy hoe die toetsbord werk – watter toets om vir hoofletters, syfers, leestekens en vir spasies tussen woorde af te druk. Oplaas wys sy watter hefboom om oor te swaai vir die volgende reël.

Soos Tia verwag het, leer Martie baie vinnig.

"Is dit al?" vra sy. "Dis maklik. Ek sal gou regkom."

"Belangrik is om die regte vingers te gebruik en nie op die toetse te kyk terwyl jy tik nie. Op skool het ons tikonderwyseres oortreksels vir die toetsborde gehad sodat ons nie kon kul en na die letters kyk nie. Dit moes werktuiglik kom. A, s, d, f . . . Pinkie, ringvinger, middelvinger, voorvinger . . ."

"Jy klink soos my musiekonderwyseres," spot Martie.

"Ek onthou jy het altyd pragtig klavier gespeel. Speel jy nog?"

"Af en toe."

"Dan sal jou vingers soepel wees en jou met die tikwerk

help. Al verskil is net dat jy jou hande plat hou terwyl jy tik, waar jy dit by 'n klawerbord moet oplig. Maar jy sal regkom, Martie. Tik is makliker as klavierspeel en wiskunde."

Martie oefen 'n paar sinne met haar kop weggedraai. Maar dit is vol tikfoute.

"Hoekom mag ek nie op die toetse kyk nie?" kla sy. "As ek al tien my vingers gebruik, is dit alreeds 'n prestasie. Ek ken 'n koerantman in Rome wat vir SAPA werk en sy berigte met twee vingers uittik. Dit gaan blitsig en hy is nog nooit afgedank nie. Ek sal meer as twee vingers gebruik, maar ek wil kyk wat ek doen. Moenie met 'n oortreksel kom nie, Tia."

Toe hulle vir die tennis moet begin aantrek, lyk Martie se tikwerk nie sleg nie. Sy het 'n sterk aanslag en al wat kortkom, is oefening om haar spoed te verbeter.

Martie draf kamer toe en kom terug met 'n duur bottel Franse parfuum wat sy vir Tia gee. "Ek weet jy sal nie vir die tikles vergoeding aanvaar nie. Neem asseblief hierdie parfuum – ek het meer as wat ek in 'n leeftyd sal gebruik."

"Dankie, parfuum is altyd welkom."

"Moet dit net nie gebruik om Mynhard mee te verlei nie," terg Martie, maar sy lyk gespanne en die geelbruin oë is nie heeltemal so vriendelik as tydens die tikles nie.

"Mynhard hou nie van parfuum nie," antwoord Tia. 'n Uur of twee was sy op haar gemak teenoor Martie. Nou opeens is sy onwillekeurig weer op haar hoede. Martie is twee persone – een oomblik warm en vriendelik en normaal, die volgende moment weer die persoon wat Jenna se oë gekrap het, haar nekvel oopgekloof het en wat leuens vertel . . .

"Hoe weet jy dit?" vra Martie koel.

"Hy het laas gesê ek ruik soos 'n oorvol bioskoopsaal."

Tia ondervind weer die bekende branderigheid agter haar ooglede. 'n Kort tydjie, voordat Martie gekom het, het Mynhard aan haar behoort. Wie weet, as oupa Jan nog geleef het, as daar nie 'n begrafnis was waarvoor sy klein-dogter uit Europa gekom het nie . . . Sal sy Mynhard ooit kan vergeet, ooit weer op Rustfontein kan kom kuier, we-tende hy en Martie woon op die buurplaas?

Martie se lag maak haar opnuut seer.

"Sal ons begin aantrek?" stel Tia voor. "Ek wil nog eers gou weer na Jenna se nek gaan kyk."

"Perde is sterk en herstel gou," merk Martie onverskil-lig op.

Arme Strelitzia, dink Tia. Haar baas sal haar kos en wa-ter gee, maar nie veel liefde nie. Vir Martie is 'n perd 'n ryding, 'n voorwerp om te benut, nie 'n dier om te vertroe-tel nie.

En arme motor . . . dink Tia 'n uur later toe Martie die rooi sportmotor teen die opdraand uit moor, sonder ontsag vir die sinkplaatpad, die klippe en die slaggate.

"Kind, is dit nodig om so vinnig te ry?" keer ouma Tien. "Dis nie spoed wat van jou 'n goeie bestuurder maak nie, dis vaardigheid en respek vir die passasiers."

Martie geniet dit wanneer die wind verby die oop ven-ster ruis, geniet die krag van die enjin. Sy klem die stuur-wiel vas en lig nie haar voet van die brandstofpedaal af op nie.

Dit is seker hoe sy aan die voorpunt van 'n jakkalsjag lyk, dink Tia; hare wat die hele wêreld vol waai en skit-terblink oë . . .

Ouma Tien besef dit sal nie baat om te vermaan dat die kind haarself nog eendag sal verongeluk nie. Sy hou aan die deurhandvatsel vas en draai om na Tia. "Ina het netnou ge-bel. Vandag speel haar span weer netbal en môre is dit Nag-maal. Maar eerskomende naweek kom sy uit plaas toe."

Tia is banger vir spoed as haar ouma. Sy hou met albei hande vas en knik. "Dis goed, Ouma."

Albei is verlig toe die sportmotor in 'n stofwolk langs die tennisbaan tot stilstand sleep.

Martie lag tintelend. "Wat het ek hier? Twee bloukouse wat liewer met 'n bus sou wou ry?"

Thys Visser het al gearriveer en blykbaar het hy en Mynhard reeds 'n enkels-stel agter die rug.

"Ouma Elf het 'n pot pap en 'n bak slaai saamgebring, en ek 'n onwillige niggie," roep Martie uit. "Kom help aandra, Mynhard."

"Het ons julle stel onderbreek?" maak Tia verskoning.

"Haai, asters," groet Mynhard met 'n breë lag wat Tia se hart laat bolmakiesie slaan en haar keel pynlik laat toe-trek. "Ook maar goed, want die telling was vyf-twee op Thys se afslaan. Julle is meer as welkom. My ma-hulle het ook al gekom, ouma Elf, hulle sit in die somershuisie. Kom koelte toe, dan gaan haal ek vir almal lemoensap. Maria het vir genoeg ys gesorg."

"Is die sap van jou eie Valencias?" wil ouma Tien weet.

"Ja, hulle dra goed. Volgende jaar begin ek bemark."

"So, jy is die ánder niggie," sê Thys. "Aangename kennis, Tia."

Tia weet nie of dit as 'n kompliment bedoel is en hoe om te reageer nie.

"Ek is jammer as ons julle stel onderbreek het. Wil julle klaar speel?" bied sy aan.

Thys skud sy kop. "Mynhard het twee keer my afslaan gevat. Ek dink ek rus op my louere. Vir 'n man wat ver-onderstel is om bedags na sy lemoene om te sien, speel die boertjie gans te goed. Waar is jou raket? As jy tennis speel soos jy lyk, Tia, gaan ons twee 'n gedugte kombinasie wees."

Mynhard was reg, naamlik dat Thys 'n gawe man is. Maar Thys was verkeerd. Hy en Tia is nie opposisie vir

Mynhard en Martie nie. Al is Tia se maat 'n onwrikbare klipmuur by die net, verloor hulle die stel ver. Mynhard is 'n sterk speler en Martie 'n vegter vir elke punt – selfs vir punte wat nie hulle s'n is nie, vir 'n lynbal en twee van haar afslane wat beslis nie in is nie. Tia sê niks nie en Thys is te gemoedelik om die middag te bederf deur oor punte te redekawel.

"Dit was my skuld, maat," sê Tia toe hulle van die baan afstap. "Hoeveel handrughoue het ek gemis? Tweehonderd of driehonderd?"

"Net sewe," skerts Thys. "Maar jy is dekoratief genoeg, Tia du Plessis. Jy hoef nie boonop te kan tennis speel nie. Dan hoor ek by vriend Retief jy kan nog tik ook. En by ouma Tien hoor ek jy het die pap en sous gemaak. Dis oorgenoeg deugde, gesiggie. Ontspan . . ."

"Voel jy al effe meer op jou gemak op die baan, Tia?" wil Mynhard simpatiek weet.

Tia is verleë omdat sy so swak gespeel het. "Nee, die baan bly steeds groter as 'n gholfbaan wanneer ek moet hardloop en kleiner as 'n tafeltennisblad wanneer ek 'n bal moet inkry."

"Jy sal met oefening regkom, Tia," troos tant Lettie Retief.

Martie neem haar niggie se hand. "Vir iemand wat selde op 'n baan kom, speel Tia uitstekend. Ek sal haar graag as 'n maat wil hê. Wat sê jy, nig? Sal ons die manne daag? Ek en jy teen hulle twee, met 'n dertig-nul-voorgee?"

Thys grinnik. "Ek is reg."

"Ja, dan hoef 'n man nie sy kop te draai om na die versierings op die baan te kyk nie," stem Mynhard in. "Jammer tog die net is in die pad, sodat 'n mens nie die kortbroekies na regte kan waardeer nie."

"En die bene . . ." beaam Thys.

Martie gee Tia se raket aan.

"Moet ons?" vra Tia huiwerig. "Thys en Mynhard gaan

ons van die baan af slaan en nie so 'n eensydige stel geniet nie."

"Natuurlik moet ons," hou Martie vol. "Net om te bewys ons is nie die swakker geslag nie. En ouma Elf sal daarvan hou as sy sien haar twee kleindogters is maats. Kom, Tia, kom ons gaan moker die balle en klop die manne met 'n stroop-stel . . ."

9

Die manne is galant. Hoewel Mynhard 'n sterk afslaan het, maak hy twee dubbelfoute in 'n ry en Thys slaan elke tweede bal uit.

Maar selfs met 'n groot voorgee en die pot-telling op 5-0 is Martie nie tevrede nie. "Jy is soos 'n lomp olifant," brom sy onderlangs toe Tia nie 'n kort bal in die tremlyn kan bykom nie.

Pleks van verbeter, verdamp Tia se laaste tikkie selfvertroue. Sy speel al slegter en vermors elke hou.

"Uit!" roep sy dankbaar toe Thys weer 'n bal opsetlik wild moker, ver buite die agterlyn.

Martie is skielik aan die opposisie se kant. "Haai, nee, ou nig," protesteer sy, hard sodat Thys en Mynhard kan hoor. "Jy verneuk mos nou. Daardie bal was in."

Tia is verleë. "Ek dag dit was ver uit."

"Ja, omdat jy hom nie kon bykom nie," sê Martie laggend. "Jammer om jou uit te vang, maar jy het netnou teen my en Mynhard ook gekul en ek glo aan regverdigheid. 'n Mens verneuk nie in sport nie."

Tia se gesig is rooi. Sy is oortuig die bal was uit, maar Martie was seker in 'n beter posisie om te kan sien.

Mynhard en Thys praat tegelyk. "Ons kan die punt oorspeel . . ."

"Nee, laat ons eerlik wees," keer Martie. "Tia het gehoop julle kon nie mooi sien nie. Maar ek glo aan regverdigheid. Dis julle punt. Reg, gelykop. Jou afslaan, Mynhard!"

Thys is Tia genadig. Hy gee twee punte prys om die stel te beëindig, skink vir Tia lemoensap en kom dan langs haar sit.

"Ek hoor jy kan nog koek bak ook," skerts hy.

Tia is steeds ongemaklik. "Ek weet Mynhard het gevra jy moet jou oor my ontferm. Maar jy mag nou maar van diens af gaan en met Martie gesels sonder om skuldig te voel. Jy het jou plig gedoen."

Hy loop nie soos Tia verwag het nie. "Vriend Retief het my niks voorgeskryf nie, net gesê ek gaan vanmiddag 'n fraai nooientjie ontmoet van wie ek onmiddellik sal hou."

"Met wie jy oor bankwissels en trustfondse sal kan gesels?"

Thys lag. "Moet jouself nie onderskat nie. Dit was 'n aangename verrassing, Tia Maria."

"Al kul ek op die tennisbaan?"

"Jy het nie," stry hy. "En al was die bal in, verkies ek jou steeds bo jou mannekyn-niggie. Mynhard is blind. Maar dit pas my. Sy verlies is my wins."

"Thys!" roep Mynhard. "Tia! Wat van nog 'n paar potte? Dis hardekool en die vuur gaan lank neem om uit te brand."

Martie slaan eerste af en Tia slaan die bal ver mis.

"Vreeslik jammer, ou nig," maak Martie verskoning. "Ek sal 'n ander bal vir jou slaan – mooi hoog en saggies . . ."

Thys stuur die bal terug, beleef onderdeur die net, maar harder as wat nodig was.

"Toe maar," sê hy kortaf. "Ons tel die punt. Volgende afslaan . . ."

Dit is op Thys. Dit is 'n goeie afslaan met 'n bo-kerf.

Maar hy maak korte mette daarvan. Hy moker die terughou direk op Martie, op haar voete sodat sy onelegant koes en nie haar raket betyds kan verbyswaai nie.

"Vreeslik jammer, ou nig," koggel Thys met 'n grinnik. "Ek sal 'n ander bal vir jou slaan – mooi hoog en saggies . . ."

Tia hoor nie wat Martie sê nie, net wat Mynhard antwoord: "Hy het dit nie so bedoel nie. Speel voort . . ."

"Tia," waarsku Thys onderlangs. "Jy gaan 'n blitsbal kry. Staan ver terug. Probeer dit bykom. Ek en jy weet albei jy kán . . ."

Tia wil huil. Sy het nog nooit 'n kampvegter gehad of iemand wat haar beskerm nie. Om Thys nie teleur te stel nie, staan sy tot amper buite die agterlyn terug, konsentreer so hard as wat sy kan, lig haar raket se kop en hou die bal dop.

Haar terughou is nie waffers nie, maar Martie het heel duidelik verwag sy gaan die handrughou misslaan. Toe die bal grond raak, is nie sy óf Mynhard by nie.

"Ons punt," sê Thys. "Hou so aan, maat, jy speel soos 'n veteraan."

Martie kon by Thys kers opsteek. As sy Tia ook geprys en haar aangemoedig het, in plaas van te leer en te kritiseer, sou Tia baie beter gespeel het. Saam met Thys en sy aanmoediging oortref sy haarself – sy kom al die valhoutjies by en mors geen handrughou op nie.

Met haar maat wat by die net speel en elke hou direk op Martie se voete speel, bou Tia en Thys 'n groot voorsprong op.

Dit is die eerste stel wat sy gaan wen, dink Tia. Maar sy is nie bly nie. Mynhard kon dieselfde as Thys gedoen het – harde balle buite haar bereik gespeel het en daarna om verskoning gevra het. Maar hy doen dit nie. Thys kry die dryfhoue en die kerfballe, sy die hoë, sagte, versigtige balle wat baie maklik terugslaan.

440

"Stelpunt!" waarsku Thys. "Julle ouens moet keer!"

Martie voer die laaste bal vir Thys. Dit is 'n maklike netbal waarvan hy kleingeld maak, ver buite haar bereik. Die telling is 6-3 in Tia en Thys se guns.

"Geluk, maat!" prys Thys haar, gee haar 'n druk en 'n soen toe hulle van die baan afstap. Sonder dat die ander hoor, las hy by: "Ek hou nie daarvan dat hulle my fraai maat afknou nie. Dit was betaling met gelyke munt."

Mynhard kyk na haar en Thys. Hy frons en dit lyk asof hy iets wil sê, maar dan draai hy weg en stap na Martie toe waar sy by die vuur staan.

Tia kan nie hoor wat Mynhard vir haar sê nie, sien net hoe Martie se gesig skielik weer straal terwyl sy haar arm deur syne steek.

Die res van die aand is Martie nooit verder as twee treë weg van Mynhard af nie, óf met haar arm steeds deur syne, óf met sy hand heeltyd styf in hare vasgehou. Mynhard is nie baie spraaksaam nie, maar Martie se humeurigheid op die baan is vergete en sy sprankel asof sy goeie nuus gekry het. Sy lag en gesels met almal en sorg dat die gaste elkeen genoeg te eet en te drinke kry.

Het Mynhard vir Martie gevra om te trou? wonder Tia. Is dit hoekom sy haar gedra asof hy reeds aan haar behoort en sy die gasvrou op Waterval is?

"En nou? Dis ek, nie 'n spook nie," sê Thys.

Sy het vergeet hy het aangebied om vir haar 'n glasie wyn te gaan skink.

"Jammer, my gedagtes was . . . was ver weg," stamel Tia. "Dankie . . . Dankie, Thys."

"Waar? Of moet ek vra by wié was jou gedagtes?"

Toe Tia nie dadelik antwoord nie, kom Thys langs haar sit en lê sy hand begrypend op haar arm. "Dit help nie om jou te verknies nie, gesiggie. Kies vir jou 'n ander man wat nie reeds bespreek is nie. Ek is beskikbaar indien jy belangstel . . ."

441

"Ag, Thys . . ." Meer kry Tia nie uit nie, bang dat haar stem sal breek en sy sal begin huil.

Ina se kuier die volgende naweek is 'n tonikum. Sy is net so ondersteunend en net so fluks in die huis as tydens die begrafnis en die daaropvolgende paar dae. Sy help kos maak, bewonder Jenna en stap Sondagmiddag saam met Tia teen die kliprandjie uit om vars rose op oupa Jan se graf te sit. Soos die vorige keer, soek sy 'n klip en gaan sit met haar rug teen die sipresboom.

"Waar is ons mannekyn-niggie?" wil sy weet. "Sy het die hele middag geskitter in haar afwesigheid. Ek dag die plan was dat sy jou en ouma Tien moes bystaan."

"Sy is uit saam met Mynhard. Soos elke middag en aand die afgelope week," antwoord Tia stroef.

"Dan sal sy seker nie terug wees voordat ek nou-nou moet ry nie. Sy kon 'n mens darem gegroet het. Maar ons twee japies is nie belangrik genoeg nie, nè? Mynhard is al wat tel, en miskien ouma Tien, om haar te beïndruk en in haar goeie boekies te bly. Martie is dieselfde Martie van ouds – selfsugtig en egosentries. Ek kan haar steeds nie verdra nie. En jy?"

"Nee. Sy is soos 'n klimtol: een oomblik heel onder, die volgende weer bo; een oomblik vriendelik, die volgende katterig. 'n Mens weet nooit waar jy met haar staan nie."

"Ek kan haar ook nie kleinkry nie. Sy wil klaarblyklik vir Mynhard hê, en op die oog af het sy dit reggekry om hom te haak. So hoekom is sy so lelik teenoor ons twee? Beskou sy ons as kompetisie?"

"Ek weet nie. Was sy teenoor jou ook lelik?"

"Nie wanneer ouma Tien of Mynhard by is nie. Dan is sy die ene lieftalligheid. Die skerp naels wys sodra ons alleen is."

"Dieselfde met my," antwoord Tia. "Ouma Tien dink sy is wonderlik, die ideale buurvrou. En Mynhard beskou haar klaarblyklik as die ideale vrou. Hoe kan ek kla, Ina, haar kritiseer en vir hulle die waarheid vertel? Ek het 'n slag of twee probeer, maar niemand het my geglo nie. Ouma Tien het gedink ek is dwars en asosiaal. En Mynhard het reguit gesê ek steek af en moenie met Martie probeer kompeteer nie."

"Mynhard . . ." sê Ina nadenkend. "Hy maak steeds vir jou baie saak, nè, Tia?"

Tia kyk uit oor die lemoenboorde en die soetdorings. Dit is nie nodig dat sy dit bevestig nie. Ina is ook verlief en sy weet haar niggie verstaan.

"Ouma Tien sê Martie kuier knaend by die Retiefs op die dorp; by haar toekomstige skoonouers . . . Ek dink jy moet van Mynhard vergeet en Thys Visser toelaat om vir jou te kom kuier."

Tia kyk vinnig na haar.

"Ouma Tien het my van Thys vertel," sê Ina. "Hy is 'n oulike man, Tia, en ek weet hy het jou 'n paar keer gebel, maar jy het elke keer verskonings gehad hoekom jy nie wou gaan fliek of uiteet nie. Ek dink jy gaan verkeerd te werk, ou maat. Aanvaar Thys se vriendskap. Uit eie reg is hy nogal 'n vangs en dit deug miskien om Mynhard jaloers te maak."

"Mynhard sien my nie meer raak nie, nie sedert Martie op die toneel verskyn het nie."

Ina het dit ook agtergekom, maar sy wil Tia nie seermaak nie en sê niks nie. Sonder dat iemand haar geheim geraai het, het sy ook destyds vir haar ouma-hulle se aantreklike buurman 'n heldeverering gehad en snags oor hom drome gedroom, gewens dit was sý wat haar enkel verstuit het en dat Mynhard Retief háár by die berg af gedra het in plaas van Tia. Maar die verskil is: Sy het haar kalwerliefde vir Mynhard ontgroei; Tia en Martie egter nie.

"Het hy en Martie trouplanne?" vra sy reguit.

Tia hoef niks te sê nie, die uitdrukking op haar gesig is genoeg antwoord.

443

"Vergeet hom, Tia," gee sy verstandige raad. "As hy so blind is en so min integriteit het om vir Martie te swig, is Mynhard Retief nie 'n enkele traan van jou werd nie. Vergeet hom en gaan saam met Thys uit."

"Ek kan nie. Dit sal nie billik teenoor arme Thys wees nie."

Ina sit regop. "Weet jy wat jou probleem is? Jy is te eerbaar. Mansmense is nie so toe soos ons dink nie. Thys weet waarskynlik wat jou gevoel teenoor sy vriend is. Tog bel hy jou knaend. Aanvaar sy vriendskap. Dikwels, na 'n ruk, kom jy op 'n dag agter die man is meer as net 'n vriend, soos die geval met my en Anton was. Ek het geglo ons is sommer net lekker maats, totdat hy skielik een aand nie gebel het nie en ek tot twaalfuur die nag langs die telefoon sit en wonder het of hy siek is. Met Anton het sake reg uitgewerk. Maar 'n onnie is geduldiger as 'n prokureur. Oppas dat Thys nie régtig siek raak nie – siek vir 'n meisie wat gedurig oor 'n ander man treur."

"Ek sal," beloof Tia. "As hy weer bel, sal ek my nuwe sonrok en sandale aantrek."

"En van Mynhard vergeet."

Daaroor kan Tia nie beloftes maak nie.

"Wanneer gaan ons beroemde familielid terug Parys toe?" verneem Ina toe hulle tuiskom, sy na haar motorsleutels soek en die lemoene en eiers inpak wat ouma Tien vir haar reggesit het.

Tia haal haar skouers op. "Waarskynlik nooit nie."

Hulle kry nie verder kans om te gesels nie. Die dominee en sy vrou het kom besoek aflê. Ina moet ry en Tia moet gaan koffie maak.

Dominee Louw se onderskragende bystand staan in skrille kontras met Martie se houding na hulle vertrek, toe Tia haar met 'n stapel briewe en telegramme in die eetkamer teëkom.

"Is dit simpatiebetuigings?" vra Tia. "Moet dit nie weggooi nie, Martie. Ek moet nog antwoordkaartjies vir sommige van hulle tik."

Martie glimlag selfversekerd. "Ek sal dit tik. Terwyl jy uit was, het ek die tikmasjien na my kamer geneem. Ek sal met die briewe regkom. Jy is nie meer onontbeerlik nie."

"Sal jy die bedankings kan tik?"

Martie skud haar lang hare oor haar skouers en haar ken lig uitdagend. "Natuurlik. Wat jou vyf jaar geneem het om te leer, het ek in een oggend bemeester. Ek sal ouma Elf se briewe en bedankings oorneem."

Tia besef sy moes dit verwag het. Dit was nie om dowe neute dat Martie wou leer tik het nie.

"Jou verskonings tot dusver was dat Ouma jou bystand as sekretariële hulp nodig het," vervolg Martie koel. "Ek sal in die toekoms haar korrespondensie hanteer en haar beter opbeur as jy wat gedurig moeg is en met 'n lang gesig rondloop. Trouens, ouma Elf het teenoor my erken jy maak haar terneergedruk en my geselskap is beter vir haar gemoedstoestand. Dus is daar geen rede waarom jy langer op Rustfontein moet aanbly nie."

Tia klem die rugleuning van een van die stoele vas. "Het ouma Tien so gesê . . . dat ek haar . . . terneergedruk maak?"

"Ek dink die woord wat sy gebruik het, was depressief. Maar dit beteken dieselfde. En, terwyl ons reguit praat, moet ons dalk ook uitpraat, Tia, noudat die geleentheid daar is. Ouma Elf-hulle was binne gemeenskap van goedere getroud en tot tyd en wyl so 'n boedel afgehandel is, word die vrou se bates bevries. Dis hoe Mynhard dit aan my verduidelik het, maar jy het mos ook ondervinding van boedels en jy weet dit seker, of hoe?"

Tia knik, nie seker waarop Martie afstuur nie.

"Dus besef jy seker ouma Elf het geen kontant tot haar beskikking nie. Het dit dalk tot jou deurgedring hoeveel

445

ekstra onkoste 'n huisgas meebring, veral terwyl sy nie tot die huishouding bydra nie? Omdat Ouma vir jou jammer voel, sal sy haarself eerder tekort doen as om te erken jy is 'n las en 'n uitgawe. Maar ek weet hoe benard Ouma se posisie is, want die bankbestuurder het die saak met Mynhard bespreek. Hy het gesê ouma Elf sal 'n tyd lank haar rieme dunner moet sny. Ek is jammer as ek koelbloedig klink, maar dit sal heelwat onkoste bespaar as jy nie hier is nie."

Tia se kneukels span wit om die stoel. "Wat van jou? Jy is ook 'n kuiergas wat moet eet en drink."

"Ek dra my deel by. Telkens wanneer ek dorp toe gaan, bring ek vleis en kruideniersware saam. Ek kritiseer jou nie, Tia, want ek weet jy is platsak. Maar jy is 'n lopende uitgawe wat ouma Elf nie in hierdie stadium kan bekostig nie. Tans is jy 'n groter las as 'n vreugde.'

Martie is katterig, weer in een van haar buie, dink Tia. Tog, wat sy sê, maak sin. Oupa Jan was ryk, maar dit is so dat alle bank- en spaarrekeninge bevries word tot tyd en wyl die boedel afgehandel is. Ouma Tien kan by die bank 'n lening of 'n voorskot vra, maar daarvoor is sy natuurlik te trots.

"Wanneer het jy beplan om terug te gaan Johannesburg toe?" vra Martie.

"Volgende Maandag."

"Kan jy dit vir eerskomende Maandag reël? Mynhard en ouma Elf sal saamstem dat 'n week 'n groot verskil aan die kos- en elektrisiteitsrekening sal maak."

Tia sluk. "Môre? Ek kan nie. Ek het te veel om in te pak en . . . en wat van Jenna?"

"Ek sal na die perd omsien."

Nee, dink Tia, Jenna aan Martie se genade oorlaat? Nooit nie. Martie het geen liefde vir die Palomino nie. Sy sal Jenna afskeep, haar laat honger en dors ly. Sy sal haar heeldag in haar stal toesluit.

Op skool en op universiteit het Martie die hoofrol in 'n paar verhoogstukke gespeel, maar Tia kon nog nooit toneelspeel nie. Wat deur haar gedagtes gaan, is duidelik op haar gesig leesbaar.

Martie snork minagtend. "Ek sal beter vir die perd sorg as jy. Ek sal nie haar rug knak en haar bek en flanke rou skaaf nie."

Tia vererg haar. "Nee," antwoord sy kil. "Jy sal haar oë uitkrap en haar nek met 'n sweep afslaan. Dink jy ek sal Jenna by jóú los? Jy is mal as jy so dink. As Mynhard haar nie kan neem nie, sal ek liewer met Hermien Bothma reël."

Martie se oë blits. "Ek is nie mal nie en as jy dit weer sê, klap ek jou deur jou gesig. Ek was lank genoeg geduldig met jou, terwyl jy by ouma Elf inkruip en vir Mynhard leepoë maak. Hoe gouer jy hier padgee, hoe beter vir almal. Ek sal môre bel en vir jou plek op die trein bespreek, jou selfs stasie toe neem."

"Dis skoolvakansie. Die trein sal vol wees. Ek het tyd nodig om in te pak en vir Jenna se versorging te reël."

Martie is woedend omdat Tia nie inskiklik is nie. Sy kyk haar veragtend op en af. "Jy is 'n parasiet, soos jou pa . . . Hy het ook op ander se nekke gelê en op die familie geteer. Jy en hy is nikswerd armsaliges. Soos jy, was hy ook armsalig en inhalig, 'n dronklap wat nie eers behoorlik kon rugby speel nie. Dis ook maar goed hy is dood."

Vat hulle aan haar pa, vat hulle aan haar. Tia sien rooi. Miskien, as Martie nie van klap gepraat het nie, het sy haar waardigheid behou, omgedraai en weggestap. Maar Tia verloor haar selfbeheersing. Voordat sy haarself kan keer, lig sy haar hand en klap Martie hard teen die wang.

"Moenie jou mond oor my pa rek nie. Jy is nie werd om sy ou skoenrieme vas te maak nie."

Martie gil verskrik en hou haar wang met albei hande vas.

Ouma Tien was blykbaar buite in die roostuin, maar

Martie se gil het deur murg en been gesny. Ouma Tien kom die huis ingehardloop.

"Wat het gebeur?" roep sy ontsteld uit. "Het een van julle twee geskree?"

Martie bars in histeriese snikke uit. "Ek het, want Tia het my geklap."

Tia kan dit nie ontken nie. Die vingermerke is rooi en opgehewe teen Martie se wang.

Ouma Tien lyk geskok. "Martina! Hoe op aarde kon jy so iets doen?"

Tia het die bewerasies en sukkel om haar stem onder beheer te hou. "Sy het Jenna mishandel en my pa beledig." Selfs in haar eie ore klink haar verskoning flou en onoortuigend.

"Is nie," stry 'n snikkende Martie. "Ouma Elf het saamgestem dit sal Tia minder neuroties maak as ons haar pa se naam noem en van hom praat. Dit is al wat ek gedoen het. Dit, plus aangebied om Tia met die tikwerk te help, sodat die las nie so swaar op haar skouers rus nie. Dis al wat ek gedoen het, Ouma. . . Haar probeer help. Maar toe ontaard sy in 'n tierwyfie en klap my deur die gesig!"

Ouma Tien Cronjé lyk opeens oud en verwese toe sy na haar gunsteling-kleindogter kyk. "Hoe kon jy so iets doen, Martina? Dis lelik en onvergeeflik. Ek ken jou mos nie so nie, kindjie? Martie het dit goed bedoel. Hoe kon jy die arme kind deur haar gesig klap? Kyk hoe lyk sy . . ."

"Martie het dit verdien." Tia is aggressief en sonder berou. Sy weet dit is die verkeerde reaksie, die een waarop Martie gehoop het. Wat sy gedoen en gesê het, pas perfek in haar niggie se planne om haar van Rustfontein af weg te dryf. Maar sy kon haarself nie keer nie, want Jenna en die herinneringe aan haar pa is vir haar kosbaar.

Martie se skouers ruk en sy hou histeries aan ouma Tien vas as 'n troos. "Sy was aaklig, Ouma! Ek wou haar help. En toe, uit die bloute, klap sy my."

Ouma Tien steek haar hand huiwerig uit om oor Tia se gesig te streel. "Wat is verkeerd met jou, Martina? Moet jy nie na 'n dokter toe gaan nie?"

Tia ruk weg. "Daar is minder verkeerd met my as met Martie."

Martie druk haar vuis teen haar mond om die hygende snikke te demp. "Sy het gesê ek is mal. Kranksinnig."

"Ek reken jy skuld Martie 'n verskoning," sê ouma Tien streng.

"Is nie," stry Tia. "Sy moet mý om verskoning vra omdat sy gesê het my pa was 'n armlastige sukkelaar en sy is bly hy is dood."

Ouma Tien lyk skepties en Martie huil al harder.

"Sy jok! Ek het gesê haar pa was die beste haker wat Suid-Afrika gehad het en dis jammer hy kon nie nou nog rugby speel nie. Hoekom verdraai sy my woorde, ouma Elf? Hoekom wil Tia nie met my vriende wees nie?"

"Hoekom nie, Martina?" herhaal ouma Tien. Die gebruik van die ou familienaam klink nie asof sy Tia voortrek nie, eerder soos 'n berisping. "Ek weet van haar kant doen Martie haar bes. Maar elke keer draai jy jou rug op haar. Hoekom?"

"Omdat ek mos op haar jaloers is," antwoord Tia bitter. "Omdat sy mos mooier as ek is en beter perdry."

Ouma Tien luister stilswyend na die sarkastiese verwyt. Oplaas hoop Tia sy toon 'n blyk van begrip of simpatie, of wantroue jeens haar ouer kleindogter. Maar Martie is te slinks, te slu, 'n te goeie toneelspeelster.

Toe dit lyk asof ouma Tien 'n oomblik te lank weifel, plaas Martie haar arm beskermend om die geboë skouers.

"Arme Tia is oorspanne en ek dink sy sal gouer regkom as sy alleen gelaat word. Moet Ouma nie ontstel nie. Tia praat van môre teruggaan Johannesburg toe. Maar ek is darem nog hier, so lank as wat Ouma my nodig het. Ouma Elfie is vir my belangriker as 'n fotosessie of 'n voorblad van die een of ander modetydskrif. Kom saam, dan gaan maak ek vir ons elkeen 'n koppie lekker, sterk koffie." Martie glimlag deur haar trane na haar niggie. "Kan ek vir jou ook koffie bring? Dis nie moeite nie."

"Nee," antwoord Tia bot.

Toe hulle uit is, kyk sy na die stapel briewe, kaartjies en telegramme wat Martie op die vloer laat val het. Ouma Tien en Mynhard sien nie deur Martie se oneerlikheid nie. Hulle dink sy is te wonderlik – as liftallige kleindogter en as toekomstige vrou. Wat kan sy daaraan doen?

In haar kamer haal Tia haar tas uit, maar sy begin nie dadelik inpak nie. Sy gaan staan voor die venster en kyk uit oor die skemerdonker tuin, die swembad, en in die verte sien sy die ry sipresse teen die kliprantjie. Martie het gesê ouma Tien het saamgestem dat sy neuroties is en dat dit dalk sal help as hulle oor haar pa praat. En haar ouma het dit nie ontken nie, ook nie probeer keer toe Martie gesê het sy wil die volgende dag huis toe gaan nie. Tia is verward en seergemaak. Is sy dan neuroties, swak geselskap en onwelkom? Is sy 'n las en 'n meulsteen? Wil ouma Tien hê sy moet weggaan?

Tia weet: As sy die volgende dag vertrek, sal sy nooit weer na Rustfontein terugkom nie. Haar laaste kuier sal ook 'n laaste afskeid wees.

Hoe kan sy op Rustfontein kom kuier terwyl ouma Tien saamstem sy is 'n meulsteen en 'n onwelkome uitgawe? Terwyl sy weet ouma Tien dink sy ly aan allerhande fobies en komplekse? Terwyl sy meer van Martie hou? En terwyl Mynhard ook vir Martie verkies en háár veroordeel? Dan is dit beter dat sy vir goed wegbly en nie 'n oorlas van haarself maak nie. Laat Martie Terblanche dan maar haar sin kry en koning kraai . . .

10

Nadat sy die aand gebad en 'n paar goed ingepak het, wag Tia vir ouma Tien, wetende haar ouma sal kom praat, sal nie toelaat dat hulle op so 'n onaangename noot tot siens sê nie.

Tia is reeds in die bed toe ouma Tien aanklop. Hoewel sy gehoop en gebid het Martie het nie volkome in haar doel geslaag om hulle twee van mekaar te vervreem nie, spring haar hart nogtans in haar keel en sit sy gespanne regop.

"Mag ek inkom, Martina?" vra ouma Tien.

"Ja. Ja, natuurlik, Ouma. Kom binne."

Ouma Tien kom sit op die kant van die bed en haar vereelte hand soek na haar kleindogter s'n.

Die vorige dag nog sou Tia die eelte in albei haar hande geneem het en 'n soentjie op die hare gedruk het wat in die bestek van vier weke skielik baie gryser geword het. Nou druk sy egter albei haar hande onder die laken in en kyk anderpad.

Ouma Tien lig haar bril en vryf oor haar oë. "Martinakind, dink jy nie jou pa en toe jou oupa se dood so kort daarna was te veel vir jou nie? Jy weet, as jong kind al was jy nie sterk nie en –"

"En Ouma dink Martie was reg en ek was verkeerd?" val Tia haar in die rede.

"Kindjie, ek sê nie jy was verkeerd nie . . ." Ouma Tien aarsel en soek na die regte woorde.

"Wat dan? Dink Ouma dat ek aan my senuwees ly, daarom dat ek 'n dokter moet gaan spreek?"

Ouma Tien trek aan die laken en die kombers. Haar gesig lyk verrimpel en haar oë agter die bril is soekend.

"Of eerder 'n psigiater?" dring Tia aan.

Ouma Tien vee oor haar mond, dan weer oor haar oë. "Martina, ek dink net jy . . . e . . ."

"Wat? Dat ék mal is, in plaas van Martie?"

"Jy moenie sulke onverantwoordelike goed sê nie, Martina. 'n Mens sê nie 'n ander een is mal nie. Julle is net 'n bietjie prikkelbaar."

"Maar ek die ergste? Reken Ouma die fout lê by my?"

"Ek wil nie een van my kleinkinders kritiseer nie. Maar jy moes haar nie geklap het nie, Martina. Sy het dit nie verdien nie."

"Sy het," hou Tia koppig vol. "Voor ander hou Martie haar baie vroom, maar agteraf is sy naar teenoor my. Sy het gesê ek is 'n parasiet en inhalig, ek kul op die tennisbaan, ek is lomp en 'n oorlas vir almal."

"Moet jou die dinge nie so aantrek nie. Jy is oorspanne, kindjie. Hoekom praat jy nie die saak met Martie uit nie?"

"Ek en sy het al te veel gepraat. Ek wil Martie nooit in my lewe weer sien nie. Rustfontein is te klein vir ons albei. Ek vertrek môreaand. Ek wil huis toe gaan."

Sy moet nou nie op die kind se gevoel speel om haar op die plaas te probeer hou nie, dink ouma Tien. Sy het gehoop Martina kan vir goed op Rustfontein kom bly. Maar Tia het haar eie lewe in die stad en as sy liewer by haar kêrel wil wees, mag hulle haar nie keer nie. As sy na Wynand Geertsema verlang, kan hulle niks daaraan doen nie. Sy het gehoop as dit nie Mynhard kan wees nie, dan dalk Thys Visser. Maar as Tia die stadsprokureurtjie verkies, moet sy haar daarby berus. Sy moet net bid dat hy nie 'n vrou en kinders het nie . . .

"As jy wil gaan, Martina, sal ek jou nie keer nie," sê sy stilweg.

Tia het verwag ouma Tien sal darem 'n poging aanwend om haar om te praat, of om met Martie te praat. Sy het gedink Martie oordryf ten opsigte van die uitgawes en haar ouma se benarde finansiële posisie. Maar blykbaar was Martie reg. Sy wil nie 'n las vir haar familie wees nie, besluit Tia opnuut. Sy het jare lank sonder hulle reggekom, sy kan dit in die toekoms ook doen. Sy sal na 'n eenkamerwoonstel trek en haar pa se motor verkoop. 'n Tyd lank sal dit moeilik gaan, dan sal sy regkom en 'n nuwe lewe begin; weg van Rustfontein en Waterval, weg van Mynhard. Sy sal af en toe van haar laat hoor, skryf en Kerskaartjies stuur. Sy sal bel sodra sy weer 'n telefoonrekening kan bekostig. Maar sy sal nie weer kom kuier nie en sy moes haar ook nie hierdie keer deur Petro laat ompraat het nie. "Dit sal jou goed doen om weg te kom," het Petro gesê. Min weet haar buurvrou sy kom in 'n erger toestand terug as waarin sy weg is Laeveld toe . . .

In die toekoms moet sy ook minder van Petro en haar man sien, neem Tia haar voor. Sy moet ophou om op ander mense te steun en leer om op haar eie voete te staan. Miskien, as sy haar in haar werk verdiep, kan sy daarin slaag om Rustfontein en Mynhard te vergeet. En as sy hard genoeg probeer, kan sy dit dalk na 'n ruk regkry om op Thys Visser verlief te raak. Hy is gaaf, vriendelik en 'n baie oulike man. Wie weet, dalk bel hy nie kort-kort net omdat hy vir haar jammer voel en omdat Mynhard hom gevra het nie. Dalk hou hy om die een of ander rede regtig van haar.

Nee, dink Tia. Thys kan kies en keur. Hy sal nie vir háár kies nie, want in teenstelling met ander meisies het sy niks om te bied nie. Mynhard het vir Thys gevra om hom oor haar te ontferm. As sy ingewillig het om saam met Thys te gaan eet, sou Mynhard waarskynlik die restaurant se rekening betaal het; hy, of dalk selfs ouma Tien. Want hulle albei kry haar jammer en dink sy is 'n armlastige wat oorspanne is en aan haar senuwees ly.

Maandagoggend is Martie saaklik en bekwaam. "Ek het die spoorwegbesprekingskantoor geskakel. As gevolg van die skoolvakansie is die treine vol."

453

"Ek het jou mos gesê," antwoord Tia.

"Ja, vir 'n wonder en seker die eerste keer in jou lewe, was jy reg." Martie kyk op haar horlosie. "Mynhard kom nou-nou om die pos te bring. Ek sal hoor of hy dalk sy invloed kan gebruik om vir jou plek te kry. Hy het mos gesê Thys gaan soms Johannesburg toe vir sake. Gee jy om as Thys jou oplaai?"

"Nee."

"Of sal jy dit verkies?"

"Ek kan nie sien wat dit met jou te doen het nie," antwoord Tia koud.

"Dis waar jy verkeerd is. Dit het baie met my te doen of jy jou eie kêrel het en of jy vir my toekomstige man jou flikkers gooi."

Tia antwoord nie. Sy is op pad klipkoppie toe om van oupa Jan afskeid te neem; om te gaan sê sy is jammer dat hierdie die laaste dag is waarop sy vars blomme op sy graf sal kan sit; om te vra hy moet verstaan hoekom sy weggaan en nooit sal terugkom nie; om te belowe om hom nooit te vergeet nie . . .

"Tog jammer jy sal nie Saterdag hier wees nie," sê Martie mymerend. "Ter wille van ouma Tien se gevoelens sal ons natuurlik nie 'n groot partytjie hê nie, net 'n paar goeie vriende uitnooi en dalk vir Ina en Anton. En natuurlik die Retiefs."

Tia gaan staan. "Wat gebeur Saterdag?"

Martie hou haar onskuldig. "Het ek jou nie gesê nie? Ek het seker vergeet. Ek en Mynhard raak Saterdagaand verloof."

Tia klap die deur agter haar toe en stap weg.

Bo van die rantjie af sien sy Mynhard se motor van die dorp se kant kom en voor die stoep stilhou, maar Tia bly waar sy is. Martie is mos so 'n goeie gasvrou, sy kan vir 'n verandering tee maak en sorg vir koek of iets daarby. Omdat sy skuldig gevoel het oor die feit dat sy nie geldelik tot die huishouding kon bydra nie, het sy in die kombuis gehelp en so haar deel probeer doen, dink Tia. Maar dit was blykbaar nie genoeg nie en miskien was Maria vies omdat sy in die kombuis ingemeng het. Maria sal seker ook bly wees wanneer sy weggaan.

Tia kyk huis se kant toe, maar Mynhard het nog nie gery nie. Die geld wat oupa Jan vir haar in 'n spaarrekening geplaas het, sal sy aan ouma Tien teruggee, neem sy haar voor. Gelukkig het sy nog nie veel daarvan gebruik nie, net 'n bietjie vir die rok en skoene.

Na nog 'n uur op Ina se klip onder die sipres besef Tia sy kan nie langer wag nie. As sy moontlik saam met Thys geleentheid kan kry Johannesburg toe, moet sy gaan klaar inpak en sorg dat sy gereed is. Haar oë is reeds rooi gehuil en opgehewe. Sy sien nie kans vir nóg 'n afskeid nie en sy lyk seker soos iets om oor weg te hardloop. Miskien kan sy ongemerk by 'n sydeur inglip kamer toe, sonder dat Mynhard haar sien en sonder dat sy met hom hoef te praat.

Tia was optimisties. Toe sy saggies deur die eetkamer loop, roep ouma Tien na haar vanuit die sitkamer.

"Hallo, kindjie. Wil jy tee hê?"

"Nee dankie, Ouma."

"Of koffie?" bied Martie aan. "Ek sal gaan maak, as jy koffie verkies."

"Ek verkies niks." Tia mik na die trap, op pad kamer toe.

"Tia! Kom sit by ons," roep Mynhard na haar.

"Nee dankie. Ek wil nie sit nie."

Hy keer haar in die portaal by die onderpunt van die trap voor. "Wat is jy?" terg hy. "Streeks en moedswillig? 'n Pure Cronjé?"

"Ek is 'n Du Plessis." Tia probeer by hom verbyskuur, maar hy keer haar af.

"Ek was op pad stalle toe om na Jenna se nek te kyk. Stap jy saam?"

Nee, dink Tia, asseblief nie. Hy weet nie wat dit haar kos om van Jenna en ouma Tien en die Laeveld afskeid te neem nie; boweal van hom en haar drome . . . Sy durf nie saam met hom gaan nie. Sy is bang haar selfbeheersing knak en sy soebat om te bly, belowe dat sy hom en Martie nie sal pla nie, as sy asseblief net toegelaat sal word om nog 'n klein rukkie aan te bly en hom lief te hê . . .

Mynhard loop voordeur toe. Hy kyk oor sy skouer. "Kom jy, Tia?"

Nee! dink sy. Haar hart luister egter nie na haar verstand nie. Haar bene ook nie. Hulle ontwikkel 'n eie wil en stap agter hom aan. Dit gaan oor Jenna, oortuig sy haarself; nie oor Mynhard se geselskap en nabyheid nie. Hy behoort aan Martie en sy het geen reg op hom nie.

Tia het gehoor Martie praat met ouma Tien oor Saterdagaand. Dit is waarskynlik hoekom sy nie dadelik weer soos 'n stertjie by is om besitlik aan sy arm te hang nie.

"Ouma, sal ons later die reëlings finaliseer?" vra Martie haastig. 'n Oomblik later is sy in die ingangsportaal en uit by die voordeur.

"Ek het vir Mynhard vertel jy het na Thys verneem," koer sy, met Mynhard se hand in hare.

"Het ek na Thys verneem?" wil Tia koel weet. "Ek kan nie onthou nie."

"Jou geheue is erger as 'n sif," sê Martie laggend. "Jy het gesê jy verlang en jy wil uitvind of hy jou kan oplaai Johannesburg toe." Sy draai na Mynhard. "Wanneer gaan Thys weer soontoe vir sake?"

"Woensdag gaan hy Pretoria toe om die weesheer in verband met 'n boedel te spreek en by die aktekantoor aan te doen. Johannesburg is op sy pad, maar Thys bestuur te roekeloos. As Tia vasbeslote is om vroeër huis toe te gaan en as die treine vol bespreek is, sal ék haar liewer terugneem."

As 'n kyk die aarde kon laat oopskeur, sou Tia deur 'n

afgrond verswelg kon word. Maar Martie herstel vinnig. "Gaaf, dan kan ek saamry. Johannesburg het meer winkels as Witrivier. Ek wil linnegoed en handdoeke koop."

Mynhard glimlag toegeeflik. "Wat wil jy met nog handdoeke maak, liefie? Jy het 'n hele trek saamgebring."

"Bloues en geles en rooies. Niks wat by die nuwe kleurskema pas nie."

"Die ydelheid van die vrou," skerts Mynhard. "Sal ons gaan kyk of Jenna gesond is?"

"Sal jy na haar omsien nadat ek weg is, Mynhard?" vra Tia.

Met sy los hand vryf hy oor Tia se hare en sy stem is grof. "Natuurlik. Jen lê my net so na aan die hart as vir jou."

Tia wil seker maak. "Sal jy Jenna asseblief op Waterval hou? Ek wil nie . . . Ek sal verkies dat sy nie op Rustfontein aanbly nie."

Mynhard streel vlugtig oor Tia se wang, waarop die spore van haar onlangse trane nog duidelik sigbaar is.

"Ek sal Jen Waterval toe neem en persoonlik na haar omsien totdat haar nooi terug is."

Martie se stem is skerp. "Hoekom nie Rustfontein, waar ek na haar kan kyk nie? Vertrou jy my nie, Mynhard?"

Mynhard sit sy arm om Martie se middel en trek haar stywer teen hom aan. "Jy het jou hande vol met ouma Tien, die roostuin en met botterbroodjies bak. Ek wil nie die versorging van 'n ekstra perd ook nog op daardie paar smal skouertjies laai nie. Ek sal Jenna by my neem."

"Ek sien kans om haar te versorg. Een of twee perde – wat is die verskil?" hou Martie vol.

"Tia verkies dat haar perd op Waterval bly."

Mynhard het gereken om haar te paai, maar sy woorde het die verkeerde uitwerking.

"Hoekom kies jy altyd Tia se kant teen my?" vra Martie skril.

"Ek kies nie kant nie, liefie. Die keuse berus by Tia."

"Tia dit en Tia dat. Net altyd Tia voor en agter. Maak ek nie saak nie?"

"Natuurlik maak jy saak. Báie saak. Kalmeer, liefie," paai Mynhard, hoewel nie meer heeltemal so geduldig nie. Martie kalmeer nie. "Hoe baie saak?" dring sy aan.

"Baie," herhaal Mynhard. "Sal ons aanstap stalle toe?" Martie hou hom terug. "Hoekom noem jy my net altyd liefie en nooit liefste nie?"

"Sal ons aanstap stalle toe, liefste?" korrigeer Mynhard homself. "Ek het 'n nuwe penisilliensalf gebring wat ek oor die wond wil smeer om infeksie te voorkom."

"Hou op om oor die dekselse perd te praat wanneer ek ernstig is. Dit help niks dat jy my liefste op so 'n ongeërgde stemtoon noem nie."

Tia kan sien Mynhard begin ergerlik raak. "Jy mag dit geniet om soos 'n skoolkind te staan en stry. Ek nie. Ek is haastig. Ek wil die penisillien aansmeer en dan ry, want ek het baie werk wat wag."

"Werk . . . Net altyd werk. Jy het nooit tyd vir kuier nie."

"Ek dink hierdie is 'n holruggeryde onderwerp," antwoord Mynhard kortaf. "Ek het jou gesê ek is 'n boer. Ek het nie tyd om heeldag in die dorp rond te flenter nie."

"Maar jy het tyd om Tia se perd te versorg en haar kant teen my te kies . . ." Martie se oë flikker en by haar mondhoeke spring 'n gespanne spiertjie. "Hoekom kan die perd nie op Rustfontein bly nadat Tia weg is nie?"

Mynhard is nie van nature 'n besonder geduldige man nie. Die bietjie geduld waaroor hy wel beskik, is skielik gedaan.

"Sal jy ophou om te klink soos 'n grammofoon wat vashaak, Martie?" vra hy ergerlik. "Ek verkies om Jenna op Waterval te hou, uit en gedaan. Ons bespreek die saak nie verder nie."

"Hoekom op Waterval? Omdat Tia se perd belangriker as myne is? Omdat jy my nie vertrou nie?"

Mynhard antwoord nie. Hy maak sy arm uit Martie se krampagtige greep los en stryk met lang treë aan stalle toe. Uit sy sak haal hy 'n buis salf en antiseptiese poeier, dan 'n appel om Jenna mee besig te hou terwyl hy met die wond werk.

Tia hou Jenna se kop vas terwyl Mynhard besig is, maar waag dit nie om 'n woord te sê nie. 'n Rusie tussen die twee verliefdes is nie haar saak nie. Maar as sy Mynhard was, sou sy nie so lank verdraagsaam gebly het nie. Martie is te besitlik en irriterend. Sy kan verstaan dat Mynhard naderhand ergerlik was. Is hulle verhouding nie so idillies en rooskleurig as wat dit op die oog af gelyk het nie?

Moet dit nie doen nie, maan sy haarself. Moet nou nie valse hoop staan en kry nie. Alle verloofdes kry soms struweling sonder dat dit beteken hul troue gaan afgestel word; sonder dat dit beteken hulle is nie meer verlief op mekaar nie.

Asof sy weet wat deur Tia se gedagtes gaan, kom staan Martie digby Mynhard, skielik weer die ene lieftalligheid. "Ek is jammer as ek jou kwaad gemaak het, liefling. Ek kon verlede nag nie slaap nie. Ek het hoofpyn en ek is moeg. Daarom dat ek nie myself is nie."

Mynhard knik net.

Martie wend haar impulsief na Tia. "Jammer, ou nig, jy kan met jou perd maak wat jy wil."

"Dankie," antwoord Tia sarkasties.

Mynhard weet hoe veranderlik Martie is en Tia se antwoord sal nie juis bydra om haar hoofpyn te laat bedaar nie. Voordat daar dalk weer 'n uitbarsting kom, vind hy dit veiliger om liewer die onderwerp te verander. Hy wys na 'n sweep teen die muur wat in die ou dae van kar en perde nog aan oupa Jan se pa behoort het.

"Jy het blykbaar nog nooit een gesien nie, Tia. Dis hoe

'n sweep lyk. Sien jy nou hoe moeilik dit sal wees om een op 'n kort afstand te hanteer?"

Soos toe die Palomino sweetbevlek en met 'n bloeiende nekwond van hul eerste rit teruggekeer het, klink Mynhard teleurgesteld en ligweg verwytend. Tia se hart krimp ineen. Wanneer Thys haar Woensdag opgelaai het, sal sy Mynhard nooit weer sien nie. Sy wil nie hê hy moet haar as 'n wreedaard of iemand wat diere mishandel, onthou nie.

Hoewel sy op televisie al kunstenaars met 'n sweep toertjies sien uithaal het, lyk dit in werklikheid groter en langer as wat Tia verwag het.

"Ja, 'n mens moet seker 'n paar meter weg wees om akkuraat met 'n sweep te kan slaan," stem sy saam. "Ek dink ek het deurmekaar geraak met die ding wat Martie gebruik het."

Martie verstyf. "Ek het niks gebruik nie. Dit was jy."

"Dit was só een . . ." Tia beduie na 'n karwats wat stowwerig aan 'n haak teen die stalmuur hang. "Wat is dit? 'n Sambok?"

Hoewel Tia met Mynhard gepraat het, is dit Martie wat antwoord.

"Jy hou jou verniet kastig dom. Jy weet goed dit was 'n karwats waarmee jy die arme perd getakel het."

"Ek bedoel 'n karwats, ja. Maar nie ek nie – jý."

Die wipplank was lank genoeg onder. Martie begin haar weer opwerk om bo te kom.

"Jy het gesê goggas gee jou die horries en jy is bang vir diere; vir beeste en honde en perde. Moenie nou die skuld vir jou lafhartigheid op my pak nie. Ek gee toe jy wou die perd seker nie met opset mishandel nie, jy het geskrik toe sy met jou op loop gesit het. Niemand neem jou kwalik nie, Tia. Mynhard sekerlik nie en allermins ek. Maar erken jy was verkeerd, dan sal almal meer van jou dink. Moenie die skuld op ander pak nie."

Was dit Thys of wie ook al, sou Tia nie omgegee het nie

en die saak daar gelaat het. Maar Mynhard moet nie sleg van haar dink en negatiewe herinneringe aan haar hê nie.

"Hoekom vra ons nie vir Petrus wie van ons twee die karwats geneem het die middag toe ons gaan ry het nie?" stel Tia voor.

Sy ken haar niggie nie goed genoeg nie, anders sou Tia die flikkering diep agterin die geel oë herken het en op haar hoede gewees het.

"Petrus sal die twyfel kan oplos – naamlik wie die karwats geneem het en wie van ons die skuldige is," borduur Tia voort.

"Wie 'n karwats saamgeneem het, bewys niks nie. Ons kon langs die pad omgeruil het."

"Maar ons het nie."

"Wie sê so?"

"My en jou en almal se logika. Sal 'n beginner wat skaars kan perdry, wat van leisels in plaas van teuels praat en net daarop konsentreer om bo te bly, nog 'n los hand oorhê om 'n karwats te gebruik?"

Martie is bleek en dieselfde gespanne spiertjie pluk-pluk weer by haar mondhoeke.

"Jy is nie 'n beginner nie. Jy ry veel beter as wat jy wou laat blyk."

"Hoekom sal ek dit wou wegsteek dat ek goed kan ry?"

"Omdat jy vals is en sodat jy die skuld op my kon pak en my in 'n swak lig stel."

"Sal ons Petrus laat besluit?"

Martie se glimlag is vol bravade. "Petrus het Maandae vry. Dis jou woord teen myne."

"Maar Petrus sal môre hier wees," troef Tia haar.

So maklik gee Martie die saak nie gewonne nie. "Gaan ons 'n stalman die oordeel laat vel? 'n Skelm stalman wat maklik deur Tia omgekoop kan word?" vra sy vir Mynhard en soek na sy hand. "Kom ons vergeet die gestry en gaan drink iets. Bier, of 'n glasie lekker, yskoue wyn."

461

Mynhard maak sy hand uit hare los. "Ek is haastig. Ek kan nie bly nie. En ek dink jy moet ook liewer by koeldrank bly, Martie."

"Hoekom?" Martie kyk hom koel op en af. "Dink jy ek kan nie my wyn vat nie?"

"Dis elfuur in die oggend en as jy hoofpyn het, moet jy liewer nie 'n alkoholiese drankie drink nie."

Martie skop 'n klip uit haar pad. "Ek makeer niks," sê sy stug.

Terwyl hulle by die stalle was, het ouma Tien tyd gehad om die pos deur te kyk. Sy wys 'n brief van die eksekuteur aan Mynhard.

"Hier is 'n rekening vir kunsmis wat ek bestel het, maar sedertdien gekanselleer het. Hoe moet ek nou maak?"

Mynhard bekyk die brief. "Hiervolgens is die besending wel gelewer en die rekening agterstallig. Ek gaan Donderdag Nelspruit toe, dan sal ek by die firma aandoen en uitvind waar die fout ingesluip het."

"Donderdag is te laat. Hierdie is 'n groot rekening en naderhand moet ek rente op 'n oortrokke rekening betaal. Nee, ek dink ek moet vanmiddag ry en gaan hoor wat aan die gang is, Mynhard. Jy ry mos graag rond met daardie gevaarte van jou, Martie. Het jy lus om Nelspruit toe te gaan?"

In normale omstandighede sou Martie dadelik ingewillig het en ure lank kamer toe verdwyn het om aan te trek en haar mooi te maak. Nou skud sy egter haar kop. "Ek het hoofpyn. Sien Ouma kans om alleen te ry?"

"Natuurlik." Ouma Tien kyk na Tia. "Tensy jy lus het om saam te gaan, kindjie? Dit sal jou goed doen."

Tia kyk weg. "Ek moet inpak."

Tien minute later ry Mynhard ook – huis toe, al het Martie weer bier of 'n ander drankie aangebied om hom te probeer ompraat.

Tia hoor Martie by die yskas toe sy verbyloop kamer toe. Sy hoor die motor se enjin dreun, 'n motordeur wat toeklap en 'n rukkie later hoe ouma Tien vertrek. Daarna is die huis doodstil. Om 'n paar stukke klere in 'n tas te pak en haar beddegoed op te rol, duur nie lank nie. Sy kan dit tot die volgende aand uitstel, besluit Tia en gaan lê met 'n tydskrif op die bed. Sy voel moeg en Martie is nie al een met 'n kloppende hoofpyn nie.

Sal hulle die kwessie met Petrus deurvoer of die saak vredesonthalwe daar laat? wonder sy. Wat maak dit saak wie die skuldige was en hoe Mynhard haar onthou? Na Woensdag en na Saterdagaand sal hy waarskynlik nooit eers aan haar dink nie – net aan Martie en aan handdoeke en linnegoed en hul komende troue. Dié sal seker binnekort wees. Haar niggie is nie die soort mens wat met 'n lang verlowing tevrede sal wees nie.

Tia het pas op bladsy vyf 'n artikel oor wildbewaring begin lees, toe daar 'n klop aan haar kamerdeur klink.

"Is jy besig?" vra Martie.

"Ja," antwoord Tia kortaf. "Wat wil jy hê?"

"Jong, ek is 'n bietjie onrustig. Hier sluip 'n vreemde man op die werf rond. Ek hou hom al geruime tyd dop en ek voel nie gerus nie. Ek wens ons het honde gehad om hom te verwilder. Hoekom het ouma Tien nie honde nie?"

"Ek weet nie."

"Het jy 'n vuurwapen?"

"Nee. Waarskynlik is dit iemand wat na Petrus of Maria soek."

"Dan sou hy reguit na die buitekamers toe gegaan het, maar hy sluip al om die huis en bespied dit uit alle rigtings. Hy het seker gesien die motor is weg, nou reken hy hy kan inbreek, hier is nie mense nie. Dink jy ouma Tien het 'n rewolwer of 'n pistool?"

"'n Mens kan nie sommer wild en wakker skiet nie,

nie wanneer jy nie weet hoe om 'n vuurwapen te hanteer nie."

"Ek ken vuurwapens. Of moet ons die polisie bel?"

"Dalk is dit sommer iemand wat verdwaal het of werk soek."

"Werk soek?" Martie klink skepties. "Met 'n lang jas aan en 'n mus laag oor sy oë getrek? Ek glo nie. Hy het netnou iets in sy hand gehad. Iets wat blink. Ek kon nie uitmaak wat dit was nie. Dalk 'n mes of 'n gebreekte bottel. Ek dink ek en jy moet ons verskille 'n paar oomblikke opsy stoot. Mag ek inkom?"

Tia was van plan om afsydig te bly, maar die dringendheid in haar niggie se houding laat haar die tydskrif eenkant toe gooi en regop sit.

"Ja, kom in. Sien jy hom nog?"

Martie loop tot by die venster. Sy loer deur die kantgordyn en bo-oor die ry sementpotte op die vensterbank. "Daar's hy weer! Daar by die olienhoutboom! Dis nie 'n mes of 'n bottel nie. Dis 'n panga. Jong, ek is bang, Tia . . . Petrus en Abel is nie hier nie en ek weet nie waar Maria is nie. Ouma Elf is weg en Mynhard ook. Dis net ek en jy in hierdie kasarm van 'n huis; twee weerlose meisies. En 'n mens hoor al hoe meer van terrorisme op afgeleë plase . . ."

Met 'n paar treë en 'n hart wat in haar keel klop, is Tia langs Martie by die venster. Die naaste polisiepos is op Witrivier, besef sy. Hoe lank sal dit duur voordat hulp hulle kan bereik?

"Waar is hy?" fluister sy.

"Is al die deure en vensters toe?"

"Ek weet nie."

"Jy weet ook nooit iets nie. As ek nie so oplettend was nie, was ons albei al vermoor, terwyl jy nog ewe rustig lê en tydskrifte lees het. Wat gaan ons maak? Die polisie of die weermag ontbied?"

Tia is skielik ook op hol, haar bene lam en haar hand-palms natgesweet. Sy buk saam met Martie by die venster, maar sien niks nie.

Martie se oë is blykbaar fyner. "Daar! Daar's hy weer! By die watertenk."

"Waar?"

"Is jy blind?" Martie pluk ongeduldig die kantgordyn opsy en stoot die venster oop. "Sien jy nog steeds niks nie?"

"Nee. Daar's niks by die olienhoutboom nie."

"Ek sê mos – hy is om na die watertenk toe, om agter-deur toe . . . Leun uit, dan sal jy beter kan sien. Dink jy hy wil ons vermoor, ons kele met die panga afsny?"

Tia word aangesteek deur Martie se histerie. "Die polisie sal nie betyds hier kan wees nie. Ons moet Mynhard bel."

"Mynhard sal my kom help, nie vir jou nie. Kyk, Tia!" por Martie haar aan. "Kyk na die watertenk en die sydeur. Kyk mooi. Leun verder uit, sodat jy beter kan sien . . ."

Tia was op die gevaar daarbuite bedag, nie op dié binne-in die huis self nie. Die harde stamp teen haar rug terwyl sy by die venster uitleun, kom heeltemal onverwags. Voordat sy van die skok kan herstel, word die vloermatjie voor die venster onder haar voete uitgeruk.

Sy verloor haar ewewig en tuimel kop eerste vorentoe. Dit voel soos toe sy een keer van 'n hoë duikplank afge-duik het, behalwe dat sy weet hierdie keer is daar nie water onder haar om die momentum van haar val te absorbeer nie. In plaas van water, wag die klipharde sementplaveisel ver daaronder op haar.

In haar angs en paniek uiter Tia 'n wanhopige gil. "Myn-hard! Help!"

11

Die dak van oupa Jan se systoep breek haar val.

Tia tref die geut en die oorhangende dakteëls met 'n siek slag wat al die lug uit haar longe pers. Haar vingernaels breek tot in die vleis af in 'n desperate poging om vashouplek te soek en te verhoed dat sy verder val. Maar haar hande kan nie hul vreesbevange greep op die teëls behou nie, en toe sy die geut gryp, tas haar bloeiende vingers net lug raak.

"Mynhard!" skree sy toe sy van die dak aftuimel en 'n verdere vyf meter na benede op die sementplaveisel val. Haar kop tref die grond met 'n verblindende slag. 'n Skerp pyn flits deur haar skouer. Haar regterbeen vou dubbel onder haar gewig en Tia registreer vaagweg 'n kraakgeluid toe die been onder haar knie soos 'n droë tak breek. Sy gil weer en dan word alles genadiglik om haar donker.

Tia weet nie hoe lank sy op die plaveisel gelê het nie. Toe sy geleidelik haar bewussyn herwin, bly die gevoel van die duikplank haar by. Eers is daar die swewende sensasie, dan die verswelgende ysigheid waardeur jy tuimel en tol en na asem hyg. Daarna kom 'n kolkende skemer wat stadig ligter word totdat jy weer lug kry en bo is en die fel sonlig in jou oë skyn. Sy lê 'n paar sekondes roerloos. Maar dit voel of haar kop nog vas aan haar lyf is en kan draai. Sy lig haar gesig moeisaam op na die venster, bokant die systoep, waar sy die figuur van Martie dofweg kan uitmaak.

"Help my . . ." prewel sy skor en sukkelend. "Ek dink . . . dink ek het my been gebreek."

Martie reageer nie. Toe Tia na wat vir haar soos 'n ewigheid voel, deur die pynnewels weer op die venster kan fokus, merk sy dat Martie by die vensterbank besig is. Daar is twee potplante in swaar sementpotte. Martie is by die naaste een doenig, besig om met haar skouer daarteen te

beur en dit los te wikkel. Aanvanklik staar Tia half bene-
weld na haar, voordat die waarheid met 'n hol gevoel op
die krop van haar maag tot haar deurdring.

Nee . . . Dit is nie moontlik nie . . . Tia kan dit nie glo
nie. Sy het aanvaar dit was 'n ongeluk – sy het gegly en by
die venster uitgeval. Sy het verwag Martie sou met die trap
afstorm om te kom kyk of sy beseer is.

Saam met 'n nuwe vlaag paniek dring dit tot haar deur
dat Martie nie van plan is om haar te kom help nie. Martie
het haar met opset by die venster uitgestamp en gehoop
sy val haar dood. En nou, aangesien sy nie in haar doel
geslaag het nie, hoop sy om met die groot sementpot haar
duiwelswerk klaar te maak . . .

Hygend na asem, sleep Tia haar gebreekte liggaam moei-
saam en soos 'n afbeen-krap weg van die venster af.

'n Breukdeel van 'n sekonde later tref die sementpot die
grond op die presiese plek waar sy gelê het. As sy nie be-
tyds padgegee het nie, was sy vermorsel.

Daar was nie 'n terroris met 'n lang jas en 'n panga nie,
besef sy. Dit was Martie se slim plan om haar by 'n oop
venster te kry, haar te stamp en die matjie onder haar voete
uit te ruk; Martie se slinkse plan om haar uit die weg te
ruim en dit na 'n ongeluk te laat lyk.

Sy sien hoe Martie se onherkenbaar verwronge gesig na
haar afkyk en hoe sy na die tweede sementpot beweeg.

Dan, opeens, is daar 'n tweede figuur agter Martie, een
wat met haar worstel en haar arms probeer vasgryp.

"Nee!" roep 'n stem uit. "Ek het gesien wat jy doen! Jy
wil haar doodmaak en jy sal nie."

Yl sy? wonder Tia deurmekaar. Was dit sy wat dit uit-
geroep het? Was dit haar verbeelding, of wensdenkery? Of
wie se stem was dit? Is daar iemand by Martie of gaan
daardie volgende sementpot ook kom en haar hierdie keer
vermorsel?

"Ek het gesien jy wil haar vermoor! Ek gaan dit vir die

polisie sê. En vir Mynhard en Ouma wanneer hulle kom. Los die pot!"

"Los my!" skree Martie skril en heeltemal buite haarself.

"Jy wou haar vermoor. Ek het alles gesien. En Petrus sê dis jy wat die karwats gevat het. As hulle hom vra, sal hy sê dit was jy."

"Los my!"

"Ek weet hoekom Tia die dag vir jou geklap het: want jy het lelik van haar pa gepraat. Ek was naby en ek het jou gehoor. Ek gaan vir almal vertel. Jy is 'n satan!"

"Bly stil!"

"Ek sal nie. Ek het lank my mond gehou, want julle sake is nie myne nie. Maar nou gaan ek praat. Ek gaan praat van hoe jy maak asof jy goed is wanneer ander mense daar is. Maar sodra jy alleen met Tia is, is jy 'n slang. 'n Satan! Ek weet alles . . ."

"Los my!" skree Martie en stoei wanhopig om weg te kom. Haar stem klink skor en hees, asof dit nie aan haar behoort nie.

"Mynhard sal jou nie wil hê as ek hom alles sê nie. Jy is sleg."

"Ek weet. Ek is siek . . . Los my arms!"

"Nee. Jy wil Tia doodmaak. Nee, ek los jou nie . . . Jy is sleg."

"Ja . . ." Martie se stem klink dof en ver, asof dit 'n eggo deur 'n kloof is. "Laat my gaan . . ."

Sy is blykbaar die sterker een van die twee. Of dalk het sy in haar waansin krag wat sy nie voorheen besit het nie. Die wanhopige worsteling vorder tot by die hoek van die venster. Dan slaag Martie daarin om die knellende greep om haar arms los te breek. Sy ruk los en stamp die ander figuur met geweld van haar af weg. Sy storm blindweg deur die kantgordyne en gooi haarself deur die oop venster.

"Nee!" Tia weet nie of dit sy was wat geskree het, of die

ander stem nie. Deur die newels sien sy vir Martie: wapperende, lang blonde hare wat in die wind lig en met haar arms wyd uitgestrek.

Sy is mooi, dink Tia, beeldskoon, soos daardie eerste dag net voor die begrafnis. Sy kan verstaan dat Mynhard en seker alle mans op haar verlief kan raak.

Dan tref Martie die plaveisel en sy is plotseling nie meer mooi nie. 'n Donker bloedvlek sprei oor haar gesig en haar nek lyk skeef. Oplaas ruk haar een hand, dan lê sy stil, soos 'n stukkende lappop in 'n tweedehandse poppewinkel.

"Martie!" Hierdie keer weet Tia die gil het uit haar eie wydgesperde mond gekom. Sy staar met afgryse na die uitgespreide blonde hare en die kop wat onnatuurlik skeef aan die nek hang. "Martie!" skree sy weer en probeer haar bewerasie oorkom, probeer op een been en met behulp van haar wankelrige arms en hande tot by die stil liggaam kruip. Sy hoor die splinters in haar been teen mekaar skuur en sy veg teen die duiseligheid en die naar gevoel wat verstikkend in haar keel opstoot. Tia vorder nog 'n entjie, dan spoel die pyn in donker vlae oor haar en word alles genadiglik om haar swart.

Sy het geen besef van tyd nie, net van swart vlae mislikheid wat telkens oor haar spoel, soos die yswater nadat sy so dapper was om van die duikplank af te duik, wetend sy kan nie goed swem nie en die swembad is diep aan daardie kant. 'n Deel van haar onderbewussyn registreer dat iemand langs haar kniel, vrae vra en haar na koelte sleep. Dan word 'n kussing versigtig onder haar kop ingedruk en 'n kombers om haar gevou. Sy wil keer, die hande moet nie aan haar been en skouer raak nie, maar haar tong voel swaar en sy kan nie die woorde uitkry nie.

"Dankie . . ." fluister sy skor.

"Lê stil."

Die stem is bekend. Tia weet sy ken dit. Maar haar verstand voel asof dit in dik lae watte toegedraai is en sy kan nie dink nie. Dit is makliker om aan die duiseligheid toe te gee en onder die kolkende, koue water van die swembad terug te sak.

Toe Tia weer haar oë oopmaak, is sy alleen. 'n Swerm mossies kwetter in die olienhoutboom en 'n spreeu het naby haar op die reling van die stoep kom sit, om haar met blink, oranje kraaloë dop te hou. Verder is daar niemand naby haar nie en alles om haar is doodstil. Langs haar, 'n paar meter weg, lê Martie roerloos, met net die wind wat deur haar hare speel en haar rooi bloes laat wapper.

Die verlatenheid en die eensaamheid laat Tia voel asof dit die einde is: hier, alleen op die plaveisel, sonder dat sy ooit weer mense gaan sien of met hulle kan praat. Martie is dood, besef sy met onwrikbare sekerheid. En die volgende is sy . . . Hulle gaan albei hier voor die systoep sterf. Sonder dat iemand ooit sal weet wat gebeur het. Dit is net sy en Martie; Martie wat dood is. En sy . . .

In haar beswyming kom die nagmerries. "Konsentreer op die bal," hoor sy Martie sê. "Jy moenie kul nie. Ek hou jou dop."

"Jy verneuk," sê Thys en Mynhard. "Ons gaan nie die punt oorspeel nie, want jy is 'n armlastige, soos jou pa. Dis goed hy is dood. Soos Jenna. Jy sal haar nooit weer kan mishandel nie."

"Dis ek, nie 'n spook nie," sê Thys. "Martie lewe nog. Sy gaan volgende afslaan. Hier kom 'n blitsbal. Staan ver terug en moenie dat sy jou by die venster uitstamp nie, want daar is nie 'n inbreker met 'n mes nie."

Dan is ouma Tien opeens langs haar by die vuur en dit is sipresse wat brand, nie hardekool nie. "As jy wil weggaan, sal ek jou nie keer nie, want jy is nie meer my kleindogter nie. Rustfontein is te klein vir julle albei."

'n Motor hou stil en voetstappe en stemme klink op, vra haar allerhande vrae. Tia klem die komberse vas. Sy wil nie praat nie, wil in haar veilige kokon van stilte bly en die seer en die pyn vergeet.

Na 'n lang tyd wissel die nagmerrie en die stemme van die plaveisel na 'n wit, steriele kamer wat na ontsmettingsmiddel ruik. Sy lê in 'n vreemde bed en ouma Tien sit op 'n stoel langs haar.

"Martie is dood."

Tia weet nie of sy die woorde hardop gesê of gedink het nie. Sy voel die prik van 'n spuitnaald in haar arm en dit is 'n bekende gevoel – asof sy al talle inspuitings vantevore gehad het. Sy ontspan en wag op die lomerigheid en die vergetelheid wat sy uit ondervinding weet sal kom.

Soms besef sy sy roep na ouma Tien, soms skril, soms skor, maar altyd in paniek en angs. En altyd is ouma Tien daar, met 'n klam handdoek teen haar voorkop. "Bloues en geles en rooies. Handdoeke wat nie by die nuwe kleurskema pas nie." Wie het so gesê? Martie? Partykeer is daar 'n manspersoon by haar in die donker yswater. Nie Mynhard of Thys nie. Ouer. Grys. Met 'n bril. Tia begin sy gesig herken en sy hoor hom van ver af vra: "Jy sê jou niggie het jou onder valse voorwendsels na die venster gelok en toe uitgestamp?"

Het sy so gesê? Tia kan nie onthou nie.

"Martie is dood," herhaal sy.

Die grys kop en die bril knik. Geduldig. "Ons het 'n getuie om te bevestig dit was selfmoord. 'n Ondersoek van die maaginhoud het 'n oormaat alkohol getoon wat volgens verslae die rede oorheers het. Volgens ander sielkundige verslae was sy –"

"Is dit nodig om die kind met al die besonderhede op te saal, luitenant Bodenstein?" klink ouma Tien se kras stem op.

"Ek doen net my werk, mevrou Cronjé, en ons sit met 'n hangende ondersoek."

471

"Die ondersoek kan wag. Kan jy nie sien die kind is deurmekaar nie, luitenant? Het jy nie gehoor die dokter sê sy moet rus nie?"

"Ek het gehoor, en dit sal net 'n oomblik wees . . . Mejuffrou Du Plessis, het u enige mening om uit te spreek waarom mejuffrou Terblanche twee pogings aangewend het om moord te pleeg?"

"Nee . . . dit was 'n ongeluk."

"Dit was poging tot moord – sy het met voorbedagte rade opgetree. Ek moet die korrekte feite kry, mevrou Cronjé," sê die polisieman verskonend.

"Die kind moet rus," dring ouma Tien beslis aan. "Jy kan later terugkom, luitenant. Wat is die haas?"

Tia is terug op die systoep se dak, met haar vingernaels wat breek en afskeur in haar wanhopige poging om aan die teëls vas te gryp.

"Help!" gil sy, dog dit is net 'n hees fluistering. "Mynhard!"

Tia weet nie hoe lank sy in 'n beswyming was en hoe lank sy geslaap het as gevolg van die inspuitings, kapsules en pille nie. Sy hoor veraf die geluide van verpleegsters wat kom en gaan, ouma Tien se stem en 'n paar keer selfs dié van Mynhard en Thys langs haar bed.

Dan, op 'n dag, is die nagmerries en waanbeelde verby. Sy besef sy is in 'n hospitaal, in 'n hoë bed met 'n wit deken en met ouma Tien langsaan, besig om haar hand vas te hou en haar te kalmeer.

"Het ek my been gebreek toe ek geval het?" vra sy, verbaas omdat haar stem so flou klink en sy so swak voel. Haar regterbeen is in gips en in traksie, maar sy kan die ander een ook byna nie roer nie. Dit voel asof 'n berg lood op haar bors rus en haar skouer pyn.

"En jou sleutelbeen, kindjie. En jy het harsingskudding opgedoen. Jy was lank deurmekaar. Jy moet rus."

Tia probeer sien in watter toestand haar vingers is, maar hulle is dik verbind. 'n Siddering trek deur haar en haar skouers ruk.

"Sy het my teen die rug gestamp en die . . . die mat onder my voete uitgetrek . . . Nadat ek geval het, het sy my nie kom help nie . . ."

"Moenie daaraan dink nie. Probeer vergeet."

"Ek kan nie . . . Sy wou die pot met malvas op my gooi . . ."

"Slaap," gebied ouma Tien.

"Wie het haar gekeer?" fluister Tia pynlik.

"Wanneer jy daaroor praat, herleef jy alles. Vergeet nou alles en probeer slaap, Martina."

Haar volle naam klink nie meer soos 'n berisping nie. Ouma Tien klink moederlik en liefdevol. Tia kry 'n skaduwee van 'n glimlag reg, dan sak haar ooglede swaar toe en die eerste keer in sewe dae slaap sy rustig, sonder kapsules of 'n inspuiting om haar te kalmeer. Hierdie keer roep sy nie of soek na haar toe ouma Tien na 'n ruk die privaatsaal saggies verlaat nie.

Twee dae later bring Mynhard vir haar 'n ruiker blomme; proteas, soos dié van Thys.

Hy is wasbleek en ouer. Anders. Hy is soos 'n vreemdeling, asof hy haar uit plig kom besoek het; asof hy haar nie wou sien nie en slegs uit skuldgevoel hospitaal toe gekom het. Hoewel daar 'n bankie en twee stoele by haar bed is, sit hy nie.

Die luitenant het gesê dit was selfmoord en die lykskouing het getoon Martie was onder die invloed van alkohol, onthou Tia. Wanneer sy dorp toe was, het Martie altyd 'n paar bottels wyn saam met die vleis en kruideniersware teruggebring. Vroeër daardie middag het sy kort-kort 'n glas hoor klink en Martie 'n paar keer by die yskas gehoor.

"Wyn," het Martie verklaar toe sy van die jakkalsjag vertel het. "Yskoue, droë witwyn."

"Ek dink jy moet by koeldrank bly," het Mynhard gemaan. "Dis elfuur in die oggend en as jy hoofpyn het, moet jy nie alkoholiese drankies drink nie."

Het Martie 'n drankprobleem gehad en het Mynhard daarvan geweet? Vreemd, Martie se asem hét na iets geruik, maar Tia het gedink dit is kougom. Sy het gedurig parfuum en asemverfrissers of die een of ander reukweermiddel gebruik. Was dit om die alkoholreuk te verbloem?

Miskien het nie een van hulle haar of haar probleme verstaan nie. Die lewenstempo in Europa en die lewe van 'n professionele mannekyn is vir hulle vreemd. Op 'n keer het Martie haar daarvan vertel, maar sy wou nie luister nie. Sy was te jaloers, te selfsugtig en net op haarself ingestel. Mynhard het gesê Martie was eensaam, sy het vriende nodig gehad. Maar sy het haar rug op Martie gedraai, nie belang gestel nie en haar niggie veroordeel. As sy begryp het, as sy meer simpatiek en minder egoïsties was, kon sy Martie gehelp het, dalk daardie laaste wanhopige en desperate sprong deur die venster verhoed het.

"Ek is jammer, Mynhard," sê Tia sag.

Hy kyk vlugtig na haar, dan weer weg. "Ek ook."

"Wil jy nie sit nie?"

"Nee dankie." Hy lyk rusteloos, haastig om uit die beklemming van die hospitaal weg te kom.

Hy het Martie liefgehad, dink Tia. Hulle sou verloof geraak en getrou het. Almal het simpatie met haar omdat sy 'n been en 'n sleutelbeen gebreek het, en skok en harsingskudding opgedoen het. Maar wie dink aan Mynhard? Wie onthou sý verlies?

"Sy was die oggend al prikkelbaar," sê Tia. "Sy was gespanne en het hoofpyn gehad."

"Ja."

"Sy het nie geweet wat sy doen nie."

474

Hy antwoord nie.

"Dit was alles . . . Dit was gou verby, Mynhard."

Na haar pa se dood wou Tia oor hom praat, hom op daardie manier miskien lewend hou of uit haar gestel kry. Mynhard was al een wat haar behoefte verstaan het. Sy het gedink hulle is eenders, hy het in hierdie stadium dieselfde verlange en behoefte. Maar hy het verander, 'n geslote vreemdeling geword. Hy wil nie praat nie.

"Ek was lief en jammer vir haar, al het ek dit nie besef nie," sê Tia sag.

Mynhard kyk op sy horlosie. "Ek moet gaan . . ."

"Wie was op die laaste by haar? Wie het haar probeer keer?" vra Tia weer.

"Maria."

Tia herkou aan die naam. Maria . . . Ja, natuurlik. Petrus was weg, maar nie een van hulle het geweet waar Maria was nie. Sy moes die stem en die figuur agter die kantgordyn herken het – onthou het Maria se kamer is naby die huis en sy sou die gille gehoor het, kom ondersoek instel het en gesnap het wat Martie probeer doen het. Sy het haar lewe aan Maria te danke. Maria het vir Martie vasgehou, daardie tweede sementpot waarvan sy nie sou kon ontsnap nie, gekeer. Bo alles het sy tot Martie se rede en logika probeer deurdring, haar probeer help . . .

"Ek is dankbaar jy is beter, Tia," sê Mynhard. Dan groet hy en laat haar alleen.

Tia lê lank roerloos, haar gedagtes 'n malende draaikolk. Of het Maria vir Martie gedreig? Was Maria 'n risikofaktor wat vir Martie kon ontbloot en ontmasker?

Tia hoor weer die beskuldigings tydens die worsteling voor die venster.

"Ek het gesien wat jy doen. Jy wil haar doodmaak. Ek gaan die polisie sê. Petrus weet jy het die karwats gevat. Jy het lelik van haar pa gepraat, ek het jou gehoor. Jy is 'n slang, 'n satan."

Was die vrees dat die waarheid sou uitkom en mense haar sou sien soos sy werklik was, die dryfveer wat Martie na haar dood laat spring het?

Saterdagmiddag kom Ina, ook met 'n ruiker en 'n mandjie vrugte. Tia onthou sy het Mynhard nie vir sy blomme – die proteas – bedank nie. Maar hy was stil en afsydig en hulle albei het die heeltyd aan Martie gedink en aan dit wat ongesê tussen hulle gebly het.

"Jy lýk beter," merk Ina op. "Vóél jy beter, ou maat?"

"Fisiek, ja, geestelik, nee. 'n Mens sal nooit kan vergeet nie. Is sy . . ." Tia sluk en begin oor. "Wanneer was die begrafnis?"

"Sy is veras. Net die naaste familielede was in die kapel. Jy moet jouself nie verwyt dat jy aandadig aan haar dood was nie, Tia. Sy het by 'n vorige geleentheid glo ook 'n oordosis slaappille gedrink – toe die verhouding tussen haar en die Franse hertog skeefgeloop het."

"Soos tussen haar en Mynhard. Hulle het daardie dag rusie gemaak en dis waarskynlik hoekom sy gedrink het. Maar ek was die oorsaak van die rusie."

"Moet jouself nie blameer nie," herhaal Ina. "Martie was geestelik versteur. Niemand kon haar help nie, nie eers 'n bekende psigiater in New York nie. Sy was onder behandeling, maar sy het nie saamgewerk nie. Halfpad deur die terapie het sy blykbaar – volgens tant Susan – moed verloor en tou opgegooi en weggevlug; voorheen na Rome en nou na Suid-Afrika. As dit nie Mynhard was op wie sy haar hoop geplaas het nie, was dit iemand anders. Dit was 'n ongelukkige sameloop van omstandighede."

"Ek het op 'n keer gesê sy is mal en sy het hewig gereageer. Ek moes nie so wreed gewees het nie. Dit moes haar bitter seergemaak het."

"Sy was wreder teenoor jou en het jou erger seergemaak."

476

"Sy was nie vir haar dade verantwoordelik nie."

"Ja. As dit nie die venster was nie, was dit dalk weer slaappille of selfs dwelms. Maar kyk hoe mooi vrolik lyk sy hier . . ." Ina wys haar die voorblad van 'n internasionale modetydskrif. "Binne-in is 'n huldeblyk deur 'n fotograaf – blykbaar 'n jare lange vriend van haar. Dis hoe sy die laaste keer sou wou lyk. Pragtig, opgeruimd en sonder sorge. Dis hoe sy sou wou hê ons moet haar onthou."

Tia wil nie kyk nie. Miskien later, wanneer die herinneringe nie meer so rou is nie.

"Hoe gaan dit met tant Susan en oom Coert?" wil sy weet.

"So goed as wat dit in die omstandighede kan gaan. Hulle voel baie jammer vir jou en sal jou graag wil besoek, tensy jy hulle nie wil sien nie."

"Ek sal hulle graag wil sien. Hoe kan ek verwyte teenoor Martie se ouers hê?"

"Hulle was van haar probleme bewus."

"Wat gebeur het, is niemand se skuld nie. Hoe gaan dit met Mynhard? Wanneer laas het jy hom gesien?"

"Vanoggend op Rustfontein. Hy het die pos gebring. Maar hy wou nie vertoef nie. Dit gaan nie goed met hom nie, Tia. Mynhard is nog meer vol selfverwyt as jy en ouma Tien."

"Hy het haar liefgehad. Hulle sou verloof raak."

"Wie sê so?" vra Ina verbaas. "Verloof?"

"Ja. Daardie Saterdagaand. Daar sou net 'n groepie intieme vriende en familie wees. Jy en Anton was ook genooi."

"Vreemd dat niemand daarvan geweet het nie. En daar het ook geen uitnodiging by my uitgekom nie."

"Sy wou jou seker nog bel. Ek dink dit moes 'n verrassing wees, maar ek en ouma Tien het daarvan geweet. Sy wou gaan handdoeke koop en Wim . . . Wim wou so graag 'n rit in daardie rooi sportmotor gehad het. Nou is dit te

477

laat. Alles is soos . . ." Tia se stem breek. "Soos 'n nare droom . . ."

"Sjuut," sus Ina haar. "Die dokter het beveel jy moet stil gehou word en soveel moontlik rus. Probeer slaap . . ."

"Ek kan nie. Ek glo nie ek sal ooit weer sonder inspuitings en pille kan slaap nie. Dit was my skuld. Ek het aangehou ons moes Petrus vra – oor die . . . karwats vra . . ."

"Sjuut . . . Die dokter sê jy kan dalk Vrydag huis toe gaan," probeer Ina haar opbeur.

"Ek wil nie plaas toe gaan nie. Nooit, nooit weer nie . . ."

Ina roep na die suster toe Tia hortend begin huil.

Tia hoor nie toe Ina loop en toe Thys Visser later die middag inloer nie. Sy lê wasbleek teen die kussings, haar gesig amper dieselfde kleur as die verband om haar voorkop. Sy weet nie van sy besoek of van die doos sjokolade wat hy stilweg op die bedkassie neersit nie.

Thys kyk 'n wyle na die fyn, hartvormige gesiggie, omring deur sagte blonde hare. Mynhard Retief is 'n dwaas, dink hy opnuut. Hy is 'n goeie boer en glo gewild onder die vroumense. Hy is selfs dalk 'n goeie tennisspeler en vriend. Maar hy is 'n gek en 'n dwaas . . .

Ouma Tien het gesê Tia wil teruggaan Johannesburg toe. As sy wil gaan, sal hy sy sake so reël dat hy haar kan neem – weg van Rustfontein en mense wat haar nie kan waardeer nie, weg van die herinneringe. Tia moet 'n nuwe lewe begin – weg van ouma Tien en haar buurman; beslis 'n nuwe lewe sonder die buurman. Hy sal Tia oplaai, haar met haar krukke help en ook weer om in haar ou omgewing gevestig te raak.

Almal treur oor Martie en soek vir haar verskonings. Maar onthou hulle wat Tia moes deurmaak?

Toe Thys Dinsdagmiddag na werk weer 'n draai kom maak, is die pasiënt wakker.

478

"Hoe gaan dit? Het jy nog pyn?" vra hy besorg.

"Nie te erg nie." Die moeë lyne en diep groewe om Tia se mond weerspreek haar woorde. "Dankie vir die sjokolade." Sy is skielik skaam. "Of . . . of het hulle nie van jou gekom nie?"

Thys trek 'n stoel nader. "Hoeveel ouens ken jy wat vir jou sjokolade bring? Ek hoop nie ek het kompetisie nie?" terg hy.

"Jy is al een. Dankie. Dit was duur en ek is jammer oor die uitgawe en die ergernis wat ek vir almal is."

Thys draai sy oor na haar kant om beter te kan hoor. "Sê weer? Watse bog is dit van uitgawes en 'n ergernis, gesiggie?"

Tia wil van nuuts af huil. "Ek het laas gesê jy is goeie medisyne en jy ís. Dankie, Thys."

"Nie so goed soos die dokter se medisyne nie. Ek hoor die gips kom Donderdag af en Vrydag kan jy huis toe gaan."

"Ja."

"Waarheen wil jy Vrydag gaan, Tia Maria? Ek sal jou neem – sê net waar jy wil wees."

Tia is lank stil. "Ek was selfsugtig en wreed teenoor Martie. Dink jy ek sal teenoor ouma Tien ook wreed wees as ek vra om huis toe te gaan? Johannesburg toe? As ek verduidelik ek sien nie kans vir die plaas nie?"

"Nee. Ek reken in die omstandighede is jou reaksie normaal. Liewe land, jy is byna vermoor. Verwag hulle jy moet aangaan asof niks gebeur het nie? Wat jy nodig het, is 'n vakansie weg van alles."

"Ek het pas vakansie gehad. Ek moet teruggaan kantoor toe."

"Soos ek Wynand Geertsema onthou, is hy nie 'n slawedrywer nie. Hy sal jou nog 'n week siekverlof gee."

"Ek weet. Maar my werk is agterstallig. Ek kan nie langer wegbly nie."

"Jy is te pligsgetrou. Almal dink aan Martie, haar ouers, ouma Tien en Mynhard. Maar wie dink aan jou, Tia?"

"Ouma Tien was aan die begin dag en nag by die hospitaal. Ina was 'n paar keer hier en Martie se ouers gister. Tannie Bets-hulle en die dominee ook. Selfs Maria, sodat ek vir haar kon dankie sê. As sy Martie nie gekeer het en so gou gehardloop het om Mynhard te bel en my by die hospitaal te kry nie, weet ek nie wat van my sou geword het nie."

"En Mynhard?" vra Thys. "Het hy jou ook besoek?"

"Hy was hier toe ek nog deurmekaar was, en later weer 'n keer."

Thys is krities. "Net een keer sedert jy bygekom het?"

"Moet hom nie te kras oordeel nie, Thys. Hy het Martie liefgehad. Mynhard het 'n trauma om te verwerk, drade om weer op te tel, baie om te vergeet of die res van sy lewe mee saam te leef."

"Jy vergewe te maklik, Tia. En ek moes verwag het jy sal altyd vir Mynhard Retief verskoning soek," sê Thys kortaf. "Hoe laat word jy Vrydag ontslaan?"

"Die suster het gesê vroeg – sodra dokter Heese sy ronde klaar gedoen het."

Haar pa . . . dink Tia. As hy net nog geleef het en tuis vir haar gewag het, sou alles soveel draagliker gewees het. Maar sy sal darem nie alleen wees nie. Thys sal daar wees Vrydagmiddag wanneer sy die eerste keer weer by daardie leë woonstel moet instap. Sy teenwoordigheid sal haar tuiskoms makliker maak.

12

Ouma Tien is Vrydag daar toe Thys vir Tia kom haal. Sy het Tia se tas en los goed gebring, 'n kas avokadopere en lemoene en haar bougenootskapboekie.

"Ek kan nie die geld neem nie, Ouma," herhaal Tia.

"Ouma het dit nodiger as ek. Neem die geld en gebruik dit om vir my agterstallige losies te betaal."

Ouma Tien was verwese na oupa Jan se dood en stil na dié van haar kleindogter. Maar skielik is sy weer haar ou self – dwars, stroomop en op die oorlogspad.

"Van wanneer af betaal 'n kleinkind van my losies?"

"Ek was 'n groot uitgawe en ek weet Ouma het dit op die oomblik nie breed nie."

"Wat praat jy, kind? Ek is nie reg vir die armsorg nie."

"Ek weet. Maar ek weet ook dat oupa Jan se bates bevries is en dat my liewe, dierbare ouma 'n pure Cronjé is – te koppig om 'n lening of 'n voorskot te vra. Gebruik hierdie geld vir die huishouding, om dit te vervang wat ek die afgelope weke geëet en gedrink het."

"Martina, jy het baie deurgemaak en jy is siek. Moenie dat ons twee nou nog boonop rusie maak nie. Wat praat jy van lenings? Jou oupa het my goed nagelaat. Ek is nie sonder geld nie."

"Tot tyd en wyl die boedel afgehandel is, ís Ouma. Ek weet."

"Jy weet niks. Dink jy ek sit net heeldag op die stoep en huil? Ek boer al jare lank alleen en die lewe gaan voort. Ek het 'n groot tjek van die mark gekry, versekering wat onmiddellik aan my uitbetaal is en 'n som kontant wat ek met die beste wil ter wêreld nooit sal kan opgebruik nie. So, watse bog praat jy, kind?"

"Ek het gedink . . . Martie het gesê . . ." stamel Tia en besef sy moes liewer stilgebly het.

"Wat het Martie gesê?"

"Niks nie," skerm Tia. "Ek het haar seker verkeerd verstaan."

"Martie het die gewoonte gehad om dinge uit verband te ruk, en jy, Martina, het die gewoonte om alles vir soetkoek op te eet. Ek weet nie wat sy jou wysgemaak het nie, maar vergeet dit. Ek het goed geërf, kind; goed genoeg dat ek vir jou nog 'n paar duisend in die boekie kon sit. Gebruik dit en moenie weer stry en bog praat van losies nie. Jy maak my seer en ek wil nie rusie maak op hierdie dag nie."

"Dankie, maar ek wil nie Ouma se geld hê nie. Ek is die een wat moet betaal, nie Ouma nie."

"Jou oupa sou in sy graf omdraai as hy jou kon hoor. Wat het Martie jou vertel, Martina?"

"Niks . . . Niks nie, Ouma. Sy het niks daarmee bedoel nie, seker net die situasie verkeerd verstaan."

"En jy het dit geglo, Martina?"

"Ek is jammer . . ."

"Gaan jy die geld neem en vir jou nog 'n paar mooi rokke koop?"

Tia kyk anderpad. "Miskien . . ." antwoord sy, maar sy weet sy sal nie. Wat baat mooi rokke in Johannesburg, terwyl Mynhard Retief vyfhonderd kilometer ver sit en oor 'n ander meisie treur? Tia bekommer haar oor hoe dit met hom gaan, maar sy wil nie elke keer vra nie.

Ouma Tien peuter met Tia se twee krukke wat reg staan en met die goed op haar bedkassie waarvoor sy 'n mandjie saamgebring het. Dan kyk sy op en kom langs Tia op die bed sit. Sy kyk haar kleindogter in die oë en hou albei haar hande vas.

"Tia-kind . . ."

"Dis nie nodig nie, Ouma," fluister Tia. "Ek weet wat Ouma wil sê en dis nie nodig nie. Ek is lief vir Ouma en ek verstaan."

"Dit is nodig en as ek dit nie nou sê nie, is dit te laat. Kindlief, ek was tot nou toe 'n lafaard wat bly uitstel het. Ek was nie myself nadat oupa Jan weg is nie, maar dis nie 'n verskoning vir stiksienigheid nie. Jy het my van Martie probeer vertel en wat aan die gang was tussen julle twee, maar ek het nie geluister nie en ek sal nooit ophou om myself daaroor te verwyt nie."

482

"Moenie vir Ouma verwyt nie. Ek was ook oorspanne en het deel aan wat gebeur het."

"Jy was onskuldig. Susan en Coert het my van Martie se probleme en van die sielkundige in New York vertel, tog het ek dit probeer vergeet en blindweg geglo Martie is genees. Hoe kon ek aan jou eerbaarheid twyfel, Martina? Hoe kon ek jou woord in twyfel trek? Ek moet op my knieë gaan en jou om vergifnis vra."

Tia skud haar kop. "Toe ek bewusteloos en ylend was, het Ouma dag en nag langs my bed gewaak, my ondersteun en moed ingepraat. Was dit nie vir ouma Tien nie, het ek nie die moed gehad om gesond te word en voort te gaan met die lewe nie. Ek was op 'n laagtepunt, tog het ek heeltyd geweet ek is nie alleen nie. As dit nie vir Ouma was nie, het ek dalk sommer oorgegee en toegegee; bes gegee en bly lê."

"Jy is lief en vol vergewensgesindheid, soos altyd. Ek het jou in die steek gelaat toe jy my die nodigste gehad het en daaroor sal ek myself tot in my graf verwyt."

"Niemand hoef hom- of haarself te verwyt nie. Wat gebeur het, het gebeur. As dit nie op Rustfontein was nie, was dit dalk in Parys of New York. Ver weg in die vreemde . . . en dan was dit erger vir ons almal."

Ouma Tien draai haar kop toe sy 'n motor voor die venster op die parkeerterrein sien stilhou. "Hier is Thys nou. Hy is 'n goeie seun en erg oor jou. Menige meisie sal haar hoed agterna gooi as sy 'n man soos hy kan kry. Ek wil nie my neus in jou sake steek nie, maar miskien moet jy die ander een vergeet en glo jou toekoms lê by Thys. Thys sal beter vir jou kan sorg."

Tia verstaan nie; beter vir haar kan sorg as Mynhard? Sy is seker Mynhard is baie ryker as Thys.

"Want hy het nie afhanklikes nie," vervolg ouma Tien. "Hy sal nooit onderhoud hoef te betaal nie."

Dit raak al hoe meer Grieks vir Tia. Was Mynhard dalk

voorheen getroud sonder dat sy daarvan geweet het? Is hy geskei?

"En Johannesburg is so ver . . ." sê ouma Tien sugtend. "Wanneer sal ek jou dan weer te sien kry?"

"Van wie praat ouma Tien?"

"Van die prokureurtjie."

"Thys?"

"Die ander een. Die stadsprokureurtjie na wie jy die hele tyd so verlang het en na wie toe jy wil teruggaan. Ek weet hy is getroud, kindjie, en ek bekommer my so oor jou. Is hy vir jóú ook lief? Sal hy sy vrou en kinders vir jou los, hartjie?"

Tia is dronkgeslaan. "Van wie op aarde praat Ouma?"

"Van Wynand. Wynand Geertsema wat jou elke week gebel het."

Tia se mond hang oop. "My baas? Ek moes hom een keer bel om langer verlof te vra en Thys het met hom vir siekverlof gereël, want hy ken hom. Maar meneer Geertsema het my nooit gebel nie – wat nog te sê elke week! Waar kom Ouma daaraan? En dat ek na hom verlang het?"

"Martie het gesê . . ." Soos Tia netnou, bly ouma Tien ook halfpad deur die sin ongemaklik stil.

"Martie . . . Martie het baie dinge gesê," antwoord Tia. "Ouma is net soos ek, want Ouma het ook alles vir soetkoek opgeëet. Ek hou van my baas, ek het groot agting vir sy bekwaamheid in die hof, maar dis al. Daar is nie 'n verhouding tussen ons nie."

Ouma Tien is verleë en dankbaar toe Thys inkom.

"Hoe gaan dit met my twee gunsteling-dames?" wil hy weet. "Wil ouma Tien nie saamkom Johannesburg toe nie? Dink aan al die lekker nagklubs waar ons tot dagbreek kan jol. Hoe lyk dit?"

"Jól . . . Ek weet g'n waar julle jongmense deesdae al die vreeslike woorde leer nie, Thys."

"By die gesiggies, Ouma," sê Thys laggend. "Hulle is slimmer as ons manne en ken al die vreeslike woorde."

Ouma Tien is nie geamuseer nie. "Jy en Mynhard is eenders en ek weet nie wat van ons toekoms sal word wanneer ek so na vandag se jongmense kyk nie. Ek verbied jou om Martina na 'n nagklub te neem. Sy is siek en haar oupa en haar niggie is pas dood. Jy moet respek hê, Thys."

Thys is boetvaardig. Hy sit sy arms om ouma Tien en gee haar 'n stewige druk. "Ek terg sommer, want toe ek instap, het ek gesien daar is weer waterwerke op pad. Moenie huil nie, ouma Elf," voeg hy sag by. "Dis makliker om tot siens te sê wanneer 'n mens vrolik is."

Ouma Tien peuter weer agter haar bril en hou haar besig deur die mandjie te pak en te sorg dat Tia niks vergeet nie. Thys is miskien minder ligsinnig en agter die meisies aan as Mynhard, dink sy. Hy is erg oor Martina, maar Martina nie oor hom nie. As die kind dan nie oor Wynand Geertsema treur nie, oor wie dan? Mynhard? Sy het aan die begin so gedink en sy was bly, dankbaar saam met haar oupa. Maar toe het Martie gekom, en toe het dinge blykbaar verkeerd geloop. Dit sal tyd neem voordat hulle almal weer eendag regkom en oor die hartseer kom. Of moes die arme kind dalk te veel deurmaak? Hoe voel sy deesdae oor Mynhard? Is dit te laat of is daar moontlik nog iets te red? Van die begin af wou sy hê dit moes Martina op Waterval wees. So nie, as dit dan nie kon nie, dan wel darem Martie.

Durf sy weer begin hoop en drome droom? Nee, besef sy, dit sal te lank duur. Mynhard het 'n skok weg en Martina ook. Die tyd sal wel eendag hul wonde heel. Maar intussen is Thys daar. En hy aard na sy pa. Matthys Visser is nie daarvoor bekend dat hy 'n lankmoedige man is nie.

Maar as Martina op Nelspruit woon, is dit darem nader as Johannesburg.

Ouma Tien werskaf met die mandjie en die kussing wat sy agter Tia se rug regskuif en gebruik dit as 'n verskoning om haar kleindogter nie in die oë te kyk nie.

"Ons was trots op Haker du Plessis," sê sy met 'n grow-we stem. "Op daardie twee drieë wat hy in die reeks teen die All Blacks gedruk het."

"Een," korrigeer Tia.

"Twee. Daardie laaste drie wat nie toegeken is nie, was 'n kulspul. 'n Televisieskerm lieg nie. Ek het die skeidsreg-ter uitgekyk. G'n wonder hulle het na die wedstryd jou pa skouerhoogte van die veld af gedra nie. Twee drieë en dít deur 'n haker . . . Dit wil gedoen wees. G'n wonder die koerante het gesê jou pa was die beste voorryman wat die Springbokke nog ooit gehad het nie."

Tia se oë is mistig. Sy weet sy moet nou nie dankie sê nie, al weet sy daardie woorde moes haar ouma baie gekos het.

"Ek het nie geweet Ouma stel in rugby belang nie."

"Nie nou meer nie – net toe jou pa gespeel het. Al wou hy nie boer nie, was hy 'n goeie man vir jou ma. Al was daar nooit weelde nie, was hulle gelukkig. Ek is dankbaar ons was op sy begrafnis. Jou ma sou dit so wou hê."

Toe Thys die motorenjin aansluit, klem die vereelte han-de Tia s'n 'n laaste keer styf vas. "Moenie weer so lank wegbly soos laas nie, kindjie. Kom terug na ons toe, na Rustfontein, waar jy hoort."

Tia kyk weg. Sy kan nie praat nie en sy kan nie ja sê nie, want sy weet nie of sy ooit sal terugkom Rustfontein toe nie; na daardie selfde kamer, met daardie selfde venster wat oor die swembad en die plaveisel uitkyk . . . Sy weet nie. Miskien eendag . . .

Thys is stil gedurende die eerste helfte van die reis, om Tia tyd te gee om afskeid te neem.

"Jy kan maar huil," sê hy sag. "Ek het sommer 'n grap oor die waterwerke gemaak."

Tia probeer sterk wees. Dit voel vir haar dit is al wat sy gedoen het sedert sy sewe weke gelede uit Johannesburg weg is – oor haar pa gehuil, oor oupa Jan, ouma Tien, Mynhard en Martie . . . Soos sy Dinsdag vir Thys gesê het, moet 'n mens leer om te vergeet en om weer die drade van die lewe te begin optel.

"Het jy vir ouma Tien vertel Wynand Geertsema is getroud en hy het twee kinders?" vra sy.

"Ja."

"Hoekom?"

"Omdat sy my gevra het. Mynhard ook. Hoekom wou hulle weet? Wat maak dit saak op Wynand tien vroue en twintig kinders het?"

"Dit maak nie saak nie. Soveel dinge maak nou nie meer saak nie . . ."

Op Witbank hou Thys stil om koffie en toebroodjies te koop. Die gips en die verbande om Tia se hande is af, nogtans merk hy hoe moeisaam sy met die krukke loop en later met die suikerlepel sukkel.

"Jy kan nie Maandag gaan werk nie, Tia," raas hy. "Jy kort nog minstens twee weke siekverlof. Hoe gaan jy met die krukke oor die weg kom? Jy kan nie in hierdie toestand motor bestuur nie."

"My buurvrou werk by 'n versekeringsmaatskappy naby ons kantoor. Petro sal my soggens en smiddae oplaai, totdat ek weer op die been is. Die krukke is net tydelik, omdat die gips so gou afgehaal is."

"Jy kan nie met daardie seer vingers tik nie."

"Hulle is nie meer seer nie," jok Tia. "Ek het 'n elektriese tikmasjien en ek het 'n ligte aanslag. Moet jou nie oor my bekommer nie. Jy het alreeds soveel vir my gedoen en ek wil nie 'n laspos wees nie."

"Ek is dol oor lasposte. Hulle laat my groot en sterk en manlik voel. Ek is lief vir jou, Martina Johanna du Plessis. Weet jy dit?"

"Thys, moenie," pleit Tia. "Ek is verward en onderstebo. Ek waardeer jou vriendskap, maar . . ."

"Maar jy weet nie?" voltooi hy die sin. "Weet nie of jy my ooit bo Mynhard sal kan stel nie?"

Tia wens hy het nie so reguit gepraat nie. By Mynhard se vleisbraai en in die hospitaal het hy haar hand vasgehou en haar gesoen – liggies en broederlik. Sy het voorgegee dat sy nie sy toenadering as ernstig beskou nie, maar slegs sy tennismaat was en toe weer 'n pasiënt wat bystand nodig gehad het. Tog kon sy die onderdrukte emosie in hom voel. Op Waterval het hy teruggehou omdat ander mense teenwoordig was, en in die hospitaal omdat sy beseer was en 'n verpleegster kort-kort die saal binnegekom het. Maar sy weet Thys sal nie lank met 'n broederlike vriendskap vol onderbrekings tevrede wees nie. Hy is simpatiek, hulpvaardig en begrypend. Maar hy is ook 'n man; 'n man wat binnekort meer van haar as vrou sal vra. Kan sy, en is sy bereid om hom meer as net vriendskap te bied?

"Te veel het die afgelope tyd gebeur," skerm Tia. "Alles tegelyk. Ek het tyd nodig om alles in te neem, te verwerk en weer my voete te vind."

Dit is nie die antwoord wat Thys wou hoor nie. Hy dring egter nie verder aan nie en noem nie weer Mynhard Retief se naam nie. Hy konsentreer op die pad en na 'n ruk raak Tia aan die slaap. Thys kyk na die blonde hare, die ry sproete oor die effense wipneus en die lang wimpers wat donker halfmane oor haar wange vorm. In hom stoot 'n onverwagte deernis op. Hy het al talle nooiens gehad, soms gedeel tussen hom en Mynhard, baie van hulle mooier as selfs Martie Terblanche. Maar hulle was net so oppervlakkig en selfsugtig. Nie een van hulle het ooit dankie gesê nie, of "Ek is jammer" of "Ek weet nie". Daarvoor was hulle te selfversekerd. Maar Tia is anders: sagter; weerloos; vrouliker. Die ander neem jy na Sun City of Maseru, maar die Tia du Plessis's van hierdie wêreld neem jy kerk en kansel toe.

Thys maak haar eers wakker toe hulle voor die woonstel-gebou stilhou. Tia se gesig het minder kleur as vroeër, asof sy pyn of weer nagmerries gehad het.

"Ek is jammer, Thys," sê sy skaam. "Ek is swak gesel-skap. Ek wou nie slaap nie, ek wou die pad beduie. Hoe het jy my woonstel gekry?"

"Ek het al soveel gesiggies in Johannesburg gehad dat ek teen dié tyd die plek ken," terg hy. "Hoe voel jy? Beter na die rus?"

"Ja, dankie."

Tia kyk na die rooibaksteengebou, die geplaveide sypaad-jies sonder bome, en verlang opnuut na die Laeveld.

"Kom ek gaan kyk of my plante nog lewe en gaan maak vir ons koffie," stel sy voor.

Thys wil nie dat Tia help afpak nie, nie eers dat sy die mandjie of 'n kombers dra nie.

"Skakel die ketel aan en sit twee koppies reg," beveel hy. "In hierdie stadium is dit soveel werk as waartoe jy in staat is. Die dokter het jou wel uit die hospitaal ontslaan, maar hy het gesê jy moet die naweek rus."

"Ek het genoeg gerus. Ek is piekfyn."

Thys laat haar op 'n stoel sit terwyl hy die koffie maak. "Iemand het brood en melk in die kombuis gesit."

"Dis seker Petro."

"Wat het jy nog nodig?"

"Niks nie, dankie."

"Hoe voel jy?"

Tia het 'n verblindende hoofpyn. Haar skouer pyn, haar vingers en haar been. Maar sy glimlag moedig. "Reg vir n marathon."

Thys sien egter die pers skaduwees onder haar oë en hoe versigtig Tia die koppie hanteer. Hy staan op en neem haar aan die arm. "Kom ek gaan bêre jou in die bed, want dis waar 'n meisiekind soos jy hoort. Waar is jou slaap-kamer?"

Tia rem verskrik weg. "Ek . . . Ek sal self regkom, dankie."

Thys kom sit weer langs haar. Tia kan nie agterkom of hy kwaad of ongeduldig of geamuseer is nie.

"Hoe oud is jy, Tia?"

"Lankal mondig gewees," sê sy.

"Dan is jy oud genoeg en slim genoeg om te weet 'n man wat dit ernstig met 'n aster bedoel, sal hom nie opdring of van haar misbruik maak terwyl sy siek is nie. Kom, ek gaan sit jou in die bed . . ."

Tia stap gedweë saam kamer toe. Sy het nie besef hoe moeg en gedreineer sy voel nie. Dit is 'n salige verligting om haar op 'n bed uit te sterk, met 'n warm donskombers om haar gevou.

"Sal ek die buurvrou gaan roep?" vra Thys.

"Toe maar. Sy het seker gesien ek is terug en sal nou-nou kom inloer."

"En as sy nie by die huis is nie?"

Tia weet Thys is haastig. Hy moet nog deurry Pretoria toe, na die akteskantoor toe.

"Sy is," verseker sy hom. "Uit die gang het ek Petro gesien, besig in die kombuis. Ek sal regkom, Thys. Jy kan maar ry, sonder om steeds vir my verantwoordelik te voel."

"Al was jy nie siek nie, sou ek steeds vir jou verantwoordelik gevoel het." Thys kom sit op die rand van die bed en streel oor haar wang. "Want ek is lief vir jou en jy maak vir my saak. Ek wens Johannesburg was nader aan Nelspruit. Wanneer kom jy weer by ouma Tien kuier?"

"Ek het nie gou weer verlof nie," skerm Tia.

Thys sug speels. "As Mohammed dan nie na die berg toe wil kom nie . . . Ek kan dalk volgende naweek weer 'n verskoning uitdink. Hopelik is die akteskantoor toe, dan moet ek volgende week weer kom. Ek bel jou vanaand en môreaand. Maandag ook, maar dan sal jy weer sê jy is piekfyn en reg vir 'n marathon. Ek sal eers vir Wynand bel

490

om die waarheid te hoor. En as hy sê jy het weer hoofpyn en voel sleg, bel ek jou – om te sê ek kom jou onmiddellik haal. Reg so?"

"Ek sal niks makeer nie; ek sal rustig op my tikstoel sit en aangaan soos altyd."

"Ek hoop dis die teenoorgestelde, sodat ek 'n verskoning het om jou te kom haal – vir goed," sê Thys en buk af om sy arms om Tia te sit en haar styf teen hom vas te hou.

As dit een van haar pa se rugbyvriende was, was Tia nie so gerus nie – nie alleen in die woonstel saam met 'n vreemde man nie. Maar sy vertrou Thys. Sy gee hom ook 'n druk en 'n soen op die wang.

"Woorde is soms ontoereikend, maar ek sal nooit vergeet wat jy vir my gedoen en beteken het nie, Thys."

"As woorde ontoereikend is, kan jy altyd dade byvoeg," terg hy.

Tia soen hom weer, hierdie keer op die mond.

"Dankie dat jy jou maat teen die harde balle by die net beskerm het, by die vleisbraai na my omgesien het, in die hospitaal vir my blomme en sjokolade gebring het, en vandag jou werk opsy geskuif het om my huis toe te bring. Baie dankie, Thys. Ek waardeer dit. Baie opreg en met groot dank."

Thys hou haar teer vas en 'n oomblik lank is sy mond teen hare – meer as net broederlik.

"Sien jy hoekom ek sê jy is 'n baie spesiale gesiggie en Mynhard is 'n dwaas?"

"Mynhard ly aan skok. Moet hom nie te kras oordeel nie, Thys."

"Ek praat van vóór die skok, voordat alles gebeur het."

"Toe hy Martie bo my verkies het? Dis sy goeie reg. Ek kan Mynhard nie kwalik neem dat hy nie halsoorkop op my verlief geraak het nie. Hy vind my seker onvolwasse en vervelig. Maar ek kan nie vir hom kwaad wees daaroor nie. Die fout lê by my, nie by hom nie."

Thys vee die hare sag van haar voorkop weg. "Wanneer gaan jy ophou om vir ander mense verskonings te soek en 'n slag aan jouself dink, Tia du Plessis?"

Tia glimlag skeefweg. "Ek is baie selfsugtig. Jy ken my nog nie. Ek was kwaad toe Martie oor Jenna se oë gekrap het, woedend toe sy haar met 'n karwats geslaan het en buite myself toe sy my pa beledig het. Ek kry skaam wanneer ek my uitbarstings onthou. Ek wens ek kon die horlosie terugdraai en meer vergewensgesind wees."

"Jenna is 'n weerlose dier en jou pa kan homself nie meer verdedig nie. Dis nie selfsugtig om 'n kampvegter vir 'n arme perd en vir jou oorlede pa te wees nie. Dis 'n eienskap wat enigeen in 'n ander bewonder." Thys kyk op sy horlosie. "Al is die wil daar, is ek 'n power kok. Kan ek vir jou iets vir aandete by 'n wegneemplek gaan koop?"

"Dankie, maar ek het soveel toebroodjies gehad, ek is nie honger nie. Roosterbrood sal vanaand genoeg wees. Jy moet ry, Thys, anders is jy laat."

Hy kom sit langs haar op die bed en stoot die donskombers weg. "Siek meisies intimideer my. Wanneer sal jy gesond genoeg wees dat 'n man jou kan vashou soos 'n meisie soos jy verdien om vasgehou te word? Anderweek?" Thys vergeet van haar seer skouer en sy greep verstewig. "Ek het lank gewag. Té lank . . ."

Tia is verlig toe die telefoon hulle onderbreek.

"Dis dalk ouma Tien of Ina. Ek sal moet antwoord, Thys."

Hy trek 'n gesig. "Of dalk 'n vriendin wat ure lank oor resepte wil praat. Ek moet wikkel. Pas jouself op en word gou gesond." Hy gee haar 'n laaste druk en 'n soen. "Tot siens."

Tia was reg. Toe sy die gehoorstuk oplig, is dit ouma Tien, dof en ver weg en besorg.

"Ek wou net hoor of julle veilig aangekom het, kindjie."

"Ons het, ja. Hoe gaan dit met Ouma?"

"Niks om oor te kla nie. En met jou? Hoe voel jy, Martina?"

"Goed, dankie, Ouma. Ek is minder moeg en my potplante is bly om my te sien."

"Die lyn is dof. Wie is bly?"

"Nie Wynand Geertsema nie." Tia lag. "My potplante. Hulle floreer almal en daar was geen ontstellende pos of ingebreek by die woonstel nie."

"Dis goed. Jy sê julle is veilig? Is Thys al weg?"

"So pas, ja."

"Waar slaap hy vanaand?"

"By sy broer-hulle in Pretoria. Hy ry vroeg môreoggend terug, want hy moet die middag 'n kliënt op Sabie gaan spreek. Oom Servaas van der Merwe het glo haelskade gehad wat die versekering nie wil uitbetaal nie." Tia draai haar kop om te luister. "Ek dink iemand klop . . . seker Petro."

"Gaan maak oop. Al wat ek wou hoor, is net of jy en Thys goed gery het."

"Ons het. Baie goed."

"En natuurlik weer te vinnig. Thys en Mynhard het mos geld om in die water te gooi – steur hulle g'n niks aan spoedbeperkings en boetes nie."

"Thys het nie 'n kaartjie gekry nie."

"Ook maar net omdat hy gelukkig was. Ek weet nie wat van vandag se jongmense gaan word nie."

Tia glimlag. As ouma Tien op die oorlogspad is, beteken dit sy is ook besig om gesond te word en aan te pas.

Toe Tia die gehoorstuk neersit, stap Petro met groot oë in.

"Ek het gehoor jy is besig om oor die telefoon te praat en het gewag dat jy eers klaarmaak. Dag, buurvrou. Was daardie droom Mynhard Retief? Geen wonder jy het so lank weggebly en jou been gebreek nie. Ek sou ook beenaf oor so 'n mansmens wees."

493

Tia begin beter voel. "Hallo, Petro. Ek het vir jou 'n kas vol vet avokadopere gebring. Kom sit . . . Dis goed om jou weer na al die weke te sien. Nee, dit was nie Mynhard daardie nie. Dit was Thys Visser. Mynhard treur oor sy verloofde en Thys het my gebring."

"Twee sulke manne doer in die Laeveld? Ek moet hoor of Gerrit nie soontoe wil trek nie. Ek het Thys Visser deur die kombuisvenster beloer. Hy lyk na 'n goeie proposisie, beter as 'n man wat oor jou niggie huil. Ek het vir jou sop en 'n baksel beskuit gebring. Jy is te bleek en jy het maerder geword. Jy moet eet en rus. Die boontjiesop is warm en ek het 'n uur voordat Gerrit van die werk af kom. Sal ek dit gou weer laat kook en vir jou roosterbrood by die sop maak?"

"Dankie, Petro, ek is nie nou honger nie. Vanaand sal die sop vorentoe smaak; ek sal dit self later warm maak. Kom sit liewer en vertel my hoe dit met jou en Gerrit gaan. Wat is nuus?"

Petro wil kuier, maar nie in die sitkamer nie. Tia lyk uitgeput en asof sy skaars op haar voete kan staan. Petro torring aan haar totdat Tia inwillig om weer in die bed te klim. Sy maak Tia met die donskombers toe, bring vir haar koffie en beskuit en sleep dan 'n eetkamerstoel kamer toe.

"As jy gedaan is en wil slaap, sê so. Dan sal ek vir Gerrit gaan kos maak en jou in vrede laat. Maar intussen, vertel my van ouma Tien en arme oupa Jan. Wat het hulle van jou pa gesê en het hulle hom vergewe? Vertel my van Martie en Mynhard en alles wat gebeur het. Praat is goeie stoom-afblaas, anders bars die ketel. Praat en kry alles uit jou gestel, sodat jy kan begin herstel en jou ou self word . . ."

13

Op kantoor is almal simpatiek teenoor Tia – haar baas, die senior vennoot, sy sekretaresse en die ander tiksters. Hulle het die beste tikstoel vir Tia reggesit en oorlaai haar met koek, sjokolade en aanbiedinge van hulp. Daar was geen opskuddings in die tyd wat sy weg was nie – net agterstallige werk wat opgehoop het. Haar tikmasjien tik selfs makliker as wat sy onthou het. Tia vind haar vingers sukkel met 'n koppie en 'n mes en vurk, maar nie op die tikmasjien se toetse nie en nie met skryfwerk nie. Sy is in staat om haar daaglikse brood te verdien en na 'n week kan sy die krukke opsy sit, selfs motor bestuur, en is sy nie meer van Petro afhanklik nie.

Thys bel elke aand en Tia waardeer sy belangstelling. Tog vind sy ouma Tien se weeklikse oproep meer bevredigend en van beter terapeutiese waarde.

Die derde Sondagaand berig ouma Tien: "Mynhard leef steeds soos 'n kluisenaar en 'n mens sien hom selde. Ek gaan haal deesdae die pos en neem dit Waterval toe. Hy het maerder geword as jy en hy praat min, maar hy het verlede week die perde kom haal. Jenna hou hy by hom en Strelitzia het hy vir Ina gegee. Die bietjie wat ek uit hom kon kry, is dat hy nie onderskeid tussen die niggies wil maak nie."

Tia weet nie hoe om dit te vertolk nie. Beteken dit hy voel eenders oor die twee wat oorgebly het? Sy wonder of hy Ina dalk ook al gesoen het; of hy vir Ina ook gesê hy hou van haar soos sy is en sy moenie verander nie? Waarskynlik, dink Tia. Die verskil is net Ina het geweet hy is nie ernstig nie, hy sê dit vir al sy nooiens. Dit is net sy wat soos 'n sak oorryp lemoene voor Mynhard se voete geval het. Hy lag seker agteraf vir haar; nog erger, hy kry haar seker jammer. Sy wil nie Mynhard se jammerte hê nie. As hy weet hoe sy oor hom voel en vir haar lag en haar bejammer, wil sy hom nooit in haar lewe weer sien nie.

Hoekom bel hy nie? Wat kos dit om net haar nommer te skakel en te sê: Hallo, hoe gaan dit? Of om 'n pen op te tel en 'n briefie te skryf, as hy dan nie met haar wil praat nie? Sy verwag nie hy moet sê hy mis haar en verlang nie; net dat hy darem nog soms aan haar dink en haar nie vergeet nie. Dit is al meer as 'n maand sedert sy weg is en sewe weke na Martie se dood.

Of het Mynhard 'n grief teen haar? Hou hy haar verantwoordelik vir Martie se selfmoord?

Thys en Mynhard is al jare lank vriende, sedert hul universiteitsdae. Maar Thys kan hom ook nie peil nie. Twee naweke tevore, toe Thys by haar was, het hulle oor Mynhard gepraat. "Was hy dan regtig so verlief op die vroumens dat hy die res van sy lewe oor haar gaan treur, en hom van die samelewing onttrek?" wou hy weet.

Tia kon net haar skouers ophaal, want sy het ook nie die antwoord geken nie. "Hy moes op haar verlief gewees het, want hulle sou verloof raak en Martie het al goed vir haar uitset begin koop."

"Wanneer sou hulle verloof raak?"

"Die Saterdag na haar dood."

"En trou?"

"Ek weet nie."

Dit was 'n Sondagmiddag en Thys het al die horlosie begin dophou vir die terugry Nelspruit toe. Die uur wat hy oorgehad het, wou hy nie gebruik om langer oor Mynhard te praat nie; liewer oor hulle twee . . .

Hy het haar nader getrek en gekla: "Jy treur oor 'n ander man en hy oor 'n ander meisie. Dit is die ewige driehoek, volgens daardie vrystories waarvoor julle vroumense so lief is. Maar waar pas ek in?"

Tia het onthou hoe ver Thys gery het en wat sy brandstof hom gekos het. "Ek is lief vir jou, Thys. Báie lief."

Hy het die biefstuk wat sy met soveel sorg gemaak het, weggestoot. "Liéf vir my? Daar is 'n groot verskil tussen

496

'lief vír' en 'verlief op'. Die een is soos 'n broer of 'n sambreel of 'n hond of 'n plant. Die ander een is die gevoel wat 'n meisie vir 'n man het saam met wie sy die res van haar lewe wil deurbring. Watter een van die vyf is ek?"

Tia het probeer terg. "Jy lyk nie soos 'n sambreel nie, jy het te min bene vir 'n hond en te min blare vir 'n plant."

"Wat dan?" het Thys volgehou. " 'n Broer?"

"Nee, nie 'n broer nie."

" 'n Platoniese vriend?"

Tia het weer die begin van 'n hoofpyn teen haar slape voel klop.

"Thys, soveel het gebeur. Ek kry nog snags nagmerries. Moenie haastig wees en my aanjaag nie," het sy gepleit.

"Haastig? Na weke se geduld? Ek moet liewer ry . . ."

Tia het gehoop die telefoon lui weer om soos die vorige keer vir haar uitkoms te bied en 'n dreigende rusie af te weer.

Maar ouma Tien het nie gebel nie, want op daardie tydstip was sy besig om vir Tia 'n brief te skryf wat sy wou stuur, saam met 'n uitknipsel uit die plaaslike koerant.

Tia kry die brief Donderdagmiddag toe sy van die kantoor af kom. Ouma Tien skryf van twaalf millimeter reën wat hulle gehad het, genoeg vir die avokadopeerbome, maar nie die sitrusboorde nie. As daar nie gou verligting kom nie, sal hulle moet besproei. Die dae is drukkend en hulle vrees vir nog hael, soos die bui wat oom Servaas van Merwesrus getref het.

Dan, op die laaste bladsy, is daar 'n paragraaf, amper soos 'n naskrif: *Ek het gister Waterval se pos weggeneem. Mynhard lyk beter en het vir 'n verandering vir my tee aangebied. Terwyl ons tee gedrink het, het Alicia Meiring opgedaag – hare gekap en met die soort rok aan waarvan vandag se jong mans hou – en verklaar hulle gaan die aand op die dorp eet, sy betaal en sy aanvaar nie nee vir 'n antwoord nie. Ek het nooit van die meisie gehou nie, maar ek het haar toe sommer liefgekry. As iemand hom sal kan help om die swartgalligheid af te skud, dan is dit sy, want Mynhard was altyd erg oor haar en Alicia lyk baie soos Martie, ook haar geaardheid is baie soos Martie s'n was. So, dit lyk asof Mynhard se kluisenaarslewe verby is. Dis goed, want die arme kind kon nie so aangaan nie. Die morbiditeit was besig om hom te ruïneer.*

Saam met die brief in die koevert is 'n koerantknipsel met 'n foto van Mynhard en Alicia, geneem op die daaropvolgende Saterdag se perdeskou waar 'n inskrywing uit die Waterval-stal die klas vir drie jaar oue merries gewen het.

So, dit is hoekom hy nie skryf nie, besef Tia. Mynhard het haar nie nodig nie. Hy het klaar weer 'n ander nooi – een oor wie hy in die verlede erg was en wat baie soos Martie is. Was die aanbod om vir hom 'n ete te koop so 'n altruïstiese gebaar as wat ouma Tien dink? Sy glo nie. Alicia was slim. Sy het 'n kans gesien en dit benut onder die dekmantel van mensliewendheid en naasteliefde, maar ook uit selfsug en eie gewin. Mynhard Retief is nie 'n man wat 'n meisie maklik deur haar vingers laat glip nie. Hy is jonk, aantreklik en skatryk . . . Geen wonder Alicia het haar hare laat kap en seker 'n nuwe rok vir die geleentheid gekoop nie. Sy wou nie vir Mynhard help nie, net haarself.

Tia weet sy is katterig, jaloers en lelik. Om haar gewete te sus, knip sy nie die deel af waarop die beeldskone en stralende Alicia Meiring langs Mynhard en die merrie staan nie. Sy raam die hele foto en hang dit in die sitkamer waar sy dit soggens kan sien terwyl sy ontbyt eet.

Thys kom dié naweek weer kuier, onthou sy met skuldgevoel en terneergedruktheid. Sy moet onthou om Saterdag die foto af te haal en in 'n kas te bêre, want dit is nie billik teenoor arme Thys nie. Hy kan dit nie verhelp dat sy naam nie Mynhard Retief is nie. Wat kom kort tussen haar en Thys? Probeer sy nie hard genoeg om op hom verlief te raak nie? wonder Tia. Hy is net so aantreklik en gawer as Mynhard. Lê die fout by haar? Is die probleem haar heldeverering vir ouma Tien se buurman, wat sedert haar kinderdae 'n kwaal van haar was?

Thys is vrolik toe hy halfeen Saterdagmiddag opdaag – vaal en verkreukel na die lang ent pad, maar vrolik omdat dit twee weke later is en Tia nie teen dié tyd meer kla sy is moeg en kan nie snags slaap nie.

Hy trek sy baadjie uit, ontspan en blaai deur die koerant terwyl Tia middagete maak.

"Net iets ligs," maan hy. "Want vanaand gaan ons uiteet. Waar is die mees romantiese restaurant in die stad?"

Dit is seker wat Alicia gevra het, behalwe dat dit Witrivier of Nelspruit was, dink Tia. Sy stoot alle gedagtes aan Mynhard en sy nooiens opsy, stel die stoof laer en kom sitkamer toe om Thys 'n druk en 'n soentjie te gee. "Ek is bly jy is hier. Dankie dat jy die moeite gedoen het om so ver te kom kuier . . . Ek maak wors en kapokaartappels met slaai. Is dit lig genoeg?"

Thys dink na. "Los die slaai, anders is ons nie vanaand honger nie."

Thys ontsien geen moeite of onkoste om die aand vir Tia aangenaam te maak nie. Hy kies die restaurant en die geregte. Die eerste keer in haar lewe eet Tia garnale, tot vermaak van die kelner wat sien sy gril om die skubbe af te dop.

"Drink nog sjampanje," raai Thys haar laggend aan. "Na drie glasies gee 'n mens nie meer om wát jy doen nie."

"Dis waarvoor ek bang is . . ." Tia stoot haar bord weg. "Ek kan nie. Ek is jammer, Thys, ek kan nie goed eet wat vol tentakels is en met verwytende oë in my bord na my lê en kyk nie. Ek dink na dese word ek 'n vegetariër."

"En 'n afskaffer?" Hy wys na haar glas onaangeraakte sjampanje.

Tia lyk boetvaardig. "Ek weet dis duur, ingevoerde Franse sjampanje. Maar dis gemors op my. Ek drink nie eintlik nie. Dit gee my hoofpyn."

Hoofpyn, kopseer, migraine, hooikoors, sinus . . . Thys ken al die verskillende name vir dieselfde verskoning. Sy gesig verdonker en die vrolikheid is weg. Hy eet in stilte klaar en knip sy oë 'n paar keer toe hy die rekening sien.

"Sal ons gaan?" vra hy koel.

Tia voel miserabel die hele pad huis toe en nog steeds toe sy haar voordeur oopsluit.

"Wil jy koffie hê, Thys?" bied sy met 'n klien stemmetjie aan.

"Gee koffie jou nie ook kopseer nie?"

Dit is nie die Thys wat Tia ken nie, nie so sarkasties en geïrriteerd nie. Is die oorsaak daarvan haar helfte van die sjampanje wat hy so vinnig weggesluk het omdat hy dit nie wou mors nie en skielik haastig was?

"Kom sit," paai Tia hom. "Ek skakel gou die ketel aan."

Thys drentel agterna kombuis toe, maar in die eetkamer steek hy vas, hande in die broeksakke, voor die koerantfoto van Mynhard en Alicia. Tia verwens haarself omdat sy vergeet het om dit te bêre.

"Die held in lewende lywe," merk hy onaangenaam op. "Of moet ek sê die skúrk wat ons aand bederf het?"

Tia praat mooi met hom. "Het jý ook hoofpyn, Thys?"

"Nee. My kwaal se naam is ongeduld. En jaloesie."

Thea reageer nie daarop nie. Sy sit koppies reg en haal die sjokoladekoek uit wat sy gebak het. "Of is jy moeg na die lang pad?"

"Ja, ek is moeg," antwoord hy kortaf. "Moeg om tweede viool te speel. Moeg vir 'n meisie wat snags oor 'n ander man droom en dit kamma nagmerries noem. Los die koffie. My broer-hulle wag vir my."

Tia skakel die ketel af en kom staan voor hom, haar hande inmekaar gevleg. "Ek is jammer, Thys."

"Jy het dit nou al tien keer vanaand gesê. Jammer . . . Dink jy net daardie een woord is genoeg, dan is alles weer reg?"

Tia plaas haar hande weerskante van sy gesig. Sy staan op haar tone en soen hom liggies op die mond. "Ontspan . . . Jy is oormoeg na 'n bedrywige week en vier ure op die pad. Gaan sit, dan bring ek vir ons koffie."

Toe Thys haar mond teen syne voel, gaan sy arms onwillekeurig na haar uit. Hy trek die tenger figuur teen hom vas en soek weer na haar sagte, weerlose mond.

Tia probeer hard. Sy sit haar arms om Thys se middel, maak haar oë toe en probeer haar lippe onder syne beweeg soos sy dink dit behoort gedoen te word.

Thys het te veel ervaring om só om die bos gelei te word. Nog 'n laaste keer streel sy mond oor haar wang, dan hou hy Tia 'n armlengte van hom af weg en kyk met 'n skewe glimlag af in haar gesig.

"Dit werk nie, Tia Maria. Jy probeer hard, maar die aangetrokkenheid is nie daar nie. Dis net Mynhard, en al wil ek hoe graag, kan ek nie sy plek inneem nie. Maar ek dink jy het 'n opdraande stryd voor jou. Hy is 'n moeilike man en hy ly op die oomblik aan 'n oormaat komplekse. Ek wens jou sterkte toe met jou kruistog."

"Thys!" roep Tia toe hy sy baadjie neem en na die voordeur stap. "Jy kan nie loop nie, nie sommer so nie . . ."

Thys bly in die deur staan. 'n Onderstebo glimlag pluk om sy mondhoeke. "Wanneer 'n man vir 'n gesiggie wou sê hy het haar lief, maar die boodskap gekry het sy liefde word nie beantwoord nie, bly daar nie eintlik veel oor om te sê nie, of hoe? Al keer sy en probeer haar gevoel vir die ander man ontken, is dit beter dat die tweede man verkas."

Hy neem haar hand in syne. "Ek hoop jy kry dít in die lewe wat jou gelukkig sal maak. Tot siens, Tia. Ek sal jou nie weer pla nie, of met jou raas omdat jy nie van garnale en sjampanje hou nie. Mooi bly. Pas jouself op . . ."

Tia kan dit nie glo toe Thys weg is nie. Sy hardloop agterna om dankie te sê vir die ete en die kuier, maar hy het reeds gery. Al wat van Thys oorbly, is 'n dowwer wordende dreuning in die straat af. Petro en Gerrit is uit. Al een wat oorbly om by troos te soek, is ouma Tien. Tia vergeet van hoë telefoonrekenings wat sy nie kan bekostig nie toe sy Witrivier se kode skakel.

Ouma Tien hoor Tia klink nie lekker nie. "Wat is verkeerd, Martina?" wil sy dadelik weet.

Tia sluk. "Thys is weg . . ."

"Ja, natuurlik, kindjie. Hy moet Maandag op kantoor wees."

"Maar vandag is Saterdag . . ."

"Ek was deurmekaar. Wat het gebeur?"

Alles borrel oor. Tia vertel van die aand by die restaurant, Thys wat haar gesoen het en van Mynhard se foto in die eetkamer.

Ouma Tien klink ingedagte. "Dis moontlik ten beste. Ons sal moet wag en kyk. Wat doen jy volgende naweek?"

"Ek weet nie. Was seker maar hare en klere en maak die woonstel skoon."

"Dis goed. Draai jou hare mooi in en as daardie blou sonrok vuil is, was hom ook uit. Koop kerse, Tia. Rooies lyk in die aand altyd die mooiste. En belê in 'n skaapboud. Maak daarby rys, gebraaide aartappels en blomkool vir sewe-uur Vrydagaand."

Tia frons. "Vir wie?"

"Vir my. Ek kom die naweek kuier."

Tia is in die wolke. Nou besef sy hoe sy haar ouma mis en na haar verlang. 'n Kuiernaweek is die beste nuus wat sy kon kry. Sy is 'n weeskind en haar ouma is al wat sy oorhet . . .

Donderdag al maak Tia die nagereg en daarna maak sy die woonstel van hoek tot kant skoon. Die skaapboud bak al van vroeg af in die oond en halfsewe Vrydagaand is Tia klaar – die tafel met die rooi kerse, blomme en haar beste eetgerei gedek. Sy het moeite met haar hare en grimering gedoen en het die nuwe poeierblou sonrok aan.

Ouma Tien is vroeg. Kwart voor sewe klop sy aan die deur.

"Ouma!" roep Tia uit en draf om oop te maak.

Dit is Mynhard wat op haar drumpel staan: langer, donkerder en aantrekliker as wat Tia hom onthou, sy oë 'n half deurskynende turkooisblou in die skerp ganglig.

Tia voel die ou bekende lamheid in haar knieë en hoe die bloed uit haar gesig dreineer. Sy staar ongelowig na hom.

"Wat . . ." Sy sluk droog en sukkel om die vraag met 'n fluisterstem uit te kry. "Wat maak . . . jy hier?"

Haar teenwoordigheid het blykbaar nie dieselfde uitwerking op hom nie. Hy lag. "Vir jou kom kuier. Wat anders? Nooi jy my nie in nie, Martina?"

"Ja . . . Ja, natuurlik. Kom in, Mynhard."

Tia haal die sitkamer, ook darem die stoel oorkant hom.

"Waar is . . . ouma Tien?" stamel sy.

"Ouma Elf? Op die plaas, reken ek. Jy lyk goed, Tia. Blou pas jou en ek hou van jou parfuum. Jy ruik soos 'n teater, nie soos 'n bioskoopsaal nie."

"Het ouma Tien nie saamgekom nie?"

"Johannesburg toe? Sy is nie 'n mens vir die stadsgewoel nie. Ons is besig met besproeiing op Rustfontein en sy kan nie nou van die plaas af weggaan nie."

"Maar ek het háár verwag. Nie vir j-jou nie," hakkel Tia.

Mynhard kyk na die kerse en die vaas rooi rose in die middel van die tafel, na die wynglasies en die silwereetgerei. Hy ruik weer Tia se parfuum, dan die geur van skaapvleis uit die kombuis. Al die moeite en die romantiese ver-sierings net vir 'n ouma wat sou kom kuier? Dit is nie baie geloofwaardig nie.

Wanneer 'n mens verlief is, is jy op die persoon se luim en gedagtes ingestel. Sonder dat Mynhard iets sê, weet Tia wat hy dink.

"Ek het gedink dit is ouma Tien wat kom," hou sy vol. "Sy het my met 'n slap riem gevang."

Mynhard grinnik breed. "Vir my blykbaar ook. Sy het gevra ek moet my oor jou ontferm, kom kyk hoe dit gaan en hoor of ek jou met jou pa se boedelsake kan help. Sy het gesê sy kry jou jammer, so alleen hier in Sodom en Go-morra, en of ek nie kan kom aanbied om te help nie."

"En toe kry jy my ook jammer en bied goedhartig aan om jou oor my te kom ontferm?"

Mynhard ken vroumense, ken hul stembuigings en von-kende oë wat boekdele spreek. Hy probeer Tia kalmeer. "Ouma Elf het dit goed bedoel. Waar is jou sin vir humor, Tia? Kom ons lag daaroor en steek die kerse aan. As ek reg raai, het jy seker 'n bottel wyn op die ys. Gaan haal dit en pas die skaapboud op, want ouma Tien het seker ook vir jou gesê die pad na 'n man se hart loop deur sy maag."

Tia voel skaam en verneder. Ouma Tien het geen reg gehad om haar in so 'n netelige posisie te plaas nie. Sy weet Mynhard en Alicia gaan weer uit en hy het ritse an-der nooiens wat hy bo haar verkies. Hoe moet dit vir hom lyk? Uit die goedheid van sy hart het hy kom inloer om te kyk hoe dit met haar pa se boedel gaan. En hier sit sy met gekrulde hare, parfuum en 'n kaal sonrok aan, met kerse en 'n spogete wat sy voorberei het. En al wat hy wou doen, is om hom oor haar te ontferm op aandrang van sy buurvrou.

"Sin vir humor, het jy gesê?" vra Tia kwaad. "Ek sien niks grappigs in die situasie nie." Netnou was sy bleek, nou is Tia se wange rooi en sy kan Mynhard nie in die oë kyk nie. "Wees eerlik en erken dit, Mynhard. Ouma Tien wou ons twee bymekaar gooi; 'n klip in die bos gooi en kyk wat uitkom."

Mynhard is steeds geamuseer. "Goed dan, aangesien sy alles fyn beplan het . . . Kom ons kyk wat uit die bos kom." Hy leun vooroor en neem Tia se saamgeklemde hande in syne.

Tia ruk haar hande weg. "Ouma Tien is altyd besig om vir jou 'n vrou te soek en vir my 'n man. Ons is nie marionette nie. Ek wil nie jou jammerte of ontferming hê nie en jy wil ook nie 'n vervelige aand hê saam met iemand wat ouma Tien aan jou opgedwing het nie. Jy mag maar gaan, Mynhard, sonder om sleg te voel."

"Ouma Elf het jou nie aan my opgedwing nie. Ek wou kom kuier."

"Nie onder valse voorwendsels nie! Nie uit jammerte nie."

"Bedaar, Martina. Kom ons praat die ding uit."

"Wat op aarde kan ons hê om oor te praat? Jy wil nie hier wees nie en ek wil jou nie hier hê nie. Loop, Mynhard. Jy ken seker driehonderd meisies in Johannesburg. Gaan bel een van hulle en neem haar nagklub toe. As jy gelukkig is, is julle môre weer in die koerant."

Mynhard ignoreer die laaste helfte van die tirade. "Ons twee kon in die verlede nog altyd praat. Hoekom nie nou nie?"

"Omdat jy gaan loop en ek gaan slaap. Ek sal ouma Tien nooit vir vanaand vergewe nie. Nooit nie."

"Martina," sê Mynhard rustig. "Ek is nie op pad om te loop nie en jy gaan ook nie slaap nie. Ons gaan daardie skaapboud eet en die kerse aansteek en 'n glasie wyn drink. Maar eers gaan ons praat."

"Ek drink nie."

"Ja, so het Thys ook gesê. En jy eet ook nie, altans nie garnale nie. Dan moet jy maar honger en droëmond sit, want jy gaan nie slaap nie. Jy gaan in daardie stoel sit en luister na wat ek te sê het."

"Ek gaan nie. Jy kan praat totdat jy blou is, ek gaan nie luister nie en ek wil nie jou jammerte hê nie. Lóóp, Mynhard! Gaan na Alicia of een van jou horde ander nooiens toe."

"Alicia is nie my nooi nie en ek het nie 'n horde ander nooiens nie."

"Vertel dit vir die man in die maan. Hy sal jou eerder glo as ek. Lóóp, Mynhard!" herhaal Tia, storm blindweg uit die sitkamer en klap haar kamerdeur agter haar toe.

Sy sluit die slaapkamerdeur en sluk die laaste twee kapsules wat die dokter in die hospitaal vir haar voorgeskryf het. Sy haat Mynhard met sy kastige jammerte; vir ouma Tien ook. Sy wil nie een van hulle ooit weer sien nie; ook nie vir Thys Visser wat by Mynhard oor haar geskinder het nie. Hulle twee konkel saam. Hulle is ewe erg.

Die handvatsel ratel op en af.

"Loop!" roep Tia kwaad uit.

"Nee. Ek wil met jou praat."

"Ek wil nie met jóú praat nie. Lóóp! Gaan soek vir jou 'n ander meisie."

"Ek wil nie 'n ander meisie hê nie. As jy nie oopmaak nie, gaan ek die deur afbreek."

"Jy sal dit waag . . .!"

"Nie?"

'n Harde slag teen die deur laat Tia op die bed regop sit.

"Jy kan dit nie doen nie! Wat sal die bure sê?"

"Na die duiwel met die bure!" 'n Harder slag weerklink teen die deur.

"Mynhard, hoe kan jy so te kere gaan? Oom Degenaar sal my uit die gebou skop."

Tia spring van die bed af op en sluit die deur oop.

Mynhard lyk nie berouvol nie. Om 'n moontlike herhaling van die situasie te voorkom, trek hy die sleutel uit die slot en steek dit in sy sak. Dan neem hy Tia aan die arm en stoot haar vooruit sitkamer toe.

"Sit," beveel hy.

"Nee." Tia bly staan.

"Gaan jy vir my koffie of wyn of 'n bier gee?"

"Nee."

"Hoekom nie?"

"Mynhard, jy het my amper twee maande lank geïgnoreer. Jy het nie 'n woord van jou laat hoor nie; nie gebel of geskryf nie; nie eers saam met ouma Tien groete laat weet of verneem hoe dit met my gaan nie. Wat verwag jy nou? Dat ek soos 'n voos lemoen in jou skoot moet val die oomblik wat jy jou verwerdig om my jammer te kry?"

Mynhard dink na. Dit klink nogal lekker, so 'n mooi blondine in 'n man se skoot . . . Hy waag dit egter nie om kommentaar te lewer nie.

"Sit, Tia," herhaal hy. "Jy maak my senuweeagtig wanneer jy staan; dis nie goeie maniere as 'n man sit terwyl 'n dame staan nie en jy gaan moeg word, want wat ek wil sê, is 'n lang storie."

Tia gaan sit op die voorste punt van die ongemaklikste en regopste stoel.

"Waaroor wil jy praat, Mynhard? Jy hoef nie. Jy skuld my niks nie."

"Ek moet. En ek skuld jou baie, immers 'n poging om te verduidelik." Mynhard se gesig versober en sy oë is skielik somber. "Ek wil – móét – oor Martie praat. Anders sal sy altyd tussen ons staan."

Tia verstyf. "Miskien moet ek eers iets te drinke gaan haal."

Toe sy terugkom, kyk Mynhard deur die venster en nie na haar nie. Sy is vergete en hy leef in die verlede.

"Ek erken, toe ek Martie die eerste keer gesien het, wou ek haar tot elke prys besit. Sy was vir my die toonbeeld van vroulikheid. Sy het my voete met die eerste oogopslag onder my uitgeslaan en ek het dit vir haar gesê. Dit was 'n fout. Sy het besitlik geraak, van verloof raak en trou begin praat. Ek kon nie terugtrek nie, kon nie op my woord teruggaan nie. Na die tweede week het ek agtergekom sy is manies jaloers. Maar na die derde week het ek begin besef haar afguns en besitlikheid is abnormaal. Sy was geestelik versteurd. Wat my egter die meeste verontrus het, was 'n wrede streep wat ek in haar ontdek het. Ek praat nie net van Jenna nie. Sy het 'n ekstra draai geloop om op 'n insek te trap. Daar was een aand by 'n restaurant waar ons geëet het, 'n hond by die asblikke. Hy was honger en het by ons kom kos vra. Martie het hom geskop en gelag toe hy tjankend weggevlug het."

Mynhard neem 'n slukkie koffie, sonder om te proe wat hy drink.

"Ek het met tant Susan en oom Coert gaan gesels. Aan die begin was hulle op die verdediging en het net vertel hoe wonderlik sy was. Toe ek sê ek stem nie saam nie, het tant Susan begin huil en haar pa het ompaaie gesoek. Maar almal was doodloopstrate. Op die ou end het hy erken sy was in New York by 'n psigiater en 'n sielkundige. Volgens die verslag was sy psigopaties. Algehele genesing is nie moontlik nie, hoewel so 'n geval met terapie en kalmeermiddels kon verbeter. Maar Martie was ongeduldig en wou nie aanvaar sy is nie normaal nie. Halfpad deur die eerste behandeling het sy Rome toe gevlug. Halfpad deur die tweede reeks Suid-Afrika toe. In haar eerste jaar op universiteit het Martie glo al tekens van sielkundige afwykings begin toon. Haar toestand het gaandeweg vererger, daarom is sy in haar tweede jaar weg Europa toe sonder om haar studie te voltooi."

"Niemand van die familie het dit dan geweet nie, nie eers ouma Tien nie."

"Tant Susan-hulle het dit dig gehou. Voor die begrafnis was ek half verlief op jou, sonder dat ek dit geweet het. Maar Martie het geweet. Dis hoekom sy manies jaloers op jou was, hoekom sy jou uit die pad wou hê. Ouma Elf het my vertel watter planne sy beraam het om jou van die plaas af weg te kry. Die treine was egter vol en dit het te lank na haar sin geneem. Selfs 'n paar bykomende dae op Rustfontein was te veel, want sy kon sien my gevoel vir jou neem toe, en my liefde vir haar neem af . . . By die stalle het ek openlik jou kant teen haar gekies toe ek aangedring het Jenna moet op Waterval bly. Ek was ongeduldig en het Martie gekritiseer oor die goed wat sy vir haar uitset wou koop, ook omdat sy so vroeg in die oggend al wou begin wyn drink. Terwyl jy in jou kamer was, het ons rusie gemaak. Oor die karwats en oor die Saterdagaand. Ek het gesê ek glo jou kant van die storie en ons moenie so gou al aan verloof raak dink nie, maar mekaar eers beter leer ken. Sy was histeries en het begin drink.

"Alkohol bring die negatiewe sy van so 'n persoon na vore en so iemand is dan tot enigiets in staat. Maar dit was nie die alkohol wat die lont aangesteek het nie. Dit was ek – ek wat haar daarvan beskuldig het dat sy onbillik teenoor jou is, en wat gesê het ek verkies jou bo haar; ek wat volgehou het as jy wil huis toe gaan, sal ék jou neem."

Mynhard laat sy kop in sy hande sak en sy gesig is verwronge.

"Kan jy verstaan hoekom ek soveel selfverwyt gehad het, Tia? Hoekom ek my aan die samelewing wou onttrek en 'n kluisenaar word? Ek het een meisie se dood veroorsaak en 'n ander een se lewe verongeluk. Ek was terneergedruk, depressief en swartgallig. Ek wou niemand sien nie. Veral nie vir jou nie, teenoor wie ek 'n onoorkombare skuldlas gehad het. 'n Ou kennis van my het my gehelp om myself reg te ruk, my geleer die lewe gaan voort en my daarvan beskuldig dat ek aan selfbejammering ly; dat ek net aan myself dink, nie aan ander nie."

"Alicia Meiring," merk Tia op. "Sy het jou vir ete geneem en jy haar perdeskou toe."

"Ete, ja; skou toe, nee."

Waar hy sit, kan hy die eetkamermuur sien. Tia wys na die foto.

"Daar is die bewys."

Mynhard kyk vlugtig op. "Alicia was 'n goeie vriendin, nie 'n nooi nie, soos Hermien en al die ander oor wie jy en ouma Elf my altyd verwyt het. Alicia stel in haar loopbaan belang, nie in huishou en kinders grootmaak nie. Dit was 'n suiwer vriendskaplike gebaar om my vir ete te nooi om my uit my depressiwiteit te kry. Ons het die hele aand oor jou gesels."

"En by die skou?"

"Ek het haar nie skou toe geneem nie. Sy het saam met Thys gegaan en was toevallig naby toe die fotograaf 'n mooi meisie saam met die perd wou afneem."

"Thys?" vra Tia. "Was sy saam met Thys daar?"

Sy moes geweet het Johannesburg is ver en Thys is nie die soort man wat naweke alleen tuis sal sit nie. Sy moes ook geweet het hy sou hom tussenin met ander meisies vermaak; soos met Alicia, wat blykbaar goed daarmee is om treurende mans te troos.

Mynhard glimlag skeef. "Ons het oor Martie, Hermien en Alicia gepraat. Is dit nodig dat ons ook oor Thys Visser gesels?"

Tia skud haar kop. "Thys was ook net 'n vriend, nie 'n kêrel nie. Ook iemand wat 'n ander uit haar depressiwiteit wou lig. Ek hoop hy en Alicia vind mekaar."

Mynhard kyk weer na die foto teen die muur. "Ek weet ouma Elf het die koerantknipsel vir jou gestuur. Maar ek het verwag jy sal dit stukkend skeur en in die snippermandjie gooi. Maar jy het dit geraam . . ."

"Ja," bieg 'n verleë Tia.

"Beteken dit . . . Kan ek daaruit aflei . . ." Mynhard waag dit nie om die vrae te voltooi nie, kyk net ondersoekend na Tia.

"Nee," ontken sy heftig. "Dit beteken niks nie. Ek moet na die skaapboud gaan kyk . . ."

"Kyk liewer na my." Mynhard leun nader en plaas sy wysvinger onder Tia se ken om haar blosende gesig op te lig. "Kan ek daaruit aflei jy het my nie afgeskryf nie? Beteken dit jy was nie kwaad oor my lang stilswye en afsydigheid nie?"

"Daar was niks om oor kwaad te wees nie."

"Daar was baie. Het jy my vergewe, Tia?" vra hy pleitend.

"Daar was niks om te vergewe nie."

"Ek het jou seergemaak, jou verruil en verwaarloos. Ek het jou amper jou lewe gekos . . . Jy is 'n mens wat maklik sê jy is jammer en ek het jou altyd daarvoor bewonder. Maar toe my beurt kom, was ek te selfsugtig, te trots . . ."

Tia wou ook trots wees, haar soos 'n volwasse dame gedra en onthou wat Mynhard haar geleer het, hoe om vis te vang. Maar sy vergeet alles. Sy kniel langs Mynhard se stoel en verberg haar gesig in sy skoot.

"Dis lekkerder as 'n lemoen . . ." Mynhard se stem was skertsend, maar sy oë bly vol vrae en vrese. Hy weet hoe amper hy Tia verloor het, maar nie hoe om haar terug te kry nie.

"Om lief te hê, beteken om nooit te hoef te sê jy is jammer nie," fluister Tia. "Ek het daarteen geveg, gestry en dit probeer ontken. Maar ek kan nie . . . Ek het jou lief, Mynhard. Al vandat ek dertien jaar oud was."

"En ek negentien. Sedert daardie dag toe jy jou enkel by die waterval verstuit het, en ek jou in my arms gehou en jou hart teen myne voel klop het, het ek jou lief. Daardie dag al het ek besef hierdie skaam, teruggetrokke dogtertjie gaan diep spore deur my hart trap. Al het sy later 'n volwaardige dame geword, dwars, koppig, stroomop en 'n pure Cronjé, het sy deur die jare nooit opgehou om vir my saak te maak nie."

"Ek is 'n Du Plessis, nie 'n Cronjé nie," herinner Tia hom. "Die Du Plessis's is nie moeilik nie."

"Nie lank meer Du Plessis nie," korrigeer Mynhard. "Jy is binnekort 'n Retief. Martina Retief. Hoe klink dit vir jou?"

Tia gee voor dat sy eers nadink. Dan glimlag sy breed. "Mooi. Pragtig."

Sy kan aan nog talle woorde dink om haar nuwe naam te beskryf, maar haar toekomstige man gee haar nie kans nie. Voordat sy "wonderlik" en "uitstekend" kan byvoeg, snoer hy haar mond met syne.

Op een aand, voel Mynhard, het hulle genoeg gepraat. Die skaapboud is vergete in die vreugde van sy arms om haar en sy mond op Tia s'n. Hy weet hulle sal nog lank skuldgevoelens en selfverwyt oor Martie hê, maar nie meer elkeen alleen nie; nie meer sy in die stad en hy ver weg in die Laeveld nie. Na elf jaar en baie ompaaie is hulle bymekaar en saam sal hy en Tia Retief leer om te vergeet.

"Ouma Elf," sê Tia. "Ons moet haar laat weet. Sy het hard gewerk om ons bymekaar te kry. Ons moet haar bel."

Mynhard dink nie aan telefone nie. "Later," fluister hy. "Eers netnou . . ."